婁堅全集

上海市嘉定區地方志辦公室 編
張行剛 胡真 校注

上

上海古籍出版社

圖書在版編目(CIP)數據

婁堅全集 / 上海市嘉定區地方誌辦公室編 ；張行剛，胡真校注. -- 上海 ：上海古籍出版社，2025. 8.

ISBN 978-7-5732-1684-7

Ⅰ. I214. 82

中國國家版本館 CIP 數據核字第 2025JD8276 號

婁堅全集

（全二册）

嘉定區地方誌辦公室　編

張行剛　胡　真　校注

上海古籍出版社出版發行

（上海市閔行區號景路 159 弄 1-5 號 A 座 5F　郵政編碼 201101）

（1）網址：www. guji. com. cn

（2）E-mail：guji1@guji. com. cn

（3）易文網網址：www. ewen. co

常熟市人民印刷有限公司印刷

開本 850×1168　1/32　印張 29. 625　插頁 18　字數 653,000

2025 年 8 月第 1 版　2025 年 8 月第 1 次印刷

ISBN 978-7-5732-1684-7

I·3938　定價：198. 00 元

如有質量問題，請與承印公司聯繫

嘉定古籍整理編修組

組　長　沈越嶺　周萬春

副組長　張建華　宋振宇　陸　華

主　編　張建華　陶繼明

顧　問　黄　霖　朱瑞熙　夏咸淳　高克勤

福建博物館藏《明曾鯨設色婁子柔像軸》

《練川名人畫像》中婁堅像

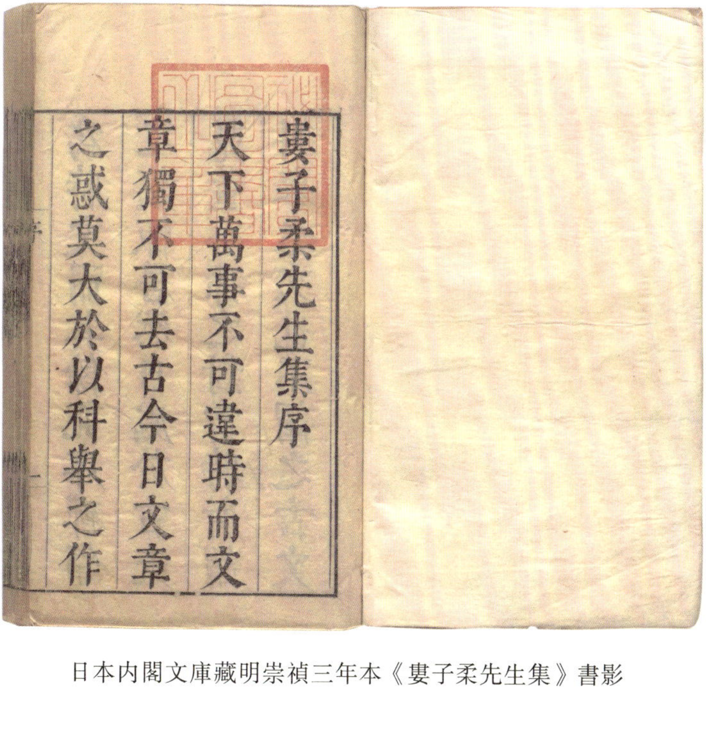

婁子柔先生集序
天下萬事不可違時而文
章獨不可去古今日文章
之惑莫大於以科舉之作

日本内閣文庫藏明崇禎三年本《婁子柔先生集》書影

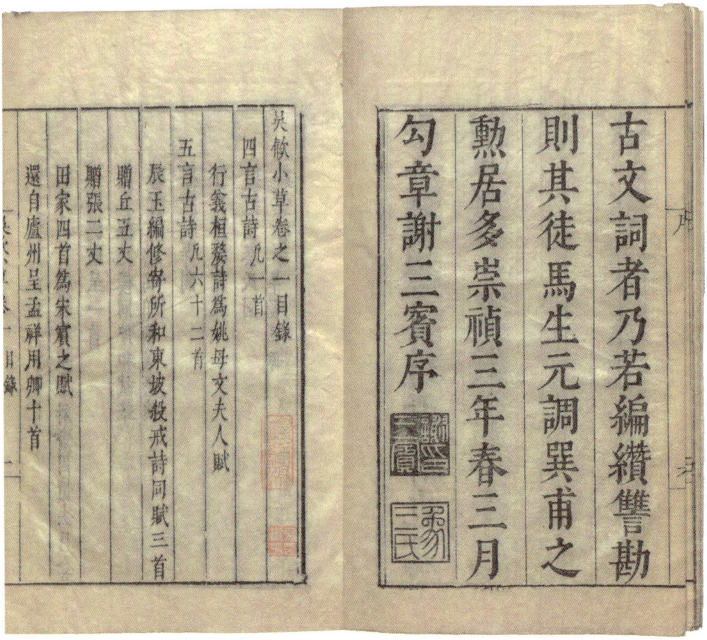

美國國會圖書館藏明崇禎三年本《吴歈小草》書影

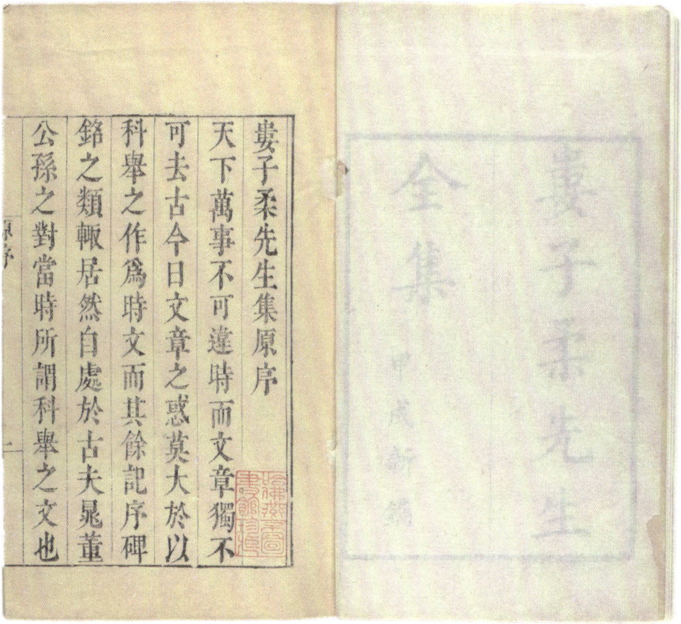
婁子柔先生全集
甲戌新鐫

婁子柔先生集原序
天下萬事不可違時而文章獨不
可去古今日文章之惑莫大於以
科舉之作爲時文而其餘記序碑
銘之類輒居然自處於古夫晁董
公孫之對當時所謂科舉之文也
原序　二

美國哈佛燕京圖書館藏清康熙三十三年本
《婁子柔先生全集》書影

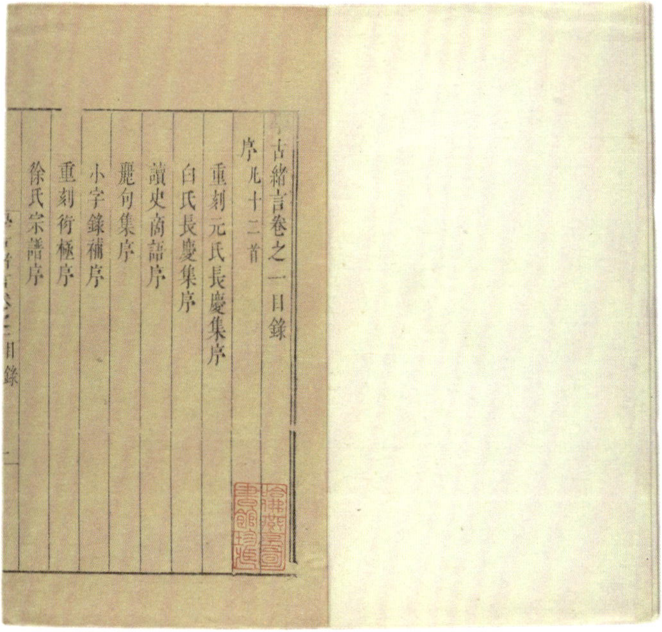
學古緒言卷之一目錄
序凡十二首
重刻元氏長慶集序
白氏長慶集序
讀史商語序
麗句集序
小字錄補序
重刻衍極序
徐氏宗譜序

美國哈佛燕京圖書館藏清康熙三十三年本《學古緒言》書影

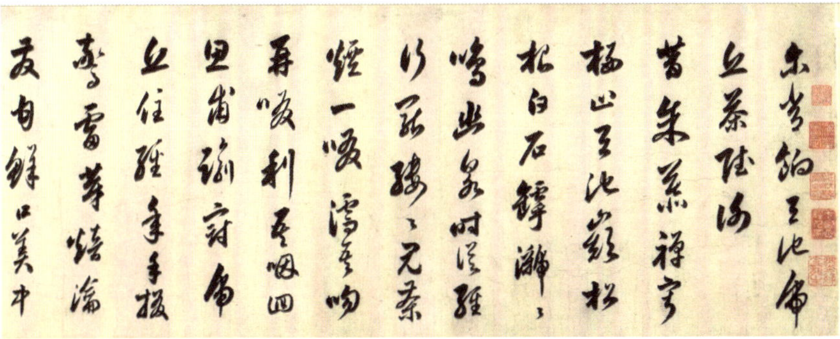

上海博物館藏婁堅《行書答爾常送茶詩卷》（局部）

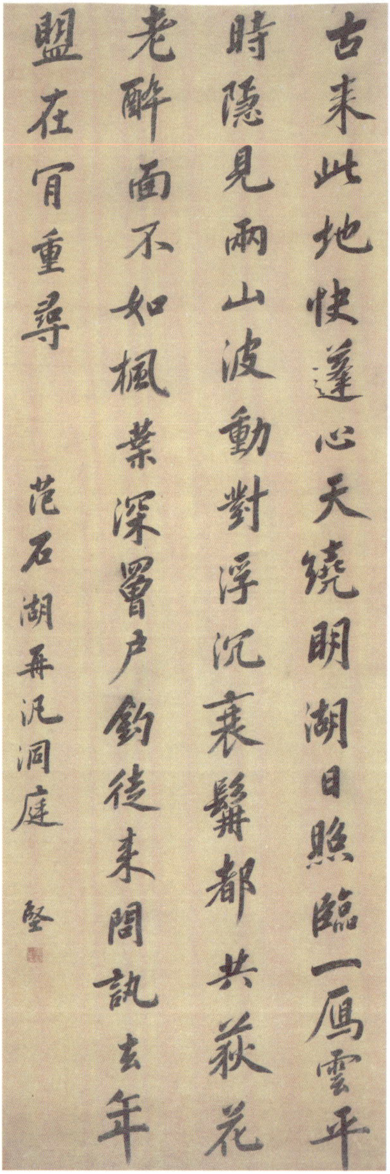
古来此地快蓬心天繞明湖日照臨一鴈雲平
時隱見兩山波動對浮沉衰鬢都共荻花
老醉面不如楓葉深罾户釣徒来問訊去年
盟在肎重尋
范石湖再泛洞庭
堅

嘉定博物館藏婁堅行書《范石湖再泛洞庭》

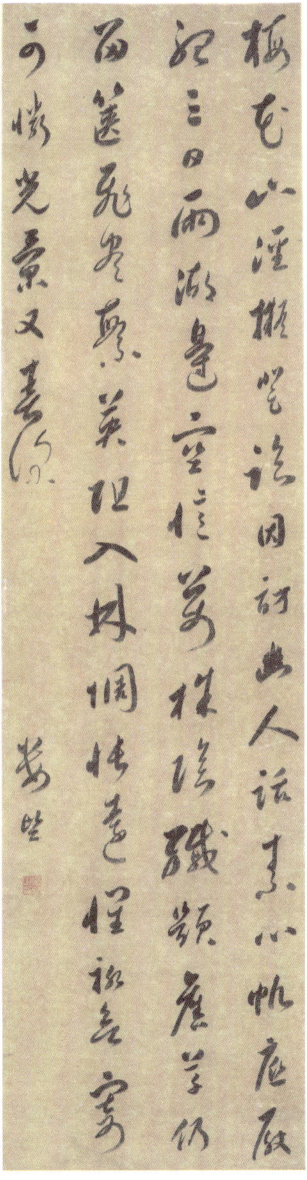

嘉定博物館藏明婁堅行草書軸

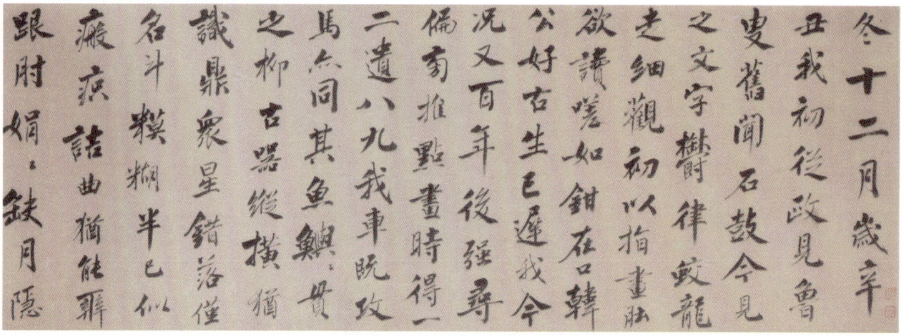

嘉定博物館藏婁堅楷書蘇軾《石鼓歌》詩卷（局部一）

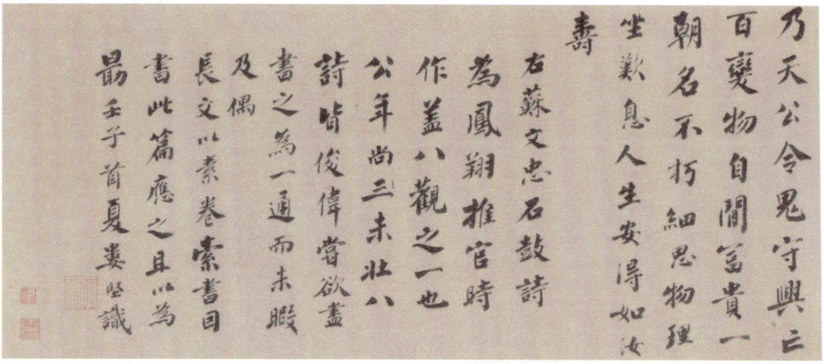

嘉定博物館藏婁堅楷書蘇軾《石鼓歌》詩卷（局部二）

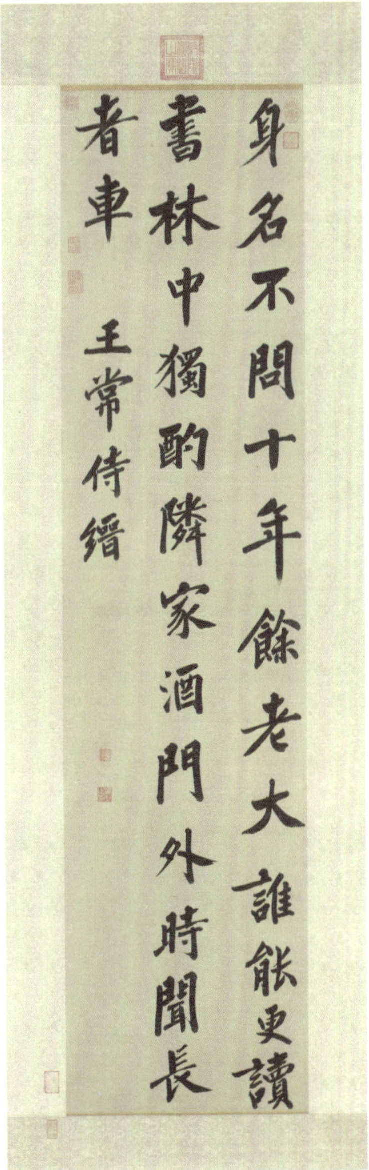
身名不問十年餘老大誰能更讀
書林中獨酌隣家酒門外時聞長
者車
王常侍縉

臺北故宫博物院藏婁堅書王縉詩軸

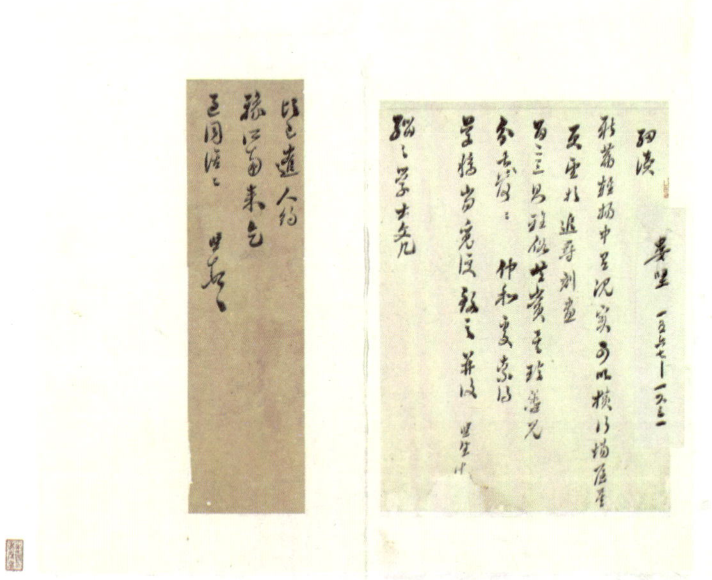

臺北故宮博物院藏婁堅致緇之函及尺牘册頁

香港中文大學文物館藏婁堅尺牘卷

婁堅楷書“法華塔”匾額

前言

婁堅，一名孟堅，字子柔，號歇庵，又號廣紱居士，明南直隸嘉定（今上海市嘉定區）馬陸人。曾祖綱自長洲（今江蘇省蘇州市）徙江東（今上海市浦東新區高橋鎮），後徙嘉定城南。曾祖婁綱、祖父婁柏，行醫爲生。父婁應軫，以明經爲學者師。婁堅生於明世宗嘉靖三十三年（一五五四），卒於明思宗崇禎四年（一六三一）冬。其終生未仕，經明行修，優游鄉里。明萬曆四十四年（一六一六）曾爲歲貢生，不仕而歸。

婁堅詩文爾雅，得歸震川流風餘澤。師友多出歸有光之門。能融會師説，成一家之言。箴砭俗學，具有條理，學者推爲大師。其文樸雅向古，尤爲不苟。詩律在元和、慶曆之間，古風獨勝。書法妙天下，直造晋、宋人妙處，風日晴美，筆墨精良方欣然染翰，不受促迫。尺牘寸簡，人争傳購。

其交游廣泛，年少即常侍立於王錫爵、徐學謨、張應武、傅遜、丘集、宣應軫、朱纓等長者之側，追陪杖履，聽聞緒論；與王衡、李流芳、唐時升、程嘉燧、沈宏正、張其廉、金兆登等爲摯友，頗多酬唱；以徐霞客、錢謙益、王時敏、侯峒曾、黄淳耀等爲小友，時有面命；與王世貞、董其昌等并世名公，亦有往來。入室弟子馬元調，精通經史源流；子婁復聞，爲學尚古，有其父遺風。二人皆氣節高崇，於清兵南下時不屈殉難。

婁堅一生堅守古學，辨章學術，燭灼空疏衰弊之文，推弘樸真深湛之風，以傳承斯文爲己任。與唐時升共擎嘉定文派旗幟，延續嘉定文脉，卓然高立於晚明文壇。晚而學佛，長齋持戒，與唐時升、程嘉燧爲「練川三老」。與李流芳、唐時升、程嘉燧合稱「嘉定四先生」。流風遺韻，鏗然猶存。

婁堅終生筆耕不斷，有詩集吴歈小草、文集學古緒言行世。吴歈指吴地民歌，入明後，逐漸成爲吴中詩歌特色的代名詞。「小草」則頗有自謙之意。吴歈小草十卷，共録婁堅所作詩一千二百餘首，諸詩體皆備，以古詩、絶句、律詩次序排布。古詩内分四言古詩、五言古詩、七言古詩，絶句分五言絶句、六言絶句、七言絶句，律詩分五言律詩、六言律詩、七言律詩，其中以五律、七律、五絶、七絶爲多。詩歌内容豐富，送别寄遠、閑居感懷、唱和酬答等類型皆有。婁堅詩推陶淵明、杜甫、白居易、元稹諸家，其詩平實深樸，安和雅馴，時有灑然飄逸，亦多有陳情述理之作，追求雅趣與真率。清初詩宗朱彝尊稱婁堅詩「練川三老，子柔古風獨勝」；清末詩人陳田在其所輯明詩紀事中稱婁堅詩「長於古體，刊落浮囂，語多造微」。

婁堅爲文尚古，尊歸有光爲正朔，從學於歸有光之嘉定弟子張應武、傅逐、丘集等人。他曾在其所作歸太僕應試論策集序中説：「夫先生之所自得於古，而予之獲聞緒言，略窺見其概者。」此應爲婁以學古緒言名其文集之由。學古緒言二十五卷，録文三百餘篇，有序跋、碑記、書信、哀祭等多種文體。其文所涉，内容宏富，諸呈、書牘、碑記、墓銘、贈行序、壽序語涉諸多地方史事和重要歷史人物，諸書序、題跋、雜銘、祭文多彰顯婁氏詩文旨趣、書畫藝術追求和真樸文風，故頗具文學價值和史料價值。與其詩相較，婁堅之文頗受推崇。清初文壇宗主王士禛曾對婁堅之文大加贊嘆，稱婁堅「古文尤爲不苟」（王士禛漁洋詩話），「婁之文、程之詩號吴中二絶」（王士禛居易録），「元氏、白氏長慶集婁堅子柔二序紆餘唱嘆，真古文也」（陸廷燦南村隨筆），「入國朝言古文者益多，如婁、傅（傅占衡）者，予未見其比也」（王士禛居易録），「明季之文吾喜嘉定婁堅、臨川傅占衡、餘姚黄宗羲」（陸廷燦南村隨筆）。四庫館臣對婁堅之文章亦給出了頗高的評價，稱：「堅以鄉曲儒生，獨能支拄頹瀾，延古文之一脉。其文沿溯八家而不襲其面貌，和平安雅，能以真樸勝人，亦可謂永嘉之末得聞正始之音矣。」

婁堅詩文刊刻者有吴歈小草與學古緒言。崇禎三年（一六三〇），嘉定縣令謝三賓合婁堅、唐時升、程嘉燧、李流芳詩文鏤板行世，名曰嘉定四先生集。婁堅詩集吴歈小草、文集學古緒言合編爲婁子柔先生集，此爲崇禎本。明季嘉定遭兵燹，四先生集書板散佚不全。

康熙三十三年（一六九四），在時任江蘇巡撫宋犖的支持下，嘉定文士陸廷燦對明季嘉定四先生集書板補修後進行了重刊，吴歈小草與學古緒言亦在其内，合編爲婁子柔先生全集，是爲康熙本。與崇禎本相較，康熙本體例略有不同。崇禎本吴歈小草與學古緒言原各有補遺一卷，陸廷燦重校時，將補遺部分按詩文類型進行了分解，重新補入十卷吴歈小草、二十五卷學古緒言内。此外，在具體文字上，相較崇禎本，康熙本亦有不少删改。部分字詞據文意進行了修正，然而更多是因避清諱進行的改動，如原崇禎本中「夷」、「虜」等字詞多被改作「彝」，甚而直接塗抹；部分崇禎本中表皇帝之意的「上」，康熙本改作「天子」；爲避康熙名「玄燁」之諱，書中「玄」多改作「元」。同時，康熙本在「朝」、「朝廷」、「國家」等字詞亦多有改動。

清乾隆年間，四庫館臣編纂四庫全書，將婁堅文集學古緒言收録在内，其以康熙本爲底本，體例一如，是爲四庫本。康熙本中避諱之處四庫本多有承續，且四庫本另有其他删改，如因乾隆帝對錢謙益降清失節頗有意見，故四庫館臣將學古緒言中部分與錢謙益相關之文删略（如原崇禎本、康熙本學古緒言卷二十二答錢受之太史一文，四庫本未載）。

另，吴歈小草收入一九九七年北京出版社出版的四庫禁燬書叢刊，該版爲陸廷燦康熙重校本的影印本。

除上述崇禎本、康熙本、四庫本外，暫未見其他刻本。現僅將諸機構收藏婁堅詩、文集情況舉隅如下：日本内閣文庫藏有明崇禎本婁子柔先生集，即學古緒言與吴歈小草合本；國家圖書館、湖南省圖書館、嘉定博物館等機構藏有明崇禎本學古緒言，國家圖書館、南開大學圖書館、美國國會圖書館等機構藏有明崇禎本吴歈小草；南京圖書館、北京大學圖書館、美國哈佛大學燕京圖書館等機構藏有清康熙本婁子柔先生全集（學古緒言與吴歈小草合本），國家圖書館、浙江圖書館等機構收藏有清康熙本學古緒言；另，上海圖書館、新疆維吾爾自治區圖書館等機構收藏有清康熙本吴歈小草。

本書校勘以康熙三十三年（一六九四）嘉定陸廷燦重校婁子柔先生全集（康熙本）爲底本，以崇禎三年（一六三〇）嘉定縣令謝三賓所編嘉定四先生集中的婁子柔先生集（崇禎本）爲主要參校本，學古緒言部分又以文淵閣四庫全書影印本（四庫本）參校。

此外，因婁堅善書法，故至今仍有其不少書作存世，清、民國一些書畫題録著作中對婁堅書法作品亦有著録，所以在已刊刻詩文集外，尚有不少詩作、題跋、尺牘手札存世。兹將從故宫博物院、臺北故宫博物院、上海博物館、上海圖書館、嘉定博物館、香港中文大學文物館等機構所藏部分婁堅書法作品中輯録的詩文，與在清人陸時化撰吴越所見書畫録、孔廣陶撰嶽雪樓書畫録、方濬頤撰夢園書畫録等書畫題録中搜集的婁堅詩文匯爲補遺一卷，以補前刻所遺。

本書體量較大，卷次頗多，詩文所涉知識淵廣，限於學識陋寡，雖經歲用力，粗陋錯訛處恐尤有不少，不當之處，祈請大雅君子不吝斧正。

校注説明

一、本書主體由婁堅所著詩集吴歈小草、文集學古緒言兩部分組成，其中吴歈小草十卷、學古緒言二十五卷。另有輯録補遺一卷。

二、本書以康熙三十三年（一六九四）嘉定陸廷燦重校婁子柔先生全集（康熙本）爲底本，以崇禎三年（一六三〇）嘉定縣令謝三賓所編嘉定四先生集中的婁子柔先生集（崇禎本）爲主要參校本，學古緒言部分又以文淵閣四庫全書影印本（四庫本）參校。

三、崇禎本吴歈小草和學古緒言分别另有補遺一卷，嘉定陸廷燦重校時，將補遺部分按詩文類型進行了分解，重新補入十卷吴歈小草、二十五卷學古緒言内，使體例變得更爲嚴整，故本書基本體例從康熙本。

四、注釋主要采用篇後注，力求精當。校注主要包含以下數類：（一）底本與參校本對校，在因避諱等導致的文字相異及衍奪訛舛之處加以注釋。（二）通過比校，對各版本某卷詩文體例不同處進行注釋。（三）對書中所涉部分歷史人物、地理名詞、典章故實等加以注釋，其中尤以與婁堅交游人物的注釋爲多，一般於首次出現時出注。

五、本書整理采用通行繁體字，對原書中所涉異體字一般改爲通用規範字。因塗抹、字迹模糊、空缺而無法校定之處，以「□」標示。並對書中所涉人名、地名、書名等加以專名綫，以便於讀者識認。

婁子柔先生集原序

天下萬事不可違時，而文章獨不可去古。今日文章之惑，莫大於以科舉之作爲時文，而其餘記序碑銘之類輒居然自處於古。夫晁、董、公孫之對，當時所謂科舉之文也，不謂之古文可乎？今之集家輒居然自處於古者，謂之古文可乎？在宋天聖間，學者務以言語摘裂，號稱「時文」，以相夸尚，獨尹師魯、蘇子美、穆伯長之徒學爲古文，匪學其辭，學其道焉耳。春秋未嘗學詩、書，詩、書未嘗學易，而六經之道未始不同歸，其斯以爲萬世古文之宗也歟。太史公史記學六經而爲之者也，韓氏學史遷者也，歐陽氏學韓氏者也。今其書具在，豈嘗句句而摹之，字字而襲之也哉？亦學其道焉耳，故曰學古有獲。如徒以其詞而已矣，雖甚與之肖，何獲之與有？嗟乎！求古學於今之世，吾未嘗多見其人焉。子柔婁先生，其學本原歐陽氏、韓氏，由史遷以溯六經；其詩文渟蓄淵雅，無雕繪襞積之陋，無縱横怒號之習，藹如也；其與人平以恕，其持身簡以廉。吴人知與不知，咸謂之曰「婁先生」。自其門弟子以至交友姻戚，泛及兒童婦女，無異詞。予承乏嘉定，與之交有飲醇之味，察其行異於澹臺子羽者尠矣，信乎真能學古者也，匪學其詞，學其道焉者也。爲刻其詩文吴歈小草十卷、學古緒言二十五卷，以示世之文多道寡而自附於古文詞者。乃若編纘讎勘，則其徒馬生元調巽甫之勳居多。

崇禎三年春三月，勾章謝三賓序。

婁貢士堅傳

錢謙益

堅字子柔，嘉定人，經明行修，學者推爲大師。五十貢於春官，不仕而歸。其師友皆出震川之門，傳道其流風遺書以教授學者。師承議論在元和、慶曆之間，箴砭俗學，抉擿踳駁，從容更僕，具有條理，衣冠脩然，容止整暇。書法妙天下，風日晴美、筆墨精良方欣然染翰，不受迫促。與唐叔達、程孟陽爲「練川三老」，暇日整巾拂，撰杖履，連袂笑談，風流弘長，與之游處者咸以爲先民故老，不知其爲今人也。晚而學佛，長齋持戒，間與余輩當歌命酒，亦流連不忍去。子復聞生於暮年，教以古學，叮嚀告誡，勿染指時流。子柔没，漸有聞矣，亂後死於兵，遂無嗣。傷哉！

目録

吴歈小草卷二 …… 三四

吳歈小草卷六……一六三

五言律詩凡一百九十九首……一六三

學古緒言

學古緒言卷二……三八三

學古緒言卷三……四〇七

學古緒言卷六……四八二

學古緒言卷七……五〇五

學古緒言卷八……五二五

壽序凡十四首……五二五

學古緒言卷九……五四八

墓志銘凡五首……五四八

學古緒言卷十三 六二五

學古緒言卷十四 六四二

學古緒言卷十七……六九五

學古緒言卷十八……七一二

學古緒言卷十九……七二七

祭文凡十一首……七二七

哀辭凡四首……七三八

學古緒言卷二十……七四五

呈凡八首……七四五

學古緒言卷二十三……八〇三

後記

吴歈小草

吳越小言

吴歈小草卷一

四言古詩凡三首〔一〕

【校注】

〔一〕崇禎本作「四言古詩凡一首」，康熙本作「四言古詩凡三首」，因崇禎本在十卷之外另有補遺一卷，陸氏在重校吴歈小草時，按詩體形式將補遺部分分别編入十卷内，在四言古詩部分增入原屬補遺部分的寄君實、寄伯隅二詩，故此處作「四言古詩凡三首」。

行義桓嫠詩爲姚母文夫人賦

炎爐再然，二百中天。儒術之盛，肇自細旃。執業下説，人主親焉。維時帝師，大戴之年。就問起居，擁經而前。澤及孫曾，家學遞傳。閨門之内，彤管所編。女也士行，秉禮孔虔。歸劉未幾，晝哭漣漣。一男五齡，顧影獨憐。雖念父母，所不敢還。嫌疑之際，有慎無愆。僶俛十載，兒復母捐。匪愛一死，有踐豆籩。煢煢未亡，何促何延！愧此宗婦，慭我纏綿。中情未明，如何可宣。矜耳自誓，無忝予先。行義之高，達於邃綖。有事而膰，光於市廛。其迄於今，千載以旋。爰有貞淑，一蘭一荃。嚴霜瘁之，有馨不焉。維彼外家，實同蟬聯。維此後賢，有美蹁躚。歌以言之，今昔比肩。上薄層霄，下徹重泉。

寄君實

祁之柳，其葉油油。自我送子，于祁之洲。佇立望之，莫知我愁。豈不能言，以寫綢繆。所願言之，我心則憂。乃如之人兮，洵美且修。嗟子食貧，不忮不求。我欲從之，道路悠悠。我思古人，伯也其儔。伯兮伯兮，我之所臧，人以爲尤。

寄伯隅〔一〕

祁之柳，其葉爛爛。自我送子，于祁之畔。佇立望之，莫知我怨。豈不能言，以寫慨嘆。所願言之，我心則亂。乃如之人兮，洵美且燦。嗟子樂康，不婧不嫚。我欲從之，道路漫漫。我思古人，伯也其伴。伯兮伯兮，人之所羨，子以爲患。

【校注】

〔一〕伯隅：張其廉，字伯隅，又字無隅，嘉定人。萬曆進士，官至南京吏部文選司主事。光緒嘉定縣志卷十六宦蹟載：「其廉，字伯隅。萬曆乙未進士。武學教授，遷國子監助教，擢車駕司主事，職南北驛傳，攝環衛馬政，並有能稱。庚子，典試湖廣，查税太監求列名序録，持不可。轉儀制主事，荆藩妃冒乞名封，力争不得，遂移疾。改南文選司，卒官。其廉謹慎，不爲厓異，而是非所在，亦不苟同。少負文望，詩亦卓然可傳。」徐允禄撰思勉齋集載：「伯隅儀止清雅，望而爲貴人。」爲嘉定名宦徐學謨之婿，與婁堅爲好友，婁與其有多篇交游詩文。得年僅四十有一，葬嘉定城南沙浦原。有心遠軒詩稿。

五言古詩凡七十三首〔一〕

【校注】

〔一〕崇禎本作「五言古詩凡六十二首」，康熙本作「五言古詩凡七十三首」。陸氏在重校時，將原屬崇禎本卷二的莆田翁吾鼎壽母詩、謝餉天池虎丘茶廿二韻、次韻比玉戲贈長蘅、勖子彬弟、壽任翁磐石七十、閑居感懷追憶金後愚翁慨焉成篇、送別孟陽作止弈詩、純中道兄方有子婦之戚聊以弈解之頻與對局、敩韓薦士上胡明府五百字、寄酬黄工部貞甫、胡明府復乞介壽之篇賦五言四十韻十一首詩移入卷一，故此處詩數兩版本所載不一。

辰玉〔一〕編修寄所和東坡殺戒詩同賦三首

性本薄滋味，聊以薦米汁。邇謝痛飲徒，纔令渴吻濕。藜莧有餘甘，采掇况易得。臘毒豈不聞，而以肉爲急。臨流放魚鰕，毀柵縱鷄鴨。匕箸久不腥，尊罍亦長冪。搜腸未全枯，浮面光猶赤。人言肉五净，憐我髮半白。詎知中心灰，但餘裹頭幘。前路已無岐，寧復楊朱泣。諸有儻可空，我生竟何缺？况此刹那間，誰非不住客？行持伊蒲戒，庶幾斷苦集。

頃傷愛别離，老泪瀝枯汁。口腹似欲忘，襟袖每留濕。頗憶大醫王，病深難療得。念此業識中，有生同所急。佛訶人食羊，我類鷄伏鴨。因悟多生緣，發我無明冪。有舌不别味，何用碓流赤？有鼻不齅羶，唯應坐觀白。頭陀本非髡，煩惱亦非幘。言生正對殺，是笑終殊泣。但令心地凉，莫論世界缺。願以無上味，供我禪悦客。君看方丈筵，腥穢蠅所集。

蘇公憂患餘，鼎顛護殘汁。搴裳涉末流，欲濟寧顧濕。子於出處間，至竟當兩得。陳詩戒賓筵，辭婉意殊急。時俗競珍羞，漸輕鳧與鴨。堆盤幾知名，海錯半猶冪。酒酣復叉魚，争觀素鬐赤。蒸貍託玉面，縷切膏刃白。主人尚矜豪，賓醉紛墮幘。厭飫及僮奴，逮曉燭猶泣。咄嗟萬錢費，一汰釀百缺。未聞賢達人，而好餔啜客。託契非俗同，長當自遠集。

【校注】

〔一〕辰玉：王衡，字辰玉，號緱山，別署蘅蕪室主人。江蘇太倉人，王錫爵子。萬曆進士，舉順天鄉試第一，會試進士第二，授翰林院編修。後奉使江南，請終養歸里，年四十九卒。工詩文，擅戲曲，著有緱山集、歸田詞、紀游稿等，明史有傳。

贈丘五丈〔一〕

仲尼稱志士，溝壑每不忘。豈不愛一生，貴識分所當。貪夫矜苟得，十九餘後殃。未聞秉高節，一一凍餒僵。丘翁清白子，處困無失常。裋褐不得完，服禮當帷裳。半菽不得飽，味道當膏粱。猶有素心人，言笑時相將。迨今年七十，形羸神尚强。千年松與柏，歲寒亦春陽。

【校注】

〔一〕丘五丈：丘集，字子成，嘉定諸生。從學歸有光，所涉廣博，尤長三禮。少時家貧，讀書不輟，有「寒谷」之稱。與婁堅、唐時升等人爲友，著有橫槊小稿、陽春堂稿、西行山稿等。

贈張二丈〔一〕

鄙夫仕四方，所謀止其身。達人偃一室，所急在斯人。試問衆有目，誰爲玉與珉？先生少耽學，晚歲力彌勤。論世必觀變，推陳自知新。苟爲不識時，害與蟊賊均。二帝三王來，墳典垂聖真。李斯雖禍秦，後王多所因。趙宋既代周，弭亂諮元臣。自云悉考鏡，可以豫經綸。惜哉世莫知，獨有吾黨親。邇來文章敝，剽竊無根源。及乎施之用，塗羹而飯塵。絶學儻可紹，豈不在逸民？六十未云老，我願從討論。庶幾俟來哲，毋令大道湮。

【校注】

〔一〕張二丈：張應武，字茂仁，一字三江。年未壯即棄諸生。師事歸有光，得史學之傳，以經濟自負。論古今人物、山川、阨塞、兵農、戰守，若身歷其間。料當世事，多奇中。嘗慨三吴水利不修，操小艇出没太湖、吴淞，著水利論，尤切時務。晚由安亭卜居南城，與婁堅、唐時升論古講學。知縣韓浚修邑志，發凡起例皆出其手。詩清矯不群。

田家四首爲宋賓之賦

初陽入陰壑，凘凘冰流凘。原田草色動，稍稍含華滋。老農行負暄，驅犢出茆茨。已偷卒歲安，耕種當及時。

我麥幸已秋，老稺欣一飽。仰視雲漢明，所思在流潦。出門泥活活，浡然振枯槁。濁酒呼比鄰，愧彼風雨好。

秋至天宇高，白日照禾黍。村村走兒童，坎坎擊社鼓。烏飛引其雛，徊翔競來哺。却思值年饑，黽勉徒自苦。

茅簷雖云低，旭日滿前楹。擁褐對妻子，壺觴聊自傾。不獨肢體暢，兼以陶我情。來春更力作，永矢勞一生。

還自廬州呈孟祥用卿十首

我生大江南，不識江以北。坐令雙鬢華，胡爲自拘迫。亦嘗詣都門，慷慨獻其璧。在璞未見珍，紛然寶燕石。歲宴復此行，要當置失得。塗抹學兒童，且貪一餉劇。

長江破風濤，前程那可期？蹇驢犯霜雪，眇躬怯驅馳。逝將遡陽羨，行過河之湄。復恐陽羨道，擊楫徒爲疲。從人訪別港，百丈浮空絲。路逢估客舟，歷歷問所之。我行信多迷，齷齪將何爲？已無季主卜，唐舉久吾欺。感念欲有問，悠悠獨天知。不如且置此，一進手中巵。

三人布一席，諧謔傾我壺。搴簾得明月，娟娟入坐隅。是時月爲客，來爲主人娛。醉起步溪上，月色滿平蕪。月若招我游，信步隨所如。主客妄分別，形影詎有殊？相看互爾汝，不知孰爲吾。就枕各瞢騰，化爲蝴蝶胥。

別我高頭舫，移就客船宿。日落片帆懸，明月來相逐。澄湖渺無際，百里送吾目。風微波不揚，縐紋細如縠。況與平生親，坐卧展心曲。無爲嘆飄零，此歡亦難續。

竭來入居巢，漸與合肥近。巢湖百頃波，驚濤不得進。策馬山之陂，吊古默自哂。讓王彼何人，千載高風振。七十老衰翁，暗投終見擯。孔孟亦遑遑，不逢堯與舜。達人無不可，此理祛鄙吝。過卧牛嶺上有巢許祠。

蒼茫群山開，合沓行相媚。暉暉出山雲，飛雨若空翠。亭午忽滂沱，張蓋猶濡袂。馬蹄澀不前，蹭蹬時欲躓。我僕行塗泥，先後理鞍轡。前村亦非遥，昏黑猶一置。望見燈火光，稍稍定心悸。茅簷與華堂，投足同所憩。

平生淡榮利，於世實寡營。自顧孱弱軀，不堪功與名。每懷馬少游，千載同此情。一來肥子國，輒思濯塵纓。糞壤盈我前，飲水不得清。乃知涉世味，不如返柴荆。仲尼鄙稼圃，傷時未昇平。古來賢達士，抱耒亦躬耕。

巢湖雖云險，曠焉豁心胸。於時雪初霽，山高玉巃嵸。衆山亦邐迤，拱揖相爲容。風帆頃刻過，我目不得窮。但見連檣來，横亘若垣墉。忽憶草昧初，義師起從戎。至今廖與俞，廟食崇元功。奈何濡須塢，紛紛鬥梟雄。非無爪牙士，所攀非真龍。信知聖人作，萬象開晦蒙。

湖水縮猶悍，江勢高更危。舟師晨濟江，蹴浪殊嶮巇。如遡八節灘，咫尺不得離。日出沓靄中，風定乃少夷。朝過博望山，暮宿瓜步湄。計程到江南，看雲慰我思。歸心畏淹泊，卧聽江流澌。吾生如老嫗，少即閉溪闈。亦思乘長風，年往氣漸衰。量已頗已審，通人勿見嗤。

一踏江南地，歡如釋重負。籃輿入深山，雲物明可睹。蒼鱗飄修髯，蔥翠引余步。試問雨雪無，此中未寒冱。攝衣上層嶺，風恬得春煦。金焦時出没，對峙若牙互。空江捲波濤，遥聞勢彌怒。其陽列衆山，雄秀争奔注。瞿生抱微痾，犖确行不顧。語我平生游，必躋最高處。不然隔培塿，茫然墮雲霧。此語絶可思，頗愜游觀趣。當及未衰年，從子窮山路。

俊少六君始結文社賦贈

羽伯昂藏姿，風氣故遒上。詞場驟先登，摩壘還掉鞅。務令窮高深，毋寧墮渺莽。色物何足論，神駿獨所賞。

孝冲實深心，下帷不出户。寧知清且癯，臨敵氣彌怒。唯其處子如，所以能脱兔。才力豈不然，謙謙况多譽。

幼寧恂恂者，中懷復翛然。簡澹有餘味，落筆無拘牽。更須肉好均，庶幾出纖妍。大雅詎違俗，當視後者鞭。

孟成從吾游，資性寔謙下。嗟余雖老慵，有得欣爲瀉。子亦静且敏，黽勉意不捨。對之良自怡，猶能養梧檟。

巽甫意邁往，好古欲嗤今。驅車入委巷，何繇得駸駸。願子反高駕，與時共酌斟。無令日月逝，早出爲國琛。

初陽始垂髫，贄我以其文。嘉禾擢秀穎，豈與萬稗群？況聞勤學殖，藝圃日鋤耘。勖哉慎其度，行當播清芬。

六月二日顧長卿招余解齋因憶去月弇園臨泛賦呈一首

炎蒸散高館，窈窕羅長筵。庭竹藹蔥蒨，凉風生其顛。談宴娱永日，爲樂未能還。改席臨廣除，華燈夾修椽。主人起送客，謂我少留連。娟娟繁華子，羽扇何翩躚。遲回却扇坐，顧影亦自憐。丹唇激緑水，清商颯凄然。感此纏綿意，中情聊爲宣。日余慕空寂，清齋謝時賢。一與二三子，游覽沿清川。柔曼坐我側，觴酌流我前。兀若槁木形，冥心多所便。茲夕遂潦倒，頗回平生緣。虚白自常湛，緬懷盆池蓮。

虎丘梅花樓同仲和〔一〕試筆

蚤歲游名山，閉門學詞賦。及兹無所成，漸老山中樹。壯心激登樓，黽勉仍學步。經過復幾人，翱翔逐鴛鷺。懷彼順風呼，慚予逆流泝。才地或使然，無爲嘆遲暮。勖哉英妙時，驤首即横鶩。念我無相忘，井渫甘射鮒。

【校注】

〔一〕仲和：龔錫爵仲子方中，字仲和，國子生，能詩，有氣節。李流芳檀園集卷三十第園宅亭「龔尚書宅」條：（龔）錫爵子方中，詩酒宴會無虛日。唐、婁、程、李諸先生及馬元調、宋珏輩往還其家。宅東滋德堂，東西壁詩畫幾遍，僅餘二堵。（光緒嘉定縣志卷十六宦蹟）

聯雲閣〔一〕舊爲伯隅讀書處

故人招我宿，春深樹頭烟。金罇醉紅粉，縹帙遺花鈿。新篁雨餘緑，窺窗鬥嬋娟。升沉一朝隔，陳迹已三年。兹游正長夏，庭梧對高眠。復與二三子，談宴出新篇。豈伊務外游，觀變心悠然。後來復何時，一一留可憐。

【校注】

〔一〕聯雲閣：在張其廉私園伯隅園内。

登虎丘寺閣

兹山實薈蔚，能使流目迷。高閣出樹顛，連峰亘其西。平生山中客，今來始攀躋。浮圖勢更高，登屢疲層梯。聊此窗間眺，已覺飛鳥低。平疇帶曲水，遥見來時蹊。高下各有適，鸛鶴同鳧鷖。擾擾何爲者，物理將無齊。

五日再游虎丘

客游感節序，驚聞鐃鼓喧。閶門萬人家，晝鷁無停騫。因之泊枉渚，良朋共清樽。輕陰覆山徑，日晏收餘暄。還舟若流水，山中尚星繁。炫服何爲者，寧知湘纍冤。好修自多忤，不得辭籠樊。還思主人雁，引吭未爲煩。

游慧山秦氏園

挂帆去不極，愛此泉聲回。一過舊池館，改築何崔嵬？入門看修竹，左右清陰開。老松四五株，離立無欹隤。潛虬方出水，風濤雜輕雷。託根已得所，寧復同汙萊？我行倦物役，欲別心悠哉。山水如我留，前路飛黄埃。

游靈谷寺〔一〕早發龍潭

朝憐山氣爽，日午困煩歊。一望松陰深，散步不覺遥。却如泝江來，卧聞喧夜潮。汲井漱清泠，山僧出招邀。高殿若巖壑，無風自謬謬。我懷塔中人，千載依雲霄。誰爲捨宅者？策蹇時山椒。賢達古如此，臨風託長謡。

【校注】

〔一〕靈谷寺：明三大禪寺之一，南京鍾山東南，本名道林寺，明初移於此，明太祖朱元璋賜名「靈谷禪寺」。寺院規制壯麗，肅穆莊嚴。寺内有著名的無梁殿。

夏日屏居琅琊東莊承辰玉書懷枉寄有答十首〔一〕

孤閣三尋餘，中空四周徹。高下明綺疏，風多晝長閉。端居抱遺編，啓予冀劘切。廢書時喟然，引領心所悦。忽枉瑶華音，回環漱冰雪。

昨者梅雨初，興雲忽而靄。蒼茫遠郊色，農家喜霑溉。桔槔停不鳴，須晴得秉耒。我懷卒歲憂，良苗欣可待。漭漭遂經旬，何由展銍艾。喧静各有宜，感念同一慨。

晝閑登高望，憫彼農務勞。流汗不得揮，敢辭肌體焦？雨即具襏襫，所憂莠驕驕。暮歸携酒漿，樹下暫招要。我眠屬有念，勞歌滿中宵。露凉貪努力，搰搰難及朝。

人生賢愚分，乃在勞逸情。烈士多苦心，焉能偷自營？疢美毒滋多，懷安實敗名。燕雀爾何樂？堂高亦易傾。我賤擇所便，自顧鴟鵷輕。欽子懷百憂，所以揚德聲。

予晚喜童稚，對之心孔開。顧影雖孑然，鍾美多吾儕。首夏一過君，蘭芽茁庭階。還語所從游，兩家各崔嵬。當如塤篪鳴，毋令臭味乖。咄嗟濫追琢，獨立長徘徊。

少年讀文史，於世實無堪。君如騂騮馳，顧令駑馬驂。會當舍之去，高步恣所探。榮名豈吾分，沉冥久彌甘。薄田慵不耕，賴給石與甔。天意亦云厚，胡爲苦無厭？即此愧田父，呶呶重爲慚。

物論久難齊，是非詎無定？未若兩相忘，那能力與競？郊居所居樓，水木澹幽勝。嚶嚶暫來鳴，聒耳雜至暝。夜中復如何？草露蛙相應。子詩實鏗然，搔首足高詠。待彼氣候澄，甘眠得虛静。

尋常弄筆扎，隨俗畫眉嫵。傳摹失其真，逝者今莫睹。局促矜步趨，傫然未足數。脱略信所如，或恐偭規矩。斟酌形神間，維子踵前武。此道亦沉淪，緬懷衆甫父。

昔與二三子，頗薄章句儒。長者爲我言，鑿鑿無所拘。每於盛衰際，推較良不誣。耻爲一身謀，希古求與徒。我友實自負，淪落委路衢。以茲多感憤，撫事潸嗟籲。謂叔達也。頑鄙時復爾，偶拾涕唾餘。

憂來信無方，奈何不自遣。本無當世志，食貧自黽勉。生人重嗣續，吾後乃連蹇。回思造物然，有泪不令泫。子意吾能知，浮雲有舒卷。不然憂蒼生，痛憤在儇淺。我聞同心人，出處多異撰。

【校注】

〔一〕「十首」：此二字崇禎本無，陸氏加於康熙本。

六憶詩爲李生賦

憶妝時，弱腕不勝梳。翠疑山色遠，紺是石華餘。妝成試相問，鏡裏自憐無。

憶立時，亭亭雪中梅。嬌從雙靨起，態逐一身來。憑欄羞不語，凝睇故徘徊。

憶行時，盈盈出窗牖。裾開百和香，體弱三眠柳。顧步忽嫣然，桃朱啓檀口。

憶坐時，眄睞生輝光。閑拈領邊繡，慵整額間黃。定知心有屬，莫誤是王昌。

憶飲時，玉面紅來遲。催花冒蟬鬢，邀月照蛾眉。床頭九微火，不解笑人癡。

憶眠時，輕紈一抹斜。汗浥膏逾瑩，鬢垂黛半遮。夢回開笑臉，初日到蓮花。

送伯隅三首

暉暉仲冬日，衡茅藹餘暄。庭蘭始茁芽，窗梅已含芬。置酒會衆客，餞我平生親。中厨薦嘉蔬，觴酌何繽紛。日暮熺明燈，清歌激丹脣。獻嘲有新趣，吐論無昔聞。爲樂亦云極，所嗟遂離分。

離分勿復陳，念子行涉遠。驅車廣陵津，雪霰歲雲晚。北望黄河流，層冰若修阪。善保金玉軀，願言加餐飯。辛勤十年心，榮名一朝焜。行者搏風鵬，居者飲河鼹。彼此各有宜，深衷自繾綣。

繾綣將何申？恨無晨風翰。慕彼贈與處，含意兹欲殫。時俗冒榮進，偷以圖自完。在易美漸磐，詩人歌伐檀。被褐懷其寶，食貧亦所安。身名孰爲親，熱中應寡歡。子其茂明德，予懷聊用寬。

送李茂才〔一〕

薇藿亦充虚，所願在珍羞。裋褐亦蔽形，所願在輕裘。丈夫處世間，豈爲一身謀？朝爲窮巷士，暮揖公與侯。齷齪矜小廉，無乃用未周。廓落慕不羈，末流多愆尤。誰能執其經？約己弘遠猷。送子遠于役，慨焉念前修。遭時信不易，努力毋自偷。山川遂阻隔，聊此託綢繆。

【校注】

〔一〕李茂才：李名芳，字茂才，一作茂材，嘉定人。天資絶人，十餘歲已能馳騁文詞，若鸞翔鳳翥，雲霞爛然。與程嘉燧、王衡、唐時升等交善。萬曆壬辰科進士，選爲翰林院庶吉士，翌年卒，年二十七。著有李翰林集。

送李茂修孫履和北上兼寄叔達〔一〕冏伯〔二〕無隅三君子

平生好辭賦，自慚非壯夫。所交多跅弛，不肯學爲儒。要當奮拳勇，爲國效馳驅。倔强公卿間，盡吐膽氣粗。二子來新安，混迹於耕漁。嘯傲若有得，讀書窺穰苴。或時赴原野，腰懸繡蝥弧。笑指所注物，發發互相踰。何有奇傑人，袒跣叫梟盧。袖手每旁觀，氣欲凌吾徒。李君神揚揚，伉爽信所如。孫子若沉深，意乃不拘拘。自負胸中奇，實與流俗殊。時平不見異，挾策干當塗。且與海内士，觀光帝王都。昔時黄金臺，不知今在無？我友美無度，各各佐戎樞。冏伯磊落人，自矢不顧軀。伯隅抱懇款，愛士無親疏。況聞元臣胤，日夕輸謀謨。侃侃老布衣，片語能吹嘘。豈復寶燕石，不令善價沽？一朝備戎右，同爲王爪牙。叶吾。東南蹴溟渤，西北掃穹廬。幹略既獲展，功成不次且。還朝受上賞，長揖歸里閭。擊鮮召故人，斗酒每相於。信知齪齪者，徒然白頭顱。丈夫自有志，慎莫輕揶揄。

【校注】

〔一〕叔達：唐時升，字叔達，父欽堯，居嘉定西城。爲人倜儻，多大略。由貢生選撫州訓導，未任，卒。時升少有異才，年未三十謝去舉子業。讀書汲古，志大而論高，嘗以李德裕自期。王錫爵執政，時升偕其子衡讀書，縱論天下事，凡兵農錢穀具言始終沿革。詩才雄健，古文師法歸有光。著有三易集。與婁子柔、李長蘅、程孟陽合稱「嘉定四先生」。

〔二〕冏伯：王士騏，字冏伯，太倉人，王世貞長子。明萬曆己丑進士，除兵部主事，由禮部主事調吏部員外郎，坐妖書獄，削籍罷歸。著有醉花庵集。

朱濟之秀野園宴集

久晴日望雨，雨即禾黍苞。既雨復望晴，晴宜桂花朝。朝曦露簷隙，我友欣見招。香風百步外，悠然出溪橋。丹黄正霏霏，樊圃亦蕭蕭。中園兩高樹，花葉紛相交。峥嶸紫金聚，晃耀碧玉條。愛此林木美，況乃瞻矚遥。開尊攬幽馥，行厨薦嘉肴。醇酒易成醉，凉秋漸多飈。晚景澹西照，浮光滿東皋。憶昨冒雨來，想像殊忉忉。一回花間顧，的皪明瓊瑶。始知目未睹，徒然心爲勞。田家有好語，便可停桔槔。香粳畢秋穫，木棉著去聲。冬袍。唯應秋陽曝，所慮霜氣高。令節近重陽，嘉月行可陶。仍當就君飲，幸煩具簞醪。浮浮炊大甑，粒粒揀長腰。及此籬菊綻，細嚼稻蝌螯。飲固不須痛，且復置離騷。

病　痁

吾生多慮思，日夜膏火煎。好道未能學，百事相拘攣。衰容漸上鬢，攬鏡輒惘然。少遭瘧鬼困，迨壯得暫捐。今年復來侵，自恃非久痊。連綿轉趨劇，對食難下咽。寒如走風雪，擁絮不得前。熱如被焚灼，喉吻欲生烟。一一思病根，將加後者鞭。性本澹嗜欲，愛染無他緣。清齋已兩月，蕭然得所便。珍藥自吾友，服之暖丹田。兼於榮利途，寂寞甘守玄。得無我生初，所禀或奇偏。不然膚革間，受病若中穿。要以牽物役，碌碌無息肩。藏舟大壑中，夜半去不還。昨吟少陵詩，此物頑不悛。退之雖張皇，伐鼓徒淵淵。朝讀班氏書，黽勉終數篇。感彼家國事，有類病彌年。妖狐暗爲厲，鼫鼠競容孱。膏肓竟難爲，盧扁痛莫宣。厝火積薪上，咄哉非安眠。小兒衆號嗄，大兒苦跰蹮。三嘆蹶然起，鬼物亦遷延。

贈別李長蘅[一]

吾聞倜儻人，邁往意不屑。當其未遇時，吐論必軒豁。及乎施之用，要令頑鄙怛。名迹豈不然，昭昭揭日月。所以貴聞道，章光戒太泄。出口淡無味，功成視猶缺。窅然務内觀，泊然輕外物。皮毛脱落盡，然後見真骨。嗟子妙言語，况兹壯齒髮。歸依老律師，久已斷葷血。被服與俗同，冥心契禪悦。行當赴功名，千里坐超忽。眷言平生親，解携在明發。吾衰就日損，將何申贈别。材士願多奢，行人事每節。毋以不磷緇，輕用試磨涅。

【校注】

〔一〕李長蘅：李流芳，字長蘅，一字茂宰，號檀園、香海、滄庵，别號慎娱居士，嘉定人，祖籍安徽歙縣。萬曆三十四年舉人，值閹黨亂政，遂絶意仕進，乃賦詩而還。好佳山水，工書畫，精題跋，所繪山水得元人風致，自饒真趣。書法奇偉，自極謹嚴。詩文雍容典雅，至性溢楮墨間。著有檀園集。爲「嘉定四先生」之一，亦爲「畫中九友」之一。

過支硎欲訪凡夫迫暮不果

新晴卉木悦，山鳥哢好音。石上瀉清泚，松間出細岑。中有隱者居，鑿石爲幽深。高卧白雲裏，悠然觀古今。伯鸞發高唱，德曜賡清吟。稚子亦嗜古，已能慕向歆。清齋化鄰曲，可以忘華簪。我來坐磐石，舒眺平池陰。不識主人面，還知主人心。

徑山慈音禪師向於吴江沈氏宅游處甚暱未幾棄家學道棲廬山十餘年祝髮東歸去歲曾寓書問訊期以入山頂謁今來湖上將果此期感舊抒懷呈五字句

我無當世志，白首罥塵網。君負出世姿，浩然即長往。遥知別來心，已忘去聲。菩提長。惜哉平生親，辛勤爲俯仰。清凉復幾何，堪此六鑿攘？正如犯風濤，輕舟涉渺漭。所恃唯舟師，那能不提奬？憶昨同游處，被服儼儒雅。章句竊所鄙，時從學佛者。誰於言下悟，諸有頓能捨。世緣苦見拘，頗似上坡馬。因循不自割，幻化寧相假。每懷廬山麓，遠託蓮花社。東歸入山深，欽公舊蘭若。幸此塵勞蹤，得霑甘露灑。心期十年乖，相見惘然也。昔聞禪宗言，修定如遵途。要以慧爲藉，有如杖能扶。紛拏縛惛懦，勝負争肥臞。有學尚未克，無爲復何如？或有示方便，頗曾念佛無？未聞子憶母，母棄不與俱。又恐墮欣厭，即與息念殊。吾欲從耳根，圓悟衣領珠。此二孰當機，願師憫我愚。庶幾妙净華，終得生泥塗。

乍至武林將謁雲棲述懷奉呈一首

昨來西湖上，非復舊游心。水清不濯纓，浣我宿垢襟。松風遥入耳，一一鐘梵音。夙聞老禪伯，道峻慈愈深。法筵照吳會，緇素同所欽。飫以醍醐味，坐之薝蔔林。導令一門入，深淺隨酌斟。嗟余已衰白，長恐歲月侵。亦知學禪那，見海忘蹄涔。即心自超悟，初機未能任。何如絶流渡，到岸徐追尋。至竟非一異，譬調瑟與琴。行當受浄戒，熏修方自今。窮子尚驚怖，所須除糞金。儻可示法要，翹首佇愔愔。

送辰玉會試兼柬子魚〔一〕三十韻

仙山盛瑶草，大海饒明珠。材傑出世胄，自與尋常殊。流俗苟爲異，形迹乃見拘。坐令匠石慚，所採非時需。豫章老山中，端爲梁棟儲。子昔充秋賦，掞藻屈其徒。遂首郡國薦，英英照天衢。服奇竟遭指，還歸抱區區。子房既引退，海内欽卷舒。庶幾後賢出，幹局紹前模。自從海波揚，屬國危剥膚。中權萃貔虎，航海煩供輸。近聞鯨鯢張，蹴浪傾玄菟。未知計謀士，廟勝當何如？子行偕計吏，盱衡吐良圖。進則定國是，退亦念鄉閭。謇予實疲薾，珮玉思走趨。華髪尚潦倒，舉世號爲迂。臭味偶相似，謬忝鼓與桴。南游奏薄伎，慷慨欲嘘枯。駑駘策不前，弛銜爲欷歔。酒酣出其文，自疑頗闊疏。讀之光焰長，煒煒燭四隅。夜光雖暗投，誰能棄瓊敷？我有同心人，獻璞疲修塗。丈夫信義命，尺度願勿渝。詭遇儻可爲，樹立與之俱。寄言但養氣，時來豈在吾？與子策高足，順風相招呼。吾將寶康瓠，長嘯懷江湖。

【校注】

〔一〕子魚：金兆登，字子魚，一字群玉，金大有子，萬曆壬午舉人。嘗爲業師寘墓田，爲故人營喪葬。邑中大事，如議折漕、議官布，皆昌言力任。又嘗脱浙江某孝廉於難，後某官吏部尚書，數遺書招之仕，以母老辭。晚授都察院都事，亦不赴。卒年八十二。（光緒嘉定縣志卷十八孝義）

莆田翁吾鼎壽母詩

昨别冬已半，今來春未闌。迢遞三千里，俄復握手歡。再拜前致辭，欲以文字干。始余未成人，寡母涕汍瀾。今老幸尚疆，吾衰慚釜乾。人言食蘗苦，未若食貧難。毋言肉食美，不如藿食安。子其善頌禱，慰此長辛酸。我聞三嘆息，欲贈無琅玕。曰歸侍壽母，夜夢徵芳蘭。含飴初弄孫，行看勸加餐。爾時慈顔愉，尚堪比渥丹。長歌意未盡，申章復濡翰。

謝餉天池虎丘茶廿二韻

昔余慕禪寂，棲止天池巔。松根白石罅，淲淲鳴幽泉。時從經行罷，縷縷見茶烟。一啜濡吾吻，再啜利吾咽。回思甫踰冠，虎丘住經年。手掇鷩雷芽，焙瀹發甘鮮。口美中未愜，花蕘厠丹鉛。尤慚漱靈液，而以滌腥羶。豈若狎緇侶？觀心坐翛然。漸衰塵慮淡，杜門謝拘牽。彌覺茶味永，能令百脉宣。稠疊荷珍貺，匡床對烹煎。仿佛舊所歷，一一在目前。近聞官督採，無異逐爵鸇。山僧苦遭詰，厲禁何由蠲？唯應好事者，銖兩輕百錢。吾欲往具陳，味寒非貴憐。不堪侑竿牘，那用供貪緣。但宜野老腹，强致王公筵。濃淡自有當，貴賤異所便。且留慰藿食，閑窗足高眠。感子殷勤意，慨焉遂成篇。

次韻比玉〔一〕戲贈長蘅

首楞説修禪，淫心最先斷。要當攝其身，次第入空觀。一根未銷亡，六道互回换。業識胥皮毛，倒見分老嫩。人生貴聞法，曾是資戲論。佛口心波旬，對境鮮不亂。所以達道人，謂身爲大患。毋曰雅俗間，吾且癡黠半。不聞喻蒸砂，妄意欲成飯。誠知根器然，毋令習染慣。檻猨縱入林，終不還就絆。凡夫聞此言，驚顧若河漢。智者契其旨，大覺空夢幻。李非瑱用規，宋乃璧爲散。云何色物間，一諷疑百勸。未若指狂心，使於静中看。凝冰及層瀾，不離水性判。若非病腹人，應不嗜土炭。但放廣額刀，何用發誓願？

【校注】

〔一〕比玉：宋珏，字比玉，莆田人。諸生。詩畫書法高雅絶俗。初見程嘉燧荔枝酒歌，訪求七載，始遇於邑令陳一元座

中，因遍交邑中諸名士。汪明際塾巾樓、李流芳檀園，皆其觴詠處。（光緒嘉定縣志卷二十僑寓）

勖子彬弟

仲尼戒飽食，夷吾規晏安。弱齡不奮勵，詞場走媻跚。亦思慰俯仰，聊且整羽翰。惜哉迫晚暮，終焉困儒冠。未若力田農，春貸秋已寬。復慚逐末賈，子贏母不殫。所賴父祖遺，方虞婚嫁難。生人各有職，吾曠良足嘆。勞生應漸逸，吾衰彌寡歡。汝今幸壯盛，况未憂饑寒。揣分擇所當，虚願徒多端。兼已抱衆者，一念應百攢。無令多暇日，譬已跨征鞍。僶勉及一舍，然後具壺餐。

壽任翁磐石七十

時俗競刀錐，誰能輕施予？積金欲拄斗，攘竊類饑鼠。不聞任翁賢，喜捨視猶土。異時翁始衰，緡錢數千許。一新釋氏宮，所捐半所貯。圮傾及道茀，有謁無不取。逮兹一紀餘，雖散旋復聚。乃知好爲德，其贏譬廉賈。吾邑瀕海壖，耳目限環堵。在宋開禧初，浮屠出江堵。再新已再隳，百年未能舉。賢侯政成暇，慨然理前緒。遂以捐俸倡，雖慳莫爲阻。還聞老寓公，筋力尚愈愈。請爲卜其工，庶無耗吾糈。豈唯不憚煩，千緡出囊褚。經營始昨秋，剔抉安巨礎。矗矗層纍高，百里了可睹。行當看合尖，歡呼走士女。秋晚菊始黄，攬揆當令序。壺觴競登堂，拜起爲歌舞。方結法王緣，會客不須羜。翁乎但擷蔬，可以佐清醑。

閑居感懷追憶金後愚翁慨焉成篇

鄉人不畏吏，乃畏王彦方。所以愧其心，豈不在居常？憶昨里中翁，口不挂否臧。逡巡若處子，接物唯恐傷。其人雖已殁，其行久彌芳。薄俗吁可怪，役智紛攫攘。豈復畏長者？但矜爪距强。翁乎幸不見，見之熱中腸。

送别孟陽〔一八〕作止奕詩有引

予與孟陽皆有學道之志，而余好法書，又耽於棋。孟陽好古書畫及鼎彝玩好之器，尤喜清歌，皆不能無礙。嘗相與言，宜先斷其尤，庶幾漸減，聊因送别，率爾成篇。

吾衰廢舊學，兼絶杯斝緣。所以洽朋好，圍棋共流連。光景良足娱，形骸况能捐。何爲復止奕？聞者將啞然。少壯嘗干時，修途漸息肩。迂疏不問産，空囊少留錢。古來賢達士，麯糵例所憐。庶幾養天和，醉墜猶得全。而我亦頓捨，視若榮利羶。獨此方罫間，尚令膏火煎。我友實卓朗，亦有嗜好偏。相與發誠願，灰心事金仙。恨無對治力，每受宿習牽。剥啄亦何爲？蠻觸争相先。淫哇豈仙梵，宛轉隨俗傳。自餘意所溺，一一留其愆。迹同凡夫劣，口即聖諦禪。彼昏曾不知，一寤儻得悛。我痺終不仁，數蹶何由痊？歲月不可期，相看已華顛。積此愛染縛，所嗟氣力孱。唯應惜此日，庶以償徂年。予艾今始蓄，子後亦當鞭。臨分結深念，聊因弱翰宣。

【校注】

〔一〕孟陽：程嘉燧，字孟陽，休寧人，僑居嘉定西城幾五十年。善畫山水，筆墨飛動。詩風流典雅，爲晚明一大家。書法清勁拔俗，時復散朗生姿。崇禎庚辰歸新安。癸未卒，年七十九。錢謙益誄之曰「松圓詩老」。與唐時升、婁子柔、李長蘅合稱「嘉定四先生」。著有松圓浪淘集、松圓偈庵集、耦耕堂集。

純中道兄方有子婦之戚聊以奕解之頻與對局

物情見成毁，意思何由閑。如奕本嬉戲，所争方罫間。何論金瓦注，决賭尊酒前。已耦一爲二，遂分觸與蠻。守即營壁壘，戰即據孱顔。收匳竟何有？得路輒自賢。種此我相根，枝蔓誰復删？愚者滯前境，翻嗤墜空頑。黠者解非實，未了仍拘牽。信唯修行人，涉有長翛然。白黑彼一毫，縱横此八埏。寧待局終後，方知幻化緣。勝劣苟無辨，生死可與言。

敎韓薦士上胡明府〔一〕五百字

俗學矜浮誇，古道墜叢棘。誤拾涕唾餘，謂從肺肝瀝。乍陳似珍羞，既嚼乃枯臘。日課百千言，暗誦二三策。何論唐虞前，未開漢唐袟。引水注盆池，僅堪鼃黽宅。剪彩綴園林，聊供兒童啞。嚄唶上青雲，嚎嘈判白日。訛種遞承傳，鳴聲亂格磔。倡女倚市門，估客浮海舶。朱粉安足憐，琛琲詎多獲。文章麗爲工，區別淫與則。所以貴爾雅，其言夷且直。所以賤佻輕，其言鄙且僻。吾生信奇窮，干時謬竽瑟。少俊目以迂，揶揄背相謫。咄嗟生今時，顛倒稱古昔。亦有嗜昌歜，乃欲等燔炙。馬生元調者，資性頗超逸。聚書識奇衺，縱筆脱羈靮。一蹶僅能起，再涉懼仍溺。昨歲客琅琊，殘臘返蓬篳。庇廈私自憐，噓枯勢猶迯。弘文方氏子，同時侍硯席。其人既温醇，其文亦綿密。偶遭桀黠徒，佐以錢刀力。對簿淹數年，無家何四壁。寧知奸狡窮，尚坐株連責。士籍慚半挂，詞場困多仄。入山得幽偏，下帷事探索。研莊醉郭解，獵左深杜癖。前史好編年，其書卷三百。鈎玄復提要，磨丹雜漬墨。茂宰回軒車，長洲韓明府。高齋暇經歷。佔畢已賞勤，窺户還驚闃。窮冬始來旋，行卷衆推特。背城幸一借，歸地償屢北。剖玉竟躊躇，臨文空嘆息。薦士諷遺篇，此道今絶迹。撫躬念衰微，未由吐胸臆。深懷和氏忿，欲動仁君側。升斗活枯鱗，扶摇摶健翮。似聞操權衡，亦思藉物色。上以佐搜羅，下以慰遺逸。豈同利勢於，實爲俊髦惜。物情重獎借，達觀冥失得。伊人有定命，况我久耽寂。而此狂疏言，那用輸寫極？公乎洵豈弟，堅也抱悃愊。捫舌亮爲尤，論心儻莫逆。

【校注】

〔一〕胡明府：胡士容，字仁常，黄岡人。萬曆庚戌進士。性聰敏。甫下車，盡悉時務緩急與桀黠根株所在。有以假命誣控者，簡從詣驗，真僞立辨，僞者坐如律。有同惡作朋者，以數十人訟一人，株連蔓引，因以爲利。士容燭其奸，使不得售。在任三年，酌輸賦緩急，搜徭役欺蔽，裁出納羨餘。調長洲，士民泣送。在長洲時，凡嘉邑事裨民生而格於上臺者，必代爲申請，得允始已。後官户部，凡嘉民以北運官布至京者，必具區重調護。天啓間，部檄復漕，士容爲陳訴當事，并告同官，得題允復折。及秉惠薊鎮，以不拜璫祠逮問，懸贓擬辟，嘉民醵金赴京代完。璫誅，補臨鞏道，擢太僕少卿。（光緒嘉定縣志卷十三名宦）

寄酬黄工部貞甫

早歲不自力，遲暮慚爲儒。我本未工瑟，人寧皆好竽。分無鉛刀割，稍謝春華敷。齋心自禪悦，息景仍蘧廬。所希抱甕汲，不學帶經鋤。懷哉黄夫子，書來實起予。首言樹勛名，肯美華且腴。次言慕空寂，要歸恬以愉。謂我白衣老，堪與緇侣俱。衰顔良用厚，好語亮非誣。欽子盛文藻，從游滿簪裾。西江頌良牧，昔賢有治蒲。投間乃欣然，搔首賦歸歟。

縱尋名山深，高步穿雲衢。天目近雙峙，黄山聳盤紆。蘇壁留蟲篆，苔裀卧瓠壺。荷衣遍靈境，玉佩趨留都。異時何水部，今日列仙曜。高軒過李賀，倒屣揖王符。我欲從君游，苦爲稺子拘。終當暫擺脱，相視同胡盧。君其伐鼉鼓，余竊比錞于。

胡明府復乞介壽之篇賦五言四十韻

末俗事詩書，所圖榮一身。當其齠齔年，父母誨諄諄。但云青且紫，不聞義與仁。時來佩珪組，意豈在斯人。誇者巧爲名，有類玉之珉。鄙夫不自立，正如竹無筠。旦出弄其筆，暮還較其緡。苞苴漸營窟，陵躐登要津。勢榮驟輝赫，義榮却逡巡。食禄既有靦，養親安足論。身名終喪敗，子孫亦沉淪。乃知向所鶩，祇貽辱無垠。卓哉胡夫子，隱約懷其珍。赴義乃汲汲，居常僅恂恂。一爲急難奮，誰如兄弟親？三冬足文史，群髦就陶甄。爰及閨房秀，能湣道路顰。拾遺戒僮僕，亟往慰苦辛。生兒爲世用，曾是憂家貧。以兹莅海邑，二載如涉旬。欲知東里惠，試問桐鄉民。政成遽移劇，秩滿名益振。天曹上其考，賜爵垂温綸。維時正首夏，熏風變青春。壽母齒已老，對食猶如賓。門前擁車蓋，堂上羅冠紳。人士何濟濟，卷軸來䞭䞭。休衙展家慶，捧觴勸清醇。起誦辭挂壁，似聞樂受均。慈顔漸有喜，顧子歌伐輪。何以爲民牧，不稼禾盈囷？當視後者鞭，欲庸戒弗詢。恒情愛其力，惰窳非德鄰。不然過用意，刻核乖天真。已捧毛生檄，無忘范史塵。我聞廢書嘆，斯言比秋旻。氣肅宇彌闊，風高浄無氛。家邦共塗轍，忠孝匪參辰。維侯茂明德，養志希藎臣。夙夜苟無忝，寧與俗等倫。

吴歈小草卷二

五言古詩凡六十九首〔一〕

【校注】

〔一〕崇禎本作「五言古詩凡二十八首」，康熙本作「五言古詩凡六十九首」。陸氏在重校時將原屬崇禎本卷二的莆田翁吾鼎壽母詩、謝餉天池虎丘茶廿二韻、次韻比玉戲贈長蘅等十一首詩移入卷一，又將原屬崇禎本補遺部分的五言古詩移入卷二，故兩版本所記數目不同。

顧節婦詩

在昔稱婦節，比於殉國臣。良由名義重，未以情形論。丈夫負綱常，婉嫕非等倫。少而誦詩書，豈伊職組紃？寵光賁閭里，厚恩被兒孫。苟爲世難迫，敢偷視息存。上以報所天，下以立此身。當時偉其節，後代思其人。感激分應爾，濡忍羞無垠。匹夫有伉儷，於世猶埃塵。萬千朱顔婦，十九白屋貧。引決尚慨慷，僶勉尤艱辛。尊嫜念寒飢，繈褓勤夕昕。親歿骨欲瘁，兒長頭已髡。事倍捐生難，名隨没齒湮。豈如遂從死，況得比忠君。猗嗟顧孀劉，早歲心如焚。泣撫未齓孤，孝養垂白親。生年有茹荼，涕泪長濡巾。老者奠窀穸，少者懷璵璠。已矣終天恨，傷哉觀國賓。泚筆具梗概，遍乞詞温醇。縱復遘多閔，庶幾後有聞。我歌彼士女，所遭異臣鄰。於以勸爲婦，一死寧百皲。

留題錢別駕紫金山房三十韻

昔予泊京口，往往候風濤。攀蘿上北固，涉江憩金焦。南指黄鶴近，西陟京峴高。竟絶城市迹，所畏塵土囂。今來刺篙入，時於步仞遨。舳艫接岸碕，升降隨江潮。平橋送落照，積翠浮長霄。雲岫吐深淺，烟鬟裊周遭。始知眺望勝，可免登頓勞。側聞隱闤闠，山房坐消摇。我行訪耆舊，君來枉嘉招。入門具賓主，數折躋岧嶢。虚堂改陽户，落葉鳴堂坳。峰巒面面入，棟宇層層交。是時日欲晡，秋爽生回飈。林霏半東壁，寺鐘動遐椒。寧知跬步頃，頓令心境超。初筵乍秩秩，屢酢遂陶陶。清言閣杯斝，四座皆賢豪。爲我擷園蔬，烹泉瀉山瓢。趣諧迹彌脱，語合味自饒。候蟲響庭砌，斜月挂林梢。樂哉良宴會，可以連昏朝。莫以數畝棲，僅比一枝巢。吾家山水窟，東遷潟鹵郊。曾驚澤爲震，未識山名包。每憶吴趨好，難結岡阜茅。遠即泛爲宅，近亦輪吾尻。羡此混塵市，掩扉出麗樵。洵美市隱居，因之託長謡。

贈趙翁源長四首

憶昔齒方壯，識君顔未衰。每於翰墨暇，邀共壺觴隨。東疇闖叢篠，西弇俯清漪。圓月湛宵景，雜華媚春荑。羅幬綴綺縞，珍簟鋪琉璃。相看半俊少，賞會無瑕疵。狂來幾絶叫，醉倒紛離披。而君於其間，一釂輒十辭。或催唐客管，或閑張翁絲。清聲出老頰，背面疑蛾眉。倏忽各頽暮，邂逅餘嗟咨。彼少已先逝，吾衰何足悲？猶勝齷齪子，徒與草木萎。

君本木强人，寄身方伎間。有舌無諛詞，有面無靦顔。每厠三公座，長游十室闤。賤吾未嘗簡，貴吾未嘗攀。恃此尊拙養，笑彼誇神奸。肘後青囊秘，胸中白首閑。諦觀世間局，一似方罫慳。剥啄但信指，勝敗了不關。

尋常爲我言，少小愛吴歌。學魏經指授，友張旋礲磨。豈知喉吻間，乃有爾許訛。功深悟其解，已得猶屢頗。正如弦上箭，又如機上羅。得失在乎彀，疏密在乎梭。均節自有度，天籟人則那。解者非口説，聽者如耳何。知音亮不易，擊節何其多。若非了了見，徒然鬢變皤。

君今去大耋，俛仰數年耳。回首平生交，强半東逝水。看我頷下髭，白盡黑餘幾。相聞各好在，未須人料理。君猶少年場，摘抉換宫徵。我從緇侶游，跏趺看滅起。肉食供匕筯，老健良有以。清齋斷杯斝，草蔬亦云美。愧此衰劣軀，未免童穉累。豈知老而傳，灑然閑且止。今日游南鄰，明朝宴北里。口不絓是非，心不著嗔喜。以此娱頹齡，生世亦足矣。

爲人賦高山仰止水雲深處二首

賢聖去人遠，乃在尋常間。流俗苟爲異，邈焉豈所攀。峨峨泉山高，對之悚心顔。欽聞茂明德，矩步出人寰。

雲深滃然興，倏忽變陽嶺。水深净無塵，奫淪湛圓景。觀物識本原，覃思吐彪炳。已游淡漠初，寧悼趨營猛。

時聖昭〔一〕乞經義叙題贈三百二十字

野老卧晏温，欣聞款敝廬。倒屣揖之坐，銜袖出其書。逡巡徐致詞，視我玄晏如。謂此駒隙景，當令早有譽。諮訪或匪勤，積瑕將掩瑜。所以不自匿，頃筐瀉其儲。正賴鍼砭力，漸令疢疾除。維子惠好言，藉手以前驅。予謝本所盲，衆且目我迂。況已久罷去，豈復分陋姝。寧有蕙蒨姿，借蔭枯枿餘。憶昔偕友生，扁舟泛石湖。愛彼山房寂，遂留衲子居。幸逢君家尊，鄰圃接畦蔬。雖云跬步近，未敢數相於。側聞日下帷，稿草無停觚。矻矻程所課，計會如積逋。是宜縱壑去，不同涸轍魚。當其隱雲霧，名不出里閭。固知搏扶摇，行當耀天衢。譬猶操左券，焉用群吹嘘。摩霄倦黄鵠，刷羽憐雙鶵。壯者已接武，昂藏趁飛鳧。謂偕計也。少者復引吭，鳴聲聞菰蘆。周公稱我師，其言亮非誣。藏史識古禮，此閑慎勿踰。然後飽經術，因之漱芳腴。根深葉自茂，德充必有符。績學戒欲速，適道無孅趨。勿輕藝文末，實與操行俱。及此英妙年，早辨聞達途。過庭復何訓，儻亦憂榛蕪。

【校注】

〔一〕時聖昭：明贈光禄卿時偕行仲子，嘉定人。年少才雋，機神穎脱。好博涉於群言，勤思於六經，以求通於聖賢之意。曾在其家時氏引約堂内築燕超閣刻苦勵讀。與婁堅、唐時升、程嘉燧皆有交游。

謁申文定公〔一〕祠堂有述

閶闔金昌門，奕奕祠宇新。通衢出其東，流水趨其漘。輪奂一何美，饋奠畢來臻。昨者喪元老，仁里思陶甄。摳衣白當路，卜築將明禋。具陳昔賢祠，北距相公宅。其人乘尾箕，其名光史册。公今去上仙，我懷豈殊昔。陳請靡不俞，憲府咸動色。各各捐贖鍰，一一佐稍食。主人前致詞，感激慰深惕。豈無薄少貲，敢叨鄭重錫。拓地始自今，鳩工漸底績。入門高閣殊峥嶸，絲綸自天日月明。篋藏至寶發光怪，龍翔鳳翥垂雲英。堂堂廟貌穆以愉，似領仙班上玉除。身侍九重紆幹略，心懸四海析盈虛。承華大本宗祊計，太阿自握誰能睨？主聖臣忠久乃明，小臣那得懸相契。乞身歸泛五湖舟，白首恩深大耋龝。半夜臺階星欲隕，他年名德水長流。伊昔高陽公，蹇蹇著前代。風節寡所諧，召還俄請外。當其乞鄉郡，歲凶無可奈。公今恣嬉游，因之活顛沛。唯能不拘拘，所以聲藹藹。猗歟我文定，其職在文翰，其功在謀猷，其忠在匡贊。世人未能知，乃有訾爲愞。我聞之有識，爲樸不爲旌。有求靡不應，而無偏黨情。在貴能無傲，而以樂易稱。宜乎久愈思，翕然誰重輕。所嗟世道喪，遂恐無老成。純夫德孺繼家聲，流品還看月旦評。試問祠邊逢過客，何人不重二難名。

【校注】

〔一〕申文定公：申時行，字汝默，號瑶泉，又號休休居士，謚號文定，長洲人。嘉靖四十一年進士第一，官至吏部尚書，繼張四維後爲首輔。政務寬大，世稱長者。然務承帝意，不能大建樹。後因議建儲事，遭譴。萬曆十九年加太傅，同年致仕。有賜閑堂集。

豫瞻〔一〕雍瞻〔二〕試南京兆有贈

吾鄉吴下邑，僅分婁井疆。其士亢而瘠，其人樸者良。獨有好古士，前後長相望。猗歟兩侯生，世德所發祥。稚齒即勤學，日益未可量。每試最其儔，麗藻何煌煌。莫謂今甫冠，久已當高驤。伯也功力到，匠心出圓方。叔也天機利，妙指發宫商。三年深霧隱，六月怒風翔。名聲一以動，道路亦生光。驅車趨輦轂，策足綴班行。盡捐昔揣摩，泛覽窮縑緗。欲陪廟堂議，先虞田野荒。宫府未爲一，籌策詎有當。何由給轉輸，何由定敺勸？豈無效忠讜，或恐墜渺茫。一一量其可，懇懇非爲狂。退而念桑梓，有如望雨暘。毋以私所便，坐視衆所妨。令我垂白老，歡焉歌樂康。信也士好古，於世爲紀綱。

【校注】

〔一〕豫瞻：侯峒曾，字豫瞻，一字廣成，嘉定人。明天啓乙丑進士，除南兵部主事，改吏部郎中，出爲江西副使，進廣東參政，改浙江，遷順天府丞。爲人嚴整，清介絶俗。福王立，除左通政，清兵陷南京，與黄淳耀率鄉兵守嘉定，城破，趨先祠，赴後園葉池而死。著有易解、都下紀聞、仍貽堂集。

〔二〕雍瞻：侯岐曾，字雍瞻，一字廣維。年十一，與兄峒曾、岷曾同補諸生，學使表其廬曰「江南三鳳」。比長，工文章，重氣誼。時婁東、雲間壇坫角立，岐曾獨無門户見，振興古學，獎掖後進，爲文章名教宗者三十年。崇禎戊、亥間，奸胥徵已赦錢糧，岐曾力言其弊。知縣錢默初政苛察，致書規之。邑中大事，皆倚重焉。壬午，登副榜。福王立，兵科給事中陳子龍薦其才，辭不就。乙酉，峒曾殉節，岐曾奉母居鄉，枝梧家難，鬚髮盡白。丁亥，陳子龍通表魯王事泄，亡命投岐曾，岐曾匿之劉馴家數日。總兵巴山等捕子龍益急，岐曾恐事泄，屬其婿顧天逵護子龍奔越。會道阻，不得行，留天逵家又數日。山等索子龍不得，得子龍隨行童子爲嚮導，遂逮岐曾，並捕劉馴。詰匿子龍罪狀，馴慷慨言曰：「匿子龍者，馴也。」馴罪當死，無預岐曾事。」巡撫土國寶雅知岐曾，使人具酒脯慰之，曰：「汝湖海無名，待家信通，得不死。」岐曾曰：「我已無家，何信爲？」俄聞母龔太恭人赴水死，乃大慟，駡不絶口，受刃死。侍童鮑超、陸義、朱山、李受、俞兒皆見殺。翌日，子龍出，就縶。馴及天逵皆死之。岐曾死時，年五十三，學者稱文節先生。（光緒嘉定縣志卷十七忠節）

王文肅公〔一〕祠堂成遜之尚寶〔二〕乞詩三十四韻

公起菰蘆中，名在日月際。當其拂衣歸，不難忤權勢。召還彌感激，入告幾摩厲。黄閣佇論思，青蒲餘涕泪。上意幸少回，臣愚有深悸。將毋蒙異恩，呼天謝三事。未忍忘朝廷，長懷抉蒙蔽。依違不上聞，俯仰愧當世。今也歿不忘，偉哉遂所志。奕奕者新宫，濟濟儼陳饋。拜起相與言，後來復誰繼？年少前致問，老翁三嘆喟。具言公少成，嶷然夙表異。或以文字知，諒爲公輔器。科名詎足矜，樹立有司契。曲江度何如？廣平諍堪嗣。敬輿在貞元，得貶非其罪。希文在慶曆，乍進俄已退。孰有眷注深，終以腹心寄。維皇在宥久，頗厭群囂誮。章疏積報聞，威福漸委棄。自非抱忠貞，何由徹嚴邃？在遠荷眷懷，已衰虞隕墜。奄忽騎尾箕，已復十改歲。玉樹先秋凋，孫枝爛霞蔚。才氣千里駒，聲聞九皋唳。交游信其恭，閭里稱其惠。造門無雜賓，開卷索珍味。以兹紹前徽，實能垂後裔。幾筵近在凴，榱桷仰可睇。崇閎倍難支，雕鏤必多翳。殷勤嗣箕裘，庶幾永茨塈。歌以諗後賢，一念百千禩。

【校注】

〔一〕王文肅公：王錫爵，字元馭，號荆石，太倉人。嘉靖四十一年舉會試第一，廷試第二，授編修。萬曆初年掌翰林院，累官至禮部尚書兼文淵閣大學士，入閣居首輔。爲首輔時，與同列争册立不得，又爲言官所攻，屢疏引疾乞休，疏八上乃允。先累加太子太保，至是命改吏部尚書，進建極殿，賜道里費，乘傳，行人護歸。年七十七時，卒於家，贈太保，謚文肅。有王文肅公集。

〔二〕遜之尚寶：王時敏，字遜之，號烟客，太倉人。父翰林院編修王衡，祖大學士王錫爵。以蔭官至太常寺少卿，曾任尚寶司丞，故時人稱「王尚寶」。時敏系出高門，文采早著。入清後不仕，家居不出，以書畫自娱，奬掖後進，名德爲時所重。明季畫學，董其昌有開繼之功，時敏少時親炙，得其真傳。與王鑒、王翬、王原祁並稱「四王」，外加惲壽平、吴歷合稱「清六家」。著有西田集、西廬詩草等。

許翁挽詩子洽尊人

俗學困才傑，清時老蓬蒿。了了見今古，黯黯長牢騷。世事莽一吷，浮生看一毛。遥聞老布衣，有識推人豪。上書計不就，投袂嗟徒勞。豈若平生友，一醉新篘醪。相將抱鋤犁，送老此江皋。乘輕彼年少，面首唇猶膏。如何據津要，雜多逕爾曹。君今去寥廓，豈復思醨糟？感慨竟何益，歌以當永號。

彭城寇君尊生寄詩以書學見推賦此答之

書雖藝事小，未可造次窺。精心發妙悟，詎以膚革爲？譬猶酒中味，沉湎何能知？獨有曠士懷，浩浩來無期。籀篆變草隸，意匠同推移。試看顏楊迹，似與虞歐岐。觀其所悟入，頗類合分支。寧當論時代，遽爾輕瑕疵。宋室既播遷，此道殊紛披。怪醜出畀目，於思生鱗而。傍觀駭其妄，自喜不復疑。間有適俗韻，又似久病瘘。眇余頗自力，驤首欲高馳。而君誤許可，謂堪蹈前規。吾眼僅能別，予腕豈能追？君其務骨力，日以生華滋。於宋購遺迹，於古求殘碑。咄咄行逼人，逡逡謝交綏。勿謂譽出口，斯言如列眉。

題長蘅畫

讀君南還詩，其味澹而永。出處戀母慈，徘徊發深省。展此西山圖，勢聳筆逾靚。媚好非我姿，峥嶸豁孤騁。空亭獨游人，寧堪侶鼃黽。晚歲六尺軀，有如漾藻荇。觸熱雖心煩，嚼冰自齒冷。

贈秦心卿〔一〕

吾聞嵇康懶，非獨妙文辭。尤於絃徽間，指若與心期。得之華陽亭，居常自娛嬉。惜采誓不傳，徒餘顧景悲。乃知自然趣，信非工力窺。日暮或遇之，勤苦徒爾爲。此慵若天縱，彼鋭常形疲。不聞懶融師，得道牛頭時。笑彼參學人，相隨墮愚癡。吾始疑子懶，旋悟懶即宜。神完謝雕琢，氣定忘醇疵。一往便超妙，安用析豪厘？

【校注】

〔一〕秦心卿：明杭州人，精于墨妙，懸壁間烟雲滃起，題跋皆信手揮灑，自然入妙。曾築溪上懶園，并以「懶」自命，以表不耐俗人俗物之心。

賦贈范君君輔

不覺一爲别，倏已十載期。入門欣道故，白盡頷下髭。得意方罫間，詎以錢刀爲？俯仰歲月晚，感念平生知。菰蘆此再泊，在忘半分岐。林生家白下，其名走京師。頃有武林錢，弱冠求相持。鋒鋭良可喜，沉鷙非所枝。傍觀共嗟嘆，嘖嘖無瑕疵。行浮烟波艇，去訪佘山眉。彼中重名高，力能爲噓吹。愧我非其倫，敢託壎與篪。

秋日赴友人席修微有作同賦

移舟漾漣漪，得涼乍[一]如沐。所愛前溪風，清音度修竹。一見意已消，少焉神更穆。譬如珠在淵，自是鸞之族。我友具壺飧，相邀曳綃縠。揮杯逗輕颸，灑翰低華燭。欲别徐徘徊，深心寄眉目。歲月倏已賒，詩篇寓幽馥。吾猶愧良媒，子其慎穆卜。毋以軀千金，等之棋一局。

【校注】

〔一〕「乍」：康熙本原作「亡」，崇禎本作「乍」。據意從崇禎本。

義姑篇爲張長洲賦

姑姪與母子，情分一何懸。去者如昨日，留者無窮年。百齡亦俄頃，倏忽如流泉。慨焉念宗祏，有孤嗣賞延。煢煢六歲兒，别母仰姑賢。姑猶未爲婦，心獨稚子憐。提携共眠食，晨夕此纏綿。是時泰階平，接武禮樂先。彬彬後來彦，騠騠百家篇。遂以經術起，蔚采播芳鮮。登朝盛材傑，懋績垂簡編。焜耀光奕葉，似續饒梓楩。事有豪俊立，任乃幼女肩。

誰能外其身，持此一念堅。我歌以言之，愧無筆似椽。

祁門〔一〕李先生乞叙先德詩

儒生誦詩書，要歸潔其身。一爲利所動，愧彼行乞人。唯知患得失，銖兩猶千金。豈復念疏遠，骨肉爭狺狺。徒然施冠紳，實與豺虎鄰。李翁少服賈，能急義與仁。嘗憐父友困，丐貸盍往振。終焉代之償，子母積百緡。折閱復何有，寧忍視其貧？自以家督故，曾不辭艱辛。念此諸弟弱，豈得與我均。鄉人稱孝友，閭里歸陶甄。後賢遂鵲起，蔚矣觀國賓。一來擁臯比，每接傾廩囷。徵詞播遺烈，永以垂不泯。咄嗟闤闠間，衆儇獨爲醇。此道今緬邈，俗儒日沉淪。

【校注】

〔一〕祁門：今安徽省黄山市祁門縣。

題長春百齡圖

古樹攀天矯，盤作虬龍形。枝條紛攫拏，秀色青冥冥。老幹必百圍，應已垂千齡。造物者何意，山深秘精靈。畫師抱奇尚，灑墨窮殊狀。淺深濃淡間，筆勢頗奔放。傍列諸草花，國香發蘭芽。長春及三秀，亭亭相蔽遮。誰能寶此圖，留爲空齊娱？時聞齋壁上，逗作風雨趨。臥覺盡成適，徐徐復於於。緬懷宗生意，笑彼山澤臞。

送友人北上七首

日落款緒風，方舟遠于征。弭棹遲所期，對酒懷屏營。晶晶霜露白，嗷嗷鴻雁鳴。感彼慕類音，傷我仳別情。明發即長路，歡會難久并。

飲餞越林坰，夷猶候潮發。何以慰朋知，信宿娱明月。游子抗前旌，畸人攬短髮。豹隱南山深，鵬翻北溟闊。升沉會當分，喟焉中腸裂。

弱齡忝末契，耽奇共幽討。榮名非所希，謨謀惜不早。連鑣爾長鳴，再刖予自寶。京華美遨游，衡茅足枯槁。離居寧復論，所期在遠道。

子有平生親，修途正緬邈。旦發洪河流，宵驚嚴城柝。彌望何蕭條，曾阿委秋籜。黯黯浮雲馳，凄凄涼風薄。翹首佇軒車，於焉陶寂寞。

蹇予實疲薾，文墨謬追隨。叢篁蔭高館，危石拱華榱。良辰對奕博，清夜同樽罍。炎暑一爲別，隆冬以爲期。即事已多愧，愁思將何爲？

遵塗異川陸，帝京後先近。是時盛才賢，群公方接引。主聖不諱言，時艱能無盡。曹生著名聲，金李各英敏。願言畢所懷，庶用豁孤憤。貢公喜同升，崔相匪私故。衡鑒必至公，臭味乃相附。因之樹功名，譬彼順風呼。曲學陋孫弘，治安希賈傅。斯言莫磷緇，申章展悰素。

歲戊子宗伯公六十有七白傅作醉吟傳之年也因敷其體獻詩一首

古來稱達生，香山白夫子。立朝自通儒，冥心乃二氏。莊叟棲漆園，南華抉名理。維摩不二門，現身亦居士。誰爲位宫寮，誰爲拖金紫？住世出世間，胸中浩無滓。遺編累萬言，强半洞其旨。我觀秩宗公，出處略相似。且從懸車來，一一將比擬。叠石可當山，穿池亦云水。取足快目前，何必履道里。尋常會賓朋，談諧雜經史。當其興酣時，夜分不能已。中更爲歌詞，清聲四座起。就中倚歌人，揚蛾發皓齒。何必楊柳枝，深情聊寄此。緬懷醉吟翁，著傳頗自喜。至今讀斯文，曠然豁頑鄙。公乎試静思，所得孰與彼。待公新篇成，各爲書一紙。庶以貽後來，賢達故相似。

晝眠偶成

戢身藝文間，放情樊籠外。成虧遞相仍，虚白了無蒂。我歸夏正長，梅雨滌塵壒。庭除生緑滋，衆卉紛芃芃。逍遥北窗前，頹然弛巾帶。白公有遺編，高枕讀三泰。

送别子魚

歲宴凛風發，木落寒江湄。孤鴻求其儔，哀鳴動離思。之子東南秀，蜚聲英妙時。抗志既磊砢，興文必恢奇。當其所得意，一往不復疑。疾如雷電驚，爛若錦繡披。所以策高足，倏焉騖中逵。憶昔弄柔翰，及爾相追隨。少年負意氣，安論成與虧。俯仰忽有異，感慨多所悲。天路今翺翔，會面安可期？勖哉懋明德，庶以慰心知。

喜雨篇上明府朱公

朱明煽炎暉，陰翳倏前却。原野殆如焚，河流旋成涸。閔焉此農夫，望歲紛錯愕。鳴琴夙所欽，勞心軫民瘼。爰從靈星祈，風霆驟相薄。膏澤所霑濡，歊蒸一疏瀹。蟲蟲詎復憂，祁祁信云樂。烖枯起田疇，嬴瘵免溝壑。三復豐年篇，稌畬庶多穫。

讀書聖像禪寺

日余謝塵囂，竭來信幽賞。野寺灌莽中，閑房閴虚敞。凉風生庭除，秋氣一何爽。頗從禪誦餘，慧性得開朗。即理理自如，隨緣緣自往。無爲礙諸有，時入顛倒想。

陪朱明府行春南郊夜話有述

弭棹泊枉渚，日落饒天風。澄波受明月，寒光蕩虛空。愚生信多幸，叨陪大賢蹤。傾耳豁蒙翳，吐心悉圓通。無無自禪解，落落誠玄宗。名教苟不虧，實際將無同。浮誇乃猥瑣，斯言折其衷。

歲首回初陽，群生各自遂。瘠土餘疲氓，謀生計多戾。誰深父母慈，桐鄉夙所佩。累疏請賑蠲，洪恩自天沛。日余實承宣，毋貽内溝愧。策馬野田中，荒荒日將墜。月白始還歸，人聲雜犬吠。老幼相扶携，欣欣逐行旆。但使百姓蘇，何論一身瘁？側聞仁人言，感嘆令心醉。

秋日同丁惟孝登蕘峰〔一〕最高處留宿山房呈百二十字

維舟兩垂柳，緩步溪上村。飛泉懸樹杪，古殿没雲根。捫壁看題字，巡簷款緒言。君應茶作供，我自酒盈樽。乍覺杉松洽，徐驚波浪喧。攬衣凌絶峴，取徑出頹垣。别浦縈爲帶，連山勢劇奔。遐觀同决眥，俯矚各傷魂。日隱半規赤，湖將一柱翻。須臾看變幻，咫尺失乾坤。磴昃下逾滑，林空近若髡。扶携尋鳥道，徙倚立山門。燈續爲薪火，盤羞當作飱。向來幽賞意，真妄正堪論。

【校注】

〔一〕堯峰：在蘇州西南郊，位於七子山西麓，堯時人民避水登此，故名。

題畫二首

衆山遥在望，泉聲近淙淙。崖樹對蒙密，飛流出其中。策杖溪橋者，此意誰與同？擾擾竟何爲，眷言塵外蹤。

獨有秋天高，能使山氣潔。蒼然見層巒，飛泉噴疑咽。蒙茸半欲枯，丹黄尚微綴。茆庵翠微間，於焉占幽絶。盤紆弄潺湲，洗耳淹日月。

亡友沈脩孟愛予小楷以扇索書未幾病殁題此哭之

識君髫齔時，白皙顔若苕。稍長露頭角，嶷然挺清標。敏心復精思，不矜亦不佻。一疾遂纏緜，藥餌爲珍醪。我歸脱塵鞅，聞子美游遨。流目城南勝，題詩滿林皋。相見各慰藉，期我更招要。此意竟溟漠，蘭摧委蓬蒿。埋玉著土中，識者徒驚號。當子病有瘳，惙惙談風騷。或時及墨妙，小字那能超。顧出篋中藏，强我爲抽毫。人琴痛俱往，幽明曠迢遥。含悽叙疇昔，絃絶自今朝。

爲人題畫

畫理詎難識，可以書法論。學與不學間，一貫道乃存。或如縛律僧，永著小乘根。或如野狐禪，終非不二門。鍾張與顧陸，此意邈難言。昔人看氣韻，寡韻徒爲煩。不聞支公馬，神駿獨所尊。搰搰事筆硯，有類羝觸藩。萬卷滌腸胃，庶幾清其源。迂瓚負潔癖，快意辭籠樊。遺迹澹以超，澗沚蘭與蓀。持此問陳子，將無許攀援。君醉笑不應，聊與同此樽。

示兒復聞

伊予三得雄，惜也兩前夭。五女奪其孟，餘各締姻好。汝雖最後生，未妊已前兆。幸也甫艾年，天乎俾爾紹。父母三人憐，逝將漸衰老。回思伉儷初，所欣晬盤早。驟折不復芽，比壯心悄悄。嗟予鮮兄弟，無能别求篞。爾兄生復殤，有命詎能跳？猶記醉酒歸，穀璧去吾襖。我聞鏗然聲，囑僮求以燎。幸完當生男，一念默有禱。市橋互經過，燈火紛繚繞。竟以完璧還，慰此中懆懆。爾生甫七年，誦詩頗馴擾。暗記無忽遺，稱於傅若保。及此十八齡，游庠晞俊造。三復美成訓，沉思戒其掉。汝父不遭時，長懷力自拗。况爾未弱冠，而欲希驥裹。志騖千里遥，心潛一毫小。顔蹠夐分塗，依附徒爲嫪。行以證此心，行迷心詎了。胡彼禪與玄，强分釋與老。儒稱孟學孔，一貫無深渺。其源本邃初，其澤隨旱潦。斯以爲通儒，斯以爲大道。皇王植其根，著述分其杪。仁人以之昌，殘賊用是剿。汝其奉爲訓，永以詒述紹。

壽通家瞿翁七十

時清閟材傑，白首伏田里。俗學豈適時，獵取青與紫。徒然榮一身，實虧反爲耻。隨分能及人，中懷浩無涘。吾拙與世殊，持論每如此。瞿翁起孤童，種德仰耒耜。信義之所孚，不富其鄰以。彼强詎敢欺，此弱復何恃？彦方化其鄉，嚚爭庶有豸。平生相與親，到老無瑕訾。存殁既以分，歲時尚有祀。壯年勤公家，暮年謝城市。孰令亢吾宗，孰令踵吾趾？濟濟子與孫，錢鎛並圖史。晨興課僮奴，執用唯所使。暇即方罫間，施行試摩壘。還聞老孟光，每食勸滫瀡。至今七十年，俯仰足自喜。酌酒前壽翁，百歲集福祉。欽兹好行德，薄俗爲傾否。視彼矜雄豪，輕之若糠秕。吾將謁能言，穆如頌厥美。

送金子魚張伯隅北上

我初識君時，年各未及冠。父執殷張徒，呼與共文翰。君如刃發硎，落筆光燦爛。愧我策駑駘，黽勉僅能半。當君上春官，予晚乃游泮。咄嗟十年餘，驥足苦遭絆。自顧無所堪，性復耽閑散。差於得失間，能不增憤惋？如君廟廊器，洵美若圭瓚。胡爲久棄捐，令我爲扼腕？皇路雖清夷，識者憂其翫。孽胡〔一〕詎久寧，島夷〔二〕欲爲難。況茲財賦區，洊被潦與暵。自非通敏才，有蠱疇與幹。君才不拘牽，稱此貌魁岸。觀君論事時，中懷實侃侃。天應不虛生，糾紛待輐斷。張生若羸然，進取意頗悍。聞我澹蕩言，驚顧猶河漢。自是用世人，吾將拭目看。及茲聯翩起，庶以光里閈。

【校注】

〔一〕「胡」：康熙本該字塗抹，難以辨識，從崇禎本作「胡」。

〔二〕「夷」：康熙本爲避諱作「彝」，從崇禎本。

送張伯隅謁選

吾始知子文，晚乃得君心。朴直誤蒙眷，温文實所欽。詞源渾浩浩，飛流注清音。豐茸草木茂，鬱矣山之陰。慚余類枯枿，林立徒蕭森。行潦易爲涸，喟焉傷蹄涔。顯晦各有象，所以異升沉。子歸念寂寞，慰我情彌深。頗憐謀生拙，有田力難任。感此纏綿意，欲別黯不禁。子行厭吏事，雅意在青矜。俗學繡鞶帨，頹波日浸淫。願子秉經術，諸生共酌斟。淹通乃足用，要觀得失林。毋令但諧俗，斷彼球與琳。我窮寧坐拙，有命子能諶。回路贈與處，祈招企愔愔。

丁君惟孝與余善其從子自照從之游迨冠而先生字之曰慧仲徵詩爲贈

千年首山銅，範出兩圓鏡。一爲什襲藏，一與塵土並。貴賤邈以殊，輝光同本性。百頃澄河潯，鬚眉了然映。微風過盆池，大形不能正。感此動必昏，於焉悟虛靜。時俗競紛拏，誰知非瞀病。弱者多自偷，翳來何由屏？玄鑑豈有渝？唯循照彌瑩。將無出入閑，貌肥緣戰勝。蒙莊有遺言，天光發泰定。

山陰沈大參公過邑學訪其故人徒步杖顧具述家世屬爲詩紀之共三首

峨峨千岩色，濯濯萬壑流。皤皤黄髮叟，宴宴娱春秋。陟彼堂與紀，錦衣復狐裘。綸綍自天賁，輝光照林丘。筆耕學爲士，種德豈不讎。穮蔉既已勤，秫田果倍收。有子爲國寶，元孫更揚休。袞職亮多補，藩牧周爰諏。章服未云貴，嗣世實好修。我懷在惇史，邈矣今誰儔？

幽蘭生庭階，嚴霜遽來瘁。馨香既塵土，根荄尚堪蓺。方春動微和，光風泛草際。茁矣蘭之芽，美人共服媚。緬想中林士，考槃多寤寐。薖軸竟夭傷，珪組集胤嗣。爾書發潛光，榮名等石匱。至今念劬勞，蓼莪輟講肆。獨有柏舟篇，慰爾同幽閟。遂令丘壑姿，畫圖易芝製。

殉義古所難，不獨重捐軀。要以勤一生，黽勉終令圖。懿彼閨中美，志節凜丈夫。自矢未亡人，没齒甘如荼。仰俯多苦辛，既貴永不渝。翟茀奉尊章，靡盬勞我孤。所以貴此身，豈不在拮据。共姜雖靡他，不聞爲親娱。梁寡雖高行，不聞字其鶵。彤管亮有述，允爲女士模。

爲朱君友竹賦

吾鄉本宜竹，附郭連數家。方春雷雨過，矗矗争努芽。新粉漸含緑，高下相蔽遮。每於清和候，幽尋遍水涯。居人解愛護，當徑編作笆。我從問其主，斸取聊薦茶。渴行得暫沃，甘凉濺齒牙。或時徑入林，嘯詠聲驟嘩。富家連幾畝，半枯突扠枒。貧家種隙地，一曲藏修姱。誰歟會此意，朱君向我誇。譬如養禾黍，稂莠須鍬鋘。勁挺乃真性，安用紛交加。指點陰森處，洞門深含谺。却於茅茨畔，放出數種花。晴摇影瑣碎，雨沐髮鬖髿。下根掃聚蟻，上枝却蟠蛇。吾生五十年，强半此紛拏。暇即呼比鄰，酌酒烹魚蝦。賓主忽已醉，脱帽梳髻丫。夏秋欲無暑，適意豈在賒。酒醒語家人，爾輩勤菑畬。

過江世程北郊别業

端居意不展，放曠思郊原。及兹清秋日，同訪原上村。浮舟出南郭，盤紆帶柴門。陰森高柳外，遥開讀書軒。桔槔卧圃池，尚餘尺水渾。舍傍竹千個，青葱半生孫。穿林憩石磴，饋食羅瓦盆。折蔬閑豐饍，烹鮮侑芳樽。棋局自成適，勝負寧復論。眷彼豐歲樂，聊爲老農言。嘉禾既垂穎，香風滿中原。稻蟹漸欲紫，雁來接青蘋。甘澤幾時隆，引領望雲屯。何必齊所願，有待俱爲煩。與長覺晷短，落日城市喧。暉暉船頭月，照我初黄昏。從容侍長者，雅尚良足敦。

送朱明府入覲四首

聖明方在宥，執象臻時雍。守土各循理，玉帛會朝宗。衡度無頗偏，登陟秉至公。君侯美無度，三載以禦窮。驅車遠於邁，膺彼章服庸。瞻戀不能別，濡翰寫深衷。

深衷將何宣？感念追在昔。東人困誅求，瀕海彌荒瘠。送焱驅層濤，奄失阡與陌。禾稼隨流潦，嗷嗷安所獲。籲天徹九閽，誰爲宣上德？夫子承嘉命，惕焉爲心惻。譬彼尫瘵餘，治療寧藥石。黽勉及茲晨，疲萌漸蘇息。致使和氣翔，皇眷回闓澤。

闓澤靡不周，賤子獨多幸。猥以雕蟲收，頗諧夙所秉。簿領有餘閑，提耳發深省。況乃借齒牙，稍令露鋩穎。而我竟潦倒，長途未能騁。申章勖勉旃，繾綣無與等。

繾綣我所私，遺愛徵在茲。昔聞去漳南，遠近咸追隨。百里道相屬，攀號不知疲。所以東麓上，磨崖有其碑。赤子戀慈母，在遠分不虧。今既不異昔，後當長若斯。君亮終大惠，棄我寧如遺。我願秉微尚，永不負心期。

殷職方〔一〕丈七十壽詩四首

士爲俗學誤，所謀止其身。進則忝朝列，退亦慚隱淪。官階何用峻，要在展經綸。家業何用饒，要在安子孫。孰爲蹈斯軌，先生殆其人。仕不過五品，歸未免食貧。當其佐樞筦，黠虜〔二〕爲逡巡。當其遠里閈，素交不緇磷。勿謂古人遠，幸哉德爲鄰。

舉世愛鄉原，仲尼思狷狂。彼胡行不掩，其志固難量。煌煌千金璧，微瑕亦何傷？什襲珍珷玞，完好安所當。緬懷千載人，示我以周行。孔孟曾有虧，乃遇魋與倉。松柏耐歲寒，不與衆卉芳。大鵬奮六翮，曾不視榆枋。公其勵晚節，攜我高翱翔。

公昔未遇日，讀書城北隅。余方困薖軸，侘傺意不舒。或時還城中，未至先招呼。慨然吐深衷，終當相呴濡。既出展所學，荆門歲月徂。未幾佐戎政，西陲恃無虞。清節召讒謗，歸來日未晡。卜築僅容膝，依然舊繩樞。公言幸無負，復此聚吾徒。

左右列圖史，兀然坐其間。問此有何樂，既老猶不閑。公云我所思，乃在彼高山。良朋時萃止，相對多歡顔。爲此素心人，談論超塵寰。飲酒不飲濁，濁則比於頑。擷蔬不擷葷，葷則視猶奸。豈誠旨於味，託意在防閑。逍遥百齡内，高風邈難攀。永願託未契，終老相往還。

【校注】

〔一〕殷職方：殷都，字無美，一字開美，嘉定人。明萬曆十一年進士，歷任夷陵知州，擢職方員外，遷郎中，左遷南刑部主事，引疾歸，有殷無美詩集、殷無美文集。

〔二〕「虜」：康熙本爲避諱，該字塗抹，難以辨識，從崇禎本作「虜」。

賦得陶公篇壽錢二丈仲與四首

鄙夫競貪冒，誇者騖高奇。是非性命情，相去爭豪厘。在昔有賢達，坦懷信所之。陶公初暫出，被驅寒與飢。一稔不能待，拂衣遽來歸。浮雲有聚散，莫知心是非。

晋宋邈已遠，至今高其名。有謂出處間，懷哉抱深情。不然胡感憤，慨焉詠荆卿。所以逃麴蘗，負未寧躬耕。譬彼武陵隱，入深避秦嬴。達人置勿論，千載如平生。

於時修浄業，亦有廬山遠。誰鑿白蓮池，傲然示高蹇？誰著漉酒巾，歡焉極繾綣？性愛揚子雲，所嗟不知遁。但應問奇人，鴟夷日在眼。清齋復何爲？秫田自穮蓘。

我思後來者，畢世孰酣暢。有官能不爲，有田足供釀。幸非陶公貧，偏得陶公曠。未論齊出處，兼復同好尚。吾儕忝祖謝，時與接罍盎。唯酒與長年，此理應不妄。

書懷送茂實少參之部東川五首

春遲氣方肅，日暮寒雨深。窗梅亦愁絶，何況客子心。篝燈窺散帙，目倦時長吟。予髮久種種，豈復論升沉。古人已陳迹，興懷良在今。念我同心友，逝將遡沱灊。咄嗟眼前事，慨焉欲沾襟。

江流日向東，客程日西土。吴楚未爲遥，三巴颭五兩。丈夫事壯游，兹行亦澹蕩。不聞王逸少，岷峨結遐想。可憐杜陵翁，窮途讋魍魎。今君領名藩，山川足游賞。未若補衮難，榮枯出俯仰。

君昔在諫垣，抗章論失得。還書戒胤子，此身分許國。受恩既彌深，要當畢吾力。隨俗徒紛呶，將無變白黑。獨言中所明，譽毁那能惑。皇華未幾何，藩服已揚歷。忠讜鬱未舒，賢者愧其直。

憶昨少年日，相與修文辭。歌呼狎杯酒，已往默自嗤。誤疑亦豪舉，不識中所期。天路既高騫，乃覺駑蹇疲。懷慚自策勵，年往氣亦衰。賴君念桑梓，衡門獲棲遲。秋田飽粳稻，此惠非吾私。君頃以邑賦，請於大司農，且代草籲天一疏，爲瘠土永利云。

文翁昔治蜀，蔚然遂豹變。諸葛撫荒殘，蠻獠亦革面。文武備有經，千載邁時彦。巴歈今如何？願言徵文獻。夔子國川東，無爲廢征繕。職司各有專，同官或可薦。無忘立朝心，寧以外補倦。

送别徐汝默兄

君昔方壯日，我冠長追隨。稚齒未涉世，唾手皆可爲。看君獨静默，逡逡守其雌。相從廿年餘，兩鬢各已衰。予困卧環堵，懶惰百不思。君更如少壯，一再游京師。耻就選人格，欲吐胸中奇。臨事乃慷慨，爲人解紛披。端方雜機警，開釋無猜疑。始知韜晦人，不受膚淺窺。方今雖清晏，有口咸嗟咨。乘時早從事，隨分量所宜。職業幸稍展，通顯良可期。勿學任公子，東海垂釣絲。

送僧之留都參謁

我昔浮大江，探幽飽經歷。踏閣驚崔嵬，攀崖上崱屴。遠眺魚眼紅，俯窺豚背黑。帆檣出其間，波濤怒難測。吾生一浮漚，前後浪相迫。夙聞老頭陀，不語亦不默。摳衣禮龕前，有問若無得。悟彼動爲煩，悟此静有適。别之去風塵，三年阻良覿。旋聞山中人，已往不可即。誰爲嗣其徽？長恐不如昔。汝從耆宿游，經論多所析。今復西南行，於此駐飛錫。梁皇昔捨身，同泰已陳迹。有空即名相，離有乃功德。所以須菩提，無謗詣真域。所以彌勒尊，求名墮迷惑。何時返舊山，相與學禪寂。

吴歈小草卷三

七言古詩凡三十八首〔一〕

【校注】

〔一〕崇禎本作「七言古詩凡二十三首」，康熙本作「七言古詩凡三十八首」，陸氏在重校時將原屬崇禎本補遺部分的七言古詩十五首移入卷三，故兩版本所記數目不同。

憶昔篇爲女郎賦

憶昔狂歌白門月，醉挾飛仙健如鶻。當時意氣欲凌雲，點筆樽前盡清發。豈意蹉跎已二毛，緇塵猶染舊青袍。層霄判隔高鴻遠，故壘還憐舞燕嬌。長干酒緑秦淮水，菖蒲花對金陵子。未論別後憶儂否，且道風流復何似。

集伯隅園亭雪中賞梅一首

去年冬晴暖無雪，惆悵梅花自孤潔。安得氛氛白滿枝，細簇繁英更幽絶。今春十日九日陰，先雷復沍冷不禁。風高雨凝去聲。驟飛霰，春晝積雪時深深。窗前一枝未快意，每期野外同招尋。偶來訪子池邊樹，樹樹著花引余步。幾處孤欂崖石間，或時遮斷回谿路。因驚刺眼雪光寒，却思映帶雪花看。須臾天地忽慘澹，縈枝暉暉攬作團。俯仰高低各異態，點綴松桂皆殊觀。别有殷紅初蓓蕾，珊瑚的的出玉盤。又如華鐙明素幄，飄然丹綃襲輕紈。酒深眼花茫如霧，把盞空亭還四顧。縱横無復向來枝，層層花浪蹴琉璃。縱使對花堪便醉，勸君莫待雪消時。

秦淮泛舟有贈

崩雲垂垂出高髻，芙蓉肌肉膏流膩。汗光得酒潮紅生，清秋淮水雙眸利。冰盤剥蓮指爪凉，亂簪紅蓼遮珠翠。柁樓風微楊柳嬌，囀枝黄鳥聲聲媚。啼聲斷續烟冥冥，醉客欲歸鶯欲睡。

次韻殷職方歲暮對雪時客太倉

天寒游子增牢騷，雪花照鬢羞青袍。已聞層冰泥短棹，獨把殘卷酬香醪。小山玲瓏綴珠玉，雜樹撲揪生羽毛。鳧鶴短長何足問，歲豐且幸無啼號。

走筆題扇有贈

我昔蹉跎意未平，喜將肝膽向人傾。春花秋月醉爛熳，每逢年少多牽縈。白門風高颯衰柳，紅樓著處難忘酒。爾時苕顔絶可憐，快意追隨復何有。歸來猶作等閑看，忽然感激脱輕紈。人傳島夷〔一〕方蠢蠢，已似蹢躅吞三韓。男兒那得隨草莽，少賤猶堪百夫長。擬之東海射長鯨，開弧赴的無虚往。時清不遣海波揚，民間長得保耕桑。幸是優游同歲晏，何如倥偬鬥身强。吾甘老作書中蠹，非復從前嘆遲暮。獨有歌呼杯酒間，還似當年乍相遇。看爾逡巡合懦夫，酒腸今大膽今麤。數來就我傳書法，筆力能如爾射無？

【校注】

〔一〕「夷」：康熙本作「彝」，從崇禎本。

夜泊婁塘里以明日携酒桃蹊分朝晴看花賦者各十絶予快是游也以絶句紀往還而別爲長歌次用四字

江干落盡海門潮，市橋尺水劣容舠。雲生日落風回飈，卧聞驟雨來中宵。豈是春光未易消，坐令有酒無花朝。朝雲穿駁天迢迢，潮來水闊移輕橈。緩酌微吟太寂寥，能歌好飲即招邀。舉頭忽見彩霞生，水邊籬落村村明。沿堤緑樹啼黄鶯，似催携酒花邊行。蹋草穿林到處傾，誰家爛熳裏柴荆？主人未揖花先迎，坐客滿筵聽鼓聲。一枝入手飛縱横，錦作屏幃繡作楹。此中不飲辜酒鎗，欲待月白雷霆驚。似爲吾曹乍放晴，且還洗盞醉深更。君看眼前誰合并？人生及時且爲歡。昨日花開今已殘，即如今年春苦寒。十日九潦一日乾，南村老梅前月看。又逢桃花此盤桓，縱然風雨勿復嘆。只愁酒盡不可賒，城中海棠行著花。

甲申冬就試陽羨於衆中數見顧二世卿[一]今荏苒幾十年乃得於江上同游處不無流年之感世卿出是歲所畫小影屬予賦詩因序今昔題曰陽羨行也

陽羨城邊冰塞川，北風吹沙雜飛霰。垂鬟帊首飄華裾，仿佛瑶臺月明見。是時相見不相知，丰標早合金閨彦。還聞霧隱尚南山，我客江湖重會面。春花秋月幾經過，翠管銀罌屢歡宴。詞賦樽前淩彩雲，丹青筆底開芳甸。忽思難駐少年時，畫裏容華鏡中變。只今車壁未須槌，却後囊錐豈未現。曾是纖妍美丈夫，空向窗閑把書卷。知君英妙期請纓，顧我蹉跎欲焚研。土木形骸也自憐，迂疏未宜長貧賤。君執鼓旂我建櫜，餘勇猶堪一酣戰。

【校注】

〔一〕顧二世卿：顧世卿，明蘇州府吴江人，顧大典之子。

暮春游惠山〔一〕黄氏園去之陽羨舟還再游有懷二三同人輒賦此

殘花縈枝春色暮，我來緩逐青山步。清泠幾沃焦腑凉，松風飂飂耳邊度。徑窮犖确清川回，主人林園相對開。入門修竹如前揖，登臺欲收空翠來。臺下泉聲長汩汩，浮杯顧影俱豪逸。壁間圖畫坐中人，百年感慨方昨日。别之俄作荆溪游，半月置身溪上樓。新知舊侶數相過，壺中日月不暫留。歸來處處尋前迹，百尺杉松翠如織。山頭落日帶餘青，樹頂過雲露微白。重到流泉一濫觴，忽思年少共清狂。爲欲題詩待君過，酒酣高詠轉凄凉。

【校注】

〔一〕惠山：位於無錫錫山之西，爲天目山餘脉，舊名西神山。因晉代高僧慧照居於此，遂稱慧（惠）山。惠山樹木葱蘢，以名泉佳水著稱天下，有唐陸羽所評的天下第二泉惠山泉。

送孫氏兄弟

孫君兄弟皆美才，會稽竹箭松徂徠。世人未解相憐惜，懷抱時時向我開。前年求試不得志，買田城北親農事。遂令瘠土變膏腴，舍傍老農亦含愧。壯夫豈肯在蓬蒿，欲向田間習勞勩。耕時暇即讀素書，稷罷偏宜騁飛騎。仲權神緊巧有餘，百技從容出指臂。季弱昂藏意豁如，常笑書生無膽智。同操弓矢干有司，季也飛騰仲仍躓。吾知二子才相當，但問遭時利不利。即今渡江秋氣新，輕舟蚤發揚子津。揮鞭十日都門道，並驅鞍馬隨風塵。愛弟將身事明主，賢兄欲訪沉淪人。清時英傑誠難識，得當二子應生色。屠沽博徒今豈無，但逢儒冠勿相即。此曹齷齪多當塗，步趨跪拜分賢愚。安能度外相剪拂？避之正合如逃逋。季弱乘時必遭際，莫向時人厲鋒鋭。仲權且還就吾徒，小淹不過三年計。今時用才只論資，縱有干城須中第。

九日金子魚〔二〕新樓宴集同用新字

城東野塘碧瀰瀰，無數垂柳當秋旻。斜連水竹凡幾家，君家蒼翠滿眼勻。更逢蕭晨氣方潔，登眺晴日高樓新。參差映帶正如玦，窺檐撲户來相親。獨開一面對平野，蒼然遠色明城闉。庭中叢桂尚留馥，枯荷臏作池面皺。寶華山泉出玉井，誰爲釀此竹葉春？風流海内知名士，有文换酒非全貧。欲知玉碗盛琥珀，看此飲盞朱提銀。退之詩：「我有雙飲盞，其銀得朱提。」〔二〕中厨肴蔬甘且滑，何必遠憶鱸與蒓？清秋盡興宜今日，况有賢主能娱賓。交情自覺老彌淡，世態豈無嫌我真？子美詩：「畏人嫌我真。」〔三〕長年劇飲少年怯，吾衰尚是中間人。酒酣新月墮香霧，茫如烟海無窮垠。却思去年登高處，今應寂寞埋荆榛。又思去年愛酒伴，今應飄泊隨風塵。眼底書生更無賴，紙裹錢空思買鄰。東西南北君莫問，只須一盞時濡唇。我行盡捐夙所愛，醉鄉與爾稱酒民。皮襲美〔四〕事。子細看花未爲達，但願相過莫厭頻。

【校注】

〔一〕金子魚：金兆登，字子魚，嘉定人，萬曆壬午舉人。詳見吳歈小草卷一送辰玉會試兼柬子魚三十韻注〔一〕。

〔二〕韓愈，字退之。「我有雙飲盞，其銀得朱提」句取自韓愈詩寄崔二十六立之。

〔三〕杜甫，字子美。「畏人嫌我真」句取自杜甫詩暇日小園散病將種秋菜督勒耕牛兼書觸目。

〔四〕皮襲美：皮日休，字逸少，後改襲美。

大槐篇爲新城王户部賦

君不見，沃土之植偏宜槐，兔目鼠耳參差開。交柯布葉鬱葱蒨，雲垂蓋偃高崔嵬。故家喬木豈容易？樹德久與通根荄。憶昔河清啓肅皇，五九在宥登賢良。聖子神孫又三紀，積善衮衮新城王。頭冠腰帶光照座，朱紫雜遝笏滿床。王氏之先自東武，脱身賊中逢趙父。天風吹送十三娥，長成遂結同心縷。晚生嶷嶷五男兒，鍾祥邁迹稱第五。父爲農家子爲儒，孫曾接踵游亨衢。歸來里門揖賓從，指點槐陰問春種。自言世業在耕穫，出即軒墀歸錢鎛。古來門第何足矜，生兒勿使輕葵藿。當時爲粥食飢人，豈料堂前羅衆賓。誰能貧賤陰爲德？合有賢豪接後塵。白頭參軍困經術，著書空自花生筆。後來拾芥何繽紛，密雲惠化如冬日。乍從郎署下菰蘆，懶向關津問舳艫。堆案時時摧黠吏，尺書往往問潛夫。大槐陰陰蔽千畝，上可棲鸞下輪走。議論徒聞會市頻，驅馳祇恐干時後。豈如王翁升斗糜，遂令行路無苦飢。歲捐庾廪那復羨，厚積安用錢刀爲。嗚呼！老農之施尚如此，況復繡衣諸孫子。

友人六十

甕頭竹葉浮春香，窗前梅花鎔葛光。雪寒不消映華堂，裘馬雜遝遥相望。酒酣耳熱神揚揚，高歌慷慨激清商。丈夫七尺鬚眉蒼，爲儒白首甘摧藏。既不羡魚頭戢戢笏滿床，亦不羡黄金高積拄斗傍。但願時得美酒澆我腸，青蛾玉面調笙簧。不愁日短憐夜長，銀燭照座舞郎當。衹容年少窺顛狂，莫聽傖父話銀黄。貴不如賤閑勝忙，悔不早脱名聲繮。回思六甲如風檣，吾游酒人儻可猶及一萬場。

壽姚翁七十 應管思明妹壻索

黄花欲綻禾登場，新篘小酎竹葉光。江村灣環魚蝌鄉，白鷺點溪鶇在梁。長筵樽俎羅高堂，賓朋雜遝來稱觴。籜冠藜杖相迎將，升堂揖坐羞壺漿。不須絲竹邀紅妝，短歌曲折含宫商。暝色窺簾樺燭香，是時四壁啼寒螿。起視河漢天茫茫，風高月迴雁幾行。醉客逡巡出回廊，老翁送别神揚揚。百年籬落菊花黄，田間之樂殊未央。

壽宣怡萱六十

君不見，白公賦詩號閑適，我所最愛「無事日月長」。不知人世有底事，囂呶攘攫如風狂。羨君家世耕且讀，鏗犁挂壁笏卧床。二百年來聚族居，城隅戢戢連垣牆。東郊三里營别業，禾田數頃翻雲黄。平生足迹遠公府，租入先用充官糧。歸來囷倉有餘積，春秋釀酒勞築場。自餘萬事不挂口，側耳書舍聲琅琅。歲行在酉月在丑，賀客接踵來高堂。獨抱幽憂未敢前，賦詩聊爲祝樂康。子孫繞膝膝森如玉，况對齊年老孟光。我聞量腹節所受，百凡何異飢充腸。清歌一曲勸君醉，何須羅列陳優倡。樂哉！「無事日月長」，白公斯言那可忘？

再寄用卿兄潛山

君不見，東吴巨浸稱具區，浴鳥没兔開金鋪。七十二峰鬼斧削，波心矗矗青芙蕖。派爲三江東赴海，營村遠郭争來輸。邑在東偏勢雖下，潮頭拒江那得瀉？荒茅亂茭埋長岡，陂塘一半棲浮苴。唯有城南江尚通，水紋如縠漪含風。橋邊野寺修竹裏，緑净已斷飛紅塵。每一浮舟不忍别，寧有瀑流霏玉雪。我愛江山時夢游，覺來欲往心爲折。如聞學舍俯江干，快意應甘苜蓿盤。中秋天柱峰頭月，長照先生肝肺寒。西距齊安一舍程，空江露白蒼烟横。東坡遺迹餘莽蒼，上聲。獨留姓氏高峥嶸。冷官幸是無拘束，幽興且復酬平生。莫言性懶不出户，君今胡爲在塵土？莫言膽弱怯飛艘，君今應已恬風濤。他日菰蘆臨尺咫，詫我斷崖千尺水。

送孟陽游楚

松圓居士晚跅弛，自言蚤歲殊逡巡。晚似操舟柁在手，每逢洄伏捷有神。市南老生昔酣逸，久停杯勺依僧律。譬如病起纔學醫，細筩方書唯恐失。吾孱自縛小乘禪，君豪出入無拘牽。迹似小乖心莫逆，欲别相看俱惘然。有眼不覩尋丈水，長江浮空數千里。有足不躡步仞丘，楚山突兀高雲裏。騷人逐客留篇章，昔讀其詞今到彼。始從建業入武昌，莫問江邊遺故壘。力征割據稱豪雄，還與操瓢同没齒。鼎彝器古出荒榛，書畫名高傳片紙。快意聲色豈有殊？偶分勝劣徒爲爾。俯仰還悲身世空，客行自西江自東。唯有此心無去住，須知頭白各衰翁。

客有言徐氏兄弟拳勇爲賦短歌

衰翁懶踏門前地，道路喧傳看都試。就中拳勇誰更殊？二徐兄弟虓虎如。大刀縱横出馬鬣，電光暉暉風獵獵。白棓三圍丈二强，頭在手中尾暗昂。觀者咨嗟未省見，時清猛士何由薦？近聞防海計全疏，番舶連連引舳艫。元戎帳下千夫長，梟健有如二子無？寧知賣藥市門者，何異英豪隱博徒？

蘄春胡翁壽詩

楚江蕩漾春茫茫，北邀嶓漢趨光黄。峨峨明水蛟龍翔，飛流噴作蘭茝香。有美一人王彦方，里中相謂君子鄉。白髭赤頰壽而康，迎門揖客羅壺漿。是時東風過半狂，梅川無梅衆卉芳。柳條蜿地百尺長，上有睍睆雙鸝黄。酒酣笑攬芙蓉裳，自喜何曾冰炭腸？世情反覆那可量？舉頭但見天蒼蒼。我歌堂堂侑君觴，鷹鸇豈得如鸞凰？

題叔楚〔二〕先生魚蝦春水圖

王翁貌古神勁清，酒酣善謔四座傾。長牋闊幅乍入手，起立注視微經營。須臾一掃連數紙，擲筆絶叫仍呼觥。么臍蠕動各有態，蔓枝枯枿皆天成。我時侍側顧而語，文章似此須縱横。五十年來一電光，昔之穉齒今老傖。此軸傳觀自我友，春流淡沱魚蝦生。對之怳若荇藻間，與波上下鱗鬣明。妙能寫出從容意，入深泳遠看連行。人間鮮食恣罾罟，紛紛爲膾爲鼎烹。寧知圖畫出好手，猶令詞客音鏗鍧。嗟乎有生俱變滅，翁今何在留其名。

【校注】

〔一〕叔楚：王翹，字叔楚，號小竹，一作小竹山人，嘉定諸生。明嘉靖年間倭亂，嘗參軍府贊劃，饒有機略。詩宗孟郊，山水仿米芾，高曠絶倫，尤工竹石草蟲。

蒓羹篇

昔年快飲江上城，盤中鱸魚飛雪輕。饞口匆忙却放箸，手持蟹螯縱復横。未識蒓羹作何味，別歸數載猶懸情。蹉跎重作江城客，秋風吹人忽相憶。主人情深爲余索，田家幾竭江湖流。牽舟逐深無從覓，居人指點前溪陰。黑雲黯黮半天碧，歸來庭前日欲晡，自憐此意能不孤。大者荷錢細者蕈，蔓生恰似荓與菰。流膏滑凝去聲。如冰柱，鄉村不愛城市無。中厨烹鮮調作羹，甘肥往往傾腹腴。秋來病肺正止酒，暫使深杯入吾手。人生適意須幾何？富貴危機古多有。金谷園荒同所歸，華亭鶴唳徒回首。垂虹橋邊湖水澄，我欲臨風酹季鷹。

書王穎川傳後

曲阿之王始宋季，來自江州著門地。偉哉龍圖正肅公，同里劉公夙投契。觀其出處亦略同，受學宿儒兩高第。海内苦遭羶酪腥，百年卷懷無一試。曁乎廓清漸有聞，六傳衆孫擅文藝。於時群從多登朝，何圖旅進獨屢躓？屈身小官或少酬，失意惘惘遽長逝。爰啓後人頃爲邑，雖未顯融差足慰。如公文行在人口，况有群賢紛撰次。我賤無文何足云，考君家世爲君喟。人生豈不在賢愚，名位於身直所寄。豈無庸劣幸遭時，何妨貧賤長輕世？祇今纍纍藏一丘，窮耶通耶詎有異？但向平生孟光道，瓜瓞緜緜吾所寶。

贈周兄從隆令子

我昔游黌歌采芹，十有五人同樂群。中間二沈齒最少，次及未冠生嚴君。是時神皇初御宇，相臣頗厭儒生紛。攀緣欲上那可得？强半抱耒歸耕耘。街長隊短無差池，俄頃已集宫牆瀆。逡巡相揖入瞻拜，歸來庭日纔平分。我懷尊甫西楚南，其人易牧緒不棼。抑搔痾癢有餘暇，詩酒從容娱夕曛。緘題欲賀文戰捷，跬步亦足酬恩勤。還期鵬翼南溟遠，猶堪捉筆爲書裙。

慈母篇爲江陰徐振之〔一〕賦名弘祖

有客拏舟憩江涘，來訪衰頽坐移晷。覿面已知澹蕩人，聞言更悉孝誠美。先公之年僅踰耆，淡於嗜好耽經史。高間赫赫多所嗤，幽人楚楚每自擬。老母煢煢撫穉孫，早勖瞿瞿友良士。欣睹垂髫筆吐花，求得同聲嚼清徵。學殖無煩爲斷機，朋來争羡如歸市。生男幸已授一經，驤首當期騖千里。飽德應殊詑酒腸，遠游似可誇屐齒。東浮雁蕩西攀華，目存心憶筆旋紀。歸來具爲高堂言，頻得慈顔一粲喜。子於養志甘棲遲，毋以達材卑窳呰。我聞斯言三嘆息，此慈此孝孰與比？前嗇後通理固然，天乎人也名當起。國初爾祖布衣公，使蜀辭官促歸轡。折衝樽俎已偉哉，脱屣簪裾尤卓矣。君今父子當昇平，屏迹湖山逐蘭茝。詒謀趾美信所如，朵頤咋指夙所鄙。會當特達游巖廊，豈復婆娑傲耒耜？泉壤之榮在目前，歌以言之日可俟。

【校注】

〔一〕徐振之：徐霞客，名弘祖，明南直隸江陰梧塍里人。幼好學，博覽圖經地志。每歲出游，漫游各地，遍歷江河山川。有徐霞客游記。

代解嘲

河洲匹鳥弄春光，刷羽争翻荇帶長。差池乳燕雕梁晚，兩兩窺簷各繾綣。人生有情不自禁，不争美惡俱關心。主人憐我教擇配，阿儂攬鏡亦自愛。此事倉卒良有因，主今靜聽儂具陳。儂初生長三家市，年少容華落泥滓。路傍桃李自成蹊，隨風飄颺東復西。一朝眄睞增顔色，移向朱欄費裝飾。游人過客盡咨嗟，別有能將彩筆誇。却愁盛年難久駐，暮暮朝朝草頭露。青陽欲歇朱明催，穠膚艷質暗荒苔。以色事人幾時好，千金買笑終難保。何如早結連理枝，花開花落永不移。嫦娥相憶不相值，青鳥啣書夢中事。兔絲會應附女蘿，莫將珍重成蹉跎。

丹陽城下看競渡

丹陽古城日欲暮，蕩槳城東喧競渡。旌旗掣電驅蒼龍，笳鼓隨波翻白鷺。樓頭粉面半猶遮，却扇回眸斂髩斜。不分簷前雙語燕，生憎樹底亂啼鴉。

寄贈醫師

江南游遨地，茂苑無冬春。浮舟出郡郭，坐擁如花人。況復春光動梅柳，杏花歷亂清明後。市人罷市亦來游，更是閑身鶴髮叟。及兹初度晨，把酒對親舊。選勝隨所如，迭起前爲壽。君不羨，少年郎，身上青雲耀閭右。君不羨，富家兒，床頭黄金拄北斗。願學韓康隱吴市，一一奇方出吾肘。余今杜門集方書，題詩壽君還問渠。别有金丹駐顔色，試言鴻寶定何如。

贈醫師

江頭梅花飛片片，漸驚春色郊原遍。柳黄欲垂桃未花，園林着處朝霞絢。乃知仙翁種杏非偶然，要看百日東風面。吴中山水不用深，待挾刀圭走郡縣。董家於菟迹太奇，且學醫盧自矜炫。兒童婦女隨所如，應手還從隔垣見。先生今已甲子周，腰脚猶同少年健。莫辭花下醉千場，地行仙人人所羡。

和迎春行

自公之歸歷四春，角巾野服誇閑身。回思古來榮盛事，咄嗟失路多艱屯。昨朝高唱迎春作，筆墨淋漓恣歡謔。蘇家端明垂大名，暮竄窮荒朝碧落。信知金鑾夜直榮，何如玉局生還樂？只今遺事徒空傳，幻出宮粧殊可憐。憑將妖冶如花貌，與醉豪華今雨筵。我來倚棹澄江曲，逢蹴雕鞍垂霧轂。馬上相看揖馬鞭，微動朱唇頻送目。主人温酒待衝寒，前隊揮杯後隊逐。須臾馳馬却復來，含笑盈盈臨鏡臺。衣裳净拭胭脂點，倭墮徐分彩勝開。鸕鷀杓裏浮瓊液，孔雀屏邊歌落梅。歌停翠袖筵前起，呼盧浮白從兹始。若個狂酲數叫號，何人怯飲先披靡？翩躚往復看數回，更長燭明興未已。少年場中未足多，羨公鶴髮朱顏酡。公言此意誰能會？香山之後還東坡。坡翁晚年不稱意，欲歸潁川終莫遂。況我不須楊柳枝，春花春月教渠侍。

秋風篇送別

江頭秋風新，游子挂帆好。凉雨一來過，炎氛净如掃。婁江江水東南來，海門噴薄聲喧豗。風檣西飛不得住，扁舟欲送愁却回。憶向塵埃覓知己，如君意氣無與比。謝公携我鳳凰游，諸郎狎君公爲喜。知君已是十年前，不道青袍尚泥滓。是時一見客中憐，疑爲韶顏與稚齒。只今相對各自知，同是冰心玉壺裏。君歸來讀鄴侯書，公亦三弇稱隱居。何人見月不載酒，何處藏鬮不醉渠？一朝人事忽崩奔，俄復懸書走國門。因之中夜萬感集，山園草樹俱傷魂。君今日西馳，會面難爲期。時來應自致，略吐胸中奇。我昔長干輕薄兒，揮鞭落日曾追隨。儻到舊游携手處，勞君長憶送君時。

送别梅季豹〔一〕

憶昨秋風白門柳，秦淮淺碧重回首。美人如花不可期，赤欄橋邊一杯酒。扁舟東來秋正高，宛陵梅生知名久。曹丘意氣天下奇，不知其人視其友。諸王舊是烏衣人，君但過從莫厭頻。擊鮮炰羔會衆客，昨日北里今南鄰。酒酣四座歌聲發，就中百囀回陽春。玉顔不動朱唇開，燈前颯沓梁塵來。深更欲闌未能别，悄然商聲更數闋。人生會促别日長，明朝相送臨河梁。期爾鳳凰臺下路，荷花開盡桂花香。

【校注】

〔一〕梅季豹：梅守箕，字季豹，明宣州（今安徽宣城）人。因屢考不第，遂棄舉子業，致力古文辭。豪宕善屬文，援筆立就。嗜酒，醉後作文，狂呼大嘯，旁若無人。有梅季豹居諸集。

遥寄方伯雨兄湖筆因賦長句

吴興筆工天下奇，入手快意剛柔宜。穎長管輕肘腕利，倏忽千字雲烟隨。疾如彎弓一發没鏃羽，危如舞槊相向争毫厘。端如朝士雍容陪豹尾，媚如季女婉孌揚蛾眉。勁如孤松倚厓鬥突兀，潤如豐茸浥露紛離披。浩如百川朝宗勢滚滚，燦如列宿向晦光離離。平生好書漸成癖，故人遠致供臨池。越州宣城未曾試，聞有散卓宜京師。軟弱只堪掾史手，吾曹豪健須如錐。君家松煤黝如漆，舊坑卯石文犀質。我抽三矢贈君行，助君文戰期第一。不願君蠅頭蠆尾規模鍾張與崔杜，亦不願君黿趺螭首雕鐫虞歐與蘇褚，但願直辭萬言動明主，慎固邊陲舞干羽。海波不揚鮫鱷藏，簪筆朝堂記神武。

贈别友人

君不見，原生甕牖桑爲樞，門前來過駟馬車。一朝在官辭九百，此豈有意驚凡愚？又不見卜生懸鶉衣百結，學道何知生計拙？投老猶爲千乘師，兩目雖盲中皎潔。先生早歲曾授經，文章巨擘眼爲青。屢操筆研干有司，衆中洒洒誇心靈。暗投明月無知己，去浮大江越彭蠡。故人情分知不薄，東還槖裝净如洗。亦曾北走黄金臺，五侯七貴争趨陪。金錢入手快意盡，咄嗟彈鋏歌歸來。只今年已七十老，肯爲食貧徒慅慅？欲營升斗還賣文，口授瀾翻腹中稿。東家富兒裹千金，攢眉日日無歡心。

放歌行

我生浪迹難具陳，嶔崎歷落可笑人。途窮羞學阮公哭，頌酒不數劉伯倫。大鵬斥鷃徒爲爾，滄海桑田幾度新。憶昨瑶池侍王母，飛瓊進酒雙成舞。五銖衣拂九霞翻，同謫人間逐塵土。却從塵土重相尋，輸情寫意傾倒深。寸田尺宅還自寶，清風朗月酬高吟。會當携手跨黄鶴，世人那得知其心？

爲人題畫

荆關李范迹罕傳，宋之院本非天然。國初倪迂逸氣偏，擺落蹊徑窮幽玄，弱中藏勁臞藏妍。包山陸子〔一〕今百年，點筆求肖形神全。陳君後起追昔賢，倪耶陸耶在目前，魚兔已得忘蹄筌。且須爛熳尋雲烟，醉即高齋長晝眠。

【校注】

〔一〕包山陸子：崇禎、康熙二本皆作「包山老子」，誤。此應爲吴門畫派名家陸治，陸治因居包山，自號「包山」。

苦雨詩

今年雨暘劇顛倒，我昔攢眉憂夏潦。眼看宿麥翻黃雲，連困沉陰竟如掃。田家忍飢事耕織，一飽婦子何由得？稻禾欲秀木綿苞，還復嗸嗸望甘澤。秋陽熇熇雲漢明，桔槔無聲泥半坼。但令禾熇尚能蘇，未放池枯猶帝力。我占重九應冬晴，初逢霡霂喜且驚。止須一澍四郊足，幸是天高霜未清。黑雲沉沉仍不開，喧豗恰似回黃梅。庭前百草俱爛死，忍令嘉穀爲污萊？一年再水中復旱，空把鋤犁博煩懣。憶昨雨淹二麥時，日車偃蹇來何緩。自回驕陽那可當？雨師暍死龍亦僵。玄冥泝天天爲低，旋驅海若乘風翔。陰晴反覆亦常事，偏與三農不相值。天公豈不哀斯人，恒雨恒暘互爲祟。莫爲水旱苦祈禳，人間舛錯俱天意。曾聞城邑喧豺狼，紛紛射獵潛道傍。深林茂草是汝窟，誰令闖入争猖狂？盡殺豺狼未爲快，殺機一動天茫茫。書生念此百憂集，中夜起坐因雨泣。未論珠桂正難支，行慮追呼索租急。皇天一聽下土言，乞與晴光照原隰。

徐明川兄五十索詩

君家大公行八十，扶杖猶能輕出入。少聞豪飲游博徒，老只傍觀絶米汁。笑謂親朋各盡歡，日月看如跳丸急。我生二鶵季且衰，今我不樂何嗟及！巷南巷北數相過，每見翁來喜迎揖。請作歌詩壽阿兄，捧觴勸君君却立。君素不飲。不願君持籌握筭學富兒，亦不願君吐故納新學呼吸，但願老翁健飯如平時，逐日風光陪宴集。

壽丘五丈

人生禍福皆自求，男兒有身百不憂。誰知溝壑未爲辱，飢腸凍骨輕王侯。亦有將書課兒子，意在豪華雄邑里。詎思縱好只傍看，况復危機從此始。先生雖貧能忍飢，偶然一飽長自怡。妻啼兒號各有分，貪夫齷齪徒爾爲。原思卜夏今猶在，莫將阿堵輕相穢。昔賢未必不如人，我祝先生好自愛。

花朝醉後爲女郎題品泉圖

新泉纔汲惠山腰，宿茗猶烹陽羨麓。甎爐火活松濤鳴，朱唇得酒頻呼沃。此時梅花千樹明，來往名園看不足。從駕部園居，復過澹圃。就中玉叠最葳蕤，與對佳人未爲獨。羅紈飄作膏乳香，滑膩如花露肌肉。君不聞蔡家君謨作譜時，武夷鬥品盈筐盝。豈意青樓別有人，與鬬風前更芬馥。曾與杭〔一〕妓周韶鬥茶。天上赤泥空月團，吴儂採掇偏新緑。且待東風一夜吹，雀舌應輸寸芽速。雀舌瘦而味薄，於品爲下。還憐春暮更煎嘗，海棠花底催燒燭。

【校注】

〔一〕「杭」：崇禎本、康熙本皆作「抗」，誤。周韶曾與蔡襄在杭州鬥茶，故應作「杭」。

吴歈小草卷四

五言絶句凡六十四首〔一〕

【校注】

〔一〕崇禎本作「五言絶句凡四十六首」，康熙本作「五言絶句凡六十四首」。陸氏在重校時將原屬崇禎本補遺部分的五言絶句十八首移入卷四，故兩本所記數目不同。

送春四首

柳條纔委地，柳花旋作泥。陰陰野塘畔，還此聽黄鸝。

由來千樹紅，俄變一谿緑。但恨花開時，風雨看不足。

少年愛紅顔，長年惜紅英。顔紅有分別，未若花無情。

艷陽與清和，只隔一宵短。出門看花還，閉門梧葉滿。

題採蓮圖

同是蕩舟人，相看情性別。自憐顔如花，羞將並頭折。

團扇四時詠

可憐白團扇，贈爾及芳春。他日毋輕擲，風高塵汙人。
可憐白團扇，永夏一良朋。忍令冰雪質，容易點青蠅。
可憐白團扇，不用怨秋風。娟娟月長滿，挂著翠幃中。
可憐白團扇，仍與擁罏便。酒緑寒催泛，泉香醉欲煎。

絶句二首

雨後數行墨，風前一卷書。縱然心有役，猶喜較清虚。
分别誠爲妄，妍媸似不無。争如明鏡裏，形影一時徂。

梧桐絶句四首

葉綴碧雲影，花攢紫粉香。科頭照茗碗，赤日也清凉。
人言桐子多，頗妨桐葉大。披枝莫養花，葉葉如車蓋。
又聞占歲驗，多實定豐年。樹頭珠一斗，買米不論錢。
莫將桐比芡，啖之能益疾。鳳皇但來棲，擇食須竹實。

偶題二絶句

若知身世空，還同優人假。貴賤亦偶然，欣戚何爲者？
時俗苦占夢，兒童争捕風。如何開著眼，猶是在眠中？

癸丑八月六日予來虎丘舟從斟酌橋入泊山之東麓晝追凉風晚陶新月再降再陟游人盡還獨留裴回仰見殘月挂於松梢因哦松際露微月輒用爲韻賦五絶句

我來閣西望，落日明群峰。下山凉吹發，徙倚道傍松。

緩步屬有思，了了斷三際。朱顔非吾榮，白髮豈余悴？
農夫喜秋暘，游子愛凉露。正如往來潮，偶然乘所遇。
稍覺歌筵散，遥聞鐘梵微。尚餘殘月在，獨醒未能歸。
依依月下人，濯濯石上月。繁星墜流螢，驚颷度棲鶻。

題甘露寺

亭外江翻白，閣中山送青。雲衣蒼變狗，霜葉醉如猩。

題竹林院

叢篁非昔院，獨鶴自秋山。携客從容話，逢僧若個閑。

草蟲八詠同叔達孟陽作

鑿深爲爾居，抱蔓爲爾糧。偶然一投網，豈如鵜在梁？
一寸出水鬚，千年浮海檣。汙池何足戀，人道是遺蝗。
爾輸赴海芒，鷄啄登場粒。同爲鼎俎珍，偷肥悔何及？

嗚聲一何喧，怒目一何睅。似此雖麼麿，有氣吾勿簡。
高樹鳴蜩咽，傍枝執翳求。寄言挾彈者，彼鵲可無留。
誰云飲露清，乃是弄丸濁。所以笑圖南，榆枋吾已邈。
嗚斷繅絲聲，驕懶今不驚。幸爲小吏婦，羅袂聽吹笙。
花香欲上鬚，蛛絲莫黏翅。同來芳園游，不作蜜蜂計。

姚允初〔一〕先生園居十二詠

中林堂

兀傲堂中飲，消摇杖底吟。未能逃俗去，且自入林深。

鵝群閣

軒窗波面畫，萍藻鏡心開。頗憶紅鵝異，仙翁可送來。

海月樓

瀲灩出海月，裴徊此屋梁。故人驚醉夢，猶憶照容光。

芙蓉館

明艷花無二，幽芬葉更饒。秋風漸零落，爲擬楚辭招。

石樹庵

移來寒玉姿，題作三珠樹。林立伴跏趺，心空遺竹素。

洗硯磯

瀟淪百尺清，倏忽一泓黑。坐看沉雲過，黝然發雕飾。

柳浪堤

濯濯颸清陰，絲絲翻叠浪。不似潭面風，吹波欲沉舫。

容與臺

登臺眺遠空，遲日正融融。最是宜春暮，烟花颸曉風。

清音亭

流泉石罅鳴，㶁㶁有餘清。一入幽人耳，不同絲竹聲。

秋影亭

月迴秋偏净，人閑影倍清。應憐塵土客，未暇此中行。

浮玉橋

渟泓湛碧漢，夭矯拖白霓。跳波魚濺沫，接岸樹分蹊。

適舫

身世誰前識，物情徒妄邀。不膠舟是芥，有適帶忘腰。

【校注】

〔一〕姚允初：姚履素，字允初，應天府上元人。萬曆二十六年任嘉定縣學教諭，却贄恤貧，正祀典及鄉飲之訛。中辛丑進士，官至廣東副使。

夜集閑孟〔一〕齋中同鄒孟陽〔二〕歡飲口占更留一日

故人舟楫遠，春夜酒杯同。莫惜明朝醉，梅花已颺風。

【校注】

〔一〕閑孟：鄭胤驥，字閑孟。博聞强記。爲諸生。與李流芳齊名。性嗜酒，每飲輒酩酊。試于有司，扶慘醉以往，咯嘔委頓，已而伸紙疾書，文彩爛然。屢不得志于京兆，益縱酒自放，竟以此終。（康熙嘉定縣志卷十六人物二）光緒嘉定縣志卷十九文學：鄭允驥，字閑孟，居西城。博聞强記。詩長五古，兀奡頓挫。文雄健，多經濟之言。與李流芳善，時稱「李鄭」。爲諸生，不得志，縱酒自放卒。「胤」，因避雍正帝諱改爲「允」。

〔二〕鄒孟陽：號遁園，錢塘人，讀書好修，善鑒畫，與李流芳交往叢密，李氏文中多僅以「孟陽」稱之（李流芳與嘉定程孟陽亦友）。錢謙益初學集卷六十鄒孟陽墓志銘：李長蘅苦愛武林山水，歲必一再游。其游也，以鄒孟陽爲湖山主人，花時月夜，晴雪烟雨，扁舟幅巾，茶爐筆床，未嘗不與孟陽俱。長蘅高人朗士，秀出人表，歌詩圖繪，與湖風山雲互相映發。孟陽鈎簾據几，隗俄其間。山僧舟子，皆能指而識之。長蘅於畫，矜慎自娱，不受促迫，顧獨喜爲孟陽畫。西湖江南卧游册凡三十餘幀，孟陽所至必携之以行，曰：「長蘅與江南山水，皆在吾篋笥中矣。」孟陽名之嶧，其先世元末鎮撫海寧，居東門外，至今地名鄒家渡。四傳徙錢塘東溪，以貲雄里中。至孟陽，讀書好修，爲知名士。不事生産，老而貧困以死。崇禎癸未六月某日卒，年七十。

夢中絶句

亂山稠木裏，遠寺一溪通。鐘響停橈外，嵐光倚杖中。

馬鞍山絶句

殘霞明遠樹，積水接荒畦。側首危崖出，回頭小徑迷。

夜飲虞山檜樹下

寒江浮雉堞，平野帶柴荆。草露夜深白，林風月暈生。

見海亭

憑高一以眺，烟霧接天黄。浮島互明滅，長風吹淼茫。

題書扇

花徑小橋幽，溪風疏柳秋。凫鷖會人意，故故對沉浮。

即事十四首

溪風生夜凉，揮杯雜諧謔。每聞抱幽憂，獨此歡如昨。
欲别且復留，徘徊月將没。殷勤問前期，遲爾中秋月。
月圓雖可期，浮雲似相妒。不如我所懷，早晚定來顧。
江邊欲發時，夷猶謂當至。回頭語舟人，且莫貪風利。
隔船遥借問，傳是來相迎。以我夜中恨，知君此時情。
見時羞作嗔，但問舟何駛。逡巡不能言，低頭愧深意。
别酒不須臾，相看各惘惘。潮落送東還，更待潮來上。

俄還擁被眠，冰肌陡生熱。呼我添重裘，問復幾時別。
坐深燭花落，暗中欲沾衣。但言戀今夕，不如早來歸。
將還復歡然，謂我留不久。暇時輒來過，彈棋試賭酒。
故人邀載酒，旦晚芙蓉開。驚聞更伏枕，何心獨銜杯？
浮舟城北路，相去步武閑。已聞能起坐，一往破愁顏。
是時月幾望，我歸難更留。感爾纏綿意，强出送行舟。
尋常酒户中，往往得相助。今日忽見陵，爲復舍之去。

六言絶句凡四首

散步斷橋湖堤口占二首

短長柳絲俱彈，深淺桃花正紅。共話不須對酒，相携祇是賞風。
但遇名園便入，閑看游舫來停。人言湖上肥膩，我愛眼底清泠。

夜月獨游堤上再賦二絶句

雨餘最憐花剩，月出好趁風恬。澄湖東灧西灧，暮靄南巖北巖。

昨日同游何處，今宵高興獨來。笙歌送歸粉黛，山水自遶樓臺。

七言絶句凡一百八十九首〔一〕

【校注】

〔一〕崇禎本作「七言絶句凡一百三十九首」，康熙本作「七言絶句凡一百八十九首」。陸氏在重校時將原屬崇禎本補遺部分的七言絶句五十首移入卷四，故兩個版本所記數目不同。

懷古四首

百年田宅幾家存，牛馬襟裾横里門。盡散賜金供酒具，須知真是愛兒孫。

牧守曾聞陽亢宗，自書下考慰三農。已看妻子皆身外，肯爲君王急上供。

昔賢銜命亂軍營，人主哀憐止勿行。直欲身先飛鳥去，不因恩詔負平生。

五載荒江麋鹿友，八年瘴海野鷗群。胸懷若個能相似，方許從公一論文。

伏枕有懷口占二十六首

年來心事似兒童，枯坐孤眠得少功。如此調治猶抱病，經時窗紙易生風。

舊年筋力尚差强，一自衰摧鬢漸霜。歲月去人潛計會，對治衰相只空王。

莫言老至總如期，曾見倏然百歲姿。縱復形骸元是幻，待將修幻不須疑。

亦知難怪鬢毛斑，愛染由來意不慳。簡點一身猶未會，更慚開口論人間。

閑將舊史看興衰，轍覆舟翻或可回。不願鳳麟爲世瑞，且須鷹犬亦無才。

高明鬼瞰勢多傾，人道由來最惡盈。厚味毒深規作瑱，到頭不信會支撐。

世情苦要分矛盾，無盾何緣便有矛。莫道彀中非中地，箭鋒相激是陰謀。

若知身世等頭空，安穩無他彼此同。用盡心機胎隱禍，攻人的是代人攻。

眼看時世鬥錢神，但用傾人必中身。快意暫時長戚戚，胸中無事却輸貧。

世人祇爲心成礙，達者偏於境了心。身世的應難著力，多愁那用復多金？

未免有求雖是累，但知屬厭即無争。從來虎餒須求食，不鬥終無卞子名。

莫倚帆檣不計程，無争銖兩苦求平。虛疑賢達貪浮譽，自爲將牢不爲名。

廉者無求貪不與，似於求與太分明。唯應便飽饞人腹，長物如何苦吝情？

迂闊須知不累身，醴甘水淡定誰親。火燒潤屋連巢燕，莫作深交密計人。
毋爲櫪上追風驃，且學塗中曳尾龜。縱與支床能不食，仰人莩秣共人危。
朝爲層嶺暮深坑，可嘆人間路不平。剗却崚嶒填缺陷，莫教翻覆是持衡。
白衣蒼狗變浮雲，人事如今那可聞？莫道傍觀堪一笑，須知玉石會俱焚。
近遇西來盲講師，世間文字未曾知。瀾翻千偈縱横説，愧殺窗前弄筆兒。
亦有文深筆健人，巧將籌畫誤交親。縱然幸免成何用，不及田間自在身。
試問醫師扁與和，貴人病較野人多。飢腸饞口還争羡，博得甘肥忍病魔。
眼底何人不售欺，自矜才力竟誰知？纔争一著終難强，獨有人間國手棋。
伎巧還從習慣生，傍觀争得便分明。世間何限難平事，若問良工涕泗横。
厭戀心雖白黑分，一泓止水兩俱焚。未能無厭應多戀，但解隨緣便出群。
有才無識世應稀，每怪才人識處非。恰似游蜂窗紙上，待人開取始能飛。
平生最愛佳山水，圖畫看來不自持。開口未曾論繪事，自知應被解人嗤。
古來機警屬英雄，邂逅非常合變通。咫尺盆池風浪少，唯應學取灌畦翁。

早春白下有贈四絶句

客程日日是春寒，一路青山帶雪看。欲報故人相見近，儻憑清夢到長干。
雪明殘夜鳳城隈，猶是香車合還回。莫問燒燈何處好，祇應先訪舊天台。
青樓垂柳弄絲絲，欲放梅花知待誰。却憶去年秋色裏，桂枝團露月明時。
薊北音書正寂寥，謂伯隅。相思應爲罷吹簫。別來宋玉悲秋甚，准擬春風一曲銷。

乞梅花栽

每到花時過草堂，偎牆竹裏細吹香。主人不忍枝頭折，乞我蕭疏六尺强。
幽居自合千堆雪，近市能無一樹香？莫道移來稀伴侶，儂家蘭畹正相當。

贈友人青衣四絶句

昨夜分桃夢裏身，曉窗初試畫眉人。向來幾許嬌憐意，學得風流次第新。
爭傳小史少年場，樂府今翻嫵媚娘。料得夜闌歌舞罷，閨中邀與鬥新妝。
池上秋深暗緑蘿，清樽妙舞管絃和。莫嫌此夜無明月，爲看陽臺暮雨過。

頻挑曼睩思依依，踽步燈前試舞衣。我怯冰霜幾回首，更誰容易殢人歸？

湖上

倚棹閑過湖上村，板橋低水到柴門。虹拖殘雨千林曉，雲擁深林萬木昏。

即事二絶

拂袖鳴絃意態殊，輕攏慢撚唱吴趨。劃然住撥回頭顧，得似曹綱右手無。

一尊逃暑半庭陰，送客留髠酒更深。聽罷清商凉吹滿，却憐瘦骨儻難禁。

聞禽閣絶句爲顧學憲賦

小閣深深曲徑開，竹光長送午陰來。主人暫遣清商歇，別有幽禽勸酒杯。

罏烟欲灺日沉西，獨對閑窗看鳥棲。漫詫莊生齊物論，啞啞喈喈此中齊。

啼懶嬌鶯趁柳藏，旋呼童子炙笙簧。耳根慣爲聲塵嫐，時向閑中覓少忙。

鳥啼何許最關情，不是啼時分外清。酒醒閣中聞喚起，爲驚殘月半窗明。

送子魚辰玉北上兼寄伯栩〔一〕閑仲〔二〕

江南十月杏花開，江北還應發早梅。客舍故人翹首待，爲君長置暖寒杯。
霜寒楓赤送行舟，立馬維揚古渡頭。莫向客程回首望，山山晴雪近皇州。
蓬萊新殿接浮雲，海内争爲頌禱文。枚馬同時文最麗，好將詞賦諷明君。
漫道紛紛擬鳳麟，三年都下馬頭塵。世間自有真材傑，卻待能分玉石人。
輕薄於今笑雅馴，文章誰復爲經綸？春官此日懸明鏡，照出娥眉與效顰。
二十年來上帝京，眼看童稚解成名。如今定試磨天刃，獨掣鯨鯢衆始驚。
韋家經學老玄成，蠖屈人人意未平。總道文章偏卓犖，的應仍不愧科名。
茶香酒美長留客，竹暗花明並屬君。才力儘堪當世用，豈如鹿豕老成群。
如君精悍過流輩，蚤歲飛騰斷不疑。豈獨青箱文學事，故家門户已多時。
衰慵吾已息塵機，何計田園老布衣？不是故人天路滿，可能高卧掩荆扉。

【校注】

〔一〕伯栩：王夢周，字伯栩，號堅吾，王錫爵從父，太倉州庠生。能文，好山水。時學道駐宜興，夢周往試游二氿三洞間，歸以其奇詫人。萬曆十九年中舉人，後謁選得宜興教諭。六月旱，祈雨回，一蹶而卒。

〔三〕閑仲：王士騄，字閑仲，號雲和，太倉王世懋次子，萬曆二十二年舉人。曾謁選南京都察院都事。喜收藏，工草書，能詩文。著有攝月樓詩稿。

戲　贈

斂笑顰蛾分外妍，弱於纖柳浄於蓮。座中狂客無貪醉，阿姊猶將小妹憐。

朱通參挽詩

淲湖一片水深深，清比前賢不染心。月俸未能供俯仰，殁時人爲具棺衾。
五品十年纔滿考，一家三畝未安居。路人也道清貧好，指點高門總不如。

過吴江有懷

垂虹流水月中聲，曾此飛觴坐到明。今夜孤舟霜露白，不關蕭瑟自傷情。
豈無斗酒銷長夜，亦有貧交話夙心。不敢垂虹迤北去，恐添哀泪重霑襟。

別筵戲呈辰玉索和

故人將發慘離顏，與醉紅粧興不慳。微雨送寒山色暮，却思醒眼看烟鬟。

閑關須待柳條新，濃艷還歸桃李春。野鳥寒花君莫問，明年君是曲江人。

君到江頭著眼看，幾多纔發幾多殘。丹跗紅萼從人問，一種移將種藥欄。

婁塘里桃蹊即事十首

郭外人家柳半遮，小桃無處不交加。一春風雨千門恨，幾個晴天來看花。

種魚塘上連村樹，低水橋邊兩岸花。除却平沙玉壺酒，不知何物是生涯。

迎潮漁艇漉魚蝦，臨水居人引釣車。不怕桃源迷處所，潮回應帶樹頭花。

東風初急日初斜，苦憶江邊千樹花。留取十分穠艷在，待携詩酒到田家。

鵲欲報晴鳩喚雨，隔江遥望晚來霞。縱然酒美休教醉，恐負明朝滿眼花。以上初到里中。

雨洗胭脂風捲霞，醒來零落醉時花。殘罇好爲輕陰盡，一片澄波隔絳紗。

無數亂紅看不足，碧潭還對一枝斜。春光欲去誰留得，水面浮來幾落花。以上舟還潭上。

看拈禿筆書杈枒，余亦紛披點墨花。一種清狂久埋没，對公還發不須嗟。南過鄰家。

小徑升堂舊不斜，蘭香梨白滿貧家。衰顔一爲公來破，緩酌留看霧裏花。過舍小憩，家君留小酌。

歲歲春風發紫芽，依稀谷口野人家。翠眉玉面新來伴，一樹中庭帶雨花。

柬孫容宇兄二絶

比鄰莫道易經過，日日春寒奈雨何。不趁晴光共歡笑，梅花風日已無多。

瓶中花繁香氣䭾，况復盆蘭抽紫芽。坐客相看意未足，思君淺碧隔年茶。

折梅分酒送張二丈

一枝香艷樹頭折，數盞清甘缸面分。往伴南窗讀書老，最宜相對發微醺。

徑山早發口占

懸崖陡合藏蹊曲，急澗雙流夾岸明。遥憶山窗禪誦客，知余還望五峰晴。

再贈俞泰靈

世味山泉煎粥吃，生平喜雪受風吹。應憐棋酒顛狂客，袖手聽君話舊時。

贈行二絶句

老樹巔崖高士愛，繁花籬落衆人憐。不知文筆應誰似，能使都門萬口傳。

癡肥疑艷瘦疑清，骨肉停匀未可名。疑著便題珉作玉，璞中光采衆中輕。

三絶句再贈長蘅〔一〕

雷轟電激催涼雨，洗盡炎蒸始是秋。指點一鈎旬日滿，照君清夜過揚州。

看摇采筆衆人驚，欬唾隨風珠玉生。我送故人天路去，會令安穩卧柴荆。

争名見説劇戈矛，親可令疏恩可仇。遮莫風波今轉惡，褊心應不怒虚舟。

【校注】

〔一〕長蘅：李流芳，字長蘅，嘉定人，祖籍安徽歙縣。好佳山水，工書畫。著有檀園集。爲「嘉定四先生」之一。詳見吴歙小草卷一三絶句再贈長蘅注〔一〕。

題畫二首

丹砂爲幘雪爲衣，浴鷺棲鷄未敢睎。引吭澤中鳴且和，鷇音終傍九霄飛。
霏霏吹盡黃金粉，簇簇抽爲碧玉芒。飽歷冰霜鱗甲老，風濤看捲白雲長。

王將軍元周以開歲枉晤從容言前援朝鮮愛其山川秀麗皆作金碧色如石林尤奇也及移鎮松潘邂逅西來僧問即心即佛何用翻經答云正如儒者重行不能不先文耳又嘗故生於甌閩江海間多有光怪且自少至今每於夢寐見佛菩薩諸天神鬼殆宿植德本者耶爲賦四絶句

樓船飛渡大通江〔一〕，遥矚雲間紫玉幢。夾路山山開錦繡，石林一帶更無雙。
歸移戎馬鎮羌渾，屢見西僧入漢屯。解道佛心文字外，還憑三藏覓真源。
西戎即叙又東藩，甌越由來控海門。波浪不驚貔虎卧，全生魚鳥盡知恩。
吠蛤聲聲似乞憐，忍於鬵釜足甘鮮。更聞自話少年日，合眼天宫即現前。

【校注】

〔一〕大通江：位於朝鮮半島北部，注入黄海，是朝鮮著名地理標志之一。

偶成

庭梧交碧午陰清，睍睆時聞求友聲。挾彈少年那可問，故來枝上打流鶯。

送孝伯省覲潛山兼乞蘄艾常春藤

挂帆江上月華新，正是高齋入夢頻。翁媪憐君君撫子，天涯家慶倍相親。君有子留潛。
淮南風物近中秋，洗盡炎蒸素影流。揀取波平雲净日，暫陪杖屨到黄州。
十年肩甲惡酸寒，謁遍醫師技欲殫。爲覓蘄陽一叢暖，不辭服艾且偷安。
瘦骨蒼藤入手輕，唯應笻竹比堅貞。衰年憑仗相扶曳，尚要溪頭石面行。

題畫

嵐翠溶溶媚遠空，樹根籬落樹頭風。董家一片江南景，平淡由來異俗工。
泉落山腰翻急雨，風來松頂作驚濤。東華香土從他羨，自愛中林韻最高。

除夜口占三首

稚子蹣跚隨拜起，老妻庖饌細調和。閑行且就僧房話，自脱斑衣鬢漸皤。

高原詎有蓮花發？穢食何堪寶器儲？幻垢形骸煩具浴，本來心地未曾汙。

一種生人殊貴賤，同時甲第異榮枯。勸君莫妄生分別，各自還尋衣裏珠。是日聞太原公訃。

寒夜起坐口占

窗明睡覺起披裘，簷外寒光遶砌流。正是胸中無一事，行吟殘夜水明樓。

殘冬殘月半規餘，澄景澄心止水如。忽憶棲霞山寺宿，露光泉響夜分初。

贈黄翁絶句

幾人七十猶將父，扶杖從容數獻珍。舊族自來門巷接，里中尤重德爲鄰。

野芳入座殘萸菊，新釀盈罇有聖賢。賀客挽鬚憐矍鑠，阿翁含笑看翩躚。

篤行於今有典刑，起家行看舉明經。生平懶問塵中事，到老長稱座右銘。

翰林院編修王君辰玉挽詞有引

君之殁也，予哭之而哀，有律詩十首，頗悉生平矣。故今茲遷殯，但導之以逍遥，極之於游仙，而終之以無生，庶幾君臨殁之意。

一閟空堂已數年，遥聞遷座賜塋邊。素車白馬來相送，猶待青烏問墓田。
異時挾册上支硎，垂耳龍駒鶴養翎。一自鳴皋兼歷塊，回瞻天外羡鴻冥。
乞歸娱侍老韋賢，竹塢花畦對舞筵。啞啞長銜烏烏恨，呦呦深抱鹿麛憐。
共驚詞學擅科名，旋詠芝房上玉京。十二樓頭笙鶴待，笑他塵土自虧成。
西游綿竹訪嬋娟，道遇洪厓笑拍肩。玉臂雲鬟何處在，待聽三叠舞胎仙。
一一樓臺琢玉樞，層層帳額鏤金鋪。帝庭趣召題懸榜，賜與方平十二壺。
上宰初騎箕尾升，郎官得侍上觚棱。仙班奏抱麒麟送，知是堂頭老聖僧。
若論門户看仙郎，行綴朝班侍玉皇。英妙已標强立譽，早知世業在青箱。
天上逍遥難厠足，人間忠孝總攢眉。他生一鉢依雲水，問共誰來也不知。
寒山古寺夜鐘清，長聽高僧話滅生。悟得本來俱不著，更無踪迹只空明。

密緯贈二絶句爲别書懷倍酬皆用奇字

敝廬安穩客游奇，難别新知苦憶兒。南北相望烟水接，自緣衰懶未能期。
吾衰百拙子多奇，深愧無當誤見推。應爲坦懷差不俗，相逢相得即相規。
知君親老急争時，何事艱深欲炫奇？氣色高華標格美，須教肉眼也能知。
人間能事出天資，不到功深不盡知。衹爲近名偏好徑，未窺真正總無奇。

江陰道中

乍晴風日尚微凉，客散潮來送野航。曲岸深深藏細竹，平疇淼淼見新秧。

無錫道中

莫嫌雨舫前期緩，莫愛風窗竟日凉。得失較量常各半，自因嗔喜熱中腸。

四絶句再贈季修

天涯風物漸飛霜，迢遞行舟指夜郎。故國山川元過客，東吴西僰北漁陽。

儒生何必盡遭時，綰綬方知史是師。邂逅同官相慰藉，勿云終不問朱提。
時事三吳漸可憂，飢人薄俗困誅求。争如作吏遐方去，把酒山城聽鵾鵜。
君行朔雪千峰外，我憶南雲十畝間。爲報扶筇最高頂，可能遥揖點蒼山。

即事三絶句

老人漸覺物情疏，懶似逃禪且廢書。遮莫酒泉兼燭泪，風清月白尚闗渠。
葷酒斷來唯嗜蜜，枯腸無膩不須茶。夢尋栗里應前卻，乘興還過桑苧家。
平生自笑聽歌耳，恰似陶翁指下琴。並斷尋常閑筆扎，應無妍醜到清心。

席上有贈

幾回輕剪燈前影，百囀徐銷梁上塵。已過雁來叢菊綻，似聞好鳥哢深春。

贈别秋試諸君子口號

聞昔金陵奠鼎初，高皇朝罷議同書。躊躇未肯呈來草，天語昭垂照石渠。
文章政術定相符，陰晦陽明每並驅。大有麼膺呈謬巧，豈無材傑類狂粗？

老驥兒駒躡影馳，裹回儵忽各當時。霜蹄待蹴金臺雪，振鬣長鳴慰所期。
筆底才人元自異，簾前主者豈無衡。誰能放眼新陳外，不被聱牙罔魎驚？
官府於今一體不，中朝誰爲塞垣謀？儒生藿食長深慮，自此輸忠獻冕旒。
比聞小蠢竊猖狂，破散須臾在廟堂。珍重簡書傳塞上，潛移將領自蠻方。
徒工詞學非經濟，若論淹通在古今。不是全無干禄意，長懷一片救時心。
守在四夷唯有道，憂先萬國始無爲。詳延本謂關興廢，曾是榮名獨爾私。

題　畫

紅塵斷處是青山，何限陰濃雙樹間。空翠濕衣凉沁骨，茅亭臨水聽潺湲。

躬耕之夫終歲謀食而不恒得飽每日須酒而未曾至醉雖形甚悴而中甚適感此賦詩戲爲酒喻五絶句

不獨忘憂發興爲，也非舊話送將離。勸君滿酌沾唇後，聽我狂吟酒喻詞。
頌酒還如陶令無，更誰能道解飢劬？不耕吾會田家味，落日村邊濁酒壺。
誰因薄酒意無歡，誰爲深杯病作難？幾許華筵豪飲客，輸他潦倒廢晨餐。

見説狂酲未解時，攢眉誰復問鴟夷？酒因酣適饒深味，若到昏冥味豈知？
勸君纔飽莫求贏，正似臨觴不盡傾。圈豕偷肥知近死，樽前流血是猩猩。

有惑於色者輕生靡財以殉之然而未嘗答也或加侮焉猶且昵之不爲倦予感人事有類此又戲爲色喻五絶句

人生邂逅不無緣，何限情滚分却慳。正似園花穿岸柳，也須風日與添妍。
新粧且面市門前，過客如雲揖馬鞭。還卧閣中誰入夢？郎來偷整落花鈿。
與説容華難久居，應知恩愛漸成疏。答言尚有新人少，我自關情莫問渠。
從來姝麗定驕人，不是相當莫便親。贏得慚惶長滿面，豈知亦自有綦巾。
矉笑由來不可知，故將癡喜對癡兒。傍人總道相輕甚，獨自深情未肯疑。

對月

坐邀明月入窗紗，嫩緑當窗旋欲遮。憶得床頭披散帙，憑肩閑看落燈花。

聞鳥

妒他嬌鳥自相呼，樹樹枝枝翠欲鋪。憶得妝成低喚起，可憑睡眼畫眉無。

贈法海廣恩二沙彌

靈鷲峰頭喻若何，寶珠元繫法無多。從探龍藏三千秘，只在曹溪一刹那。
何人長夜未全迷，指點蓮花出淤泥。法是優曇能解否，憑將悲願覓菩提。

即事六絶

龍鬚席展畫屏遮，欹枕何如面面花？獨有芙蕖初出水，依稀貌得臉邊霞。
積雨盆池漲緑苔，藕花欲發故相猜。直須邀共紅妝醉，亂葉田田一朵開。
深坐温温欲醉人，就中狂客爲逡巡。最憐片語能傾坐，蟬鬢蓮腮不當珍。
酒罷中宵月更幽，倚酣和露外船頭。分明花被春風醉，幾許顛狂不自由。
清歌軟語落燈前，一座俱傾此夜偏。莫怪尋常故羞澀，不教容易受人憐。
輕紅看上白蓮腮，長柄新荷瀉緑醅。花氣酒香渾不辨，依稀並入口脂來。

題畫贈朱小松隱君〔一〕

爛熳栽桃帶水濱，孤松落落幾冬春。紅芳易歇幽姿老，白眼銜杯傲世人。

【校注】

〔一〕朱小松隱君：明嘉定竹刻名家朱纓。徐學謨歸有園稿卷六載朱隱君墓志銘：隱君姓朱氏，諱纓，清父字，其先華亭人也。自君之父鶴號松鄰者，始徙嘉定，卜吳淞江上占籍焉。松鄰爲人，博雅嗜古，而特攻雕鏤之技。其所制簪匜圖刻諸器，爲世珍玩，有傳其一器者，不以器名，直名之曰朱松鄰云。而君爲松鄰長子，能世其業，人呼之曰「小松」。君生而聰穎絶倫，即席松鄰之技，輒能師心變幻，務極精詣，故其技視松鄰益臻妙境，自簪匜圖刻外，旁綜花草人物，間仿唐吳道子所繪，作古仙佛像。刀鋒所至，姑無論肌理膚髮，細入毫末，而神爽飛動，若恍然見生氣者。得年六十有八。

口占與歌妓青娥

爲憐歌動翠頻低，不遣當杯便似泥。燕拂水田斜跕跕，鶯藏門柳對啼啼。

元　夕

步障千重雲錦張，流蘇百結火珠光。游人貪向簷前看，不爲華燈爲晚粧。

同友人看寫照

輕白輕紅露半腮，修蛾斜映髫雅堆。縱令意態終難畫，想像風流一種來。

招　飲

庭際幽蘭已努芽，天邊明月定浮霞。待看玉樹風前醉，手自剩泉爲煮茶。

即事有贈二絶句

芳澤霏霏滿近床，酒開妝面倍生光。蓮花似向黄昏發，眼底深紅鼻底香。

欹枕山齋夜雨深，薄雲不散紙窗陰。醒來猶自含嬌眼，不與傍人説素心。

三　游

烟靄初浮月半穿，峰峰寒玉吐青蓮。不如醉與峰頭別，此夜清光未許圓。馬鞍山。

躡磴盤紆絶頂開，蕩胸雲氣海風回。只愁吹送三山去，留住人間不遣來。虞山見海亭。

石上流泉欲濫觴，漱來焦腑忽生凉。尋源汲得清泠去，頻與燈前醉裏嘗。惠山。

即事三絶句

醉穿深竹入空亭，一卧林風吹酒醒。欲贈將離花未發，夢中相對眼俱青。

山空月白夜分時，一曲青歌酒一卮。未若半塘歸路黑，醉中猶自擁蛾眉。

水漲晴湖似掌平，棹謳聲發月初生。不如風雨連床話，從喜從嗔直到明。

友人以春盡游西湖戲贈

闔閭城頭飛柳花，楊柳湖堤春色賒。君去南屏山路望，停橈幾兩七香車。

題柏泉圖

古樹婆娑不記年，飛泉百道樹頭懸。蒼苔翠竹相遮映，盡日深山度管絃。

看題扇二絶

輕甌淺碧玉生花，酒醒霜紈點筆斜。暝色入簾題不盡，阿誰先得向人誇。

句裏秋風別恨新，題來一字一堪顰。殷勤欲比江皐珮，摹得王家小洛神。

同美人送别五絶

漫道能香白玉膚，只憐調笑壓吾徒。舊傳水國蒹葭句，如此風流可似無。

薄雲籠月好風吹，並作寒光與雪肌。照見微紅暈雙頰，芙蕖花發夜分時。

潮紅容易上蓮腮，一日看君醉幾回。飲罷那能不分手，泥人小雨送凉來。

雨過空山冷翠屏，鳴榔聲發不堪聽。從嗔醉裏輕爲别，猶勝明朝酒乍醒。

攜手河梁緩别期，同爲送别更參差。秋風欲散江頭熱，此是重來送我時。

長干即事五絶

日暮長干帶酒歸，青樓搴箔問更衣。爲誰欲謝門前客，遮莫人看車馬稀。

斜月窺簾冷露光，到門衣袂著微霜。雙鬟小妹知人意，細語燈前催下床。

秋風江上落驚湍，仙侣同舟生羽翰。貪看凌波明鏡裏，坐來霜白不知寒。

赤欄橋上醉飛觴，明月看人到酒狂。驚起姨家諸姊妹，盡來門外看檀郎。

欲行不行會當别，明日清溪隔歲期。莫怪羅巾容易濕，人間難别是新知。

夜宿闕口

落日江楓暗客船，故人相對各依然。向來無限牽情事，並作離愁到酒邊。

又發江上

頃刻危檣破浪過，美人何處斂雙蛾？不論歸路風波惡，縱使安流奈别何。

登焦山

沙長江潤一山深，仄徑叢篁上碧岑。猶憶鳳凰臺下路，醉眠荒草夢中尋。

吴歈小草卷五

五言律詩凡一百六十五首

爲人賦文石

孤棱移海嶠，異采斵雲根。苔蘚埋成駮，松蘿胥作亹。人疑窺洞户，迹有賁丘園。長對芳樽滿，聊供笑語温。

游甘露寺

未破長風浪，從銷永日閑。濤聲喧近郭，草色暗前山。高樹啼黄鳥，平田點白鷳。醉歸村徑黑，新月映澄灣。

顧學憲先生枉示爲園二章次韻奉和

園林梅雨過，幽意在山房。高樹初團蓋，新篁恰對床。題詩耽野逸，邀客共清狂。但使樽中滿，無論肘後方。

還聞草玄處，獨喜問奇人。不作竹林傲，長懷栗里貧。劇譚將送日，妙伎與留春。莫爲流年惜，風光每自新。

詠梧桐

净掃簷前地，閑看轉緑陰。垂楊相映帶，修竹對蕭森。暑氣先秋薄，凉飈傍晚深。永懷棲遁好，莫問爨餘音。

句曲道中呈姚兄道一 元夕

相對今何夕，凄凉此道傍。浮名易爲累，良會故能妨。烏啄野田雪，鷄號村店霜。升車顧同侶，莫是世難忘。

同叔達辰玉將游支硎〔一〕值雨遣興

何必看花去，山行意自閑。輕舟沿别浦，急雨逗前灣。棋局欣多暇，壺觴興不慳。可憐今日棹，恰似剡谿還。

【校注】

〔一〕支硎：支硎山，又名觀音山、報恩山。位於蘇州西郊。山多平石，平石爲硎，晉高僧支遁（字道林）嘗隱於此，故因以爲名。山有石室、寒泉、放鶴亭、馬迹石。别有南峰、東峰等。

明日游横塘大風有作

移舟問山徑，到處欲尋花。獨杏已堆雪，繁桃初映霞。何須好風日，且共惜年華。眼底春過半，行看又採茶。

甲辰元夕

春宴喧鍾鼓，宵游盛綺羅。飛觴莫需醉，步屧好經過。月比秋中潔，風偏歲首和。更尋年少去，促坐聽清歌。

龔方伯〔一〕石岡别業〔二〕三首

每到山逾好，今來夏亦涼。虚堂穿徑豁，曲水入門長。竹外斜陽薄，荷邊晚吹香。知公愛閑適，兼不厭清狂。

睡餘聽屐聲，浥露遶山行。朝氣知偏爽，煩襟羨獨清。浮沉投餌别，静躁看棋明。晚酌谿橋上，開尊意每傾。

愛此兩山合，澄潭如鏡磨。風輕吹浪細，雨驟納流多。歸鶴遥摩壘，新蟾乍隱阿。浮舟攬蒼翠，留賞夜如何。

【校注】

〔一〕龔方伯：龔錫爵，字汝修，號石巖，龔弘後裔。少故警慧，中萬曆二年進士。歷任永新知縣、工部營繕司、都水司主事，廣東參政、按察使，廣西布政使。卒爲强宗所中，罷歸。歸居石岡園，盡林泉木石之娱。有入粤吟稿、論語解、老子注等。

〔二〕石岡别業：石岡園，又稱石岡精舍。位於明嘉定石岡門鎮（今屬馬陸鎮）。園有木墀塢、西爽軒、石岡草堂、溪山堂諸勝。園始辟於嘉定貢生沈紹伊，後歸廣西布政使龔錫爵。

觀　奕

每睹堅瑕换，真堪並國能。蜿蜒初屈蠖，搏擊乍飢鷹。負嶮頻營窟，臨危更涉凌。如何灌畦老，賈勇欲先登。

論文偶題

由來詞卓犖，信有筆如椽。剪彩何曾艷，穿池詎是泉？鶴傳深澤響，鶻落遠空拳。不作驚人語，能無白笑玄？

雨凉過濟之先與孺穀有約便携肴蔌就飲酒間喜聞孟陽論詩因成二章

微雨欲無暑，故人曾我期。但今携少具，聊共醉深巵。懶性俱成癖，衰年尚愛奇。昔賢編簡在，造次莫題詩。

卧起書爲伴，優閑味自長。雨添庭樹色，風與客衣凉。甌碧分茶淺，棋喧得酒香。更聞詩律細，懷古欲升堂。

辰玉携酒冋伯梅園二首

欲訪山中樹，偶來池上亭。遠林初藹藹，幽徑漸冥冥。香逐蜂喧減，晴占鵲喜靈。當杯不辭醉，且復片時醒。

坐久惜花飛，酒闌人亦稀。輕翻頻點砌，密灑驟沾衣。客有賚茶碗，時聞款竹扉。悠然高枕意，相顧欲忘歸。

送别子魚二首

復此慨然别，因之動微吟。以君憐我困，知我送君心。才老終爲用，文高莫苦深。人生應遇合，會自有知音。

志士無壯老，莫令意氣衰。昔賢牧豕日，豈意封侯時。榮進偶然事，平生有所期。區區論身世，肯學衆人爲？

贈唐中甫文

閑門對流水，中有静者居。最愛游魚樂，時披種樹書。往來群從密，簡懶世情疏。况復能娛日，清尊不放虛。

瑞光上人將往杭州聽講華嚴囑往訪丁師於徑山賦贈二首

爾去西湖月，還憑指見無。耳根圓聖果，心地悟交蘆。莫待株邊兔，方堪門下駒。不離文字相，應得見毘盧。

餘杭山路僻，尤是徑山深。我友今聞道，端居正了心。爲携瓶錫去，一訪户庭陰。若問衰慵意，塵勞轉不禁。

送姚先生

衆謂才名遠，吾知雅尚偏。學文元識大，愛禮獨從先。野老招羊仲，門生擬鄭玄。萬方思慶澤，看對冕旒前。

金陵上朱通參二首

本無當世用，況乃未遭時。明鏡寧相假，羞顔久自嗤。浮華非我願，迂拙少人知。獨有依歸念，窮能慎所之。

士昔推名世，才應重濟時。從容如有補，憤激亦何爲？道或汙隆異，公真賢達師。東南需節鎮，朝論更先誰？

呈王司農先生

自分迂疏性，應甘長賤貧。猶然陪衆少，徒欲慰吾親。閱世烟雲變，勞生日月頻。司農門下士，師説爲誰陳？

溪亭詩爲新安孫翁賦

聞道巖棲好，悠然溪上亭。清光行處得，幽響夢回聽。山雨流花片，沙晴洗鶴翎。只愁家釀竭，客醉暫時醒。

贈姚長公允吉〔一〕

猶憶醉中別，羨君神更清。深杯貪夜話，短棹悵晨征。欲問文章事，因舒江海情。自憐今老大，還逐後時名。

【校注】

〔一〕姚長公允吉：姚履旋，字允吉，應天府上元人，萬曆年間嘉定縣學教諭姚允初之兄。詩文典則，可誦可傳。與弟允初有金友玉昆之目。

白下贈顧先生

自得長歌贈，如何不少留？笑言猶昨日，風物又清秋。白社閑中味，青山坐裏眸。寧知天畔客，來此獨登樓。

贈孫士徵泊秦淮作

別君群從後，每憶半酣時。曲折拈新令，輕狂贈小詞。垂楊紅蓼間，淺黛玉顔宜。復已三年別，能無感鬢絲？

贈方平仲

吾友誰開爽？憐君如弟兄。坦懷寧忤物，麗藻已知名。老更思交道，貧能解世情。將從伯氏覓，應不厭將迎。

九日青岡即事四首用高字

閑居欣節序，兹日美游遨。舟楫晴明好，壺觴步仞高。牽情須仗席，發興自吾曹。莫惜深杯醉，相看半二毛。

里閭如釜底，出郭散牢騷。遠樹圍成玦，澄江曲受刀。醉偎寒玉軟，歌逐串珠高。田父驚相問，何曾識酒豪？

豈無良醵會，獨此稱風騷。霽日秋偏凈，凉天午更高。披襟當颯爽，極目見纖毫。若個能銜席，還同罄濁醪。

落景頻移蓋，歸舟徐進篙。壺傾思角枕，網集看銀刀。短髮從欹帽，韶顔與覆袍。别時憐小阮，餘興尚能高。

吴江夜泊

日暮蒹葭岸，蒼茫獨雁哀。偏令失群感，都向此時來。霜白吴洲雪，濤喧震澤雷。青山烟樹外，寒月正裵佪。

烟雨樓書懷

初日照高樓，烟光望裏收。遠山圍雉堞，仄岸隱漁舟。風急衝帆過，冰輕逐棹流。憑欄無眼意，前後一浮漚。

新安孫溪亭挽詩二首

笳簫開祖道，冠蓋接新塋。感慨平生意，賢豪邑里名。人亡琴並絶，客散座無傾。獨有空亭畔，長留溪水清。

山深寒日短，早晚閉重泉。玉斝新成醴，松餘未擣烟。承家逢掖彦，觀化衲衣禪。椽筆今銘藏，應題草市阡。

伯栩王兄暴卒宜興學舍承訃悲愕交并既臨其喪將復會葬輒題五言追述往昔一抒予哀

幽憂能自遣，遠訃不勝悲。華髮交難得，青雲路可疑。如何官獨冷，忽此見無期。山水嬉游處，回思泪滿頤。

歲宴之官促，書來惜別深。縱令慳會面，終是獨知心。相憶俱衰白，俄嗟成古今。遥遥絶絃意，涕灑伯牙琴。

陽羡佳山水，平生憶快游。偏宜淹散秩，乘興即輕舟。未雨茶堪採，方春蘭更幽。如君造物忌，誰復繼風流？

傳聞開絳賬，日日引諸生。君自繩兼柮，人知筆可耕。文章窺豹隱，涕泪逐驢鳴。罷晝溪邊路，誰堪暮笛聲？

異時余負笈，硯席每相同。筆落誰加點？書成號送窮。烟花初夜月，絃管五更風。事事闕情劇，悽凉繐賬空。

猶記從秋賦，君來寓舍中。薄衫衝急雨，羸馬困凄風。小字挑燈寫，清樽對榻空。羈游復姑孰，握手慰飄蓬。

憶返金陵棹，逢君正北征。暗投同此恨，偶屈未能平。語笑看兒女，蒼黄棄友生。徒聞建祠宇，留著廣文名。

夜停句曲客舍坐候曉發輿中得詩二首

暗閣塵封甑，危樓棘樹牙。未容欹枕卧，聊傍隱囊斜。鬥鼠窺燈灺，啼烏應鼓撾。勞生吾已慣，那復怯天涯？

欲倦看山眼，難禁不寐餘。雨微偏滑道，風急更飄裾。只憶揮杯好，尤宜鼓櫂初。毘陵東下水，容易近吾廬。

爲張君五十賦贈

莫謂衰今至，從教心漸閑。此生堪自老，所得未爲慳。風月正清美，壺觴相往還。回看玉樹色，知爾足歡顔。

開美〔一〕丈邀賞城西桃花乘醉散步至西隱寺〔二〕復還賞會軒夜飲即事四首

欲訪桃源去，漁舟不可拏。傍城開滿樹，移酒醉繁花。野色飛紅雨，池光漾彩霞。春來晴日少，一倍惜年華。

春光那忍負？時節況清明。爛熳花無主，歌呼酒易傾。菜香縈戲蝶，竹暗隱流鶯。處處堪游目，相携緩步行。

古寺隔流水，入門雙老松。晚風聊對坐，落日未聞鐘。酒户花能勸，僧家茗作供。回思少年事，華髮喜相從。曩歲追隨，予方弱冠，話舊慨然。

還就高齋飲，清尊興不違。菜挑纖芥美，炙割子鵝肥。花艷燈前合，杯香座裏飛。明朝風日好，仍共試春衣。

【校注】

〔一〕開美：殷都，字無美，一字開美，嘉定人。明萬曆十一年進士，歷任夷陵知州，擢職方員外，遷郎中，左遷南刑部主事，引疾歸。有殷無美詩集、殷無美文集。

〔二〕西隱寺：西隱教寺，嘉定寺院。萬曆嘉定縣志卷十八雜記考下載：元泰定元年僧悦可建。有寂照觀堂、直節堂、壽樂亭、空翠亭、勁節軒。中有羅漢松，二百年物也，國朝永樂三年僧護助。萬曆十八年僧會存、仁俱增修時，里人尚書徐學謨以少嘗與都御史張任讀書其中，因與任子禮部主事其廉共施財創竺林院，構藏經閣，造經一藏爲之記。

八月十五夜時留太倉

薄暮簷猶滴，忽聞鐘乍清。星含遥漢濕，月度亂雲明。苦憶農家病，難謀貧士生。人言來歲事，於此卜陰晴。

十六夜有懷

微風吹落日，頓使客衣凉。高詠池上閣，頻飛月下觴。方塘過雨漲，古寺入秋荒。籬落猶堪憶，相望隔渺茫。

集張二丈高齋即事

朝雲不作雨，客至喜輕陰。池外雜花暝，城邊修竹深。嘉蔬中饋在，醇酒故人心。相顧多迂拙，平生慰好音。

別館春花暮，新枝老更繁。諸孫方散袟，一叟自迎門。樓迥疏鐘度，窗虛遠樹昏。不須愁徑醉，醒酒是清言。

孟陽邀賞鄰院梨花海棠夜雨還過高齋沉飲即事

繁花宜晝醉，別院正春晴。漸滿枝頭雪，時飛葉底瓊。登樓悵陳迹，把酒話深情。白髮青陽暮，唯應達此生。

風色晚尤緊，雨來花欲零。且看燈影亂，莫放酒杯停。脆剝筍尖白，香浮菜甲青。主人狂興發，猶道客俱醒。

顧氏池臺分梅字主人善繪事

遲日此登臺，歡然共酒杯。樹頭明月上，洞口好風來。進艇窺深竹，吹簫滿落梅。爲於圖畫裏，貌我傍巖隈。

再過次前韻

重過池上臺，醉裏促行杯。樹影周遭合，山光次第來。邀人歌白紵，驚鳥落青梅。却後牆頭酒，時時到水隈。

同張二丈集實甫桂樹下

爽氣秋林外，桂花開早黄。詩聽長者論，筆爲少年忙。茗色分瓷碗，棋聲響石床。還期好風日，賞會詎能忘？

金陵寓舍與楊汝戢

故人頻見訊，令我至如歸。赴檻淮流急，窺簾月影微。茶香消薄醉，帙滿破重圍。深爲年光惜，相期早奮飛。

乙巳元旦試筆

五十今過二，年光又到春。素心衰更澹，華髮變從勻。城郭難藏拙，村原儻卜鄰。便携書籍去，裹足伴松筠。

燈集有贈

愛兹文字飲，仍爲炷華燈。迂拙慚空老，從容熹得朋。弱齡須霧隱，英物會雲蒸。好慰相期意，君看臺九層。

過句容訪齊君士進留宿即事

疲馬久已倦，况逢秋暑煩。解衣憩凉檻，搔首接清言。豈意新知樂，能兼舊好温。相期明月滿，淮水對芳樽。

宿棲霞寺[一] 蒼麓上人山樓[二]

木末鳥争下，峰頭客亦還。坐看白雲外，月滿翠微閑。中夜起開户，無人獨對山。禪心正如此，暫與境俱閑。

【校注】

〔一〕棲霞寺：在今南京東北緣江的棲霞山（又名攝山），爲南朝古刹，内有千佛岩、舍利塔、大佛閣等。

〔二〕蒼麓上人山樓：李流芳檀園集卷六送汪伯昭游白門伯昭將自京口至棲霞寺因憶舊游走筆得四絶句有：「紫藤峰下麓公房，松户陰陰嶺月凉。若到都門宜曉騎，姚坊廿里稻花香。余嘗居棲霞兩月，有蒼麓上人山房最勝。」

苦雨遲汝戢不至

擬放西湖棹，春陰未可行。梅看經雪瘁，筍欲待雷萌。勝事長夢想，道流託平生。君應知我念，早晚趁新晴。湖上舊游已二十餘年，又故人丁惟孝出家，棲徑山，今爲慈音長老將因訪之。

庭中綠萼梅盛開走筆代柬友人以揚州酒固始鵝餉

日吐暉暉景，花開瑟瑟光。清香發蒿酒，遠味截鵝肪。吾友纔分餉，兹晨擬共嘗。春來寒雨隔，題報劇思量。

西湖尋汝戢泊處

君來何處所，飛槳問山家。指點看遥岸，依微泊淺沙。烟籠新翠柳，雨浥漸紅花。徒對孤山麓，高人迹已賒。

上天竺瞻拜大士像賦似友人

松壑傳深響，雲巖飄衆香。法塵分幻影，悲仰共慈航。化度彌沙界，莊嚴此道場。但令長憶念，何地不清涼？

訪介公講師蒙酬所問有述

聞鐘入道場，俄得接清光。問法知無實，觀身獲有常。迷川須假筏，覺路欲資糧。一勺初霑灑，令人焦腑涼。

謁孤山四賢祠〔一〕

昔賢出處異，我羨素心同。翩翩瞻儀鳳，冥冥想漸鴻。高風百世上，遺像此山中。蘋藻游人薦，懷思意不窮。

【校注】

〔一〕萬曆錢塘縣志載：四賢祠，在孤山之陽，祀唐李泌、白樂天，宋林逋、蘇軾。初杭人祀白文公於竹閣，後增林、蘇，三公因名三賢堂。國朝天順間，知府胡濬復建。正德初，知府楊孟瑛增祀李鄴侯，祀以春秋。

謁陸宣公祠〔一〕有感

儒者曾知遇，千年獨有公。如何當歲晚，猶自嘆途窮？辛苦紓多難，猜疑隱大忠。時平容忝竊，臣主古難同。

【校注】

〔一〕陸宣公祠：在杭州西湖孤山之陽，祀唐忠宣公陸贄。

再入雲棲道場即事

路接村名梵，峰攢雲欲棲。同來依白社，復此躡丹梯。香引清規肅，鐘傳法侶齊。何曾種桃李？深竹自成蹊。

宿徑山寂照庵蒙慈音長老垂示參學之要有述

我來元訪舊，老去亦參禪。順俗寒暄在，當機接引偏。談空終不見，蹠實總成圓。莫更添知解，功深會出纏。

歸舟詠孟陽送別詩書懷奉答

每到山深處，思君一共游。境因閑更遠，心以淡無留。聞道惜不早，攀緣行且休。昨來參學意，針芥幸相投。

月夜同友人過清凉禪院

徑轉清溪曲，橋横蒼蘚開。昨曾扶杖過，今復叩門來。醉客意方歛，禪僧心欲灰。妙香低净月，臨别更裵佪。

復　雪

前夜雪猶積，朝來庭更深。全埋依砌石，高趁宿枝禽。忽見桂花白，似聞梧葉吟。偏宜耽寂者，危坐自觀心。

歇庵偶題

雖言名是幻，猶假歇名庵。證即圓通一，修從漸次三。風灾應未免，魔事可能諳。晚學還原觀，知於實相參。

臘月望隱峰孟陽再過

閉門殘雪夜，倒屣爲誰開？月較今宵白，客仍前度來。有名終是礙，何事不成灰。聊可供游戲，青黄乃木灾。燈下頗商文藝，予與孟陽夙有此癖，輒相警焉。

題溪山堂圖壽龔方伯汝修二首

春風來十日，賀客頌椒盤。郭外數峰曉，山中千樹寒。鵲聲喧霽雪，鶴羽刷冰灘。取次尋梅去，華筵面水安。

野夫雖止酒，聊共啜茶看。峰吐經冬翠，凌開映日寒。梅妝明鏡裏，鳥語畫屏端。丘壑娱公老，無勞訪大丹。

詠荷花有贈

賴是看花早，重來花尚開。低垂承露怯，婀娜受風回。重碧枝間顆，酣紅葉底腮。無將香豔折，狂客正銜杯。

掩關

一自澄心坐，閑居斷簡編。云何依了義？衹是學安禪。有觀初調息，無生且繫緣。寒罏莫添炷，那得死灰然？

大雪寄題仲和園亭

新亭聞選勝，竹外小池陽。坐聽壓枝響，前看隔水光。積深宜月映，凍合待風颸。酒緑招鄰父，遥憐取次嘗。

入臘三雪

跏趺深坐起，聞道雪仍飛。已睹豐年瑞，還如白社歸。寒凝將曙肅，月度亂雲微。開户看庭樹，玲瓏玉作衣。

雪中訊仲和目眚

醉雪非吾事，憐君亦屏居。但聞簷簌簌，不辨樹疏疏。隱幾詩篇好，窺園履迹虚。何時小亭子，坐看擷冰蔬。

上元夜雨有懷隱峰長老

華燈宜映月，細雨復生寒。雲葉坐來破，梅花知未殘。將乘獨往興，一及盛時看。釋子東林近，多慚心已安。

龔園餞陳意白

餞別復何贈？城南千樹梅。舟迎叢竹合，山戴野亭開。亂舞欄前雪，徐妝砌面苔。石尤解人意，莫放去帆催。

贈許康叔

扁舟昔東下，斗酒亦成歡。暫蹶行當起，將衰興欲闌。碧雲天際合，玉露夜分寒。憑仗清尊滿，相逢且自寬。

贈龔甥儉化

髫年文筆秀，誰不羨終童？國寶曾題璞，兒駒早試風。愼無矜逸足，彌更謁良工。深慰衰遲意，相期豈俗同？

苦雨雜懷十首

未省翻盆雨，森森且月餘。深泥侵小閣，白水遶空除。高枕曾無寐，閑窗也廢書。兒童解茶味，瓶盎卻多儲。

蓮花黄更異，玉琢道家冠。屢欲穿泥出，其如積雨寒。晴光幸回照，高興莫教闌。眷此水中卉，彌思後土乾。

濕雲長作雨，高樹忽先秋。應是根荄病，難容枝葉稠。深黄間多碧，暗響逐輕飀。幽寂方爲適，枯榮豈自由？

庭際緑已滿，隙中雲不歸。日車空自駕，風力爾何微？久別参禪侣，長熏禮佛衣。臨餐語稺子，粗糲計全非。

自喜貧非病，誰知懶是真。瓶中幸餘粟，爨下欲無薪。營樹窺雲白，灑窗驚雨頻。扊扅猶得在，扃户傲時人。

喜雪曾占麥，翻爲隴上泥。田家空下種，城闕遍生萸。天意吾難解，人間事莫提。可憐丁壯滿，無計把鋤犁。

莽莽黄梅雨，凄凄二麥秋。回頭占潤礎，聒耳厭鳴鳩。彌望江湖闊，難爲禾稼謀。曾聞肅皇季，儆予抱深憂。

聞昨京華水，高原半作陂。那堪今日雨，澤國復經時。天示常陰儆，人懷久稔疑。荒荒財賦地，明主定知危。

勿謂九閽遠，哀祈有大臣。三吴同此潦，下邑向來貧。積蓄無終歲，舟船仰四鄰。近聞平米價，未必便東人。

雉堞尚多隤，溝塍安在哉？縱令勤長吏，難望起汙萊。卒歲復何賴？斯人殊可哀。還聞市中儈，談笑利天灾。

哭辰玉編修十首

沉痼三年疾，摧殘一代人。已嗟材是梓，尤悼德爲鄰。恭儉名唯舊，文章譽轉新。半途知有恨，未獲報君親。

早歲詞源闊，中年筆陣强。長鳴先國士，斂翮避曹郎。再亞南宫擢，重添甲第光。如何驟彫落，遺恨在縑緗。

元臣昔去國，賢士共依歸。每苦將迎數，其如出處違。沼魚長自窘，樊雉幾能飛？名遂身方退，俄捐萊子衣。

再世榮名盛，何曾寵辱驚？周防同處子，寂寞乃儒生。晚更研經術，身堪託重輕。可憐韋相老，白首哭玄成。

家學春秋邃，科名父子齊。一歸榮彩服，無夢到金閨。秀句芙蓉水，清尊桃李蹊。向來娱侍處，賓客總含悽。

故友唯張仲，知君弱冠初。有文駒汗血，待價玉爲璵。自顧慚樗櫟，相從比駏虚。追尋腸欲斷，時得篋中書。

君負匡時略，余唯好古同。徒然號疏闊，能不愧淹通？薄俗儇何甚，蒼生望欲空。傷心國寶碎，衰晚更途窮。

士品庸逾嶮，文詞詭日卑。平生持此論，若個不吾疑。世已能知子，天胡忍奪之？茫茫那可問，豈爲一人悲？

藝事詩篇外，時矜筆扎妍。入雲看獨鵠，出水媚多蓮。勝絶吾能賞，名高俗共傳。鍾期還得在，古調邈朱絃。

每笑何生肉，嘗賡殺戒詩。素心原自澹，饞口實妨慈。匕箸生前斷，朝晡没後規。寧須爲君慟，去路已無疑。君昔曾和坡翁詩，未没前數日，誓不肉食，且囑以蔬食奠再生人，天可知。

實甫兄及令子孟博先後以蘭蕙爲贈率爾題謝

幽人住城市，偏愛幽谷姿。臭味本相似，芳菲長在兹。春英尚未歇，夏萼重見貽。題報同心子，還來慰我思。

謝僧餉茶

深山携短笠，宿火焙靈芽。採自野人手，分來詩老家。一甌吟正苦，再潑景初斜。坐對中庭緑，桐今半月華。

答俞泰靈

別促未盡意，況兼風雨乖。還經湖山勝，應念平生懷。此興復不淺，故人難與偕。題詩坐清晝，寂寞掩空齋。

高三谷兄損貺大缸貯梅雨賦謝

井泉甘絶少，山溜遠爲煩。欲貯三時雨，俗以小暑前半月爲三時。欣貽五石樽。松濤醒睡眼，筍乳溉靈根。活火鑪邊味，來過與細論。

伯羮〔二〕偕長蘅北游題扇贈别

誰共游京國？其人藝且賢。扇頭閑點筆，帆底坐安禪。八月濤方壯，長江影正圓。可應憐麹糵，茗碗自翛然。

念爾謀生拙，徒矜畫苑名。有家田是石，終歲筆爲耕。好事京華滿，諸公屣履迎。明年春欲暮，書報慰深情。

【校注】

〔一〕伯美：張彦，字伯美。善畫山水、人物、花鳥。詩亦瀟灑。（光緒嘉定縣志卷二十藝術）

送長蘅會試五首

相送秋風早，相期春露濃。時文尚巉刻，之子擅春容。好慰尊親意，兼開老友胸。殷勤護雄劍，看取化爲龍。

最是摛辭秀，能令衆目知。晴空漾霞彩，秋月墜漣漪。光景自然異，咨嗟無復疑。唯應恬淡意，未許衆中窺。

君今方侍母，禄養信非輕。聞道長齋慣，偏宜飲水清。雲霄終自愛，冠帔始爲榮。齪齪當途子，多慚公與卿。

每怪士風敝，偏於嗜欲奢。僮奴貲競積，田宅廣無涯。賢者猶多累，貪夫且共誇。如君早聞道，爲實不爲華。

士人元道遠，佛子况心空。玉剖衆方異，刀藏爾自同。試觀棲遁者，猶是利名翁。魚鳥輪蹄外，超然乃大通。

相人者來看稚子戲贈

吾方甲子滿，久已卧衡門。見説年加十，猶能遠過存。世人看漸異，色物恐難論。舐犢將爲計，忘機且灌園。

中秋過馬甥同孟先對奕桂樹下因乘月到清凉禪院即事

棋聲凉吹裏，桂馥小山前。肴蔌偶然具，醉醒俱可憐。僧從禪乍起，雲吐月幾圓。不負披榛到，清言此地偏。

十六日過實甫賞桂花晚同潭上步月月以是夕望

憶曾叢桂下，棋酒劇縱横。已促長年别，仍催白髮生。深杯能自割，方罫尚多縈。携手澄潭碧，月圓風復清。昔同游張二丈歿二年矣。

十九日諸君枉集清話

群賢來少長，老我愧迂疏。交淡豈無味，談深數啓予。未能忘禮法，况可薄詩書。流俗多訾毁，誰其試且譽？

卧病

伏枕唯觀妄，要令净此心。去來纔一瞬，珍重乃千金。艾灼浮雲屢，華迷幻瞖深。摩尼隨處映，應不離呻吟。

葛實甫自徐州還山以初夏東來携詩枉贈有答

復已經年别，兹游意若何？新文誰與定？舊好夢來過。久雨竹添粉，無秋麥半蛾。吾衰疲筆扎，漸覺墨相磨。

介公枉贈有答

山中逢挂錫，江介喜浮杯。面復十年皺，心應一寸灰。忘言通老易，有契託宗雷。别去黄梅雨，期余熟後來。

答閩中蔣子材君嘗同曹能始登岱而與謝在杭友善予向識謝於王奉常第今二十年矣

閑門過好客，詫我遠游偏。迥出風塵外，嘗登日觀巔。詩篇矜富麗，杖屨極攀緣。最是哀慵甚，聞之亦慨然。

還聞交最密，鄉里謝公賢。每共春山屐，長吟海月篇。回思廿年舊，晤語一尊前。無復升沉感，徒慚樗櫟全。

顧世卿貽畫絹其上織成朱絲可寫般若心經賦謝

繪事亦莊嚴，勞君致素縑。織成冰繭瑩，界作綺疏纖。的皪珠開櫝，光輝鏡出奩。永懷香火社，結伴比鶼鶼。

贈金静夫先輩嘗師事予友陳君

吾友温温者，言君刃發硎。詞場先國馬，學殖富侯鯖。驛路驅寒日，關河指曙星。修名看漸遠，終不負傳經。

題周掾扇兼訊長蘅

輕舟渡揚子，冰雪驟征騑。江暖花猶發，冬深雁欲稀。主人名正遠，良掾去如歸。憑寄同心友，緇塵易染衣。

立春日過君錫兄即事

春風今日到，晴暖最宜人。生菜堆盤細，幽花入水新。虧贏棋局换，往復酒杯巡。老益貧交戀，相過豈厭頻？

燈夕即事

東風三日夜，燈火又千門。月帶潭冰瑩，烟縈岸樹昏。每於更漏永，遥辨語聲喧。隨俗且爲樂，都忘有待煩。

贈新安朱君僦居城西鄰父張翁請予賦詩

相逢舊鄰父，詑我得新鄰。有伎名堪遠，無求意頗真。市廛聊混俗，蔬食每留賓。莫憶還山好，鷗群漸欲馴。

君美兄邀過滕園次杜韻

出郭未云遠，扁舟興頗幽。花前明霽日，竹外俯春流。物色那禁變，人生空復愁。唯應棋酒伴，暇即到江頭。

小紅桃欲綻，深翠竹偏幽。棹去瀰瀰遠，江澄細細流。得閑且爲樂，漸老不宜愁。容易春光暮，如余已白頭。

仲和水亭遣興

水亭春欲暮，衰懶尚來同。照眼梨花雪，吹衣楊柳風。獨殘紅颭颭，漸已碧叢叢。檻外方塘漲，游魚自鏡中。

偶過君美留觀劇有作

逆旅悟浮生，閑雲澹世情。誰能齊夢覺，應是忘去聲。枯榮。一夕樽前笑，百年身外名。達人同物化，高枕蝶胥輕。

送唐正叔游南雍

子行還自信，且學衆人爲。儀的元無定，妍媸半可疑。鹽車縻老驥，池水豢文螭。臨別將何贈？看余頷下髭。

即事

赤日偏宜懶，高梧蔭不慳。茶煎梅熟雨，詩詠夢游山。已悟昔所逐，豈如今較閑。盡抛身世慮，贏得且疏頑。

掩關

亦思來好客，卻恐話時人。憎愛俱爲礙，身心孰更親？虚舟隨所觸，贗鼎幾能珍？昨夢蘧然覺，都無一事真。

爲人題畫像

一別十年久，驚余雙鬢蒼。自言去城市，盡室事耕桑。鶴瘦形難貌，鷗閑機已忘。尚餘文字癖，乞得滿縑緗。

秋日集仲遠表弟書齋

市囂不到處，招我共清言。暫輟論文會，閑傾待月尊。因之碧潭步，稍覺凉露繁。忽憶東城桂，丹黃已滿園。

壽徐母七十

疇昔嫠居日，百辛無一甘。尋常躬爨溉，劬瘁課耕蠶。鶴壽人間算，鴻恩天上覃。童兒欣繞膝，探袖擘霜柑。

將往京口過滕園即事

欲訪江山勝，來過叢薄間。花香迎遠棹，竹净帶澄灣。響砌蟲偏急，投林鳥漸還。歸期應月白，遲我叩柴關。

十月望夜即事

有月秋同白，無風夜不寒。獨來高阜上，四望遠林端。散步自成適，幽懷殊未闌。東軒禪坐客，早晚得心安。

賦得霜葉

秋冬摇落際，紫翠滿田家。一夜林間葉，清霜染作花。嵐光開晚照，水色散餘霞。容易空如掃，題詩感物華。

春雷

春首暄何甚？衰年脱敝裘。蟄蟲潛蠢蠢，凍蕊漸浮浮。忽聽輕雷發，還驚激電流。窮陰淹雨脚，冰合始應收。

春雪

三冬人盡望，今日始皚皚。未必仍宜麥，其如已病梅。寒多生細雨，凍合閉頻雷。野老占天慣，晴光幸可回。

仲和以花朝招游杏園因過子魚二首

我尚憐紅藥，君能念白頭。光浮初日麗，香逐午風幽。蘭席分畦布，茶鐺映竹留。花時容易過，莫忘數相求。

況復疏疏柳，烟條半已黄。水邊低自照，竹外舞俱狂。豈有腰支病，還憐眉嫵長。沿溪緩餘步，似入少年場。

久旱得雨即事

春晴花欲暮，夏雨麥過秋。卉木猶餘潤，池塘猶斷流。剩添茶鼎沸，閑趁筆床幽。此味吾雙領，其如田父憂。

村僮來言田舍獨不得雨

聞道雨今足，村村帶笠歸。誰知半篙淺，偏與一犁違。鹵莽耕何有？饔飧計已非。但令人盡飽，吾豈獨長飢？

寄宋比玉

遥憶琴樽暇，争傳筆扎工。七絃含古澹，五字寫奇窮。飽吃丹房荔，閑捫碧蘚桐。賞心雖自異，託興儻能同。

代東答翁吾鼎

吾衰始抱子，怪爾遠游頻。短札遥相慰，高堂喜破顰。病身辭作客，酒户隸爲民。若問枯羸意，由來懶是真。

喜巽甫〔一〕歸自滁州集諸君子

寒光紅燭外，清話緑樽前。西澗潮何有？空山亭宛然。由來賢達意，不盡古今憐。乘月送君返，相携復水邊。與世程、伯深重到潭上。

【校注】

〔一〕巽甫：馬元調，字巽甫，上海諸生，徙居嘉定南城。五歲時聞張應武、丘集論説，輒竚聽不移足。已受學於婁堅，洞悉經史源流，凡古今典制名物靡不淹貫。每閲一書必購别本校勘，書之訛一一改正，學者稱簡堂先生。後與侯峒

曾、黄淳耀等守城，城破時遇兵死，入忠義祠。（嘉慶直隸太倉州志卷三十七人物）

月夜尋孟先即事

皛皛霜月迴，漻漻天宇清。獨來尋所狎，散步到深更。止水鬚眉影，浮雲寵辱驚。登高欲揮手，惜别且行行。

再贈新安朱君

古人不可見，乃在市門間。自少勇爲義，至今無强顔。時捐彦方布，頗好少文山。别有千金秘，未令雙鬢斑。

十三日月夜客有見訪泊舟將發乘月往晤

晨光霜似雪，夜色月如霜。去此衡門近，炯然潭水方。蒲團携坐石，草岸覓歸航。衣冷還添褐，來看步屧忙。

上元即事

朝旭颺晴光，街頭燈市忙。全收宵雨脚，高綴晝星芒。出入層霞裏，喧闐曲水傍。衰翁喜占歲，携手話豐穰。

書懷送别純中

本謂秋當别，如何春便還？浮雲迹已遠，止水意俱閑。吾懶深扃户，君行飽看山。書來報奇絶，時事莫相關。

吴歈小草卷六

五言律詩凡一百九十九首〔一〕

【校注】

〔一〕崇禎本作「五言律詩凡一百五十六首」，康熙本作「五言律詩凡一百九十九首」。陸氏在重校時將原屬崇禎本補遺部分的五言律詩移入卷六，故兩版本所記數目不同。

贈太保王文肅公挽詞五首

忠鯁生人傑，圖回相業高。晚猶紆帝眷，歸豈憚賢勞。退易終難進，恩深肯重叨。誰知星殞夜，遺疏出宮袍。

公昔先資日，程文首致身。三朝清望重，一德弼諧真。有忤非爲異，無私不可親。平生澹榮利，到老結楓宸。

丹扆忠初效，青蒲諫未行。迂回陳豫教，感激謝群攖。一旦絲綸涣，千秋鼎器明。方知宫府合，國老抱深誠。

鋒車空絡繹，雲卧有鞶呻。忠憤猶連疏，孤危豈顧身？物情徒洶洶，吾道自諄諄。一慟趨庭鯉，摧殘此老臣。

冠蓋東倉道，舟船吴苑門。神歸星宿列，魄掩鳳皇原。笳吹風前咽，松楸露下繁。喤喤繐帷裏，乳媪抱曾孫。

爲徐汝揚呈胡明府

士有負其氣，耻爲流俗文。石難知玉韞，鶴自厭鷄群。鎩羽長思假，懷珍未有聞。由來名下士，誰不附青雲？

送别朱天柱兄還鄞兼訊徐丈俞兄

春濤遲君至，寒月伴君還。一見心已醉，每憐神自閑。因風訊耆舊，遠興負湖山。爲話今慵甚，僨然半掩關。

贈何嵢吾先生

誰其侍慈母？傍已列孫曾。家慶占誰老？經明羡得朋。通才竟淪落，有識共嗟稱。吾晚方投分，知君後必興。

孟陽將游廣陵贈别

不惜經時别，自憐長索居。更誰論此意，出户欲焉如。世事因循外，交情澹泊餘。江山雖勝絶，猶恐礙清虚。

君行携愛子，兄妹不勝情。無那鴒原急，聊隨鷗渚輕。置家仍水國，作客暫蕪城。去住何曾著，方爲達此生。

友人贈眼鏡

兒童纏目青，衰晚劇昏花。欲護琉璃凈，難令卷帙賒。知君餘水鏡，乞去聲。我對窗紗。何以酬嘉貺，應憐入草蛇。

謝浩甫餉豉

吾衰不食肉，已過六旬初。一飽豈無味？每餐猶仰去聲。蔬。香兼薑桂發，甘借醴醪餘。感子相料平聲。理，能令脾氣舒。

贈華亭唐君仲言〔一〕君少盲以博洽稱

憐君腹爲笥，口耳會生明。暗誦騷兼賦，微吟澹且清。兀然時獨語，莞爾自深情。空復窺編簡，多慚翻水成。

【校注】

〔一〕唐仲言：徐樹丕撰識小録卷一：「華亭唐汝詢，字仲言，五歲而瞽，今五十餘矣。聞人誦輒記，記又能解，自出而爲詩文，又能注古之詩文不下數萬言。至字之形，問之則不識如故，亦異人也。」

公路〔一〕席上再呈

清尊寄新賞，凉日净高齋。客有忘形侶，交因素業諧。不須相視笑，何必漫言佳？却後浮輕棹，長令一慰懷。

【校注】

〔一〕公路：沈宏正，字公路。母喪，三年不御酒肉。久次諸生，絶意仕進。天啓初，詔求巖穴之材，大臣疏薦，謝不應。爲園十畝，有水石竹林之勝，詞客酒人常滿座。性喜聚書，所藏多善本。晚以病杜門謝客，殫思著述，有蟲天志、小字録、枕中草、救荒書、兔罝野談、印録、墨譜諸書。（江東志卷五隱逸）

過張伯常憲副即事

積雨欣初霽，相過復午陰。竹開幽徑曲，樹護小堂深。醇酒存交味，清言見道心。坐聞鳩唤雨，携手出前林。

南鄰有喬木，夏月貯清陰。對此已成適，况兼梧竹深。卑喧初避俗，恬淡自澄心。吾欲頻相問，知君許入林。

彦吉先生席上呈張山人元春

不覺廿年别，相憐兩白頭。我行牽物役，來訪傲林丘。欲共故人語，還因令節留。未須多感慨，歲晚總無求。

歸自京口雜書所懷示兒無畏四首

汝叔書來報，吾方十日行。夜燈憐毋伴，書畢中師程。志業前賢範，文章再世耕。衰翁殊有望，的不爲浮榮。

兒看行讀易，吾喜爲題詩。此是專門學，還爲博涉期。一偷貽百誤，少暇即多師。窘步從他捷，空腸比乞兒。

客有爲星者，言兒慧異常。弱齡能自致，晚節戒多藏。小數寧懸中，修名要過防。吾生一寒士，未省爲錢忙。

豈謂三旬客，能令百念縈。童兒快秋爽，病母怯涼生。正慮衾裯厚，還欣風露清。亦知難著力，無奈自關情。

燈夕即事四首

集仲和宅呈尊方伯席四面皆夾紗畫屏

春光乍市門，燈事漸喧喧。映日屏風麗，千花百鳥翻。繁星低綴户，華月迴當軒。已止淵明酒，還陪文舉樽。

集君錫五兄宅 時方持齋

相憐尤老伴，相對倒芳樽。俱已鬚眉改，長同笑語温。雁行三讓後，蔬食一筵尊。異日餘流輩，看君長子孫。

集爾常〔一〕宅

華筵來野老，好客此公孫。燈焰黄昏動，風光白月温。杯盤判肴蔌，臭味總蘭蓀。相顧多衰晚，深知雅尚存。

起龍枉招偶以觀劇不赴

知君具蔬果，呼我共談言。却爲聽歌去，真同歸市喧。兒童心尚在，張弛道堪論。衰白新添歲，謀歡始上元。

【校注】

〔一〕爾常：徐元嘏，字爾常，諸生。工詩，善寫蘭竹。徐學謨之孫。以祖蔭入監，授太常寺典簿，累遷刑部郎中。天啓間，魏忠賢用事，鋃鐺塞路，元嘏於善類多所保全。崇禎初，禁獄逸囚，左都御史易應昌擬刑部尚書喬允升罪，未稱旨。懷宗怒甚，將併坐應昌大辟，發刑部勘擬。元嘏引官司故出人罪律，帝以所擬未當，再駁下，引律如前，謂：「從辟者，聖怒也；從戍者，國法也。法司惟知守法，不敢伺上喜怒爲增減。」遂革職，杖五十，放歸。天啓中復漕，賴其力得永折。卒年五十六。（光緒嘉定縣志卷十六宦績）

贈朝海善男子

群迷淪苦海，等覺現慈航。億念牢將柁，熏修共裹糧。慧光開代北，願力峙眉陽。得度皆深信，心王是法王。

贈龔恕先

舞勺年雖少，操觚意已開。輝輝聯鸑鷟，的的總玫瑰。驟聽宫商合，行看錦繡堆。肩隨容稺子，拾級上層臺。

贈趙翁

不到田間久，長懷鄰叟居。客來頻對局，酒熟自挑蔬。竹覆清池冷，橋窺老樹疏。並無垂釣意，投餌看游魚。

暨陽雜詩

暨陽新客路，竹樹引行舟。蕩漾乘潮駛，逶迤入港幽。風微斜帶纜，江曲暗藏洲。黄歇何爲者？名同季子留。初到。

聞道江山近，東連滄海波。維舟已信宿，出郭尚蹉跎。雨怯塗泥阻，晴嫌絺綌多。清陰如借便，無伴且須過。清陰。

懷昨潤州城，秋深風物清。遠山邀樹合，高浪送帆輕。緇侶經過數，幽尋作伴行。此來多舊識，袒跣廢將迎。畏暑。

老農何以稼？仰兩熟梅時。乍喜雲垂幄，俄驚日逗規。夜聲來客枕，晨吹滿疏帷。卧聽烹泉候，科頭泛淺瓷。喜雨。

莫話爲農好，田家疾苦並。螟蝗生夏旱，風雨奪秋成。豈有一年蓄，常兼數歲征。争如弄柔翰，小吏亦侯鯖。憫農。

家居不事事，暫客已思歸。稺子能無戀，芳蘭每易腓。累心應未盡，於道或無違。樂此終吾世，人生亦自稀。思歸。

豈謂平生意，纔消一領衫。道心長自照，世味總無饞。省已中何競？逢人口欲緘。唯應方丈室，伴老獨經函。伴老。

鏡裏顏添老，塵中慮轉輕。青袍寧再誤，緑酒尚關情。抱甕慵朝汲，荷蓑難雨耕。詩書仍課子，吾計且儒生。課子。

計功應易傳，勤讀且尚書。今古文雖別，兒童日有餘。先於濟南授，次及壁中儲。漸可饒薪采，兼收荼與樗。其二。

世已無如假，余猶頗識真。最憐唯稺子，難使學時人。誦即先經傳，文須蹈雅馴。縱令竽瑟迕，爲玉不爲珉。其三。

歲豈長吾與？名今似可逃。人言趨輦轂，余意老蓬蒿。況復後來範，所觀前事高。誰能輕遠道？急此一牛毛。其四。

爲愛菰蘆卧，當餘京國資。家人嫌窘乏，私計寡畬菑。一覽甫田莠，還爲稺齒規。桑榆多遠慮，安隱是吾遺。遺安。

驥老徒思秣，吾衰合倦游。已無千里志，肯爲兩驂謀。有子毛鬣異，其才汗血不？清時閶闔下，僕圉莫相求。驥老。

君仕資微禄，余歸守敝廬。童兒看漸長，禮法莫容疏。願以不貪寶，聊當始駕車。籯金何必滿？徒餙馬牛裾。別友。

寄錢密緯[一]

婁水松陵客，言君玉暗投。三餘供憤發，一往資冥搜。出水蓮俱豔，搏風翮更遒。時賢應急士，物色幾相求。

【校注】

〔一〕錢密緯：名元，以字行，明南直隸丹徒人。父應昌，鞏昌通判。究心理學極爲高。承家學，力學好古，工詩，古文詞與潘一桂齊名。

倪君爲予推命書懷

頗諧塵外賞，猶問日斜年。舐犢能無戀？雕蟲欲有傳。得看渠弱冠，解讀我遺編。在世應差足，寧同蟻慕羶。

壽徐伯玉兄六十

相憶紅顔日，相憐白首年。過從秋正爽，先後月俱弦。桂馥偏逢閏，蘭膏只暫然。知君容易醉，潑茗共留連。

題贈歌妓仲冬月夜

一自聞歌後，清音長耳邊。窺簷新燕語，度柳曉鶯遷。月净嚴城柝，霜寒旅泊船。欲謀良夜醉，須趁串珠圓。

代柬寄劉長孫求爲編蕢貯建蘭

蕙草從炎方，不堪冰雪霜。頗宜窗旭暖，猶恐室虚凉。吾缶五圍弱，其叢四尺强。相煩爲織槁，高帽比身長。

朱君爲穉子言星題贈

成虧時事外，陶冶我生初。達者觀其變，疇人别有書。心空何足問？術解每多拘。衰晚牽童穉，因君一起予。

送孟陽之瓜步看其妹病

我鈍牽童穉，君豪困食貧。宿縁了可見，望道幾能親。頗爲鴻妻悴，還因杜妹嚬。茲行莫留滯，回首更艱辛。

送別孟先授經江都

凝寒連曙雪，惜別乍江春。感慨平生分，殷勤中表親。清音猶是瑟，蒼鬢已驚銀。客路梅花發，遥憐揚子津。

春　雪

江春雪是刀，土脉雨爲膏。麥瘁先妨稼，秋來更怕濤。田家言可涕，世事目堪蒿。儻復誅逋賦，憑誰與抑搔？

復　雪

冬温春更寒，飛雪屢漫漫。乍喜豐年瑞，終虞嘉卉殘。蘭才盈缶茁，梅未入林看。應待輕雷發，塗泥得漸乾。

十四夜爾常宅燈宴

昨歲華燈爛，過從正此宵。老添年少狎，坐怯夜闌遥。桂液非吾味，蘭心荷爾招。莫令簷外月，清景自寥寥。

仲春新晴起龍邀集園亭贈其二子

相攜喜新霽，緩步到芳園。意爲忘形愜，譚因話舊温。窗禽催曙早，庭樹發春繁。藜杖時堪曳，深憐好弟昆。

喜葛實甫見訪

億昨送君還，相期湖上山。老驅能事減，慵向勝游慳。澗户白雲裏，水村緑樹間。何時共臨泛？秋晚石公灣。

實甫有贈奉答

雨雪度春分，罏香寂自焚。衝泥來好客，促膝把新文。霜橘留餘緑，晴湖蹴細紋。清音個中得，但許解人聞。

夜集公路兄暢閣下即事歌予松陵客夢曲

乍聞歌宛轉，不覺憶平生。此夜燈前興，當年曲裏情。絃繁催淺拍，調緩泛餘清。却後談言暇，須教唱渭城。

贈太師中文定公洎一品夫人吴氏挽歌

經世文章重，安民識慮長。心依視草赤，髮爲宅揆黄。名遂身能退，孚交眷未央。皇華正來賁，奄忽白雲鄉。

成王初顧畏，史佚晋凝丞。納誨兼俞咈，推賢絶愛憎。有忠持大體，無意露剛棱。白首歸泉路，丹誠自永陵。

去國邯鄲枕，歸田桃李蹊。一丘開緑野，二紀聽黄鸝。迹遠群麋鹿，心空戀棘梨。蕭然出埃壒，非復具茨迷。

鷄鳴才儆旦，鯤化早摶風。綸綍三朝寵，輜軿一品崇。白頭稱子婦，碧眼看兒童。亹亹多福，相將事事同。

衮翟齊中壽，簫笳咽正陽。瑞銷鸞鷟采，星掩婺箕芒。丹旐臺階峻，玄堂震澤傍。東吴故元老，於此極恩光。

岐嶷多孫子，昂藏二丈夫。徵文走南北，揚烈耀寰區。荃宰歡魚水，天人合鼓桴。有封從馬鬣，當竁列龜趺。

寄雲從表弟

疇昔飛揚意，其如兀傲何？月明江漲闊，野曠晚涼多。竹葉呼爲友，鶯聲與和歌。阿戎談更進，秋爽好相過。

賦贈隱峰長老

三伏雨涼多，安居意若何？日移蟬嘒嘒，風舞竹傞傞。已悟此身幻，無論半百過。予今真病懶，不是學禪和。

次韻公路十三夜舊痾作惡四更起看落月

過雨憐餘潤，臨風喜霽霞。未能把盞待，猶及卷簾斜。影動群棲鵲，香來遠樹花。愧君唫眺後，吾夢遶天涯。

次韻十四夜再起

兹夕月將滿，喜無雲氣埋。天澄宵半魄，凉逐病餘骸。顧影自爲適，懷人無與皆。頭風應便愈，得句十分佳。

次韻十五夜强坐邀月

百年秋正半，幾夜月能嘉？何必歌呼賞？聊將抖擻誇。澄懷嗤彈炙，清影悟杯蛇。一自投蓮社，無錢送酒家。

十六夜再用佳字索和

月圓渾未虧，星采尚全埋。已悟無涯智，幾忘有累骸。回環諷新作，僶勉詎能皆。莫以憐衰拙，徒云亦復佳。

贈　別

江南風物好，最是菊花時。鴂去蒼山暮，烏啼落木悲。窮鄉空杼柚，逋賦析豪厘。願以負薪喻，愛裘須愛皮。

杪秋同子魚游天平靈巖二山即事

轉覺此身衰，登山較易疲。徑危迂就穩，石好憩多時。屢顧僮相引，還憑杖自支。却思壯强日，輕捷笑逶遲。

昔游吾最少，衰晚喜君同。石鏡澄湖瀉，雲泉暗脉通。夕嵐深送翠，霜葉早欹紅。縱復頻能到，回看興不窮。

籃轝深山路，穹碑幾望中。兹游穿犖确，秋爽豁天風。三面晴湖遶，一灣香水通。雖云興未極，已不負衰翁。

已吊吴宫沼，還悲宋室南。玉顔塵土灦，仙梵法堂龕。陳迹每如此，世情多不堪。平臺一回盼，倏忽變烟嵐。

爲樓八首有引

余性不耐濕，每思於舍後隙地構小樓以自適。又閑居好書，家有數厨，暇以當游，倦以當息，夏以逃暑，冬以暖寒，於燕居蓋有助焉。而歲苦梅雨蒸濕，於三伏中暴之，手自簡較，流汗如漿。今年踰六十，似不復堪樓成與之俱，非獨逸老，亦此書之遭也。其如力未能逮，何自昨貢於澤宫？意不欲北上，贏有餘金，乃與友人計其所費，捐以爲之，不復爲二百指計也。獨於時詘，舉此公私交窘，加以斤斧堊墁，左枝右梧間而燕休。書其所懷，得詩八首，以示穉子，且與所知，共發一笑耳。

儒生一畝宫，西北面南空。散帙宜違濕，爲樓恰受風。妙香供梵唄，遠樹入窗櫳。尤喜延冬日，叢蘭伴老翁。

余家昔東下，再卜定今遷。外氏留堂搆，先人屢架椽。何妨近市隘，且闢小樓連。時詘那堪此，須銷五十千。

昨者經營始，衰年總不任。知交能藉手，料理劇勞心。仍把殘編坐，無妨老伴尋。將何供此役，留得北游金。

夙有仙人好，聊容迂叟身。篋書魚少蠹，巢棟燕相親。剥啄無驚坐，喧啾敢怒鄰。眼昏從病懶，心静爲家貧。

屈指平生友，於今僅數人。不須多肉味，自可話交親。禪室偏宜僻，晴軒好醉醇。樓成多意愜，喧寂較平均。

憶昨筆耕日，衰翁不耐炎。開軒交霧樹，分户映風簷。一自藏舟徙，長參臨濟拈。行當設函丈，會客即鈎簾。

城中今第宅，若個百年餘。在昔勢家創，盡爲時貴居。但能仍舊業，何必廣新廬？徒笑前人拙，其如計轉疏。

平生憐水樹，争得俯清灣。跬步寒潭近，婆娑倒景閑。興來扶短策，意若在名山。世界掌中果，無過方寸間。

歲暮雜題示兒復聞三十首

乾圜能久運，動直本無心。一有時爲憲，群工罔不欽。代明懸日月，叵測變晴陰。暗竊乘偏執，多隳失下侵。

大生元不宰，四序遞相仍。似奉無言詔，還爲神道徵。雷霆驅澍雨，風雪沍層冰。明主憑威福，須令有勸懲。

宫府何由一？當緣晝接頻。貞邪呈水鏡，高下入陶甄。有煬終難蔽，無媒已自親。聖明方久道，豈少腹心臣？

忽聞中詔降，萬國想同歡。桀驁風能殄，傾危勢可安。威行綸綍厲，恩假斧碪寬。得睹銷氛祲，何憂滄海瀾？

最是臺衡地，尋常莫驟躋。安危堪借箸，獻替始通閨。欲遇能無巷，不言還有蹊。一辭輕脱屣，誰復問雲泥？

舟車同所適，夷險固難論。直以途先别，紛然嘖有煩。不知今在事，何以答深恩？莫是公平好，無開黨禍門。

盡知姦是蠹，難信正無頗。揣彼窮毫髮，回思誤癢痾。將牢才俊少，膠柱善良多。謀國能知此，應堪比共和。

登朝耳目司，簪筆紀綱維。未稱一人指，難爲多士儀。異同參衆議，俛仰荷恩私，婞婞非忠直，容容是詭隨。

中臺遺重臣，仗鉞撫齊民。東壓滄波漲，西通楚塞輪。風清驅黷盡，澤普活枯匀。不是尋常寄，威稜即拊循。

從來驄馬使，案牘不勝煩。今日聞清暇，移時對篋飧。所由堪倚辦，一覽可平反。卻笑埋輪者，如何有戴盆？

在昔泰陵初，監司始鎮吴。海波鯨息颭，國脉蠹全枯。悵恨陵夷漸，侵尋綱紀殊。頗聞新秉憲，清整欲無徒。

肅皇曾赫怒，授戟爪牙臣。籌策無衡敵，艱危不顧身。飲流收衆捷，行閑觳多狺。借問今戎吏，誰堪與等倫？

決策先皇日，於茲五十秋。和戎誠有利，謀國漸成偷。西控榆林塞，東摧遼水輶。不知今制閫，誰是范韓儔？

異日海氛惡，遥連閩浙師。鯨鯢俄剪滅，邑里已創痍。文武才堪仗，么麽勢易披。如聞今昔異，守土儻知危。

昔猶援屬國，今豈乏餘皇？勢欲成恇怯，人誰與激昂？邑無經月備，歲奪累年穰。獨可號風伯，東驅海若藏。

農家甫立苗，全仰雨暘調。夏潦脾先渫，秋乾腑更焦。疲人看漸瘁，枯穗可勝凋。海邑偏如掃，人人不自聊。

嗸嗸嗟歲入，忿忿怨天行。總是吾生分，難求造物平。達觀多拓落，流俗妄經營。彼此長相笑，終分濁與清。

豈止村多掠，還聞市聚偷。自矜好身手，潛伺暗更籌。長吏憐渠困，曹司得所求。寧知棰楚急，仍患此蛛蟊。

小東仍歲儉，長吏急官逋。野徑多遭剽，嚴城謹備窬。此曹聞有警，若箇可招呼。倉卒能爲難，還虞變起無。

積金金有祟，怙勢勢爲殃。乍見旴衡甚，俄聞窘步忙。發機元横鶩，反中與俱創。莫道無餘毒，危身是毒腸。

高宴競爲靡，頹風不可移。簪裾猶僭擬，萌隸漸相師。客傲色無變，主謙辭愈卑。寧思一筵費，足療數家飢。

嚚訟東人習，冥頑下邑尤。重挑難解釁，易結甚深仇。有狡争營窟，無貪不下鈎。文翁吾佇望，一爲挽洪流。

徒傳文屢變，未省學通經。呈卷猶顏赤，持衡自眼青。雕龍矜健筆，振鷺誤充庭。世道終何賴？難分楹與莛。

嵬瑣聊呈怪，朦朧却賞奇。一論貢舉法，五過主文疵。紀律今非飭，調停總涉欺。因之遂瀾倒，多士亦何爲？

不覺催吾老，其如望爾成。所嗟文愈敝，難據理爲衡。從此士流濁，轉於世道輕。等閑誰可仗？祇是戀朝榮。

俗學非吾願，將爲田父乎？耕深長盡瘁，斂急更朘膚。天遠誠難問，人窮豈易蘇？不知瀕海邑，得保室廬無？

市賈急争時，良工世守之。區區卑一藝，没没笑多貲。吾樂在簞食，有憂非鏡絲。衰頽復何賴？文史且教兒。

兒童初有識，已羨勢家榮。長者憐其意，逢人詫少成。偶然因際會，謂可豁平生。誰是憂時者？嗟哉此獨清。

人間看富貴，誰信似浮雲。策足天能近，回頭日已曛。無涯隨物態，有悟識真君。鵬翼南溟遠，寧爲斥鷃群。

謀生那免累？逸老但除饕。易足因能儉，長貧頗耐勞。有求多疻痏，無狀最錢刀。固矣於陵仲，超然栗里陶。

書懷酬葛實甫來自震澤數游徐州

秋月期同泛，春花阻共看。祇緣身自縛，不是興都闌。淮北紅塵暗，崦西白浪寬。因君欲説劍，令我憶投竿。

送別孟陽兄客吴市

貧鄉逢儉歲，嘆息此離居。過雨憐桃萼，聞雷憶筍葅。藥籠閑料理，詩筆好躊躕。莫話知希貴，令人欲廢書。

贈歸翁七十

争羡老而傳，唯餘醉欲眠。門藏逃暑竹，盆發試風蓮。乍漉呼爲友，頻中謫是仙。紅塵看碌碌，幾箇到華顛。

送別顧宣美

一與温文接，偏令旬日思。争傳工對義，尤喜細吟詩。歸棹寒潮緩，推篷急景移。江春儻東下，翹首慰衰羸。

道徹先生以冬寒惠顧至夏乃得往報因呈短韻孟陽書來云一見如舊好故有落句

斵冰迂桂櫂，摇扇問花莊。柳暗才通徑，鶯遷恰過牆。有琴含古淡，得句幾平章。我友書來報，令人妒眼光。

書懷示宣甥兒復聞

俯仰今非古，波流恠可嗟。世情憐詭異，變態逐嘔啞。色物難求駿，雕鐫好匿瑕。如何重經訓，展轉劇淫哇。

憶甥曾見語，唯德最難酬。獨有力爲善，庶幾心靡偷。斯言有深味，其志藐庸流。稺子能無念，須令遠衆咻。

吾兒行舞勺，未使妄爲文。正患胸懷淺，多憑簡編熏。眼能空俗學，意始出人群。遇即爲霖雨，窮當遠垢氛。

縱有才爲美，尤須行少疵。短長同盡日，夷蹠永分岐。快意人堪脯，苦心獨忍飢。不知當世士，曾否一深思？

賦老驥篇有贈

平生千里志，遲暮一鳴時。色物何曾異，天機豈易知？幸逢識者顧，始見出群姿。造父今誰是？方誅黑水夷。

游拙政園後歲暮聞茂挺殁久矣慨然口占

詩成猶未寄，客别已長辭。不覺燈前話，偏深物外思。百齡元短促，七尺况支離。泉石差能久，成虧復幾時？

春暮新晴邀博士龔梅沈三先生小飲

花時聽雨過，鳥語唤晴來。跋履蓬開徑，堆盤筍劚苔。觥船邀玉友，博馬格龍媒。豈謂芝蘭侣，偏憐此散材。

一春風挾雨，昨夜月穿雲。簡率聊陳饋，從容與論文。燭殘難遽别，酒薄未能醺。自此過從數，長歌樂采芹。

喬耕孺先生七十壽詩

别來顔似昨，稍覺鬢鬚蒼。欲慰早衰意，應傳却老方。緑陰憐竹粉，紅藥醉榴房。獨此清閑味，相望日正長。

送宣甥穎占游南雍

聞當觸暑發，吾夢屢江湄。夜趁歸潮急，凉生小艇宜。由來提耳話，此正會心時。縱愛秦淮碧，無令染素絲。

子今携篋去，晨夕侍嚴親。模範金能鑄，文章席有珍。衰慵才舐犢，禮法儻如筠。羨爾十年長，應知念析薪。

答陳四游侍御枉寄

秋深猶未霜，緬想更炎方。遠訊雲間墮，故情江外長。時人多鹵莽，吾道有更張。勿以林壑美，傲然稱漫郎。

曹昭服先生挽歌

局促悲齊瑟，尋常散范金。途窮長負氣，交合每傾心。此日扃泉户，廿音入。年塵素琴。笳簫山徑咽，哀泪易霑襟。

婁江東下水，遥溯太湖湄。地自先公卜，謀應翼子詒。平生隨幾杖，後夜閟盤匜。回首沙谿路，蒼蒼桂樹枝。

世業詩書遠，時名孝友偏。五常綿祚胤，百鍊事丹鉛。君五子，多以文學稱。且孫、曾將繼起矣。宅已牛眠卜，名今鵲起聯。如椽誰有筆？京兆榜新阡。

又王孺人合葬挽歌

華胄出琅邪，江東世祿家。王姑宜燕譽，子姓茁蘭芽。年筭巫能決，湖山宅豈遐？當成婚之夜，有女巫來言星云「共得百十年」。逮歿而驗。祇應埋骨後，長共咀晨霞。

在恒弟六十壽詩

行年六度辛，閱世五朝人。家以方書給，身將道侶親。關情唯穉子，泛愛總比鄰。衰白兄垂老，無由會面頻。

贈張翁八十

鶴壽仙家筭，龍飛海宇春。窺園梅正綻，覘水雪猶皴。燕喜欣逢閏，花源擬問津。詩書行崛起，好慰百年人。

贈徐孟新

念爾十年讀，慰餘三世交。無忘舊簪履，行見起衡茅。韜晦師良賈，躊躕笑族庖。唯應風雨夜，兄弟聽膠膠。

送別乞爲覓青田刻印石

深山饒美石，淺碧比瓊華。蟲篆沙中畫，丹砂紙尾霞。止須方徑寸，難得净無瑕。贈別言殊拙，其如欲已奢。

贈別儉化智淵兄弟

孰與温文比，尤憐涇渭明。朝廷方急士，鄉里早知名。便可持高論，無徒狃俗情。因聲寄難弟，千仞佇和鳴。

贈曹楚石外孫女痘痊

乍睹携囊别，俄傳鼓枻迎。童兒多識面，野老盡知名。夜慰渴飢望，朝聞歡笑聲。由來方伎貴，難仗是儒生。

過友人梅園留飲暮歸

雨覺春來横，花憐開欲殘。相携野橋步，暫憩草亭看。時事如棋拙，衰年易酒闌。歸邀窗外月，閑對小盆蘭。

賦贈西流老衲

廛市青巒近，香林翠閣齊。山寒樵伴晏，雲迥雁行低。觀物高風樹，安心仄徑藜。如聞法流水，偏得却還西。

徐五兄君錫邀過婁塘唐園即事二首是日里社賽神

浮舟北郭近，問徑野塘斜。偕我平生友，過君快壻家。圃池分曲溜，林果帶殘花。寓目皆成趣，令人意自遐。

登樓舒眺望，宴坐美清和。簫鼓村邊合，衣冠塵外過。喧將寂自別，行較住偏多。觴急催歸雨，舟輕欲漫波。

偶題小寄扇

吾衰真百懶，散衮每紛披。左右復誰仗？辛勤念爾疲。窗前頻筆硯，户外更刀錐。最是人浮食，偏殊厮養兒。

王翁八十齊壽詩

優游幾中壽，翁媪况齊年。耕有筆爲業，家才書可傳。風光叢菊裏，心事海鷗邊。閲盡炎凉變，自憐長灑然。

爲人題伴竹居

見説西溪隱，蕭然出垢氛。開軒留客嘯，引澗任鄰分。露濯新荷净，風梢遠樹聞。朱門饒潤屋，幽寂總輸君。

爲人賦雙壽詩

已老人閑世，難忘身外名。蘭芽含異馥，驥足早空行。案喜齊眉舉，燈憐照眼明。百年長樂志，寵辱不須驚。

貧家百須窘，中饋一生辛。每話丸熊事，長懷弋雁晨。不辭椎作髻，且喜席爲珍。佇看東江水，風高起涸鱗。

贈醫師程君自新安來客太倉

相聞擅方技，東下此裵回。久別峰頭屐，長浮水面杯。予懷舊池館，君幾破莓苔。自聽吴歈慣，偏憐急板催。

贈别申玄渚〔一〕少司馬還朝二首

屯田策戰勛，漢有後將軍。坐使隍中稼，翻爲隴上雲。朝廷頻遣問，條對破群狺。今日邊陲計，憑君靖虜氛。

聖主方臨御，諸公共激揚。中朝名早著，世業譽全昌。博洽饒長策，雍容蹈大方。咸推樞筦寄，應屬舊曹郎。

【校注】

〔一〕申玄渚：康熙本爲避康熙諱作「申元渚」，據崇禎本回改。申玄渚，申用懋，字敬中，號玄渚，明蘇州府吴縣人。

同治蘇州府志卷八十人物七：申時行子，萬曆癸未進士，授刑部主事。歷兵部職方郎中，熟悉九邊要害，掌樞者倚之九載不調。詔加太僕寺少卿，仍治職方事。先後歷樞曹十九年，望最著。天啓中累遷右副都御史巡撫順天，以忤璫解官去。崇禎初，起兵部右侍郎，進尚書。都城被兵，拮据戰守兩閱月，遂乞歸。卒年八十，贈太子少保。

龔先生席上同賦圭字

高會元宵後，茅齋勝友携。梅含紅映户，石聳潤當蹊。燈焰層層湧，簫聲婉婉齊。主人憐麴蘖，語我勝刀圭。

宜興吳母蔣氏輓詩二首

遥聞帷殯日，夫子早覯光。撫穉才教讓，成童已漱芳。因之謝諸有，一往事空王。蜕骨同泉户，靈心自雁堂。

中年俄晝哭，同穴永齊眉。烏鳥深攀慕，笳簫咽夢思。山空藏馬鬣，谿遠蹙鱗而。此日埋名去，終期更勒碑。

夏日過仲和即事

不獨過從慣，還因暑未煩。好詩看漸入，秃筆醉能騫。雲暗芳園潤，風多雜樹喧。棋聲宜永日，相對欲忘言。

中秋十二夜口占

愛此月如洗，還聞歲可占。微風吹短袂，凉露映疏簾。樹影分明畫，池光旋欲添。自今須午睡，深夜好厭厭。

七夕集伯隅山園分娥字

翰墨頗餘暇，壺觴一嘯歌。懷人正無賴，良夜欲如何？零雨愁烏鵲，雙星阻絳河。未能忘此會，有待是嫦娥。

中秋再陪宗伯公[一]泛舟奉呈二首

昨泛初流火，今來秋正中。良宵自難得，高興幾能同？倚棹芙蓉岸，開樽蒹菼風。低頭弄金碧，戀賞意何窮？

尋常侍公飲，絶倒只清談。昨夜杯同把，兹游酒更酣。月沉鏡光白，風捲縠紋藍。意愜渾忘倦，翻令年少慚。

【校注】

〔二〕宗伯公：徐學謨，字叔明，一字太室，曾任禮部尚書，故被時人稱爲「大宗伯公」，明南直隸嘉定人。萬曆嘉定縣志卷十一人物考上：徐學謨，字叔明。初名學詩，爲祠部郎時有同姓名者，被譴去。已而禮曹疏上，上數問「此郎尚在耶」，意譙讓吏部，故用。徐文貞公語而更之。方嘉靖庚戌，釋爲職方主事。咸寧侯鸞新寵，受命築城外八堡，多以私人冒食，學謨董其役，盡汰去，又抶其用事。鸞大恨，故工畢而賞不及。改稽勛，入直内閣，分宜屬以青詞，辭不爲，分宜亦銜之。復改祠部，爲郎十年，稱六曹之選，而竟出爲荆州守。然其文學政事著于一時，在廷皆以爲不及也。荆之興山有高鷄寨，賊數千，窟其中，縣令中賊餌，不以聞。乃以事繫令，急發兵繫賊，且遣辯者諭以禍福，一日降三千餘人，而誅其不降者，山谷盡平。景恭王封德安，以國小多請膏瘦地自益，荆之沙市亦入。疏中已遣其國宦者來受地，學謨爲從容言：「祖制，親籓歲禄外不侵民利，且沙市荆之以爲府者，王安得請之？」争辯甚力，不得，則説以得地不如輸租，請歲以五百金奉國費。王劾奏「荆州守抗旨，無人臣禮」。有詔逮問，民遮道哭者數萬人，御史持之得末減。後分察襄陽，有誣遼王有異謀者，實出柄臣風指，學謨獨白王不反。久之，遷副都御史。撫治鄖陽，一意安集，楚人德之。争沙市時，江陵公親見其以身試不測禍。又明習禮曹故事，爲三朝文獻之宗，故已由少司寇晋大宗伯。上既營壽，宫干進者數言吉凶，冀售其説。學謨獨謂：「車駕一出，費且不貲，此曹何所見，而紛紛不已。」遂罷之。時上眷未已，竟乞骸歸，卒賜祭，遣官營葬如制。學謨平生持正守官而常依大體，南宫常與司禮監表裏，而馮保方柄事及籍，保書記大臣不與通者七人，學謨其一也。所著有徐氏海隅集、春明稿、歸有園稿、南宮奏題稿、老子解、世廟識餘録、湖廣總志、春秋億、宗藩要例，合二百五十八卷，又首建漕折議，爲地方百世之利云。

宗伯公過伯氏北第枉招有述

白日歌鐘動，清秋樂事頻。酒酣凉吹滿，舞罷月華新。鴻雁中庭影，芝蘭四座珍。誰能操古調，一爲寫情親。

既觀拂水從別徑還得大奇勝

來乘籃轝上，小憩得平坡。旋看飛泉灑，因盤絶頂過。樹頭長濺沫，石底漸捫蘿。揮手別靈境，夕陽山半多。

答傳兄三首

故人不可別，似爾更難忘。懶病甘魚沫，微名忝雁行。交寧今日淡，癡較昔年强。猶憶論文好，秋風欲裹糧。

依稀酒深別，吾醉狎蛾眉。對面既如此，談心空復期。雨昏釣溪夜，茶美竹亭時。到處憑誰語，書來慰我思。

久已疏詞翰，君猶視故吾。技堪鼯鼠並，迹有蠹魚枯。强作真行字，終慚大小巫。少年輕薄在，老腕任揶揄。

懷丘五丈時在郡城印藏經

先生老儒術，晚歲亦禪門。直以心無染，因之法可論。去應窮海藏，歸與問風幡。日暮相望處，江東祇樹園。

龔氏别業即事

秋風吹杖履，城北去盤桓。路口稻花熟，村邊楓葉丹。林樊帶水曲，池館築場寬。岸岸芙蓉好，留人緩步看。

贈張翁領全

到老閑應少，如君貧不妨。客來供樹蔭，手自發茶香。與説眼前事，因傳肘後方。過從日日好，草徑莫教荒。

贈楊寧叔將歸山東

對酒欲爲別，愴然傷爾心。豈無骨肉戀，偏向友朋深。原上催行色，閨中遲好音。北風雖正厲，莫畏雪霜侵。

贈別二首

春光日淡蕩，去住各關情。我正支頤卧，君今視舌行。烟縈堤柳暗，風捲浪花輕。斗酒對雄劍，寸心聊與傾。

世業中朝播，群公倒屣迎。可憐行卷色，猶逐後時名。稍出南山霧，遥開北海程。秋風吹彩服，知爾爲親榮。

壽茶谿上人

不入買山趣，兼離行脚緣。茗糜舌觀外，翰墨法塵邊。幻住看灾劫，空生現大年。澄湖秋月迥，宗鏡此長懸。

湖上答孺穀

勞君相憶夜，明月石湖偏。醉入蓮花社，閑窺貝葉編。了知名是幻，不擬色爲緣。却夢城南路，清歌落照邊。

即事二首

梵宇秋逾净，禪扉夜不扃。露浮葭菼白，烟遶薜蘿青。法有能調象，心無却聚螢。向來何所得，直似夢初醒。

偃思空林下，寒蟬處處吟。苔陰行乍破，樹靄望逾深。鐘徹清禪味，香飄起梵音。自憐棲託好，未許世緣侵。

寄慰孺旭下第

白日薊門陰，窮途黯不禁。才名自南北，世態逐升沉。念爾風塵久，愁予契闊深。古來稱絶調，何必遇知音？

送徐孺旭之留都兼柬朱吏部

因君事行役，感我未逃名。野館寒梅發，春池積雨平。烏衣前代迹，粉署故人情。握手還相問，優游愧此生。

讀書湖上聞朱儀部將南還志喜

落魄寧操瑟，邅迴有積薪。天涯戀知己，海内幾情真？郎署初移秩，湖山偶結鄰。計程應不遠，翹首慰沉淪。

早發丹陽喜晴即事

候曉驅行李，城頭曙鼓催。遠山開欲霽，㫬岸俯疑頹。樹擁人家小，溪縈鳥道迴。籃輿挂村酒，流盻故悠哉。

將至金陵柬儀部公

昔别乍飛雪，今來已麥秋。野塘過雨漲，樵徑受風幽。爲是心期快，翻成爛熳游。齋厨念蕭索，茗椀足淹留。

戲和殷丈題壁

聞有閑池館，能令上客過。酒從高户敵，曲解犯聲歌。蒼隼盤荒塚，饑烏亂淺莎。此時拈醉筆，愁絶對蟫蛾。

哀王生三首

念爾偏醇謹，都無年少愆。每於文字外，倍得父師憐。静者言多合，深心味欲玄。如何旋雕落？遺恨在淵騫。

在昔聞非相，因君偶一論。聊將當藥石，庶以慎朝昏。火旺心難伏，金刑肺幾燔。報書曾慰藉，念此輒傷魂。

高閣凌風迥，炎天伴獨居。閑行看藥裹，小語問方書。曲檻荷俱净，空庭桐半疏。此時牽物役，形影一朝殊。

近寄無隅詩有安穩耕桑之句比來頗憂商〔二〕賈道梗而無隅改官太學歸未有期仍有此寄

遷轉官猶冷，棲遲意不閑。田家機杼静，賈客道塗艱。有憒堪投筆，無緣共買山。不知臺省地，詔下幾封還。

【校注】

〔二〕「商」：崇禎本、康熙本都作「商」，然目録部分皆爲「商」，且其後跟「賈」字，故改爲「商」。

席上贈年少二首

燈前出拜客，侍立美清揚。骨骼看龍馬，聰明詠鳳皇。已能占對謹，復道記書强。吾老憐童稚，相期翰墨場。

雙珠初入掌，一夜炯然明。漸喜光輝滿，難分先後生。吮毫齊焕采，散帙對餐英。科目君家事，當今早受撤。

雨後過友人小飲

苦憶晴花好，雨晴花未衰。香飄流水徑，光滿夕陽枝。曲偃叢叢蓋，平分婉婉姿。壺觴今夜意，疏散更相宜。

秋懷十首

庭陰帶殘暑，徙倚待涼生。河漢自秋色，田廬多別情。老親聞健飯，弱女解呼名。翹首南來信，因風欲寄聲。

宴坐罷焚香，蘭芽看漸長。同心渺何許？高論總難忘。枕畔得殘卷，樽前邀晚涼。茅齋幾盆盎，衰白爲花芒。盆蘭盛開，有懷叔達、孟陽。

銷暑故多適，移蘭相對眠。惟餘吟詠興，且斷往來緣。細剥湖邊芡，新搴池上蓮。國香長自媚，清夢緑窗前。

寂寞難忘酒，無如肺病何？猶貪一杯滿，與送百篇過。意愜共誰語？狂來或自歌。平生輕作客，此際遠懷多。

暑甚廢巾櫛，秋來渾欲忘。爬搔真自適，褦襶總無妨。蕉葉參差影，蟬聲次第涼。天涯故人在，何日共清狂？

由來舍南北，來往輒相呼。幾處清秋會，長懷舊侶無。懶應甘淡泊，狂有覓歡娛。莫問揣摩就，身今是野夫。

憶昨追隨慣，偏將野老宜。覃思三禮合，高論五丘奇。饘粥貧交事，箕裘達者師。爲言雖在遠，開卷即相思。

交游誰好事？客至便如歸。對酒多成敵，談言時解圍。偏於生計拙，賴有蕩田肥。最是癡頑好，何緣有是非？

遥憶江干老，平生只好奇。途窮能不恨，歲晚更何之？疆埸猶多警，韜鈐空爾爲。少年豪健意，近復幾題詩。懷張六泉翁也。

野寺秋風裏，時應發興過。老松當座合，高柳到門多。閣迴華香净，堂空梵唄和。相逢白居士，閑適意如何？

烟環閣

穿林得飛閣，登眺亦霏微。遠樹高能合，新篁解正肥。鄰家釀酒熟，田父荷鋤歸。莫話辛勤意，令人懷採薇。

月近樓

兹樓乃宜暑，三面受涼風。棋局自多暇，酒杯時與同。窗容遠村列，臺傍小池空。别去山房月，懷人獨向東。

雨夜止宿

昔別是朱夏，今來已麥秋。更誰憐落魄？復此破離愁。欹枕未成寐，薄帷猶半鈎。情深惜分手，却借雨聲留。

吴歈小草卷七

五言排律凡十二首〔一〕

【校注】

〔一〕崇禎本卷六作「五言排律凡九首」，康熙本卷七作「五言排律凡十二首」。陸氏在重校時將原屬崇禎本補遺部分的五言排律移入卷七，故兩版本所記卷次和數目不同。

送廣西蔣先生六韻

南遷歸路近，西上溯江遲。已識三吴彦，真堪百粤師。昔聞人可鑄，今見羽爲儀。文學言公舊，科條柳氏遺。别筵愁積雨，去鷁趁凉颸。身世青氈穩，先生任所之。

乙巳冬於崑山邂逅徐玄仲兄歌者既清聲麗色尤善爲酒糾歌罷乞詩因題六韻仍期來春觀場也

寒光客舍月，況乃玉人同。灩灩開梅萼，霏霏轉蕙叢。低鬟垂淺黛，巧笑逗微紅。觴急能容訴，歌頻更覺工。春游期畫鷁，高會看驚鴻。頓使平生興，都還此夜中。

辛卯秋游金陵聞阿京生今年春三月夭死瘞之日痛甚不果爲壙志今又幾四月矣因爲此詩以寫予哀

前年聞設帨，遠道慰相望。忽復一朝逝，俄然百日强。老親悲漸遣，羸婦病尤妨。客路難回首，生涯莽斷腸。泪霑曾裹袂，夢怯舊眠床。幾閣時逢暇，形容宛在傍。明眸珠點漆，皓腕玉如肪。暗記屏間字，能傳席上觴。笑因看射覆，劇已解迷藏。庋倒分梨栗，壺傾問酒漿。提携綃作帕，珍重繡成襠。穎秃塗鴉遍，牋殘貼勝忙。卧呼襪繫解，坐喜鏡奩張。有妹呱呱泣，看兒稍稍長。直堪娱侍奉，兼用慰凄凉。柔滑每留餕，嬰孩識異粻。挽衣偏逐爹，徒可切。剪鬌定依娘。盡室憐聰慧，多人喚女郎。所欣蘭勝艾，詎訝鳳爲皇。薄祜夭仍奪，深情我自傷。穹蒼那可問？美好未爲祥。歲昔行單閼，辰今集大梁。幾驚魂悄悄，深及此意皇皇。藥窘醫師技，星從日者禳。倉黄歸骨肉，容易病膏肓。爲是宿緣盡，將無造物常。群生自來往，一氣總微茫。朝菌寧論短，靈椿亦有央。廣輪追季子，壽夭付蒙莊。但學觀空法，虔心禮覺王。

盧龍韓太公壽詩

姬宗綿奕世，詞學著昌黎。徙自穰侯邑，家仍肥子西。素封雄里閈，學殖富町畦。薛産三鳴鳳，輸攻九却梯。元昆拖豸繡，令弟困鷄棲。賣櫝珠留照，無禽井不泥。逡巡甘處鐓，慷慨每聽鼙。暴客驚飛鏃，疲人切望霓。遺編看拾芥，碩果羨成蹊。水下東吴闊，鶯遷茂苑啼。才優無劇易，俗敝有勾稽。養志誠爲大，榮名豈易齊？公餘欣侍奉，色喜爲黔黎。况復玄玄〔一〕牝，由來息息提。無勞方士藥，長自足刀圭。

【校注】

〔一〕「玄玄」：康熙本爲避康熙「玄燁」之諱作「元元」，從崇禎本。

張太母顧夫人七十壽詩有序

湖水毘承潤，山光虞頂長。家聲重張顧，世講睦潘楊。緒自鴻臚衍，張。名尤騎尉揚。

顧。閨房鍾婉嫕，邑里播芬芳。夙夜規梟雁，躬親羃酒漿。斷機妻相樂，貽穀母稱姜。暮齒憐遺胤，結交依老蒼。緣空寧有羨，德厚會須償。坐看曾玄秀，行熏解脱香。百年元電影，無量是慈航。

送江季梁北上

踰壯年方盛，逢時意稍酬。詞場推爾雅，學殖跂前修。再刖空懷璞，至餘足較讎。交游從鹵莽，身世肯沉浮。會待秋風利，寧無同氣求。及門憐驥足，偕計脱鷹韝。跬步相娛樂，比鄰兩白頭。

賦贈崇明唐明府奏最伯兄中丞公時巡撫南贛

世澤菰城遠，才名海邑先。元昆遥仗鉞，愛弟早鳴絃。波偃鯨鯢窟，風清雨露邊。漉沙潮後竈，破浪霧中船。泱莽蒹葭外，停居屋宇連。諸生欽學殖，上宰佇詳延。驥足高雲路，狶膏潤棘穿。鳥看趨府去，柏指肅僚旋。槖筆班臺省，封章别佞賢。彤墀聯步上，若個得齊肩。

王閑仲[一]四兄枉贈生日五言追叙曩契曲折盡意次韻爲答

憶昔提鉛槧，相將挹斗升。我孱疲屢蹶，君鋭驟先登。敢倚嘲能解，元無藝足憑。夢蘭憐晚茁，歌鹿羨方興。異日群酣侣，重泉半請丞。用無功事。始衰顔尚玉，已老意如冰。筋力殊非昨，心期終有恒。多慚瑑句好，謬許坦懷澄。懶態朝晡異，頹齡歲月增。衹應同學友，頗憶在家僧。鈍置龍堪擾，深惟蜩可承。宣尼三示戒，莊叟九爲徵。繪采頒嘉貺，投膠荷得朋。净心猶未了，義學僅先曾。一契空王旨，迷方炯智燈。

【校注】

〔一〕王閑仲：王士騄，字閑仲，號雲和，太倉王世懋次子，萬曆二十二年舉人。曾謁選南京都察院都事。喜收藏，工草書，能詩文。著有攝月樓詩稿。

賦贈張冶生

無嗟世道喪，猶喜典刑存。一見偏投分，相過數晤言。白頭交易晚，青眼意彌敦。君且栽桃李，吾寧問輊軒。從誇翻覆手，多觸愛憎藩。何限徘徊意？長懷與細論。

送伯咸先生讀書海上陸園

遺書應足讀，談藝亦相親。胡以忽爲別，悠然思問津。人皆憐意氣，君自避囂塵。敏捷才無敵，飛騰志未伸。一行驅物役，千古契心神。藻麗瞻前輩，追隨得後人。南山隱文豹，東海躍枯鱗。散帙從揚扢，興文必雅馴。平原故有賦，三復目常新。

奉壽徐宗伯公〔二〕七十

震澤東南注，滄溟日夜渾。菰蘆開氣象，潟鹵效璵璠。洵美斯人傑，於今古道存。出堪垂竹白，歸好卧林園。勛業三朝重，文章一代尊。功成時序退，予告寵光蕃。弱冠從鄉賦，中年受國恩。清霜凝武庫，倒峽浩詞源。漢主方虔禱，郎官早見掄。侍祠淹粉署，簪筆待金門。喉舌深相託，謂太保吴文定公。風波暗欲喧。簿書旋領郡，江漢亦雄藩。王室榮分胙，群閹莽噬吞。肯云甘碌碌，衹是計元元。羈紲沉心曲，閶闔掩泪痕。罷還唯白帢，起復又朱轓。嶺北頻移鎮，襄陽驟解屯。含沙爭射影，望帝實傷魂。已辨乘單舸，何妨隔九閽？今皇初御宇，優詔乃臨軒。仍鼓蠡湖棹，重搴湘渚蓀。旌麾當四塞，雉堞俯千村。遂入參嚴棘，常懷理覆盆。上卿咨法比，頌音容。繫賴平反。明允刑唯恤，寅清禮益敦。分當除朽蠹，迹且絶扳援。漸積輕偎忌，因騰萋菲言。舊臣誰顧惜？世態有煩冤。懇疏辭明聖，閑居老弟昆。場駒終在穀，澤雉豈思樊？感興餘詩草，關情尚酒罇。道書玄自解，史乘誤能繙。公近解老子，又撰世廟識餘。託契偏枯槁，兼收到液樠。從容陪杖履，戲謔對盤飧。晴晝挼花蕋，凉風坐竹根。晚應私歲月，忠豈忘去聲。乾坤。正想青蒲伏，還聞赤羽繁。安攘如可仗，耄耋不須論。葭管陽和動，華筵笑語温。懸知柳枝曲，新付雪兒翻。

【校注】

〔一〕徐宗伯公：徐學謨，字叔明，一字太室，曾任禮部尚書，故被時人稱爲「大宗伯公」，明南直隸嘉定人。萬曆嘉定縣志卷十一人物考上：徐學謨，字叔明。初名學詩。學謨平生持正守官而常依大體。所著有徐氏海隅集、春明稿、歸有園稿、南宮奏題稿、老子解、世廟識餘録、湖廣總志、春秋億、宗藩要例，合二百五十八卷，又首建漕折議，爲地方百世之利云。詳見吴歈小草卷六中秋再陪宗伯公泛舟奉呈二首注〔一〕。

奉贈韓明府〔一〕秩滿上計

大賢輕百里，異政報三年。綸綍龍光重，庭闈燕喜偏。神明齊呪㢊，清凈悟烹鮮。舊井還逋户，新畲起代田。人今心欲折，牛已目無全。鷄犬連鳴吠，蚕虻少僕緣。將飛葉縣舄，已化武城絃。弟子掄高第，文章已著鞭。自慚勞翦拂，叨倍荷陶甄。

【校注】

〔一〕韓明府：韓浚，字邃之，山東淄川縣人，萬曆二十六年進士，二十七年任嘉定縣令。爲政務求民便，催科向以十日期會，浚易之以月。押班總甲悉除去之。墾荒三載，後得復糧八千餘石。又嘗濬河渠，繕城垣，修學校，建明德書院，以課士聘名宿。纂修邑志，後擢御史。

六言律詩凡一首

迎春日呈孫容宇兄

叠鼓東郊春仗，閉門南郭人家。窮陰幾日冰沍，六出暫時雪花。桂老尚榮多葉，梧高已努新芽。衰年但思晴暖，閑過鄰翁啜茶。

六言排律凡一首

和殷夷陵〔一〕壽陳翁六言十二韻

我少識君華髮，君今依舊童顔。樽中但令常滿，身外視猶等閑。月夕花朝過隙，酒徒詞客分班。長年且自抖擻，賤予具陳往還。北闕上書雜遝，峽州遠宦間關。龔生縮澀善病，徐老矍鑠久鰥。在遠既成乖隔，貧交及此躋攀。床頭麴香初發，眼底花萼漸殷。沙暖扶筇廣陌，川明倚棹澄灣。仍留春光少許，待取醉態疏頑。昨日裵徊湖上，今朝笑傲崖間。却思長桑君舍，門前只欠青山。

【校注】

〔一〕殷夷陵：殷都，字無美，一字開美，嘉定人。明萬曆十一年進士，因其曾任夷陵知州，故被稱爲殷夷陵。有殷無美詩集、殷無美文集。

七言律詩凡一百首

上元後四日走筆邀諸公小飲

風光又向柳條新，行樂應須趁早春。百歲半過唯老伴，一尊相對幾閑身。即看燈市如流水，復恐花時不待人。肴蔌無多堪共醉，莫嫌粗糲肯辭貧。

寄張五兄無隅〔一〕一首

故人春盡尺書回，黯黯離愁喜爲開。卧病已聞安寢食，乞閑仍欲賦歸來。芳蘭未厭蓬蒿伍，野鶴能無燕雀猜？翹首薊門消息遠，江南溽暑近黄梅。

【校注】

〔一〕張五兄無隅：張其廉，字伯隅，又字無隅，嘉定人。萬曆進士，官至南京吏部文選司主事。儀止清雅，望而爲貴人。爲嘉定名宦徐學謨之婿。有心遠軒詩稿。詳見吴歙小草卷一寄伯隅注〔一〕。

贈韓明府入覲二首

濟南經學自家傳，吏治名高正妙年。髦士早聞歸水鏡，疲人今解愧蒲鞭。汙萊盡辟看遺秉，岸獄無私欲飲泉。宓賤巫期雙襲美，戴星何必不鳴絃？

三年課最一時恩，霑溉欣承雨露繁。政術總能寬邑里，絲綸遥與賁丘園。分符早覺星郎貴，賜璽長瞻日馭尊。獨有清勤堪報稱，須令臣子道彌敦。

又一 代

桑梓田園近接連，每逢野老頌君賢。更無逋賦煩敲朴，剩有新渠便溯沿。早著神明同呪虎，漸於清净悟烹鮮。天書行睹徵循吏，吾欲陳詩被管絃。

州守丁大夫考績二首

古婁東下百年州，海水環紆控上游。一自殊方憂聖主，重令此地急賢侯。焦勞已見蘇農畝，儒雅還聞振士流。最是仁聲來接壤，未曾沾被也歌謳。

不獨三年桃李深，道傍椽竹遇知音。疏慵未上登龍謁，感激長懷附驥心。材出豫章俱作棟，政先甌粤再鳴琴。大夫江右鼎族，兩爲閩令。佇看徵入郎官署，著處深留棠樹陰。

送徐汝默兄之任永福

見説閩中土沃肥，君行卧治有光輝。谿山閑即登臨遍，風俗徐看諍訟稀。勸學定應延博帶，緩刑終不擾圜扉。政成須報同心友，莫是真無鴻雁飛。

送謝洪伯

君去江梅正著花，暫時把酒即天涯。交情漸自趍庭密，君以省覲，數來下邑。游學仍看負笈賒。用太學事。屣履群公當刮目，文章流輩愧聱牙。懸知采筆推霞綺，獨步詞場壓衆嘩。

仲和齋中蘭花盛開邀陪殷錢二丈清宴即事

到門蘭馥似相迎，况是新秋氣乍清。對奕坐看移幔影，停觴知爲聽絃聲。風微細細欄前度，月淺輝輝簷際生。與勸腹腴仍導飲，主人庖饌寄深情。

餞別須君美三兄謁選

最羨疏通堪世用，應憐慵懶是情真。將衰吾自輕詞賦，此去君應動搢紳。長日風花宜話別，貧家蔬果易留賓。群公若問東南事，但道誅求莫更頻。

無隅自武學改國子近擢駕部有寄

曾將籌策試諸生，才佐成均又五兵。總爲能文兼武備，還因仗鉞舊家聲。江淮寇盜猶群嘯，溪洞蠻酋且横行。報國此時堪盡瘁，肯同流俗但簪纓。

甲辰九日徐孺穀載酒續青岡舊游即事

帶雨微陰看欲散，憑君携酒共躋攀。莫輕培塿重陽會，盡見雲山百里間。舊侶似隨衰鬢改，佳晨須放醉顔還。劇憐此日難逢閏，豫想黄花滿眼斑。

孺穀不果再期因從張錢二丈登樓書懷却寄

及此秋光尚未闌，相携登眺遠林端。萸香再向風前佩，菊艷仍從野外看。不復韶顔同泛酒，且隨黄髮與簪冠。西郊南郭何常定？贏得高樓又盡歡。

閏九日洪子静携具陪張錢二丈再登鐘樓

城頭倦鳥去紛紛，酒半高樓日已曛。俯檻江回明細浪，窺窗樹合擁歸雲。白衣黄菊籬邊興，稺齒衰顔座裏群。令節再逢宜嘯詠，况君懷舊更殷勤。

罨湖環碧爲吴江學博蔣君賦

震澤縈紆赴海門，垂虹夭矯控江源。城隅浪碧含風遠，檻外沙明過雨渾。巢樹鶴來時獨舞，銜魚雀去正高騫。自憐潦倒終何用？欲問先生五石樽。

發京口似友人

幾年殘暑客游頻，長夏今來熱未新。山翠近開圍處玦，浪花高滚望中銀。鋤犂也解田間事，車馬難禁頭上巾。衰晚漸無當世意，君看抖擻出風塵。

早發龍潭少憩靈谷寺

行過山村十里程，依微天畔連山横。群鷄亂叫日氣赤，獨鳥自照溪流明。松風快人徐解帶，梅雨幾時來濯纓。腐儒碌碌將底用，一憩禪房遺世情。

題扇有贈

冶亭凉雨點輕襦，客舍邀歡興不孤。何處雕梁歸燕子，舊時修竹長鵁鶄。腰回檻外高低柳，歌落盤中大小珠。玄武湖頭花萬朵，待看得似臉霞無。

陸居舫爲姚先生賦共四首

竹葉桐華赤日陰，臥游如棹碧溪深。孤撑傑閣簷前湧，離立諸峰檻外沉。卷幔好風銷宿醉，打篷凉雨助微吟。不論官舍秋逾冷，總是烟波江上心。

衆芳亭

户牖霏霏草樹春，含風裛露一時新。馨香豈不懷吾黨？遲暮將無惜美人。蒲柳未雕誰復顧？蕙蘭堪佩若爲紉。歲寒縱使群芳歇，峭蒨長留竹柏真。

聞籟居

月寒宵永泬寥天，隱几先生正嗒然。乍捲露梢鏘玉珮，微摇風籜韻朱絃。凄清似助蛩吟切，淅瀝還驚鶴夢偏。應爲秋聲仍作賦，讀殘糟粕幾能傳？

滙龍潭

澄潭如鏡碧參差，一一平岡倒影垂。秋葉含風吟仄岸，春花過雨點文漪。林中燕坐移游舫，橋畔閑來理釣絲。會看種松鱗甲老，横空拔地有奇姿。

春首訪楊舜華有贈

何處秋風悵別離，王孫池館碧透迤。齊王孫同春園。應憐作賦名猶在，可憶飛觴醉不辭。雪後梅花寒自媚，燈前柳葉半先垂。待聽子夜新聲罷，銷盡窮愁最此時。

答辰玉枉顧慰存二首

江南十月雪光寒，游子悲歌行路難。忍使故人頻慰籍，老於岐路更盤桓。是非合付莊生夢，玄白將同揚子看。幾欲對君焚筆硯，錯教華髮是儒冠。

燈花昨夜報君來，草徑泥深喜爲開。雖借齒牙終迕俗，但看容鬢敢論才。老親已慣窮途味，好事還同濁酒杯。回首風塵仍歲暮，此生何事不心灰？

贈張伯慈五十 君嘗侍尊公游天台又已弄孫

早歲猖狂百不疑，每於詞筆和塤篪。君恬世味頭仍黑，我倦時名鬢已絲。游愛城霞曾撰屨，夢占庭鳥幾含飴。極知素業詩書裏，好勖兒郎露崛奇。

寄王司農先生

增秩猶淹舊省郎，三年清譽姓名香。儒家豈解官山海，經術還能詘孔桑。忍竭里閭填巨壑，驚聞守宰閉圜墻。休嫌欲問爲農圃，身世於今合兩忘。

爲言星王君賦

秋槐影裏秦淮路，欲問行藏每下簾。應是杖頭錢已辦，不知户外屨頻添。家移瀨水鄉仍近，居傍梅岡歲可淹。豈待逢君更相問？衰年懶性只宜潛。

贈後啓王翁六十 君未抱子

十年長憶舊經過，高柳清池帶薜蘿。老去寸心知未已，别來雙鬢較如何？好將梨棗回衰白，漫種芝蘭伴嘯歌。重惜流光輕惜費，衹應時放醉顔酡。

答沈太素方伯

春寒江雪映帷幨，飛旆翩翩不可淹。懷舊尚煩州牧使，緘書遥慰野夫潛。北門持鑰初并鎮，東國于藩復魯詹。計日承恩應獨坐，可容樗散問韜鈐。

戲爲送春排體

一歲歲春催老去，一年年老惜春歸。風情猶在應知減，伴侣須尋便覺稀。嗜酒不堪仍酒病，愛花争忍見花飛。殷勤春色明年到，少雨多晴意莫違。

卞先生移得牡丹名種邀賞即事

何必豪華百寶欄，高齋清夜好留歡。迎風乍捲明霞帔，映月初擎冷露盤。叢碧裹枝渾掃黛，衆香浮蕊未輸檀。最憐開盡桃花後，猶得瓊瑶爛熳看。

壽朱濟之六十

因君屈指數交親，若個人間懶散人。時復閑吟堪自老，歲收常稔未爲貧。酒香茶白床頭味，客滿花明座裏春。三伏漸過秋色到，桂枝應與月華新。

席上呈濟之

偶然欲醉即過君，徑草庭花許我分。茶鼎松風時鼓浪，墨花香霧幾縈雲。新詩不淺湖山興，野性真成麋鹿群。漸老可應長縱逸，蕭閑還共保榆枌。

送新安孫士徵

每憶共君頻客醉，秦淮淰淰月輝輝。輕舟寒傍千巖下，匹馬春嘶萬柳歸。興在未隨衰鬢改，身閑翻喜壯心違。兩高三竺應還過，誰與從容歷翠微？

贈唐叔達表兄五十

憶昔追隨少壯時，蹉跎雙鬢各成絲。衆中豪氣成何用，歲晚交情實可思。邸第偶然迎國士，鋤犂終欲問農師。春深桃李能紅白，細摘園蔬送酒巵。

贈友石張翁六十

葛屨蕉衫逃暑會，蒼顔白髮少年場。狂游每挾繁華子，倚曲能調嫵媚娘。竹葉尊開牽宿醉，荷花池曉對明妝。從誇甲子平頭滿，不省人間底事忙。

吴園尋梅

眼看零落奈花何，且及殘英載酒過。老樹獨明因竹暗，疏枝斜映傍池多。全消霧氣猶含濕，才放晴光便覺和。縱是春風解相待，幾能高興不蹉跎。

送傅孝玄〔二〕北上

憶昨從君大父游，每稱志業在春秋。長年零落誰能待？此日功名好自酬。吾輩尚思當世用，儒生多爲食貧謀。清時莫漫言灾異，且與從容論五鳩。

【校注】

〔二〕「傅孝玄」：康熙本爲避康熙「玄燁」之諱作「傅孝元」，從崇禎本。

遣興

無將交戰論臒肥，憔悴還應近道機。但見穠華俱易謝，似聞枯枿總成圍。途窮正自容吾老，性拙何妨與世違？四十九年彈指到，可能來歲便知非。

賦謝韓明府招宴泊然亭

公餘清宴曲亭開，偏引儒生對酒杯。葵藿定非牛鼎味，葠苓虛擬藥籠材。初言歲事豐爲瑞，會睹民間俗漸回。不覺飲醇心自醉，坐移鐘漏喜追陪。

齊王孫招飲回光寺分先字

徵歌合宴帝城邊，欲採新詩被管弦。紺殿鑪軒開翠幕，紅樓衫袖拂魚牋。香風自遶珠璣字，華雨仍飄玳瑁筵。賦就小山詞客滿，試聽樂曲定誰先。

送姚先生北上

霽日丹楓江上程，歸舟如在畫圖行。中闈漸喜鄉音近，遠道長懸客夢清。春入流澌催去鷁，風摇新柳聽啼鶯。還書爲報題名侶，幾個看花是老成。

郊居苦雨

歲晏那能得晏如？荒村寒雨更蕭疏。强催畚插移新水，擬種芝蘭滿舊閭。風急南窗愁隱几，烟昏旁舍罷看書。老親稚女饒歡笑，話我田間獨掃除。

内弟餉酒見慰獨居有作

獨坐長吟改罷詩，忽聞携酒慰凄其。秖憑殘卷閑爲伴，與送深杯醉不辭。雨灑江梅應破萼，風摇堤柳漸垂絲。自憐開歲仍爲客，料理村莊正此時。

寄孟陽三首

炎蒸客路子如何？秋入庭蘭阻嘯歌。京口列營看射戟，石頭荒刹共捫蘿。畫圖層嶺青嵐出，詩句長江白浪多。縱道山川殊快意，不將離索飽經過。

君家庖饌出須臾，能使吾曹興不孤。若待兼珍才下筯，何如斗酒便呼盧？清歌徐點當筵拍，半醉還開挂壁弧。似此風流人在遠，料儂應得好懷無。

丘翁真合號書淫，開卷婆娑總會心。何必連城方什襲，每於敝帚亦千金。臨觴似戀村醪薄，扶杖長隨野蔓深。苦憶君還搜篋笥，共渠洗眼一高吟。

冬夜宴集同用寒字前一家君命代作

老去親朋各自寬，輕裘袓裼喜相看。客來新薤蓬蒿徑，歲儉才供苜蓿盤。四座清言運似屑，十分飛盞急於湍。未甘筋力輸年少，遮莫霜清與月寒。黄鷄白酒坐更闌，少長相憐且盡歡。我輩可能陪語笑，他時長許侍盤餐。燭斜盆樹輝輝影，霜重庭蘭蔌蔌寒。莫嘆蹉跎年紀大，筵前猶作後生看。

辰玉登第報至志喜

經術承家久服膺，南宫北闕再先登。十年霧隱山中豹，六月風高海上鵬。正值有司憎詭異，還聞明主重嗟稱。故人雙鬢雖垂白，會見他時佐中興。

仲和載伎招飲

笛叫簫鳴並一時，嬌歌各自斂蛾眉。聽殘白紵何曾顧？巧趁朱絃未遣知。無數春聲喧短棹，盡銷寒色仗深巵。莫因樂極悲雙鬢，已判樽前百不思。

上朱通政

夙夜爭傳出納司，迂疏多愧負心期。文章骫骳應難學，時事蒼黄尚可爲。日日報聞瞻北闕，年年鹵莽向東菑。田園何計堪終老？准擬回天慰所思。

過孟陽有懷叔達

莫思騰踏嘆蹉跎，達者相逢且嘯歌。高論總於流俗迕，深情自向友朋多。酒才酣適無勞勸，筆到顛狂有少訛。忽憶灌畦隨老圃，此生機事合銷磨。

殷職方丈見示自壽新篇次韻奉和

青絲白玉簇春盤，柏葉罇開幾盡歡。舌在何妨頻頌酒，身閑贏得早休官。敢論老驥心猶壯，看弄雙鶵意少寬。但使褐衣長侍奉，未須慚愧腐儒餐。

從青芝泛湖到安山作

中林樓閣帶巖阿，甃石長通濺沫過。欲共扁舟凌浩渺，爲憐深樹更婆娑。連村桑柘炊烟合，狎浪帆檣漁網多。斜日背山山色紫，採樵人散滿勞歌。

濟之席上

故交新酒興何如？正及春歸岸柳初。已愛清歌兼善謔，更饒豐膳雜嘉蔬。風流慣得兒童喜，雪涕偏於世俗疏。舌在祗將誇勝事，畏人還欲屏詩書。

和殷丈吴園看梅子魚後至

入村半里香風吹，晝晴恰是梅花時。丈人逸興眼前少，野叟清聲手底隨。曲沼斜分枝娲娲，夕陽倒映光離離。臨觴不醉欲誰待？短掉能來慰所思。

贈洞庭葛君

爾向山中卧白雲，棣華輝映總能文。長思種植堪忘世，與弄烟霞迥不群。游目幾時真興發，題詩今日會平分。清泉白石斯言在，秋葉春花實飽聞。

尉子魚下第 君東鄰錢德化丈也

清秋短擢催行李，又向東風攬敝裘。應怪往來同社燕，便將機事付沙鷗。田園近接陶元亮，衣食長懷馬少游。莫道人生須遇合，不如隨分且無求。

孫秋泓携愛子初陽北游賦贈徐内翰子先其師也

聽唱將鶵春色闌，欲攀芍藥未應殘。如余尚挾千齊瑟，羨爾終殊適越冠。已自赤城傳藻麗，更於北海識波瀾。江湖不重千金駿，騄向都門萬衆看。

龔方伯邀陪殷職方丈即事 時久旱得雨爲寫風賦

江城雲氣晝昏昏，携屐池塘漲雨痕。臈有凉風催寫賦，欣逢甘澤正開樽。肴蔬更異尋常美，少長還同笑語温。但使秫田供歲釀，過從須及桂花繁。

贈朱山人

蕭疏傲骨百無求，偏向紅塵老白頭。僅有黍秔供歲釀，還饒菱芡倍農收。荷香欲送風前暑，竹净能添雨後秋。一自移家傍溪水，百年長得弄漁舟。

送武先生赴仁化令

百里分符南海頭，五年苜蓿厭吴洲。師門久愧稱桃李，身世曾聞應馬牛。長路霜寒銷宿瘴，離筵月白照新秋。此鄉寶玉雖如土，自愛絃歌滿道周。

壽趙翁予村舍南鄰也

水竹城南十里餘，野橋高閣稱幽居。杜陵花惱時尋伴，栗里車回好讀書。簾外絮飛蠶月曉，林中籜解麥秋初。高朋詩酒歌呼暇，儻可清齋款敝廬。

游攝山〔二〕作

出郭湖光摇岸柳，入山霞采漾巖扉。碑完突兀前朝字，像古分明化佛衣。樹頂烟蘿盤徑曲，峰腰玉乳想泉飛。有泉玉乳，今涸。憑高却憶空亭子，上有神祠，甚隘。快對帆檣逆浪歸。

【校注】

〔一〕攝山：又名棲霞山，位于南京城東北。山多長松曲澗，怪石危崖，歷代有衆多梵刹，尤以棲霞寺爲名。

丙午重九孺穀復招同人爲青岡登眺時顧君近復自金陵暫還亦與兹會已乘新月復過張二丈漫呈二首皆次杜韻

豈爲風前落木哀，自憐孤雁一時回。清川帆櫓參差過，舊壘壺漿次第來。朋好幸同吹帽席，江山尤憶雨花臺。淵明籬下雖先醉，乘月還過再舉杯。

地僻縱無高宴會，身閑得憩此江濱。鬢毛容我隨年改，萸菊還君隔歲新。草具盤飧能醉客，秋深風物最宜人。自今穩逐樵漁侣，肯復忙驅車馬塵？

朱元伯〔一〕赴試禮部予喜其家學驟起因思少時獲從其大父游輒題贈别

老去偏深故舊情，羡君英妙早飛鳴。疏疏庭竹曾招隱，瑟瑟江濤此送行。三徑異時慚小友，一經誰授起諸生？致身亦是尋常事，不負青雲在令名。

【校注】

〔一〕朱元伯：朱貞一，明南直隸嘉定人。萬曆三十四年中舉，其後不第，乞恩就教職，歷任宿遷縣教諭、國子監學正。其教撫諸生督課甚勤，心力呵護，時人風評甚高。

寄韓侍御

聖主難忘耳目司，忽傳俞旨下廷推。時名久負臺中望，公論行看柱後持。曾憩棠陰添蔽芾，欲冥鴻羽愧差池。江南計日瞻烏集，檑具還容老不疑。

鄰父六十

入春膏雨長園蔬，歲首風光莫放虛。海岸魚鹽供市隱，江村梅柳接鄰居。留歡每過墻頭酒，避俗兼忘門外車。若個耆年能日醉，知君有子愛三餘。

丙午除夕效長慶體

今秋仍作白門行，也爲江山也爲名。莫向境中分厭戀，但於身外置枯榮。歸來懶慢偏多暇，老去輕安是寡情。漸過擁罏被褐日，柳條梅蘂看春生。

丁未元日試筆

吾衰已復數年期，簡點年來尚自疑。雖應馬生還有忤，曾參龍象未能師。道場早悟心須直，身世無忘行欲危。抖擻塵中牢閉口，但容飲酒莫瑕疵。

坐雨書懷呈張二丈及同好二三子

手插瓶梅弟種蘭，空齋相伴坐春寒。花香應待晴天發，書卷偏宜雨夜看。庭蕊正繁窺半白，野蔬堪芼愛微酸。維揚蒿酒由來美，幾欲開嘗未敢殘。

孟陽以詩招雪後泛舟同殷丈唐兄次韻

饒君酒會競新年，難得江頭白滿天。未是野梅催出郭，多留岸雪待回船。窗迎斜日明棋局，櫂轉東風拂仗筵。坐對紅裙唯縱飲，勿云文字有人憐。

同孟陽再疊是日集張伯野李茂修

昨日壺觴侍長年，相期更趁雪飛天。不辭城北同携屐，直到南村好泛船。剩對寒光輝半砌，分無妖艷醉長筵。論詩説劍銷罏火，緩酌逡巡亦可憐。

燈夕同游戲呈殷丈

尋常齋素入初年，虚度燈紅月白天。此夜從容陪杖屨，清歌宛轉逐觥船。還聞遠餉饒珍味，欲就鄰家置一筵。已使吾儕食指動，可能仍割細君憐。孟陽於予爲南鄰。

雨泊楓橋次前韻是日與朱大理别

梅花憔悴獨今年，稍稍衝寒二月天。遥憶山中開幾樹，却於江上繫空船。詩篇冷落從支枕，茗碗淹留當別筵。是日予持齋。急雨斜風仍旅泊，此時麯糵倍須憐。

再呈殷丈請緩會期

袚禊風流自昔年，勝游行及暮春天。梅村屢策高人杖，桃岍須牽漁父船。念我暫辭中聖會，丐君留作解齋筵。詩才酒户俱非敵，倚得疏狂每見憐。往年數看城南吴氏梅花，而婁塘里居人家家臨流種桃，不可不寓目。

代錢文賦浮字

年來未省有閑愁，厭説戈船萬户侯。每到花時思老伴，乍逢晴日喜同游。梅遭雨凝去聲。香猶淺，柳覺春深翠欲浮。不是酒腸偏耐酒，相看能醉不能休。

代柬寄須桐鄉

春游鶯脰湖邊泊，聞説居官似水清。我頃三歸嚴净戒，君方百里擅時名。亦知鵩鷃俱爲適，敢謂蕭蘭各自榮。寄語畏人今轉甚，閉門幾欲廢將迎。

起東三驥子皆以童年選補諸生走筆往賀並以爲勖

伯仲塤篪早擅場，還聞小弟發清商。琳琅在處皆爲寶，蘭茝生庭總是香。閭巷已令誇勝事，文章須更學通方。吾衰獨有憐才意，冰鑑猶矜一日長。

孟陽見報同長蘅入山有作二君皆善繪事予家千葉緑萼未開

懷人欲訊正題詩，游舫俄聞已解維。爾向深山蹋香雪，予仍枯坐漱華池。閑披經卷罏烟裏，對貌溪雲酒醒時。似遲林中携手客，小庭叢碧尚含蕤。

諸子既游西山又到虞山遥有此寄顧朗仲近已物故

春游處處屐堪携，看遍青山暮靄低。高興又聞尋覆釜，傷心應不到藤谿。梅花綻盡香猶遠，柳葉開遲色未齊。我怯輕寒身懶動，時傳客至問幽棲。

送歸舍人還朝兼寄韓侍御

江南江北接春山，天上星軺此日還。對酒花飛催使節，迎船筍出憶慈顔。遷鶯久擅清朝譽，儀鳳仍趍舊省班。最是小東憂杼軸，臺中諫草幾回删。

丁未除夕

除夜杯盤異昔時，燈前醒眼看傳巵。旋添甌碧嘗茶好，微炷罏温覺炧遲。抖擻白衣勤禮佛，摩抄蒼鬢晚生兒。明朝慵擬椒花頌，點筆應裁獻壽詞。

贈時侍御乾所〔一〕六十

歸卧閑門歲月深，由來樂志自長林。滄江欲斷彈冠夢，魏闕能忘補衮心。卜築漸營三畝宅，爲園真愛一庭陰。老成終復爲時用，懷抱知君閲古今。

【校注】

〔一〕時侍御乾所：乾隆江南通志卷一百四十五人物志：時偕行，字乾所，嘉定人。萬曆癸未進士，歷知四縣。舉卓異爲御史，疏劾大僚張位、石星等。出按晉中，以汾宗繁横，抗議改州爲府，旋奉譴歸。臨終以遺金八百，授子曰：「吾一生清慎，所餘止此。公塘爲州邑孔道，民多病涉，汝其築石梁以濟往來。」橋成，至今賴之。

贈鄭嘉甫七十

昔君來客舅憐甥，共我相歡弟與兄。已老尚看豐頰在，早衰應怪白髭生。榴花照眼明棋局，荷氣熏人對酒鎗。自有刀圭能益壽，不勞方士却三彭。

贈陳明府大公

遠浮仙棹下菰蘆，爲愛絃歌遍海隅。老負平生思用世，家傳經術起通儒。才聞道路看迎養，却值閶闔望賜租。今日賢勞甘鞅掌，祇將憂國爲親娱。

送用卿兄赴任

憐君官冷偏宜懶，看遍江楓千里間。山郡正堪蘇肺病，齋厨聊復得心閑。諸生與共捐苛禮，舊學還令數破顔。莫爲周郎多感慨，祇應時到皖公山〔一〕。

【校注】

〔一〕皖公山：乾隆潛山縣志卷一：「灊嶽，縣西北三十里，一名皖公山，皖伯始封於此。一名天柱山。漢地理志云：『皖公山在灊縣，其山三峰鼎峙，叠障重巒，干霄凌雲，登陟無由。』」

戊申除夕

歲除今夕異悲歡，憶母憐兒掩涕看。秋入斑衣塵篋笥，春來蓬徑長芝蘭。顔衰自合隨年改，心動誰能爲我安？擬待新暘開寰域，上元燈火莫凝寒。

贈沈彦深〔一〕

因君伯仲奏塤篪，憶共而翁研席時。請益慣聽譚舊學，修詞多羡有姸姿。追隨爾解深心入，進取吾將遠器期。一自抗顔攻玉後，至今長愧號經師。

【校注】

〔一〕沈彦深：沈宏祖，字彦深，嘉定諸生。高才博學，邑有大事，有司咸往問之，崇禎十五年侯汸等以漕米永折事叩閽，稿出其手得。著有宋元通鑑注、懷閣浪言。

以詩代柬訊長蘅病脾數長慶體

人間事事煩多慮，身外頭頭合寡情。脾氣逢春雖受剋，心神長静即還生。醫言藥物宜蔑術，俗勸齋厨閑肉羹。譚子化書吾有贈，一篇儉化最分明。

寄宋比玉

相逢意氣若平生，博涉多優四座傾。吾老自應耽小技，君才端合取榮名。梁間月落頻回夢，江上風高好寄聲。遲爾北征迂短棹，琴樽聊豁此時情。

喜友人俞君自鄞來有贈兼爲後期君四明人不見踰一紀矣

疏鬢相逢未足嘆，追論朋好半彫殘。思吴勝事君能到，入越名山我欲看。蠶月鶯花猶暫媚，麥秋風雨尚多寒。餘杭向是淹留地，短棹他時興莫闌。

雨窗聞村僮入城漫述

庭梧初見碧參差，十日東風帶雨吹。茶美難過鄰舍啜，花明才傍佛龕欹。豆畦水白頻開放，麥隴雲黄半就萎。搔首向天吾欲問，荒荒忍復去年時？

送閑孟諸兄

看驅行李觸炎蒸，想見秋風鞲上鷹。高柳送凉飛急雨，清樽逃暑憶層冰。雲開地肺三峰近，月印江心百里澄。試問舊時登眺侶，應憐衰懶在家僧。

送行之携長郎就試

君去無多感慨爲，從游争羨有佳兒。晚摇健筆誰能敵？新吐妍詞喜更奇。三伏芰荷芳露紫，重陽萸菊曜霜蕤。名成莫負佳山水，歸共清言慰我思。

小莊封翁贈言

千挺琅玕百步渠，黄鸝白鷺伴幽居。納凉静愛吟風坐，侵曉欣看帶月鋤。時事每嗟良牧遠，土風能話肅皇初。籜冠藜杖邀鄰父，長共閑披種樹書。

吳歈小草卷八

七言律詩凡一百十二首

憶舊抒懷寄姚允初先生四首

屈指留都十度游，宜人風日八中秋。曾經蹋雪張燈市，屢看迎潮競渡舟。野寺尋僧嵐翠遠，畫橋携妓月華流。而今衰懶無由到，説着江山即點頭。

江山長憶舊游蹤，況有高賢夙所宗。肯向雲霄稱大隱，酷憐泉石卧高春。逶遲自慰平反意，骯髒難令世俗容。欲問尚書分職重，緣何最後納言龍？君治尚書。

官職何關田畝身，豈如默默任天真。孤蘆自少閑游處，風月長懷逸興人。莫以沉冥逃麴糵，不知曾否送麒麟。同心相憶難相見，一別平頭且十春。

別來曾接長公談，聞道清貧總不堪。閣下鶇群憐泛泛，梁間燕乳憶喃喃。南窮楚塞疲行役，夜治爰書讞再三。莫怪及門今學佛，儻回高駕與同參。

西安徐屏岡隱君贈言方孟旋兄屬賦

柘溪溪水浄文漪，若個逍遥丘壑姿。緑橘林香榮露顆，黄花枝重壓霜蕤。二難經術堪時用，三禮朝廷僅有司。別酒向闌行色動，但教慷慨對軒墀。

得欽愚公失解後書遥有此慰

文章利鈍吾能喻，正似天姿與豔妆。絶代容華長黯黯，入時朱粉自揚揚。良媒欲待終誰是？薄命須知未足傷。見説阿姑今百拙，莫催驕懶織流黄。

贈陳明府〔一〕入覲二首公先任四會南海

三試琴堂久滯淫，但逢枯槁即爲霖。漢廷群議争推轂，郡國諸侯羡賜金。百里糾紛元枳棘，一時聲價重球琳。海南亦有朝天吏，與話棠陰兩地深。

【校注】

〔一〕陳明府：陳一元，字太始，一字四游，侯官人。萬曆辛丑進士。歷知新會、南海。内艱服闋，補嘉定。會户部督促官布，七年並徵，一元以府部驛傳等可緩錢糧轉移辦解，民免箠楚，而程期無誤。值大水，躬歷四郊，條上受災分數，發粟賑濟，手緘其數而面給之，民沾實惠。邑賦歲輸十八萬，量其緩急，以次徵之。衡法均平，毫無羨餘。民苦徭役，多田之家有一歲充數甲者。一元令一甲有役，則餘甲無與；一歲有重役，則餘歲無與。於是，中户以上不以田多爲患。遇吏民一以至誠，不務鈎距，而人莫能欺。所論讞終任無枉者。未三載，擢御史。臨去時，會臺使者行部將至，出私裝佐供賑，曰：「邂逅逢怒，恐吏民不獲蒙福也。」官終應天府丞。（光緒嘉定縣志卷十三職官志下）

仍用深字頌德述懷再申贈别

攀轅父老去駸駸，别有迂疏飽德深。下士已聞延諤諤，憂民尤喜誦愔愔。每傳書札疑時論，數借吹嘘慰陸沉。欲附青雲終自遠，虚名猶恐負山林。

楊汝戢二子晬日走筆爲贈二子孿生其母維揚也

欣聞天上送麒麟，已是人間一歲新。花自唐昌初結實，珠來吴市并堪珍。冬温蘭草芽争茁，臘近梅梢蕊欲匀。遥羨雀環雙出櫝，錦襠絲繝坐相親。君數放生，落句及之。

爲晉江黄明立[一]先生賦千頃齋

如聞卜築才容膝，豈有澄陂千頃開。在昔人倫推汝潁，至今風采貫蒿萊。亦知泛濫能清淺，自愛汪洋獨往來。送别菰蘆賓上國，故園回首正悠哉。

【校注】

[一] 黄明立：居中，字明立，晉江人。中萬曆乙酉鄉試，與李解元光縉齊名，皆老於公車，海内惜之。明立專勤汲古，得異書必手自繕寫，自上海教諭遷南國子丞，遂僑居金陵。年八十餘猶篝燈誦書，達旦不勌，古稱老而好學，斯無愧焉。（周亮工閩小紀卷三黄明立黄俞言）

又二酉館

每耽爾雅注蟲魚，尤喜名山訪異書。别館當軒題二酉，遺編克棟惜三餘。較仇久合然藜杖，博雅行看議石渠。惆悵斯文將恐墜，好鋤稂莠護嘉蔬。

庚戌元日試筆

獻歲春遲臘未深，劇思飛雪灑庭陰。麥苗尚短青三寸，井水將枯濁半尋。椒酒已辭婪尾醉，辛盤行復掉頭吟。東風欲到猶旬日，擬出城南看遠林。

又三日晡時大雪

薄暮風花殊未闌，頓令占歲意能寬。巧枚石面形𪉟詭，旋駁枝頭冒絮單。求法殷勤思慧可，閉門高潔想袁安。危樓平野須窮目，莫待朝陽散早寒。

迎春日過友人即事

三年春至酒杯空，猶喜喧闐與俗同。剥啄指頭看變態，管絃聲裏度花叢。坐憐小閤窗西日，渴愛紅罏扇底風。儻許頻過共談笑，須知脱略味無窮。

觀　奕

野老機心欲息時，猶貪清簟暇觀棋。逡巡壁下常爲主，出入圍中每用奇。轉戰且虞前中伏，孤懸應仗勢相疑。局終蠻觸争何在？莫話人間成與虧。

壽叔達表兄六十

懷寶何人早自休，布衣長此傲林丘。衹將飲啄誇樊雉，欲忘機關狎海鷗。世味吾應同肉味，予時持齋。卧游君更得天游。春風桃李蹊成日，多少青雲負白頭。

寄訊徐攝山兄

思君寒暑七年更，楚水吴雲不計程。縱使相安同邑里，可堪投老隔關城。縻人筆扎争抛得，過眼鶯花空復情。我已久如腥酒斷，幾時歸共學無生？

張太淑人壽八十長公參政伯常亦六十矣其生日皆以夏五月吾黨數子屬爲獻壽之篇

班白獻觴將穉齒，若榴花發燕飛飛。久安胤子辭官養，近喜曾孫受室歸。魴鯉自肥甘采薺，管弦雖樂愛鳴機。還因賜福知天意，慈儉由來貴盛稀。

贈張翁七十

入手流年未可輕，髭鬚白盡足平生。茶煎魚眼香初發，酒瀉荷心味更清。宛轉已停新水調，顛狂猶話舊風情。由來會客炎蒸慣，賸有甘寒嚼水晶。

贈别但直生還星子

鼓枻炎蒸奈别何，新秋殘月照悲歌。文章江右知名早，山水匡南攬秀多。池草定回康樂夢，墨花還詫右軍鵝。久參椰子藏千卷，會得歸宗一味麽？

將尋梅西山因訪凡夫出前所賦詩示之既到郡城阻雨不果仍用心字代書爲寄

梅花山徑擬登臨，因訪幽人話素心。帆底厭聽三日雨，湖邊空憶萬株陰。緘題舊草仍留篋，飛盡繁英阻入林。惆悵遠懷聊欲寄，可憐光景又春深。

沈用卿兄六十代

緑髮垂肩慚余長，霜髭入頷到君耆。回思研席相觀日，緬想江山獨往時。千里照人秋月凈，數杯澆腹早寒宜。季長經術康成擅，仕宦仍爲學者師。

張伯慈兄六十

嘗稱素業在詩書，記是君年五十初。城裏課耕寬歲糴，舍傍爲圃足秋蔬。親春德耀長相對，舊識維摩漸似疏。最羡有孫今舞象，可能勤學愛三餘。

從弟子基五十

我昔初衰尚著麻，强隨年少學嘔啞。豈如方伎工治疾，况復禪那似出家。犬子定饒新稿草，鴻妻同轉妙蓮華。丁寧莫醉聲聞酒，分别猶存羊鹿車。

送友人謁選

憐君華髮走風塵，始是長安謁選人。誰與齊年長病懶？每於同里闊經旬。銜杯空羡東籬醉，曳履偏投野寺頻。舟楫渺然携愛子，冷官容易梓桑鄰。

金山即事四首

秋風殘暑未全銷，望裏波瀾只尺邀。北顧山回長帶郭，東來江闊更迎潮。千尋倒景樓臺動，一抹蒼烟浦溆遥。落日空廊凉吹滿，暫辭塵土得清宵。

臺下烟波接杳冥，亂帆傾側赴前汀。川長對酒宜深酌，閣回臨風有獨醒。隔岸山光浮遠黛，中流泉味汲南零。歸來一榻僧寮静，欹枕驚濤作雨聽。

朝聞鐃吹喧瓜步，暮見旌旗出潤州。勞擾百年誰已寤？升沉終古只如漚。逢僧小憩空亭雨，送客還悲落木秋。同對江山不同賞，閑心長自愛輕鷗。

人言浴日海門初，赤玉雕盤千頃餘。卧聽晨鷄才喔喔，起看凉雨漸疏疏。長橋江岸游人屐，一室山崖衲子居。逆浪帆檣多未穩，可憐塵世只紛拏。

友人邀中秋泛舟即事

深竹凉飈逗桂叢，維舟斜日賞心同。嬌歌似妒雲間月，狂飲看生座上風。銜口談諧時一笑，轉頭弦管旋成空。朦朧到曉猶勝雨，憐取秋光此夜中。

十八日過濟之招隱亭子魚要歸夜坐中宵聞雨枕上口占

秋半西風尚未歸，空亭叢桂挂絺衣。隔谿已覺香來襲，人竹尤憐翠欲圍。鄰父園居亦多馥，留余宴坐正斜暉。夜聞簷溜摧殘急，惆悵晴天與我違。

壽林母

大家逐子下吴門，路接溪山坐語温。食蘗一生欣有後，含飴垂老倍憐孫。明清早擅神君譽，欽恤兼酬慈母恩。聞道休衙頻送喜，加餐强半爲平反。

茂初〔一〕示及新篇繼以枉訊走筆酬謝

閑居愛諷佳詩句，尤愛悠然澹且清。誰把握中明月贈，恰如指下細泉鳴。慚予未具通方眼，羨子能言欲吐情。城市郊原俱寂莫，時應相就豁平生。

【校注】

〔一〕茂初：李元芳，字茂初，邑諸生。刻意爲詩，尤工七言長句。與弟名芳、流芳並名噪詞壇。諸弟皆啬於年，元芳獨壽考，卒年七十餘。（嘉慶南翔鎮志卷六文學）

賦梨花白燕

雪消梅盡燕來時，白羽差池冷艷枝。月曉競憐粧面粉，風微徐鬭舞腰肢。叢叢颭影才輕剪，細細生香已暗窺。縱逐銜泥巢屋侶，長應玉樹繫相思。

九日龔園泛舟迫暮入城有作

縈紆畫障出林平，高下新粧照水明。亭外秋陰開晚霽，樽前幽賞掇寒榮。點溪雙鶴時相和，凝楫跳魚空復驚。烟霧蒼茫催暝棹，正逢潭上月華生。

因孟陽寄贈瞿學憲

華省乍辭行擁傳，野人相伴飽經過。文章自昔推三楚，哀怨於今變九歌。豈復蟲魚箋爾雅，即看碑版學元和。憑君一吊長沙傳，無那傷時涕淚多。

張翁鶴溪八十

清溪野鶴渺難群，長伴髯翁遠垢氛。有子耕餘偏愛日，諸孫賦就總凌雲。江梅欲綻憐冬暖，霜月猶圓坐夜分。誰唱黄鷄聲最好？圍罏飛盞醉紅帬。

戲贈高三谷兄

鬢鬚如染貌加腴，愛爾閑居善自娱。棋局偶曾求勝否，酒杯還到宿酲無。山泉試潑冬芽嫩，野蔌偏憐凍笋殊。此客頗宜長作伴，不煩豐膳出中厨。

又代新安吴君贈

城隅跬步得鄰翁，長愧飄飄似燕鴻。泥酒每從傾杜釀，虐棋誰更怯輸攻？竹深行處窺新緑，花好移時數落紅。别後頗思嘩笑否，佇看扶杖到墻東。

巽甫久客有寄

春寒爲别又層冰，欲話離懷尚未能。子稚漸窺晨案牘，母慈長績夜窗燈。天邊鴻雁行猶斷，室内蛜蝛迹每增。莫慣遠游輕久客，且歸刷羽待飛騰。

寄姚比部允初〔一〕先生

曉風寒月在高松，遠韻澄懷孰比蹤。與話功名猶一吷，雖游廊廟亦千峰。平反牒裏陰行德，譽毀叢中盡改容。驥子豚兒皆足慰，天涯歲晚共歡悰。

【校注】

〔一〕姚比部允初：姚履素，字允初，應天府上元人。萬曆二十六年任嘉定縣學教諭，卻贄恤貧，正祀典及鄉飲之訛。中辛丑進士，官至廣東副使。

寄侍御四游〔一〕陳公

誰知鴛鷺視冥鴻，毛羽全殊臭味同。世外迂疏難自放，人間評議漸從公。五行相沴吳中水，三事咸高柱下風。歲首臨軒應遣使，佇看持斧到江東。

【校注】

〔一〕四游：陳一元，字太始，一字四游。萬曆年間嘉定縣令。詳見吴歙小草卷八贈陳明府入覲二首注〔一〕。

送别君美〔一〕兄

别櫂俄聞解凍時，無嗟人事轉欹危。争先捷足終何用？所至才名久共推。嘯傲園林雖自足，蹉跎齒髮莫將衰。青雲祇合徐行上，少日投閑未是遲。

【校注】

〔一〕君美：須之彦，字君美，一字日華。萬曆戊戌進士。歷淳安、浦江、桐鄉知縣。所至覈隱田，清逋賦，釐積案。遷京衛武學教授、國子監博士，擢都水司主事，榷關荆州，改儀制司，陞員外，署郎中。時皇太子久輟講，之彦疏言：「皇上日升月恒之福，年增一年；皇太子日就月將之功，日遲一日。不接士大夫，而宦官宫妾之與俱；不親圖史，而聲色財賄之是習。恐强立一念，不免爲漸染所移。」不報。神宗崩，侍郎孫如游出皇太子令旨，以末命尊鄭貴妃爲皇後。之彦持不可，疏言：「先帝念皇貴妃之勞，當不在位號之間；陛下體先帝之心，亦不在尊崇之末。」議遂寢。又參題南户部援例假印事，言：「國用匱乏，不得已開捐納事例，遂爲吏胥窟穴。」因定吏户二部對簿法。又疏言：「宗禄日繁，民窮日甚。爲宗計而派之民間，則有竭澤揭竿之虞；爲民計而聽其逋禄，則乖行葦角弓之誼。宗困可虞，民困尤可虞。」條上四議，俱鑿鑿可行。泰昌改元，改光禄寺丞，晋尚寶少卿。忤魏忠賢，削籍。崇禎初，復原官，致仕。卒庚午，年七十九。祀浦江、桐鄉名宦。（光緒嘉定縣志卷十六宦蹟，浙江通志列名宦傳）

歲暮寄孟陽武昌

瓜步金陵一日程，遥聞半月阻西征。清吟浪颭天涯枕，醉墨雲横江上城。望裏蘼蕪春欲動，到時梅柳歲將更。新知自可寬羈旅，書札難忘舊友生。

王翁八十

江村涼月稻花香，扶杖呼僮漸築場。蟹欲輸芒傾舊釀，鷄看啄粒佐新粻。中庭樹影侵堦薄，别館書聲出户長。更狎海鷗蒹葭岸，知翁此樂傲侯王。

爲表弟吴伯玉壽秦君魯齋君饒酒德有母開九袟矣故篇中及之

桂香月白對蘭生，酒名。六十年來醉幾盛。稺齒笑低丫髻拜，慈顔歡看彩衣輕。貧誰好事錢爲餉，老喜蒙求筆可耕。中表共君相冷煖，詩成懷抱欲俱傾。

贈李翁裕篇先生

好古由來不爲名，淡於身世百無營。行吟五字神猶王，坐擁千函眼倍明。自許頽齡袁伯業，人推宿學鄭康成。不圖二十餘年長，愧我衰慵是後生。

送朱正甫

爾去成均接衆賢，東甌南越楚西偏。應於志業相傾慕，肯逐浮夸角後先？上苑花明天下少，前溪聲婉客中憐。何如江岸風烟迥，把酒登臨落照邊。

題南翔里張氏新樓

三槎溪淨碧逶迤，想像高樓面面宜。晴入野棠舒小萼，風摇文梓接卑枝。平疇百頃邀觀稼，遠樹千重對捧卮。遥憶主人頻會客，誰能不羨寧馨兒？

雨不止聞錢兄純中〔一〕將歸海虞憑寄繆當時兄

五月炎蒸六月凉，飄風終日雨浪浪。亦知貧窶原非病，欲話幽憂未得當。信筆數行生遠興，輕舟一别半秋光。由來得失寧關我，莫苦雕鎸錦繡腸。

【校注】

〔一〕純中：錢文光：字純中，一字汝法，别號虞江。明常熟鹿苑里人。博聞强記，與當世文章家馳騁上下，爲諸生垂五十年數奇不售。性本温澹，匿身農圃間。又好飲，時提壺樹下，熟酒自斟，歌呼嗚嗚，頽唐之態可掬也。賓至輒飲，觴數頻行，半酲半醒，不知客之别去矣。意氣嶽嶽，見貴人未嘗相下。文貞死閹禍，悲憤無聊，病風而卒。

贈申敬中〔一〕太僕

一自佪翔佐本兵，漸收貔虎列邊城。趍庭早豫韜鈐略，謀國能知夷虜〔二〕情。坰牧乍移專祀馬，馬祠之祀少卿主之。廷臣紛起軋持衡。乞歸侍奉欣多暇，爲受深恩意未平。

【校注】

〔一〕申敬中：申用懋，字敬中，號玄渚，申時行子，萬曆癸未進士，授刑部主事。歷兵部職方郎中、太僕寺少卿、兵部右侍郎、兵部尚書。卒年八十，贈太子少保。詳見吳歈小草卷六贈别申玄渚少司馬還朝二首注〔一〕。

〔二〕「夷虜」：因避諱，康熙本對「夷虜」進行了塗抹，從崇禎本。

申少師太夫人壽詩二首

金風初送綺筵涼，家慶偏宜醼北堂。行馬門前瞻衮繡，丸熊室裏聚琳琅。廿年國老歸娱侍，一品恩綸寵壽康。聞道只今猶自績，酡顔碧眼鬢緌蒼。

南國争傳萬福同，白頭將母是三公。異時翟茀沙堤路，此日霞觴緑野風。晨褭露香開菡萏，晚憐涼景上梧桐。慈顔轉覺殊常喜，看遍曾孫氣吐虹。

答茂初枉晤後見寄

野夫當暑即科頭，不是同人不我求。半日話長雙玉映，一篇詩好寸珠投。久知寂寞難逢侶，尤怯清新未敢酬。獨有素心常竊比，懶於生計拙如鳩。

賦上少師申公二首

歸來一壑烟霞裏，宿昔三朝日月邊。脱屣動名追范蠡，傳家經術老韋賢。涼風杖底吟珠玉，遠岫窗中試管弦。想像閑居別有賦，欣看壽母弄曾玄。

菰蘆衰鈍一儒生，欲以莛撞發大聲。每捧珠璣如侍側，曾陪鵉鷟羡和鳴。驚心鹵莽塵中事，翹首逍遥物外情。客至徑將醇酒醉，無勞談及長官清。

九日集子魚霞霽閣感懷

憶昨樓成此賦詩，正逢佳節共傳巵。長年已逐風前葉，短髮還憐歲晚姿。世故相催難把翫，道心無著與推移。桂叢殘馥新萸菊，好趁晴光信所之。

秋盡書懷遥寄孟陽武昌

懷君已是一年期，白盡哀翁頷下髭。酒盞味忘疏老伴，禪門路熟少新詩。文書滿案猶關我，梨栗堆盤且任兒。三伏凉多秋更熱，雨淫吉貝正花時。

客舍天涯意若何，春花秋月等閑過。山中樹色清霜後，郭外江聲白浪多。莫厭幽棲勤筆硯，猶勝遠涉慎風波。即歸且住何常定，對影唯應獨寤歌。

欣聞薊鎮大捷奉呈王大司馬

璽書三錫寵元戎，幕府遥聞上首功。田畜一時移界外，甲兵無數貯胸中。遺編喜共儒生究，半偈閑參法性空。漢主爲紓東北顧，未歸樞筦秩三公。大司馬於漢爲三公。

寄張季修 時客薊門

衰遲愧我十年兄，留滯憐君尚筆耕。萬里薊門飛雪迴，九秋婁水壓潮平。芙蓉府裏傳經術，貔虎軍前識姓名。賦罷彤弓歸輦轂，佇看聲譽滿公卿。

除夕撫無畏口占

從來童穉催人老，不覺孩提五歲除。念我加衰看曉鏡，憐渠稍長换新裾。深虞縱逸多由習，早合辛勤與授書。莫以累心都欲遣，須知始駕馬前車。

元日試筆

微風晴旭坐南榮，近六旬翁百不營。頻潑茗甌添肺潤，長温香鼎覺心清。已歸嬌女猶憐弱，未學痴兒更繫情。粗解空王對治法，未能無着也須輕。

送子華赴江都

昨歲秋風别我行，蒜山雲净月初生。今春寒雨看君去，柳岸潮還水正平。燕笋乍抽移桂棹，瓊花欲發到燕城。懸知好事逢迎滿，載酒頻過與共傾。

贈表姪唐仲徽

猶記髯兄共奕棋，每看鬚鬢輒追思。向來時命真無那，却後功名未是遲。麴糵漸疏應少味，文章能達自多姿。長懷彦輔平生意，休戚相關好盡規。朱濟之兄是其外舅。

賦贈淄川韓太公〔一〕雙壽

後來衮衮接名流，好慰堂前兩白頭。野饁異時看過客，里門今日揖諸侯。霜威久竚啼烏府，海色遥添賀雀樓。黄鳥緑楊般水岸，短轅輕舸自同游。

【校注】

〔一〕淄川韓太公：萬曆年間嘉定令韓浚之父。

送允初學憲先生

十年清譽白雲司，使節遥分海外麾。瓊管文章窺窔奥，朝廷戎索重侏離。臺臨章貢開梅嶺，酒憶高凉浸荔支。應詫平生游最絶，懶烹蛙蛤爲題詩。高州荔酒絶佳，落句用韓、蘇二公事。

贈喬鳳洲先生

四十年前識面時，長身玉立未生髭。多慚稺齒空垂暮，數問童顔老未衰。何限菀枯同此慨，難逢矍鑠話相思。楊花欲盡啼黄鳥，誰共閑園倒玉巵？

贈王平仲游南雍

豈是難分贋與真？如君詞學尚沉淪。鍾期久怪人間耳，和氏終明璞裏珍。筆硯可能仍汩没，江山今爲豁心神。北湖初日芙蓉滿，最愛天然出水新。

送常先生掌教海寧

官冷閑銷月俸錢，蘇杭山水足留連。土風南北炎蒸外，澤國東西渺渺邊。絶壑松濤三竺路，平林花霧六橋烟。會城應得頻來往，莫惜多停湖上船。

寄白下諸君子

不到金陵復幾時，床頭笑撫晚生兒。搏風六月看鵬翼，隱霧三年想豹姿。一宿山霞長在夢，頻過桃葉更誰思？故人争慰衰頽意，折盡清秋好桂枝。

送李緇仲[一]

槐黄桂白丹陽路，侍奉憐君去獨遲。一往科名傾座主，十年文譽稱家兒。閣中黎火遥相待，匣裏弦聲早自知。衰鈍轉應難適俗，臨分還與話山雌。

【校注】

〔一〕李緇仲：李宜之，字緇仲。李名芳子，李流芳侄。明嘉定諸生，居南翔。三歲孤，長負異才。博綜今古，尤精於史學。篤孝友敦，氣誼放曠不羈。家有猗園，明亡，家爲亂民所害。晚年寓居東城，流離抑鬱以死。有猗園詩集、寓園文集。

孟成暫歸數晤臨發有贈

爾到華陽俄復歸，別時醫藥念房闈。開函秀句含秋爽，入座清言送夕暉。舊學已爲千日計，殘編應破百重圍。從今揚子玄雖白，奇字無憂問者稀。

贈張守庸七十

花信風前春半回，盤筵今對海棠開。移家儻爲尋黄髮，住歲唯應倒緑醅。肘後方書時細簡，胸中梨棗幾多栽。閑身老伴晴天氣，短策輕衫數往來。

八月十七日諸友集於蘭室

煩暑乍銷秋色半，幽蘭如待美人過。可能臭味終相似，不覺懷思老更多。枯盡酒腸猶善謔，潤回茶吻輒微哦。濕雲少爲飛凉雨，愁見滄江捲白波。

廿三日雨後大風書懷遥寄

劇思凉露雨滂沱，巖桂花時可奈何？似報海氛昏後鳥，難禁秋熱水中禾。籠雲月到窗櫺曉，吼地風來庭樹多。遥憶燭斜珉玉遶，慨然應念力田科。

贈愚公仲和

永日晴江去渺然，衰翁相送倍相憐。培風會展雲霄翼，投老兼無山水緣。巖桂香飄秋半月，庭梧陰滿午餘天。端居遥憶京華彦，到處應誇識兩賢。

九日對雨遣興

自斷罇罍無送酒，但逢晴爽亦登高。長吟老去還悲杜，且喜閑居每和陶。宵雨連晨成寂寞，凉風何日破牢騷？明年採菊應扶杖，笑傍書窗插兩髦。

贈侯述之六十

稻蟹初肥菊正黄，宜人風物最重陽。回思早歲相磨切，晚喜蒼顔共頡頏。甘李擷林嘗夏實，老梅撑屋送春香。年來嗜好餘茶癖，誰共淋漓放酒狂？

贈蘇爾宣〔一〕

夕陽山外茈茅茨，蟲篆魚牋事事宜。高樹籬根黄葉響，遠陂艇子白雲隨。每因漉酒嘗堪醉，與試烹泉瀉即知。欲訪幽栖慵未得，扶筇準擬百花時。余明年亦杖於鄉矣。

【校注】

〔一〕蘇爾宣：蘇宣，字嘯民，號泗水。明新安（今安徽歙縣）人。何震弟子。精六書，作大印尤工。印章遍海内。與文、何鼎足稱雄。有印略四卷。

太倉州守王公以内艱還廣平賦此贈行

拊循聲譽滿東倉，匍匐哀摧返曲梁。野父似聞曾拔薤，老農相顧已歌棠。一錢少慰攀轅意，千里長剜陟屺腸。欲贈緇衣今未得，且留他日侑壺漿。

贈曾波臣〔一〕兼呈孟陽

相逢妙手貌衰顔，寫出神情和且閑。似减霜髭强半悴，虚疑酒面幾分還。君真得意丹青外，我欲置身梧石間。更乞僊翁乘薄醉，兩賢妝點一疏頑。

【校注】

〔一〕曾波臣：曾鯨，字波臣，福建莆田人，明末著名畫家，開創了「波臣畫派」。其肖像畫墨骨敷彩，時人評曰「磅礴寫照，如鏡取影，妙得神情」。

爲張户部賦五鹿山房

臨漳剩種千竿竹，繞屋長鳴百道泉。居有仲長貽樂志，文如平子賦思玄。分司肯借脂膏潤，休沐行將魚鳥憐。今日朝廷多吏隱，未須矯首傲雲烟。

爲倪太常賦潛虬館

龍德何曾隱見違，泥蟠元不異天飛。幽人自逐青雲侣，高館長留白板扉。棟宇下臨深澗水，圖書終憶故山薇。佇看天矯爲霖後，還狎群鷗此息機。

贈趙國鄉計偕兼呈伯兄吏部

我昔蹉跎意未降，曾提鉛槧共書窗。相期一戰應摩壘，豈謂頻登始建幢？蘭省已聞推簡要，棘闈仍睹壓奇哤。寧知寂寞貧揚子，選佛場中學老龐。

妻六十生日戲贈

四十年來子茹辛，令子疏懶不知貧。空囊慣見忘羞澀，短褐從穿耐補紉。伴女尚勤燈下績，憐兒頻撥爨時薪。黔婁夫婦歡相守，可勝朝榮暮悴人。

送別侯起東〔一〕謁選

早睹縱横驅筆陳，晚於淹滯起家聲。秘書有限能無競，簿領雖勞未可輕。時事頗聞徒聚訟，畏途相戒是虛枰。臨分一吐迂疏意，莫向多人行處行。

【校注】

〔一〕侯起東：侯震暘，字得一，又字起東。萬曆庚戌進士，授行人。驅馳閩、越、荆、楚，單車匹馬，不擾厨傳。遇山川形勝，輒登覽籍記。天啓初，擢吏科給事中。遼事方棘，經略熊廷弼巡撫王化貞素不協，兵部尚書張鶴鳴頗右化貞，議者欲令經撫畫地任事。震暘逆知必敗，疏言：「時勢至此，陛下宜遣問經臣，果能加意訓練，則進止遲速，一以付之。否則，督其條析陳奏，以聽吏議，收拾殘局，專任化貞。否則，移廷弼於密雲，而出本兵張鶴鳴爲經略。本兵如不可出，則遂以經略授化貞，另擇巡撫以資後勁。否則，移廷弼於登、萊，以終其三方布寘之策，與化貞水陸相犄角。若遷延猶豫，决僨國事。」疏上，有旨集議，而廣寧陷，化貞、廷弼遁入關，猶以温旨責其立功。震暘上疏曰：「爲今日計，論法不論情。河西未壞以前，舉朝所惜者化貞，今不能爲化貞惜也。河西既壞以後，舉朝所寬者廷弼，今不能爲廷弼寬也。策撫臣者，謂宜還赴廣寧，聯屬西部，然畣庫已竭，能赤手效包胥乎？策經臣者，謂宜仍責守關。所謂守者，將如廷弼前議三十萬兵、數十萬餉以圖後效乎？抑率殘卒出關，姑示不殺乎？行法則牽於情，徇情則制於法。及今不正逃臣之律，疆事其奚賴焉？」其後失事，略如震暘疏云。已，復糾閣臣沈㴶私結客、魏，且發其搆殺故監王安狀。忠賢傳旨切責調外。臨行，又疏論田賦、河渠，以逐臣不當建議。鐫二級歸。在吏垣八月，章三十餘上，直聲動天下。崇禎改元，以原官召，而震暘先一年卒，贈太常寺少卿。（光緒嘉定縣志卷十四宦蹟）

長蘅三試禮闈必有特達之知矣於其臨發戲贈大言以壯行色

一時文苑更無雙，古鼎千鈞筆可扛。曲折太行盤百阪，汪洋東海納三江。行如重譯來修貢，止似連營扼受降。九萬扶摇從此遠，鐙前琥珀玉爲缸。

冬雷

江南臘後猶慳雪，海上春前已再雷。但是園林花亂發，可曾池沼凍難開。懶拈月令看占驗，怕問星家話眚災。縱復由來天道遠，莫教人事重相催。

除夕得王大司馬書垂示玉律慈航二編賦謝

叩門飛騎捧函來，歲盡天涯貢草萊。内政得窺軍令寄，齋心遥羡法筵開。優曇花浄多生業，絶塞烟消百尺臺。樞筦書成珠玉重，窮簷欲起不然灰。

元日試筆

江春半月到柴門，始對椒盤柏葉樽。莫怪雨兼風力横，可聞蜂已樹頭喧。吾生敢謂行年化，稺子方知函丈尊。幸是衰慵安拙養，已無機事累心源。

歲首賦訊敬中太僕

聞道蠻夷〔一〕有觸藩，可容高卧賁丘園。山中雨歇看朝爽，堂上春歸侍晏温。道廣歲嘗傾庾廩，心清閑即賦璵璠。時人輕薄何須問，且喜金甌拱至尊。

【校注】

〔一〕「蠻夷」：因避諱，康熙本「蠻夷」二字空白未刊，據崇禎本補。

同孟陽訪一雨師於北庵即事

昨到山中逢荷笠，趁風争炷法筵香。今來郭外停歸舫，一沃真令焦腑凉。花塢輕雲低落日，溪橋流水帶垂楊。未緣咨決依休夏，儻許秋光與對床。

寄黄貞甫工部

升沉何必問天淵，寥廓塗泥各灑然。敢謂蜀莊真弃世，可能桓子獨知玄。江南山水窮雙屐，海内文章擅一椽。留省清曹堪吏隱，更饒桃李在門前。

因巽甫賦呈焦漪園太史

先後群公對大廷，光鋩獨照爛華星。中朝侍從推三篋，翰苑文章本六經。摇筆晚猶空國馬，聚書多合號侯鯖。自慚寂寞玄猶白，羡爾能令雙眼青。

頃因食淡親知多憐其瘦賦此解之

六十年前轉眼過，縱令百歲擬如何？久停鮭菜無憂悴，并絶鹽醯欲養和。兒女幻緣隨定命，身心浄業奈多魔。交游空復憐消瘦，老去由來馬注坡。

既題前篇爲解而妻女苦諍不已又戲爲代贈

君昨從誰問養生，但令味絶百骸輕。全清腸胃無焦火，盡屏酸醎有淡羹。縱復心王終戰勝，云何舌識與争衡？多年宅舍須撑拄，莫更騎危壁半傾。

送別君美水部分司荊州徐宗伯守郡嘗爲民争沙市

君行視榷楚西陲，江上帆檣一月期。材木蔽空來益部，水衡供億領分司。早聞鳴鼓攻求也，試酌貪泉學隱之。見説荊人仰沙市，昔賢遺愛幾能知？

賦送胡明府改任長洲

送者謳吟迎欲舞，夫君爲政美如何。發奸頓使群凶慴，緩賦長虞中飽多。誤以迂疏回顧眄，愧無述作播絃歌。恩波百里猶相潤，麈榻應懸待我過。

將謁胡明府於長洲賦呈一首家自長洲東遷五傳矣

二年膏雨海壖深，西上還携宓子琴。私喜衰宗仍宇下，重瞻良牧憩棠陰。童兒已被中牟化，暮夜誰懷密縣金？吏事東吳財賦重，但勤句較即勞心。

感舊書懷呈印空師

憶共山樓醉酒時，故交零落此身衰。十年漫學龐居士，今日重逢竺法師。晶晶千人明月坐，陰陰百尺暗泉池。綺紈處處邀歌吹，信是諸天福也痴。

喜錢純中兄至走筆奉呈

君去西江攪我思，束身筆硯隔年期。武昌風物官橋柳，赤壁文章野渡祠。入袖清音秋颯颯，停舟片語雨絲絲。懸知叢桂花争發，數把茶甌對酒巵。

贈兒醫沈翁

長桑君舍有餘清，盡日何妨剥啄聲。拂岸垂楊長僂傀，到門流水自渟泓。刀圭半施何論價，樽酒長開爲解酲。偉貌飄鬚居士服，兒童争識老先生。

即事有贈

脱帽都忘爾我形，隔樓斜日半疏欞。可須八尺含風簟，尤愛千年蝕土瓶。獨瀉翠濤看瀲灧，争傳雪乳動芳馨。還因好客留深酌，取次茶來酒旋去聲。醒。

賦壽沈封公二首日峰吏部尊人

十年章服賁衡門，負郭新爲五畝園。樂志每應携杖履，承顔還喜出籠樊。冬榮老桂偏多馥，風泛崇蘭欲漸繁。此夜鳴鐘催列鼎，賓筵争羨兩兒孫。

不須方外學長生，日日花間酒一盛。西舍夜春供釀黍，東籬朝採未粲英。親朋倍覺年來味，仗樂偏繁醉裏聲。借問彩衣長燕喜，何如襆被直承明。

癸卯元旦明初大參有詩爲石巖方伯〔一〕生辰壽同賦七字

五十空慚始滿年，羨君加五久歸田。入春風物三分改，漸老交游一倍憐。纔吐輕黄梅似蠟，最宜鮮碧酒如泉。直須徑造謀深醉，賸有詩篇當酒錢。

【校注】

〔一〕石巖方伯：龔錫爵，字汝修，號石巖，龔弘後裔。萬曆二年進士。歷任永新知縣、工部營繕司、都水司主事，廣東參政、按察使，廣西布政使。詳見吴歙小草卷五龔方伯石岡别業三首注〔一〕。

寄冏伯兄

田園歸卧十年餘，種樹穿池且著書。似我迂疏猶託子，何人慷慨不憐渠？儀曹乍欲承休渥，銓部旋推與選除。感激酬恩君自許，知無一物礙清虚。

送韓明府入覲

王春闕下會千官，若個三年撫字難。最是東南賦尤重，轉於州縣政宜寬。梓桑幸可無荆棘，鷹隼何須笑鳳鸞。帝寵循良還久試，莫令早著惠文冠。

贈蔣司教壽母八旬長君又舉於鄉同上春官

芙蓉曲沼桂蒼蒼，又見斜枝發異音。彩服乍歸將壽母，板輿齊擁賀新郎。雙魚遠膾江鱸美，嫩甲旋烹山茗芳。罨畫溪頭雲五色，婺星遥夜傍文昌。

次友人元日

昨朝婪尾歲華新，此日平頭七十春。好事每携耽酒伴，多情還喜唱歌人。探梅漸吐當筵玉，鱠鯉争憐入饌銀。長向滄江娛弋釣，肯回清夢到麒麟。

席上有贈

晚於朋好倍欣然，况我衰羸長十年。每羡齒牙牢且潔，數承詩句老逾妍。姓名曾使羌人問，臭味偏於野叟憐。更是夜深能泥酒，一時推作飲中仙。

吴歈小草卷九

七言律詩凡一百十七首〔一〕

【校注】

〔一〕崇禎本卷九作「七言律詩凡一百二首」，康熙本卷九作「七言律詩凡一百十七首」。陸氏在重校時將原屬崇禎本卷十部分的十五首七言律詩移入卷九，故兩版本所記數目不同。

贈王冏伯司勛六十

雖異根荄連土壤，豫章樗櫟並時生。中年多愧叨模範，晚歲長懷老弟兄。君卧蒼生占出處，余慵緇侶共將迎。俱過本命白寄劉句。秋風裏，鵬鷃逍遥不世情。

遜之〔一〕胤子晬日

中秋圓月露光叢，桂樹新枝漾好風。已羨槐庭垂蔭遠，佇看蘭畹吐馨同。青箱奕世文章著，赤芾趍朝符璽崇。假我頹齡猶及見，又應獨步照江東。

【校注】

〔一〕遜之：王時敏，字遜之，號烟客，太倉人。父王衡，祖王錫爵。以蔭官至太常寺少卿，曾任尚寶司丞，故時人稱「王尚寶」。時敏系出高門，文采早著。入清後不仕，家居不出，以書畫自娱。詳見吴歈小草卷二王文肅公祠堂成遜之尚寶乞詩注〔一〕。

壽池州王進士母夫人

春回上苑彩衣新，秋老中閨燕喜頻。籬菊綻黄攢作綺，江魚跳白斫爲銀。鴻妻案在曾同隱，陶母厨空欲忘貧。最是九峰屏障列，長宜壽酒對嶙峋。

客有爲予言星者口占示兒無畏

早知定命無煩問，晚悟前緣更不疑。漸近桑榆偏較速，欲零蒲柳竟何爲？馬牛碌碌非吾事，穮蓘綿綿是汝師。合上青雲應自致，一生志業可能推。

壽錢太史母夫人

旭日深閨侍晏温，如雲上客頌璵璠。十年不負丸熊意，三歲長懷化鶴魂。廣被早容寒士接，闔門時共族人言。他年相業歸田稷，古道由來壽母敦。

李茂初〔一〕五十

早驚文筆捷於枚，晚未成名意已摧。貧欲趁人争避得，懶因添歲漸看來。清吟每出新詩句，緩酌長停濁酒杯。似我衰羸十年長，應憐脱略好追陪。

【校注】

〔一〕李茂初：李元芳，字茂初，邑諸生。刻意爲詩，尤工七言長句。與弟名芳、流芳並名噪詞壇。詳見吴歈小草卷八茂初示及新篇繼以枉訊走筆酬謝注〔一〕。

鄭翁七十

早歲牋詩已有名，漸疏學殖厚生生。未能巖石從耕耦，不羨星辰聽履聲。缸面漉蛆宜晚醉，枝頭鶪鸝喜寒榮。空華世事何曾問，自愛春歸百鳥鳴。

壽欽母徐太夫人八十

朱絃翠管住彈吹，聽我清歌獻壽詞。笋劚驚雷羞玉板，魚迎解凍斫銀絲。慈顔欲比諸孫潤，暮齒唯應愛子知。若個懿親尤善頌，三朝遺老帝王師。

雪中比玉同諸人携琴枉過即事

江春欲動雪光中，香暖琴清坐晚風。颭作梅花争着樹，裝成玉葉幾多叢。一瓢醇釀娱嘉客，三弄徘徊立小童。何必高樓舒遠矚，自憐環堵意能同。

秋暮正叔一卿枉招

東郭園林饒桂花，繁枝老幹接鄰家。香風數里吹不絶，清影半庭看易斜。缸面新開前臘酒，案頭頻潑小春茶。醉醒各自陶然别，歸路還同笑語嘩。

元日試筆

入手韶光難把翫，分頭世味有甘酸。燈殘暗鏡顔猶好，坐穩團蕉意乍安。欲着道衣慚净行，已停歲酒喜加餐。隨緣禮數誰能免？還拂塵埃挂壁冠。

題叔楚先生〔一〕畫扇

閑拈畫扇爲題詩，想見衰翁落筆時。小立經營初注目，乍抽枝蔓便揚眉。巧分漬墨看蠅聚，亂點嫣紅誤蝶隨。我昔垂髫今髮短，篋藏還復幾人知。

【校注】

〔一〕叔楚先生：王翹，字時羽，一字叔楚。弱冠補郡諸生，以不能其業，久乃謝去之。工詩善圖繪，詩宗孟郊，枯寂有致。畫工草蟲竹石，亦時倣米芾爲山水，顧不自珍，求者無不滿意去。尤不喜曳裾公卿間，以故名不甚遠，然初不以屑意也。遇所善友即觴詠竟日，忘其屢空焉。（萬曆嘉定縣志卷十二人物二）

趙國卿廷評枉過輒賦贈行君與伯兄吏部方娱侍太公

朔雪緘題鴻雁書，春風枉賁草茅廬。異時山石曾攻玉，此日園蔬有荷鋤。愧我文章堪覆瓿，幾人兄弟映華裾。懸知奏讞陰行德，好慰于公高蓋車。

王尚寶遜之北上有贈

東風吹海午潮平，春半仙郎上帝京。進止定回明主顧，丰摽應憶舊臣名。清言廣座蘭心合，點筆經縑霧氣横。自倚青箱饒世業，不因華胄動公卿。

巽甫來别將復從黄工部於留都抒懷有贈

歲晏來歸春復行，臨分吾有寸心傾。文章技小姑從衆，兄弟情深急治生。豈謂膏肓憂彦輔，漸於經術愧康成。佇看乞去聲。爾飛霞帔，早晚翱翔白玉京。

壽胡明府太公

天上星郎長五湖，仙家翁媪下三壺。長江浪蹴東西楚，茂苑鶯遷表裏吴。笑問棠梨留美蔭，欣聞藪澤有臞儒。即看綸綍榮難老，慶喜遥題報友于。

又代

飄鬚皤腹飽遺編，况有齊眉德耀賢。曾到海隅觀製錦，乍移巖邑聽鳴弦。筆耕已穫憂農月，禄養無涯得酒年。應是玉皇先賜赦，初除吴國地行仙。

又代

嫣紅新緑接芳妍，永日休衙奏管弦。茂宰鳧飛常闕下，仙人鶴駕自湖邊。泉香每漉長腰米，鱠美幾忘縮項鯿。黄髪定憐年少意，也矜毛羽鳳鸞前。

壽沈丈七十

翁昔勝冠我髫丫，我今扶杖爾匏瓜。鳴蜩時節閑看槿，腐草房櫳卧聽蛙。萋斐事過無復錦，子孫身外莫論家。異恩寬政皆憐老，珍重頹齡遠鼠牙。

贈吴興茅印渚

百年勞役幾能捐，纔半何緣得灑然。素業有傳堪世外，秋山無伴亦風前。碧篙凉解詩仙渴，紫筍香參衲子禪。一種幽深山水窟，總輸閑適到華巔。

公路兄移居城東有贈

聞昨圖南得友生，醒催玉斝醉桃笙。回看邑里終淳樸，還卜停居傍老成。魚眼瀉湯宵坐久，蠅頭琢句午窗明。奇文共賞誰多暇，好味年來止菜羹。

壽少師申公八十二首

國恩難忘舊臣年，家慶偏深壽母憐。聽罷温綸垂感涕，夢回宣室憶詳延。千秋獻鑒曾剴切，維嶽生申與後先。一自祝釐今夜月，賓筵每散晚鐘前。

揮手綸扉入醉鄉，長篇短句溢詩腸。野人猶自知陶謝，裴晉公詩：「野人不識中書令，道是陶家與謝家。」達者從來數范張。海湧雲軒招颯爽，越來烟艇愛輕颸。暫憑絲竹相娱樂，百歲逍遥有墨莊。

壽上海王君六十

秋來未有雨凉時，若個園林足自怡。百畝陰森不受暑，一灣緑净細生漪。圖書長遶琉璃簟，笑語閑停琥珀巵。每共元方持杖侍，數稱叔寶解人頤。

送周從隆之任銅官

欲攀堤柳乍聞鶯，秋浦春江十日程。風愛五松回袖拂，月憐白笴泛舟行。從他躍冶金能鑄，自有中書筆可耕。近歲詞場誇掉鞅，未容輕視老儒生。

韓侍御使還道出吴門迎晤有述

西江使節出東吴，何限銜恩謁路隅。前後獨留寬禮數，殷勤相勖慎疏虞。危言直與時流忤，矢志終於國是扶。宫府若令真一體，不辭歸隱爲親娱。

惠山呈鄒學憲彦吉〔一〕

松吟泉答漾秋暉，中有高人晝掩扉。丘壑幼輿堪寄傲，畫圖摩詰更通微。散花室裏安禪慣，舞燕筵前釂酒稀。久欲從公游物外，灌畦猶愧未忘機。

【校注】

〔一〕鄒學憲彦吉：鄒迪光，字彦吉。萬曆二年進士，授工部主事，累官湖廣提學副使。擅衡鑒，楚士服而歸之，以吏議罷，送者數千人，生祀之濂溪書院。迪光既罷，治園亭於惠麓，與當世名公卿文士游宴其中，極聲伎觴詠之樂，垂三十年。有集數種，合三百餘卷，一時聲氣奔輳，幾與婁水弇園後先狎主文壇。（光緒無錫金匱縣志二十二文苑）

同王德操〔一〕游甘露寺有懷孟陽作

亭午輕陰紫翠間，笑談容易上孱顔。濤聲江海争趨郭，雲氣金焦近繞山。嗷嗷雁隨清露落，飄飄帆帶夕陽還。故人憶我應南望，極目烟霄數髻鬟。

【校注】

〔一〕王德操：名人鑑，有詩名，與錢牧齋、程孟陽友善，祖居山塘，賣之而移虞山。

同仲醇再游甘露寺書懷寄孟陽廣陵

西來秋老似新凉，東憶農收怕早霜。宿雨欲催風颯颯，晚峰應吐月蒼蒼。浮舟郭外林霏近，取徑山陰野興長。書寄同心猶未報，遲君飛渡慰相望。

游鶴林寺〔一〕還登唐頽山〔二〕即事是日孟陽携其友吴巽之同至

晨出朱方尋竹院，遠林深翠近紅酣。回頭喜揖平生友，轉語難逢老宿參。風物宜人重九後，登臨絶勝大江南。日斜還覓城西徑，除却閑游總不堪。

【校注】

〔一〕鶴林寺：在黄鵠山下，舊名竹林，晋大興四年創。宋高祖微時嘗游，及即位，改今名。唐名古竹院，宋紹興中改名報恩光孝禪寺。永樂中重修，弘治中重建殿宇。寺有米元章祠及多名賢石刻，又嘗有杜鵑花，世傳爲仙開云。朱放詩曰：歲月人間促，烟霞此地多。殷懃竹林寺，更有幾回遇。（萬曆丹徒縣志卷四寺觀）

〔二〕唐頹山：在丹徒縣西南，又名唐塠山。

潘無隱〔一〕邀三游北固 是日山寺有公宴

擬趁歸潮望海門，又逢携酒上林樊。窗中嵐湧晴雲薄，樹裏江含野氣昏。拂袖未能留半偈，鳴騶應笑引清尊。異時才傑俱黄土，指點空亭有伏䮾。

【校注】

〔一〕潘無隱：潘一桂，字無隱，一字木公，吴江人，徙京口。有賦數十篇，爲時所稱。東游泰山，謁孔林，作東游詩。南陽朱邸好辭賦，招賓客起高明樓，擬於雁池、兔園。幣聘再至，往授簡賦詩，雍容應教，有趙康王禮謝榛、鄭若庸之風。居一月，以不能曳裾王門，引疾歸。取道襄陽，禮元嶽。經黄鶴樓，浩然東歸。未幾病卒，年四十五。天水文翔鳳以楊馬自負，作金陵六賦，目無千古，見一桂諸賦，曰：「我心折氣懾矣。」（乾隆鎮江府志卷三十七儒林）

獨游焦山

憑高時復聽濤聲，未若晨霞雙槳輕。去鷁似隨霜葉舞，前峰欲掃翠蛾迎。嗚窗猶憶琅玕響，捫壁還穿犖峭行。正落寒潮歸棹緩，江山留我不勝情。松寥閣竹已無存矣。

游焦山還一孺有詩擬長慶體爲答

無嗟遲暮此江津，猶勝衰羸閉户人。莫以滯淹懷稚子，且娱頑鈍好游身。青山自爲閑看媚，紅葉時於散步新。何似茗甌趺坐起，未曾歡喜亦無顰。

始識錢密緯於仲醇〔一〕舟中獲誦新篇遂同謁尊甫若冲先生留宴山堂即事

予方止酒

乍驚雄筆吐星芒，旋挹冲襟比谷王。入室總分蘭臭味，嗚皋争羡鶴昂藏。軒窗面面邀秋爽，几閣霏霏逗夕陽。别有甘芳娱野老，欣看酬酢共徜徉。

【校注】

〔一〕仲醇：陳繼儒，字仲醇，號眉公，松江華亭人。隱居不仕，卒年八十二。繼儒通明高邁，年甫二十九取儒衣冠，焚棄之。隱居崑山之陽，爲廟祀二陸。構草堂數椽，焚香晏坐，意豁如也。繼儒工詩善文，短翰小詞皆極風致，兼能繪事。繼儒爲諸生，與同縣董其昌齊名，太倉王錫爵招與子衡讀書支硎山。王世貞亦雅重繼儒，三吳名下士争欲得爲師友。暇則與黄冠老衲窮峰泖之勝，吟嘯忘返，足迹罕入城市。其昌爲築來仲樓招之。至黄道周疏稱「志尚高雅，博學多通，不如繼儒」，其推重如此。御史吴甡、給事中吴永順、侍郎沈演等先後論薦，謂繼儒道高齒茂，宜如聘吴與弼故事。屢奉詔徵用，皆以疾辭。（清羅惇衍撰集義軒詠史詩鈔卷六十陳繼儒）

秋晴晚霜志喜呈柴明府〔一〕

尋常秋老寒先戒，忽已冬初衣未增。江水不因霜氣減，海潮還共月華升。即看秔稌匙翻雪，遥憶木綿囊覆塍。官庾私儲煩兩計，由來螯螣莽相仍。

【校注】

〔一〕柴明府：萬曆四十三年任嘉定縣令。光緒嘉定縣志卷十三職官志下載：柴紹勳，字鴻生，仁和人，萬曆癸丑進士。莅任時，會歲祲賦急，紹勳寬爲期限，十苟完一，即釋不問，而解部先其最急者，民不擾而賦亦克辦。部催官布，量解一二，力請停緩。長税者舊有押班，紹勳謂：「良民不煩逮繫，頑者視箠楚蔑如也。」一切罷，不遣。收頭克納户以自潤，紹勳令民自緘入櫝。又懲訟師、鬗拳勇。在任六年，多善政云。

十月八日虎丘平遠堂遇魏翁話舊因訪印空上人作

倚杖山陰憩夕陽，平蕪烟樹藹蒼蒼。獨憐野老閑看慣，舊識衰顏坐話長。清磬樓高霜葉暗，輕瓷泉碧露芽香。玄言艷曲如弦月，等是寒宵愛景光。

題扇戲贈

猶記昔年豪飲伴，每憐紅粉醉顏偎。而今刺促唯私語，未省顛狂數舉杯。何處妖姬能謔浪？泥他禪客共徘徊。亦知過眼空如幻，團扇新詞爲爾裁。

穀日立春寫東坡六觀堂贊續水陸贊題後示復聞

昨朝送臘人爲勝，此日占年穀是春。未有雪光浮麥壟，但饒霜氣泫苔茵。揮毫頗識高文意，掩卷還空法界塵。鷄鶩未須論貴賤，由來能事屬清真。

贈妹壻管思明六十

花開粉面柳含顰，二月風光六十春。但使歡情濃似酒，不妨衰鬢白於銀。行窺土脉從兒輩，坐閱農收仰去聲。老人。莫話孟光勤苦事，恐勞清夢也傷神。

贈沈子誨游庠

涉筆如聞秃兔毫，窺編應解笑蛩號。三餘修綆深深汲，寸累多絲細細繅。堂搆未須論宅相，箕裘早已并時髦。趍庭況復饒篇詠，箋罷蟲魚欲廣騷。

贈龔兄仲子智淵〔一〕

欣聞勤學斷游嬉，俄睹清文露崛奇。莫倚常情偏愛少，須知稺齒幾多時。伯兄未起垂雲翼，小弟仍摽隱霧姿。累世通家吾愧爾，過庭終日侍人師。

【校注】

〔一〕智淵：龔用圓，字智淵，尚書龔弘四世從孫，明嘉定人。光緒嘉定縣志卷十七忠節載：父欽仕，字行之，天啓元年歲貢，有孝行。婁堅稱其清明純篤。用圓舉天啓辛酉鄉試，崇禎末官秀水教諭。時事亟，棄官歸，其兄用廣、弟用厚已挈家人避居石岡郁舍。會侯峒曾、黃淳耀謀城守，遂偕用廣入城，分守南門，衣不解帶者匝月。東門破，左右勸啓關出，弗聽，抱其兄大慟曰：「吾祖父清節自矢，今日苟且圖存，何以見祖宗於地下？」並赴水死。用廣幼子元韶甫十歲，從死。翼日，家人見屍不獲，見二屍相抱不解，一屍肘間有用圓私印，乃殮而殯之。有南有堂遺稿。

贈吴承叔

聞道才過志學年，已能爲母斷腥羶。菑畬再熟應多穫，銜勒將調欲忘鞭。流水遶城心共遠，繁花低檻筆争妍。塤篪迭奏堪娱侍，有弟行看欲比肩。

贈徐抱樸兄六十

風光夏半猶涼爽，燕喜筵開足嘯歌。鱠斫鰣魚鮮更美，醅傾竹葉旨能多。階前玉瑩臨風樹，池上香清出水荷。百戰觥船年少却，還來丈室問維摩。

行經惠山戲呈愚谷先生前六句皆用亭樹題額

青春坐憶堤三弄，赤日來尋洞一天。已外形骸中散鍛，更饒鐘梵遠公蓮。枝峰迴出含風樹，瓠葉長鳴過雨泉。况復舞衫歌扇底，似於山水發清妍。

贈表姪唐君會

爾昔干時未見知，幽憂身世正堪疑。兹行小睹文章效，努力終爲遠大期。養志似能歡菽水，和鳴應不愧塤篪。何人父祖名俱遠？傍舍林園也莫窺。

君山懷古

濕雲閣雨四山凉，與客裴回話夕陽。哀郢若令還故宇，封吴無復啓新疆。亭高空翠來疏豁，潮壯浮洲没渺茫。一自延州觀樂後，至今文采擅江鄉。

寄允初〔一〕學憲先生

懷思長自遶天涯，旌旆俄聞已過家。分北黎人蝸兩角，求全時事玉多瑕。横經未許夸能眩，緩帶偏令聽不嘩。甫艾投閑殊有味，夢回高枕亦烟霞。

【校注】

〔一〕允初：姚履素，字允初，應天府上元人。萬曆二十六年任嘉定縣學教諭，却贄恤貧，正祀典及鄉飲之訛。中辛丑進士，官至廣東副使。

爲滕伯誠題萬竹居

檀欒修竹帶江干，背郭茅亭五月寒。已愛清陰連數畝，更憐急雨作驚湍。釀成碧葉因名酒，揀取蒼皮好製冠。别有新泉活水味，松濤聲裏茗甌寬。

送僧之餘杭兼寄董君性之

爾去山中蔽數椽，跏趺終日坐春泉。白蓮種就誰同社？麗藻吟成可凝禪。宿鳥漸鳴深竹曙，野花争發小庭妍。未應一往耽幽寂，欲悟心空在萬緣。

贈吴淞顧君六十從弟明德來乞詩

觀濤何必廣陵潮，秋半東江坐可邀。卧起高齋依雉堞，低昂小艇趁蘭苕。棣華欲發饒情話，竹葉徐傾醉舞腰。稼圃縱令堪寄傲，佇看風翮自雲霄。

胡教庵封公西歸有贈

亦知章服賁華顛，尤喜絃歌倍莞然。訪古皋橋廡下客，思歸赤壁賦中仙。快風東北帆檣底，小雪江山圖畫邊。未遂摳衣吾有愧，神交應得比隨肩。

送顧在一會試

早歲高文衆已驚，殘膏誰借擅科名。晚收久爲良田惜，一剖終令璞玉明。桂馥婆娑懷國老，蘭筋蹀躞幾門生。野人慵躡金臺路，不見群公倒屣迎。君家堂前雙桂，吴文定公手植也，且聞君門下士先已成名。

送殷熙之會試

霧雨南山深隱豹，風濤北海怒飛鵬。文嗤流俗徒滋蔓，行擬先民欲中繩。暫聽蠶聲圍棘院，旋隨鵠立上觚棱。殷勤一展平生分，及見昂藏父祖曾。

贈瞿起田

三舉名成歲月賒，纔踰弱冠共咨嗟。山游曾識温如玉，世業仍驚麗吐花。雕刻幾年成楮葉，緘題今日愧薑芽。亦知慷慨憂時切，莫向都門説捕蛇。

即事

暫逢樂歲尚眉顰，況値無秋奈食貧。力盡鋤犁憑婦織，眼穿機杼待商緡。田疇下下尤東土，薪米勞勞獨此民。勳掠滿村城裏竊，更聞身手捷於神。

寄題晉安黃氏家園二首

刺桐城下北山陲，客到園林總問奇。堂上榜題華韡韡，窗前書帶草離離。珠泉馥郁煎茶乳，仙果甘腴擘荔枝。遥憶群芳自開落，搴惟簪筆各天涯。

慢世從誇洞壑幽，達人出處豈身謀。對床風雨應難忘，開徑蓬蒿未是由。藜火夜紬天北極，棠陰春憩楚東頭。文章吏事名俱遠，莫問家園水與丘。

除夕

重新六甲三冬叟，纔撫雙髦十歲兒。遠賄豫教知象齒，愛奇偏與話鱗而。眼昏每仰玻璃鏡，吻渴長停花縹瓷。歲月易過看此夜，前途脩短幾多時。

三日晨雪伯深諸君携酒文昌閣邀余同賞即事

卧聞淅瀝攬衣裳，坐對清輝滿屋梁。聞道山樓開面面，喜扶邛竹趁茫茫。妝成碧樹枝枝瑩，卷入黄雲處處狂。莫笑婆娑老居士，漫憐年少醉爲鄉。

贈陳掾謁選

君行寧忘梓桑憂，百畝那能半百收？間有遠香浮穗出，苦無多白裹枝稠。儒生潦倒慚謀食，掾史淹通好借籌。若見異時賢府主，具言瀕海困誅求。

賦贈沈君

桂樹香濃月再弦，逶籬黄菊又風前。鄰翁來醉浮蛆酎，村僕携歸縮項鯿。雲薄看收新穫稻，霜遲催擘晚開綿。平生孝友堪詒燕，不羡閑銷挂杖錢。

送别季修兄之任興文

一官江漢溯蕭晨，萬里西南牧遠人。戎索稍安消鷙攫，簿書多暇喜清貧。科名信美誰堪仗？資格於今弊可新。賴有郫筒勝下箬，且甘嵋芋莫思蒓。

贈浦寅初表姪

早於詞學吐音清，俄已功深欲撗行。座有披帷憐茂遠，門迎送酒醉淵明。文章會向承蜩悟，志業無將刻鵠輕。中表相期吾意廣，世人知重是科名。

贈沈友峰七十

蒼顔鬢鬢步蹮蹮，矍鑠風光倍自憐。櫝有隱侯封事草，囊無東老聚書錢。清晨每共荷花笑，落日徐傾竹葉眠。聞道筆耕能養志，由來蕭蓤必豐年。

猥承道澈〔一〕使君垂訪因邀伯常大參話舊即事

仙棹東來訪灌園，布衣徒步到閑門。神交邈矣形俱遠，目擊翛然道已存。里耳會聽山水韻，秋懷聊勸菊花樽。新知舊好同傾倒，彌覺人閑拙養尊。先生善琴。

【校注】

〔一〕嚴道澈：嚴澄，字道澈，號天池，明常熟人。嚴訥之子。以父蔭官至邵武知府。精琴學，結琴川琴社。有松弦館琴譜。

次公路除夕韻

莫訝年光入手頻，趁忙抛却笑痴人。已饒圖史堪爲伴，况有花枝漸欲新。病裏道心應遠俗，世間塵事豈由身。虚舟是處堪淹泊，祇看吾生定孰親。

次公路元旦韻

空齋香火净春暉，有偈先呈兩衲衣。忽枉新篇驚句好，真同朝雪傍檐飛。中年自分唯予拙，投老相知似子稀。草樹娱人無復比，欣看梅萼報芳菲。

陪劉先生過公路話别

杖屨追隨欲别時，江春五日碧瀰瀰。瓶花對映消燈燼，甌茗長停勸酒巵。語到會心諧亦雅，音能娱耳肉兼絲。他年夢鶴扁舟夜，應報山城叫子規。

壽洞庭席翁八十

早年勞悴晚康彊，況有齊眉老孟光。長語兒孫仍素樸，欣聞閭里話豐穰。湖邊蝌美偏饒紫，霜後柑香欲弄黄。扶杖自應寬禮數，祇憑秋爽勸壺觴。

賦贈遜之尚寶還朝

梅花飄雪杏含脂，老送星槎别幾時。暇拂縑緗山欲湧，長吟珠玉境多奇。趨朝香案層霄迥，退食琅函修景遲。遥憶班行相慰藉，羡君家世九重知。

答允吉先生枉寄

十年空憶舊頻游，一别唯應夢可求。舐犢未容浮遠櫂，狎鷗聊亦傲滄洲。新編乍攬如交臂，高韻難追幾掉頭。遲日啼鶯深柳岸，菰蘆得比帝城不？

再寄姚學憲允初先生

得歸丘壑脱塵鞿，頗慰門墻老布衣。時事總應難盡力，道心終自易忘機。長停北海盈樽酒，莫話西山滿徑薇。聞爲將鷁頻製曲，還賡伐木肯相違。

送廷和六兄之任蒙城

携家載酒逐芙蕖，暑退凉生詎久如？山爽清風山名。吹夢蝶，湖光明月湖名。照觀魚。新知汝穎堪連璧，舊好菰蘆老散樗。暫别也須經歲隔，淮南木落佇還書。

昨歲中秋屢同公路兄唱和倏已一年輒復呈三詩一書懷二奉贈其三謂予貧君病皆可無憂但當聽其無可奈何而悟其安排以造於適者聊供嘔噱而已

花黄苞紫白綿毬，劇雨頑雲減歲收。長憶筆耕差較穩，頗慚鞭賈未能售。裴回庭户低斜月，刺促窗櫺逗晚飇。秋興十分都懶廢，尚憐急管趁歌喉。

爾昨題詩坐月明，病中强起不勝情。調治漸悟生生厚，眠食能安事事輕。晝静琉璃憐八尺，夜凉濩索起雙聲。從它客至唯真率，總爲相忘釀欲傾。

我貧君病未須顰，但可逍遥莫損神。喚作馬牛能便應，夢回魚鳥定誰真。白公不要全强健，榮叟偏矜老賤貧。若個瓠肥羅鼎食，忙中多暇少緇磷。

壽秦翁七十

竹風荷露月華流，扶杖年來又十秋。模範最宜童子侍，箕裘頻爲故人謀。分甘齒讓羅紅頰，舉案眉齊共白頭。君飲濡唇吾止酒，時鮮鮭菜每淹留。

次韻公路兄四十生日

近聞觀幻得翛然，已會饑餐困即眠。快意且娱秋半月，回頭空憶壯時年。題詩愧爾能鑴玉，扶杖如余不挂錢。看取蓮花淤泥裏，遍翻經藏總陳編。

答訪嚴道澈先生即事

江春欲叩草玄亭，秋盡猶慚此寸莛。何必山中看噴沫，祗於林下奉禪扃。函開墨妙窺奇特，紋斷音清入窈冥。止酒詩人元爲病，如公薄醉勝余醒。

除夜書懷

頽齡欲暮窮冬日，前路無多淺水流。學佛早曾參妙喜，忤人長自愧磨兜。鏡心妍醜從他現，波面浮沉總是漚。一種課兒偏較拙，知渠分定不須憂。

賦壽龔方伯〔一〕七帙正月二日生日

纔頌椒花梦尾醉，重開柏葉壽顏和。閑銷局上枯棋響，病遣筵前急板歌。筆扎暇詮新義疏，跏趺長學老禪那。請觀爾我形骸内，遮莫蕭疏兩鬢皤。

寄趙藎庵太僕

快雪時晴遠寓書，却思凉舫暫相於。起家宿望歸衡石，進秩新銜領乘輿。牧苑東西群挏乳，邊城蕃息谷爲阹。臺卿漢太僕趙岐字。持節當平世，有弟仍懸刺史魚。

賦贈靖庵使君之任南劍

二月江濤欲壯時，柳條垂岸拂旌麾。土風東越聞猶樸，山水南平號最奇。治郡功名行漸遠，匡時經術早無岐。如余潦倒逃禪者，自笑多慚易九師。

寄贈何翁嶒吾先生移居

先生晚卜城西偏，窗中朝暮山蒼然。雲開遠樹飜空翠，雨過陰崖響暗泉。客至喜談中歲事，酒酣高詠古人篇。縱令夷〔一〕跖俱傷性，可羨陶潛及魯連。

【校注】

〔一〕「夷」：崇禎本作「夷」，康熙本爲避諱作「彝」，從崇禎本。

堂成示復聞

偶於隙地爲重屋，强復中庭改敝廬。手較篋書移篋後，眼驚簷月入簷初。也知逸老唯疏放，却爲將鶵此拮据。斤斧聲中還課讀，他年堂搆總由渠。

枝欹補壞那能免？然桂炊珠意漸違。陋巷已慚顔氏樂，頹齡纔覺衛蘧非。兒童分定無多慮，肌肉銷來豈更肥？聽罷小樓梅雨後，空堂梧影逗炎暉。

贈沈引之

欣看文筆已翩翩，占對尤憐舉止妍。世業中衰行曳履，遺書多讀會忘筌。兒時忝識荆州面，師法先從南郡傳。先人受經廣信公，予童而獲侍。感激未酬何以贈，儒生益友是丹鉛。

酬嚴邵武〔一〕枉招

易别難期可奈何，長懷真率勝人多。偶因陋室煩斤斧，再把新篇阻和歌。摇箑細吟邀月上，登樓欲賦待風過。却思重九拋萸菊，往看青螺與白波。

【校注】

〔一〕嚴邵武：嚴道澈，號天池，明常熟人。官至邵武知府。詳見吴歈小草卷九猥承道澈使君垂訪因邀伯常大參話舊即事注〔一〕。

筆師王承甫索賦

故人一别七年徂，草聖無功硯欲枯。老秃中書還拂拭，亂塗殘楮半模糊。久聞妙手師承早，乍試銛錐輩行無。且喜童兒筆難製，誰家野鶩已生鶵。

元日試筆

吾生六十六回春，自分迂疏只任真。但有意行忘塪井，更無機事逐蹄輪。文章似解堪誰語，疏水能甘未省聾。晚歲生兒纔舞勺，還期仍不羡時人。

沈廷和六兄擢官北雍賦七字贈別

憶君昔别到山桑，與誦逍遥進一觴。此去趍朝班六館，早知勸學飽三倉。文章爾雅看摇筆，模範無頗儼負墻。但使薪槱多足仗，豈應遐邇尚蒼黄？

壽徐母胡孺人六十

縞帶辛勤一听然，儒冠娱侍有深憐。梨花早悴殘春雨，柳葉長顰薄暮烟。劚笋林中尖更脆，網魚潮後鱠逾鮮。行看奮翼歸將母，好慰惸惸報所天。

寄贈彦吉先生開八帙

清泉白石地行仙，句裏烟霞筆底偏。聽慣艶歌時一顧，吟成古調每連篇。韶顔不借微酣潤，傲骨應饒大藥緣。莫笑肩隨憐幼稚，堆床書籍待渠傳。公視予僅五年以長，豚兒今始舞勺。

壽趙翁八十

猶記曾爲獻壽詞，長篇曲折寫余思。流光俄復三千日，高興還同七十時。月浄慣中秋半酒，春和好虐夜深棋。謝公池館閑過不，玉樹生荑早報知。

送梅先生應南京兆試

楚材吴客老詞場，微雨新生遠道凉。與話同心憐臭味，飽聞爾雅擅文章。眼前雕刻紛儇薄，意外恢奇屬大方。應有解人能識拔，爲君翹首佇歐陽。

壽楊澄宇先生七十

扶笻曳履傲風光，好趁秋高日已凉。儻憶柏梁賡狗兔，豈如田里話耕桑。豐登送喜清商外，叢薄生香玉樹傍。不信淵明真止酒，十年醒眼負重陽。

九日過公路登高即事

正陽逢閏凉應早，三伏餘蒸熱倍常。露采似慳秋盡爽，寒英俄綻日斜黄。登臺不覺絺衣薄，入座長憐茗碗香。恰值霍然欣病已，樽前歌管激清商。

寄申玄渚太僕

去年籃轝深山裏，正是花黄葉赤時。執手可能寬雨泪，慰懷聊共攬霜髭。塵編屢讀應三禮，風物俄驚又五絲。客有感恩將買櫂，未緣傾倒且題詩。

道澈先生邀同去奢長蘅文起啓美孟長再集

寒江烟艇重招尋，又訪雲松共酌斟。圓影漸看浮露彩，清音一爲洗塵襟。栖遲已慣幽閑味，才儁能無感慨深。信有文章關氣運，幾年輕薄到於今。酒闌爲客鼓琴，雲松是其齋名。

柴明府延喜將上計而胤子〔一〕雲倩侍行上春官頌德抒懷以贈其行

海隅野老狎沙鷗，塵累雖輕亦有求。甥舅情深歸冶鑄，文章衡在荷甄收。頓令荒卉春荑發，一解枯鱗呴沫憂。争羡趍庭俄接武，君房何以對前旒？

【校注】

〔一〕「胤子」：康熙本作「令子」，應爲避康熙時太子胤礽之諱。從崇禎本。

尋城南桃花即事

去年花發水邊春，此日春添花下人。老怯短橋扶曳過，興移小艇去來頻。明粧爲勸燈前醉，細酌須傾榼底醇。莫笑獨醒踰一紀，自憐稍稍復濡唇。

壽陳母吴孺人七十

雨餘春半杏花時，四十年來號母師。傍砌紅蘭初放蕚，中庭翠柏晚多枝。榮需表宅欣難老，争爲稱觴撰好辭。内外孫曾看繞膝，未須戲彩且含飴。

賦贈中太僕玄渚〔二〕二首

暖風遲日百花時，活水平林雙玉卮。年至闗情唯勝友，春游遣興最新詩。休談遠戍旌頭騎，且看疏簾國手棋。已是蘧公六十化，夢回蝴蝶正支頤。

君昔才名起職方，人稱武庫杜襄陽。蛾眉見嫉終難點，鶴髮偏憐數在傍。感憤亦思論國是，低佪誰與致時康？何如且逐沉冥侶，一曲清歌酹一觴。

【校注】

〔一〕「玄渚」：康熙本爲避諱作「元渚」，據崇禎本改。

又代友人

十年辭禄侍尊親，再撫塵絃鬢欲銀。鄂喜棠華方韡韡，祥鍾麟角更振振。朝廷伯冏名爭重，鄉里元方德愈醇。雜遝迎門詞賦客，崧高誰不頌生申？

回思接武試春闈，以我差池羨奮飛。豈爲雲泥成闊闊？每因桑梓借光輝。時清莫擬山中老，歲晚當令天下肥。正是聖明求舊日，故人久已脱萊衣。

首夏賦贈孫容宇兄

歲晚爲鄰暇即過，緑陰庭户正清和。向來猶自春寒在，却後其如暑雨何？盍把桃枝迂野步，頻煎麥顆詫陽坡。詩書信是兒孫業，老伴相逢只嘯歌。

壽海陽程翁八十其子稚規將還娛侍

歸棹遥瞻老酒星，急牽江岸上青冥。異時三壽憐三雅，此會百壺娱百齡。手滌羅紋邀墨客，硯。笑分玉面飫歌伶。貍。清秋涼月如弦後，醉撫諸孫説寧去聲。馨。

贈金君六十君善飲爲其壻賦

昔賢遺澤庇孫曾，邑里於今孝友稱。高樹風飄金粟粒，連村雲委木綿塍。魴魚每及潮初上，紫蟹欣占歲屢登。爲語平生同醉客，對君冰玉酒須朋。朋酒，酒二尊也。

錢君六十索詩

亭亭玉樹映階除，廛市藏身樂有餘。正值輪芒蠏紫候，最憐綻蕊菊黄初。清尊每醉比鄰酒，高枕閑聽出户書。似我平生無尺幅，儻堪相逐混樵漁。

壽長洲楊太夫人七十

晶熒雲物近重陽，才子徵詩壽北堂。一自星辰違聽履，更無膏沐到凝粧。縞衣長比蓮花白，芳醖微沾菊蕊黄。門掩西江壓載石，篋藏北闕舊帷裳。

遥聞婉孌宜夫子，更播音徽號母師。十載含飴俄已老，百齡多祉總由慈。早於門户深爲計，晚以芝蘭慰所思。處分壽筵停管籥，但歌黄絹數篇詩。

壽朱士美六十

歲晏春回旬日閑，江皋梅綻已堪攀。依依戲彩携珍從，韡韡連枝映户關。鄉曲數來傾玉友，寒潮暗上話魚蠻。衰年樂事唯恬澹，縱復忙中覓少閑。

張翁七十

春色江南二月饒，老人多暇更逍遥。凝眸氣覺緗桃暖，娱耳音憐語燕嬌。陶令詩篇長諷詠，遠公香梵每招邀。莫嫌且中聲聞酒，肉味能捹意已超。

元日迎春集子魚宅有懷孟陽

東郊簇仗轉青旗，歲首欣看春欲歸。芟尾椒觴相顧老，從頭花事莫教違。笙歌場裏憐華髮，梵唄筵前號白衣。别久懷人猶未返，徒令搔首遲音徽。

仲和杏園小飲分得時字

强半春光被雨欺，欣逢晴日杏花時。梅妝已卸紛紛落，柳態全嬌冉冉垂。湛碧一尊宜好客，欹紅多蕊待新詩。頹齡莫話承平久，蘭芷於今漸可疑。

贈三際講師幼而瞽以耳受經既强記又能爲人講

早於童穉禮空王，貝葉無功記問强。掌内庵羅看世界，舌根薝蔔發天香。巴江西下浮杯遠，茂苑東偏駐錫長。幾個行人堪抖擻，及今未老與津梁。

吴歈小草卷十

七言律詩凡一百十二首〔一〕

【校注】

〔一〕崇禎本卷九作「七言律詩凡一八十八首」，康熙本卷九作「七言律詩凡一百十二首」。陸氏在重校時將原屬崇禎本卷十部分的十五首七言律詩移入卷九，又將補遺部分的七言律詩移入卷十，故兩版本所記數目不同。

贈湖州朱君亮舍人

老憶成均齒胄時，恩波俄沐鳳皇池。綵綸屢降揮毫捷，殿〔二〕閣長隨退食遲。何似風前憐下箸，更於帆底弄文漪。溪山著處堪游目，黄菊丹楓白玉巵。

【校注】

〔一〕「殿」：康熙本原作「殿」，崇禎本作「殿」，據意從崇禎本改。

曹忍生宅宴集同賦年字

江上雨多如漏天，貧家欲沽無酒錢。已貪好客與同醉，況有清聲殊可憐。世事難憑棋局裏，道心長澹茗甌前。盆荷笑指田田葉，永日爲篇度小年。

送申美中之任虔州

韋家經術早知名，奮翼雲霄落暗抨。晚以祥刑遥佐郡，先於麗獄務求生。鬱孤浮翠深連嶺，章貢分清合遶城。休暇一樽聊極目，莫思千里有蒓羹。

寄允初學憲先生

一辭簪紱賦歸來，今日誰知急用才。客有問奇聊共醉，詩多感遇未容陪。扶床且喜分甘侍，授簡尤憐出袖回。翹首攝山思採藥，渺然舟楫幾裴佪。

賦送備兵尹公西還犍爲

擁旄來鎮海潮門，移疾還尋江水源。但喜歸田從所好，都忘忤俗欲無言。菰蘆每愧虛名忝，麟鳳偏知拙養尊。時事需才寧久卧，還期檑具候來轅。

送王遜之尚寶奉使還朝

仙郎朝直久楓宸，詔下西藩遣侍臣。還聽早鶯宫漏永，遥憐新柳御溝匀。斬鯨黑水銷兵近，立鵠丹霄獻頌頻。似我迂疏何以贈？羨於開卷識經綸。

高三谷兄七十齊壽

君昔躬耕狎海鷗，十年城市較優游。門前剥啄留傾釀，窗下咿嘔爲點籌。細撿方書閑有味，多栽花木澹無求。世人只道春華好，可羨齊眉兩白頭。

除夕示復聞

勞生底事銜泥燕，投老流年赴壑蛇。似較龘人差識字，還同亡子未歸家。文章已敝誰堪挽？經術能言只益嘩。掩耳怕聞鑾與觸，何緣左右自紛拏？

送梅青田之任

自分迂疏一老生，多慚臭味比和羹。斲輪妙手稱詞學，製錦高人薄勢榮。邑小未容縻逸足，書成應得號侯鯖。謝公昔日開山徑，乘暇何妨吏隱名。

答吴江周公美枉訊

往歲欣逢玉樹姿，已輕流輩好題詩。筆耕吾老慚穮蔉，酒賦君豪建鼓旗。借箸總無當世責，憂時較甚此身衰。頗聞群盜江湖滿，佇望磨崖早勒碑。

贈龔恕先[一]

夢鹿哀翁失覆蕉，每逢華髮話垂髫。棠花看吐三回萼，梓樹長依百尺橋。愧我蹉跎荒學殖，勖君穮蔉似農劭。書窗稚子纔拈筆，已笑時人筆苦驕。

【校注】

〔一〕龔恕先：龔用厚，字恕先，龔用圓弟，明嘉定諸生。兵至不屈，與其子元明、元桂及用圓子元彬俱自沉於石岡之池。

贈龔爾聰

世講曾聞及老成，諸孫欣見爾先鳴。臨文早解强人意，每飯長懷遺母羹。欲上雲霄須刷羽，會穿楊葉且排擻。司空異日遺簪履，大父今垂接武名。

送龔應民先生會試

坦懷一見意俱傾，少俊争傳水鑑清。覓句慣拈强韻押，倚酣偏喜急觴行。壯游添得門人從，上第須酬國士名。憑寄京華故知道，自憐樗散老承平。

送龔智淵〔一〕北上

曾憐咳唾爲題詩，猶是年纔十七時。再遡秋風開健翮，長嘶寒日騄纖離。南山歲晚橋偏聳，上苑春深桂一枝。多愧迂疏何以贈？文章晁賈不余欺。

【校注】

〔一〕龔智淵：龔用圓，字智淵，尚書龔弘四世從孫，明嘉定人。詳見吴歙小草卷九贈龔兄仲子智淵注〔一〕。

賦贈沈孟疇先生南還以獻歲之任虔州時方悼亡

楓吟雁落送君還，指點田園近可攀。莫以傷懷頻雨泣，祇宜矯首看烟鬟。匡廬飛瀑晴天外，庾嶺層嵐暮靄閑。歲首風光山水窟，推篷贏得詠魚蠻。

送侯豫瞻〔一〕會試時尊甫以奉使還朝又方得雄

何限秋風得意人，更誰郵傳從嚴親？行搴桂馥陪金馬，乍喜蘭馨撫石麟。持論總先除猰㺄，摛詞終不蹈荆榛。莫論矜尚乖流輩，只在分明識致身。

【校注】

〔一〕侯豫瞻：侯峒曾，字豫瞻，一字廣成，嘉定人。明天啓乙丑進士，歷任南兵部主事、江西副使、順天府丞等職。福王立，除左通政，清兵陷南京，與黄淳耀率鄉兵守嘉定，城破，趨先祠，赴後園葉池而死。詳見吴歙小草卷二豫瞻雍瞻試南京兆有贈注〔一〕。

元日示復聞

閑將經史課童兒，合向遺編識盛衰。株守專門終未廣，遞翻新樣豈能奇？偶然科第懸時命，別有機關總磷緇。自昔文章經世業，元和嘉祐是吾師。

送申太僕敬中〔一〕赴召三首

中年歸侍老元臣，趣召趍朝拜獻身。暫以兵車仍牧馴，佇看燕鎬從翔麟。民間材勇籌招集，塞外驅除待指陳。已是西戎俄即叙，可容黑水縱修鱗。

聞道先皇庚戌秋，東驅蛇豕出營州。旋添督撫連三鎮，實倚邊陲展一籌。力戰勳名及紈袴，創殘由枺起氊裘。折衝樽俎今憑仗，莫話沙間狎海鷗。

欲醉清樽奈別何，田間猶恐足風波。籌邊轉覺時賢誤，當事其如衆口多。俄復群奔憂斧扆，未聞勝筭比巢和。憑君武庫旍頭落，老我江村唱踏莎。

【校注】

〔一〕申太僕敬中：申用懋，字敬中，號玄渚，申時行子，萬曆癸未進士，授刑部主事。歷兵部職方郎中、太僕寺少卿、兵部右侍郎、兵部尚書。詳見吴歈小草卷六贈別申玄渚少司馬還朝二首注〔一〕。

公路兄招飲藾隱山房即事

遲日和風净野塘，輕衫徐步到山房。偎墻花發明妝艷，繞樹藤翻舞袂長。丘壑貯胸縩得豁，音聲娱耳每教狂。行看老桂清陰合，閑對煎茶喚客嘗。

送陳少府之任武陵

劇邑疲人俗漸偷，三年簿領佐承流。來携樓蓋刀圭藥，去領橘洲千户侯。吏治祇憑文學飾，物情同急稻粱謀。時危令長多清白，儻可從容借箸籌？

聖昭〔一〕招飲中堂有詩次韻

野夫何恨到眉端？看遍春花興欲闌。嫩葉生陰翠堪滴，叢枝開艷粉將殘。呼來玉液空相暖，别去清暉自廣寒。他日南樓雲白夜，風前月下更教看。

【校注】

〔一〕聖昭：明贈光禄卿時偕行仲子時聖昭，嘉定人。年少才俊，機神穎脱。好博涉於群言，勤思於六經，以求通於聖賢之意。詳見吴歙小草卷二時聖昭乞經義叙題贈三百二十字注〔一〕。

次日登樓賞花又次來韻

摩抄皤腹過屠門，難療空花病眼根。儻復琴心傳石面，還携屐齒印苔痕。曾無妖艷能旬日，不負平生此一尊。除却雨狂風力横，忍令寂寞月黄昏。

魏母周孺人壽

麥隴雲收村徑黄，稻畦風送草堂涼。迎潮鯉斫銀絲脆，樹背菱翻翠帶長。果出雕盤憐取小，甘分短袂笑相將。慈顔喜話持門户，鄰媪來聽驗雨暘。

送周心孩兄之任宜章

君行觸暑牧遐方，秋近金風漸送涼。江水西來高浪駛，衡山南去遠峰長。平生經術堪時用，晚歲功名好自償。遥憶鳴琴多暇日，著書應得比凡將。

九月二日集聊淹亭賦呈公路兄

百年雙桂轉蒼蒼，豁達窗櫺面面床。奇石雲根移得潤，好風天末送來涼。香浮偃蓋穿林遠，影入方池逐水長。猶是病酲全怯飲，更期茗碗共徜徉。

秋杪寄訊姚學憲允初先生

新秋圓月漸生凉，想見觥籌鬥酒狂。高樹城隅遥颯颯，澄潭閣外近茫茫。憂時縱復深悲憤，得句還憑寫激昂。疏鬢黄花纔病起，未容烟艇到門墻。

除夕書懷

坐聽更鼓再添衣，頗訝江城爆竹稀。酒去衰顔猶帶暈，燈殘餘蕊暫留輝。且教孺子知醇謹，莫問時人有是非。淮北巴西群盜散，遥憐纔得解重圍。

默思先生燈宴同用圭字七言

過雨江城净洗泥，夕陽歸鳥競春啼。杯行不覺清言劇，興發還拈險韻題。四壁華燈連作障，中庭嘉樹自成蹊。嵬峨怪石遥相揖，莫笑先生竇是圭。

仲和招飲梨花下即事同賦春字

桃花狼籍錦爲茵，曉夢梨雲白滿巾。月到空庭先縞夜，雪翻多樹牘留春。杯深已分隨年減，衣冷偏宜數酌頻。憑仗酒豪相料理，莫令霑醉便逡巡。

次韻張治生枉贈生日

早緣誦法忝經師，晚醉聲聞味道遲。僅有坦夷投具眼，每逢披豁慰厖眉。湖山擬放凉秋棹，風月難期叢桂巵。老去將鷂饒感慨，自憐託好得新知。

次韻默思先生枉贈

窮經愧我老初傳，勸學教兒趁早年。況有人師堪冶鑄，總於緒業得輕便。和鳴漫擬朝陽鳳，特達長懷横海鱣。聞道牧羊真善喻，幾能視後一加鞭。

贈受之〔一〕太史得雄

乞得春深將壽母，欣逢秋半浴佳兒。風含桂樹摇金粟，露濯蘭叢吐玉蕤。英物乍聽啼便決，吉祥應有夢前知。行看展卷書窗畔，指點能分無與之。用白傳事。

【校注】

〔一〕受之：錢謙益，字受之，常熟人。明萬曆中進士，授編修。博學工詞章，名隸東林黨。天啓中，御史陳以瑞劾罷之。

崇禎元年，起官，不數月至禮部侍郎。會推閣臣，謙益慮尚書溫體仁、侍郎周延儒並推，則名出己上，謀沮之。體仁追論謙益典試浙江取錢千秋關節事，予杖論贖。體仁復賄常熟人張漢儒訐謙益貪肆不法。謙益求救於司禮太監曹化淳，刑斃漢儒。體仁引疾去，謙益亦削籍歸。流賊陷京師，明臣議立君江寧。謙益陰推戴潞王，與馬士英議不合。已而福王立，懼得罪，上書誦士英功，士英引爲禮部尚書。復力薦閹黨阮大鋮等，大鋮遂爲兵部侍郎。順治三年，豫親王多鐸定江南，謙益迎降，命以禮部侍郎管秘書院事。馮銓充明史館正總裁，而謙益副之。俄乞歸。五年，鳳陽巡撫陳之龍獲黄毓祺，謙益坐與交通，詔總督馬國柱逮訊。謙益訴辨，國柱遂以謙益、毓祺素非相識定讞，得放還。以著述自娱，越十年卒。謙益爲文博贍，諳悉朝典，詩尤擅其勝。明季王、李號稱復古，文體日下，謙益起而力振之。家富藏書，晚歲絳雲樓火，惟一佛像不燼，遂歸心釋教，著楞嚴經蒙鈔。其自爲詩文，曰牧齋集，曰初學集、有學集。乾隆三十四年，詔毀板，然傳本至今不絶。（清史稿卷四百八十四）

聖昭將讀書石湖賦詩惜別次韻爲答予昔讀書湖上別去已四十年矣

清談薄醉欲忘年，別去行參文字禪。收麥村邊飛槳暮，鳴鳩聲裏熟梅天。湖山光遠邀迂步，鐘梵音清伴晏眠。俯仰自憐頭白盡，老僧誰復潤雲邊？

寄韓中丞

解組歸田鬢未華，勤勞保障幾咨嗟。堂前櫛沐雙仙鶴，窗下伊吾五桂花。老去將鶵纔整翮，遥聞種玉復抽芽。曾嘗酒味蒿清洌，每到臨觴對客誇。

贈徐五兄君錫第二孫仲述游黌

憶昨貽詩勖爾兄，埧篪須共起家聲。爲娱黄髮深更誦，便抵青衿努力耕。舐犢自慚慵勸學，采芹何幸接嚶鳴。即今託好應同席，祇恐臨文畏敵勍。

除　夕

昨朝雪舞酣高閣，今夕膏明戀短檠。早入新春俄半月，僅餘殘歲只三更。已完婚嫁何妨老，閑詠歌詩不爲名。爆竹聲中開八帙，且將皓首傲朝榮。白公有「生年七十一，行開第八袠」之句。

元日試筆

晨旭穿雲初皛皛，晚風蹙水遠粼粼。野梅香淺微開萼，岸柳絲輕漸欲颦。北叟釀成醇更滑，南鄰茶美白如新。憫農憂歲時賢在，贏得顛狂號酒民。

贈新安張君六十

秋光客舍最菰蘆，桂樹香殘菊漸荂。酒緑正宜相對案，鱸肥初喜出中厨。分甘時欲看趍諾，積著偏憐有呴濡。莫話黟山仙老窟，且貪十幅快風蒲。

贈殷祖錫曾大父方齋先生經明行修未祀學宫故有落句

我昔兒時僅兩髦，曾緣世講識曾高。飄鬚玉貌猶能憶，縹軸琅函未及褒。攻苦傳經連再捷，留餘緒業秃千毫。應知逝者有遺憾，不分去聲。宫墻靳潤毛。

書懷呈卓真初〔一〕明府

歲晚生兒望少成，每於强記倍關情。得當翦拂須超乘，正恐弛張未受檠。一自塗鴉憐黠慧，漸知刻鵠起名聲。慚余潦倒唯疏闊，寂寂從人笑老傖。

【校注】

〔一〕卓真初：卓邁，字真初，莆田人。萬曆四十七年任嘉定縣令。洞知利弊，鋭意清釐，錢糧向取盈于收頭而逋欠彌多。邁比較排年，人自爲計，相勸輸納。時布徵甚急，幾至釀變，乃曲意調停，輸其半以甦民困。五年，擢監察御史，巡按河南。

贈馬應之

爾父垂髫已好奇，得當具眼即深知。何圖流俗偏憐肉，翻訝清標淡掃眉。此去觀光游上國，且須傳采炫多姿。佇看驟展搏風翼，洗却鉛華也未遲。

贈陸無美

眼前年少幾相親，兒女關情較陪真。伯氏吹塤先足慰，弱齡鼓篋更堪珍。佇看雲翼風前起，笑把瓊枝雨後新。今日文章無準的，但令突兀勝温醇。

贈龔爾炤

短髮鬖鬖吐妙詞，不圖弱冠乍逢時。曳裾何必闗鵔鸃，摇筆還須辨虎貙。緒自上公司空公。仍世嫡，文如大父方伯公。稱家兒。慚余潦倒深投分，有穪當令試鼓篪。

贈張司理篤棐

一自祥刑播德風，西江漾渺注江東。幸逢水鏡俱堪鑄，得比葭莩早入籠。獄有平反寃氣散，譽孚明允頌聲同。佇看趣召趍華省，仍望來乘憲府驄。

送卓明府入覲二首

治行夫君欲冠吴，五年三稔滿歌呼。小東久罷銜艫漕，瘠土今輸税畝逋。地僻幸無多過客，政清偏暇接文儒。懸知課最王春日，黄閣烏臺贊廟謨。

江南霜氣未生寒，茂宰朝正肅羽翰。曾借吹嘘咸感涕，乍經剪拂羨交歡。才如百錬偏犀利，譬似回飈響激湍。莫訝臨分饒慷慨，自今抛却老儒冠。

贈須翁七十

南郭東菑聚族居，德門群從起經鋤。誰其感慨矜爲俠，晚更逡巡好貯書。冰鯉斫來銀是鱠，霜螯擘得玉爲胥。懸知今日筵前客，尤愛樵翁及老漁。

贈侯豫瞻北上

弱歲程文冠一經，人推骨肉最停勻。何圖天外垂雲翼，偶似風前上水舲。才大自饒穿札技，名高行睹出藍青。懸知此去無衡敵，争羡庖丁刃發硎。

歲晏霜寒上帝京，爲留娱侍且遲行。九皋鶴和三春夢，一樹棠花兩地情。對策自應饒感慨，摛詞泛復擅鏗鍧。秋風莫便思歸覲，來往郵筩數寄聲。

贈龔智淵北上元昆爲予壻故有落句

一捷詞場即有聲，三年藝苑更蜚英。文章流俗嗤高視，時事中朝仗壯行。已擅清才標令聞，好抒孤憤柎狂酲。臨岐欲贈將何祝，先上雲霄遲爾兄。

贈朱爾凝〔一〕北上

爾昔東依外舅時，清摽玉貌髪侵眉。而今偕計星軺去，匣劍囊書雪滿羈。采筆淋漓忘夜永，青袍游賞愛春遲。須知矯矯矜名節，正是依依報母慈。

【校注】

〔一〕朱爾凝：朱元禎，字爾凝，嘉定人。原籍崑山。天啓四年舉人。（光緒嘉定縣志卷十四科貢表）

除夕

去年樓雪飛觴醉，今夕罏紅擁褐歌。歲儉更虞仍轉漕，身閑猶愧不漁蓑。諸生莫漫憂宫府，三事能無急網羅。儻似舉棋曾未定，紛拏黑白欲如何？

元日

晨看風脚自西來，却喜霜濃暖氣回。破臘梅猶含雪待，犯寒魚有負冰開。憐兒且勖明窗牘，娱老長停濁酒杯。亭午凭樓春色動，凍皴庭樹迸蒼苔。

賦壽唐實甫兄七十

早以通家忝弟兄，晚憐添歲漸峥嶸。君工方技多行德，我好吟哦漫寄情。風日趁佳邀步屧，蕙蘭看茁話檐楹。仲長樂志非無羨，獨有隨緣是達生。

爲人賦新堂

江干卜築俯澄灣，介在西南數里閑。多受竹風凉颯颯，更憐梧影舞珊珊。棋聲剥啄清陰裏，觴酌回環笑語間。却後過從須看菊，老慵秋半尚疏頑。

次韻公路元日

老來俄復已三年，翹首占風望遠天。但使閭閻長贍急，祇應杯勺共留連。春光欲動青旗仗，夜色行看寶鏡懸。側耳民間多好語，美人新政總堪憐。

雨過友人觀劇有贈

雨微高館聽新鶯，巧作垂楊葉底聲。自是紅顔偏發興，可能華髮不關情。淹留莫漫輕蛙黽，傾倒何妨醉醁醽。更待緑陰啼睍睆，看君端坐和嚶嚶。

有　訊

每憶嬋媛慧且文，凉秋烟艇共宵分。清言江上陶嘉月，麗句山中詠碧雲。苕霅近聞仍放棹〔一〕，菰蘆長擬爲書帬。調治方藥無多撿，一味清凉寄似君。

【校注】

〔一〕「棹」：崇禎本、康熙本皆作「掉」，據意改作「棹」。

賦壽沈翁八十

三年已老吾衰甚，殊羡平頭八十人。雙頰如童非帶酒，一鬚猶艾未全銀。聽歌欲辨宫兼調，善釀能分冽與醇。長日薰花香滿座，一枰相角未逡巡。

次友人靈雨篇韻呈謝明府〔一〕

欣聞令譽滿羔羊，又睹精禋儼負墻。風脚驅雷看漸迅，雲腰拖雨欲難量。乍令別港通甘潤，已擬嘉禾倍水鄉。此日謳吟堪俟後，知君名與澤俱長。

【校注】

〔一〕謝明府：謝三賓，字象山，鄞縣人。天啓乙丑進士。英敏絶人，政尚嚴察。訟獄不越宿，審鞫甫畢，獄詞隨具。吏民違犯，不稍寬貸。嘗角巾式四先生廬，捐俸刻其集，時稱文學吏。擢御史，歷官太僕卿。（光緒嘉定縣志卷十三職官志下）

又代復聞賦

民牧由來比牧羊，佇看虔禱在門墻。桔槔欲挂人相慰，穲穗將登歲可量。擬上龍門鱗是族，求窺學海水爲鄉。傳經幸託王何後，也擬謳吟愧匪長。

壽陶母錢孺人七十

風光首夏尚清和，壽母筵前踏踏歌。紅簇榴花看玓玓，碧摇柳葉舞傞傞。林中笋迸蒼苔茁，江上魚翻白浪過。屈指秋深仍燕喜，懸知座客總羊何。

壽王閑仲〔一〕兄六十

憶昔追陪硯席時，羡君苕發稱家兒。頗慚枯枿難爲侣，却許陽秋似有窺。家學未酬當代用，物情遥借上林枝。小山叢桂丹黄滿，擬共花前醉詠詩。

倦游君自耽丘壑，高詠人稱鑄古今。已是家風堪接武，更於學殖每虚衿。賡歌皮陸誰堪并？賞譽殷劉夙所欽。有客欲求窺墨妙，過從儻許及秋深。

每憐胤子〔二〕秀而文，欲遣吾兒得侍君。俯仰自分橋與梓，淺深應識絳由纁。從來家世鍾祥異，重以磨礲向學勤。迂拙一生猶未悔，可能相爲撥迷雲。

【校注】

〔一〕王閑仲：王士騄，字閑仲，號雲和，太倉王世懋次子，萬曆二十二年舉人。曾謁選南京都察院都事。喜收藏，工草書，能詩文。著有攝月樓詩稿。

〔二〕「胤子」：康熙本作「令子」，應爲避康熙時太子胤礽之諱，從崇禎本。

贈徐德庵先生還蜀之滇

別酒別懷須其倒，秋風秋月渺難攀。三年越嶲連山外，萬里吴江一水還。驥子晴窗題雨粟，鴻妻曉鏡憶霜萱。懸知聯轡牂牁道，縱復崎嶇旬日閑。

贈太倉顧君六十

由來名德表東吴，聚族於今傍海隅。阡陌競輸僮客稿，簷楹遥集弟昆烏。耽棋欲抗相陵敵，嗜酒長留痛飲徒。紫蟹黄花紅燭底，可容一串落盤珠。

壽沈母八十

城隅修竹帶江壖，反哺烏鶵啅野田。諼以忘憂長樹背，棣歌原隰每隨肩。書窗自合勤攻苦，廛市何妨託懋遷。沉李浮瓜娱永日，笑看萊彩舞蹮蹮。

壽楊大理澄宇八十

風高宵永菊花天，髮白顔紅慶喜筵。乍自鳳池膺寵錫，俄於棘寺進官聯。中厨饌美牛心炙，廣座茶香蠏眼煎。我已久如持五浄，城南弭棹擬留連。

書懷呈姚學憲允初先生

暮齒詎堪携弱子，深知徒憶侍先生。閣中月漾鵝群閣名。遠，檻外波翻柳浪堤名。横。謦欬乍聆心漸豁，典刑在望夢俱清。長懷蘭蕙庭階茁，竊擬追隨比杜蘅。

壽錢母

昔年曾爲賓筵賦，矍鑠翁時甫及耆。今日更於妝閣頌，清羸嫗老但含飴。并捐五浄已忘味，虔奉三皈早斷疑。寄語庭階蘭玉道，莫因醼客悟尊慈。

題卓公〔一〕去思堂二首

長思惠澤入人深，更荷封章憫歲祲。一自小東安杼軸，迄今野老頌球琳。昔賢俎豆欣相接，下邑閭閻佇再臨。却恐銓曹推棘寺，未容江左慰謳吟。

憶昨追隨惜別年，散樗扶老送朝天。欣留侍御司彈劾，佇辨貞邪佐邃綖。穉齒試風晞上駟，頹齡娱日賸遺編。穹碑紀績須鴻巨，竊擬歌詞被管絃。

【校注】

〔一〕卓公：卓邁，字真初，莆田人。萬曆四十七年任嘉定縣令。詳見吴歈小草卷十書懷呈卓真初明府注〔一〕。

賦贈謝明府尊人南還

簪裾翁媪别江濆，邑里扶携踵後塵。來聽鳴絃浮汗漫，别憐乘傳趁陽春。遺編早爲詒謀課，斷織曾於勸學勤。還共親知相慰藉，自矜能不負諄諄？

謝明府入覲贈言四首

夫君宰邑美如何，野老謳吟濺沫多。才巨小東猶窘步，心慈惠政總行歌。由來餙治需文學，嬴得詩篇滿薜蘿。却恐巖廊方課最，便留臺省共鳴珂。

人言吴邑皆爲劇，誰悉迤東未盡巖。土亢仰潮纔得潤，民勞憂歲詎能諴？賴公虔禱差回涸，憫彼區萌一似芟。獨有海壖偏滲漉，又虞潟鹵不勝鹹。

君今三載悉民窮，每爲東人憫歲凶。麥壠已虞流潦浸，稻畦仍急駕潮風。饑羸屢困瓶無粟，暮夜偏繁莽伏戎。賴有弛刑停對簿，坐銷姦黠付苓通。

憶昨軒車乍涖初，便容野服造庭除。每於左顧淹茶話，數有緘題問草廬。穉齒過蒙垂眄睞，衡文長荷借吹噓。臨分枯枿尤無那，此別知留侍玉除。

贈陳仲醇〔二〕兄七十

每慚樸樕羡寬閑，遐想溪山隔市闤。剥啄故饒佳客到，疏慵合置散人閑。向來興致今餘幾？老去歌詞懶更删。得共一樽輕百里，又因歲抄未容攀。

異日經旬聚首時，雪凝燈炧醑深卮。夜長撥火淹情話，日暖敲冰賦別詩。已悼故交多隕落，豈容老伴更差池。東園花藥春饒發，儻可相將慰夢思。

【校注】

〔一〕陳仲醇：陳繼儒，字仲醇，號眉公，松江華亭人。隱居不仕，屢奉詔徵用，皆以疾辭。卒年八十二。詳見吴歈小草卷九始識錢密緯於仲醇舟中獲誦新篇遂同謁尊甫若沖先生留宴山堂即事予方止酒注〔一〕。

壽吴伯玉表弟七十

憶昔君年甫及耆，吾時將老爲題詩。風光漸覺遷延去，笑語頻淹晷刻移。每羡含飴殊慰意，輒因終鮮倍憐兒。傳經執藝皆能養，好對齊眉釂酒巵。

謝明府枉招陳園燕賞同叔達賦呈

政平人樂士歌呼，暇日清罇款老迂。喜劇閭閻逢稔歲，憂深瀉鹵困逋租。較量鄰境收偏薄，慨嘆民風訟每誣。直使向來銜戴意，自慚長得爲嘘枯。

故侯給事贈太常少卿賦呈二孝

一封哀籲上楓宸，得旨加銜故諍臣。驟自省僚陪秩祀，欣聞泉壤賁絲綸。恩深已矢涓埃報，感激長懷拜獻身。老我締交今五世，幸攜弱息託雷陳。

又爲豫瞻兄弟賦新堂

猶記追陪曾大參，屢聞宅兆故須諳。聖如周孔元多藝，術有禨祥盍試探。此日經營憑緒業，修塗穆卜總才堪。久知叔子難爲弟，佇看盰衡舞右驂。

書懷寄遠晚秋作

初聞負氣薄鷄群，俄睹深衷羨豹文。模範總於功苦判，膏油勤爲簡編焚。君豪道廣多傾蓋，我老文成欲俟醺。已是菊黄楓欲赤，幾時歸省別成均。

送友人之官江右

露桃烟柳正相催，目送浮雲把别杯。江上帆檣明日遠，天涯旌旆隔年迴。休衙啼鳥當庭樹，點筆閑花落澗苔。儻到廬山尋白社，爲言心事不然灰。

送沈水部太素

星軺八月出南徐，使者頻年懶上書。闕近清流瞻寢廟，河翻濁浪壞田廬。宣防舊費淇園竹，灌溉今通鄭國渠。君去曲江濤正壯，寄余秋水論盈虛。

送王伯栩〔一〕

丹楓江岸送行舟，忽憶當年暮雨秋。采石雲昏悲驛路，溪清月白醉倡樓。南溟久待扶摇徙，北極將安渤澥流。最是君房言語妙，珠崖封事殿前頭。

【校注】

〔一〕王伯栩：王夢周，字伯栩，號堅吾，王錫爵從父，太倉州庠生。能文，好山水。詳見吴歈小草卷四送子魚辰玉北上兼寄伯栩閑仲注〔一〕。

賦得天馬篇送閑仲

黄金臺畔舊曾過，試驟秋風汗血多。雪滿關河看振鬣，春回閶闔聽鳴珂。輶軒與問殊方隱，輦輅還登九廟歌。早向天閑肥苜蓿，路傍老馬看如何。

送沈廷和歲戊子君文爲主司所賞而不果薦

憶昔文場吐妙詞，旋蒙稱賞旋驚疑。十年筆力應加健，此日科名尚未遲。明月自憐長道路，春風准擬對軒墀。羡君不獨飛騰意，親老偏能慰孝思。

王太母吴太夫人耋壽篇

海風吹日滿蓬瀛，隱隱雲軿擁旆旌。青鳥銜將瓊字至，紫鸞飛逐翠翹迎。齋心久共蓮花净，獻壽初添竹葉清。笑語庭前雙玉樹，外家門户喜峥嶸。

聞李少參訃四首

天寒高閣卧朝暾，消息驚回夢裏魂。屢疏獨能思衮闕，移官曾不爲家温。窮交遍灑傷心泪，瘠上長銜没齒恩。巴峽啼猿送歸櫬，不知早晚下荆門。

屈指追隨二十年，每逢落筆兢相憐。深知名利心偏淡，漫許文章事可傳。決起高鴻看矯翼，蹉跎老馬勸加鞭。那堪悵恨窮途日，哭向西來暮雪天。

當時七子共修文，出匣光鋩迥不群。一自風塵虞缺折，便於泉路惜離分。海棠樓上青春色，巖桂堂前白練帬。醉墨淋漓如昨日，長歌華屋郢人斤。梅花雪落送行舟，欲別憐君更挽留。醉把詩篇仍細讀，劇談心事未全酬。容顔尚似論文日，精力都銷報國秋。天畔旅魂能入夢，哀哀孤寡蜀江頭。

爲爾常手書金剛經後

吮毫展紙小窗明，自怪心從住相生。悟後總來空萬法，説時元自立多名。撥無解作禪宗語，縛律終令佛道成。莫以頓圓輕有學，弄沙成塔亦修行。

次殷文韻贈沈伯咸〔一〕先生

意氣翩翩尚昔時，風塵郁郁故難期。即看童稚行當壯，頗怪飛騰業已遲。白眼世人聊寄傲，清尊吾黨詫多奇。相過輒擬從君醉，慷慨論心日屢移。

【校注】

〔一〕沈伯咸：字公甫，秀水人，初名咸。嘉靖改元，壬午中式本省鄉試，改今名。壬辰成進士，授行人，改檢討（見世宗實録）。尋擢户科給事中，轉刑科。右出知寧國府，不樂，訐奏文選郎黄禎參勘不實，上以陞官復妄奏降國子監丞（見明史槩）。（盛楓撰嘉禾徵獻録卷二三）

奉和宗伯公早秋蕩舟即事

江城游舫信洄沿，堤柳凉生咽暮蟬。卷幔風清秋颯颯，迴舟月白夜娟娟。歌殘緑水凝眉黛，酒半紅潮上臉蓮。最是劇談傾倒極，忻陪杖履欲忘年。

九日集宗伯公海曙樓同賦

高樓西北俯城闉，此日登臨發興新。已分小山從避世，况逢叢桂欲留人。中原爽氣浮烟樹，亭午晴光漾渚蘋。莫問白衣還送酒，後堂絃管及蕭晨。

奉陪宗伯公宴伯隅山園

東谿谿水碧潺湲，曲曲山房相對閑。茗碗酒鎗隨意好，談鋒詩筆許誰攀？舞邀桂月低妝面，歌動松風入醉顔。爲是忘形向年少，兢留深坐看疏頑。

宗伯公六十六生辰率爾獻詩敷長慶體

休論姓字滿塵寰，莫擬殷勤問大還。屈指功名八座後，乞身泉石數年閑。陽春堂裏歌迴雪，海曙樓頭醉看山。從到百齡饒歲月，知無一日不開顔。

上沈使君

弱齡薄解試雕蟲，驚見人傳彩筆雄。濩落十年羞學海，翱翔出刺許趨風。縱然索駿驪黄外，詎是藏珠蚌蛤中？脱手彈丸知獨擅，故將牙齒振途窮。

雪中集伯隅山齋同宗伯公枉示四韻奉答

朝携游屐到名園，爲愛峰頭積素繁。亂入曲欄埋石磴，遠鋪平野失柴門。爐紅猶怯圍棋冷，酒緑能令四座温。因對衛郎思彦輔，可能揮麈獨清言。

七月十五夜即事

郭外秋山曉靄中，石梁低水未能通。因催短棹來游月，爲挾飛仙好御風。草際螢光時入水，樹頭燈影半摩空。坐看不盡游人屐，獨有關情未許同。

十六日即事

一樽亭午足新凉，欹枕風前衣袂香。枚面醒來月皎皎，彩毫題處露瀼瀼。連峰忽散千層紫，遠樹旋開一帶黄。賸有清光今夜滿，酒邊還與鬥身强。

十七日即事

旭日平林滿曙光，美人强起攬衣裳。相期無限三秋意，欲别仍留一夜香。望裏峭帆風色緊，坐來殘卷雨聲長。亦知見月翻愁思，遮莫風顛雨作狂。

阻風戲呈同行三子

江上長風日夜號，粘天千頃注洪濤。論文幾欲凌空闊，摇筆偏能寫鬱陶。極目樓臺疑吐蜃，驚心舟楫似乘鰲。相看已是雲霄近，語到圖南興轉豪。

阻風有懷

江雲黯黯客愁生，一夜風濤帶雨聲。遠近帆檣排絶壁，參差戍鼓到深更。畫屏枚晚熏籠浄，野寺帷空散帙清。可憶闗津猶旅泊，不堪翹首鳳皇城。

將至白下柬五雲女郎

近得潘郎江上書，報予杯酒共躊躕。别來桂魄三旬滿，投贈驪珠五百餘。燈下紫衣曾楚舞，花前白苧是吴歈。舊時意氣今銷盡，可道風流也不如。

早發江口

江岸炊烟曙色收，稻花浮日滿平疇。青山曲引樵人路，白浪高盤賈客舟。是處晴光堪短屐，無邊秋色到雙眸。相將縱爲時名役，莫厭馳驅也勝游。

孟陽送茂實子魚因爲金焦之游余以歸亟不克偕遥有此寄兼柬二君

昔年携酒一山頭，木落江空豁醉眸。雲曉龍珠明五夜，洞深鶴骨瘞千秋。逢予舟楫懸鄉夢，念爾詩篇足勝游。南北驅馳難合并，長風天末使人愁。

答朱濟之

衡茅卧穩十年餘，盡日婆娑向壁書。句好時名人共借，酒酣孤憤世難疏。應憐蠻觸争來久，已悟筌蹄總是虚。屈指交游君計得，肯因寂寂嘆居諸。

奉答宗伯公見慰下第

薊門天闕夢游頻，潦倒丹陽客舍塵。垂白已安貧士養，拖朱應屬少年人。途窮骯髒唯餘骨，時到文章别有神。猶自胸中冰炭在，那能空得眼前身？

孺旭將北游乘醉話别有贈

狂客那知有别愁，因君此别思悠悠。蹉跎壯齒俱蛙黽，輕薄時人任馬牛。燕市秋風先買骨，秦淮夜月幾彈緱。不妨南北雙飛翼，各自扶揺到上頭。

送徐君表先生北上

傳經心事未須論，且復懸書走國門。模範鑄來慚躍冶，文章老去對臨軒。揮杯醉别江城棹，揺筆高題畫省垣。霄漢故人如有問，休將牧豕比公孫。

送友人北上

猶憶停舟陽羨時，毶毶短髮半低眉。即今三對公車後，已較才登上第遲。才敏自應流輩少，文章須令衆人知。寒原落日催行李，好去趨庭慰所思。

代錢二丈贈其同窗友六十

相看老去鬢俱絲，猶憶兒童受業時。我向風塵仍自免，君安田畝三堪思。黄花恰傍新蒭發，白帢從將短髮欹。最喜故人相伴老，耆年已爲一題詩。

泛舟即事

浮舟晴日最相宜，出郭平岡每所思。魚鮮斷來輕厚味，果蔬仍與送深巵。衰翁欲盡風前興，游女能忘月下期。肯對佳晨羞短髮，百年今是早秋時。

沈選部廷際〔一〕得雄殷職方開美丈賦詩爲賀邀余屬和

明珠入掌髫初華，賀客充閭菜子家。吾豈熊羆堪入夢，君如蘭蕙漸抽芽。文章定復窺金馬，几案竹看點墨鴉。最喜明年元日酒，彩衣提抱頌椒花。

【校注】

〔一〕廷際：沈昌期，字廷際，太倉人。萬曆癸未進士，知龍溪縣，爲政得民心，以最擢吏部主事。遷文選司郎中，特立不苟，時冢宰倚爲左右手。相國趙志皋爲其子求兩淮鹽運，三致書囑之，昌期堅不聽。没後龍溪人祀之以爲神。（乾隆江南通志卷一四五人物志）

迎春日過友人飲

老去風情還幾許，且隨年少醉紅裙。花因破臘難爲態，酒爲迎春易覺醺。狂興欲來終暗減，清歌聽慣較先聞。坐深忽便思高枕，羡爾歡呼到夜分。

寄　訊

今年花事催春急，迢遰山城可較遲。旋劚笋尖肥似蕨，新煎茶乳白於糜。清光石上泉爲月，玉面樽前炙是狸。若問青青舊時柳，故人猶是有情痴。

江世程試順天不售今將就試山東以補諸生時占籍東昌也賦此贈別

郭隗臺邊困渥洼，魯連城畔又停車。文章東海風仍大，學問南方日更華。楊葉舊穿纔一發，桂枝今擢莫多嗟。長身玉貌髯如戟，若個書生久着麻。

賦得喜字敷劉白〔一〕

喜韶顏膩理遥翩然，微莞爾素娥穿雲，紅蕖出水，偏宜柳共眠。乍爲鶯呼起，馥馥頻煎紫茸，泠泠慣聽緑綺，勿疑老我尚風狂，却似春游逐桃李。

【校注】

〔一〕按該卷目録，賦得喜字敷劉白爲七言律詩，崇禎、康熙二本所録一致，似有誤。試標點如右，敬待方家指教。

七言排律凡四首

壽張黄鶴先生七十

欣承早歲擅文章，潦倒還勤炳燭光。倦逐槐花矜筆健，愛吟桃葉門詩狂。舍人名重頻推獎，承吉。司馬詞工與頡頏。文昌。敢謂好才殊老少，祇知行道讓陰陽。江梅春暖千株發，堤柳風微百尺長。未展摳衣陪几杖，亦令琢句侑壺觴。兒童項領看如許，時世枚梳漸異常。乞去聲。我飛霞瓊玉珮，從君高步酌天漿。

初夏同去奢宜仲爾常汝躍游徐氏園即王侍御拙政園也

闔閭城北辟彊園，聞道陰森映市門。勝友相携初託契，主人一見欲忘言。潭深暗寫垂虹影，石潤新收過雨痕。高閣窗分多樹頂，小亭蹊隔遠花源。異時仙梵依金粟，此日幽禽勸緑樽。惆悵晚風吹别袂，不知止酒尚留髡。

壽海虞瞿靜觀七十

一門三世五朝名，見説棠華老更榮。早向遺編飽撑拄，晚於幹略幾排擎。東偏族屬通家譜，北溯詞源踵筆耕。每以韜鈐誇令弟，還於穮蓘羨宗兄。風前柳欲垂垂弱，雪後梅應點點清。一爲題詩侑醇酎，可能入耳豁餘酲。

賦贈孫職方初陽還朝十韻

誰歟慷慨善談兵，行矣真堪萬里城。一自醜夷窺海澨，迄今保塞肅屯營。如君少儁饒籌策，曾佐元戎逐狁狌。豕突驟驚弧矢遁，龍驤旋奏凱歌迎。聖明早悉防邊績，俊傑將陪舊省卿。此去群公咸嘆羡，乍還同列跂崢嶸。遥聞在事推才諝，快睹勞臣擅美名。泰運只今方拔彙，熙朝若個不攄誠。莫疑傲兀非時尚，自喜清真遠世情。好語同升故知道，毋徒矜激且持平。

唐時升集

下

上海市嘉定區地方志辦公室 編
張行剛 胡真 校注

上海古籍出版社

學古緒言

學古緒言卷一

序凡十二首〔一〕

【校注】

〔一〕崇禎本卷一作「序凡九首」，康熙本卷一作「序凡十二首」。陸氏在重校時將原屬崇禎本卷二部分的歸太僕應試論策集序、石巖先生澹語序、北海集後序(代)三文移入卷一，故兩版本所記數目不同。

重刻元氏長慶集〔一〕序

序者，叙所以作之指也。蓋始於子夏之序詩。其後劉向以較書爲職，每一編成，即爲之序，文極雅馴矣。左思既賦三都，自以名不甚著，求序於皇甫謐。自是綴文之士多有託於人以傳者，皆汲汲於名，而唯恐人之不吾知也。至於其傳既久，刻本之存者，或漫漶不可讀，有繕寫而重刻之，則又復序之，是宜叙所以刻之意可也。而今之述者，非追論昔賢，妄爲優劣之辨。即過稱好事，多設游揚之辭，皆吾所不取也。

唐之文章至元和而極盛矣。元、白二氏創爲新體以相倡和，各極才人之致，皆以編次於穆宗朝，題曰長慶集，惜其傳之久而不無漫漶以訛也。馬巽甫〔二〕從予游，未冠即好古文辭，嘗欲募工合刻以行於世，而尤以微之之文世人知愛之者尤少，乃刻自元始，而以序見屬。予觀微之序樂天集，稱其所長，可謂極備，而卒未嘗求叙於白者，豈自越移鄂，以至於卒官之日年僅踰艾，將有待而未暇歟？後白爲銘墓，而終亦不序其遺文，何歟？當白在潯陽，元在通州時，其寄詩往復之書固已畢見其所志矣，則雖不爲之叙可也。世所傳集刻於宋宣和中，建安劉氏〔三〕收拾於缺逸之餘，功已勤矣。然考唐書藝文志，元氏長慶集凡一百卷，又小集十卷，而所與白書自叙年十六時至元和七年有詩八百餘首，凡十體，二十卷。七年已後又二百五十首，此其二十餘年之作也。計其還朝至歿，不知復幾百首，今已雜見於集矣。而古詩不過百三十餘，律詩不過三百餘，共三十卷。又他文三十卷，類次既非其舊，卷帙半減於前，蓋詩之亡者已不翅如其所傳，則他文之不見於集者又可知也。

嗟夫，昔之君子所以疲耗心力於言語文字之間者，蓋多以不爲時用，而優游於筆硯以舒寫其感憤無聊之意，故其文之多且工。若是士之淺陋，不學未有甚於今日者也。幸而得志於有司，則又自多其才，以謂雖不學而可試於用，反詆好古之士爲闊遠不識時務。及其見於行事，苟且滅裂，無足怪者。間或沾沾焉欲以言語自見，則皆浮游無用之辭耳。夫孰知文章爲經世之大業哉！如元氏者，世多訾其爲人，蓋摧折困頓之餘，躁於求進，比之樂天懸矣。然吾以其言求之，知其卓然有可用於世者，未嘗不爲之嘆惜焉。至若巽甫之用心於斯文，旁搜博采，苟力所及，殆無一字之遺，且爲考其歲月而附見當時之事，不亦已勤也歟！

【校注】

〔一〕重刻元氏長慶集：元氏長慶集爲唐人元稹的詩文合集。元稹，字微之，河南人，官至工部郎中、御使大夫、尚書左丞等職，以詩文著稱於世。其詩文盛於唐元和、長慶間，在翰林時，穆宗前後索詩數百篇，命左右諷詠，宫中呼爲「元才子」。元稹與白居易爲摯友，共倡「新樂府運動」，創作了大量的新樂府詩。元、白二氏所創新體，因編次於穆宗朝，題曰「長慶集」，元詩、文收入元氏長慶集，白詩、文收入白氏長慶集。明萬曆年間，婁堅弟子馬元調重校元、白「長慶集」，由婁堅作序。

〔二〕馬巽甫：馬元調，受學於婁堅。上海諸生，徙居嘉定南城。洞悉經史源流，凡古今典制名物靡不淹貫。每閲一書必購别本校勘，書之訛一一改正，學者稱簡堂先生。詳見吴歆小草卷五喜巽甫歸自滁州集諸君子注〔一〕。

〔三〕建安劉氏：北宋建安（在今福建）劉麟。宋宣和甲辰，劉麟募工刊行其父手抄長慶集並序，是爲閩本，此本成爲後世元集祖本。

白氏長慶集序

白氏集較刻完，而巽甫復屬予序其端。予曰：「白之所以爲文者，元序之詳矣。子之合刻二氏者，嚮已具言其概矣。」竊嘗尚論其世，以謂二君子當元和、長慶之間，以才力敏贍相敵相推，無倡不和，少或二韻多至千言，實詩人次韻之所從。始其於作者之指無所不窺，而尤以杜子美爲宗師，雖渾涵雄偉未足，庶幾要爲能言其所欲言矣。觀白公之所以自見其意者，尤在於諷諭樂府諸篇，則夫以聲調格律而論其高下者，亦未爲深知之者也。世徒知論公於出處之際，蓋進而幾於大用者屢矣。而公每徊翔容與，終於乞身以行其志。雖以牛、李之相軋，公居其間，頗不爲李所容，而卒能不受其禍，以是爲達人之高致。而至於公之忠誠鯁亮，敢於劘上而切於論事，必不能以一毫之媕阿少徇乎人者，雖時見於言語文章，而世能知之者鮮矣！

抑吾於公尤自有感也。當公之退居於洛，裴晉公[二]方留守東都，數與同詩酒醼游之樂，歡然無間。吾意如晉公者，即微之尚存，必不以元故，有纖芥於樂天也。李衛公[三]一與牛隙，遂至不欲見公詩文，且曰「見便當愛」，此豈宰相之語哉？蓋於是益知晉公之賢遠於人矣。予又以爲非公恬於進取，或以楊、李之援驟見用於太和、開成，則會昌之世亦或有不能自全者矣。公嘗有詩云：「麒麟作脯龍爲醢，何似塗中曳尾龜。」早退先知，非徒言之，實允蹈之。終唐之世，獨公以賢達見稱，有以哉！故予嘗謂士大夫若能爲公，雖微之之搆於裴，思黯〔三〕之憾於李，公皆與厚善而不能爲之累。而爲大臣者，但當若晉公之休休，毋使賢達如公而亦不免於見忌，則予所以序斯文之意也。

萬曆丙午孟秋序。

【校注】

〔一〕裴晉公：裴度，字中立，曾受封晉國公。河東人。唐貞元五年進士。元和十年入相。經事四朝，身繫國之安危二十年，勁正而言辯。晚年立第於東都洛陽集賢里，極都城之勝概。視事之隙，與詩人白居易、劉禹錫酣宴終日，詩酒琴書自樂。

〔二〕李衛公：李德裕，唐武宗會昌四年八月，以平劉稹功，進封衛國公。字文饒，趙郡（今河北趙縣）人，元和宰相李吉甫子。兩度入閣爲相，牛李黨争中李黨領袖。

〔三〕思黯：牛僧孺，字思黯。唐安定鶉觚（今甘肅靈臺縣）人。永貞元年進士。曾四朝爲相，爲牛、李黨争中牛黨領袖。

讀史商語序

崑山王駕部淑士〔一〕自南都還，示予讀史商語，俾一畢其愚。蓋君在郎署時，曹務頗簡，意不欲以江山之勝、博奕宴游之歡而虚耗其心力也。於是日偕其同志以讀史爲事，至秦漢而下，訖於五代之季，必先求之正史，而參以司馬氏之資治通鑑，錯綜其説而折衷之，日有記，月有編，其考據詳而核，其持論確而平，其剖析簡而辨。予既受而卒業，竊喜學術久壞之日，猶及見士大夫能留意經世之學，爲世鍼砭而稍起雕刻無用、剽竊無根之沈痼，豈非衰晚之厚幸歟！乃爲叙之曰：

古今之變，聖人之所不能違也，而史於是焉重，固得失之林，而法戒之所從出也。史蓋莫備於周，既經秦火而其書不盡傳。漢初，藏於民間者相繼復出，於時老生宿儒往往亦口傳筆授，若春秋一經而公羊、穀梁、左氏專門之學凡三家，並行於世。非周監二代，一何文之鬱鬱若是盛哉！遷、固以降，何代無史氏，何國無史書，至天下分爲南北，而史益蹐駁。然至於今而猶得論其世者，固賴夫史之各有傳也。是故勝國之緒餘，而興王必垂紀録，前人之臧否而後嗣亟爲之叙次。懼夫迹之湮，而遂至於無可考耳。此誠王者所以垂憲百代之深意也。顧其時代漸遠，卷帙寖繁，即使家有其書，或不暇於遍觀，又况其書尤不易得也哉！通鑑之書，會粹衆史而更定爲紀年一編，縱横貫穿，一覽瞭然，而學者欲知古今之變，亦賴以有考矣。其後儒者争務標榜而高談性命，以爲多學而識仲尼所非。吾第求得其本而萬事理矣，一倡群和，至於今日，益趨苟簡，成敗無考於前而是非紛出於臆。獨於經義更好爲新奇，背經叛聖，幾乎不知所云。而世且目無鹽以西子，識者憂之。雖有資性警敏，頗知涉獵古今者，而其力固未暇也，不過以資其談言，潤其手筆而已，而實無可施用，用之則必至於僨事。蓋頃已微見其兆矣，豈不可嘆也哉！

予慵且駑，每顧影自慚，所幸不爲世用，得藏其拙，然數爲年少有志者言之，且以爲勖。今者商語之編一出，向之沉痼其有瘳乎！顧復念士人之習必由科舉，而程試之文必由主司，安知世無大人先生，傷今文敝而惕然有生心害政之憂？言之於朝廷，仍還經義五題之舊，使其一日之力無憂於不給，而考文章者必先於論策之文觀其識，四六之文觀其學，而經義則但以理爲權衡，不必於繡其鞶帨也。庶幾豪傑之士爭自奮勵濯磨，爲有用之學，而文詞之高雅亦可以無愧於前代，不亦勸學之盛事歟！則斯編也，雖謂之才士之嗃矢可也。

【校注】

〔一〕王駕部淑士：王志堅，字淑士，一字弱生，崑山人。明史卷二八八載：志堅舉萬曆三十八年進士，授南京兵部主事，遷員外郎、郎中。暇日要同舍郎爲讀史社，撰讀史商語。遷貴州提學僉事，不赴，乞侍養歸。天啓二年，起督浙江驛傳，奔母喪歸。崇禎四年，復以僉事督湖廣學政，禮部推爲學政第一。六年，卒於官。志堅少與李流芳同學，爲詩文法唐宋名家。通籍後，卜居吴門古南園，杜門却掃，肆志讀書，先經後史，先史後子、集。其讀經，先箋疏而後辨論。讀史，先證據而後發明。讀子，則謂唐宋而後無子，當取説家之有裨經史者補之。讀集則定秦、漢以後古文爲五編，考覈唐、宋碑志，援史傳，捃雜説，以參覈其事之同異、文之純駁。其於内典，亦深辨性相之宗。作詩甚富，自選止七十餘首。

麗句集〔一〕序

友人許君伯隆，以博覽强記有聲江南北久矣。昨歲之暮，復自黄州東下，示予以所纂麗句集，屬爲序之。蓋上溯秦漢，下逮隋唐，其披攬博而詮擇精。問以積日力幾何而成，僅數月耳。微獨才敏而功專，良由途之熟也。故力有餘，鑒之明也，故緒易就。如予者，年踰七十，則舊學已荒，性耽暇逸，而腐毫久謝。且幼之所聞，蚤已成癖。時之所尚，或匪同塗。雖欲質疑，將無召鬨歟！

夫四六之文，濫觴於後漢而瀾倒於六朝，以故實爲鋪張，差得炫其浮藻。以援引爲規切，或未忤於褊衷。代以相沿，久而益敝。嗟乎，此武侯出師二表、彭澤歸去來詞所以超然獨邁於流俗者也。自後，唐宋之初皆接踵前靡。逮貞元中昌黎倡爲古文，柳、李、皇甫和之，而遠紹秦漢之作。天聖中歐陽變其少作，三蘇、曾、王繼之，而復尋中唐之緒。顧此非所論於儷偶之文也，如以菁華藻麗而已。凡伯隆之所詮擇，皆其尤也。雖然，即以四六言之，韓、歐諸君子之作不迥異於時之人乎！予考歐之初登第也，所爲投謁陳謝之篇，敷華振響，蓋極追尋，已乃盡出於馴雅，至其稱蘇氏父子能以四六述叙委曲精盡，正恐此後無復能繼，且以前後得相及爲幸，此豈過爲譽而重自暴哉！蓋於斯文有深憂焉！

嗟乎，文之敝於前代也，以浮以靡，而其敝於今日也，以贋以罷。獨四六之文，猶爲去之未遠。蓋其在儷偶音響之間乎？今者伯隆之編出，譬之採明月於碧海，鮮有纇焉，抽上乘於列駟，無或蹶焉。其爲攄華者搜材也，可謂巨且麗矣，功不亦偉乎！若夫溯流而窮源，得魚兔而忘筌蹄，是在善讀斯編者而已。

【校注】

〔一〕麗句集：四庫提要：麗句集，六卷，内府藏本，明許之吉撰。之吉爵里未詳。其書采前人儷偶之語，或一聯或數十聯，分門編次，亦楊慎謝華啓秀之類。

小字録補序

余友沈公路〔一〕自頃歲積痾，無復當世之意，若遂忘其疇昔之勤者，以爲今日所須唯藥物耳。而草木性偏，吾疾而既偏矣，豈宜力與之争，其唯作無益以悦有涯乎？嘗一寄情於絲竹焉，初若有適，久之則又憬然悟曰：「此所謂益多者也。」欲以藥吾偏而藥之偏彌甚，求其若存若亡、可作可輟，而聊以寄吾心者，獨書而已。往往客至，語合以忘其病，去則澹然獨居，發篋陳書而婆娑其間。少疲，即又置之以爲常。無幾何而蟲天志成矣。又未幾，而纂小字録補。有向之適而無其勞，徐徐于于，飲啖有加而霍然可知也。予以謂君之爲此編，非獨以廣異聞而已。凡人品之高下，與時事之得失而興亡之鑒戒，亦略見其概焉。

嗟乎，父母之生子也，甫三月而命之名，年十六而又有字以尊其名，自童子而漸教之以成人之禮，蓋如此也。當夫乳哺孩提之日，顧之復之，不勝其愛憐之也。而别命之小名，子未有知也，聞呼其名，則應之以笑。至於能言而唯阿，能行而步趨，且教之誦詩，教之舞勺舞象，愛彌深則誨彌殷，而防閑之彌切。夫豈獨曰「吾幸有子焉」而已？「吾父吾祖之幸有後焉」而已？不忍其賤且貧也，則祝之以貴富。其幸而遭時也，則又望之譽聞彰而功烈著，唯恐其一失足而陷於不義，以爲父母羞，斯尤君子之異於庸衆人也。而爲之子者，亦必思其所以報也。鼎食不足以爲養，公卿不足以爲榮，而必且貽之令名卓然與流俗異趣，而後可以無負於吾親，此人子之大孝也。蓋自童穉而逮於衰老，中間所蚤作夜休，以自效於時，以有傳於後，未有不自命名始矣。其尋常無聞，與鳥獸草木同朽腐者，蓋不足論也。夫孰使百世而下，誦其言語，考其行事，而想像如景星慶雲，和風甘雨，海涵而嶽峙者乎？又孰使聞其姓名則唾且罵，迹其所爲如封豕，如長蛇，如妖狐射工，猶忿忿爲當時之人怒目而切齒者乎？

嗟乎，賤不如貴，貧不如富，夫非恒情也歟？而及其變也，富乃不如其貧，貴乃不如其賤，是以君子必顧名而思義也。而没没者乃謂不能垂芳，亦當遺臭，一何不愛其名之甚也！夫獨非人子乎哉？昔者，夫子之論孝曰：「父母唯其疾之憂。」蓋其所不憂有大焉者矣，是可以爲孝矣。若夫公路之意，以爲疾，吾無如之何也，有慎之而已，所以慰二親於地下，又孰爲大乎？名乎名乎，可不慎乎！此其所以補是録之微旨也。吾行當見子之疾，雖勿藥可焉。

【校注】

〔一〕沈公路：沈宏正，字公路，明嘉定諸生。久次諸生，絶意仕進。爲園十畝，有水石竹林之勝，詞客酒人常滿座。性喜聚書，所藏多善本。有蟲天志、小字録、枕中草、救荒書等書。詳見吴歈小草卷六公路席上再呈注〔一〕。

重刻衍極序

沈行叔〔一〕年甫踰冠，而富有六書之學。其所剖析務極於微眇，上遡篆籀，下逮隸分，有遺必收，有蓄必奇。嘗得元人鄭子經衍極一編，有當於心，將刻而公之同志，猥以序見屬。書凡五篇，予得而論次其概焉。首言至樸，原始也，而所列十三人，下逮伯高、君謨同稱作者，疑非其倫。壁藏古文，豈無雜揉，何知尼父緣飾爲之？比於盤銘所未見也，季札墓碣豈其然乎？其次書要，着法也，而篇首諧聲，意在尊元。訓纂滂喜於法無當，書衡較近包蒙，吾不知其要也。又次造書，似與前二端複。采摭往籍，摹擬成文，設爲問答，竊比子雲。

又次古學，觀其持論，獨於北海碑記砦以作傭，創爲此論，良所服膺，然實是僧懷仁、高正臣始也。虞、歐及褚自晋而變，各擅厥長，未可輕議。張草顔正，誠務極筆勢，不拘晋法而自臻其妙。莆陽以飛白作草，亦旭、素渴筆之遺也。曾見數帖，筆似勁耳，結字豈能望素奴僕之誚，得無過歟！南宋而後，何足置評！最後天五，衍極所由名也。其論石鼓，夾漈是憑刀漆之辨，可垂後來。若夫用筆執筆，謂篆用直，分用側，隸乃間出，是固然矣。而寸以内字法在掌指，寸以外字法兼肘腕，尤極分明。閣帖之辨，於好事家眯目庶有瘳乎！

鄭之此書，文辭頗簡，得劉之釋，其用乃弘。行叔以爲世人侈言博洽，而問之六書，茫無所解。使家有是編，人知書學亦可無以淺陋譏矣。然而好古之士，或遂欲以篆籀之文入之今隸，是猶却胡床而還席地，脱巾帽而冠竹皮，無乃生今反古，有戾同文之化乎？

【校注】

〔一〕沈行叔：沈率祖，字行叔，紹伊子。明嘉定人。署南京備倭營守備。清順治二年，城下時赴水死。

徐氏宗譜序

吾吴之人以文學爲世所推重，士大夫仕而登朝，有名聲於時者，不爲少矣。然至言世澤故家，聚族而居，即甚疏遠。猶與同其休戚，則邑不能數姓族不能過百人也。此唯吴爲然，雖世所號爲能文章者，欲一見其譜牒而不可得也。問之則曰，世遠而湮已矣。或有以鄰郡邑相識創爲同宗，則其人非貴即富，終不及於賤貧，往往反爲人所姍笑。

友人徐汝益傷之，念其世之遠而族屬之繁也，不早爲之譜，後將遂至於湮。乃以再從父原和先生之命，仿蘇氏族譜而叙之加詳，集録累世所得錫命之辭，與夫碑志之文，悉附於後，而又以平日誦讀所得，自中材而下皆可使口誦耳聞而入者。上自經史，而下逮於當世，凡一言之合，咸録而傳之，永以爲子若孫訓。且以自見其志，亦良可尚已。蓋予嘗深思其故，以謂吴人之不能聚族者，非其性然，習俗使之也。俗之失有二，曰鄙，曰奢。奢則不務循乎分，故益冒於利；鄙則不務潔乎名，故輕去其宗。凡貴盛之家，所賴其力，而與之暱者雖親兄弟或不如僮奴也。及勢去家落，遭不肖子，蕩然不復顧其家世，容有不再傳而去爲人奴者矣。

嗟夫，不變其俗，則何族之能聚哉？徐氏自中丞公父子皆以嚮用之年致其官歸，爲當時所重。後世子孫雖不甚貴顯，然而詩書之澤遠矣。如予所交汝益兄弟，多敦行好學，泊然自守，家傳儒雅之風，人羞綺紈之習。其能使族之人不胥而奢且鄙也，决矣。又邑唯徐氏能行宗法，故有祠堂在遺第左偏。歲時嘗再合饗，必以宗子主之，諸父雖耋老，逡逡陪其後唯謹。每歲之朝，宗子者必蚤作而待事，及禮成，諸父必先升宗子之堂行賀歲禮，然後還受宗子之賀。蓋邑唯徐氏一姓能如是而已。今汝益又能爲之譜以遺於後，吾知徐氏之族不湮矣。敬爲序其端，以致欣慕之私焉。且曰，自徐氏而及於邑之人，自一邑而及於凡吳之人，庶有興乎！子曰：「德不孤，必有鄰。」吾以此徵之矣。

論語駁異〔一〕序

夫學孔氏者，必之乎論語。論語之書，皆聖賢所與問答，平實切近之旨不可以玄遠求也。生乎夫子之後，而尊信其遺言以教於後世，蓋孟氏其醇矣。然其詞旨激昂，尚有類好辯而求勝者，況於近代儒者乎？至束之以一家之疏，導之以求用之途，則已離，況復駭其舛也而曰爲才，倖其得也而矜爲巧，則彌甚，其又可望於雅馴耶？友人王辰玉〔二〕傷之，以謂紛紛之是非，其卒無定乎？抑自有是非之至者乎？嘗試虛心而思之，唯至當之求焉。凡世之好爲異者，吾不暇縱與之辨也，必也，姑極其謬悠而徐以一言駁正之，庶幾盲者瞭，寐者覺，其不復墮於廣莫之野，入於叢棘之林，而徐行於方軌之塗，必矣。於是遍閱諸家之言，或得其解矣，而世未必知也。則揭而行之，或妄爲解也，而衆且同眩焉，則薙而絶之。至所自得，亦時附見於篇末。方具草而疾，作病三年而竟以夭，臨歿以屬其子時敏曰：「此吾志之所存也，以一葦而障狂瀾，其克濟乎！雖草創未成，汝其問序於吾，友刻而存之。以俟夫真學孔氏者。」

予既受其書，反覆觀之，喟然廢書而嘆。以今政教休明，俊民用章，而學術文章之敝乃似日趨於妄庸者，何哉？將孟子之所謂生心亂政殆空言歟？不然，則學道用世之君子，其果能勿憂也歟？如君之汲汲乎憂孔、孟之將墜，當世宜有賴焉。顧其所確然自守者，欲以一言自見其意而尚未克也，豈不可惜哉！論語之終篇曰：「不知言，無以知人也。」有能因是書以知君之言，亦可以得其爲人之概矣。或有語其子盍櫝而藏之，必俟夫能知者而後出焉，殆非君之所以汲汲之意也。夫「德不孤，必有鄰」，紛紛之論，或於是焉定，容可以厚誣當世也耶。

【校注】

〔一〕論語駁異：二十卷，明太倉王衡著。朱彝尊撰經義考卷二二一論語載：陸元輔曰：「緱山王氏駁異方具草而疾作，既殁，其子太常時敏刊行之。」

〔二〕王辰玉：王衡，字辰玉，號緱山。江蘇太倉人，王錫爵子，王時敏父。萬曆進士，舉順天鄉試第一，會試進士第二，授翰林院編修。後奉使江南，請終養歸里，年四十九卒。工詩文，擅戲曲，明史有傳。

重較四書集註序

太倉金氏績較刻四書集註，而王太常敬美先生序之，大抵言近世無復小學，故多不得其句讀音義，而嘉績之獨勤於是書也。自歲壬午距今三十年，所板刻漫漶，而讀者或續訂其訛舛，復得數條。於是邑人周纘虞〔一〕輒改定而重刻之，來以序請。予於宋之説經者得二人焉，或盡廢專門之學，創爲獨斷，而當時遂用以取士者，王介甫之新學也。或頗本師承之緒，自許折衷，而至今行之不廢者，朱元晦之集注也。蓋介甫以得君顯，當時之不與者衆，故驟行而旋廢。元晦以講學名，其徒之推崇者力，故派遠而彌彰，亦勢之所趨也。間嘗讀王洪範傳，竊以爲非苟然者，思一見其全書而不可得，而勝國儒者，若吳幼清、金吉甫皆號爲精詣其説，時與朱相出入，蓋有助焉，而世亦莫之講也。昔者聞通儒之論以謂聖人之經，宜存衆多異同之説以待讀者之自得。且漢人去古尚近，學有承受，其説決不可盡廢。當國初儒學之臣，不能將順明主之德意，而狃於所聞，一切抹摋，此與介甫之新學何異？今之舉子業自當以朱傳爲宗，若好古博雅之士，似宜斟酌古今之間，不容守其固陋而已。世有讎較漢、唐之遺文，如金氏、周氏之於是書者，予雖老矣，猶願執筆而陪其後。

【校注】

〔一〕周纘虞：字元恭，邑文學，博學，盛有著作，其家在新安鄉，身後其書盡漂没於雍正壬子潮灾。（嘉慶直隸太倉州志卷六十雜綴三）

歸太僕〔一〕應試論策集序

昔人之論謂晁、董、公孫皆有科舉之累，然則應試之文其皆不足以語於古歟！予以爲苟得古人之意，雖降而應試，不害爲古。不然，即規摹秦漢，要爲世俗之文耳。文章自漢東京漸以衰弱，迄於唐宋，作者再振起之，其才氣之秀傑與所自得於古，豈減賈、馬、二劉、揚、班之儔哉？而或者乃謂古文之法亡於韓，不知彼所謂古者何等也。蘇氏之譏陋於文而劣於識，目以兒童，信非過矣。

崑山歸熙甫先生少而邃於經術，於注疏無所不讀，厭薄時之文，力追大雅，尤好左氏、太史公書，平生丹鉛其旁，提要鈎玄，不啻數本。雖繁簡少異，要於先求指歸，次及菁藻，而唐宋六氏之作，則皆所沈浸而取裁也，間語其門人：「吾久不讀歐、蘇文，輒自謂庶幾，及取讀之，不覺瞠乎後矣。然至其得意，於曾、王亦不多讓焉。」又言：「吾爲舉子業，信筆縱橫而世多以爲奇，至爲古文辭必謹於程度，不敢少自弛，顧其深知我者，舉世僅數公而已。」先生嘗爲人序，其文中有妄庸之譏，或曰：「妄誠有之，未必庸也。」先生曰：「子未之思耳。唯庸，故妄。唯妄，益庸。」聞者莫不心厭焉。當是時吴之以高文稱者曰王司寇元美，其始不無異同，及歸自留都，從其家求畫像，摹爲小幅系以傳贊，屬予書之。蓋曰：「千載有公，繼韓、歐陽。予豈異趨，久而始傷。」而司寇季子時爲予言，公之歸也，嘗讀蘇應詔諸篇，顧語之曰：「此乃可謂策耳。吾晉、楚録文豈能及哉？」予以是嘆服，司寇晚年識益高而心益下蓋如此，而世之君子或未必知之也。

先生之從季弟有達非聞甫薈粹其應試論策若干首，刻而傳之，而其孫昌世文休甫謂余居常服膺先生之文，於今時特爲真正，又所聞於其門人者頗詳，因屬爲之序。夫先生之所自得於古，而予之獲聞緒言，略窺見其概者。蓋古文辭非科舉之文也，顧其時出緒餘以應有司之試者，要自超然，亦不同於流俗人之作矣。父執傅士凱、張茂仁兩先生嘗見語曰：「吾師之論泰伯至德，聖人之心無窮，場屋之文未有其比。若其縱談理學，出入於南宋諸儒，會通其説而發之以汪洋超忽，殆得之莊子，他人莫能企而及也。」又曰：「先生少嘗就試論袁安、任隗，自言學未成史，書未淹貫，不能破的，而世已争傳誦之。」况其得之審諦者乎？又况其他文之高雅者乎？竊念予即有論説，不足以盡先生，而私喜其姓名得附見於兹集，則姑述夙昔所聞，以復於文休，庶幾以俟後之君子當有讀是集而悠然會心，識其與時之人異者。若其終以襞積，故實雕繪語句爲工，則斯文雖勿刻可也。

【校注】

〔一〕歸太僕：歸有光，字熙甫，崑山人。九歲能屬文，弱冠盡通五經、三史諸書，師事同邑魏校。嘉靖十九年舉鄉試，八上春官不第。徙居嘉定安亭江上，讀書談道。學徒常數百人，稱爲震川先生。四十四年始成進士，授長興知縣。用古教化爲治。每聽訟，引婦女兒童案前，刺刺作吳語，斷訖遣去，不具獄。大吏令不便，輒寢閣不行。有所擊斷，直行己意。大吏多惡之，調順德通判，專轄馬政。明世，進士爲令無遷悴者，名爲遷，實重抑之也。隆慶四年，大學士高拱、趙貞吉雅知有光，引爲南京太僕丞，留掌内閣制敕房，修世宗實録，卒官。有光爲古文，原本經術，好太史公書，得其神理。時王世貞主盟文壇，有光力相抵排，目爲妄庸巨子。世貞大憾，其後亦心折有光，爲之贊曰：「千載有公，繼韓、歐陽。余豈異趨，久而自傷。」其推重如此。有光制舉義，湛深經術，卓然成大家。後德清胡友信與齊名，世並稱「歸胡」。（明史卷二百八十七列傳第一百七十五）

石巖先生澹語序

老子曰：「道之出口，澹乎其無味。」夫無味也而猶言之，所謂强而名之曰道也。吾夫子不云乎：「予欲無言。」又曰：「吾無行而不與。」而釋氏之書亦稱默然無言，是真實不二法門。然則詞彌繁，意彌廣，其皆道之所不存歟？雖然，以言語文字求之，即單詞片語，要爲賸耳。若夫領之於心，措之於躬，由博而之乎約，雖洋洋纚纚，安在其不爲澹乎？論語記孔子之答問，可謂要言不煩矣。顧其詳乃在於删述六經，而要歸於平實，所以爲儒者宗也。君子由之上而達於道，小人由之下而達於器。器之所不可知、不可言者，道也。以俟能者從焉，固不容誣也。此夫子無言之指也。老氏之玄，蓋爲尹喜著書所言，皆道德之意，進乎器矣。不然，彼獨非孔子所從問禮者耶？若釋氏之洸洋宏肆，崇虚者溺之，執有者非之，而儒之能通其説者，至謂與易、論語合。然則離之而三可也，合之而一可也。其爲六經耶？五千言耶？十二部耶？靡不味其腴而未始不合於澹，以不言言之，以無味味之，門户不分，諍論不立，而道乃玄同矣。

石巖先生之爲是編也，由孔氏而之於二氏，蓋舉世之能爲言者皆咀嚼而飫其膏矣，然後疏其所自得以託於大方，名之曰澹語，而屬爲序之。予以謂調五味而侑五齊，斯亦味之美已，而必曰大羹、玄酒云者，爲其未離乎味也。口用是爽，醇用是醨矣，則莫若澹然一泯之於無酸鹹甘苦，曾莫得而名之，而猶譊譊焉號易牙〔一〕以羞於人者，吾知先生之所必不許也。

【校注】

〔一〕易牙：又名狄牙、雍巫，春秋時齊桓公寵臣，擅烹調，善於逢迎，傳説曾烹其子爲羹獻齊桓公。後以易牙指善烹調者。

北海集後序代

自昔以文章名世而傳於後者，或終老無所遇。即遇也，或連蹇不得志以殁。其幸而進用，舉世望之以爲顯榮〔一〕，雖其人亦自謂遭時，而中所蓄積果獲自效於用者，不亦鮮哉！豈立功與言固不可得兼歟？夫古之君子，修之於身，見之於行事，發之爲言語文章，一而已矣。其君知之，與之儕者能容之，吾何敢負也？於是焉不得已而功成。君弗知也，與之異而擠排之者衆也，無所望於進而思有所垂於後，於是乎不得已而言出，豈有二哉？

自科舉之學興，而士不必有其志，言不必施於用，其法屢變而屢窮，薄詩賦而求之以明經，以論策似也而士且日趨於苟簡，以徼幸一日之遇，其平居相與疲精竭思以爲之者，一遇於時而皆置之於無用，即有過人之才，非蚤獲自見，又幸爲詞學之臣者，其無乃以政學乎？雖遇之早矣，進而窺金匱、石室之藏矣，其用與舍未可期也。若上方嚮用而用之未盡其才，乃又以中道夭閼者，攬其遺文，豈不深可惜哉！

故禮部尚書北海馮公〔二〕弱冠登朝，及强而貳冢宰分别賢不肖，以肅吏治，以佐天子，惠養元元。又先後數考文章，登用俊良，備朝廷器使，世咸以爲能舉其職。上方將用公於調燮，而公不及待以殁矣。當公在經筵，欲借講説以規切時事，上自戰國，下逮東漢之季，爲通鑑直講一編，反覆諄切，其言簡而明，讀之凛然，庶幾繹而改乎！斯日月以冀矣。時朔方、遼左之師，東西騷動，忠憤所發皆見於其書。及身爲大僚，而礦税之使侵官蠹民，凡所以調護其間，皆詞婉意深，默有回天之力焉。公之不獲盡其才用也，豈非天哉！使公得永年，上之能盡公與否所不可知，其不勝世道之憂而見於論列者，又當何如也？某昔薦於南省，實出公門下，今方爲吏東吴，得公遺集，較而刻之。獨惜公之早達，受知人主，實深顧不獲盡見於行事，而猶託於文字以傳也。若夫序公之詩若文者，則有宗伯於公之言在。

【校注】

〔一〕「顯榮」：崇禎本作「顯融」。

〔二〕北海馮公：馮琦，字用韞，一字琢庵，號北海，山東臨朐人。明萬曆丁丑進士，選翰林庶吉士。由編修曆宮詹，升吏部侍郎。卒贈禮部尚書，謚文敏。詩文均有時名。著有經濟類編、北海集、宗伯集、兩朝大政記等。

學古緒言卷二

序凡十五首〔一〕

【校注】

〔一〕崇禎本卷二作「序凡十二首」，康熙本卷一作「序凡十五首」。陸氏在重校時將原屬崇禎本卷二部分的歸太僕應試論策集序、石巖先生澹語序、北海集後序代三文移入了卷一，又將原屬於崇禎本補遺部分的六首序移入了卷二，故兩版本所記數目不同。

緱山先生〔二〕集序

夫士志於當世，其遇則名實加於上下，一時言論風采，垂之後世，咸考信焉。其不遇，則屏居自晦已耳。然中有未忘，猶數詠歌先王，自見其意於言表者，蓋多有之。若夫遭時顯名矣，而徒揚其芬，未茹其實，乃僅僅託於語言文字，以有傳於後，良足悲矣。嗚呼，此予於王君辰玉之遺文所爲攬涕而叙之者也。

予之識君，自其甫冠，坦然以夷，邈然以遠，不可得而親疏者也。既而與之習，悉其内行淳備，平居於物無所好，而獨好觀古人之書，終日矻矻，丹鉛其傍而識之，敏而加勤，學日益而意愈下。其爲文章，頃刻千言，若江河決而日星明也。少喜爲詩，出入古今之間，初若不拘拘，而卒與之合，要歸於刻露駿發，非苟然也。年垂壯，始舉於鄉。又十餘年，而以進士第二人擢官編修。念文肅公[二]之老也，旋上疏乞終養奉親之暇，將益究心當世之務。曾未幾而病困頓，數年竟以不起。悲夫！

病革，手疏告其子皆生人之大節，於忠孝尤惓惓也。且曰：「吾於古詩文能窺其藩，未造其域也。然詩似差勝，他日發篋以屬執友某某詮擇而叙之，亦吾志之所存也。」蓋余昔嘗語：「君文不當以時代論也，凡人之傑然者，其識高，其自得者深，雖卒然而吐其中所欲言，必有異於流俗，斯以爲可傳而已。如陸宣公，其文詞豈有異時之人哉？而至今稱其奏議與賈生埒，何歟？以公之所言皆切於匡主濟時，鑿然有所不可易耳。故曰，文章經世之大業也。而區區焉以世之先後、詞之難易論者，一何陋歟！」君慨然嘆曰：「今之世其誰復可告以斯言者乎？」故余叙君之文，獨惜其志在當世而不及於施用，其詞或鬱紆悲憤，或慷慨激昂，蓋直取以寄焉。進未能矯中世士大夫之習，而砭其膏肓，退不獲抉古聖賢人之奥，以爲時耳，目徒負其才，抗其志，而泯泯以殁，使人咨嗟嘆息而不能已，固予所以序斯文之指也。

君詩文凡若干卷，皆録其大略而已。曰緱山先生者，君少時頗有游仙之志，所嘗以自號也。遜之蓋不勝悼念，以謂君之才與其志行之不苟，既幸遭時而終無所效於世，意今者或已游其神於大虚寥廓乎？則猶有足慰者乎？故以是名其集。於乎！其亦可悲也已。

【校注】

〔一〕緱山先生：王衡，字辰玉，號緱山，别署蘅蕪室主人。江蘇太倉人，王錫爵子。明萬曆進士，舉順天鄉試第一，會試進士第二，授翰林院編修。後奉使江南，請終養歸里，年四十九卒。工詩文，擅戲曲，著有緱山集、歸田詞、紀游稿等，明史有傳。

〔二〕文肅公：王錫爵，字元馭，謚文肅，太倉人。王衡之父。萬曆初年掌翰林院，累官至禮部尚書兼文淵閣大學士，入閣居首輔。詳見吴歈小草卷二王文肅公祠堂成遜之尚寶乞詩注〔一〕。

錢密緯寒玉齋詩序

昨歲予游京口，於友人陳仲醇舟中與密緯相識，因得覽其文，意深而緒密，非敏且勤弗能也。明日獲共若冲先生〔一〕登眺從容，夜深乃别。雖玄心質行，非造次可盡知其超然脱去世俗，而游於埃壒之表也。爲賦長句四韻、五言古三十韻以寄其慨慕焉。自後密緯數過從，未嘗不言詩。出其詩數篇，驟讀之，如風雨過而晴日在軒庭開霽人也。予爲言今之經義與詞賦迥然分途，即才能兼之，有得於此，必有妨於彼。吾見其兩乖矣，未見其並詣也。頗疑經義屢變而彌淺，是可贋售也，非若詞賦似靡，而源遠不可襲取也。盍先爲可售，而徐及於深造，庶幾終有合乎？蓋予嘗折臂於斯矣。密緯不以余言爲迕，而低回首肯者久之。別一年，所聞其復不售於有司，方爲悵然，而寒玉齋一編至矣。

夫遇不遇固非人之所得爲也，然彼是各一途而吾欲迫而强合之，亦非力之所能及也。以密緯之勤敏而求合有司之尺度，又三年希有不中程矣，則吾願與子終言詩，必也！博綜以浚其源，深思以極其趣，毋昡於俗以需中之自得，毋急於名以俟衆之自歸。持論則毋狃於時代，而但諦觀其所就。取裁則毋矜於華靡，而務力遡其所從。苟能是，即漢、魏、晋、唐之遺音，將亦時見於宋之作者，而喋喋焉沿襲口耳以輕肆詆訾者，或實未有窺也。密緯以爲然耶？不耶？

吾觀昔賢之論，譬文章於懸衡，今子之詩固已使予服膺而俯，他日功益專，增益重，吾首之至地夫何疑？顧如余駑鈍，既拙於争時，又恧於虛名，終身窮，初不自悔，終身學，老而無成，又以是薦之密緯何也？

【校注】

〔一〕若沖先生：由吴歈小草卷九始識錢密緯於仲醇舟中獲誦新篇遂同謁尊甫若沖先生留宴山堂即事可知若沖先生爲錢密緯之父，即錢應昌。錢應昌，字翊之，準貢，膠州同知陞陝西鞏昌府通判。

易經程墨文選序

六經皆聖人之書，易爲最幽深矣。揚子雲〔一〕作太玄以擬之，儒者譏焉，然要爲能知易者。自漢儒之易不傳，而王、韓之説獨行於世，逮宋程、朱二氏出，而學者又廢王、韓不復講。今之爲文以應有司之求者，名爲推本朱氏，而往往謬襲時師之曲説，苟以邀一旦之遇而已。然則薈粹而録之，又屬爲序之，其亦可以已乎。曰，是一代之制而士所由以進也，其言不必爲傳翼也。言不必翼傳，而上以此取士，故讀仲鳴之所詮次，而其人可知也。

自成化、弘治而迄於今，文辭之在録者可以觀世焉。昔之樸直者未必是，而今之藻繢者未必非也。有司者第甲乙而登進之，四方之學者争操觚而擬之，又務爲新特以勝之，亦其宜矣。然自樸而之藻，勢之所必趨也。藻極而反於樸，猶挽江河而之西也。今又當變矣，將變而何之乎？此實世道之憂已。唐詩之温、許、皮、陸，宋文之吕、楊、陳、廖，其言語非不工也，當時以爲儀的焉，自今而讀之，今昔之變將孰置是非於其間乎？

曰，是存乎辭，而不在乎傳之合與否也。夫昔人之才豈反不逮今，而今人之才豈皆能出乎古？然而必務勝乎其前，是果能有勝乎？昔者唯斤斤焉有所守而不敢肆，故寧不盡其才。今且過求於力之所不及矣，其詞彌誕，其陋彌彰耳，彼以爲非是不足以争時也。士以是日趨於譸張譎詭，而敦樸近於遲鈍，平淡近於枯寂，反擯而莫之收，此孔子所謂「不知言，無以知人也」，豈不亦可惜哉！往時歸熙甫〔二〕先生鋭意經學，工力甚苦。至爲應試之文，伸紙疾書，初未嘗經意也，然今之言經義者必推歸，卒未有能逮也。豈非積之厚者不求異而人自異之耶？

若夫易，吾不能知也。向嘗讀歐陽永叔童子問而是之，既又得蘇子瞻易解，蓋其説始於明允〔三〕，彼所自謂有易以來未之有也。志乎易者，其無廢王、韓，而以歐、蘇之説參考之可焉。吾與仲鳴游最習，相與論文頗數數，姑以是塞其請，不知仲鳴以爲然乎否也？

【校注】

〔一〕揚子雲：揚雄，字子雲，西漢著名文學家。

〔二〕歸熙甫：歸有光，字熙甫。詳見學古緒言卷一歸太僕應試論策集序注〔一〕。

〔三〕明允：蘇洵，字明允，號老泉。與其子蘇軾、蘇轍合稱「三蘇」，唐宋八大家之一。

吴江沈祖均選刻鈎玄録序

鈎玄録者，沈子下帷修業之所輯也。或曰，玄之爲言，幽深微渺之名也，而以稱斯編何歟？夫性與天道，孔氏之及門者猶不得聞，今之文直義疏之餘耳。而烏在其玄乎？若果玄也，則無乃離其本歟？昔人作玄以擬易，舉世僅一二人知之。今之業文者欲求知於人人，而乃託於人所不能知之玄，又得無與希世之術謬歟？予應之曰，沈子之所爲輯也。時之人以爲玄，則從而玄之已耳。夫臭腐神奇之迭變至於斯藝而極。今時則又甚焉，凡與於編者，其人皆已售於當世，既有司以爲工，而天下之人亦翕然趨之，不必深於撰述之旨也，而其言皆有枝葉靡靡焉，以爲悦於目而快於心也。則宜謂之玄矣。蓋昔有編詩而以極玄、又玄名，其或與之類歟。是又不然。昔之玄，合一代之作者而鈎之也。今之玄，就一時之能者而鈎之也。假令後先錯列，則震澤〔二〕、毘陵二先生幾同揚子之覆瓿矣。雖然前人之作歷百年而未有能繼之者，今雖五尺童子試一操觚，而衆且詫爲奇焉，則今昔之異，當孰處玄乎？夫玄不玄，非吾所能知也。飲食不可無鹽梅，而味嘗在鹹酸之外。若此者，玄耶不邪？與是編者有合焉不耶？易牙之調世，或不嗜焉，時之所爲也。沈子以爲，世之君子非其才不足以與於斯文，而謭謭拘拘，以是古非今爲者，要爲無意於當世，故其所詮擇云爾，必欲就斯編而詰其所以玄者，微獨吾與沈子不能言，雖其人亦不能自知之也。夫如是，則吾將以其不可知而名之曰玄矣。

【校注】

〔一〕震澤：王鏊，字濟之，號守溪，時人尊稱震澤先生，謚文恪。吴縣（今屬蘇州）人。明成化年間進士，官至户部尚書兼文淵閣大學士、武英殿大學士。致仕後閑居蘇州，以著述自娱，有姑蘇志、震澤集等。唐伯虎稱其「海内文章第一，山中宰相無雙」。

二王公車義序

予嘗謂文之工拙如百物在市肆，咸有定價，雖復低昂以獲售，要於其常終不得而易也。世乃欲以愛憎之蔽而混美惡之常，不已過乎？雖然，工與拙則必有分矣，而特不可論於進取。夫士不必短於才也，雖得號爲工文辭者，未能無厭也。主司不必劣於識也，雖得號爲有鑒裁者，未能無爽也。士或稱心以言，有合有離，上之人操程度而求之其得者，十五六焉，略玄黄而取之，其得者十二三焉。是猶有一二人者，在必不得之數也。如使得失眩其中，而卒迫困其外，於累黍未必合，而天機未必動也。庸可徒冀人以格外之賞哉？雖然，其在於今，則又有異焉。上唯恐才士之失也，見似才者而輒收之，寧過而離毋不及而合也。

甚且以不及之實而飾爲過之形者，亦往往誤見録焉。士徼幸於詭遇，則妄意以投主司之好，上之人以憐才受欺，而下之人以苟得長僞。世亦皆知病之，而其流幾於不可返矣。若兩王生伯栩、閑仲抑可謂不惑於流俗者也。自乙未北還，出篋中文示予。予讀而嘆曰：「夫二君者，則誠工於文矣。」蓋伯栩之長在横溢，而閑仲之長在組織其程、度其天機。世無工倕亦知其不失尺寸也，世無伯樂亦知其超逸絶塵也。而不能必之於有司，則豈非文之工拙誠不可以論進取乎哉！然而二君之文固在也，雖不能盡知其奇者，亦不謂我好之而昂其直也。韓退之有言，吾文自謂大好人，必大笑之。夫如是，雖或有疵，二君文者容何傷乎？夫以千金享敝帚者，非也。見世有寶燕石者，而遽疑璞玉之難售，亦非待價而沽之，道也。余久困場屋，念當遂棄去，而二君以平日之雅，顧令叙所爲文，夫予言之不足重，二君審矣。抑老子曰：「知常曰明。」吾試言其常，以俟世之能知二君者焉。

張伯隅稿序

予嘗論制舉之文，意不必創而依於傳注，法不必古而束於排偶。然而能者亦往往微見其胸中之奇，讀之知爲傑然者也。非好學深思，需之以歲月，而中有所自得，則莫克以爲。若夫勝人而取於人，斯有不得而必者矣。自學術日衰，世多以貪常嗜瑣得之，遂謂文固宜然，烏用好古而不適於時爲哉？而炫奇之士，則又託玄虛以爲高，爭鈎棘以爲工，群聚而姍笑曰：「文何必雅馴而坐令自困若此？」夫浚發巧心，受嗤拙目，從古已然，而乃以區區之得失定其工拙，亦過甚矣乎！友人張伯隅聞而是之，相與礪鏃括羽之日久，其文之豐蔚如其先司馬公，而潛思詣極蓋進而未已也。既連擯於有司，而氣益鋭，功益專。今伯隅既得之矣，吾請以伯隅之所以自得質之伯隅，往時有司之考文章也，唯程度之拘，故文之竄竊而萎薾者得倖進焉。伯隅雖學爲温潤綿密，而竟不能得也。於是益務去其芒角，以求合於時，幾不能自持者。比就試而掉鞅無前，若鷙鳥之擊不極其力不止，而會典試者冀得偉異之才，棄瑕求瑜，苟駭於目，無不收者。以伯隅之宕而能法，贍而能潔，宜不後人，而一時同舉於鄉先之者且若干人，豈其文盡出伯隅右哉？則是既能得之而猶有不可必也，其不當較量於得失之間，審矣。伯隅將盡出其橐中之文以觀於人人，而予爲之序。蓋喜伯隅之遭而並以解於世俗之相笑者也。

二陸讀禮草序

友人陸孟祥、仲鳴兄弟居憂之明年，既小祥矣，痛念泰初先生白首場屋，不遇以殁，相與茹哀績學，其文日益工。同社之友遂合其小試諸篇，録而授之梓。孟祥文若渥窪名駒，不可控制而乃能抑受銜勒；仲鳴文若芙蕖出水，特爲鮮妍而時雜宋人楮葉。文若是，其遇於時必矣。顧吾不獨喜其文辭而已，夫二君者之爲之也，異乎不忍讀父之書歟？乃所謂如有聞其音聲者歟？予猶憶侍先生酒酣，慷慨叙説生平，及論爲文利病，皆鑿然可據。暮年壯心隱隱見眉睫間也。辛卯之秋，携二子試留都，聞人傳一題，不移晷即袖其文以示。迨三場皆盡，夜而出，予私憐其意以爲士之志於當世者，豈好自苦哉？其中心有所感激，誠不能自已耳。既咸擯於有司，間一過從，則先生病欲殆矣。

嗟夫，使二君者而徇禮之末，不早自奮以畢先生之志，世之訾議必有歸矣。今以其哀悲慘戚之懷一寓之於文，以求合於時，故能若是工也。雖然，二君固爲予言之矣，曰：「吾兄弟之嘔心而爲此，非徒以誇世而競名也，懼吾今之未必然而功力之或未至，冀夫愛我者之勖我，而以慰吾之心也。子可無爲我一言乎？」因述其意，以爲讀禮草叙。

三侯〔二〕日課小引

侯氏三少如兒駒騄風，聯翩並騖。予昔有詩贈之，時則長者舞象，少纔九齡耳。又二歲丙午，而同日補博士弟子員，閭里嘆羨，比於河東之薛，且謂璩瑒、機雲猶讓一焉。今將彙其所課，求四方是正，而謬以士安見推，請爲之序。夫將爲名乎？吾少非濫竽，晚復罷瑟，衆所同去也，而何名可借？將以爲實乎？浮洲渚者不以艨艟，穿林麓者不以列駟，又實之所不在矣。雖然，今之談經義者，吾亦能言之，指趣爲宗，標格爲異，菁藻爲華，不越此三矣。夫聖賢之微奧，經百家而傳注，莫能窮也。經生之帖括，率三年而面目爲一變也。苟徒以拾唾爲解悟，學步爲矜奇，不已恧乎！然則何塗之從耶？唯氣與辭咸謂殆庶，盛氣而前，則當之者辟易，不必其儒雅也。擇言而吐，則聞之者解頤，不必其諦當也。此於工拙利鈍，宜有合矣。而或又相左，何歟？吾嘗試揣之，必也似之而非乎其非也，所以出之而易爲工其似也，所以投之而易爲入斯言也，其必爲達人所姍笑，抑有命焉，不可得而力爭也，而豈爲三俊少願之乎？聊以寓衰世之感而已。頃者尋繹孟氏知言，合之於世道人心，而豁然以悟，悚然以懼，然後知吾向之未始讀孟子也。何時當相與劇談此義，而姑以此塞今日之請。戊申冬抄通家老友某叙。

【校注】

〔一〕三俊：指明嘉定侯震暘子侯岐曾、侯峒曾、侯岷曾，三人皆有文名，同補諸生，學使表其廬曰「江南三鳳」。

嘉定縣均役册序 代

嘉定於吳爲瀕海下邑，沙浮而川涸，常仰食於四方之穫。種宜木棉，然而夏秋之交或熇以枯，或潦而腐，加以颶風乘潮所摧折飄蕩，畝無留莖，而鄰壤之秔稌自如也。蓋某始受事而聞於邑之人者如此。及按籍而稽之，田之在户者凡一百三十萬畝而羸，其役於官者，歲以二十五萬畝而足，士大夫之不往役者、民之役而得代者、貧不任役者常有八十萬畝之餘，而海壖之潟鹵、蘆葦之所叢生不與焉。蓋自漕折以來迄於今，其歲額類如此。去歲庚戌，御史中丞徐公某〔一〕以巡撫涖治三吴，圖政之巨，饋運爲先，裕國之儲賦，斂爲亟。江以南賦最重，而吴又江南之尤也。向者患占田不實，役使不均，民之瘼矣。害且貽之國家〔二〕，甚非所以恤下而忠上也。具疏言之於〔三〕朝，請依會典限田之制而酌議免役焉。品官而下，以次爲之，等差靡不有加。然後率所羸田，而役其丁壯，與庶民均。已得旨，下所部州縣盡發花詭宿蠹，與之更始，獨嘉定令缺。前後來署事者數更易，桀黠反緣爲奸利。公又燭厥隱蔽，行縣覆簡覈，而某適受朝〔四〕命來爲公屬吏，於是勾稽剔抉，復得花分詭寄之田十七萬五千餘畝，各歸之於户而定其重輕之役。凡五年，以請於公而行之民間，計役之田視昔加十萬焉。始之嘩者終而悦服，籍成刊而布之，某宜敘公之德意以垂於久遠。有來諗曰：漕不折，役不以排年，吾民不死而徙耳。今者賴天子〔五〕之恩得安於田畝，役之不均殆未若鄰境之亟乎！應之曰：爾之鄰譬病甚而以藥石起之，效在邇。邑之人譬病起而以粱肉養之，利在遠。而必欲湔洗腸胃，漱滌五臟以見功乎？吾恐秦越人〔六〕之不數遇也。則又曰：是固然矣。夫籍田而役之，役各視所當，其劇易已分且歲更，故均之易；計畝而賦之，賦不能無逋，其急緩或偏且日棼，故均之難。往者獲奉上〔七〕俞旨，蠲漕之諸費派徵，視鄰邑懸矣。已又均派，而別以其剩抵他所徵，則已淆。又或徵且輸矣，而不入於司農。後又責之民，或用軍興加編事，已而次第減免矣，猶復徵之，復輸之，則非法。或量田之腴瘠而爲之則矣，而受賕骫法者高下在心，長吏不能詰也，毒良惠頑且滋擾。凡若此者，皆在事者之所宜先也。亟圖之則政之平如役矣。某於是懵然未有以應也。竊以謂朝廷設官理人，自州縣之長已得比於古諸侯，上至中丞而綦貴矣，實古連率之任也。任重則德施普而所圖於民者大，若概之於平也，必自斛焉，斗升可勿問矣；位卑則痌瘝切，而所圖於民者詳，若錙之在藏也，一而數之，即萬億自此睹矣。公今既先其大者，某也敢不黽勉於其詳，以庶幾從公之後，且一塞言者之意乎！

【校注】

〔一〕「某」：崇禎本無。

〔二〕「國家」：崇禎本作「國」。

〔三〕「於」：崇禎本無。

〔四〕「朝」：崇禎本無。

〔五〕「天子」：崇禎本作「上」。

〔六〕秦越人：號扁鵲，戰國傑出醫學家。
〔七〕「上」：崇禎本無。

選刻邑學諸生經義序代

予始至嘉定，士或謁予而譚治河，其指畫舊坊與今日疏導之宜，如親至其地者。且曰：「大學猶是也，不循其源不足以合於道，不通其塞不足以適於時。」予聞而心異之。有過從者與語移時，叩其中所欲言，往往令人解頤。古所稱南方之學得其精華，信矣。已問知其舉於鄉者率不能過十人，私怪士之售者少也。及試禮部，則此十人之中其得薦者又不後於郡之人焉，豈其技誠然耶？抑有幸不幸耶？有儒一生詣余而請曰：「先生亦知工與拙存乎人，得與失懸乎天，此不同途而趨也，能必其果相值歟？世以其不相值也而獻嘲，吾以其適相值也而自解，皆惑矣。以爲得之者工耶？其所以得者文具在也，或群一世而詆訾焉。以爲不得者拙耶，是固然矣。假令以其言而筆之得之者之牘，或亦過而賞焉。且此一文也，一人焉以爲工，又一人焉以爲拙，必是與非分焉。夫安知考文章者之必出於是歟？吾以謂言語之工未必適用之具也。要以匪是，則末由詮擇焉耳。夫如是，雖有幸而得、不幸以失者，猶未爲害也。士亦務吾學而已，夫苟學其用於世者，而不務修其詞以求其合，是亦吾罪也。辭之修矣，其得與失不與，吾事焉。先生以爲然乎？否耶？」予曰：「子言類有道者。疇昔之言治河，殆子之徒歟？故予從蔣先生次第諸生之文，姑就予所見而以質於人人，不敢言利鈍也。有棄其本而以争時爲得計，吾恐狂瀾之潰堤防、汩陵谷以至於禍天下也。」因識其説以附於末簡。若夫邑人士之學問淵源與師帥者之造就，則有二先生之言在。

選刻邑學諸生經義後序代

今天下文學之士，江以南爲最，若東吴又江南之尤也。予生長於粤，雖刻苦自力，常恨不得游於四方，以開發其意。歲乙未，始獲以貲至京師，浮江涉淮，過齊魯之郊，經塗萬里，耳目所聞見日新，往往聞人稱説江東山川土風之美，與其賢士大夫之清華妙麗，輒思一游焉。吊延陵季子〔二〕之遺，而訪問六朝遺迹，且觀古今人相去遠不遠也。已謁選得蘇之嘉定學訓導以行，竊念予之樸鄙，而爲吴士人師中不能無慚。然夙昔所懷，一朝慰之，實所自幸而快意者也。比至未幾，奉督學陳公檄率其儁二十人試於合肥，與俱往返，極登臨觴詠之適，中殊灑然。還而諸生以次來謁，雍雍愉愉，進止皆可觀已。從會稽趙先生後得覽觀其文辭，雖所詣不同，要非生於文盛之邦不克至是也。而是時，慈谿王公爲邑之日久矣，務爲作興長育以成人士之才，不概以齊民之役折困之，以故士得殫其力於藝文，而趙先生素得號爲能文章，胡先生又自泗州來佐之，故以予之不敏而獲樂觀其成焉。兹録也，自去年夏以迄於今，諸生之文之工者，人各採擇，以見其大凡。或學成而方圓合度，如大匠巧運規矩之中。或才美而縱逸不羈，如駿馬方騁康莊之足。蓋予向之想慕其地而欲一至焉者，得從容與其人游，而又得遍觀其文，且以暇爲之品第焉。此固予所深愧而且自以爲慰者也。夫吴子游之鄉也，其文學淵源必卓然有異，而粤之文章，自唐元和柳柳州〔二〕始有師法，其相去固已遠矣。柳之言曰：「文以明道，非苟爲炳炳琅琅而已。」吾鄉學者至於今尊之不廢，而予之得聞於長老者如是。儻其指亦無以異乎？如曰古今人不相及而務爲俗學焉，唯繡其鞶帨是務，則非予所望於文士之尤者也。

【校注】

〔一〕延陵季子：季札，又稱公子札，春秋吴國國君壽夢第四子。初封於延陵，稱延陵季子。崇禮尚義，賢明博學。壽夢二十五年（前五六一），壽夢卒，長兄諸樊除喪後欲立季札，季札堅辭王位，禮讓於長兄。諸樊十三年（前五四八），諸樊伐楚戰死，季札擁戴仲兄餘祭繼位。其才學修養，爲諸國士大夫稱譽。

〔二〕柳柳州：柳宗元，唐著名文學家，因官終柳州刺史，又稱柳柳州。

武先生〔一〕校士録序代

自士以剽竊爲文，索意愈深而實離，屬辭愈妍而實陋，主司亦能知之，而誤揣以爲才也，反亟收之。其人之得者，因不復自知，而世且妄推之，謂是嘗勝於人而取於人矣，且相與仿效以爲之。及他日在事，則又操是以爲衡。嗟夫，此昔人之所以嘆訛種相承也，非一朝一夕之故矣。邑故多老師宿儒，凡讀書論文多得之歸太僕先生，歸既晚達，其才不能逮而效之者，益更闊疏，坐是或終困，世之能捷得者遂用相詆訾，謂得失果在我，不聞詭遇可以獲禽乎。於是邑之少俊，咸思改轍而從焉。去年冬，華亭王先生[二]既北上試於禮部，而溧水武先生獨留課諸生，於二三月間得文若干首，選而刻之，謂是可與世之巧捷者並驅而争先矣。乃不以屢蹶而棄之，猥屬爲之序。某也質魯，而意遠好古而不宜於今，其何足以知之。辭不敢當，先生笑曰：「子之玉未嘗獻而足固未嘗刖也，姑試之，庸何傷？」竊以謂唯耕而穫、獵而饗者，乃可以論於稼穡之利、搏擊之能耳，終不敢開口而論，以重爲世俗之所嘩。獨諸君子之塗轍更矣，其必將騁驥足於康莊無疑也。若夫區區之所守，譬之資章甫而適越，雖不悔亦不敢以進也。

【校注】

[一] 武先生：武光宸，字殿卿，溧水人，貢生。萬曆二十九年任嘉定縣學訓導。著有觳音集。

[二] 華亭王先生：王善繼，字性之，華亭人。萬曆二十九年任嘉定縣學教諭，勤於課士。中甲辰進士，歷官刑部主事、建寧知府。

三先生選刻經義序代

予爲嘉定之三年，而蔣先生〔一〕來自嶺右。未期月，胡先生〔二〕自淮南渡江先後至，爲諸生師。其明年六月，會稽趙先生〔三〕應聘爲考官山西，已中進士乙榜，擢知桂陽州以去。當是時，二先生實左提右挈，數進諸生試之，拔其文之尤，捐俸入刻焉，以致其奬借之意。而率諸生來問序於予。予以謂士之用世，其討論古今而擘畫當世之務，見諸行事而間發爲文章，以潤飾太平，獨經義幾於無用。然而非精研傳注之學，以求合於聖賢之旨，則其文多不能工，而施於用者亦往往鹵莽而不得其當。故經義於取士爲先且重，然其體率數年而小變，變而之盛，則樸鄙者以華然，拘牽者以超然，而萎薾者以傑然。其變而衰，則求爲麗適得靡焉，求爲奇適得誕焉，求爲健適得礦焉，迭相勝而互相非，其大凡也。至於雕鏤之極樸以漸喪，藻繢之過質以無餘。又其騖於得者，鋭情帖括而謂博宗者迂，專事剽剥而謂獨創者愚，漸染成風識者有隱憂焉。嘉定僻在吴東偏，俗號「簡質」，其人多負氣有志節，而出仕於時皆能有所自樹。若没没焉以愧其鄉之人者，未有聞焉。蓋自王文恪公〔四〕時已稱其長材秀民，有出於他郡邑之上者，而舉業之文則金式之〔五〕先生其尤也，雅自負，與文恪争鳴。迨選於禮部，名即相亞，今又百二十餘年矣。風氣日益以開，而學問獨有淵源，不隨俗汩没，以故變而未即於衰。雖然，吾懼夫燁然者之未幾而靡也，超然者之未幾而誕以礦也。夫士患不能，何患莫知？苟能矣，而或不見知，是有命焉，不可得而强也。士苟爲炫飾之文，以競時而争名，世俗必以爲然，其他日者之用於世能無苟且而冒没者希矣。今諸生之文具在也，其所致力於學而求爲可知者，必能自信其何如也。有二先生以策勵之，又從而揚其名聲於時，勉之哉。毋苟爲變而不虞其衰，毋急於名而遂遺其實，其所成就，决不止於進士高第也。審矣夫，豈獨二先生之志，抑亦吏於茲土者之光也。

【校注】

〔一〕蔣先生：蔣志良，字思善，宜山（在今廣西河池）人，貢生。萬曆二十三年任嘉定縣學訓導。内介外和，賙恤貧士。陞武宣教諭。

〔二〕胡先生：胡思誠，字克成，泗州人。萬曆二十四年任嘉定縣學訓導。陞宜春教諭。

〔三〕趙先生：趙璧，字完卿，浙江山陰人，舉人。萬曆二十九年任嘉定縣學教諭。陞桂陽知縣。

〔四〕王文恪公：王鏊，謚文恪。詳見本卷吴江沈祖均選刻鈎玄録序注〔一〕。

〔五〕金式之：金楷，字式之，江陵教諭洪之子也。天資穎特，讀書常先人數行，與郡人王鏊讀書古招提，偶同拈法華經，循覽一周，已各能成誦。所爲制舉之文，亦與鏊相下上。督學御史浮梁戴公珊歷校諸庠士，獨指鏊及楷文，謂可伯仲，時推精鑒焉。成化乙未，會試鏊舉第一，楷次之。選次當爲京朝官，竟出知涪州，意不能無望，久之免歸。益折節讀書，所譔述甚富，家再被火無存者。其爲涪州也，值學使者都試檄之閲卷。既出，諸生有迎問者，輒徵其承題云何，即曰在何等名第幾，迄無一人爽。博學强記，前輩罕與儷焉。

錢士孫射評序

友人錢士孫〔二〕既撰次射評寄示予，且屬爲之序。予不能知射也，而烏能言之？顧往時見士孫與其友孫履正、履和兄弟數聚而較射，未嘗不往觀焉。射畢，弢弓囊矢，相與追論其所以，曰如此而得，如此而失。三人者亦未嘗不相視而笑也。予又從問之，則曰：「吾豈能爲不知者言耶？即言之，君亦欣然而賞之，其不可得而言者，君終不能盡之也。」

予退而思其言，嘆曰：「事固有習之而不能知者，乃欲以不習知耶？」今夫貴人之家，耳非不厭八音，口非不厭五味也，至問其所以宫商相宣、酸醎相和者，彼有惘然而已，况於窶夫，望屠門而大嚼，聞管弦而竊嘆者，顧可以語此哉？天下聰明絶異之資，往往用之於言語文章，雖世所號爲能者，童而習之，逮老而好之，尚不足以窺作者之用心，况下此者乎？然予不辭爲士孫序之者，自以少即好學書，每觀古人之論，輒三復而思之，聞有古人之遺迹，輒往求觀之，若饑渴然。予之不能書，蓋天限之也，若心固能通其理矣。士孫之射固已得之於心，應之於手，豈獨天性，實由積習而然，宜其能言之也。古之言射者，如所云貫虱之心，去楊葉百步而百中，正如書家之言徑寸千字，皆極論其妙，非必盡然也。唯中石没鏃，不數十步內不輕發，此則誠然耳。士孫以爲然乎？否耶？夫士孫既以才勇用於當世，摧折方張之敵，立功絶域之外矣，一不爲世俗所容，年未及衰，去士伍而侣田夫，方將灌畦種樹，求爲尋常無聞之人以自老，特以其所自得於射者，與世之所習聞者異，不得已而筆之於書。竊意知者見之，當如孫氏兄弟之莫逆於心，即不能知如予者，亦必不至於疑怪其言也。

昔士孫未第時，與二孫就試郡城，於時四郡之士咸集，而見其射者無不嘖嘖嘆息以爲能。士孫既免歸而履正夭死，履和今尚未爲時用，豈士之遇合果不在於能也歟？近聞士孫好種植，又往往能言人之所不能言，豈其天性敏妙，如易牙之於味、師曠之於聲，故其知之爲獨易也歟？士孫或又出一編，將復爲序之，若予者殆所謂徒好言之，實不能知之者也。

【校注】

〔一〕錢士孫：錢世禎，字士孫，春沂之子，中萬曆壬午、乙酉、戊子三科。中己丑會試，任浙江把總。壬辰援朝鮮，兩受欽賞。鎮常鎮參將。

贈王先生試禮部序

華亭王先生來教嘉定三年矣，歲十月，當偕計上南宮，與諸生別酒，半有執爵而言者曰：「唯先生績學纘言，著美名而負屈稱，以淹於兹土。唯吾黨從先生游，由所聞知自勤勵無怠。然至有司考文章，凡先生之所知售者十而一，豈果不合於時之程度歟？夫爲有司者，懼士之以奇衺進也，寧失才務謹守其師説，是則然矣。竊以爲士患不學，不患其好爲異也。誠學矣，即有所異，同要不詭於聖賢人之指，則何以拘拘譾譾爲主司患不知？言不必張一目以爲羅也。苟唯拘拘焉、譾譾焉，不務得士而若出於繩士以求自爲解，此亦非知言者之所出也。蓋士嘗進而妄號爲奇矣，或誤以爲才而收焉。已而漸厭薄之，士又將退而妄託於平。若又誤而收焉，是士終謬爲形以應，而主司直虚爲名以自解也。等謬與虚耳，豈可謂能得哉？先生行矣，將卒守其學，唯在我者之信焉，不虞失時乎？將亦少貶而詭爲之形歟？夫非獨奇者詭也，雖平亦詭也，是猶鄉愿之託於中庸，詭遇而獲學道者，不以爲恧乎？」先生聳然曰：「吾平日相與語者謂何其棄之也？懲於往而不必諧於今，告於人而不必持於己。不知命，何以爲君子？且吾不幸不蚤遇於時，猶幸與二三子優游，以從事於斯文也，夫亦中有樂焉，非獨以人之見收爲己榮也。且向之妄爲奇者，寧能盡有合乎？吾終不敢以欺有司矣。」或有笑而應者曰：「先生慎之哉！今之文章以襞積故實爲有學，以雕繢語句爲精新，此昔人之所嗤也，世更相與慕效之，而尚莫克以爲况於守吾之學而又安所之耶？」則又有整冠捉衿而前者曰：「請觴之。夫上之人謂士無實學易，下之人謂上無知言難。且子之言以爲世卒無有能知者，激也。先生之言以爲自信其是而姑有待焉，正也。先生今將遇矣，謂世果無良有司能知言者焉？吾不敢誣也。」於是先生起執爵而釂之曰：「敬受賜。」衆咸謂某宜叙次其言，以竊比於古人之贈處，遂不辭而書之。

學古緒言卷三

贈行序凡十一首

贈邑侯韓使君〔一〕考績序

淄川韓侯爲予邑之期月，政令肅然，慢者知戢，邑無逋賦。又二年，則廢墜畢舉，俗用丕變，雖小人罔不革面矣。報政於朝廷〔二〕得受訓辭，以其官封其父母，於是邑之搢紳先生思所以頌厥盛美，而屬予爲之叙。夫侯之所施設，朝堂皇而暮四境，捷於風行草偃者，予固不能悉知而具陳也。獨念邑之難治，其賢者學道而篤於信古，其不肖者鶩利而敢於扞網，其侗以願則稟上之令，跼蹐而求免其身，其桀以黠則伺上之微陰陽而嘗試其巧。夫使信古者袖手而熟觀其所爲，願樸者安居而不見其所苦，雖不肖以黠鶩於利，而猶知顧其害，巧於伺而終不敢輕有所嘗，非其所施設真有以大慰人之心而能然乎哉？蓋唯公平不頗務於求民之瘼，不急於就一時之功，而後足以與此。於呼，此侯之所以能爲吾邑者歟！

往者邑多賢宰，然自南昌萬公〔三〕而後逮今四十餘年之間，其爲邑人所思慕者則嘉禾朱公〔四〕、廣安熊公〔五〕其尤也。蓋朱以清簡，熊以悃愊，皆仁心爲質而行之以無擾。今侯又繼之，雖其因時布政，不必同於二公，要爲邑之所庇賴均矣。豈非瘠土疲氓之厚幸哉！雖然，邑之難爲在事者凡幾變矣。至於今而尤有厪侯之用心者，予竊願有請也。蓋始者邑嘗困於稅額矣，而均則之議行。已尚困於兑運也，而折漕之奏下。自是雖單丁下户亦得充賦役，以不至於困踣，然而民不加饒，俗以日偷，又何歟？蓋嘗深思而得其故，以謂人之賢者必不勝不肖之衆也，其願者必不勝桀黠之衆也，且夫〔六〕朝廷之寛政又必不勝里閭之薄俗也。今侯已糾其慢矣，計自兹以往，其去此而爲京朝官也尚需二三年，則所深慮而亟圖之以終惠吾邑者，意必先於化導乎！

夫以子産治鄭，孔子所謂古之遺愛者，而猶曰衆人之母能食之，不能教也。則求化民成俗於今之世，不已迂乎！蓋此聖賢人之所憂而王道之所不得已也。故曰：君子學道則愛人，小人學道則易使也。自邑之免於漕而理人者其政不格於勢，其澤易被於民，以侯之賢，加以課最之後，則今日之所宜先者，將必出於此矣。語有之，夫事易成者名小，難成者功大。願侯之卒爲其難，予將執筆以竢，以紀侯之德政垂之無窮，使後之謳吟而思慕者將有考焉矣。是爲序。

【校注】

〔一〕韓使君：韓浚，字遂之，山東淄川縣人，萬曆二十六年進士，二十七年任嘉定縣令。爲政務求民便，催科向以十日期會，浚易之以月。押班總甲悉除去之。又嘗濬河渠，繕城垣，修學校，建明德書院，以課士聘名宿。纂修邑志，後擢御史。

〔二〕「廷」：崇禎本無。

〔三〕南昌萬公：萬思謙，字益甫，江西南昌府人。明嘉靖二十六年進士。嘉靖二十九年，以行人調吴江縣丞，來攝嘉定縣事。陞嘉定縣知縣。政尚惇大，不矜名炫才，人莫窺其際。邑多逋賦，逃亡者衆，田益荒。嘆曰：「治此如烹鮮，可更爲擾乎？且民有死耳，賦終不可得償，不如因而寬之，且以招集亡者。」時謂非獨愛人，實中事之窾焉。癸丑夏，倭寇薄東城，乘風焚倉舍，城幾陷。叩頭籲天，風反火滅賊，酋連中矢石斃，乃解而去。謂邑城土堞難守，請易以甓。事會遷刑郎，留以俟工畢。越明年，城成，賊果大至，恃以無患焉。平日遇事，皆熟計若不能決，不知者以爲不快，思謙聞而笑曰：「昔賢有云，後人當思此憒憒，殆謂我矣。」既去而益思之。歷刑部主事、太常寺卿。

〔四〕嘉禾朱公：朱廷益，字汝虞，浙江嘉興縣人，萬曆丁丑進士。萬曆十一年，由漳浦縣知縣，謫連州判官，尋陞嘉定縣知縣。先是，邑中吏治操切，又積因漕糧，富家皆破於徭役，民多轉徙，而田爲墟莽矣。至則以廉儉自持，寬仁爲政。數巡行阡陌，問民疾苦，悉見施行，百姓若解倒懸焉。尤獎借善類，不設城府。知瘠土之民，類苦歲額，則量其緩急，而次第賦之，不過爲誅求。又以猾胥作弊，錢糧徵比，多所影射，乃創爲鐵板册三連票，民間納户，始知所程，至今便之。時邑民方遂漕折之請，而又得良吏噢休之德，意既宣，歡聲四浹。蓋廷益先令漳浦，以賑荒忤上官，坐貶連州。未行，復移嘉定。後三年歸，僦屋以居，鬻田以給，官至通政司參議。歿後，貧不能葬。江南士大夫高其清節，釀金助焉。

〔五〕廣安熊公：熊密，字子績，四川廣安州人。萬曆丙戌進士。萬曆十四年任嘉定令。承賢令之後，守而勿失。值歲大侵，輒緩徵以待蠲恩，即歲中再奪俸，不爲動也。朝廷既俞改折之請，非極貧下户，皆可以充賦役。於是採父老言，以里甲編審，民尤便之。爲人豈弟悃愊，顧獨以嚴治桀黠不逞之徒，民間所號爲打行、訪行者，次第皆伏法，良民怙之。自嘉禾之後逮密再考，先後垂十年，其所培養休息，澤至渥矣。後陞户部主事。

〔六〕「夫」：崇禎本無。

贈明府胡公〔一〕改任長洲序

齊安胡公來爲邑之二年，訟清事簡，桀黠稍戢，孱懦獲安。方將窮簿書之紛糅，剔租賦之姦蠹，孰爲病良而惠頑，期掃而更之，貽邑人永利，而當路者嘉其治辦，謂宜亟旃以勸。移咨吏部，改令長洲，於是邑之大夫士庶咸惜公未究厥施，欲叩閽留之而不可得也。相與侈爲文辭，稱道盛美，以贈其行，且以致夫眷戀不忍舍之情。而諸生若而人尤以受公特達之知，不當苟同於衆人已也，而以齒見屬爲序，則請言士人之職業以質於公退，而與二三子共勖焉，以終其惠教之意，庶幾乎在諸生亦言諸生而已。

竊惟朝廷之所以求士，而士之用於世者，爲其立身行已，具有本末。又以熟觀古今之故，通變適時，舉而措之，可以利安元元，爲國家〔三〕樹不拔之基也。羅之以庠序，董之以師儒，將長養之，使有成焉。欲知其材品之高下也，則試之以文章，生於其心而筆之於書，於以知其素所蓄積而需將來之用，或十得二三焉。若今日之所以養士取士者何如也？士所以待其身不過苟慕貴富之鄙夫而已，上所以求於士不過幸徼科目之時文而已，一旦爵命於朝而責之以事任，欲使忘其身圖而專意公家之事，豈可得哉？吴之士號爲好嚚而負氣，而實不然也。其偶詿於文法，直一二輕躁少不更事之人。若論其大凡，往往狃於尋常而不自樹立，鶩於進取而不知本原，欲求堅忍耿介，不隨世汩没者，殆累數百人而未有遇也。

昔者君之戒其臣曰：「無效某人之飲酒游山也。」而吴之俗至以此自喜。夫飲酒游山固未足以累賢達，豈不猶賢於恣睢足欲而無所忌憚者哉？不知由君子觀之，是二人者之無用於世正相等也。而一旦爲衆所訾垢，一旦爲世所艷慕，是孰當垂誡也哉！昔有侍歐陽文忠，怪其多言塵俗閑事而不及於文史。公曰：「吾嘗謫官夷陵遠地，無書可讀，得故牘一篋，反覆觀之，悉究其所以，由此識日益進。」古之君子好用其心蓋若此，而近世仕者嗤簿書爲俗，乃耗其精於鞶帨，學者務剽竊爲文，至辱其身於躁競，一何陋且左也！吾觀聖王之世，雖其頑且讒不出於忠直，猶以侯明撻記，而又識之書，要於欲其並生焉。而今也上方謂士驁，故摧抑之。士又謂上戾，復心非之表率之不先，習尚之愈下，尚何暇知學之本原，耻自夷於尋常，而卓然能有所樹哉？

堅也懷此久矣，將俟公政成，徐及於稽古禮文之事，然後一畢其愚以諗於同志，而孰意公之不終惠斯人也。雖然，長洲吳巖邑也，四方取則焉，下邑之人拭目以俟，譬之赤子方去慈母之懷，慈母豈遽忘之哉？所以衣食其饑寒，而風勵其行誼，詩人之歌孔邇，豈有間於去留哉？若吾諸生進而古人爲師，退而內顧其安，勉勉焉求所以不負公之知者，乃所以報也。

【校注】

〔一〕胡公：胡士容，字仁常，黄岡人。萬曆進士，嘉定縣令。性聰敏。甫下車，盡悉時務緩急興桀黠根株所在。在任三年，酌輸賦緩急，搜徭役欺蔽，裁出納羡餘。調長洲，士民泣送。在長洲時，凡嘉邑事裨民生而格於上臺者，必代爲申請，得允始已。後官户部，凡嘉民以北運官布至京者，必具區重調護。天啓間，部檄復漕，士容爲陳訴當事，並告同官，得題允復折。及秉惠薊鎮，以不拜璫祠逮問，懸贓擬辟，嘉民醵金赴京代完。璫誅，補臨鞏道，擢太僕少卿。

〔二〕「國家」：康熙本在「國家」前衍一「我」字，從崇禎本。

贈署縣事郡丞吳公〔一〕還署司理序

江右吳公來貳吳郡之又明年，會邑長侯官陳公〔二〕以入覲留內臺，當道者憫瀉鹵凋瘵之氓，則以噢咻屬之公。遭歲之凶方廑，公憂，民且恃以爲命，而直指房公，以行部闕理官，又奪公還署其事。里父老惜公之不終惠於疲氓也，謁予而請序公之德政，以贈其行。蓋父老之言曰：「以吾土之瘠也，力耕而常不足於食。賦之繁也，急斂而或益之以蠹。俗之嚚也，無辜而橫困之以獄。」吾儕小人病之，長人者未必遽知也。即知之，非遲以歲月，未易紓其疾苦也。維公始至，恒雨爲菑，民號而籲之，公爲言於上官，若恫之在身。往者歲嘗凶矣，幸而朝廷寬之，久之遂不復征。今或連二三年取盈於一旦，察公之意，似常留意於急緩，不忍以一切求也。凡民之黠者多爲械，悍者輕犯刑，聚群不逞，以眩上之聽，而僥幸於一螫。而公察之若觀火，懲之若加砭，枉挫直信，民且歸而安其田畝，庶幾其漸蘇乎。而孰意公之遽去，吾民也其何可無一言以識斯人之不忘乎？

予聞古之爲政者在時其威惠而善用之，今公之惠如和風甘雨之於嘉禾，將使根培而實茂焉。而其威若鋤稂莠，若驅蟊賊，唯恐一日留，爲吾禾之害。以數月之間，而所施於人者已若是，則予之爲里父老序之，雖謂頌而無諂可也。且以諗來者，俾有觀焉。亦公終惠斯人之意也夫。

【校注】

〔一〕吴公：吴道長，字星海，星子（今江西廬山市）人，明萬曆辛丑進士，句容調任。嘗平反沈紹伊獄。陞工部郎中。

〔二〕陳公：陳一元，字太始，一字四游，侯官（縣治在今福州市）人。萬曆辛丑進士。歷知新會、南海。内艱服闋，補嘉定。會户部督促官布，七年並徵，一元以府部驛傳等可緩錢糧轉移辦解，民免箠楚，而程期無誤。值大水，躬歷四郊，條上受灾分數，發粟賑濟，手緘其數而面給之，民沾實惠。邑賦歲輸十八萬，量其緩急，以次徵之。衡法均平，毫無羡餘。民苦徭役，多田之家有一歲充數甲者。一元令一甲有役，則餘甲無與；一歲有重役，則餘歲無與。於是，中户以上不以田多爲患。遇吏民一以至誠，不務鉤距，而人莫能欺。所論讞終任無枉者。未三載，擢御史。臨去時，會臺使者行部將至，出私裝佐供帳，曰：「邂逅逢怒，恐吏民不獲蒙福也。」官終應天府丞。

贈長洲胡侯入覲序

胡侯爲長洲三年，將以上計朝於〔二〕京師，於是嘉定之諸生相與荷其甄陶庇覆者，咸謂侯既去而不忘吾儕，勤施無倦，今兹行矣，將躡其後而送之江滸，子受知最深，其可無一言以贈？

予蓋聞侯之改長洲也，有謂奪其已信之民而閼其漸深之澤，仁人君子或亦有不樂焉，是固然矣。顧吾海濱之俗，其君子務自簡而莫肯相勖以誠，其小人務自潤而莫知相怵以法，以故見德易，久成難。豈若試之通邑大都，即不遽孚，久必大洽。俄而聞長洲之政，則已曰稂莠除而嘉禾可殖也。未幾，則又曰脂膏遠而中飽可絶也。其最後則曰，堤防完而疑駭者且胥爲頌也。以長洲劇縣而侯之治辦若此，非獨仁足以惠養，才足以剸割而已。亦曰廉静無擾，能自克於己，必有孚於人，故舉而措之不難耳。然而歲中侯每書來，必殷勤諮訪，顧予拙不適時，慚無以應，則嘗爲毛舉細瑣以自託於不敢自外，蓋在布衣之交，有不必盡者，而侯終不訝其迂且愚也，每感慨而策勵之，何耶？其所欲加惠之心無窮，宜其不以芻蕘而有遺耳。

昔者仲尼之門，天下賢俊之所聚也，其或果或達或藝，皆從政之才。夫子蓋亟稱之。至問其仁而皆曰不知。所稱三月不違者，獨顔氏子而已耳。以是知不仁之不可恒，與不恒之不可爲仁一也。今侯之仁施於二邑矣，進而立於[三]朝，所得伸其志者，非銓曹即言官耳。夫是二者，其責彌重，則其於仁尤大，且難賢不肖之分途，而是非得失之相左日接於吾也。見賢焉而用之，其不賢則去之。見可也而持之，其不可則排之，此孰不謂然者，而未必其果有合也。必也平心而察之，公聽而參之，無眩於似，無牽於情，無動於氣，無奪於利害。始乎一人而可以對於天下，行乎一時而可以信於異日。夫是之謂不違仁。不然，乖於獨則偏見耳，殉於同則阿黨耳，非誤於不能知即失於不自克也。欲無違仁，不亦鮮乎？是故君子必學古以精其鑒，必虚中以持其衡，必厚自待以樹其基，必慎所與以防其蔽。力此四者，故全也。

嗚呼，世之苟以通顯爲榮者其中之愧負多矣，有以斯言進且謂是病狂耳，然則非胡侯其何以發予之狂言哉！既以告於諸子，退而書之以爲贈。

【校注】

〔一〕「於」：崇禎本無。

〔二〕「於」：崇禎本無。

卓明府〔一〕奏最受秩蒙恩褒贈序

上即位之明年壬戌，天下郡邑之長咸以述職朝正京師，而吾吴之賢令用撫按重臣疏請得不行者二人，一爲長洲葉侯，其境四達，舟車日常輳集，且督撫之行臺在焉，上事下輯，加以過客之求稱而一以清静簡易處之，謐如也。一爲吾嘉定卓侯，邑東瀕海，常虞跋浪土，田不宜禾，歲仰給於境外之糴。又其俗嚚訟，苟力足以求勝，顛倒是非，猝難得其要領。侯爲之再期月，以勤敏廉辨著稱，既而秩滿於秋八月，奉上〔二〕璽書褒稱，賜之秩，榮及其親。於是邑之人士撰文辭道盛美以攄其三年之佩服者踵相接也。若黌舍三先生，咸荷庇宇下，亦既焜耀厥辭矣。又辱使一畢，其愚辭讓不獲，輒略陳惠政之大凡，因僭及於侯之勸學作人，而士之所宜黽勉報稱者以爲贈。蓋昔人之論治，其言流俗之弊莫甚於犯上亡等矣，而今者蚩蚩之氓，自改漕而折，幸賴先朝〔三〕數十年休養生息之恩，與良有司之調劑緩急而沃以膏澤，撫以抑搔。自是邑多墾熟之田，人受更生之賜而懵焉忘其所自，不急於上供而顧輕耗於衣食，且競騖於諍訟營窟於簿書，因而相誇耀、相仇怨，以没於案牘之深淵，以膏於刀筆之銛鋒，一何戾哉！夫非獨蚩蚩然也。甘諍訟之鴆毒，而蹈傾危之坎阱者，比比是也。是何異貧兒苦饑以賃舂，積緡錢而盡捐之博徒，幾何其不溝壑以斃也。於此有人焉，提耳而訓之：爾其勤拮据乎？毋飽食以嬉乎？且急病讓夷乎？此則長吏之赤子吾民者，如侯今日之政是也。

若其學於古訓，已得號爲士人者而猶然不知戒焉，是豈可不深長思乎？請得具陳今昔之勢與吏治之難，而後徐及於造士。蓋嘗聞之父老，嘉靖之季年，邑嘗中倭矣，於時僅積土爲城耳，賊之慓悍，勢若風雨，然卒能固守，使賊倦而被創以退者，徒以倉有積粟，可恃爲守故也。自折漕至今，民之逋逃者以歸，地之荒蕪者以墾，下無所患苦，而上亦易以撫循，顧乃城無歲月之儲，鄉有侈靡之習。昨歲販糴少梗，米價驟騰，蓋四鄰咸爲震悚，而小東尤極憂惶，幾於開釁。幸而漸蘇有如頃者，齊南魯北小蠢爲患，而創殘至今未息，亦足慮也。夫不憂空城而徒憂群盜，必無及矣。竊謂憂盜起不若憂無儲，懲倉卒之變未若懲積漸之媮，此非齊民所能知，而在事者不可不早慮也。非侯之賢而孰任之？非深爲桑梓計而孰肯以斯言進？苟爲今日計，向者媮惰苟且之習，其亦可以一振刷矣。而其暇莫急於勸學作人，是賢士之模範而名公卿之所從發迹也。登於朝則爲世梁棟，處於鄉則爲衆表儀。夫士而以經義求之，正爲其材品、其學殖有可得之於文詞耳，而今之人士，唯浮華是炫，務於爭時而已，是可以爲世用乎？否也。

故欲勸學，必先明經，明經必守其師説，似也。尤當進而求之於古以廣其識，無以株守隘之，無以新異汩之，即如詩子衿説者，蓋云刺學校廢也。世亂則學校不修，其留者思其散，而去者則曰寧能不嗣音乎？風雨，思君子也，當亂世則思君子，不改其常度，如風雨之晨而鷄猶不失其喈喈也。古之人蓋有所本矣。自儒者之以意説經，棄古而自用，而今之經義漸不難以剿説炫矣。夫明經，三先生之所以教也，亦侯所以作新一邑之士而可推之於天下者也。堅也竊謂頌侯之德政者多矣，或未有及於此，輒不量而一吐其狂愚，儻亦有可以療宴安之鴆毒，坊瀾倒之横流者乎？毋曰此腐迂不適於用也而擯之，則於加惠非淺鮮矣。非三先生，而又孰爲進之？

【校注】

〔一〕卓明府：卓邁，字真初，莆田人。明萬曆四十七年進士，同年任嘉定令。洞知利弊，鋭意興革。錢糧向取盈於長賦，而逋欠彌多。邁比較排年，故人自爲計，相勸輸納。時布徵甚急，曲意調停，止徵其半。地瀕江海，漲則有田無税，坍則有税無田，邁履畝籍之，田賦以平。在任五年，考選監察御史，巡按河南。

〔二〕「上」：崇禎本無。

〔三〕「先朝」：康熙本作「我朝廷」，從崇禎本。

贈少府丘侯〔一〕擢宰景寧序

吴郡於東南爲沃壤，賦倍於他郡，邑獨嘉定僻在海隅，土高而瘠，不宜秔稌，多種木綿。又夏旱秋潦之遞，仍幾至不給於上供。當神祖初，幸奉有俞旨，民間得輸金以代漕，漸以少蘇。顧其俗頗嚚訟，强者忮害，弱者悁忿，在事者懲而兩妨也，頗爲調劑以解之，則過客之慕羶者又踵相接，故其長吏必清節幹略兼乃能稱塞，矧於丞哉。

閩之上杭丘侯以諸生高等謁選來爲丞，古者丞以佐令，於邑之政皆得與聞，而今且與簿尉分曹，至專以詰除爲職，直尉耳。丞之名於是焉虚，非獨與前代異，即在〔二〕國朝建官之初，制固不若是輕也。陵遲至此，而欲責以守官，非其人素知自愛，加以才堪治辦，弗勝也。是豈可多得哉？始侯甫涖官，即以廉辨著稱，每於日短民隩，率其徒隸以夜分巡行閭巷，而所由亦懾不敢肆爲奸弊，故爲邑者得倚以不患盜，蓋其克勤於官類若此。既秩滿考功，績其薦剡，擢爲處州之景寧令以行。於其别也，予友數輩來屬爲贈言。

夫予向之爲丞，鞅鞅不得比於令者，侯今且爲真矣，以彼佐劇縣而優，况永嘉所領下邑，其俗又崇讓力田而鮮獄訟，於卧治何有？又其境東南與臨汀接壤，風氣不相遠，而人情易爲調，不待涖事久而政聲著，已逆知其易於反掌矣。以予所聞，侯少師事李文節公，歐冶之鑄，何虞缺折，良樂之眄，必無泛駕。且異日者爲人佐而優，今幸得自展，而寧有弗辦哉？顧獨有一言欲質之於侯。今之君子不嘗曰「善事上官無失名譽」乎？夫所謂善事者何等也？將爲朘削以充饋遺乎？則小邑貧民弗給也，且君亦弗屑也。將以工窺覘、善逢迎乎？則時之人未遽爲動也。若曰是在吾居官何如耳，則君將出於燁然者乎？抑悶悶焉已乎？夫悶悶之不逮燁然也已久矣，即求以誇世炫俗，亦似不易，則曷若行侯之所學於文節者乎？當李公在朝廷，士之欲躪公以干進者不啻多口，今其人皆何如？而於日月固無傷也，是在侯審之而已。

顧予數年以來，衰懶杜門，不獲數聆緒言以爲恨，而稺子復聞緌學弄筆，乃重爲侯所嘆賞，數稱於人人，豈腐迂之家學儻亦有合於文節之所授乎？輒不辭讓，吐所欲言而質之，且以爲侯贈。

【校注】

〔一〕丘侯：丘敦復，字震寰，上杭人。少受業於晉江李廷機，文譽噪甚。萬曆四十四年貢生，任嘉定縣丞。以廉惠稱。陞景寧知縣。愛民好士，有能聲。

〔二〕「在」：崇禎本無。

贈申美中〔一〕北上序

萬曆丁未春，予友申君美中以進士試禮部程文，爲主司所賞，甲乙已定，發卷得君姓名矣。及索第三場卷於簾外，久之不能得，遂相與嘆息，置之人皆謂君或忌而擠乎？君獨曰：「胥史之誤，容時有之，吾不幸適與之會耳。且得失命也，早暮時也，寧可厚爲人誣耶？」又三年庚戌，君復束裝偕計北上，道病而還。則又嘆曰：「此豈復人所爲乎？吾時尚未至故也。」聞者莫不韙之，兹歲秋杪〔二〕，君行有期，於是君之懿親徐元嘏爾常屬予爲贈行之詞。予以謂古今之變若寒暑之迭更，而人情未嘗變也。昔者韋賢相漢，實啓玄成。至唐李德裕、宋韓維，皆以任子進用，致位宰相，莫或輕之。以視今日，豈不去古遠哉？然以李之才氣勛業尤三人中之傑然者，而未免介介於科名，人情之常，古今一揆，斯可睹矣。

今君之行也，詞學日益富而志意不少衰，其遇合必矣。如予駑鈍，自分爲太平之不遇人而辱與之游，久益相習，竊嘗窺見一二，使君獲遇其所樹立於他日，當必有本末，非苟然而已。自君受室於徐，中間盛衰之故、存歿之感爲不少矣。當宗伯公之無恙也，歲中僅一再至，少留即别去。逮老成云亡，競爽繼謝，而勤渠有加，蓋猶以外姑存焉。至於夫人之喪，遺祚煢煢，然後見君之不改其度，不愛其力，誠非世俗之君子所可及也。

予以是知君必能自力以顯功名於世，豈肯隨世汩没者哉？然予觀文饒之爲相，在太和中則困於相軋，不能安其身於朝廷。至會昌嚮用，然後勛名日著，以是知君臣之際苟不能盡其才，猶弗用耳。方今當〔三〕國家全盛，固非若唐之中葉，然而否隔之勢，豈獨庸庸者無所措其手足。士生斯時，而猶汲汲於一日之遇，必非苟慕富貴，而誠欲有所自見，審矣。則將何以哉？爾常數稱君平生不妄交一人，唯以著述爲事，此於用世誠豫之矣，獨未知他日所以得盡其才者，能自必與否耳？猶記初相識時，君甫踰冠，予已壯盛，忽不自覺荏苒以老，而君亦及於服政之年矣。斯行也，遇合未可前期，而試用咸所慫恿。若予之贈行，獨有慨然於太和、會昌之際而已。

【校注】

〔一〕申美中：申用嘉，字美中，明南直隸長洲縣人。申時行季子。同治蘇州府志卷八十人物七載：（申用嘉）萬曆壬午舉於鄉試。禮部不第，授贛州推官。臺使者委斷大獄，多所平反，遷高州府同知。尋擢應天，治中領江防，規畫鹽法、錢法、馬政，核蠧漏卻羨，例三王之國道。出金陵，先期嚴事官校帖然，魏璫肆横，大吏牒下建祠，獨持不可。晋刑部員外郎。出守高州，捍海寇劉香老有功，陞貴州按察司副使。分巡思石道，築垣練兵，境内以寧。調廣西參政，分守右江。時臨藍寇起，殫力捍禦，積勞成疾，遂告歸。踰年卒，年八十三。

〔二〕「杪」：崇禎本、康熙本皆作「抄」，據意改。

〔三〕「當」：崇禎本無。

贈别王遜之尚寶詩序

蓋聞邁種之英，趾美之彦，其才皆有大過乎人，以故通方之論未嘗或軒輊焉。夫寒士每困於無資，然而憂患之玉成爲不少矣。世胄每憑於有藉，然而宴安之鴆毒，亦多有之。譬之方舟而溯，拾級而登，雖遲以勩，何虞溺且躓哉？若夫順流張帆，走阪以馬，十有一危，能勿懼乎？

今吾遜之以甫冠之年，承祖父之緒，人謂世德之難求也，薄俗之難諧也，弱齡之難立也，咸爲疑之。乃未幾以虔恪無惰婾稱於族姻矣，又未幾以精警無滯礙稱於賢士大夫矣。向之群疑，化爲多譽，行且涉江淮，越齊魯而游大都，揖讓公卿之間，雍容清華之署，譬懷珠玉而走市肆，必有賈胡挾重貲而議其價，不翅鄉閭之譽而已，於以趾美祖父，不足重歟？

始予勸遜之勿爲經生之學，宜專力於前史。史之書莫要於司馬氏通鑑，此治身之藥石，而醫國之俞跗也。逮今三年矣，遜之識益明，才益裕，則又將進之於學道。夫道非他，即史之所載，有險有夷，有經有權，而皆不詭於正，無動於氣，無牽於情，無懾於勢，不失其本心者是已。吾嘗怪李文饒相業蓋掩時彦，有光前人，卒以懻忮之私，釀朋黨之禍，旋至身竄國危，惜乎有才如是而於道未有聞也。遜之儻不以予言爲迂乎，則其於讀史也彌博彌精矣。吾二三子之自託於贈言，叔達既序於篇首，而余復申之，以見拳拳於遜之如此者，知必有以大慰之也。

送程孟陽游楚詩序

孟陽以是歲冬首將爲楚游，與之善者咸謂孟陽性愛佳山水，遇所快意，嘗獨留經時，况自吴適楚，溯江而西南，浮洞庭，歷衡湘而返，數千里之遥，怪奇偉麗之觀皆平生之所未遇也。又得賢主人焉從之游，豈復如兒女子眷眷焉戀不能别乎哉？於是咸賦詩以贈别，而屬予序之。予以爲吾黨之交，或壯或衰，或久或近，各稱情言之，靡不見乎辭矣。予又何叙焉？無已，則以規乎？

自予方壯而獲交孟陽，今衰甚矣。其始蓋得之於詩，知其能不爲世俗之文也。既而愛其爲人超然遠韻，固非予之鈍頑所得而友也。晚與讀釋氏之書，皆信以爲實。然自是觀於身世，常思漸解纏縛，而孟陽困於謀生，予哀始抱子，知其莫可如何，則愈益信其言，雖有姗笑不爲動也。顧吾兩人獨自有不釋然者，予之疢在多岐而神不得寧，孟陽之癖在愛奇而意有偏溺。蓋其志初若甚遠，顧往往心知其非而終不能割。吾兩人實自愧之其爲人之姗笑，宜也。

今兹之别，未知相見在何歲月，每念此身各自有役，誰能解免？但能澄懷觀妙，即千里同風，若長爲習氣，錮而留之，將嗜慾日深，而天機日淺，即相隨若形影，亦曷足貴哉？試相與反而循其本，予之疢孟陽之癖是安從生哉？多歧生於自擾，而愛奇生於自喜，苟有一焉横於胸中，欲坐進此道，其可得乎？蓋非獨予以潦倒廢，雖孟陽之高伉絕俗，亦恐其齟齬而不相入也。斯言也以贈子行且以自勖，不知復何以處我？予雖不敏，將唯子言之從以慰子，他日相見各得澹然灑然，庶幾乎相與於無相與云爾。

贈大理朱公〔一〕北上序

檇李朱公自去下邑，官南曹，一出視江右學政，以能得士擢亞南光禄，潔清公忠之譽播於傳天朝〔二〕。俄晋大理丞。丁外艱歸，服除，當北上，需次諸生某辱知最深以久，牽小舟送之吴門，從容而言曰：「國家以政事責成六卿，雖與密勿之謀謨者不兼是任，官不尊焉，至其與六卿並重者，都察院以總憲也，通政司以納言也，而大理寺與列爲三。夫掌邦刑而詰奸慝者，大司寇職也，理官不以爲屬，而獨得以駁議參聽槐棘之下，豈非聖人重民命而恤刑罰之意歟？今天下獄成而上歲得旨决者有幾？至所遣恤刑之官平反纍囚凡幾？當不翅十倍之也，則幾無冤民矣。顧其不麗於法而貪殘之吏馮怒榜笞以死者，何可勝計？無乃加詳於疑似而顧鹵莽於無辜歟？夫若此者，在廷之臣不得而與知也，則曰非吾責也。雖有能舉其職者，不能及於所不見不聞也。雖然，輦轂之下無辜而籲天者爲不少矣，吾既聞且見之矣，而不以言姑縱舍一二微罪以博寬平之名，謂能舉其職乎？否也。且世有居是官者，一以直道黜，則後來者希有能繼之矣。然則君子之欲行其志也如之何？」曰：「審所重輕而以去就當之。其始也務婉而争焉，其卒也無詭而隨焉，若曰潔其身而汙其君，信於獨而毁於同，君子必不爾爲也。要自有吾所得爲者矣。夫子曰：『舉爾所知。爾所不知，人其舍諸。』夫用人固然，况於關人命之至重哉？其毋以不肖之心逆待天下之人，而盡心焉以爲士大夫倡，則必自明清，單辭而務審克之，庶幾乎國家所以重任理官之意。」請以是爲公贈。

【校注】

〔一〕朱公：朱廷益，字汝虞，嘉興人。萬曆丁丑進士。由漳浦知縣貶連州判，未赴，遷知嘉定。詳見本卷贈邑侯韓使君考績序注〔四〕。

〔二〕「傳」：崇禎本無。

贈明府韓侯擢兵部序

蓋聞君子之取人也，唯其果有異於庸衆而不求備乎才，其人之受知者亦不以一時之知爲榮，而常以中之無愧爲樂，是故可以相信而不疑也。淄川韓侯爲邑凡六年，而擢爲兵部郎。於其行也，咸侈爲文辭以贈之，大要頌其守官勤民，六年如一日，能使四境之内室廬櫛比，向之潟鹵比爲膏腴，若侯之賢，固非一邑之所得私也。某於諸生中受知最深，自以樸遫小材無足比數，而侯常欲噓之既枯，庶幾使有聞焉。將所以取之不在乎其才歟？抑以爲士苟有以自信其幸而遭時，或可終不負歟？則某也願有陳於前，其果以是而取焉否也？

某閑居讀書，好觀古人之奇節偉行，而尤注意於經世救時之略，嘗以謂豪傑之士雖目不知書，而能坐策成敗無一爽，然則苟才矣，雖不學可焉，若其泥古而不知適時，一旦爲事任所屬，幾何而不僨哉？昔者孟、荀二子同時號爲大儒，而一則追論唐、虞、三代，一則曰法後王。二子者豈誠有異耶？夫古今勢殊，譬猶江河之不可挽而西也。然而古人之所以待其身與推而用之當世者，其意終不可失也。是猶水之坊也，以舊坊爲無用而壞之者，必有水患。士之鋭於集事而不能深惟其後者，豈不自負以爲一世之才俊哉？彼其中之所守與學道之君子異矣。唐之季世，非李文饒不能輔成會昌之治，今觀其才，殆過於裴晋公而勛名終有愧焉，亦其意之不廣也。

某也顧其駑鈍，不敢希望於古之才俊，以爲得賢者而從其後，量力而處之，或可以少有補於時。不幸不爲時用，則直己守道，求以不愧於心，庶幾不爲賢人君子之所棄，如是而已矣。今韓侯不以其衰廢無用，而常思振其不逮，將所以取之者或在是乎？不然，侯之聰明絶異，宜不可一世，豈必某之潦倒而後爲無當哉？侯行矣，將佐尚書，爲我〔一〕國家籌制馭四夷之策。夫兵事常先機權，其倏忽變幻如雷霆風雨之驟，至尤不可以蹈常襲故爲也。吾固知侯之處此不難矣，昔人之言曰：「不求有功，不得已而功成，故天下安之。」噫嘻，非某之好古而不適時，孰肯爲斯言？非侯之虚懷樂善，素有意乎其人，亦何從而發其狂言哉？某也年加衰道不益修，自今以往，雖其姓名亦不願人之知之，獨於侯數年之知中不能無愧，而尤欲質其所守以自樂於田野之間也。於是乎言。

【校注】

〔一〕「我」：崇禎本無。

學古緒言卷四

碑記凡七首〔一〕

【校注】

〔一〕崇禎本卷四作「碑記凡六首」，康熙本卷四作「碑記凡七首」。陸氏在重校時將原屬於崇禎本補遺部分的曹氏北郭園居記移入了卷四，故兩版本所記數目不同。

婁塘里别建邑侯朱公生祠碑代

嘉邑於吳最僻以遐，境東北爲海壖，尤潟鹵磽薄，穫不償勞，民以疲飫。剽輕鷙悍之徒輒相聚爲賊盜，縱横村落間無所忌。自嘉禾朱公來涖兹土，撫循刮摩，稍稍復蘇其民。三年奏最，擢爲南儀部郎，邑人咸追思之，謁大宗伯徐公，請紀其德政於碑。碑在治城西三里，所固已鏗鍧焜燿，傾動人耳目。而婁塘里獨處北偏，相去十里而遥，里人念往時終歲拮据，莫克内贍其私，啼饑號寒，户相屬也。而催科之吏又日經其門，叫噪索食飲，逮日晏方息。乃鄰里復相戒，唯不免其機杼鷄犬以爲憂。今之優游田畝，父子相保，以幸一日之生者，緊公之賜。於是鳩工聚材，爲三楹，肖公像其中，尸而祝之，而屬予爲記。

予家里中，嘗從里父老言民所疾苦，以壤地高下，錯高者無所受水，不宜禾。其庫下則蓄而不洩，往往漫爲陂池，乃禾之費煩，顧不若木綿之利饒，貧民益甘心焉。而以歲委之雨暘，歲穰即寛然有餘，具酒食，會閭里爲樂，然莫爲卒歲之儲；歲儉即相寇敚語難，夜聚曉散，日操鋤犂與平民雜處，耕作人畏之，咸摇首縮舌，噤莫敢出聲。吏亦知而不能詰。今天子御宇之七年，吴中大祲，於時主計者方急東南之賦，有司奉行若束濕，尪羸就斃之民而以棰楚令。乃十年之秋，瀕海如埽，幸而不飄蕩淹没，則又病疫以死。公始至之日，與時休息，行之期年，民大和會，乃搜奸剔蠹鋤其强不顧化、爲民蝨賊者十數輩，而吾里乃晏然以安。既又行視其地，喟然嘆曰：「夫民孰不顧其父母妻子，顧爲饑寒所驅，則身之不遑恤。吾當爲開其長利焉。」里中故北受海潮，其東北别滙爲雙河，度通之可溉田數百頃，化疏惡爲膏腴，民永以庇賴。决策行之，會公歸朝廷不克以爲，而繼公者今廣安熊公竟成公志，庶幾爲百年之利。

余惟公之潔廉慈惠，一試於閩漳，再試於吾嘉，方日益光顯，究其所施設，豈窮陬僻壤得而私之哉？顧昔之君子如朱邑，既去桐鄉，猶眷焉不忘。夫民之安其治也，則公或尚惠顧焉，况於赤子之念慈母，幸得見其彷彿者，何能無藉於斯？因紀所以建祠之意，而系之以詩。詩曰：

澤國瀰瀰，湖海絡絡。厥田下下，唯稌則宜。曾是瘠土，雜高以卑。孰菑孰畬，以卒莫治。其高伊何，彌望斯茅。其庳伊何，有泳斯鰷。民亦勞止，盡室嗷嗷。或張之喙，躑躅咆哮。天降灾沴，歲比不登。以饑以饉，奮敚朋興。孰弱是綏，孰强是懲。顯允我侯，洵惠且明。侯來自南，時靡有息。呴之吹之，衽而席之。摧之刈之，擾而迪之。肆以敉寧，化其頟頟。侯歸朝廷，未究厥猶。有來代之，步武之求。爰疏爰瀹，合於下流。匪乾匪溢，迄可有秋。有湎流水，言搆之堂。朱甍繡户，華煜其光。維侯之像，象服斯皇。唯侯之德，穹碑在旁。

吴淞守禦所〔二〕建中丞周公去思碑文代王文肅公作

國家自御史臺簡命撫臣，文武兼資，外控四夷，内輯諸夏，凡若而人，而兩京兆洎外藩長以下，咸受轄焉。蓋中外臂指之勢，居重馭輕，故督撫中丞最爲尊官而重寄。然獨南都特以糧儲之〔二〕勑者，豈非以三吴財賦之區，尤重其責故耶？顧其地帶江環湖，北界河、淮，而東瀕海，兼魚鹽之利，則剽敚時有。鄰島嶼之夷，則門户爲虞。非守文之吏可從容以簿書治也，故治軍與民爲並重。予觀昔之郡守皆兼軍政，得稱帥，而今制獨委重於督撫，如藩臬之有巡守，畿輔之有備兵，反若專於彈壓郡縣，爲法紀之司。至於兵戎，不過期會之間耳。五六十年以來，幸當重熙累洽之運，海波不驚，萑蒲易撲，民間恬然，幾不知有兵。一旦猝有帆檣駕浪之警，於以辦賊難矣。

頃歲中丞周公奉命巡撫江南，至則按行故事，深究利病，嘆曰：「凡吾所職，國之儲民之衛也，兩者治則兼賴，敝則俱妨。今吴民勞於野，士疲於伍，譬之琴瑟不調，意嚮者其急於下而緩於上乎？殆不可以復鼓，所以更張之，不在今日歟！夫民有不足於耕，吾不能督之輸也。兵有不給於餉，吾不能驅之戰也。必也若養苗然，厚培其根而務去其蟊賊，乃克有濟。」於是條爲方略，與民之牧、士之帥矢共守之。蓋三年而前之勞者安於堵垣，疲者勖於步伐，有彤弓之右饗，無鴻雁之哀鳴，政成俗和。朝廷方用公於治河，代者將至，而公以請告去吴。吴之爲文辭以紀盛美者多矣，而總戎鄭君印〔三〕率其屬夏君永昌〔四〕謁予而請爲去思之文以勒之石，以識將吏之不忘。

予以謂凡公之施於民者，非兹文之所悉也，雖其所以治軍亦未暇更僕也。吾嘗聞之，自公在事而不以束濕繩武，吏使咸得展其材用，良楛辨而黜陟公，以故卒旅之長毋敢以不肖之心騖於其軍，而拳力之士亦毋敢以不逞之氣嘩於其伍。凡下之所欲，不謁而皆有，以慰其心；凡上之所驅，不約而皆有，以倡其勇。如是而軍乃大治。史稱杜預鎮襄陽勤講武，嚴戍守引水通漕，公私咸利。意預之學長於春秋左氏傳，其經文緯武優於幹略，宜矣。今公之撫吴，儻亦出其武庫之緒餘乎？公名孔教，江西之臨川人，起家萬曆庚辰進士。

【校注】

〔一〕吴淞守禦所：吴淞守禦千户所，明初爲戍衛沿海而建，爲明嘉定縣最重要的軍防駐地。

〔二〕「之」：崇禎本無。

〔三〕總戎鄭君印：總戎指駐扎吴淞的南直隸江南副總兵。鄭君爲鄭印，武進士，南京鷹揚衛千户，萬曆三十七年任南直隸江南副總兵。

〔四〕夏君永昌：夏永昌，句容人，萬曆二十八年任太倉衛指揮。狀貌魁梧，嫻於方略。以崇明汛多艦少，請留十艦，由是巡邏相接，寇不敢窺。

嘉定縣吴淞所新建吴侯〔一〕通渠記代

凡吏於吴者，所以修民之急有三，曰賦斂也，獄訟也，溝渠也。而嘉定東瀕海，其土田薄，其人多惷以嚚，其地高不受江湖之潤，潮汐至則盈，還則淤，故於修此三者爲難。然賦之逋也，能勤勾較乎，均緩急乎，則易矣；訟之繁也，能絶請託乎，懲貪狡乎，則易矣。

甚哉水之爲利害也，嘉定之水不數疏則灌溉無所引，疏之則瘠土疲民懼不勝役焉。計塘浦之在四境，其大者猶以百數，每歲自孟冬即役，境内之民奔走數十里外，裹餱糧，冒犯霜雪，常至春暮乃得罷。督作治者更緣爲奸利，役不均或更加抶以罰作苦之。今年而東，明年而西，以次及於四境，不數年而東又告淤矣。歲所興役民間之費，幾於常賦外畝增十二，而衆不至怨且怒者，以爲猶愈於淤而無可耕以瀕於死也。此其視旁郡邑何如哉！長吏雖賢，重憫斯民，而勢終不得已，則務講求方略，身行視慰勞之，不輕以屬丞簿。苟如是，即民亦歌呼趨事，務爲中程，罔敢怠。

先是，境西偏多納湖水，東貫治城，迤北入海，故有練祁之名。自松江中掣於新洋、夏駕，今之東西流皆潮汐也，積數十年來海水之入采淘港者，西北至月浦，又西至馬路塘，日再停淤，纔通一綫耳，居人至無以溉田，以故其收常不給於賦。今南康吴侯涖政之五月，歲豐人和，田收既畢，當有畚鍤之役，侯既相度兼以諮諏，慨然嘆曰：「邑所仰松江也，而非邑宰之所及也。凡江水之所從入，吾將多鑿故道而迎之未遑也。吴淞戎鎮，爲防海重地，督撫大臣及臺使者歲一至焉，而舟楫不通，庸非吏責乎？」於是戒期鳩工，測量深闊，督旌怠勤，方略既具，鞭棰不煩。幸值冬旱，無坐靡廩食之費，無蹴冰躡雪之勞，役凡閲月而成，向之平陸疏爲洪流。農人相賀，泄澇沃枯，戍卒之來，揚帆飛槳。侯又憫其功之勤，而虞其湮之易也。將築爲壩，以圖於永遠。然而溝塍久涸，人喜驟盈，侯曰：「樂成之民慮不及遠，且吾興役於積湮之後，故用民力過多，後有繼者，數年一浚，第求毋減於闊，其深必殺之，則力省而功倍矣，遂止不復壩焉。」於是，所城之軍若民快所未睹美侯之勤施，相率來請紀厥成功，以告於後來。

予哀嘉定之民獨歲不免於畚鍤，故具言浚渠之便利，俾知勸而忘其勞焉。若侯之所以施於政者，其賦斂之平，獄訟之簡，侯既易其所難矣，而況於易易者乎？茲固不得而詳也。侯名某，江西之星子人，萬曆辛丑進士。

【校注】

〔一〕吴侯：吴道長，字星海，星子（今江西廬山市）人，明萬曆辛丑進士，句容調任。陞工部郎中。

修復真際庵〔一〕記

自竺乾之法東至支那，其徒之能紹隆者，譯梵爲華，疏隱爲明，所在爲大衆宣説勝妙，往往致天雨花、石點頭，良由戒壖慧户，善本夙植，非偶然矣。迨菩提達摩擺落聖諦，解粘釋縛，直傳心印，而禪學驟盛。以今觀楞伽四卷，性相瞭然，固吻合二宗也。其後禪之訾講則曰枝蔓，講之詆禪則曰荒唐，蓋末流自分，源豈有二哉？

有三際師性通者，自蜀宕渠來游，瞽也而善説經。其渟而蓄之，如水在潭注而不溢；其吐而出之，如瓶瀉水酌而不窮。七歲喪父，八歲喪明，十一出家，明年禮峨嵋、鷄足，南登衡嶽，凡歷十年所。北至五臺，留京師又數年，反而渡江訪牛頭、祖堂之遺，東浮海，禮補陀落迦〔三〕而還，遂止吳中，往來嘉定、太倉間，時年未三十也。善信翕然歸依，願聞圓覺、楞嚴、法華。師隨其根器而爲之説，或詳或略，咸令心開。予嘗贈詩云：「近遇西來盲講師，世間文字未曾知。瀾翻千偈縱横説，愧殺窗前弄筆兒。」昨歲又暗誦不可思議解脱法門，通其大指，將復就善知識而研究焉。其精勤不懈如此。

先是元泰定中，僧良玉者創真際庵以聚其徒，在州治之南，面城臨隍，圮久矣。居人以佛地莫敢爲室廬，鞠爲草萊，咸謂師之來其當復乎。度其地，廣輪可五畝，故李參議之子願捨以爲施，衆曰：「夫檀那不專於一人也，與吾儕共之，其可乎？」相與率錢九千酬其直。於是凡屋之材，無脛而自至，凡屋之工，不募而自集，而庵以成焉。師嘗乞故王文肅公題堂額，仍其舊名。又屬予書懸之門，且請爲之記。師之言曰：「吾非不知吾身之幻，而斯庵者又直幻之寄也。顧昔人創之，已廢而人莫之居也。吾自東川適來，因善信之緣而修復焉。他日吾雖去，此其必復爲緇流之所棲乎。書以告爲吾徒者，昔何由創，今何由復，以幻軀寄而以真際名何居，則知四大幻也，軒楹牆壁幻也，即之則究無一真，離之則真亦不立有實相焉。以去來今爲境，塵塵密移而莫窮其際。以空假中爲觀，法法俱捨而默契其真。昔之逍遥雲水耶，今之託宿蘧廬耶，何者爲際，何者爲真？拓而廣之，吾不爲德。撤而毁之，吾不爲怨。顧合衆人之力，歷三年之勤，以與吾之徒寄於此也。唯其爲佛地焉，而莫與之争故也。後之人能無忘真際，則庵其永存乎。」

予乃記之曰：庵之經始以歲己酉，而地之闢也，以明年其屋於前後者各五，間有崇庳，無廣狹，而左右翼又各三間。佛菩薩之像設，僧之寮齋之厨，亦略具焉。庵前隙地，其徒以誦持之暇鋤而灌之，亦可以不匱於蔬。予以謂百年之廢，一朝復之，於吾邑佛事之盛衰亦當使後有考焉。

【校注】

〔一〕真際庵：在明嘉定縣城八圖。元泰定三年，僧良玉建。

〔二〕補陁落迦：即普陀洛迦山，觀世音菩薩的道場所在地。

壽榮堂記

歲丁未春，婁子游杭之西湖，又至徑山，皆從學佛者信宿歸，而名其堂若庵曰壽榮，曰歇客。有過而問焉：「子之所謂歇者，雖余能言之矣。子自少壯至於今漸衰，服仁義以飭其躬，敦詩書以修其文，汎而涉於小道以自適其意，可謂已勤矣。今將反之於無思無爲，尚不欲揭仁義以行，而奚謭謭焉以藝文爲顧？子既已遺形忘生，澹然無所慕於世，而猶若有羨於壽且榮者，何歟？」婁子笑而應之曰：「若殆知人壽而未知天壽，知勢榮而未知義榮也。夫吾生有涯而性無盡，復其性者，列仙不足爲其壽矣。吾身可賤而道甚尊，樂其道者，三公不足爲其榮矣。吾雖與世異趨，直寄而名焉，奚不可哉？雖然，吾之所以名吾堂者，蓋可得而詳也。昔者，先大父始卜居於此，及壽八十，會朝廷以元子生覃恩海內，獲膺冠服之榮，有司以是旌焉，所不忍没也。又所居在市南，負庚而面申，每至於夏朝之旭滿吾堂焉，夕之陽滿吾牆焉，不勝熇也。乃於中庭及旁舍之東西簷外種桐數株，不一二三年，交柯布葉，無風自涼。及冬而葉脱林立，又不礙吾暴焉。夫桐榮木也，或曰其植根淺而幹中空，易爲風所摧，多不克於壽。今吾家闤闠之中，垣屋四周，吾自下而望其顛，如出於井中，況又鎮之以巨石，不虞摧也，庶幾其壽乎。堂以是二者名焉，雖性與道非吾指也，矧於若之言云爾哉！」於是客亦冁然笑曰：「非其意子之淺也。不獻吾疑則子之名斯堂者不著。」因次第其語，以爲之記。

慈月庵記

釋氏之書言觀世音以慈悲願力安樂衆生，自無量劫前已證如來果，復於今賢劫現大士身佐能仁闡化安忍，而補陁落迦莊嚴道場則無礙大悲心所由演説也。況又補處安養，故長行密咒見於梵策多矣。而七俱胝佛母心大準提陁羅尼獨以密圓與大悲埒，皆未來世薄福衆生之所依怙也。自非業重障深，即未能悟萬法一心，其孰無意於誦持乎？

若夫閨房季女，所見不越於户外，所圖僅狃於目前，氣非稟乎彊陽，巧未極於機變，少能以柔和銷其陰忮，未嘗不悔多生之迷悶，而庶幾一日之解脱也，故其志能不渝而其勤能無倦。以予所聞，潘母施孺人其庶乎。吾吴之産而吴興潘大夫之篚也，子振爲諸生，有名。以書來稱其母之賢，而痛其不及於下壽也。且曰：「吾母之姒振也，供養觀世音甚虔，比生而白衣重胞其徵也。又嘗捐貲造準提金像送資福院供焉，而晨夕持陁羅尼靡有閒，其深信如此。今不幸殁矣，將捨其簪珥之遺創慈月庵而具像設其中，蓋吾母之手澤存焉，庶可以寄吾之思慕也。願爲我記之。」

予以爲親之鬻子，自孩提稍長而成人，凡所得致於其子，無弗用也。而子幸無恙，又幸無過，能自立以爲親慰，可必乎哉！子之事親自用力用勞而養志，凡所得致於其親，無弗用也，而親之所遭與其所享，安常處順以永其天年，可必乎哉！然則孰爲可必者？不曰「惠迪吉，從逆凶，惟影響」乎？而時有不盡然，於是又分別言之，曰天定人定云爾。獨佛氏以爲其必然而無爽者，多生相報之業屢遷，而常定者歷劫不昧之心，頗爲妙圓，而拘拘焉者，且詆其謬悠也。彼蓋曰：「凡愚皆動乎其情，情有染而墮於因，因所以爲果之招。聖哲唯循乎其性，性不動而妙於常，常所以爲果之浄信斯言也。」夫焉有常而不可必者乎？所謂常者何也？殁者存者，浄信之心是已。母以是爲慈焉，子以是爲孝焉，慈非有爲慈吾爲人親則知有慈愛而已，是即法王之潛念也。孝非有爲孝，吾爲人子則知有孝誠而已，是即衆生之悲仰也。雖以觀世音之十力、四無畏、三十二應，大準提之吐黑變白，根器芽生，即顯即密，一諦一圓豈有加於此心哉？試以論於孺人母子，可信一念而通三世焉，夫安知今之母非昔之報，而後之子不還受今之報耶？彼其言升忉利天爲母説法，而豈誣也哉？若孺人之淑慎且慈，雖殁而生天，其可也。如有誚我學孔氏而言謬悠者，儻亦可無辯乎？

曹氏北郭園居記

太倉治城之北，去郭六里而遥，有宅一區，巋然村落中，水縈之若帶，曰杜氏之故園，而曹養吾先生之所更葺也。入門爲廣除，堂高而深，左右庖廥具列，折而東則一樓踞焉，傍植玉蘭，大各幾數圍，其枝皆出於簷花時照耀樓中，目爲之眩。樓之東叢桂參差，又雜蒔百卉爲屏，春暮過之，其香殆百合也。徑轉得赤欄橋跨池上，再折而入，雙梧交蔭一亭子，最宜於暑，晝不見日，夜不受露，獨涼風颾颾自疏枝中來耳。橋左出，迤邐而北，行藥欄中數十步，忽復得一亭，亭之基累石爲坻，在水中央，以一木低水而度。又其北甃石引流，客至以濫觴。別有亭北面酒闌，得少憩焉。躡磴而下，乍見修竹離立如人，循而右，漸益深密，中爲楹三間，常以三伏時與公之孫申錫〔一〕課文其中，清虛陰森，爽氣徹人肌骨，蓋園之東觀於是焉窮矣。公既以養痾謝事，數來居於此，又愛其孫俊才，欲亟觀其文以娱老，則又別營其西偏隙地，凡爲樓、爲檻、爲軒者又相望而出。軒背三老樹，面列湖石，爲小山水檻，僻在西南，幽敻如別境。樓四面阻水，僅闢左扉爲橋，以通出入，橋之中復爲茆亭，觴詠弈博咸宜。每一登樓，臨牖豁然，野色無所不受。公來必與客俱圍棋，既罷間一吹管度曲聲出水間，恍在山谷，而申錫復與其徒伊吾隔林窗間。夜分時，一燈青熒，書聲來入，公耳高枕，聽之此樂不復與人共也。

公既殁且葬，而申錫復來讀書，念其祖之平生，繪爲圖而以記見屬，且曰：「申錫年已壯矣，庶幾蚤夜兢兢以無忘先大父所以訓敕之意，今且與天下之士獻其義於主司，見似目瞿，則恃有斯圖之在吾笥也，子其爲我識之。」予之識公也，晚顧幸得游，其三世甚習，蓋公時年已踰七十，又素善病，里中人莫得睹其面，而公之子進士君思所以娱公者，數置酒召公所厚善二三丈人，與談笑終日。公或坐或卧，欣然忘疲。而予以通家子數得侍見。其形羸神玉，而議論必依於孝悌謙厚，非苟然者。嗚呼，今之世幾不復有斯人矣，幾不復聞斯言矣。故予爲記其園，而不覺夫涕之潸然也。

萬曆甲午仲秋婁某記。

【校注】

〔一〕申錫：曹周翰，明太倉人，字周翰。思勉齋集卷九文編記載：太學生周翰生於累世富貴之家，早著才名。王元美嘗見其書牘辭多古儁，字法綿秀，亟嘆爲才子。周翰氣傲文高，意不可一世而能緩急。人以是友輩樂其施而怨其侮，鮮所終交者。至晚年避讒於遠方，施稍嗇矣，久旅而歸卧病一荒園中，門可羅雀也。

傳凡七首〔一〕

【校注】

〔一〕崇禎本卷四寫作「傳凡六首」，康熙本卷四寫作「傳凡七首」。陸氏在重校時將原屬於崇禎本補遺部分的王常宗先生小傳移入卷四，故兩版本所記數目不同。

先友朱清甫先生傳

昔我先君以温文篤行稱於其鄉，多隱君子之交，故予自垂髫已獲侍老成人。及稍長，辱以小友接之，距今蓋已四紀餘，其人皆已凋謝。先君之殁，亦垂二十年，而向之髮鬖鬖侍側者，不覺已頭童矣。追數先友若王丈叔楚、唐丈道述、宣丈仲濟、丘丈子成、張丈茂仁〔一〕，洎清甫丈，此數公者，或頎然嚴重，或坦然恬夷中，或退然而勇於爲義言，或呐呐然而叩之不窮，行修而識明，論議皆依於忠厚，而確然有所不可奪，非世俗之君子也。幸猶及識其人，聞其所以論身世之故，竊嘗識之。每嘆世道交喪，日趨浮薄，正猶狂瀾横流，而前哲之遺範，遂同潦水之歸壑，幾無復存者，蓋不勝今昔之感焉。

朱先生之子若孫，既屬書志銘，又列其遺事，請别爲之傳，以垂示於後人。予以謂先生窮而畸於世，與俗無爲町畦，雖子孫豈能悉數其生平，獨其不可得而招、不可得而懾，以藝事之精絶，而强半入於酒家。有欲名先生者，第當以此想見其風采，譬如傳神乃在頰上三毛，不然而徒拘拘焉求肖於豐羸黔皙，其神弗存也。

憶予少時，尚未能盡知先生而獨喜從之游，每往扣門，必坐語移日，周覽一室之内，牆壁窗墉，皆古人樂性之言。及再往，則又别書易之。凡與游者，真若挹清泠以沃焦腑。數稱薄糜不繼，襦不暖，謳吟猶似鐘球以自况焉。嘗聞之張茂仁丈，一日於衆中飲，坐客紛呶，私有詆訾，獨執手附耳曰：「吾第與君飲此，何足汙吾耳耶？」蓋爪入於掌，幾至傷焉。先生之天性耿介，絶無阿比意，可概見矣。閑居遇可喜可愕，輒寓之於酒，曰：「一與之同其適，一與之分其塗，以是樂之，終身不厭也。」當其久病且亟，予往問焉。呼入坐卧榻旁，因問病中亦復飲乎？微哂而應曰：「固知今爲所困，但與之昵久如形影然，終不能絶也，時亦濡唇焉，以待盡而已」。昔蘇長公稱陶靖節〔三〕出妙語於屬纊之餘，若斯言近之矣。以嬉笑謔浪而處死生之際，此爲何如人哉！

先生少而多能，博涉有餘力，而世或重其雕鏤，幾欲一切抹殺則過矣。其書工小篆及行草，畫尤長於氣韻，長卷小幅，各有異趣。不多爲詩，而間一書，其中所欲言，悠然之味，常在言外，庶幾香山〔三〕擊壤之遺音焉。良由胸懷灑脱，有所自得於貧賤，故絶不同於俗耳。

先生名纓，清父其字。家世本新安，自宋建炎徙於華亭，又六世而東徙，故遂爲蘇州之嘉定人。

贊曰：邑於吴爲海鄉，僅婁縣〔四〕東偏一隅，然以風氣願樸，故多賢士大夫。若先君之貧交，其人尚多有足稱，以予所稱諸君子者其尤也。今樸且漸散，非復曩時。予爲朱先生傳，因並列之，皆賢而不試者，俾後猶有考焉。其人率永年，王最先逝，秩宗徐公志之，又志唐及朱而三。顧予少且賤，亦銘丘、宣兩翁，兹又爲先生别傳。夫人固不待文而傳，乃文實因其人而足重。予生也晚，少而得侍先生，殁且三十年，而偎承論次之役，一何幸歟！

【校注】

〔一〕王丈叔楚、唐丈道述、宣丈仲濟、丘丈子成、張丈茂仁：王丈叔楚，即王翹，字叔楚，明嘉靖時期嘉定著名書畫家；唐丈道述，即唐欽訓，字道述，一字道術，明嘉靖時期嘉定名士，好莊子，醫術精深；宣丈仲濟，即宣應軒，字仲濟，明嘉靖嘉定諸生，受業歸有光，有義行；丘丈子成，即丘集，字子成；張丈茂仁，即張應武，字茂仁，嘉定人，受業歸有光。皆爲朱纓生前友好。

〔二〕陶靖節：東晉文學家陶淵明，因私謚「靖節」，故世稱「陶靖節先生」。

〔三〕香山：唐代詩人白居易，號「香山居士」。

〔四〕婁縣：古縣名，秦置。治境今崑山、嘉定、松江一帶。

緱山子傳

緱山子者，王太史辰玉之别號也。君天資警敏，又少而勤學，甫習經義即已趨高朗駿發，度越尋常矣。未幾，試於有司，三冠其儔，而意乃夷然。凡所目擊耳聞，莫不嘆羡，以爲遠器。娶於嘉定金氏〔一〕，文肅公鄉薦之同年友也。婦兄兆登字子魚。自是數求友於邑，始與張君定安〔二〕同硯席，仲慧其字也。又因張而交唐時升字叔達及予婁堅子柔。既而讀書支硎山房，則與華亭陳仲醇俱，皆其弱齡也。

君於受經之暇，出入内閣，見其女兄獨居小樓，修默存之道，往往群仙宵降，天樂空來，甘露飄灑，蓋屢睹光景而不覺心動焉。久之道成，請於父母，同往徐氏墓田，以白晝化去。遠近來觀，耆年宿德咸共咨嗟，瞻仰若君之目睹而神往，積以歲月，又何如也！第方誦法周孔，覃思經史，未遑耳。君之别自爲號，聊以志也。當是時，文肅公、瑯邪弇州公相與嘆曰月之如流，而貴盛難久居也，遂築觀於城西南中堂以供龕，東西二個各處一焉，而署之曰恬澹，殆欲躡揚、許之蹤，窺性命之奥，而未幾文肅公迫於内召，弇州亦起贊留樞，雖裵哀蕭遠之運命，已企羡淵明之歸來矣。

居久之，爲歲戊子，君之秋試程文極爲主司所賞，擢爲第一，衆皆嘆服。顧以文肅公之在事也，清介已絶人，而剛方又忤俗，如君之才敏文贍，猶未免於覆試，迫乎忌才者無瑕可蹈，傍觀者公論益彰，然君且因是更澹於世味矣。遂留侍公，朝夕圖史之暇，偕其友策蹇入山，每慨焉興嘆，思浮游塵埃之外，蟬蜕汙濁之中而未能也。既而奉侍吳太夫人東還，自後文肅公嘗一乞假歸省，纔半歲連三使召還，遂陟首揆。是時也，人皆稱公以清峻絶干謁爲忠，而君以恭謹防隙瑕爲孝云。

比歲甲午，公累疏懇乞謝事歸侍母夫人，昕夕得睹其壽終焉。自公宅憂，君内奉二親，外應賓客，暇而修其文章，如是者又數年，而中禮部試。洎對大廷，皆第二人。臚傳之日，天顔有喜，顧謂侍臣曰：「王先生有子。」一時争傳之以爲榮。乃君猶不能無憾者，母夫人之前逝也。未幾，以升儲大典奉詔馳諭東南四郡而還。比歸，覲文肅公喜而迎慰之，第對曰：「兒今日以後有長依膝前而已。」遂乞終養云。

自公家居，蒙恩特敕行人存問，俄又召還者皆至再，遠近皆所欣慕，而君獨竊嘆曰：「此殆吾父子畢命之期乎！」已而君病，病以鬱且瘁，遂不復能起。嗚呼，君於學問文章，自少及强不怠益勤，經史而外，泛覽於諸子百家，殆無隙晷，且丹鉛其傍以識焉，誠欲有所用之，非徒以炫博而已。顧自早歲知名迄乎登第，精力方强，曾未及施用，而身已疲於過客矣，豈不可惜哉！

初予過州城，讀書琅邪蘺薋園，密邇君第，每一過從，往往淹留，及於文字之飲以爲樂。其後又久縻賁園，相去差遠，不暇數相求，而異時把酒論文之樂時復如昨。君每文成，輒以相示，間有求全，即時改定，蓋其虚而能受又若此。猶記嘗一日雨中三過，則皆自城南客舟還也。冏伯留之，少淹再辭，不暇及三，乃留明燈相對當杯而嘆，涉世之糾紛豈若閑居之清暇，低回者久之。

君於讀書綴文，必以古人爲師，然不屑屑求肖於形模，而務以豁其胸懷，往往造於自得。凡其寄情翰墨者，蘄乎獨創，而極之於宏肆偉麗然後已。雖人皆知其長才，而或未悉其沉思，獨所與同筆硯者能名言之耳。以君之才之志，使得究其所學，踵在昔之儀刑爲流俗之砥礪，豈可量哉！而年甫及衰，用未少展，譬猶花榮而未茹，其實淵深而尚屯其膏，豈獨執友之嘆道窮，實亦通國之傷埋玉者也。予蓋嘗叙次其遺文，而猶未悉其雅尚，故於尚寶之請，傷其進未及於施用，退不獲於遂初，輒别爲之傳，以俟後之能知君者焉。

贊曰：君之内行淳備，人多能言之。若其與人交，又靡偷也。困思振之，殆欲爲之道也。有長必暴之，不啬躬之售也。聞有疾，藥雖珍必捐，曰：「吾不施，焉用匃也？」與人異同好相與往復，既而灑然有諍而無佴也。吾亦何以名之？蓋曰：古之君子，而今也殆鮮其儔乎？

【校注】

〔一〕金氏：金大有之女。金大有，字伯謙，嘉靖三十七年舉於鄉，讀書修行，爲名孝廉。萬曆嘉定縣志卷十二人物考載：（金大有）少英朗之譽，垂髫時與今内閣王公俱受知郡守，金公已與王公同舉於鄉，屢不得志於禮部以没。

〔二〕張君定安：張仲慧，張應武之子。至性凝静，爲文深沉，五言古清遠有致。未冠補諸生。病弱，讀書田舍，端居深念，以存神繕性爲務。年二十九卒。王世貞爲其作張仲慧傳。

新安江德宣傳

予嘗論新安在山谷間，其人重遲而尚氣，故其才且賢者往往能自力於進取，次亦能貶衣節食以致厚貲，急病讓夷，以然諾爲名高。而不然者，即逐利若騖，嗇内而張外，義不捐一毫，而睚眦之怨至不顧頂踵，蓋多有之。以予所聞，若江君德宣者，殆可謂允蹈其美而務遠於疵累者乎。

君名應選，其先太末人也，宋紹聖間有汝剛者爲徽州倅，樂其風土，因留家焉。凡十五傳至君，曾大父麻城令漢、大父紫陽令敦，相繼以詩書之業顯。父禹會娶於羅，有男六人，而君其叔子也，少嘗授經，有遠志，坐外家累，破耗其貲，見父母愀然以生計爲憂，則請於父曰：「兒學爲士，固未必效也，且圖大者不速成，即不怠以奮，亦當數歲需也，不若去而爲賈，視時所急而趨焉。朝吾耕而夕以斂，雖良農弗如。」於是南浮甌閩，東北走齊魯之郊，以逐什一之息，視其貲少贏矣，則又曰：「向吾需之急，第求可以必，不求爲饒也。求爲饒則莫若三吴，可以安坐而多獲焉。」遂定遷邑之南翔里，其轉販之迹遠至薊門、遼左，第持籌計算出入而已。

君雖起於貿易，意度豁如，尤好行其德，族姻之以假貸告者，無不應也。嘗拯人於厄，人或終負之，絶口不責其報焉。所積橐金曾一中盜，既又毀於火，而處之恬然，曰：「吾向嘗困乏，本無是金也，今雖失是，豈有異疇曩之乏乎？且吾積金將以遺所不知何人耶？」故居常每稱損智益過二言，以爲子孫戒。君貌莊而色和，是非之諍不形於口，短長之見不藏於心，嘗曰：「以吾容人視吾爲人容，孰愈乎？」性尤好書，所至必以數卷自隨，晚歲彌喜儒生，所以資遣其子爲師友之費不少吝焉。凡生十男子，數撫而嘆曰：「吾後世其有以儒顯者乎？是穮是蓘，必有豐年。」今君之年六十有四矣，語其叔子之瀚：「凡吾生平，汝其以告文而不靡者，一述其概，必使吾讀之而無愧，庶足慰乎！」予於是嘉其志而爲之傳焉。

贊曰：以予觀士之務爲名者，未有不没没於利也。彼直以名爲餌，烏睹所謂士哉？夫商逐末，工執藝事，人咸輕之。其中有士焉，係乎其志行也。世衰道微，吾見士而賈矣，安在賈不爲士乎？業之分途，何足論人哉？何足論人哉！

徐復貞別傳

予每讀史，見其人有自負幹略，倔强不苟同於俗者，輒慨然慕之。非獨予然也，數舉以告人，亦皆咨嗟，企羨問其姓名，有不獲生同其時之嘆。顧或有一人焉，負其氣不肯儕於俗，則又群起嗤之，是不近人情，好爲名而不務出乎實者也。夫聞人稱之而喜，及親見其人則反疑且駭焉，豈古之道其不可行於今耶？抑今之人實與古異趣，宜陽浮慕之而終不可與並立於世耶？

予游太倉，嘗識徐君復貞，間與仲子文任游，頗聞其婞直，自喜而未之悉也。比歿且葬，錢太史受之〔一〕志而銘之，予讀其詞慨然太息，以爲非世俗之君子，而文任復請爲論次，辭不獲也。

君諱可久，字復貞，其先吴長洲人，自國初東徙崑山者十世，祖福孫也。自後世居茜涇里。弘治中，割其地建州，於是又隸太倉。父整，老於諸生，有仲曰侍御公敦，侍御之子三人，其嫡長曰可賢，娶於太原王氏，無子；仲弟可達之子思任嗣焉，以母氏之偏憐其女也，貲漸耗。可賢既歿，嗣子幾無以爲生，至訟之於官，君挺身爲，左右之人皆曰：「母家貴盛，雖其父兄賢者將無憂及身乎？」君曰：「彼吾中表不余毒也。人各自爲門户計耳。語有之：『畏首畏尾，身其餘幾。』且他日何以見吾父、吾叔於地下？」嗟乎，若君者豈非量彼與此，真能自奮於義者乎？

君少爲諸生，已而去游太學，晚乃需次京師，數接時貴人，意頗輕之。嘆曰：「吾豈能以貲郎俯首事此輩乎？」竟以例授光禄寺署丞，罷還。其喜爲義，益甚務急人之病，州人蓋多能言之者。昔者孔子稱不得中行，必與狂狷。夫進取也而目之曰狂，有不爲也而目之曰狷，蓋亦取節焉而已，此皆果於自信，不顧世俗之訾議，其於中道不跳而越焉，即有類株守焉。而孔子顧獨思之，爲其不外飾焉故也。自儒者說經，誤以爲思其人將以傳吾道，故孔孟之指迄於不明。然則今之世，有若君之勇往不慴，不亦可謂之進取歟？視夫依阿澳涊，不復知有廉耻，曾未得比鄉願而詭自託於中行者何如哉？故予爲之傳，特論其大節，以破世俗之論。姑勿言中行而且辨其人之真僞，庶幾膏肓之沈痼其有瘳乎！

贊曰：予聞之州人，歲戊子，州嘗大饑，君爲粥以食城中餓者，度隙地三所，視道里遠近與之期聚散先後，衆以不嘩。其後二十年再試之野，君曰：「維水所滙，於衆之趨赴便。」又與期而集之，往者益便，第謹伺乾没而已。蓋終一歲乃致其事而竣，距今又十年所，吳中米價騰湧，長吏以上束手無所措，使復有如君者條上方略，必能使米不壅，糴不貴，民豈至若是困哉！

【校注】

〔一〕錢太史受之：錢謙益，字受之，常熟人。明萬曆中進士，授編修。博學工詞章，名隸東林黨。其自爲詩文，曰牧齋集，曰初學集、有學集。詳見吳歈小草卷十贈受之太史得雄注〔一〕。

朱節婦傳

朱節婦，浙江鄞縣人，姓桑氏，嫁爲同縣朱某妻，某游象山，以暴疾歿，喪還。節婦慟哭不欲生，少蘇，泣且言曰：「舅姑老矣，男長者纔總角，次猶乳下兒，且方娠，幸而復生男，所以慰吾夫地下。在二老人及穉子耳，不可以徒死。無寧茹荼以養字其幼，以需其成立，而終身布衣疏食以寄吾哀乎！」蓋又三月而遺腹子生，男也。數年之後，少者漸壯，然以生計窘，艱苦萬狀，各授之職，弗克竟其學，意未嘗不在第三男也。稍長，即遣從里中師受書，夜歸，與共一燈，織且課之讀，憫其勤即好言慰勉之，小怠或垂涕撻之。及爲諸生，見所與游皆才俊，每爲之喜，輒至泣下。凡三試而名未成，家貧，游學遠方，資脯脩以爲養，意嘗不自得，數貽書戒之曰：「吾不以兒去吾側爲憂，而以獲交海内之士爲樂也。吾不以兒未遇爲戚戚，而以吾母子獲有今日爲幸也。吾雖婦人，猶知男子桑弧蓬矢以射四方，不意爾之若是淺也。」嗚呼，可謂賢而有識也已！

節婦奉其舅逾七旬而終，孝養如一日，事姑張及費前後皆能當其意，勖三子各以其力有所就。先世遺廬偶不戒於火，困彌甚，然未幾能葺而完之。寡居三十餘年，其事老者生養死葬，不以菲廢禮；其撫少者有子及孫，不以慈廢嚴。向微母賢，不能復振朱氏，雖生人之所謂不幸而名永無窮，意者天道之福禍或多與人情不相合，而適以相成也耶！

贊曰：節婦之少子啓仕以文學知名，前年來授經友人家，始與相識。嘗爲予言母氏，悽然自傷其不遇，貧無以爲養也。予以爲若夫人所遭，以視慷慨死節，難易何如也？彼能是，亦何羨世俗之禄養哉？予於戒子書尤三復而悲之，賢於世之士人遠矣，非獨少而教之書，蓋其天性貞順明達固然也。

王節婦傳

王節婦者姓陸氏，崑山人也，而嫁爲嘉定王夢鸞婦。其父巖，少嘗受經，以故里中及鄰境多延爲童子師，數往來嘉定，識夢鸞，知其未有子也，因以女歸之。嫁三年許，生一男，未及期而寡，幾欲以身殉。既而抱嬰兒哭告翁媪：「新婦命薄，誠無以生爲，顧吾夫之所以瞑目地下而二老人之可幸不斬其嗣者，獨有此兒也，吾何敢死！吾何敢死！且仰事俯育，相與拮据，不猶足賴乎？」居久之，而島夷流劫圍城，人不自保，以一窮嫠扶老携幼以謀其生，寧有冀乎？比寇退，而翁媪旋相繼病歿，窘益甚，晝織夜績，殆於不支，頗仰遺秉滯穗以給饘粥，亦足悲矣。而子玉自幼及壯强亦能痛念母慈，黽勉有無，閭巷咸目爲孝子。當歲戊子，旱魃爲虐，儋石之儲緡錢三千，節婦悴且殆矣。玉夜禱於神，刲股作羹以進，一啜少蘇，遂以復起。嗟乎，母以慈育，子以孝報，人道信邇矣，即天道亦何嘗遠哉！

論曰：予昔嘗書封節婦金氏傳後，自嘉靖初至萬曆之季年，其從容就義而得旌者宣氏、孫氏及金而三耳，今王節婦家世微也，而又良死其辛苦，終始大義，視感憤一朝者不更難乎？昨歲予友張君之嫠亦以奏上奉俞旨表閭，今已年踰六十，猶安享其子之養，居常以明智剛决，見稱於舅姑。蓋家本舊族，其兼有節孝固宜。若王節婦，特出於天性，而所遭尤爲不幸。詩不云乎，「誰謂荼苦，其甘如薺」，斯節婦之謂矣。

王常宗先生小傳

王彝，字常宗，其先蜀人，元末父孝恭先生爲崑山縣學訓導，因東下留家焉。高皇帝混一區宇，徵海内文學之士纂修元史，先生與高太史啓凡數輩同應召，史成，當得官翰林，以疾乞歸。洪武五年，魏太守觀初行鄉飲酒禮，請先生爲碑文，其後卒以觀得罪，與高同被誅。

方先生之得請而歸也，自號嬀蜼子以見志。嬀，陳姓也，先生本陳氏之裔，欲復姓而未果。蜼於物卬鼻長尾，雨則挂於木，以尾窒鼻。革命之初，天下習於惰窳，高皇帝方以猛糾之，士大夫重足屏息以營職業，不則佯狂自放，庶幾於無咎焉。如先生者亦可以免矣。而卒譴死，豈非命歟？同時楊維楨以文詞名東南，先生謂其文非雅，作文妖一篇以詆斥之，其辭云云。蓋嘉定僻在海濱，其俗敦樸近厚，雖嗜古勤學之士不後於旁郡邑，而其人率不騖於名，故世鮮有知者。然學有本原，或熟於典章，或深於盛衰得失之故，往往不同於剽剥之學，乃其以文顯於國初者，先生一人而已。

予既求得先生之集，校而藏之，欲得墓志行狀以考其生平，而問之故老，莫有及見者。豈世遠而莫之傳耶？抑當時法嚴，莫敢爲之辭者耶？姑識其大凡以貽後之人，使嚮學之士猶知有先生而已。

學古緒言卷五

壽序凡十三首〔一〕

【校注】

〔一〕崇禎本卷五作「壽序凡十首」，康熙本卷五作「壽序凡十三首」。陸氏在重校時將原屬於崇禎本卷六部分的王慕芝先生七十壽序、徐攝山先生八十壽序、瞿君八十壽序三壽序移入卷五，故兩版本所記數目不同。

少師申公〔二〕八十壽序

傳稱盛王之治，所尚不同，而未有遺年者，故以天子之尊，袒割牲而躬饋酳，其崇重如此，今不可得見矣。獨於大臣之年，人主必遣使存問，以示不忘而民間之禮，往往盛筐篚、侈文辭以頌且祝焉，亦庶幾養老之遺乎。至古之所謂憲老乞言者，遂邈焉無聞，而又無好古之士追尋其意以求仿佛於萬一，爲可慨也。

今年仲秋，上以少師申公壽八十，寵賚優渥，閭里榮之。夫公德全福備，天人合符，臻茲休美，蔑以加矣。竊不自量，欲獻其所疑而乞一言以發其覆，雖世俗以爲迂，或亦大君子之所深許也。維我肅皇御宇，不次之擢，不測之威，幾狎至焉，然豈無以一言登用，始終眷注，歿而不忘者乎？及〔二〕上之初年，付託得人，權不旁落，綱紀畢張，然而始賴其力，卒不能棄其瑕焉。夫事或衆人見其似，一人見其真，人主斷而行之，而勢之所偏重，蓋有終不能盡其議者矣。豈非將順易而匡救難歟？人主幼沖，大臣在事權太重，迹太專，成王猶疑周公，況其爲汰者乎？雖然汰可罪也，功亦不可没也。此非若議禮之難也，而至今莫爲一言者，自公之歸二十餘年矣，今操柄實在上也，而若其委之宫府，非能一也。而若或合之諍論，各不相下也。而若中立以持之，舉天下惟名之趨而不務出於功，實無乃懲前之任之者，而究且至於不可爲歟？

某愚且賤，曰彼不與吾事可也。竊謂公雖優游林泉，然大臣之義必嘗深思極慮，計所以亟反之，使乾不亢而蠱可亨，以圖於長久者，可得略聞其概乎？抑此升降之大機，有不容輕以告語者乎？昔者衛武公〔三〕年踰九十，猶作抑之詩以獻規，我公豈獨無意歟？上以報天子之寵命，下以慰海內之稱道盛美者，而比於懿戒且爲一發醯鷄之覆，可不可也？

【校注】

〔一〕少師申公：申時行，字汝默，號瑶泉，又號休休居士，曾被封少師，謚號文定，長洲人。嘉靖四十一年進士第一，官至吏部尚書，繼張四維後爲首輔。政務寬大，世稱長者。然務承帝意，不能大建樹。後因議建儲事，遭譴。萬曆十九年加太傅，同年致仕。有賜閑堂集。

〔二〕「及」：崇禎本無。

〔三〕衛武公：春秋衛國國君姬和，年九十五仍不以老自居，國語楚語上載：「昔衛武公年數九十有五矣，猶箴儆於國。」

敕封廣西道監察御史淄川韓太公〔一〕七十壽序

淄川封侍御韓太公，以今歲壬子春秋七十高矣。其生之辰，四月二十有二日也。於是吴嘉定人士相與先期致頌禱之辭，祝公無疆，以見數千里外慕愛之情，如長公侍御未去下邑時也。某之駑鈍，辱國士知最深且久，思所以侑燕喜之觴，雖言之不文，固不可以已。竊嘗謂享生人之備福者，躬生人之厚德者也。顧修違福禍之途，宜出於恒，而間出於有幸不幸。蓋君子之不幸而不克，備於福者爲不少矣，然則其躬德厚享福履若操券而責之天者，人之尤艷羨而樂道之，固其宜也。

太公嘗一至吴矣，覽觀山川宜亦樂之居。無幾何，飭駕北還，衆以爲怪，不知公之來所以觀爲政於兹土也，知其理平人和，肅而不擾，敏而能勤，斯可以歸矣。懷鄉閭之土風，接親朋之言笑，雖鼎食之奉，誠不以易此也。聞公家居未晨而興，就田舍課耕桑，日中而少休，率以爲常。其暇也，則以象戲壺觴彌縫之，又多購異方，儲良藥，修合以施病者如其治生，樂之不倦。夫習於勞如户之樞也，託於戲如弓之弛也，勤於施如衢之尊也，體用是康，神用是恬，德用是廣矣。晚而偕其夫人皈依佛乘，屏除腥羶，以清浄爲樂，處貴盛而奉養不加豐，當衰晚而神守不少懈，俗之所羨有而若無，衆之所騖去而若浼，德積厥躬厚矣遠矣。夫如是，雖百齡不足爲其壽也，而某也將奚以祝爲？昔侍御之爲邑也垂六年所，既去而民之思之至今，若加新合一邑之欲獻壽者而以祝於公，何如也？去不數年而持使節來視鹺蠹，剔利興商，與民並賴合全浙、三吴，南至歙，西至信之欲獻壽者而以祝於公，何如也？夫詞專而不咸，咸難罄專，易知也。何者？衆多之心，一人之心是已。

某以布衣諸生庇於宇下，上之不能以浮華麗藻，顯名當世，次之不能以賁聲市文誇炫流俗。徒以樸直自守，爲侍御所知，久困矣，猶望其一日之遇焉。已而剞形去皮，益以自放，而眷念不少衰，使節之臨，禮遇異常，書疏之枉，慰藉彌篤。聞其生男也，漸長成也，則喜見於色。聞其學禪也，能淡漠也，則信以爲然。以侍御之所以見待，某之爲太公祝者可知矣。以某之所以爲祝，由一邑而推之，凡江以南受侍御之賜者又可知矣。蓋不過一言而已，曰「攸好德」之謂也。如是而富壽而康寧，皆公自有，豈待他人之祝哉？所爲頌而禱者，德厚存乎人者也，福履懸乎天者也，天與人適相遭而出於恒，賢於君子之不幸而不克備於福者多矣。自今以往，固未艾也，而能勿言乎？若夫韡韡其華，森森其玉，家世之顯赫，閨門之雍肅，人多能言之，而非謭薄之所暇悉也。

【校注】

〔一〕淄川韓太公：明萬曆年間嘉定縣令韓浚之父。韓浚，字邃之，山東淄川縣人，萬曆二十六年進士，二十七年任嘉定縣令。爲政務求民便。押班總甲悉除去之。又嘗濬河渠，繕城垣，修學校，建明德書院，以課士聘名宿。纂修邑志，後擢御史。

南譙〔一〕費克庵〔二〕先生八十壽序

萬曆庚戌春，友人馬巽甫讀書杭之西湖上，與滁之來游者費君敦甫一見契合，久之，因游於滁，拜克庵先生於堂上，遂留共研席。比歲暮歸，生之言曰：「始吾讀醉翁亭記，愛其文詞，每思一至其地，覽觀山川之深秀，與夫朝暮晦明之變而未之暇也。今幸得游焉，乃知斯文無一字虚設，讀古人之文蓋未易也。竊意歐陽公以氣剛行，方不安於朝廷，來守是州，幸歲物之豐登，頌太平之涵煦，豈誠有樂於一醉哉？中必有不釋然者矣。甚矣夫直己守官之難也。若克庵先生踰冠舉於鄉，及强選爲令建昌之政，一不得志於鄰郡守，棄去如敝屣。當路者欲挽留之不得也。假令先生得志於時，遇所欲爲，肯以婞阿喪其所守哉？即此可以比於古人之風節矣。自歸田三十餘年，先生之欲有見於世者，既終老不得試。少而好青烏家言，則覃精竭思，務盡通其説乃已。其所自得，常能使不知者知，或時陪杖屨於溪山，輒指示某處可藏也。嘗試求穴之所在，即人人可以意揣得之。至其所不言，竟莫能知也。雖一家之小道不足以盡先生，要其所造必精詣，亦可概見矣。將先生之骯髒而不獲試其才耶？抑時人之鹵莽而莫知賴其用耶？今先生年躋大耋，有子五人以娱侍昕夕，而敦甫以其文第五，去學爲武，皆有志於當世。子其爲我一言以獻壽可乎？」予應之曰：「凡生所言皆足以見先生之大矣，即欲侈而張之，其何以加此？獨慨夫歐陽公之賢既遇合矣，而不幸遭讒被謗，以自適其意於一亭之間。如克庵先生韞其才，負其志，不肯少自貶，則徒以耗其精於方技，而天亦錫之難老以彰好德之報，然則昔之詆訾歐陽，而今之婞阿取容以苟求利達者，由君子觀之，將孰置取舍於其間哉？」敬書而進之，爲一觴侑。

【校注】

〔一〕南譙：南朝梁在漢全椒縣地僑置南譙州。在今安徽滁州西南。

〔二〕費克庵：康熙滁州志卷之二十二人物載：費價，字子藩，號克庵。嘉靖三十七年中試任建昌令，負性伉爽，不肯以依阿喪其所守，乃爲隣郡守所陷，挂彈章解綬歸。以青烏言自娱，著有窺天管見行於世。卒年八十。

鄒愚谷〔一〕先生七十壽序

愚谷鄒先生未壯登朝，未幾歸隱築室於惠山之麓，而名之曰愚公谷。歲中數移家，屏迹其中，足以忘世而自樂也。閑居以文章自娱，其辭出入古今，峥嶸璀璨，務極偉麗之觀，而止以故名聞。當世士大夫行過其邑者，無近遠皆思一從之游。客至留連，見其穆然之度，似簡而實恭，外若矜莊而中實夷易，固已心醉。而泉石之清泠，歌舞之妙麗，又若佐公以爲客歡，是宜其至即忘反，已去而不忘數數也。

茲歲戊午，公年七十以老矣，而飄鬚未改，雙頰猶童，望之如神仙中人也。或謂如公異禀，使得爲世大用，其所展錯必迥異流俗，而惜乎世之莫容也，乃令早自放於山水。雖公之達，中得無有不樂乎？予解之曰：夫君子志於當世，急生人也。其用之而效，雖百里之政，有足慰焉。其不效，則三公之崇愧彌甚耳。先生既與世闊疏，其視得吾志與不得吾志等耳，而豈以身世爲介介哉？且古之君子蓋有以大臣重望而憂讒畏譏，嘗懼以身爲禍府者，幸而脱於憂患之途，若白公之分司，歐陽公之思潁，至今誦其詩文，真若息蔭而弛擔也，此豈獨達人之高致，其於進退之際見之審矣，豈猶夫營營者之終老而不悟歟？自予得接公以來，嘗竊觀其對客私語所知，孰有終席，危坐每至夜分，巵酒臠肉曾不入口，而了無倦容，此豈無得而然哉？夫重乎内必輕乎外，即謂公於言語之工、宫室之美而聲色之奉，直取以寄焉，與世俗爲無町畦可耳，豈其中之所自以爲樂者哉？又嘗聞之於公家世素封，及既貴，顧有減無增，每歲計其所入而出自公家之租、經費之耗以及懿親舊好之饋遺，有餘則盡以葺園廬，供施捨，終不留一錢。近世士大夫貴即務肥其家，徒爲子孫計耳。若夫公之處此殆有二疏之風焉？其於身世之浮榮，又可知矣。自今而後吾意公且虚其心於無有，而與造物者游。雖綺語結習尚將解免，况其他乎？則夫人間之壽蓋有不足爲公祝者矣。所愧不嫻於詞，第書其平日之所聞而進之。

【校注】

〔一〕鄒愚谷：鄒廸光，字彦吉，號愚谷，無錫人。萬曆甲戌進士，歷官湖廣學政。罷官時年尚壯，卜築室錫山下，極園亭歌舞之勝。山水脱盡時格，咄咄大小米、黄、倪間，一樹一石必求精妙。然頗多代筆，難得真蹟。工詩文，點綴風雅。年七十餘卒，著有内外集二三百卷、無聲詩史。（清人彭藴璨歷代畫史彙傳卷三十八）

侍御時君〔一〕六十壽序

時侍御乾所，方按部於晋中，會上怒言事諸臣不能將順，非訕即欺，欲引繩批根，一切抹掇，乃坐巡視西城時失察贓賄，與其曹數人同日免官而非其罪歸。後屆歲戊申而年且六十矣，於時龔方伯石巖、張大參明初出而與揚歷中外，歸而與優游藪澤，既昵甚，兼有姻連，屆其生日，相將登堂奉觴而辱以爲壽之詞見屬。予雖不敏，竊嘗於君之出處有感也。

夫昔人之論，以謂臺諫之得行其志幾與宰相等，顧君以能容盡下之忠，臣以能言匡主之過，兩者實相成，而常患於不相遇，何也？大抵寬仁之主能容矣，其臣或玩而流爲市名，爲行詐。感激之士能言矣，其君或厭而加之誚讓，或黜免。蓋自古已然也。自頃朝廷之上章奏紛紜，以[二]致令主上薄其言，亦薄其罰，且以爲雖臺諫員闕亦可勿補，若其人舉無足仗者然。且用一人焉而輒使兼數人之職，豈以爲才固堪之乎？直姑爲是名而已，寧獨用人者之過哉？事勢之相激使然，無足怪者。當君在臺中時，疏數上，所言皆天下大計，不務爲婞直名，言甚諄切，而上亦弗爲忤也。假令前後之言者皆若此，何至令明主盡疑其臣哉？顧朝廷之所薄在彼，而一旦以詿誤使夫不屑爲彼者，亦無以盡其用，玉石不分，爲可惜耳。且夫士之求用於時，蓋絫百人而幸有一售也，其幸而獲售而試之，果可以用者，蓋又百人而不過二三也。自壯而老，三四十年之間，效用之早暮又不可期也。即早遇合矣，其克至於耇老，或十纔得一焉。今也黜之不以其罪，一黜而遂至不復振，以老其人既不可多得，得人焉而又不使盡其用，國家之用人可若是焉否也？君既壯，出仕中間再以艱歸，前後爲邑者凡四任，而以課最旋擢爲天子耳目之臣，所居官廉而不劌，嚴而不殘，强執而不膠。以君之爲令，知其所論薦與所劾免其人之賢不肖，如黑白較然也。自君歸田以來，數年間時事日非，長吏幾不知有小民，而惟知上官之喜怒，上官見其人輭媚即以爲可喜，或鷙悍，則又曰是可畏，人噤不敢出一言也。

嗟乎，君之舉錯雖不克盡行於全晋，視世之君子何如哉？予既惜君之坐廢，又竊以爲即不見黜，必不樂爲骫骳，視早自弛於田間何如哉？雖然，君今始下壽耳，鬒髮朱顔，尚如未衰之年，假令主上一旦悔前之誤，嘉與士大夫更始，追用老成以爲世坊表，君且與時俯仰乎哉，抑終不可一世乎哉？願二公於醼酣之際，聊試以予言質之，當必有不激不隨，足以風勵當世而終不爲習俗之所移者，此亦迂儒之所欲亟聞也。

【校注】

〔一〕侍御時君：時偕行，字汝健，一字乾所。萬曆癸未進士。歷知確山、長興、諸暨縣。所至清田糧，設社倉，葺城池，練壯勇。調定海。定海兵多累民，偕行立軍里以免牽制，又清鹽課，平商税，立社學，築石塘，浚顔公渠。舉卓異，擢御史。時饑饉半天下，倭警日聞，偕行條陳八事，曰：收人心、廣儲蓄、清軍伍、覈募兵、選民壯、勤訓練、嚴軍令、儲將材。疏糾尚書石星、經略宋應昌、將軍李如松等媚倭辱國。會雷擊西華門，復請時起居以和聖躬，納忠諫以和百官，明職掌以和兆民，散財賄以和邊境，皆根本至計。奉命佐獻陵工，省金錢數十萬。巡按山西，奉嚴譴，謫合浦縣典史，歸。蓋追論巡城時忤權璫事，爲言官吴文梓等誣劾也。家居二十年，卒六十九。天啓改元，贈光禄少卿。

〔二〕「以」：崇禎本無。

少司寇歸公〔一〕七十壽序

予友少司寇春陽歸公以廉辨敬慎稱於朝廷〔二〕，温醇退讓孚於鄉黨，不蘄名高而聞譽自遠，不爲崖異而人皆嘆羡，以爲不可及。雖色温貌恭，然中有確然皭然者，未嘗詣俗而世猶能容之。歷官中書舍人、工科給事中、尚寶司太僕、太常寺卿，已擢爲南京通政司使。今之歸也，又寵之刑部侍郎以賁其行。夫以讒邪之言爚亂衆聽，人主而欲絶之，出納之司蓋綦重焉。以故明目達聰之世，宅揆惠疇而終以龍之納言，誠以爲非是則天下大計或有壅蔽而不通者矣。而不知者且謂喉舌之司漫無可否，狃於所見聞而不原其所從始，因是而輒輕之，不亦謬乎！夫給事中、侍御史之重亦若是焉已矣。知彈劾之爲重，而不知納言之職之尤重，君以納言歸而姑借六卿之銜名以爲榮觀，若曰姑以是重大臣之去焉耳。

嗟乎！古之帝王所爲憂勤於上而寄之乎臣鄰者，其亦可以深長思矣。士方其未得志也，若曰吾得一命而自效焉，亦可以少補於時，有聞於後，果爾，則誠可謂之不曠瘝、不素餐者也。究且百不得一二三焉，不皆其人之負也，有尼之使不得展者矣。然則何論其爲納言乎，封駁乎？寵之以銜名，曾不課之於進賢退，不肖而徒使儃僈以歸，足爲賢者慰乎？不也。若曰老而佚之，里閭榮之，是〔三〕朝廷之所以寵眷舊臣使得優游於桑梓則可耳。公以春首還里門，未幾而屆七十初度之辰，於是邑之老而獲久要者，壯强而在弟子之行者，非其姻聯即所厚善之世講也。謂予稔知公，宜爲之詞以侑獻壽之觴。

公少食貧，幾不給於誦讀，然以敏而好學，一試冠其儕，遂有名於黌舍。未幾薦於鄉，又十年而成進士。惟不習吏事，以爲歉然。歷官皆清曹，階至三品，而未嘗積日疲於句簡，亦未嘗一念動於脂膏。居官則家於俸入，居鄉則以貸且質佐其不給，里閭之聞譽日騰，而錙銖之耗費每缺，非獨知交所悉而已，而公泊如也，晏如也。節食貶衣，杜門却掃，每手一編爲歡，竟日間有交讁之經耳，終無竊嘆之愠容。即今高卧林樊，將無每懷魏闕，彼達人之高致，豈大臣之深衷？自今以後，但以誦詩讀書望之垂髫總角。對盈樽之酒，或浩浩而歌。澄止水之懷，長欣欣而喜。唱予和汝，雖慚達者之數子。此往彼來，總是平生之故人。茲樂也，顔氏之子之簞瓢也，豈不賢遠於人哉！敬書之以爲獻壽序。

【校注】

〔一〕少司寇歸公：歸子顧，字春陽，一字貞復，有光族子。文有師法。萬曆戊戌成進士。由中書舍人擢工科給事中。

時神宗春秋高，福王未之國，小人睥睨兩宫間，廷臣争立門户，四方連歲水旱，國用漸絀。子顧請飭綱紀以覈實效，釋門户以破嫌疑，召致舊臣趙南星、鄒元標等以定國論，速完福藩府第趣遣之國以一群心，蠲賑灾傷以培根本，節水衡浮費，絶方士冒請以足國用。神宗雅知子顧，嘗題歸佛子三字於禦屏。蓋子顧恬澹寡欲，京師呼爲佛子，語徹禁中也。在諫垣九年，隨事規諫。擢尚寶少卿，歷太僕少卿。天啓初，遷太常卿，轉南通政使。以老乞歸，詔加刑部左侍郎，致仕。崇禎戊辰卒，年七十。賜祭葬。子顧性至孝，母病失明，跪舐百餘日，痊。巡視節慎庫，奏上羨餘四千金。及歸，須之彦假屋居之。天啓初，議復邑漕，子顧遺書閣部，得免兑。（光緒嘉定縣志卷十六人物志一）

〔二〕「廷」：崇禎本無。

〔三〕「是」：崇禎本無。

壽丹陽劉心乾先生七十壽序

予昔少壯，數偕友人襆被囊書，航湖陟巘，憩虎丘之奇石，潄石湖之澄波，披帷而烟雲滿席，點筆即魚鳥關情。或間與俱還，亦仍留相對。惟有歲時之覲省，乃獲模範之追隨。以故雖遇人師，多違肅括。惟新安王先生、金陵姚先生數承披豁，每慰棲遲。王以狷介方嚴，姚以淹通高朗，而中皆泊如，咸許莫逆焉。最後倦游，得侍劉先生，幸縶維之俄脱，欣杖屨之數陪。何拘禮數都忘形骸。暇即跬步相過談，必移時相對。及遷楚黄，不忘吴苑，頗深山川在望、登眺緣慳之嘆。

予解之曰：蘇公杖履遺迹，齊安士子能言，縱使臨皋、雪堂鞠爲野田荒草，而其升高望遠，獨立放懷，目無一世之雄者，誠足爲百代所仰也。及夫西游，既倦東望，慨然辱以葦航來過蓬户，篝燈話舊，把酒興懷，慨焉於歲月之不居，而情好之如昨也。凡在投分，争欲攀留，何圖夜談，倏已晨發。蓋緣予方爲兒納婦，而先生意在山巔水涯，知不能從，故去之速耳。維歲之首，届其生辰，先生蓋老而傳矣，及門可無頌而禱乎？偕我好友，亦其通家，念大父之游潤州，猶先生之來下邑也。甫弱而獲聆謦欬，及强而彌荷吹嘘，請與同往稱觴，託於祝詞以頌云耳。夫風日之佳，笑談之樂，蒼顔白髮，既可相求，忘形與年，孰非吾侶。藜杖堪攜，緩步濁醪，聊借微酣，有賞會之清言，無醼集之靡費。行吟多陶、謝之幽深，醉歌即李、杜之豪宕。山椒水澳，竹净花明，興發而尋，興盡而返。若乃春暮而日方永，似於圍棋最宜。秋深而漏漸長，正可燒燈爲樂。門前剥啄，來談笑之老翁。窗下伊吾，憐誦讀之穉齒。口不談中朝之黜降，耳不聞長吏之追呼。豈止一日可當一旬。行且漸老，復得漸耄。室遠心邇，想慕固已勤矣。一觴獻壽，趨陪不亦樂乎？

嚴樂山先生八十壽序

壬寅歲二月二十日爲嚴二丈八十生辰，龔方伯汝修以虞部公之執也，届期登堂獻壽而屬爲之序。予方在疚，辭未暇爲。於時先君之友尚有適吾宣翁及先生二人者存焉，其後每相見，必曰：「吾衰且憊矣，子可無爲我一言乎？」既諾而逡巡不果。蓋又三年，始克爲之，則宣翁亦已厭世，獨先生存而已。

始虞部公年少氣鋭，嘗於里第之旁曰四門小學者聚其徒數人，與讀書其中，皆自負以爲功名可立取。公既不幸早萎，而數君子者亦荏苒以老，無一人獲酬其志。猶幸以長年見方伯君聯取科第，累官至方面大臣。及罷歸，尚以故人子來見，退讓不敢當賓主之禮，蓋先生與先君子未嘗不接之而喜，既别去而慨然以嘆息也。

先生老而食貧，遣其壯子孫力耕田間，而獨居城中，每以其身分婢僕之勞，然常蕭然有自得之色。歲時親朋社會，必爲祭酒，飲僅濡唇，而食啖不減於壯盛時，尤與先君子暱甚。先君之抱疾以歲丁酉，自是屨不出户外，而故人來者必扶杖迎之，與終日圍棋不厭。至於先生，非風雨爲阻，殆無一日不相過也。予每侍側，聽其相與議論，不爲高奇刻核之言，而皆如布帛菽粟之切於用，私以爲自今以往將無復有斯人者矣。雖斯言也，尚可得而屢聞乎？

先生生於嘉靖癸未，當肅皇帝勵精之始，公卿大臣謇謇諤諤，其出處進退，去今未百年一何其遼絶也！至於民間之習俗，富者靡靡，日競於奢，桀黠者齗齗胥騖於鬭諍，幾不知有貴賤等威矣。而世之君子方且務揚其波，若以爲是固然者，長此將安窮耶？蓋予之所獲聞於先生者如此。

自先君與宣翁相繼殁，老成益凋謝，獨先生爲碩果，至今神恬氣和，步履如常，其爲百歲人無疑也。比邑之東偏有百歲薛翁，彼田野耕農未嘗役其心於當世，於世俗一切可喜可愕之感亦不以關其思慮，則壽固宜也。若先生豈非所謂天錫難老者乎！且吾聞薛翁自食飲而外即晝日亦多卧，如是者累年矣，蓋又無先生宴游博奕之歡焉。由今而逆計其期頤之年所得不更多乎？顧未知又十年而後，其於世道盛衰之感當復何如也？

君錫徐兄七十壽序

予嘗於閑居追數少時之交，不過數人存耳，而君錫兄齒最長，蓋先余六年以生。是歲季夏，值其七十生辰，將奉一觴爲壽，不可無辭以先之。君昔與吾儕結爲文社，意亦欲有所表見於世，而或以早夭，或終老無所遇，以世俗觀之，皆士之樸樕不得志者耳。然其中所自得，頗能不屑於榮通醜窮，以彼貴富者之所營，雖其人自視爲意得，或未必如吾黨之無負也。以窮通推之，則又信知彭殤可齊，而較量於顔、跖者之淺矣。

夫孔、顔，學者之師也，觀孔子之所自言，不過曰疏食飲水而樂在其中，如是而已。至其稱顏子，亦曰人不堪其憂，而回也不改其樂。然則聖賢人之所以異於流俗，蓋可見矣。自宋之儒者知尊聖人，而未能知聖人之所自得求其所樂，似神仙之不可庶幾，其尊之愈至，而去之愈遠矣。夫所謂學爲君子者，不以其道得之，而有不處焉，不去焉。舉凡流俗人之所重，而吾能輕之，夫然後可試之於用耳。近世卿大夫笑狂狷之樸樕，而舉歸於鄉原，且以謂時有不得不然者，曾不知狷之足尚而且爲鄙夫之無所不至矣。若吾君錫，其處身也兢兢然，而接物也恂恂然，聞有不善，他人以爲是固然，無足多怪，而君已不覺義形於色，獨愕眙不敢言耳。豈非孔子之所謂狷者乎？

予自少識君，五十年之交如一日也。見君或不樂，輒談笑解之，退而默自愧其不如，以爲君雖褊狹，然貌如其心。若吾輩或遇可畏人，安知能決然不喪其所守乎？然或謂君誠心質行無他腸，固宜其壽，則又兒童之見也。市井小夫壽至八九十者，世多有之，夫所見僅眉睫之間，而區區焉妄以論於天人之際，多見其懵於道耳。顧予又有感焉，方君踰冠，予甫成童，所耳聞目見吾吴之俗，視壯强時何如也？自壯强至今，又何如也？則是年日益長而中日益不釋然也。誠不若一切置之於無有。夫賢不肖，有當世之責者之憂也，此何與我事，而强取以爲喜怒耶？吾願自今以往，與君心忘是非，口忘臧否，以共樂其天年，豈不快哉？視夫拘拘之較量，不又徑庭乎哉？請以是侑今日之樽酒，君必欣然臨風共爵，一笑而别。

君錫徐兄八十壽序

昔者夫子之答問士，蓋以有耻不辱命爲先，而次及於孝弟。若曰士莫先於守身，然或無可用於世，亦未得爲完人也。若夫人生之大本，修之門内而可以達之天下者，非孝與弟乎？彼其必信必果，亦異乎儇浮懦怯者矣，何至輕之若此？則必之爲害非小也，而或昧昧焉乃謂闊略之猶賢於恭謹，斯溺其指矣。

予少而佻輕，與其儕數爲駁雜之戲，及見吾君錫兄亦時游戲其間，輒笑曰：「此所謂謹厚者亦復爲之乎？」然而君實不數數也。自後漸壯，與同硯席，汩汩於應舉之文。君既喜人見規，亦每以補過望之於所厚善，内敦其孝弟以刑於一家，外修其潔廉以孚於一鄉，人皆稱之爲長者。君之先世有若中丞、參議二公，父子相繼有勛名，於時再世稱邑之巨公焉。君少攻苦勤學，晚以不售謝去，老而爲鄉祭酒，人無賢不肖，咸所嘆羨，以爲不愧斯名、斯禮者，獨斯人而已。而君顧恬然不屑也。君既飲人以和，然意所不可，即時見於詞色，表裏洞然，雖其迕之者旋亦涣然以解。自君移居東城，相去殆三里許，每一相思，彼此過從，必晤語移時乃别，别即君與偕南，予與偕東，嘗至中道而返，以爲常。或過友人飲，先後至，或少遲，未嘗不訝而問故，此豈復少年時之徵逐已哉？然彼一時似興濃，此一時似興澹，濃所以爲快意，澹所以爲寄情也。

予少於兄僅六年，而君之二孫皆長於吾兒，同爲諸生，且復追往日之好以馳於翰墨之場，而兄嫂又以遐齡，將觀厥成，兩家後生其欲少慰於翁媼，又當何如也？雖然，娱目前所以爲慰，冀日後無乃爲癡，吾姑與兄一笑而置之。唐叔達兄以中表兄弟同執友硯席，其文詳贍而出之以核，其意諄懇而託之以諧，想見稱觴之晨，必有噴飯之樂。予雖不嫺於頌禱，亦以少侑夫壺觴。

王慕芝先生七十壽序

墅溝王氏之世嫡有仲曰慕芝先生，故贈太子太保禮部尚書武英殿大學士王公之從弟也，於文肅公爲父行。文肅公薨之九年，當歲己未而年始七十。六月二日，其生之辰也。於是君之令子將及未暑雨張筵會客，娱君以笑言之樂，謂余頗悉其家世，來請爲獻壽之文。

予昔未衰，每嘆人生百年，汲汲曾未有暇，壽命既不可期，而所享或豐或嗇，又似有定命，而非吾力所及，其幸而獲享備福以及於耄耋者，初亦不自覺，而荏苒以老矣。方其勤一生以貽於後，不過曰堂而搆、菑而穫、庶其克昌也乎。而後之獲庇於前，亦不過曰是父某之子、大父某之孫、遠祖某之裔而已。計一州一邑之地，四境之内，某爲數百年以來，遠至十餘傳者有幾？又族大而蕃者有幾？其間幸而富壽康寧者又復有幾？則宜乎若人之壽自其至親逮於姻友，雖所與同里閈之人，無不以爲祝也。祝之者如彼，而若人之自喜以爲幸者又可知也。顧所與共娱目前，不過孫曾而止，其久而益遠，則所不知何人耳。然則君子之篤於其親，苟吾族也，豈以遠故遺哉？遡其初，固一人之身也，吾以是知譜牒之於生人重矣，而舉世多忽遺焉，以至於無可考者，何哉？墅溝東瀕海，故婁縣之東偏也，自宋嘉定初割而建邑，逮弘治中城東倉以防海，又割而隸焉。而王氏蓋世雄其鄉，可考於譜者今十餘傳矣。江水東注，而潮汐之吐吞天地鴻蒙沆茫之氣於是焉鍾，而巨公出焉固非偶然矣，孰能譜其家世而使後之人永有考者，非先生乎？是舉也，信不愧於前人，而且以俟後之君子，吾雖未獲一接先生，而於是見其大焉。或言先生幼起孤童，弱能自立，學儒之莊，契佛之慈，而負氣似俠，慢世似達，可謂能名其爲人矣，而未足爲先生壽也。彼直欲使所不知何人常念其始固一人之身也，而豈尋常之人也哉！

予猶憶昔侍文肅公，一日言聞之署州事者有訟吾族人某，將下其辭，一爲處分。吾第應之曰：「事所不可知其人，則素長者而已。」窺公辭色似微不平，編修君時已病困，即曰：

「事似宜悉其本末，果誣也，亟爲白之。誠如訟者言，亦須爲料理。今日在事人見訴吾宗，輒不疑其誣，此不足怪也。」予嘆以爲然，而公亦首肯。蓋公之厚於其族如此。若辰玉數言，尤可謂審於接物矣。當公父子時有言内無喜争之宗人，外無不戢之家衆，其孰肯信者？及夫榮盛稍謝，炎凉俄變，而公之同宗無不晏然，信乎盛衰之際君子宜有以自持矣。若先生誠尤其卓然者也，今之壽筵自君之姻友而推之，凡昔所厚善，孰猶若平生歡乎？孰爲少替其初乎？孰爲去不復顧者乎？先生儻能夷然接之，不以一毫動其心，此尤所以養壽命之源也。雖古之得道而忘物者亦如是焉而已，何上壽之不可幾乎？

徐攝山〔一〕先生八十壽序

攝山先生以天啓三年癸亥壽八十，仲春二十六日其誕辰也。吾黨之辱與厚善者，圖所以侑壽觴而屬爲之序。予未弱冠，即獲以通家兄弟從之游，君視予十年以長，有聲諸生間久矣。體羸而神王，其爲文詞汪洋自恣，顧屢進屢蹶。會詔下御史，凡諸生之廩於學宫者，皆得就試拔其尤。是役也，予亦往參焉，而君竟得拔，升爲太學生。儕輩相謂曰宜，然終不售於京兆，僅以貢謁選爲縣令閩之永福。君晚而自號曰攝山，蓋聞此山多藥草可採而養生，所以志也。其爲令有古循吏風，君既不求名，人亦莫爲之地，秩滿不得志，當改官去之京師，竟留友人許，久之，友病殁，護其喪還。既渡揚子，遂泝江游楚之南陲，過洞庭，浮沅湘，蠻獠之與居，然且爲留誨其子，使知有文字。予嘗稱支道林之目澄公以季龍爲海漚鳥，君殆似之。

去數年，二子念君不已，仲往迎焉，君於是歸，復從平生故人游，然亦時時往來陽羨、瀨水間，流連嘉山水之區，固爲其門人留，亦天性好游，不樂局蹐家居故也。或曰：「君之欲採藥名山，謂何而乃數數爲客子游乎？又不知君何以自將老而不衰若此乎？」余應之曰：「夫數游乃君之所以壽而康也，而獨不聞戶樞之不蠹與？且也其視都會之繁盛與蠻荆之荒邈等耳。自昔學道之君子，翛然而來，翛然而往，豈復有夷險凈穢之動其心哉？惟心忘愉怫，故其於土俗奉養無所不忘，必曰如此而樂。有不得焉，則愴然以悲，斯乃流俗人之戀戀耳，彼所謂偷肥其體而顧近於死者也。若夫先生，殆可謂衣其裋褐，有狐貉之温焉。茹其藜藿，有粱肉之美焉。正惟其無不忘也，而後可以養生，可以長年。彼不能知，求贏而反以得虧，求長而反以得促者何可勝數？久矣先生之了然於此矣，不求壽乃得壽，豈與夫規規焉争得喪於尋常，而中道夭閼者同乎哉？」

君氣温而識明，聞其居官幾於不罰，永福之人戴之如慈母然。嘗按作奸爲豪，衆所仄目者數輩，悉置之法。其人則又頌之曰：「信仁者之必有勇也。」特以苞苴竿牘之問不出於境，終無赫赫名耳。自君留楚，予嘗邂逅閩人，知其福州也，因問亦知有永福令徐君者乎？曰：「此吾鄰境也，寧有不知？」又問爲邑若何，曰：「聞之父老，二百年來第一廉善令也。」夫以鄰之氓猶知君，而上官莫能知，夫安用監司爲？嗟乎，此時事之所以日可憂也。

昨歲劍南不戒，至戕大臣，西南苗夷輒窺戎索，間嘗語及，君策之曰：「若安民無足憂也，彼擁厚貲而侈自奉，必不動動即速其斃耳。」已而果然，及春而鳥獸散，西陲以寧。君豈臆決而好爲大者哉？在南中久見之，審矣。蓋其在事外猶若此，以君之識之年，可比於老成壯猷，而顧使終身道路，白首邱園，僅有吾儕數陪杖屨而聆謦欬，雖足自幸，咸爲慨然。如予潦倒粗疏將從先生求所以鞭其後者，庶幾乎息黥補劓而已。

【校注】

〔一〕徐攝山：徐嘉言，字汝默，號攝山，大觀之子。萬曆二十年選貢福建永福縣知縣。乾隆永福縣志卷五職官載：徐嘉言，嘉定人，萬曆間以歲貢知縣事。政務清浄，民有小過皆從寬釋，獨捕宿猾干獄，亦終不致之法，令其自新。有古循吏風。

瞿君八十壽序

邑之西南受松江之水，迤東而北入於海，其故家著姓聚族而居，若傅氏、瞿氏、黄氏皆其望也，而沈爲尤著，起家登朝者先後多聞人，而廣信太守公最後起，予先君嘗師事焉。其配恭人瞿也，公之將赴江右，邀先君與其伯子同硯席，而瞿之族子亦渡江來從游，中表兄弟相得歡甚。蓋予方舞勺，便已識面，得稱通家兄弟者，子受君也。父曰心疇，翁憐君使學爲士，已棄而歸農，父子相遂，以本富爲一鄉所信服。比沈氏困於衆囂，翁父子彌縫其闕，諸囑沈者皆嚴重之無後言，所爲德於沈甚厚。有弟幼真，以諸生廩黌舍，方有名而夭，君痛其逝也，思所以慰翁之心者，課其子若孫先後補諸生，而翁得優游以壽終，鄉之人由是益嚴重瞿氏。

歲在甲子，君壽躋八十矣，届季冬生日，凡邑之懿親好友將往稱觴焉，而屬爲祝詞。既數世之交，且元孫又予妹婿，不可以老眊辭。竊嘗謂人之生世，各以其時爲世重輕，世治則興朝之士出而展其猷，爲上下賴之。比其衰也，即巖隱者常退而安輯其鄉閭，悴者以蘇，弱者以立，豪奪武斷之徒靡敢以逞。凡司牧者之求無曠於官也，所爲納約而要歸於當，亦有賴焉。君既閱世久，更事多於人情物理之變遷，輕重緩急之差數，慮之而熟，出之以恬，故人之聽受若以石投水。君之條陳若因風鼓籥，上有裨於長吏，下爲德於小民，蓋賢士大夫之所不能逮也。優游歲晚，享遐齡而受多祉，豈偶然哉？以較之先公，時人情彌變，世態日紛，所以調劑其間，固非迂疏之所得而詳也。人或謂君悉心勞形以圖一邑之利，病而塞長吏之諮詢，其利甚溥，而把鋤犂者固多所未悉，坐堂皇者或偶不訾省。蓋自壯强至今，公私勞瘁常數倍他人，而乃得壽康，殆猶户樞之不蠹，其苶然疲役乃其所以爲壽者歟！

嗟夫，修短之數豈不懸之於天，惟夫不諉其天者於偶然，而樂盡其人者爲固然，既醉之備五福，要歸於攸好德而已。夫呼吸吐納而壽，力田服穡而壽，壽等耳，非人主之勢能錫之，而攸好德者之宜有此錫也。區區以攝生言者，陋矣。

學古緒言卷六

壽序凡十二首〔一〕

【校注】

〔一〕崇禎本學古緒言卷六作「壽序凡九首」，康熙本卷五寫作「壽序凡十二首」。陸氏在重校時將原屬於崇禎本卷六的王慕芝先生七十壽序、徐攝山先生八十壽序、瞿君八十壽序三壽序移入卷五，又將原屬於崇禎本學古緒言卷七的敕封翰林院編修温君暨孺人沈氏六十壽序代、宣翁偕老壽序、誥封夫人徐太母金氏壽序、敕封太孺人淄川韓母七十壽序、西安方母鄭氏八十壽序、貞節姚母文氏六十壽序六壽序移入卷六，故兩版本所記數目不同。

姻家陸翁壽序

姻家陸翁以是歲周六甲，仲冬十一日其初度之辰也。君之嫡孫委禽弱息，宜修頌禱之詞以侑一觴。意欲有所效，未可以驟。表弟王伯深其子壻也，數語及之，余以謂君之宜頌者有三：生長市廛，衣食於貿遷，而樸茂款誠，躬長者之行，一也；教其子元之學爲儒，受饟於黌舍，所與交皆人士之良，方將振其家聲，二也；君年視予僅三歲以長，而子已壯强，孫男女若而人，皆蘭敷玉潤，三也。余雖慚能言，稱賀不當後他人，猶且遲之，何歟？誠以古之君子所欲自致於親，蓋能養，次之旨甘之奉，以接親知笑言之歡，苟竭其誠足矣。而吾吳之俗日趨爲靡，會客則争致貴勢以爲榮，張筵則務窮水陸以爲腆，倡優在前，賓主終日揖讓以爲禮，固非衰老之所堪也。

夫古之人嘗以每食四簋，追往悼今，若五鼎則大夫之享矣。而近世民間宴會，或多至百味，蓋人子之不誠於獻壽，爲日久矣。視孔氏無違之訓何如哉？奉其親以分之所不得，勞其親以體之所不堪，未有若今日之無當者也。君之二子將行古之道乎？則必爲世俗所姍笑。始且以爲必如是而安，及衆嘩之，則亦有不安焉。將亦爲世俗之侈乎？其親有不樂焉。吾意守禮樂道之士，其必不苟然矣。且吾聞之，驟富貴不祥。夫非謂其所享有異於尋常也哉？今至以吾親之年，而酒食之豐必求多於分外，則無乃未處於富貴而顧奉之以致不祥之具歟？元之兄弟如不惑於流俗，數召親戚故人，與君共四簋之奉，君必樂而安之。夫樂康者所以爲壽，而屑越者所以爲不祥也。吾故不欲侈而張之，而徐進其説，以前之三言爲頌，而以後之云爲禱，不可乎？

陳翁七十壽序

是歲七月十二日爲少泉陳翁七十生辰，凡與翁父子及孫三世之交咸有獻壽之辭，其婚家徐爾常徵文於予，且曰：「必手書之。」先是，莫春之初，予嘗爲文壽宗伯夫人，寫屏風數叠以獻，蓋陳之請也。今者爾常又欲假手焉，雖駑且衰，固不獲辭矣。

夫其承前之緒，以素封聞於里閭；衍後之慶，以學殖訓於孫曾。目不識催租之吏，足不涉對簿之庭。有堂之爽以招凉風，有室之靚以延冬日。親朋時至，笑言足以罄宿昔之懷；酒肴常具，酣適足以寄花月之興。自少至老，常以歡顔笑口樂其天年，豈可多得哉！或者曰：「此殆天歟？譬之卉木雨露均也，或茂以繁，或悴而槁。」解之者曰：「爾何知？天道栽培灌溉之或愆，而以求同於雨露乎？」或又聞而笑之曰：「硜硜乎斯言也，似之而非也，至顔、跖而窮矣。人之生世，其賢愚通塞之不相值，常若枘方鑿圓，雖有辨智莫窮其情，惟天與人適相符，乃可得而言耳。」吾嘗聞翁之爲人矣，伯兄疾且病，爲謁醫嘗藥如子侍父，及撫其嫠孤加虔以勤，與同居三十年終如一日。家有僦庫以屬婭之兄，累折閲至不訾置不問也。外舅姑老而困，子在繦袥，賙其存殁且終其子之身。凡此皆世俗之所難能，而翁若以爲固然無足多者。其他爲人緩急，雖半席片言，已諾無不踐也。後多負之者，而翁第曰：「可奈何久而遂若忘之。」今世稱篤於其親好行其德，必曰：「此士行也。」孰知夫凡翁之所優類儒生之所愧乎！固宜優游耄耋之年，而安享子孫之養，豈可謂偶然也哉？庶幾乎天與人適相符矣。翁之子若孫皆方以文學有名，要爲翁盛德之報，亦不誣也。

自伯子獲解南京兆踰一紀矣，比聞益自晦匿，被服居處無改曩時，非親且故，欲一與之接而不可得，其中泊然常有以自足者。語有之：榮辱立然後睹所病，貨財聚然後睹所争。今翁進不知有子之榮，退不私其貨之藏，烏乎，病且争，其有聞於衛生之經歟？將來之歲月以無羨無營坐而閲之，腰足忘而屨帶適，壽未有涯也。視夫謭謭焉以尊生爲者何如哉？以是爲，翁壽其謂予爲知言否也？

守齋金翁〔一〕八十壽序

自昔言養生者，每稱少思寡欲可以養壽命之原，而尤謂思慮之賊人殆甚於欲。夫惟學道觀妙之君子，其神守内完，故能漸屏二者而渾忘於無。其次則貌樸而中夷，不修邊幅，不設機關，幾無所用其心焉。若此人者，其於嗜欲必淺，能因血氣之盛衰而爲之節，故往往得全其天年以至於壽考，亦其理有固然也。若夫役私智以争尋常，其神日勞，其欲無厭，而欲以圖於久長，豈可得哉？

予友金伯醇〔二〕之尊人曰守齋翁，今年八十矣，而形神不衰如六十許人。夏四月四日，翁生之辰也，凡所與伯醇善者相率登堂上壽，而屬予爲之序。翁之先聚族於邑之羅溪，世爲農家，自其從子伯謙先生〔三〕洎從孫子魚父子相繼薦於鄉，而伯醇又以諸生廪於學宫，於是金氏之俊少多修詩書之業，爲人所稱。然而皆逡逡退讓，無鮮衣駿馬之好，雖其僮奴亦化之。伯醇嘗言僮某惰，遣還田間，其不能衣襏襫、把鋤犁而耐勞苦者，終不足侍吾於硯席間也。蓋翁之教於家類如此。翁少而明農，其言農事娓娓可聽，然無他腸，遇事無可否，必罄其底裏，亦不逆人之詐之也。又不好爲容，見其子之友或盛衣冠而往，則趨而匿屏間，竊聽所言，其不誇以誕也，即私以爲喜。若翁不幾於少思者歟？顧竊疑翁素壯健，内有廪膾之羸，而外無門户之累，終歲優游，或不能自割於嗜欲。且生人之大欲無過於飲食男女，而伯醇又極孝養，旨甘柔滑必具夫滋味，雖以養胃，然譬之益火，以膏火之炎也相於欲，或壅之則成疾焉，不虞其壅而亦不至於炎。吾意翁必能知之，是以若此壽也。抑伯醇旁通醫方，所以娛侍其親者，或別有術焉，可以扶衰而延年歟？

自今以往，翁之閱世滋久，其中懷泊然思慮益省，當不異學道觀妙之君子，非止願樸夷易而已也。獨羨其年加長而貌加豐，欲從問所以保嗇者何如，又自省壯盛時嘗有志當世，不幸爲思慮之所賊，今衰矣，庶幾竊翁之緒餘以息黥補劓焉，且幸無敗於糾紛，以從翁於幾杖之間，亦吾黨之所同志也。

【校注】

〔一〕守齋金翁：金瀚，字守齋，兄金洲，子金伯醇。萬曆嘉定縣志卷十九人物志四文學載：父偶不樂，即長跪終日，解顔乃起。兄游學四方，瀚力田治生。及居官，瀚具衣服器用送至任所。父愛庶子，瀚於舍北自搆別業，遺産悉讓於弟。歸有光震川集有金君守齋墓志銘，唐時升三易集有金隱君墓志銘。

〔二〕金伯醇：嘉慶直隸太倉州志卷四十一人物載：金大雅，字伯醇，少稟伯兄大有之訓，力學有名於庠，旁通軒岐之書。歲祲人多疫，所治輒效。遇父母疾，所投藥必徧檢方書，或虔禱於神，然後爲劑以進，其誠孝如此。一人少年子身在郡，久之病瘵，而所述病狀殆近女蠱，人疑其客舍有私。大雅往察，脉曰：「今病在右，言左何也，豈得之酒乎？此不過兩劑即起耳。」已而果然。本集卷二十有金伯醇墓志銘。

〔三〕伯謙先生：金大有，字伯謙，嘉靖三十七年舉於鄉，讀書修行，爲名孝廉。萬曆嘉定縣志卷十二人物考載：（金大有）少英朗之譽，垂髫時與今内閣王公俱受知郡守，金公已與王公同舉於鄉，屢不得志於禮部以没。

朱濟之兄六十壽序

友人朱君濟之，以今年秋七月廿四日爲六十生辰。君之交道廣自其父行，至子壻所與游處，見即歡然，忘年忘形，終日飲酒談笑無倦容。於是嚴翁樂山偕其酒社之友凡若干人過予，屬爲文贈之。夫以予之衰懶廢學而長年者，顧欲得一言以壽君，謂能悉其平生也，且意君優游詩酒，亦欲得潦倒疏狂之言以爲樂耳。

君少嘗有志於當世，見世無知者，遂厭薄不屑。中年以後，一意以醉吟爲娱，客至即留與飲，不問中厨之有無也。肴蔬間設，相與終日對奕，剥啄之聲不絶於手，謿謔之言不絶於口。已而呼盧浮白，君既自喜能食酒，而客亦好與之，較酒酣輒奮髯抵掌，多所譏評。與之善者輒正言止之，君亦笑以爲愛我，無忤也。或以謾辭欺君，君還以語，客有笑其妄者，終不言出自某某也。其涉獵强記，有過人之資，每於酒間稱述稗官小史，往復曲折如目所睹，客爲解頤焉。閑居好爲五七言近體詩，嘗一賦郊居，多至百篇。每嘆邑在海濱，無湖山之觀，吾中有不適焉。往往即所想像而賦之詞，或誇大而近誣，世當有知我於言外者耳。蓋予所得君於三十年間者如此。

予於君顧獨自有感也，君之先公以布衣之俠，享有良田廣宅之奉以遺於君，其識賢士大夫於未遇時，能使其人終身不忘，抑亦可謂傑然者矣，而幾不免其身。君杜門高詠，彌縫之以酒，絶不問家人生產，雖時以口舌觸迕，聞者亦終能寬之，不爲隙也。以較於先公所享，不已豐且安乎！嘗試與君追數省事以來耳目所睹記，中間盛衰之變所不必言，若其頹然自放，不爲繩墨所束者有幾？獨坐而吟，群居而醉，來不迎，去不送，如是以終其年者有幾？厚於施人而不責其報，豐於待客而不留其贏，如是者有幾？亦可以樂而忘其老矣。

君每歲至仲夏即散髮不出户，客至，以袒裸接之，至秋中乃復衣冠。今正其科頭箕踞時也，予將艤小舟，袒而就君，與竟日飲酒賦詩。因書此以進於君，不知視世俗之頌禱何如也？

張元長〔一〕六十壽序

夫士汲汲於當世，負其有可以自見也，其不幸終不爲人所知，未有不憤然嫉俗，與世闊疏也。當其少而受經，終日矻矻，學爲文章以干時，及已老不遇，非獨厭所常習儷偶之文，雖聖人之遺經亦遂棄置，不以關於心者多矣。若此人者，其鄙淺固不足道，然亦何至反沾沾焉自喜其一藝爲哉？嘗怪友人張元長少而博涉，於書無所不窺，宜其於世俗有不合矣。顧雖見擯於有司，而更爲少年所推重，色未嘗愠，文乃益奇。夫今之時文率三年而一變，其始不必果有合也，而驟掩前人之規。其後不必果有戾也，而已來後生之誚。矧吾元長盲於目則簡策都捐，順於耳則行年俱化。此屢變者何由肖其步趨而暗與之合，何用悉其才力而數與之競哉？且人之有喙，獨不可以清言雅謔，極群居之樂乎？而我實苦心，獨不可以默存觀妙，怡燕處之神乎？若曰，此少而習之，誠不忍棄焉，則古人之言語與日月長新，不已賢於熸火之一燿乎？如君胸次，宜薄詞賦不爲，顧難割於童稺之小技乎？予乃爲解之，此殆元長之所挾以傲世，而不忘一警憒憒者歟！君蓋曰：「向吾欲有自見也，有司者之程度未能詭而與之相遇也。今吾直以爲寄也，少年人之矜尚猶能變而與之相逐也。世有達觀者或因是以得。」予曰：「斯文也，老而不衰，能者無難，知者良不易，而耳食者或轉以是詬予曰，夫夫也，其何能合？既以自誤，將復誤人爲？夫此兩言者，吾皆笑而頷之，此吾所以爲窮居之適也。信心而索之，銜口而吐之，其聞於人泠泠然，未必不如絲竹之和鳴也。有會於心欣欣焉，未必不如屨帶之兩適也。夫世俗之患在以人爲重輕，人不知而愠，苟知之而汰已甚矣，不勝憤焉，而甘與世相違，亦不勝肆焉，而輕以人適我矣。誠知夫鄙淺者之足嗤，則夫沾沾自喜者以爲果有樂乎此可也，而曷足怪乎？」

予與元長齊年，而後兩月生，君之生日以夏六月，邑之與君善者屬爲之辭以壽焉，予方辭諸君之頌禱未暇以爲，不知夫沈李浮瓜之會，親知滿前，所以佐君之歡笑，亦有以予言進者乎？予兩人皆不遇以老，故吾之言云爾。若其相與於無相與，相爲於無相爲者，要自有莫逆於心，而非文辭之所悉也。

【校注】

〔一〕張元長：字元長，世家蘇之崑山。父維翰，世爲儒生。生三歲能以指畫腹作字，十歲講論語。其爲文空明駘蕩，汪洋曼衍，極其意之所之，而卒不詭於矩度。吴中才筆之士，莫敢以鴈行。進者文益奇，名益噪，家亦益落。中年不得志於有司。壯年再游長安，登呂梁，過齊魯，覽宮闕之盛。觀東征獻俘，思奮臂功名之會。晚而病廢，自號「病居士」。撰崑山人物志。卒於崇禎三年七月廿九日。（詳見錢謙益撰牧齋初學集卷五四張元長墓志銘）

唐實甫六十壽序

嘉靖中邑之賢而有文名聞四方者，唐道虔〔二〕先生其尤也。然卒困諸生，晚而得郡文學以殁。先生之撫其弟，蓋父師兼之，既而隱於醫嗣其世業者，道述先生〔三〕也。文學公與先大父同時爲沈氏姑姪壻，先君之少也，以姊故往從公受經，與道述丈相厚善。實甫，道述之子也，又學於先君，余故得暱焉。

道述先生風度凝遠，望而知爲有道者，每出爲人治療，歸即登樓檢方書，究極所疑，暇則誦古詩文，攬觀法書名畫以自娱。樓之西堂之東，卉木斐然，舍後竹深水凉，夏月數與知交數公避暑其中，門無雜賓，若年少而獲與接者，予與亡友張君仲慧而已。實甫再以文試有司不售，先生即令棄去，仍學爲醫，且授之家秉。未幾，君果以察脉處方積歲入之贏，別買地葬其親。有二弟，一醫且耕，一耕且讀，皆去之郊外，以城居諉之兄。君即又兩慰其意，人以是稱君之才，且服先生之前識也。向令君終爲儒，儒生不得第十九而餒耳，其克有是乎？

君之子孟博既補諸生，有子甫成人，今又繼之。適屆君六十生辰，於是親朋之賀且祝者雜還其門。予雖衰劣，自有識以來幾五十年，獲交其四代，固不可無一言也。竊嘗以君自方少而受書如獵與漁，惜此居諸，勤苦三餘，徒費耘鋤，不成菑畬，此相似一矣。終焉逋客，當世無責，匪狐奚白，匪彪奚嚇，雖慚巨擘，無覥尺宅，此相似二矣。君早自弛，吾猶濡軌，雜蘅與芷，夫何愠喜，求粟得秕，能無瘢疻，此不逮一矣。有鶱而鶬，豈牧而豚，有圃而樊，豈市而門，子日笑言，我舌欲捫，此不逮二矣。夫此兩相似者，失之於前，吾與君之所不及悔也。持之於後，吾與君之所得保也。至於兩不能逮，天之厚君，吾不子妒。天之困余，子不我嗤。春花之朝，秋月之夕，君灌園能爲我擷蔬，吾近市能爲君烹魚。若夫泉甘茶白，追桑苧而友玉川，尤可數數也。請自今爲期，勿以貧且憂而辭，勿以衰且慵而免，暇即相過，語不及俗，子言子之蒔花種樹，予話予之觀幻悟空，退而教誨其子若孫，使各有業焉以自立，無羨乎今時之浮榮，無忘乎先世之遺範，庶幾乎馬少游之意以樂其天年，不亦可乎？

【校注】

〔一〕唐道虔：唐欽堯，字道虔，號雲濤釣徒，明嘉定人，唐時升之父。萬曆嘉定縣志卷十二人物考中文行載：凡朝廷典章及兵農大政，無不默識之。至於制義，不喜剽竊，猥隨流俗，當時亦雅推之。海溢民飢，率諸生言於令，發粟以賑。倭卒至海上，有司不知戰守之具，乃招集壯士，及假邳盧兵爲城守。請以銀易漕糧十萬，儲於城，故城久圍而民無恐，皆自欽堯發之。方其慷慨議論公卿之前，援引古今，開説成敗，高邁之氣，旁若無人，人自以爲不及也。事母至孝，與弱弟友愛，甚嘗脱窮交於難，皆不具論。獨著其負經世之略，而不得試者。有答友人問疾畫、卧游南嶽詩，皆憤世之詞。

〔二〕道述先生：唐欽訓，字道述，明嘉定人，唐時升叔父。至性孝友，好左氏、老、莊，精醫術。常言「多藏好奪，天之所惡，自遠於禮，耻辱及之。」往來公卿間，未嘗有游詞佞笑，所至見重，不獨以醫而已。著有傷寒心要。

敕封翰林院編修温君暨孺人沈氏六十壽序代

士之砥行立名澹然自足者，其身之不試，則必有爲之拓其緒焉；士之蜚聲騰實曄然有聞者，其名之驟起，則必有爲之發其祥焉。干霄之木，不生於培塿，千年之脂必種爲琥珀，理固有然矣。吴興山水之奥區也，融結旁礴，發爲人文，隱淪材傑之彦自古多有。以今所聞，有隱君子曰封編修温君者，人貌而天，殆古温伯雪子之儔與？年纔六十，而其子太史長卿〔二〕升玉堂之署，較天禄之儲，且十年於兹矣。維歲冬首届初度之令辰，樂齊年之嘉耦，而長卿甫先已乞假，暫還里門，温樹無言，數馬以策，族姻稱其孝慈，鄉閭羡其福履，煌煌乎善頌善禱，固已爛縑緗而盈卷軸矣。長卿昔在南宮所薦士若而人，謂余子某謬先簸揚，介而徵言爲稱觴侑。予聞之，君本逢掖，古道自將，讀書談道不專章句。既而考槃邁軸，便懷終焉之志。以及子壯登朝，榮膺綸綍而處之恬然，布衣徒步，無改素風。至於急病讓夷，先人後己，少以自矜。迨晚加勵，不於其身，於其後人，君之謂矣。長卿在貴不驕，高才能讓，跐前之美，擅時之譽，求忠於孝，爲世偉人，君之貽矣。在詩有之：「威儀孔時，君子有孝子，孝子不匱，永錫爾類。」雖有善頌，何以加茲？「酌以大斗，以祈黄耇。黄耇臺背，以引以翼。壽考維祺，以介景福。」雖有善禱，何以加茲？予又何言哉？顧予老矣，竊有衰世之感，欲一效之。夫金閨之籍，世號清華，肩巨任重，豈伊異人，振而矜之，器小忌盈，政以賄成，棟折將壓，膠不適時，雉膏不食。予忝聞政，每用惴惴，私門之內，喜不勝懼，如君之意，將無同乎？則又歌烝民之詩以進焉：「既明且哲，以保其身。夙夜匪懈，以事一人。」君與孺人其善自保嗇，復十餘年，觀長卿以不吐不茹、不侮不畏，爲王國楨，爲德門慶，其喜樂永日又何如也？是爲序。

【校注】

〔一〕長卿：温體仁，字長卿，號園嶠，烏程人。萬曆二十六年進士。改庶吉士，授編修，累官禮部侍郎。崇禎初，遷尚書，協理詹事府事，爲首輔。爲人外曲謹而中猛鷙，機深刺骨。入明史奸臣傳。

宣翁偕老壽序

凡壽而爲之辭蓋，言得於天者之厚，而美君子之福履爲不偶然也。又祝其勿替，引之享有期頤，而使閭巷之人争傳道之以爲美談也夫。然則一人之壽，天下之人之壽也。雖其親暱，焉用文之？一言之祝，百齡之壽之祝也。率十年而更端，不已贅乎？夫情之戚疏，若莛與楹，不有文也，夫安知戚之不同於疏耶？且人之生世雖數年之間，而愉怫之遞更猶寒暑之狎至者，蓋多有之矣。若其纘前之緒、貽後之謀已爲券而責之天，如夏之必燠而冬之必凉，此亦生人之希覯已。苟親與昵即侈而張之，可焉？

是歲仲冬，届慕川先生七十初度之辰，而其配徐孺人適與齊年，所與元甫厚善者屬予爲祝詞。余家於宣氏再世姻連，女弟爲先生再從子婦，今其嫡孫又委禽弱息焉。既慶先生之壽考，而又將以致吾之情，雖言之不文，不可以已也。猶憶往時諸長者爲酒會，數過飲余家，時先生年未六十，嘗在末座，不意忽已至七十之年，而予亦荏冉衰矣。比見先生年加長而貌加腴，意竊怪之。一日從容問所飲啖，朝不過白粥二盂，不必其蔬也，飯或佐以少肉，不必其醬也。嘗稱味之養人以平和耳，過爾甘肥，必有所偏。語不云乎，厚味實臘毒。吾薄口腹所以安腸胃也。予以是知先生之於嗜慾淺矣，嗜慾淺則所求於世者輕，輕故易足，易足故無營，其神完而氣平，可以却疾，可以延年，殆有道者與？

又嘗見語云，每笑兒姪輩譙訶穉子，繩以幼儀，夫士大夫師事孔子，誦其遺言，而發爲文章以用於世矣，已而旋背棄之，曾不若是童子之猶知嚴其師也，則若之何？蓋先生之感慨深矣，而責於人甚薄，雖其誨子姪猶然，庶幾乎恬與智交養者，宜其道貌之加腴也。雖然，先生與孺人之所享，不可謂非天民之厚幸也，假令有子而不若元甫才，雖欲貶衣節食以優游於田野，俯仰寛然堂搆無圮以安享百年之樂，豈可得哉？計自今以往，予爲先生、孺人壽當不止此，姑言今日之偕老而傳者已矣。

誥封夫人徐太母金氏壽序

故大宗伯徐公以嘉靖二十九年庚戌起家進士，爲禮部屬十年，守官不阿，出補郡荆州，而夫人始來歸，嗣執筐篚。逮公歿之十又七年，歲復爲庚戌，夫人春秋七十高矣，於是境内外之徵文詞道盛美者後先登堂。因塚孫爾常奉觴上壽，而姻家陳國紀方就試春官，其子開美爲素屏，謁予求叙而書之。竊自惟獲交且三世，平生辱公知最深，視夫人猶母也。雖不文，固願爲執筆焉。

始公之成進士也，夫人甫十齡耳，然先是已從其父鴻臚公居京師，望見皇居之壯麗而習聞名公卿命婦朝賀之儀，閨門之内，數相與嘆羡以爲榮。豈意三十餘年間，蒙國厚恩而身受二品之封號乎？方景王以愛子就藩，公爲州人力争沙市至於下獄，其後放還，夫人乘肩輿自廨宇出，州之婦女百千爲群，争以肩臂受輿，環擁不得前，此其爲榮，又豈止封號而已哉！自公殁至今，人謂夫人於存殁盛衰之感，當有不釋然於中者，予獨以爲不然。夫夏之日，冬之夜此有所贏，彼有所乏，無足怪者。喜春暘之熙和而惡冬雪之凜烈，是烏知天道哉！人生壽命長者多至百年，試以四時平分之，有不及於夏者矣，况秋冬乎？若夫已榮矣，勢不能無悴已，而悴者復榮，豈非剥後之復，而一人之身之所希遘歟？今者夫人當既老之年，視聽無改，神爽肅然，爾常以孝謹娱侍，恂恂之譽著於里閭。夫天道六十年而甲子一周，傳所謂公侯之後必復其始者，行將在爾常矣。夫人顧而樂之，喜可知也。昨歲之秋，夫人已抱曾孫，今聞又占夢焉，關雎窈窕，鳲鳩平均，世所謂吉祥善事者，宜駢集以奉膝下之歡喜又可知也。然則夫人於今日固去雪霜而就青陽之候也，歲時燕喜，御冠帔而撫曾孫，追叙少壯之榮，盛嘆已往之不可留，而慶將來之未有艾也，不自今始乎！

爾常雖少孤，觀其所與游必求勝己，知夫人之教以下人也。績學綴文，不廢昕夕，知夫人之教以無怠也。歲中朋酒之會必潔以共，知夫人之教以慎微也。夫人之勤施於徐氏者如是，長食其報也宜矣。詩不云乎，「詒厥孫謀，以燕翼子，以引以翼，壽考維祺，以介景福」。請以是頌且禱，其可乎？

敕封太孺人淄川韓母七十壽序

上之四十年仲春，淄川韓侍御〔一〕奉命巡按江西，過家省覲，蓋封公之春秋七十高矣，而某也嘗從士大夫之後，屬樸訥之詞以侑一觴而頌萬壽焉。後二歲甲寅，侍御使還，道經吳門，邑之旅謁而餞送者踵相接也。其明年孟陬，又届太孺人七十生辰，於是前之往賀者將復繼之，而屬爲之序。

竊以謂君子之孝於其親，與世俗人異，俗之所謂孝小者娛其晨昏，時其寒燠，雖其大者亦不過邀朝廷之寵錫，爲閭巷之榮觀，如是而已。其親而賢者也，或猶有不樂焉。頃者獲接侍御，燕閑之談，其論賢不肖之品若別白黑也，若薰蕕之不可同器也。其論出處之大節，寧剛而折也，必不肯婞阿冒昧一日而偷自完於列也。其論任天下之重且難，雖絲之棼不難理也，雖驅車於阪，操舟於湍悍，而不虞覆卻也。如是以爲父母光寵，蓋義榮，非勢榮也。養志，非養口體也。其親之樂之，豈猶然世俗之所豔羡哉？或曰：「淑婉之資，非所論於慷慨，朝廷之義，非所論於閨房，子是之論其或未然歟？」應之曰：「子未聞太孺人之居常乎？其相夫子也，順而能安；其撫侍御兄弟也，慈而能均；其睦於韓之宗也，降而能施。家之裕矣而用不爲侈，子之貴矣而色不爲驕。口不甘於滋味，葵藿而已；身不安於綺紈，繒布而已。此士大夫之所難，而太孺人顧易之矣。夫人之仰於物者輕，則物之爲吾累者鮮，累鮮則形安，物輕則慮澹。安故莫能攖其寧，備物奉之而若無有也。澹故莫能汩其清，五欲染之而終無滓也。譬之注水焉，所以受之者深，斯不溢矣。譬之爲室焉，所以基之者固，斯不傾矣。萬福攸同，不亦宜乎？古之得道真人所稱外身身存，後身身先，不可易也。天下多脂韋之丈夫而曰必無恬俞之女士。非吾言之過，而疑吾言者之淺也。然則太孺人其亦猶有望於侍御乎？蓋聞之君親等耳，故孝者所以事君而忠者，亦所以順父母也。今海内乂安，而朝廷之上漸似有黨人之形，黨必起於争，争必各恃其援，其究至於邪正兩傷，而世道受其敝。是故君子與其争而勝，莫若處之以無争無黨而俟其自伸。非無争也，無其心也。非無朋也，無其迹與名也。夫然，故其勢不至於過激，而其變不至於禍天下。

某少而受易，請以易推之。復之初，剥之碩果也，有休復之下仁焉，不與之戾也，進而臨君子之朋，可以無不利矣。又進而大壯，則壯趾者與羸角者不必貞而吉矣，故聖人有憂焉。今者朝廷之進退士大夫，自以其意爲勝負，而中旨反似出於不得不從者，雖侍御之所以處此，固非書生之所測知而或者虞其臨而且壯也。此宜亦太孺人之所慮矣。魯敬姜之深識遠慮，儻可得而聞乎？將天下實受其福而樂只君子，福履成之，又非止今日之所享而已。敬書之以頌而禱焉，不知亦有當乎否也？

【校注】

〔一〕淄川韓侍御：韓浚，字邃之，山東淄川縣人，萬曆二十六年進士，二十七年任嘉定縣令。爲政務求民便。押班總甲悉除去之。又嘗濬河渠，繕城垣，修學校。纂修邑志，後擢御史。詳見吴歙小草卷七奉贈韓明府秩滿上計注〔一〕。

西安方母鄭氏八十壽序

友人信安方孟旋〔一〕以丙辰春登進士，乞歸省其母夫人鄭氏。吾謂孟旋其不徒以禄養爲榮，而尤喜母氏之壽康優游，暮年未有涯也。吾又以知太夫人不徒以子之一第爲樂，而尤喜其素所自許不同流俗行可以有補於時也。比三年，授南京兵部職方司主事，將之官，而是歲七月某日爲太夫人八十生辰。閫門之上壽，賓筵之獻酬，須禮成然後行。斯時也，凡浙東西能言之士及海内之知君者必且盛爲之詞，而孟旋乃有意於予之一言，予將何辭以頌且禱乎？

竊以爲人子之孝其親，雖極於無涯而必衷於内，自盡朝晡之疏食，冬夏之裘葛，此用力與勞之所及也。苟能使其親安焉，則可謂之養志矣，豈不亦士人之孝乎？若夫冠帔以爲華，鼎食以爲養，已榮矣，然而職業之不修，聞譽之不章，此夫不肖人之所狃也，其親而賢者能安之乎？奉之彌隆，辱之彌甚耳。今試以是二者號於國中，非貪冒無耻之尤，必前之是而後之非也。然試令群國之人士而處於此，其爲不肖人者不少矣。豈非孟子所謂失其本心者乎？惜也，身既貴矣，可以立身揚名，孝於吾親矣，而考其生平，或下同於閭巷小夫，雖少知自好者，宜所不屑顧没没焉若此，何歟？若吾孟旋者，學爲經師，行爲人師，實大而聲宏其已久矣，今且服官守而漸進用，其風度則羔羊之委蛇也，其寵光則蓼蕭之譽處也。以是而娱其親，夫然後冠帔足以爲榮，而榮不必其冠帔也。鼎食足以爲養，而養不必其鼎食也。夫人顧而樂之，必曰：向吾聞是子也，與其徒言，必依於忠孝。今吾幸得見之，不虚矣。豈不亦人子之大願哉？

予始識孟旋於石頭僧舍，一見語合，相與論蘇長公藥誦，蓋欣然會心焉。今海内承平日久，以國家磐石之安，乃隱隱有惰窳之憂，當由士大夫意不在公而内營其私耳。故予爲獻壽之辭，特以樂有賢子頌焉，誠孟旋所以見屬之意。亦欲使天下之愛其親者，奉其冠帔鼎食而進焉，皆慨然有意乎孟旋之爲人也，傳稱孝者所以事君，豈不信哉！豈不信哉！

【校注】

〔一〕方孟旋：康熙衢州府志卷三十二名賢傳載：方應祥，字孟旋，西安人。敦倫嗜學，茹古涵今，浩無涯際，尤根極性命。蚤歲，追愾松楸，心焉將毋。爲文自闢阡陌，非六經語不道，疑義解駁粹然，一軌於正而淵然有光，望而知其爲端人正士也。丙午以鄉試魁，其經屢厄南宫。丙辰，同考韓若愚得公卷叫絶，定首卷。初授南兵部職方郎，例多饋遺，公悉卻除之。轉祠部郎，籲辭乞養，聲聲血泪，不允。歷陞山東提督學政，奔母喪歸。三年苦塊，哀毁骨立，尋卒。所著有青來閣初集、二集傳世。公山居時從學者踵相接，遂擴廬舍以居之。發明性學，後人比其功爲濂溪、伊川云。

貞節姚母文氏六十壽序

萬曆四十三年秋，吴郡有得俞旨以貞節之門旌者，鄉貢士姚希孟〔一〕之母文氏，故國子生諱汝轍之妻也。又三年冬，闔郡士大夫綴文賦詩往爲之壽者，夫人六十之生辰也，蓋距洪武七年歲甲寅詔旌其門，而蘇太史伯衡爲之頌者，七世祖榮三之妻黄氏也，至於今二百四十又二年矣。一門之内，婦節母慈，後先相望，雖家世以名德稱者，或不逮焉。夫士少能勤學，長能勵行，或有功名於時，雖官至京朝三品，其得謚者鮮矣。若夫節婦之旌，蓋人臣以身殉義而得謚者之比也。以閭巷窮嫠，辛勤憔悴以老，而一旦蒙朝廷之寵賁，豈不尤難哉！於是吾邑之辱交於孟長者將撰詞以爲壽，而以齒見屬，乃孟長亦有意於予之一言，不知其衰鈍鄙樸，言之而不文也。

夫人之爲婦僅八年，年二十有二而孀居，上奉二姑，下撫十月孤兒，中外百罹，備嘗艱辛。卒勖之至於成立，早以文藝知名，方壯而舉於鄉，即未進用，亦足慰矣。今者孟長將偕其舅氏文起又試於南宫，奇文異藻，豈復憂不合哉？予以謂其入而盡孝者，即所以爲世用也。其出而盡忠者，即所以爲母報也。若徒曰章服以爲榮，鼎食以爲養而已，意者母夫人其必無樂乎此矣。國家承平既久，喜起不聞，上不信其下，而並廢威福之用，下數嘗其上，而漸開私黨之門。吏治日黷，民生日瘁，而有奸莫察，有竇相通，容容焉務爲苟安而已。以其身爲大盜積，而以天下事爲群兒戲，長此安窮，欲求長治，豈可得哉？比者疥癬噆膚，誠無足患，而倉卒無備，遠近懷疑，非事勢實然，而其人之莫可以恃也。假令孟長一旦在事，果有必然之畫乎？即不當其任，或問焉，亦有以告乎？將默然而已乎？即言之能無異同乎？即衆咸是之能果試用乎？則雖以孟長之志之才，誠未可自必也，豈果無足患哉？

予衰且迂，於時務無所通曉，然竊嘗觀於古今之變，頗懷孟氏生心害政之憂，則今日之文章是也，鈎棘以爲新，誕妄以爲高，塗飾以爲贍，問之歐、蘇、曾、王不知也，則進而問之韓、柳，又進而問之賈、董、孟、荀，皆不知也。而曰，吾有以勝於人而取於人足矣。而主司者亦遂目爲異也，而亟收之以斯言也。而發於政事，其害可勝道哉！予昔嘗爲書以告當事者而漫不訾省，遂匿不敢出示一人，兹聊復爲孟長言其概。士苟志乎古，必不誤而入於今。苟志於忠孝，必不誤而没没於富貴。庶幾不爲黨人之蔽固乎。孟長試奉一觴進母夫人，而以予言質之，然乎否耶？不知夫仁人孝子之大慰其親者，當何如也？

【校注】

〔一〕姚希孟，字孟長，吳縣人。舉萬曆己未進士，選入翰林。希孟力持清議，以剛直稱。天啓中，希孟以母喪歸。旋被論削籍。崇禎初，起左贊善，時輔臣定逆案，多所咨決。歷遷詹事，在講筵四年，頻有獻納。爲溫體仁所忌，出掌南院。尋移疾歸卒，謚文毅。

學古緒言卷七

壽序凡十一首

楊貞母顧氏九十壽序

友人楊之屏汝戩自太倉過予，請爲文以壽其從叔祖母顧孺人。先是歲丁酉，予嘗賦詩爲孺人八十壽，今忽已復十年，予拙且衰，窮於世久矣。其姓名既不足爲交游光寵，而言語樸陋，又無環瑋贍麗之詞可以稱道盛美者，則辭不敢爲。而汝戩固以請，且曰：「凡實之不足者，必求侈於文。於是言之者多諛辭，而當之者有愧色。若吾太孺人之爲婦而貞，爲母而慈，聞於朝廷之上而信於閭里之人已非一日矣，固不必如世俗之侈而張之也。子爲頌禱之詞而已。」

予既辭不獲，竊以謂孺人之歸於楊也，年僅二十有八而寡，其長子以髫齔孤，次猶未離乳哺，而季方在娠也。又數年而舅姑相繼亡，蓋爲婦之日短，而以母儀稱於楊之族姻者且五十餘年矣。予未嘗識其伯、仲而獲與季交，見其逡逡退讓，可因以知其二昆也。見三子者之克自樹立，不墜其先，可以知孺人之撫而教之者，不愧於丈夫也。以煢煢一婦人，茹荼集蓼以持門户，而卒保其家以成就其子，豈不誠賢已哉！計孺人之辛勤憂念，朝夕不遑，寧處者累二十餘年，而後得安其子之養，其非尋常之所能堪，何如也。及三子既受室，自含飴弄孫之日至於今又三十年。所以自慰其伶俜孤苦者，何如也。幸母子之相依，瞻堂搆之無圮，追思往時之拮据，以卒有今日，如痛定思痛，其愴焉以悲，傍徨焉以不能釋然者，又何如也。雖然，孺人之不幸以寡，譬之卉木始華，或風吹雪壓而不免於摧折者，此卒然而不可知也。乃孺人以壯盛之年，矢志自將，使死者復生，而生者不愧，孺人能自必之也。若夫藐焉三孤，得不夭殤，以迄於成長，長而其材，皆足以自立，娛侍孺人於膝下，能必之乎？

當孺人之寡居，年未三十也，迨今六十年間，既克成其子，又獲以桑榆之景，膺表宅之光寵，躋耋耄而望期頤，又可必之乎？蓋天之鍾祥於孺人已厚其禀矣，而顧奪其所，天雖若不可知，而卒以賢明貞順，食報於子孫，以稱於里之人，則夫天人之際，亦若有默定而可期者矣。即以終歲百罹，非人所堪，視谷風之方舟、泳游何如哉？髧彼兩髦，實維我儀之，死矢靡他，太孺人克之。有馮有翼，有孝有德，以引以翼，孺人之子若孫勉之。俾爾昌而大，俾爾耆而艾，百有千歲，眉壽靡有害，孺人與其子若孫終享之。以是爲頌禱，其可乎？雖予言之不文，不猶賢於侈而張之者乎？是爲序。

侯太母張氏暨母陳氏雙壽序代

獻歲發春，嘉定卓明府走書幣來里門，請爲侯給事太母張、洎母氏陳兩夫人壽序。蓋姑已中壽而婦亦老矣，其設帨之辰皆在去年冬，會給事方諏日襄事，故其上壽也緩。卓君之言曰：「侯氏詩書之業，自參政公起家以來凡四世矣，四方之鋪張其辭以侑壽觴者率稱其代有聞人，後將益昌。二母皆壽而康，子孫滿前，享有備福而已。顧所以致此者，豈獨夫子能及志未變而閑之，亦曰其無攸遂者，咸以順則助耳。不然，東吳之俗競以侈靡相高，有如婦子嘻嘻，一失其節，至於愛克厥威，欲母慈而婦聽，豈可得哉？」予聞而韙之，是足爲二母慶矣，而奚以贅爲，則請言風氣之殊，今昔之變，以頌而禱焉，庶幾卓君之意或亦給事之内致其孝誠，而外效其謀猷者乎？蓋吾越之去吳也僅數日程而近，而嘉定又最東下邑，俗故樸厚。其世家大族，好以禮讓相先，尤知敬重賢士，雖吾越人往往去爲經師，久而益親。比聞人言俗且漸入於浮薄，固習尚稍移，能無望在事者一注意風俗以爲之倡乎？

始予得卓君於禮闈，一見知其温文而警敏也。比謁選，得嘉定令以行。予聞之，喜曰：「彼俗之漸敝，其有瘳乎？」抑又嘗聞之，彼之賢士大夫頗能自好，不没没以妨賢有司之政，則又私以爲卓君賀。夫所謂今昔之風氣，果孰爲之哉？譬之穿池，淤之則潰汙不可以濯，澄之則清明，雖以鑑可也。譬如爲墉，其薄且疏也，傾可俟已。厚爲之基而救之度之、築之削之，雖數十年如昨日。有如爲邦者以此厚其下，而在家者以此宜其人，可以壽國，可以寧親。斯言也，雖謂頌也，而實規可焉。雖謂規也，而實禱可焉。蓋賢者之相與，以有成如此。今給事官省垣，其所論列，固吾君吾相所取衷也，然而海内之人上自卿大夫，下至布衣寒士，咸得以評議隨其後，則其所自效於時以爲其親榮者，必有以處此矣。今天下承平日久，中外恬然，以苟安爲事，又或囂陵詬誶，以求快其私而身名亦且隨之。若此人者，獨無父母之高年多福以享其榮盛歟？亦且皇皇焉，懼一失足以貽其憂否耶？吾固知給事賢者，必不苟同於流俗，而乃以此爲兩夫人頌禱，儻可謂愛其人則必稱其親之所望於子若孫者以進焉，亦君子之用心也。

敕封太安人錢母顧氏七十壽序

自予甫壯，即知海虞有錢景行〔一〕先生以績學工文辭著稱，而未之識也。荏苒向衰，識受之於崑山客舍，見其在衆中穆然端凝，竊私與友人嘆其賢。一日邂逅先生，既前揖，客有問其年，則應曰：「吾與太倉王冏伯、嘉定婁子柔皆同年生。」於是復相向而揖，蓋一覿面而知其伉直爽亮，超然流俗之表，惜乎遇之晚也。比受之擢甲科，官翰林，先生年未六十也，而遽不逮於禄養。蓋又一紀，歲在癸亥，而太安人受敕封，年七十老矣。於歲之春，受之乞假歸省。比秋八月，舉一男，太安人撫而樂之，眠食有加。其誕辰在冬十一月，予友陸君孟鳧〔二〕、何君季穆〔三〕過予，而致同人之意，猥以祝辭見屬。

予聞贈公幼孤，母卞夫人撫之勖之，迄於有聞，而太安人始來爲婦，即能嚴事其姑，且以儉勤相夫子。及見受之學成而身享歲晚之榮，是足爲太安人壽乎？否也。蓋在受之他日之效於本朝者矣。士當世治即稱古，昔修文章以潤太平，致其君比於三代之隆，上也。其次則爲國家補偏救弊，植立其骨幹，而振竦其精神，使不至於惰偷，亦足尚已。若夫主少國疑，士習骫骳，人騖於利，事乖其紀，朋則淫，德則比，賞濫而罰廢，邊鄙聳而將吏弛，彼槁項黄馘終老山林者，無論也。幸而在事，宜有以自樹，而人趨人諾、袖手旁觀已乎？蓋自道喪文敝，士鮮知有通經學古者，而争騖爲虚恢，僥倖一日之遇，偭規矩而繡鞶帨，其流彌甚，莫或拯之。以受之高才，雄文冠冕一時，而名在石渠，司存宫允，進可以獻丹扆之箴，退可以挽波流之靡。當斯時也，而能不激不隨，一意以明道術，端步趨爲準的，非獨後生之前軀，實亦良士之實用也。經文緯武，扶夏剪夷，將不在茲乎？不然雖位至三公，慶延萬石，有不足爲太安人榮者矣。

予又竊有感焉，士所爲用於世者，吾親之身也，其長養成就，嘉獎拔擢以榮其親者，主上之賜也。然則不竭忠雖欲榮親無由已，不克孝雖欲立身揚名無由已。彼其纍纍若若，蒙厚寵而陟崇階，祇足爲世所詬詈，於移孝爲忠何有哉？語有之：一夫先登，萬人屬目；一人善射，百夫決拾。於今日三事，大夫而求一先登善射，䌷繹聖賢人之緒，即思行聖賢人之道者，非受之而誰？此則予所以爲太安人祝者也。

【校注】

〔一〕錢景行：錢世揚，字景行，錢順時子，錢謙益父。世授胡氏春秋，妝拾旁魄，搜逖疑互，既成，以授學者，學者咸師尊之。著有春秋說、彭城世征、古史采要等。

〔二〕陸君孟旵：康熙常熟縣志卷之二十儒林載：陸銑，字孟旵。少有文譽，以歲貢授無錫教諭，除廣西潯州府推官。考最，陞養利州知州致仕。晚年讀書樂道，鄉里推爲長者，兼精醫術。

〔三〕何君季穆：同治蘇州府志卷九十九人物二十六載：何允泓，字季穆，鈁季子。少習詩歌古文，長而學問日成，自唐宋以來經世大典如杜、鄭、馬、邱四氏之書，攟摭解剥，窮極指要。好談三吳水利，訪問三江古道及夏、周疏濬遺蹟。窮鄉沮洳，扁舟往返，嘗遇盜奪襆被，忍凍以歸，卒年四十有一。

侯母陳氏七十壽序

余友侯君得一以行人三奉使，其初南登衡嶽，最後踰嶺嶠，觀於海而還。人皆謂君此壯游也，而意獨悃悃於不遑，將母嘗以秩滿請於朝，得移贈先公爲修職郎，如其官，而未及母氏也。去年冬還朝，會伯子以秋試冠其經，遂携以從自吴門徂北三千里而遥，士大夫之遇於塗者問君父子，知夫人之壽康，孰不咨嗟嘆羡以爲賀也。今年夏，君方需次六省，而孟秋八日爲母夫人七十生辰，於是邑之人士咸撰辭登堂，因君介子而進獻壽之觴焉。

予惟侯氏家邑東南數十里外，種德於農而發祥於士，大參公晚年登第，由郎署改御史臺，已而副臬、參藩，皆鬱有名實。修職君僅以貢升於禮部給事，雖早能自奮，然頗搰搰於一第，能無悵然於修職之不及見乎？今夫人且又見其孫矣，積之厚，發之遲，澤彌深而名彌著，豈不休哉？雖然，苟徒以是爲祝詞，不過流俗人之所艷羡，未可謂知言之要也。昔嘗竊聞之，凡夫人之相其夫子，孝養尊章，念風雨之如晦，而黽勉於有無者，更僕不能詳也。其大者門以内無違言，門以外無失禮，訓其後之人能以勞爲愛，其德方，其識遠，務急其情，不靡靡於文，圖其難不没没於易，若此者，求之賢士大夫亦希矣，何意閨閣之中乃有非苟知之實允蹈之者哉？夫以夫人之賢達如是，而家之長幼卑尊莫不漸濡禀仰，肅肅焉，雍雍焉。

夫人之樂其子若孫而優游於多福，何如也？抑亦天之使夫人難老，而益以錫侯氏之後祚乎？是可爲頌乎？否耶。若夫給事之孝於其親者，蓋自今日始矣。

昔賢之論，謂天下事惟宰相得行之，諫官得言之，而今者任事大臣反若仰鼻息於言路，何也？且其言而效則身名俱榮，其不效不過一去以塞責，而朝廷之威重，將士之挫衄，疆圉之戎索，若於彼無與焉，則又何歟？自昔官稱守，言稱責，謂將有以責之也。凡今天下所跂踵而望之，既得之則揚揚有矜色者，亦嘗反而思其責乎？夫子曰：「勿欺也，而犯之。」夫欺而犯，本實先撥矣。然犯亦未易言也，人主威福在御，一震怒其臣希有不戰栗失措者。竊以爲欲觀事君之不欺，又當於犯顏先之。傳曰：「孝者所以事君也。」豈非謂不能孝其親者，固萬無忠君之理乎？吾又以爲欲觀人子之孝，其必有驗於忠君之節矣。夫義之無所逃，命之無可解等耳，況乎君之於臣，喜有賞、怒有刑如是焉。而不忠謂能孝於其親，吾不信也。請又以是爲給事贈。

予與姻友龔行之皆獲交其四世，猶憶踰冠即肩，隨修職君同文社，及見給事髮毿毿補諸生，而大參公之歸田也，每見必慰勞其困頓，且望其猶有一日之遇，蓋眷眷也。今給事方進用，而吾兩人者皆不遇以老，猥以齒長執筆，而末復綢繆其語，以見夫頌不忘規者，蓋深念疇昔之交，宜不同於流俗，如此也。

龔母朱氏七十壽序

予自束髮，所與交者始皆以才氣相慕愛，至於彌久而益信，必表裏洞然、清明淳篤之君子也。若其外峻整而中夷易，知與不知皆稱爲賢者，莫如吾行之〔一〕。非獨予云爾，凡獲與行之交者，於予之言如出一口也。行之之最稱於人者，事其母朱太孺人備極色養，而兄弟友愛無間言。

龔氏自邑未建時已從郡城東徙爲黄姑灣〔二〕里人，而朱之先有貴爲桂林宣撫使者，嘗置墓田於邑東南頓悟寺〔三〕之傍，子孫至今能守之，蓋皆境内之望族也。予幼即從振軒先生受書，長於行之一歲，數入拜太孺人於床下，今追思之如一日耳。忽忽不自意，遽爲五十許人，而太孺人安行之兄弟之養，蓋其嫠居亦已二十年矣。閨門之内，雍雍愉愉以享有康彊壽考之福，豈易得哉？或曰，行之經明行修，而名未離於膠序，親未霑於禄養，於其中必有闕焉。以行之之闕如，知太孺人之容有不樂也。解之曰，夫此乃世俗人之所以養耳。假令文不如行之，行不如行之，乃能徼一日之倖以爲親榮，兹固流俗之所共艷慕也，而有道之士必心疑而竊笑之，微獨笑之且以爲詬病焉。然則行之雖未遇，其中必有所自得矣。筆耕亦足以爲養，而豈以是動心乎哉？或又曰父母之望於子者，亦欲使有聞於世，而身享其榮耳。

雖行之能自信，太孺人之未能釋然不可知也，而行之能勿介介乎？又解之曰，有行之以爲之子，可以知太孺人矣。雖袛裼之温猶狐貉也，雖菜菽之飽猶粱肉也，而況於輕暖甘毳之奉之不乏乎哉？然予竊以爲如行之者，使其早得志於時，功名顯於當世，利澤及於斯人，其賢於世之苟富貴而私其身圖者若黑白分焉，所以慰太孺人者，又何如哉？行之姑守其道，不懈於其志以俟焉，豈終窮者哉？其遇於時不遠矣。

顧以予之衰廢，少獲游於先師之門，長而幸不爲行之所棄，晚又申之以婚姻，今兹太孺人七十生辰，欲爲之辭以頌且禱，而懼吾言之不能文也。友人沈廷望、廷和皆嘗遣其子師事行之，亦以壽序見屬。因論行之家庭之樂可無藉於遇合，而終有望於行之之遭，以爲太孺人開八帙之榮也。是爲序。

【校注】

〔一〕龔行之：光緒嘉定縣志卷十七忠節：（龔用圓）父欽仕，字行之，天啓元年歲貢，有孝行。

〔二〕黄姑灣：葛隆鎮北十二里。俗傳織女降此，以金篦畫河，河湧溢，令牽牛不得渡云。西岸有織女廟，明弘治間分隸太倉。東岸屬嘉定。李玉森泊舟黄姑灣：十八灣頭路，寒宵一棹横。漁燈連野市，譙鼓動江城。薄禄青雲遠，羈愁白髮生。不隨陶令去，空有故鄉情。

〔三〕頓悟寺：在嘉定縣東南四十五里十一都，元元貞元年僧師範建，初名院。國朝洪武中改寺。中有一檜三松，俱圍一丈五尺，萬曆中僧坐事伐去。（萬曆嘉定縣志卷十八雜記考下）

陳貞母吴氏六十壽序

吾吴之俗，自年六十以上率十年而一祝，則必侈爲文辭，以侑萬年之觴。雖閨門之内，其賢素不著於外，猶必序其家世，想像其所以宜於家者以頌且禱焉，而其辭多托於縉紳先生，至或取辦於庸妄，而受之者猶以爲榮。今吾姻家馬君伯清與其子元調巽甫〔二〕圖所以壽貞母吴孺人，而囑予爲序。予賤且貧，其言語又不能工，而不辭爲之者以謂能得貞母之實，不必於侈而張之，假而托之，而其榮名信於里之人者，庶幾於頌禱之善也。

貞母年二十而歸於陳，歸陳七年而不幸以寡，撫其子而教之，以醇謹稱於鄉里。而家日以起，蓋又三十餘年間，則課其童僕必以身爲師，惟儉惟勤，以無忘其初，可謂賢也。已昔者，孔子删詩，風始二南，實以閨門王化所自始。惟昔先王之盛，非獨人倫之教明於庠序，而其婦人女子皆有傅姆之助。至於周衰而魯敬姜、九子母師之流其所以教於家者，猶古女氏之遺也。今世士大夫已不篤於學，况其閨内乎？貴富之家既不知有女工，以日流於淫侈，惟貧不能自贍者，乃始力作以謀其生。然如此人者，率目不知書，至於從一之義，猶時有不愧於古，而足以風勵於世，以述於後者，蓋其天性然也。若貞母之爲婦、爲母何如哉？且吾聞貞母薄膏粱紈綺之奉，而自力於紡織，意所以訓其子孫必有若幅畫均軸之喻者，而特不可得聞耳。如令少而知書，又有傅姆者爲之助，豈必讓於古之人哉？則雖生於貴盛之家可也。今陳氏詩書之澤將日遠矣，有貞母以爲之内主，庶幾乎仲尼所謂季氏之婦不淫矣，自今而往，年彌高而德彌劭，所以食其報於子孫，以教於陳氏之女若婦者，詎有涯哉？

予與貞母之子皆爲馬氏婚家，而巽甫又從予游，固予所謂能得其實者也。然吾又聞貞母深信因果，其事神甚虔，不識今之爲貞母壽者，其亦有以敬而能遠，慈而不殺之言進者乎？巽甫識之，其以吾前所稱爲貞母頌，以後所稱爲貞母禱，可乎？否也？是爲序。

【校注】

〔一〕元調巽甫：馬元調，字巽甫，受學於婁堅。上海諸生，徙居嘉定南城。洞悉經史源流，凡古今典制名物靡不淹貫。每閲一書必購别本校勘，書之訛一一改正，學者稱簡堂先生。詳見吴歈小草卷五喜巽甫歸自滁州集諸君子注〔一〕。

李母徐氏七十壽序

李伯子茂初與其叔長蘅皆翛然有夷曠之致，又能發爲泠然清遠之文，而跧伏田里，以詩書爲瀡瀡，操履爲襟裾，娱侍其母徐夫人於暮齒。而夫人少知書，晚復歸依佛氏，儉素自將，憐其子之不以菲廢禮也而安焉。閨門之内，孝慈友愛之風藹如也。是歲暮春上巳，屆夫人七十生辰，吾黨之獲交其子若孫者，將往獻萬壽之觴，而屬爲之辭以侑。

予嘗竊嘆士人之所期，誠大且遠矣。顧其得吾志與不得吾志似不在我，若古之人蓋有以王事不遑將其父母者，豈若後世之徒以是爲親榮哉？然而立身揚名，人子以養志焉，非貴盛之足榮，而身名俱泰乃其所以養也。故其得失之際，盛衰之感，亦恒情之所不能釋然者。李氏當石桐先生時，身見其伯、兄父子相繼登朝榮盛矣，其身之不遇，名之不彰，能無憾乎？及夫仲子茂才〔二〕以進士膺庶常之選，非獨父母兄弟之樂之也，塗之人莫不嘆羨焉。而又不幸以夭，此在學道之君子猶能以天命自解耳，其若閨房之愛，母子之至痛何？然吾聞夫人每於痛定之餘，念先生已衰矣，則以問絜其尊罍簠簋以稱遂親知之過從者如昨也，勖茂初兄弟之自力於學問以慰二親者，猶惓惓也。既而長蘅薦於鄉，少慰矣。再進再蹶，嘗中塗得疾，火上炎，終夜不寐，懼貽母氏憂，亟返棹。而夫人第曰：「兒幸無恙，足慰我矣。彼身外曷足戀戀乎？」夫能不以一朝之名而易其天性之樂，雖士人多有愧之者矣。比見長蘅體益强，神益王，意思豁然，其所以慰母夫人者行可必也。子有以養母之志，而母亦樂其子之令聞，豈猶夫流俗之光寵而已哉？

予又聞夫人之先公賢而有文，其送女也授之書娓娓，殆比於女誡，而母族又琅邪王氏。

故雖少年時已能撫茂初、茂才，多有恩勤，及受室，皆崑山士族子，凡以夫人之故耳。今者伯子以六十之年，率其兄弟子姪孥跽趨走於壽母之前，備極膝下承顏之歡，吾又以知李氏之世澤未有艾也。即言之不文，儻亦可以侑一觴乎？若夫茂初兄弟所爲，以泠然之音，寫翛然之致，而登歌於壽筵者，必有發乎情、止乎禮義者矣。竊願與有聞焉。

【校注】

〔一〕茂才：李名芳，嘉定人，字茂才，一作茂材。天資絶人，十餘歲已能馳騁文詞，若鸞翔鳳翥，雲霞爛然。與程嘉燧、王衡、唐時升等交善。萬曆壬辰科進士，選爲翰林院庶吉士，翌年卒，年二十七。著有李翰林集。

朱母鄒氏七十壽序

朱君元伯〔一〕以歲丙午舉於鄉，纔踰冠耳。既數上春官，連不得志於有司，荏苒遂逾一紀，常與其弟欽仲慨然思一日之遇以禄養其親，而先公萬松君竟不能待也。頃者方禫除，適當母孺人七十生辰，於是游其父子間者長幼若而人將往獻萬壽之觴，而屬予爲之序。

憶予甫成人，獲侍小松先生〔二〕，已能知其爲賢者，誦讀之暇輒往從之游，環堵之室，竹樹在庭，圖書在幾，顧予與言言皆玄遠。當是時，先生貧而嗜酒，萬松徒以授經爲養，而先生常怡然有自得之色，非孺人之孝且勤敏，何以承迎其意哉？予以是知孺人之能爲婦也。

既而元伯兄弟稍長，嚮學同時補諸生，未幾，元伯脱穎以去，而欽仲益發憤，足不出户外，將有以慰其親日可俟已。

丙辰春，元伯北歸，孺人數攬涕而慰解之，且曰：「汝父病未革，時數言兒如是，已能自立矣。吾豈有過望哉？顧吾鄉士瘠而俗汰，其君子甘於豢而小人競於囂，吾所善某某，兒師表也，其諮而後行乎！他無可暱就者。兒今悼汝父，第一一禀其遺訓，則庶幾乎養志焉，毋過自傷爲也。」蓋元伯嘗以是語予，予又以知孺人之能爲母也。予窮於世，先君之殁，老而傳矣。吾母又及於大耋，不爲不壽，然自慚無以慰吾二親者，非獨以貧不能養也，正以駑不自力，即爲人所輕，愚不適時，即爲俗所忌，長以此貽羞於地下矣。故於孺人母子獨有感焉，蓋親之念其子同，而子之所以慰其親者有不能自必故也。

夫以元伯兄弟而爲孺人子，目前可以爲娱，而其後正未可量，豈非壽母之所樂哉？徐徐于于以享有百年生人之慶，無以加於此矣。雖然，當小松先生時，人之重輕先生，乃其人自爲重輕也，於先生何與？其在今日已有不同於昔者，令元伯兄弟一旦得志於時，或求多焉，或求昵焉，苟無以望其腹則不嗛，無以覆其瑕則不終，吾知孺人之必復有以詔也，試以是質之而進一觴焉，其可乎？

【校注】

〔一〕朱君元伯：朱貞一，字元伯，明嘉定羅店人，萬曆三十四年舉人，歷任宿遷縣教諭，國子監學正。

〔二〕小松先生：明嘉定竹刻名家朱纓。明徐學謨歸有園稿卷六：朱隱君墓志銘：隱君姓朱氏，諱纓，清父字，其先華亭人也。自君之父鶴號松鄰者，始徙嘉定，卜居吴淞江上占籍焉。松鄰爲人，博雅嗜古，而特攻雕鏤之技。其所制簪匜圖刻諸器，爲世珍玩，有傳其一器者，不以器名，直名之曰朱松鄰云。而君爲松鄰長子，能世其業，人呼之曰「小松」。

李貞母沈氏六十壽序

予友李翰林茂才娶於崑山沈氏，其先嘗三代連登進士第，邑之望族也。當茂才不幸而早夭，孺人年未三十寡居茹荼，上事翁媪，下撫孤兒，辛勤之日久矣。又能勖其子勤學問，工文章，少以諸生有名。凡與之游處，莫不稱其才敏接武而與日可俟也。維歲仲春，届孺人六十生辰，里中之懿親執友將捧觴爲孺人壽，謂予蓋三世交，而其年已老，當不爲靡詞，庶可播於里閭也，而以壽序見屬，其何敢辭？

蓋人有讀列女傳而獻疑者曰：「婦順即所以爲母儀耳，而奚以區别爲？」予解之曰：「此各就所傳於古者，而列之冀夫人之企羡者，亦各就所遭而奉以爲訓耳。」假令茂才得永年，必以卿相顯名於時，而孺人約束其閫内以佐之，簡婢僕，慎扃鑰，人必當其用，用必嚴其防，當不啻如今日徒以勤苦爲也。方其爲婦則修婦順，及其爲母則肅母儀，貴盛與食貧等耳，豈有加哉？予嚮悉石桐先生善，與人交負氣慷慨，傾肝膽以相親，潔滫瀡以爲樂，陳鼎夷，閱圖書，繪畫以爲翫，以娱其暇日，尤喜與同好者共之。孺人偕其妯娌，黽勉以奉其歡樂，其天年豈有異茂才之貴盛而生存哉？獨處勢有贍不贍耳。吾固知孺人之孝養，其獲報於子若孫可計日而俟矣。

嘗試與諸君子億之，當茂才少時，年甫十三，吴興董宗伯聞其秀穎，輒招致之，日與諸名士同硯席，已華有文名。既而中第，與庶常之選，其逡逡退讓猶昨也，而奪之年命也。其垂裕後人而復以文章顯名當世，詎不可必乎？微獨孺人之食報而已，將子子孫孫弗替，引之以是爲孺人壽，可不可也？竊又思之，心以境爲樂境，以遇爲緣，何論得失固難期，即戚欣亦有分，必如此而樂，樂在外物，不如此而亦樂，樂在内心。若孺人之甘淡泊而歷辛勤，吾儕既熟聞之，又獲與其弟和甫交，尤悉其少而婉娩，迨長而不怠益勤。夫女而淑婦，而順加之，以母而慈，以德若此，福履綏之詎有涯哉？輒書之以授緇仲爲壽觴侑。

陳母張氏壽序

予友宣君季嘉爲予言陳母張氏之賢，請爲七十壽序於設帨之辰，頌而祝焉。其稱曰陳，蓋邑之雙塘里人也，母之來歸，以塚婦相餘溪翁，躬其勞，既而與二介婦均其分，父歿無子，於貲產無所取，悉歸之爲後者。及仲子當爲叔父後，知其舅意有屬，卒成夫子之讓焉。翁喜爲豪，每勸之加慎，勖三子使學爲士，皆見其成立，蓋爲女，爲婦，爲母多有足述者。

予以爲昔者聖王之化，自身而刑家，始於房闥而風行於海内，非獨士大夫化之，雖閭閻之女婦皆能以禮自防，而勉其君子以正。嫡庶之間，至或勞而無怨，過而知悔者無他，則禮教先之也。自其少時，已教之婉娩聽從矣，及乎爲婦，雖一貨一器、一假一與，靡有私焉，以示義無專制，況其大者乎？嗟夫，禮教之廢，至今日而蕩然矣，情欲汨之，習俗靡之，自得號爲士人者然且以捷得貴富爲有才，還顧廉耻爲小節，尚安論閭巷小夫？又況於門内之女婦哉？詩有之「無非無儀，惟酒食是議，無父母詒罹」，而易之詞亦曰「無攸遂，在中饋」。女子惟無所遂也，而後其父母得免於憂，雖儀亦遂之爲也，而能勿憂乎？此父母之心也，惟恐其專而已。若夫「威儀棣棣，不可選也，柏舟以自多焉，既沮我德，賈用不售」，谷風以自傷焉，「仲氏任只，其心塞淵，終温且惠，淑慎其身」，燕燕以送歸焉。孰謂婦人女子而獨無儀也哉？故若陳氏母者，可謂女而士行矣。以其子之孝，又獲交季嘉諸君之賢，而咸爲之祝，人之所願，天必從之，此好德而錫福之旨也。令妻壽母，優游百齡，而享有遐福，夫非天被之禄也歟？既以語季嘉，退而書之以爲序。

陳任齋先生壽詩序

侯官陳侯[一]再爲令南越有聲，及涖嘉定既期月，而太公任齋先生始來，侯曰：「親在遠，吾食不甘味，寢不安席，然而不敢以亟也。邑於吴土瘠民貧，賦重訟繁，未易以治，向吾未知所以爲斯邑者，需之且習其俗，而和其民，而後及於就養。」比太公之來也，適三吴淫雨，踰五旬乃止，又風自西南駕湖水東下，海之潮汐迎與俱溢，横所漂没，二麥無秋，春種靡遺。侯乃遍謁上官，爲民請命，還發儲庤，通市糴爲賑饑弭盗之備，蒿目疚心，未有已也。或謂侯且無以奉寧太公，雖太公亦必有不樂焉。於是諸生某聞而抗言曰：「是何意賢者之淺乎？夫士自束髮治經，經之言皆教人修其身以用於世，故其爲世用也，施澤爲榮，屯膏爲辱，非獨賢令則然其親而賢也，意豈異乎哉？故孔子謂士窮於世，則啜菽飲水盡其歡而亦足以爲孝，明乎在此而不在彼也。如侯之賢，實自太公發之，其父子之間必不同於世之君子審矣。且天災時有，正賴賢人君子爲民之庇耳，比者嗸嗸數百萬齒，伊誰之責哉？吾意侯朝出而視事，太公必屬之曰：『苟力可爲，爾務盡其心，雖劬，吾不爾恤也。』夕入而侍側，太公必迎問曰：『苟事有疑，吾且爲若殫其慮，雖老，爾毋吾隱也。』爾之能勤民，則吾食於此土而安焉，他日以爾故受錫命於朝廷而榮焉。』計自今以往，凡所以圖安斯人者，譬父母之爲子謀，當愈於子之自爲謀耳。若夫積資叙遷，流俗之所以榮其親也。偷安歲月，尋常之所以愛其子也，而豈所論於賢者哉？」

某於諸生中受知特深，頗能言其父子之意，故聞之者莫不以爲知言。昔晉袁甫以好學才辨知名，然不願居臺閣職而請爲劇縣自效，蓋君子之欲有所表見於世如此。今嘉定之黠者逋賦，嚚者健訟，二者卒難得其要領，而重之以年饑，於以觀侯之政，必此時矣。某賤且魯，竊嘗鄙陽鱎之迎餌，乃侯不以爲迂且簡顧加禮焉，其將遂使敝邑爲單父乎？

太公今年七十有二，邑之喜其來而頌盛德、祝萬壽者已焜煌卷軸矣，而博士、先生與賢大夫士復盛爲歌詩以進焉，猥屬以前之所論序之篇首。

【校注】

〔一〕侯官陳侯：陳一元，字太始，一字四游，侯官人。萬曆辛丑進士。歷知新會、南海。内艱服闋，補嘉定。未三載，擢御史。臨去時，會臺使者行部將至，出私裝佐供賬，曰：「邂逅逢怒，恐吏民不獲蒙福也。」官終應天府丞。詳見吴歈小草卷八贈陳明府入覲二首注〔一〕。

學古緒言卷八

壽序凡十四首〔一〕

【校注】

〔一〕崇禎本卷八作「壽序凡十二首」，康熙本卷八作「壽序凡十四首」。陸氏在重校時將原屬於崇禎本卷八的陳貞母吴氏六十壽序、李母徐氏七十壽序、朱母鄒氏七十壽序、李貞母沈氏六十壽序、陳母張氏壽序、陳任齋先生壽詩序六壽序移入卷七，又將原屬於崇禎本補遺部分的職方殷開美丈七十壽序代、徐二丈涵齋先生七十壽序、封小莊翁七十壽序、吴母翟孺人九十壽序、王母黄孺人八十洎長君六十壽序、顧母周太宜人七十壽序、陶母許太孺人八十壽序、壽朱濟之兄六十二詩引八壽序移入卷八，故兩版本所記數目不同。

壽胡侯(一)尊甫教庵先生詩序

蘄春東至吴二千里而近，而嘉定僻在吴東偏又百四十里而遥，胡侯來爲邑之二年，以歲癸丑八月移長洲，去瀕海而之大都，纔歷三時耳，而長洲之人之頌之如吾下邑也。侯始東下，蓋奉其二親以來，逮今年春暮，侯當以考績蒙恩，而太公夫人亦皆康彊難老，尤可喜也。於是邑之以獻壽行者不以筐篚，而文詞是徵濟濟蹌蹌亦不下於長洲之盛也。諸生曹訥以少雋受知，乃於邑之人士爲侯所加禮而延譽者，合其詩若干首屬予序焉。

夫君子之愛其人，必本於父母，頌其德必及於祚胤，固詩人之指也。吾聞太公少爲儒，嘗有意當世之用，不幸淪落以老，而樂有賢子，以詩書之業潤飾吏治，太公之志之所求行將盡見之行事矣。夫吴財賦之區，亦俊乂之藪也，賦重則不無積逋，士多則不無負俗，長洲之賦不知視嘉定何如，要之爲邑者率十五而催科，而以其閑聽無情之詞，况又加以過客之求稱，日不暇給，豈若東土之政，尚得專力於其所急哉？而侯以數月之間，從容治辦，聞譽益章。語有之：「前事之不忘，後事之師也。」吾意退食燕閑，太公必熟計兩邑之異同而折衷之，固非儒生之所及知矣。

竊嘗論君子之異於流俗者厚，自待而望於人者輕，不求同而取於人者博，骯髒者不憂其難合，而輭媚者不患其易投，此子産所爲不毀鄉校，而子賤之驅車於陽鱎者也夫。然士雖有負俗之累，吾有以待之矣，庸何傷？故曰，鄉曲之情非所論於涖官，愛憎之常非所論於取士，二三子之賦詩也，雖有祝詞，豈能加於南山之壽松柏之茂哉？則請言其所以致此者。詩不云乎，「民之質矣，日用飲食，群黎百姓，遍爲爾德」，夫上能以德化其民，下能以飲食宴樂安其生而歸德於上，此世俗以爲迂而君子之恒汲汲皇皇不忍忘夫斯民者也。詩又有之，「詒厥孫謀，以燕翼子」，斯以知孫不謀不足詒，子不翼亦不能燕也。以是頌太公、夫人之所以教，不可乎？「孝子不匱，永錫爾類」，「豈弟君子，民之父母」，斯以知孝子之行施於人無窮，而干禄豈弟，則民皆有父之尊，有母之親，以是頌侯之所以孝，不可乎？若曰命服之榮而已，蓋士大夫之遭時獲寵者爲不少矣。

【校注】

〔一〕胡侯：胡士容，字仁常，黄岡人。萬曆進士，嘉定縣令。性聰敏。甫下車，盡悉時務緩急與桀黠根株所在。在任三年，酌輸賦緩急，搜徭役欺蔽，裁出納羡餘。詳見吴歈小草卷一數韓薦士上胡明府五百字注〔一〕。

溪山堂詩序

士大夫閑居無營，每思自放於登臨以爲樂，顧邑四境無湖山之觀，往往浮舟郭外，隨柳陰竹風而止焉。相與陟數仞之丘，極目百里而遥，以發舒其意，然終不得近在跬步，接之几席之間。獨城南潮汐微緩，波澄不流，藻荇如畫，居人高竹連舍，於園圃特宜。舟行南可五里，折而東里許，望之四山圍合，有堂翼然，則石巖方伯之溪山堂也。因友人别墅而改爲之，東偏爲宅一區，入門水東西流遶出舍後，春時繁桃夾岸，漾爲錦漪。公諸子讀書其中焉，而兹堂别峙水西，豁達夏凉，公始伐竹穿徑以爲山鑿，南之池加廣且深，復引而右，北合於左流，以益山之高。東山曲折，如列屏障，而西南之山澹澹焉，若晴雲浮空，趾入叢篁，深不可極。堂臨渺瀰，梅林拱之，得月而幽，得雪而奇。距堂之北數十步，渚蓮堤柳，濯濯焉，冉冉焉，相映發以增其勝。公每與客圍棋飲酒於堂中，見夕陽在嶺，必登眺舒嘯焉，而月白即泛舟於是焉，向之不可得者，一旦憑几席而接之矣。

公未壯出仕，及艾歸田，楚、粤之交，嶺南北之山川，當極天下之奇觀矣。而歸復寄情於一丘一壑，夫山水之好，人情所同也，然惟仁智者得之性中而游於物外，故孔子稱焉。吾意公之名斯堂也，將必有樂乎此矣。或謂士之岩居川觀自得其志而終其天年者蓋不得已而逃焉，若施用於時，則其端凝不動，山也。虚明不滓，水也。又何暇於外物爲哉？解之曰：窮通，時也；不榮通，不醜窮，性也。故投閑置散，棄斯人而逸其身，非君子所安也。然或厭寂寞以爲槁則不俞，乘權藉勢瘁其躬以利天下，非君子所恤也。然或挾圭組以爲榮，則不恬。非恬非俞，性乃離矣，豈復知有山水哉？若夫仁者智者，彼視其身猶寄也，而山水直寄所寄也，或出或處，與天下同其愉悴，而於吾性初無加損，故其樂全而其壽命可長，此豈非公之所以志歟？

開歲二日爲公六十初度，二三子謀繪堂爲圖，又賡再歌以獻壽焉。予雖不文，輒繹孔子樂壽之指，以冠於篇首。

太僕申公〔一〕六十壽詩序

傳稱六十曰耆，亦曰老之將至云爾。蓋自既艾之後，君子之爲世大用，其尤在斯時矣。今吾元渚先生當其未衰，嘗乞身於朝，歸侍二親，皆以中壽仙去。比服除，而春秋甫六十，叔達爲文壽之，期以心腹扞城之業，不亦宜乎！

古之人蓋有以耋耄爲時所倚重者，非其勛名早著素見，信於人主，亦何由眷注不衰而聲施至今也哉？蓋士當平世，雖負經世幹略，或未試用即用矣，或未究其才，有能深知之者鮮矣，吾安知先生不遂無意於今日乎？私念吾三人者之獲交，殆三十年於兹矣，輒復相與賦詩，道鄉曲，叙疇昔，以致其相慕愛之情，而予竊重有感也。當上之初年，委政輔臣，呼吸通於宮府，而血脉流於寰宇，奸宄自消，邊鄙不聳，雖微傷峻急，而吏治蒸蒸，有中興之象焉。其後劑之以寬和，乃漸入於隤廢，至於今而有黷且汰，無綱與紀，如是而曰理安，譬之負痾，雖膚革充盈而常若有眩瞀痿躄之憂，庸醫拱手，坐縻廩餼，或且攘臂其間，妄投湯藥，益以困悴，縱有盧扁，若非望而驚走，必且譙訶及之矣。竊以爲仲尼道大，終於莫容，用行舍藏，獨許顔氏，而子淵卒未嘗仕也。其餘小用即小行，蓋有舍之而不能藏者矣。方今循循者既弗克勝其任，而譸張爲幻之徒又且以膏而沃火，即有知先生而薦起之，能盡用其籌策乎？能旋試而速效乎？叔達蓋惜夫有可用之才，而世未有能知者，故相爲憤惋而言之耳，未暇論於今日之事勢，與夫當事之難也。

昔者夫子嘗曰，智者動而樂，仁者靜而壽。始予未得其解也，其後觀於昔賢之論，以謂道一仁而已，智者知求至焉，故動而時與之合，有合焉則宜其樂矣。仁者不待求焉，故靜而常無所爲，無爲焉則宜其壽矣。於是恍然悟曰：此殆安仁利仁之義疏乎！今先生所求於壯盛之年，孚於家邦之人者，亦既動而得樂矣，盍姑靜焉無爲則俞俞，憂患不能處而年壽長矣。他日苟有用我，執此以往，雖動未嘗不靜也，其爲樂且壽，豈有涯哉？將進而與昔之耄耋者比肩，請以是爲先生祝。

【校注】

〔一〕太僕申公：申用懋，字敬中，號玄渚，申時行子，萬曆癸未進士，授刑部主事。歷兵部職方郎中，太僕寺少卿，兵部右侍郎，兵部尚書。詳見吴歈小草卷六贈别申玄渚少司馬還朝二首注〔一〕。

張氏家慶詩後序

昔者讀書至洪範，信以謂好德錫福若影響，然其後觀於古今之變，喟然嘆曰：凡箕子所陳皆王政也，王者有作，則夫好德而備福者皆其所錫也。君子曰，福吾不能必也，吾知勉於德而已。於是焉，或剛克，或柔克，劑而歸之於平康正直，蓋所謂攸好德者如此，中世士大夫進而騖於名位若不及焉，退而騖於豪侈若不及焉，至其脂韋俯仰以取容，湛溺盈溢而不悟，有能自克者鮮矣。以予觀伯常先生甫壯而出仕，踰艾而乞身，所至不爲赫赫之名，而君子莫不高其守，小人莫不頌其仁，一旦以母老請終養田間，當事者欲挽留之而不得也。予以是知雖三公之貴，有不足易其一日之養矣。顧非其母之賢能，無眷眷於子之榮進哉？於是人子雖欲自罄膝下之歡，而裵徊顧望進退之間，果能自遂焉若此哉？

吾聞太淑人既貴且老，猶躬自績紡，有魯敬姜之風，門内化之，皆習於儉勤，然則伯常之得行其意，繄太淑人之成之也。有園在宅後，先生日往獨居其中，挾一奚自隨而已。春秋佳日，時奉版輿以游，母子蒼顔白髮，相對如童兒時歡也，此豈可望於世俗人也哉？人徒知先生逡巡退讓，宜爲福之所集，而不知其中有介然不肯苟同者。其接於人也以柔克，而律於己也以剛克，是故宦達可以後人而寧拙毋巧，奉養常不如人而寧儉毋奢，以是娱侍其親，非所謂好德而備福者歟？

予既嘉其母子之間能自相成，且竊見其閨門燕喜，相與幸夫安享今日之福者，其必不忘所自錫也。於是敬繹洪範之指，而序其後。

潛山先生沈君六十壽詩序

潛山先生者，友人沈君用卿〔一〕，方爲其邑諸生師，因而稱之也。君今年六十矣，其生之辰以中秋後五日。於是忘形之交，徐允懷〔二〕、唐時升、婁堅、金兆登相與賦詩。因君之胤寄以爲壽，咸謂堅也頗好字畫，屬以筆扎輒復叙而進之。

憶予童時識君，比冠遂獲磨礱於文章，鎔冶於德義，嘗同棲石湖之治平僧舍，裛晨露之清華，醉夕陽之遐景，濯以澄波皓月，而焦腑俱凉，醒以遠鐘群唄，而素心雙領。時相與慨然有當世之志，顧君璞未剖，予行屢蹶，坐銷壯齒爲可嘆也。昔歲丙申，共游合肥，航丹陽之晴湖，則月露湛於漣漪，犯天門之駭浪，則霜風號於澎湃。陂陀羸馬，遠懷洗耳之賢，漾淼危檣，近數興王之佐。每託詩篇，備存感慨。已而青眼難逢，素絲多愴，君既貢於澤宫，予乃逃於梵筴，彼二三子亦復阻燕臺而長悲駿骨，望海若而自分枯鱗，皆太平之不遇人也。

君中歲抱痾，經年閉户，獨有吾儕時聆謦欬，然而杯酒之歡久隔，過從之迹徒勤，自再駕鄒、魯之郊，而腠理漸還其舊，及一官吳、楚之微，而苜蓿且安於貧。

夫灊，皖伯之國也，而漢武之祀爲南嶽者，有天柱山焉。北矚廬子，異時割據之所争也。西望齊安，昔賢放逐之所棲也。而志公錫泉、燦師〔三〕窣堵皆在境内，近憑籃笋，遠棹輕舠，不過一舍之程，時豁百年之興，亦足樂也。心安斯百骸俱適，體適斯宿恙全祛，固其宜矣。

秋風漸凉，壽觴斯舉，吾四人者，徐長君三歲，唐與齊年，金視予、予視君，猶君之於徐也。追思弱齡，有如昨日，良壽命之足娱，寧遲暮之爲嘆。雖千里阻修，而寸心來往，室遠人邇，斯之謂歟？予嘗嘐嘐妄意古人可跂，而君獨踽踽實薄今人不爲，或入狷而已優，或去狂而猶遠，言易行難，予慚君友，今之賦詩，各寫平生，貴在稱情，永以爲好，彼有同賞出而視之，或屬和焉。

【校注】

〔一〕沈君用卿：沈賓，字君禮，一字用卿，號玉鄰。明嘉定人，萬曆三十二年歲貢，曾任灊山縣訓導。

〔二〕徐允懷：徐君錫，字君錫，明嘉定名宦徐瑄後裔，少攻苦勤學，屢試不售，不改其樂。

〔三〕「燦」：當作「璨」，僧璨也。

張太母顧氏七十壽詩序

春秋時列國之君及卿大夫歲時相會同聘問，未嘗不賦詩以見志，而當時有識者往往以一言逆定其禍福，殆無一爽者。然未嘗自爲之詞也，要皆出於太史所陳，以觀民風者而已。至於閨房之内，迹尤易湮，若劉向所叙列女，殆多不能詳，而亦必稱詩以著其褒貶。後之君子考驗行事而裒徊吟諷，以想像數百年之遺恍若親見之也。東漢以後，文日以靡，蓋皆有餘於詞而典則不能逮矣。至唐宋作者始力追大雅，雖其詞或難或易，其指或顯或微，要之非深造其域不能識其所以振起衰敝之意也。若夫閭巷之小夫老婦，非真有卓然可稱，不經見於詞人之筆，而近世多苟殉所好，雖亦華然鏗然，按之，實枵然也。蓋吾吴獻壽之文其尤矣，間有好古之士自編其文，特置頌禱於卷末，若曰，此古人之所無有也，聊以應俗而已。以故其文獨爾雅可誦，苟不能然，寧爲詩其勿爲文。此予向之所持論也。太倉曹亢宗過余而言曰：「當歲甲申時夏之先人與外舅張弱冠同爲諸生，始相識，而先生亦以是歲廩於學宫，自後遂爲累世通家。今外舅早殁，而顧太夫人壽七十，尚康彊無恙，將往祝焉，敢請賦詩以侑觴，且爲之引，以見吾儕之好古而不同於俗，蓋如此也。」因憶予方壯，辱昭服先生邀同硯席，遂獲交其三世，又及見亢宗少能誦，長能爲文詞，今三世之交皆已爲陳迹，亢宗年且壯，而予蓋頽然以老矣。然不可得而辭也。

職方殷開美〔二〕文七十壽序代

職方殷公既還里第，日與其徒飲酒賦詩以爲樂，每遇境與意會，未嘗不相求也。花時扁舟出郭，近則竟日，遠則連日夜供具無倦容，文酒之會不以凉燠辭，雖過夜分，非坐客莫能留，終不先言别去也。歸後八年，爲歲庚子，而公壽七十，孟陬二日其生辰也，邑大夫士之相慕愛者謀爲公壽而以序見屬。

予謂士生於時，非早露鋩穎，即自致於公卿，則沈鬱未有聞，而一旦驟以科名震耀於時俗，然而魁偉卓越之士中所自負，幾不可一世，而卒以廢棄爲太平之不遇人者，蓋不少矣。獨公未弱冠而知名，顧久困諸生，踰强而薦於鄉，又十年而後成進士，出爲方州牧，已擢官京朝，佐大司馬圖畫，所以鎮撫遠夷〔三〕，使咸知慴於赫濯，而又差次天下桀驁拳勇之士人，各服其心。雖旋遭讒謗，未究其材用以歸，而其志亦可謂少酬矣。當公之未遇也，人咸爲公有遲暮之嘆，而其氣未嘗少衰，於時尚未有子，又若不以嗣續爲念。今之歸也，且以暇日指授長子以藝文之事而忘其疲也，至親朋過從，則擁稚子於膝，屬對如流以爲歡。蓋公嘗官要地矣，而甑石之儲屢空，雖貧如素士，而四方之以旨酒肴簌餉者，又常足以待賓客。夫其禀也厚，故其發之遲，其得之也艱，故其優游於暮年也，不富而樂，不以老而衰，舉世人之所羡爲福澤者，無一不有，而獨其神王氣盛，猶如少壯。此蓋山林寂寞之士所挾以傲貴富之人者，而公獨得兼之，然則繼自今以往，公之益自得於詩酒，以享有百年之樂，正如既老出仕倦，而後歸而從容以教子爲樂，持券而責於天，其亦必不爽矣。是可以侑萬年之觴否乎？諸大夫士相謂曰然。遂請手書而進之公。

夫諸君子之齒亞於公而又少相習，莫如錢德化仲與，既同歌鹿鳴，又同登第者，則時侍御汝健〔三〕，自宜有所述以揚厥盛美，然皆以予言似有當於頌禱，故輒撰次其語，以爲公壽序。

【校注】

〔一〕殷開美：殷都，字無美，一字開美，嘉定人。明萬曆十一年進士，曆任夷陵知州，擢職方員外，遷郎中，左遷南刑部主事，引疾歸，有殷無美詩集、殷無美文集。

〔二〕「夷」：康熙本和四庫本爲避清諱作「彝」，從崇禎本。

〔三〕時侍御汝健：時偕行，字汝健，一字乾所。萬曆癸未進士。歷知確山、長興、諸暨縣。調定海，舉卓異，擢御史。巡按山西，奉嚴譴，謫合浦縣典史，歸。家居二十年，卒六十九。天啓改元，贈光禄少卿。詳見學古緒言卷五侍御時君六十壽序注〔一〕。

徐二丈涵齋先生七十壽序

士之能世其家者，不必珪組以爲榮，視所以爲業而已。士之能尊其生者，不必導引以爲壽，視所以爲適而已。嘗數稱斯言以質於人，而或未之信也。曰，世所以貴士，以士能爲可用耳。珪組蓋所以旌也，士誠束髮受書，而終老無所用於世，非獨世俗所姗笑，雖厥祖父之望於子若孫者，豈若是焉已哉？至於壽夭，天或司之，然而冲虚澹泊抑亦學道觀妙者之所亟也，而獨區區於意之所適，不乃以有身爲大患歟？予以謂世之嵬瑣齷齪，幸而遭時者殆不少矣，又安知名聲不彰、爵禄不及者果無當於用哉？夫既承珪組之遺，修詩書之業，而見擯無所知名，鮮不戚戚以自傷，彼不能知，將又笑以爲不自量也。吾故曰，觀其所自爲適而已，豈與夫追逐嗜好汩汩每若不及者同乎哉？

邑之故家，其最著曰徐氏，自中丞、少參二公父子繼起爲時名臣，迨今百數十年之間，子姓之業詩書而能文章者多有然，而未有復爲時用如曩時二公之盛者也。少參之曾孫曰涵齋先生，雖老於諸生，無珪組以爲榮，而先生弗戚也，曰：「吾知嗣吾先世之業而已。」既而厭薄棄去，則日與里中故人爲酒會以娱，晚歲會之日，博奕諧笑終日無倦。先生獨以齒牙脱疏不多啖肉，而頗能食酒，然不肯竟飲，飲亦不肯竟醉，每與客縱横决賭至夜闌，不勝杯酌猶若不忍别去，蓋其不以困窮挫折而能自適其意，以無伐其天和者如此。既壽且康，不亦宜乎？

是歲莫春二日爲先生七十生辰，諸嘗與爲酒會者將往稱觴，而屬以一言爲侑。予故稱其不珪組而榮，不導引而壽者，以頌且禱焉，蓋曰士遇合不可期，要必有無忝於前之人者，若乃桑榆之年不早自適，而猶汲汲乎以外物爲榮悴，是則先生之所嗤也。既以告於諸公，因次其語以爲壽序。

封小莊翁七十壽序

有田一廛，勤力其中，俯仰皆賴以給，子若孫能世守之而無替其業，此足以老矣。而世俗不善是也，高者誦詩書，號爲儒以競於時，幸而得則身榮家肥，爲世聞人。其次服賈以居積，致素封，終不爲農以自勞苦。然而貴盛之極，衰亦隨之，末富以嗇，或漸而靡貧可俟也。夫農霑體塗足，暑雨劬勞，而莫必有秋。然幸而不爲里胥所困，猶得長子孫，飽粗糲以卒歲焉，惟其黠而用事於官者，更爲侵削以自潤，曾未幾時而不保其室廬矣。乃有悉閭閻之微隱，究因革之便宜，進不逢有司之怒，退不失小民之心，身家俱泰，無忝於前之人，無憂於身之後，非才且賢者弗能也。若吾小莊封君，其近之矣。世爲城南農家，軒冕之榮、什一之利非其好也，力耕以謀生，而閑則漁獵前史，用益廣其識焉。其行方於孝友尤隆也，其進止雍容可觀，言邑之故事孰異同於今，與政之得失、民之利病歷歷可聽也。

君今年壽七十矣，猶子某，吾甥也，以翁九日生辰，告而請予爲頌禱之辭。始君之尊人柳莊翁與先大父交好，兩家之嫡長遂通婚姻。予曾賦詩爲翁七十壽，時與君皆未及强也，倏忽不意便爲六十外人，而君且及其父之年矣。予本農也，雖學爲儒，走薄宦於風塵，意不樂而歸，歸復爲農以老，以是知君之生平有無羡於貴盛者矣，况於未富哉！顧非君之才，將見困於追呼期會，何暇爲田畝之樂？而君又不以其能，故更求豐饒守先人之廬，使子孫永爲庇焉。時和年豐，公無逋賦，私足自給，蓋君不獨以才也，賢遠於人矣。此其能優游以老者歟？重陽令節，景物高潔，黄花滿籬，白酒初熟，親朋在坐，更勸迭酬。自今以往，且歲歲就君而醉焉，以自放於桑榆。蓋老農之樂，吾兩人獨能知之信未有以易也。

酒酣將别，於是歌以言之：城之南垂柳毿毿，土廣平兮宜稼，水灣環兮揉藍。誰氏之世業兮，給石與甑，秫以釀兮飽且酣。南莊之柳，其人世多壽，綏若若兮金拄斗，不如樂此田畝。吏不叩門兮盗不伏莽，呼我鄰兮聊與之飲酒。

吴母翟孺人九十壽序

生人之欲，將必待物而足乎？物固有不可必者矣，有待故不能無求，不可必故患在求多。樂莫大於知足而已，世之王公大人其求得欲遂，豈不百倍於恒人哉？而汲汲每若有不足之患，若夫田野之窶夫，所望不過於朝夕，所圖不過於尋常，幸而無飢寒之憂，則快然以自樂，由此而觀有餘不足者，不生於外物而生於所求之廣狹也。雖然人之有求固也，而獨閨門之内則幾於無求，何者？其所職者酒漿，其所勤者績紡，凡户外之事，舉不能以自必故也。顧其狃於貴富者，亦未嘗無侈心焉。惟夫處所不能自必，無貴富之足狃，亦無貧賤之爲累，而寛然以終老，此必有常見其有餘者矣。以予所睹，若吴母翟孺人者，其所享不已多乎？然非獨其子若孫常抱不足之憾於其親也，雖閭巷之人亦然，曰：是耋且耄者，以望於綸紵之榮、鼎烹之養，不相去遠哉？嗟夫，彼固未足以知此也，吾意孺人其必能知之矣。

孺人有四子，皆同生，其伯仲力於農，而叔季皆筆耕爲養，雖未有一遇，然皆足以娱侍其親，一樂也；諸孫滿前，耕而穫，獵而饗，後將必昌，二樂也；自年四十即持長齋，既享清净之福，而又植人天之果，三樂也。夫如是，雖綸紵鼎養，殆不復爲榮，而尚何不足於中哉？此非孺人，其孰能知之？始予弱冠，即與其叔季交好，以行與文相劘切。叔獨行君子也，屏居郊外以讀書灌園爲樂，舍傍有老桂二株，老梅數十株，花時每一過之愛其有蕭然自得之色。季獨侍其母居城中，奉儉勤之訓，能更飭其故居，而教其子又已能讀父書，尤孺人所爲顧之而喜者也。

是歲癸卯，孺人壽九十高矣，屆設帨之辰，予之友某某謀所以爲頌禱之詞，而以見屬。予猶記少時，數過外舅家，嘗一拜孺人於中堂，蓋外姑之姑也。長於姪七齡，而今尚康強無恙，方予獲交其子，齒髮皆壯鋭。然有四方之志，而今亦荏苒衰矣。既不勝今昔之感，而益以知孺人之所享，惟其無過求於物，所以常見其有餘，而形神俱泰以漸登於耄耋耳。傳有之，「不貪爲寶」，斯言也。可以治生，可以永年，予於孺人徵之矣。遂請書之以爲壽。

王母黄孺人八十洎長君六十壽序

洪範言五福，攸好德居一焉，之一也，所以爲五也，彼四者懸於天而一者存乎人，修其人以致乎天，有不可必焉，而合焉者其常也。或者以謂王公大人其福澤其行事有特異於尋常者，故修違之應若景響，至於田野之間，闉門之内，安其顧樸之分而無敢求多於造物，其人亦不少矣。則夫天人之際，宜亦謬悠而不可致詰矣。以予所聞，若王母黄太孺人之壽考康寧也，長君之兄弟子孫以農起家，積貲至富，而漸能肆力於詩書，以潤飾其先業也。斯於福可謂已備矣，夫豈無德而致然哉？太孺人之爲婦爲母，不可得而詳也，少而相其夫子則以勤，晚而訓敕其子婦與其僮奴，必躬率之以儉，曰：「家幸饒，不可以溢吾分也。」長君以醇謹退讓稱，不能如其仲積纖成巨，然吾聞王氏之産雖日加拓，頗錯置於四郊。至所居洋涇之傍，與其老鄰人共之，不求兼而有也。殆所謂攸好德者歟？如是而富壽康寧，宜矣。

今歲太孺人齒登於耋，其生之辰在夏，而長君亦以某月某日爲甲子一周，其從子伯雲甫謁予而言曰：「吾伯母與吾兄之壽，竊思乞言以侑一觴，顧不能必其核也，不核雖張，而大之不足以爲榮也。子好古文，不於其辭而於作者之旨，敢以請。」予既不獲辭，則爲序。其家世福澤，而本之以攸好德。夫太孺人二十而生子，子且壽矣，尚康彊無恙，福可知也。長君年六十而奉其壽母，子孫滿前，菲不廢禮，費不及奢，福又可知也。惟勤惟儉，以力作而謹守之，睦於族黨，以及於鄰之人，不忮不逼，歲時之問遺往來，與里中父老長若平生歡也。蓋一者修而四者響臻，五福備矣，豈得謂天人之際果不可知也哉？且吾又聞長君之元孫勤學殖以自廣，而不屑於膏粱紈綺之習，伯雲試以予言質之，其亦爲然乎否也？

顧母周太宜人七十壽序

昔周盛時，海内寧謐百昌遂長，其民安於上之德澤，以仰事俯育，而人有遺秉滯穗之利。其士大夫進而宣力奉職，退而羞其食飲以養其父母以爲樂，於閨門雝雝愉愉，莫如成康之世。蓋自文王之受祉新命，其修身刑家，内有關雎之後妃，而下亦有鵲巢夫人，能循法度以相其夫子，故若此盛也。及乎季世，而公父文伯之母，猶諄諄以勞逸爲訓，所從來遠矣。我國家承平既久，當正德末年，識者方虞其惰窳，而肅皇帝嗣興聿新，大命天下，又翕然一變至於今，適三世則成康盛際也。士生其間，乘時自奮，邀朝廷之龍光以爲親榮，而又無賢勞之感，豈非幸之尤者歟？

歲十一月，吴江顧大夫道行先生〔一〕與弟太學君道明，以太宜人壽七十率子姓祝無疆焉。而十有三日實維設帨之辰，於是邑之姻黨咸焜燿其祝詞以稱道盛美，而余不佞，適讀書里中，游先生父子間甚習，有授之簡者，不敢以不文辭。竊惟太宜人少而寡居，含辛茹苦，教其子使克遂有聞於世，今子孫滿前，蘭茁其芽，拂髦總角而朝者相踵也。此人之爲太宜人慶者也。長公既仕於朝，嘗乞爲南曹郎以奉太宜人，朝夕已而北走齊魯，南入閩粵，遠在數千里外，雖有弟侍養以娱其親，然念太宜人之恩勤，不欲以禄養故久去膝下，年未艾而亟自免以歸，此尤太宜人之所顧而樂者也。

然予獨自有感焉，太宜人之生爲肅皇帝之二年，其後恭肅公服在大僚，佐天子進賢絀不肖，以振起一時之治，以故四十餘年之間，吏治蒸蒸，民生樂業，雖亦有疥癬之疾發於四肢，而天下安於覆盂。先帝繼之，内順外威，熙怙至今。蓋太宜人之少而婉娩，長而拮据，迨老而優游冠帔以安享太平之福者，其猶鵲巢夫人之遺也歟？昔吾觀於小雅，自六月以下以宣王中興，而祈父之詩不免致憾於有母尸饔者，何哉？蓋當是時南征北伐，氣象赫然，而天下之不安其生已可見於言外矣，何必北山陟屺而蓼莪瓶罍哉？然後知成康之世之極盛，而文王之德之遠也。則夫太宜人之承藉世澤，自少至老雖中遭荼毒，而獲以垂白之年御板輿於湖山林麓之間，問桑麻，蔭榆柳，含飴弄孫以爲歲晚之娛者，雖敬姜之食報，宜然與？其子之賢，克自樹以慰其母之心，然豈非遭際之幸而適當國家之盛時哉？敬書之以侑萬年之觴。

【校注】

〔一〕顧大夫道行先生：乾隆震澤縣志卷十九人物七載：顧大典，字道行，祖昺。大典少依母家周氏，讀書過目成誦。隆慶二年成進士。年未及壯，豐神秀美，望之若仙。授紹興府教授，遷處州府推官。萬曆二年擢刑部主事，改南京兵部，累遷吏部郎中。大典工詩善書畫，在金陵暇即呼同曹郎載酒游賞，遇佳山水輒圖之。或晨夜忘返，而曹事亦無廢。十二年陞山東按察副使，改福建提學副使。請託一無所徇，忌者追論其爲郎時放於詩酒，坐謫禹州知州，遂自免歸。再起開州，不就。家有諧賞園，池臺清曠，賓從觴詠不輟。又妙解音律，頗畜歌妓，自爲度曲，不入公府，曰：「吾性本疏懶，非惡見貴人也。」歸後七八年而卒。所著有清音閣集、海岱吟、閩游草、園居稿行於世。

陶母許太孺人八十壽序

予游太倉，友人曹周翰〔一〕爲我言陶其情逸則〔二〕有志行，妙能爲辭章。已得其文讀之，又數與之接，知周翰之言也信然。吾觀逸則負氣慷慨，似不汲汲於世俗之富貴者，顧至於得失之際，似亦不能釋然於懷，意頗疑之。蓋予猶未悉逸則弱冠而失怙恃，十年來煢煢與其祖母許太孺人相依爲命，今逸則之齒逾壯矣，學已成矣，而不獲徼尺寸以爲太孺人榮，宜其以是戚戚也。余既窮於世，二親之年皆望七，顧以駑緩自廢而猥言澹泊，中心忸焉。古人有言，約其身而儉其親，不可以語孝。審如是，則昔之簞瓢陋巷，甕牖繩樞之士幾不得爲人子矣。

嗟乎，啜菽飲水盡其歡，此孔氏之家法也。彼其人皆得聖人而爲之師，其所自立有不同於尋常者，雖其親亦樂而安焉，其不汲汲於富貴，無惑也。今世之士自束髮即志於功名，或不自力而廢，即自力矣又不幸不得遂其志，此其視聖賢人何如也？而忍以自解乎？然而孔子之徒自顏淵而外，希有不仕者，率常爲小官，非必皆喜於自效，或亦以貧不能養故也。如逸則盛年能不懈於學問，以究其志，則其有聞於時不遠矣。以太孺人之茹荼拮据，以育以教，而使逸則克嗣其先業，天之使食其報也，亦不遠矣。

吾又聞太孺人自其未笄時已能窺佛法大義，常夢觀世音大士提耳示之，既歸淮里，先生方辛苦治生，幾廢尋繹。年三十而善病，旁及於悟真、參同，即性即命，了無障礙。今年八十矣，而形神不减少壯，人若太孺人者，殆所謂宿植德本者歟？雖逸則之不以貴富養，吾知其必恬然安之也。然太孺人之訓課其子若孫極恩勤矣，不於其子必於其孫，吾又知逸則之志之必當酬也。

是歲夏四月三日爲太孺人生辰，凡所與逸則善若周翰輩視太孺人爲太母行者，將舉萬年之觴，而屬予爲之辭。因嘆士窮於時，雖其天性之愛容有不得而展者，常感念二親能安予菽水之奉，故樂道太孺人之懿美以慰逸則焉。逸則之貧，至筆耕爲養，而能奉太孺人遍禮名刹以慰其皈依佛氏之心，則予又愧之矣。

【校注】

〔一〕曹周翰：曹申錫，明太倉人，字周翰。詳見學古緒言卷四曹氏北部園居記注〔一〕。

〔二〕陶其情逸則：陶其情，字逸則，萬曆庚子科舉人。逸則夙慧，長而嗜學，爲文典秀，遂名重士林。爲人清遠和暢，無迹可尋。初予在曹氏園相視而契，遂分香訂交。逸則始終推第，予以爲「大兒東海，小兒潯陽」也，以不知治生。初鄉舉三四年，行事便如貴人，死而遂，至無家櫝。

壽朱濟之兄六十二詩引

朱濟之兄長余九年，甲辰之歲六甲一周矣。憶自弱冠從君游，逮今三十年，每一相過君，未嘗不留予深坐，醉之以酒，棋局詩卷間出以爲娱，往往至宵分乃别。君饒酒德，予飲不過一二升，而顧與之同嗜。君有圃池數畝，去其家不百步，而近花竹斐亹尤多，植巖桂花時或風雨，亦必往游焉。顧予雖嗜酒，而不喜列坐終宴，見肴蔬盛設，則歡適之味爲之漸減，以故獨喜過君，君既率意而留予，必快意而返，坐起無常，列酒茗隨所須，自許得酒之意者無過余，而能適余之意者無過君。蓋麋鹿之性然也。追數自少壯至今，各衰且老矣，中間所以爲樂亦微與世俗異，况自今以往，蒼顏華髮，相對蕭然，生人之欲漸寡，勞生之事漸稀，相與遺形養性以終其百年，則吾與君游處之樂殆未可量也。頃嘗爲文以壽君，而又賦二詩寫予之懷，故復叙之云爾。

學古緒言卷九

墓志銘凡五首

丘先生〔一〕墓志銘

丘先生疾且病，其所與爲執友及忘年之交，日往問焉，朝而往則日中還，晝而往則日入還，環坐臥榻前，與相對如平日，見其談笑於死生之際，真可謂聞道者矣。先生之從弟榮爲縣主簿南越歸，道死，會將葬，先生口占爲之志，命孫麟德書示其友，且曰：「吾雖旦暮人，然爲此文，自謂於敦薄立懦，其殆庶乎。」未殁前數日曰：「吾不可以終於私寢」。促舁就中堂。問何所苦，曰：「無苦也。」問何所見，曰：「吾於神清氣定時，見若童子者立於前，意吾之神守將離其舍乎？長與諸君子別矣，各好自愛。」復字謂婁堅曰：「子柔，吾平生不喜諛墓，且没齒無所樹立，何足言者？顧吾自兒時知嚮往，迨老猶兢兢，此不可不令吾後人知之，子爲志其不誣。」已而漸革以殁。嗚呼，今而後吾黨其無以爲師矣。

嘉定之丘氏著自勝國，時貴五公，由邑之皇慶里徙今，居在茭門涇之陽鄉，曰服禮先生，其七世孫也，諱集，字子成，初名朱，因避國姓改焉。父大理寺正公，諱峻，登嘉靖己丑進士第。大父封評事公諱鉞，曾大父諱剛，能拓貴五之業，始以本富者也。先生爲寺正公仲子，兄東，弟棘，母張安人。生而端凝，幼不好弄，甫六歲評事公授以詩，即欣然誦不輟，若已能解者。八歲受宋儒小學書一編，曰：「吾必如是，不敢失尺寸也。」評事公既奇愛之，因令乳媪私爲之畜，及讀至「子婦無私貨」即時獻還，試固與之，終不肯取。稍長，讀書務通大義，不屑意科舉之學，寺正公亦不之强也。笑曰：「昔揚子雲口吃，默而好深湛之思，吾兒類是矣。」年十七，既通易、論語、孟子，則讀尚書、毛氏詩及三禮，又泛濫於濂、洛、關、閩諸儒者之言，嫉時俗之言利，而士大夫又往往以聲伎爲娱，因著孔方傳、俳優辨以刺譏之。明年，補諸生，見其儕惰不能爲容，而學宫行釋菜禮又野甚，即詣博士先生上禮樂事數十條，人咸笑以爲迂。乃憤發著論，言周、孔教人如以堤防水不可决也，而世之君子乃曰：「聖賢人安可睎，吾且爲尋常之人而已。」是爲吾道之異端，不在緇衣黄冠，而在簪裾之徒也。論出人益駭且怪，獨唐先生欽堯〔二〕、潘先生士英〔三〕聞而韙之，欲從唐先生受業，唐辭謝數四曰：「子吾所畏。」然卒師事焉。寺正公卧病京師，使來召先生諸父，謂其少也，遣兄東往焉。會疾有間，兄遽歸。

未幾復召先生，即日携二僮觸暑馳二十日，省父於寓舍，父方困頓甚見之喜，且泣曰：「吾思生入吴門，幾汝來草疏請告耳。」退即代爲草疏上，又兩月乃得歸，以憂瘁故病七日不食幾死，終不令父知之。歸而寺正公病日深，欲及身分異諸子，至析箸之日，兄弟各有所請，先生獨曰：「父爲之主寧，有不平而須自言耶？」當是時，邑多逋賦，先生之鄉爲尤甚，伯兄游太學頗快意裘馬，積逋至二百餘金，諸父以爲兄宜獨辦，先生不可，卒與共之。其後兄仍坐法當謫戍，跳身走不顧也。先生裹乾餱徒步代訴於監司，日往返數十里，經月餘，監司下其詞於縣，兄終不歸，縣令因繫先生獄，乃從獄中列逋者主名，兄不應獨坐罪以得釋。方被繫時，獄大疫，令樓君曰：「吾憐丘某無辜，亟出之。」既出，夜還其鄉，橋不可渡，乃伏而膝行，至家即昏眩。已促具浴：「吾不可以垢穢入祖宗祠宇也。」蓋其折辱窮困幾於不免，而守禮不懈益虔如此。

嘉靖中，邑四境嘗被倭，先生與伯兄俱爲賊所得，礪刃於頸，殺人以恐喝之，乃指身所瘞藏處發以賂賊，獨殷氏寡姊所寓篋中裝百金悉完而歸之。人或聞而問焉，先生曰：「吾瘞少於姊，故指以爲賊捐。」然賊所發先生金實再倍，意不欲因以爲名耳？姊後以守節當得旌，爲胥吏所持，先生囊空無金錢，慨然嘆曰：「今我在也，而没賢姊之名，他日何以見先人於地下？」卒爲經營得之。寺正公清白無遺貲，所分授皆先世産，已經剽又連困於賦役，貧不能自存，乃奉先主往依外舅周翁居焉。周故太倉望族，翁鎧無男子，指其所居謂先生曰：「里中某覬此久矣，價可數倍饒，吾將以爲若資。」先生默然不應也。居久之，宗伯徐公請告還里第，問知先生狀曰：「豈可令吾老友長播遷哉？」爲買屋數間，招先生還與游處。比徐公卒，而先生榜其堂曰「敦義」，示子孫勿忘徐公也。

先生既脱其兄於罪，兄殁子衍慶復以盗用官錢，律當永戍，匿不敢出。先生行大雨中，水及於胯，往求得之俾，籍其田産僮奴，廢以爲償。宗伯公又爲言之於官曰：「此廉吏孫，可念也。」衍慶亦得無坐。嗚呼，先生之貧至無以爲生，然其處骨肉之間，不復自顧其力，而先後多賴以濟，此誠篤行君子之效已。自其還居邑城，食貧如故，然處之怡然常有以自樂，雖少壯時刻勵感慨之意亦與年俱化焉。

素康强健飯，一日臨食而嘔，積成噎以殁，享年八十。生嘉靖甲申，殁萬曆癸卯，葬以卒之年十二月壬寅，墓在寺正公兆東數十步。子男一人，曰繩祖。女一人，嫁諸生錢珮。孫男一人，麟德也。孫女二人，長嫁諸生周道立，次未字。先生嘗别自號曰「寒谷子」，人多以稱之。所著有陽春堂稿、横槊小稿、傳家録、挂一備忘、筦程班，凡三十卷，藏於家。嘗嘆以爲譜牒不可考，而郡望已無足憑，我聖祖之不宗沛國卓矣，而時俗猶承襲訛舛，一何陋也？於是仿史記之文作族譜十篇。先生行至，方造次必依於周、孔，至其貧交若張先生應武〔四〕、唐先生之子時升、新安程嘉燧及堅而四，頗好言老、莊及釋氏。若與之異趣，先生顧心喜之，曰：「自吾得數子解釋膠滯，幾於大通焉。」平生於嗜欲泊然，獨好游佳山水及訪古人之遺迹，窮幽抉閟，往往於居人所不能知者無弗遍也。圖書之暇，尤喜觀三代以來鍾鼎敦匜、琿琫珩璜之屬，考論其制度不失毫厘，謹書之以識曰：「吾生三代以後，得觀古人之遺器，可以想見其人焉。」於書無所不好，或時親故醼會，手一編不顧。就問何書，則啞然笑曰：「書無足觀者恐遂置之或遺所不知耳。」然尤邃於禮器及度數之學，一見即通曉，可按其故試爲之。程君將還葬其父新安，行山谷間，念非常平轝不可，先生爲口授其度，既成以試，於傾仄如平地，獨兩扛不能調，先生曰：「是木之性有陰陽也，以浮於水而諦觀焉。」更制之，即安銘曰：

丘在於周始封吕，扶風以還世可數。力居及堆代北來，中間雜糅無復譜。遥遥華胄疇逖稽，豈眞有副在左户。近傳茭門繁以昌，皇慶來遷由貴五。爰有裔孫勤網羅，斷自七傳爲始祖。斐然十篇詔後昆，吴郡之邱略可睹。德修身蹇命若何，雖困而亨友千古。刻詩玄堂耿不磨，世世子孫紹厥緒。

【校注】

〔一〕丘先生：丘集，字子成，嘉定諸生。從學歸有光，所涉廣博，尤長三禮。少時家貧，讀書不輟，有「寒谷」之稱。與婁堅、唐時升等人爲友，著有横槊小稿、陽春堂稿、西行山稿等。

〔二〕唐先生欽堯：唐欽堯，字道虔，號雲濤釣徒，明嘉定人，唐時升之父。凡朝廷典章及兵農大政，無不默識之。獨著其負經世之略，而不得試者。詳見學古緒言卷六唐實甫六十壽序注〔一〕。

〔三〕潘先生士英：光緒嘉定縣志卷十九人物志四·文學載：潘士英，字子實。父乾，邑諸生，温良隱默，人稱長者。士英受業歸有光，古今制度因革及陰陽律吕，盡舉其説。奉母至孝，母御新婦嚴，一日奮杖擊婦，簪入頂。士英俟婦少甦，即率之跪謝。友愛幼弟，相得無間。以歲貢任龍泉訓導，遷江山教諭。

〔四〕張先生應武：張應武，字茂仁，一字三江。明嘉定人。年未壯即棄諸生。師事歸有光，與婁堅、唐時升論古講學。邑志發凡起例皆出其手。詳見吴歈小草卷一贈張二丈注〔一〕。

宣仲濟〔一〕先生墓志銘

先生姓宣氏，諱應楫，字仲濟，别號適吾子。自少以勤學工文見推流輩，顧其所自刻勵，常以抗志篤行爲先，不專於文辭。久之，里中人無壯老賢不肖，翕然皆信之，曰：「此古君子也。」既連蹇困於諸生，益務爲逡巡退讓，磨礱圭角，庶幾無忤而已，終不求與俗合，而獨與其同好爲社會相往還，至年八十有六以壽終。嗟乎，世道交喪，而今而後幾不復有斯人矣！

曾大父諱某，陝西西安府同知。大父諱某，蜀王府典膳。父諱某，山東濮州判官。母莊氏，與伯兄某張氏姊、邱氏妹皆同生。先生長身玉立，豐度端凝，望而知爲長者。其學多得之崑山歸太僕，故於論議皆有根據。當是時，邑之宿學數公皆折行輩與交，因得益廣其見聞，不專一師。而與之儕者皆少俊，卓犖相會於藝文升堂睹奧，其人多遂聊翩奮飛以去，而先生翩屢鎩，荏苒以衰矣。予甫成人，即從先君子後泚筆伸紙，侍先生於硯席，見其枯坐湛思，不輕出一語。及點定出之讀之，雖不能盡解，知其非苟然也。先生亦撫予而憐之。稍長，益親暱，然所聞於先生往往好言先民之高節，質行以相勖，間及於文十才二三而已。友人張君仲惠，時稱夙慧，一日謂余：「吾不能稔知宣二丈也，設督學御史鎖院給片紙，令諸生默疏所識賢者，則吾必以先生應矣。」其爲後輩所嚮往如此。

先君之齒少於先生十年，早歲同學，晚通昏姻，至其臭味相投，尤莫逆於心。閑居嘗嘆曰：「吾所與交多可稱述，若乃敦孝友，恥機變，始終無間，然仲濟一人而已。」及先君歿後，每一侍先生，聞其追叙疇昔，傷匠石之質死，而伯牙之絃絶也。相與悽愴，久之乃別。數年之間，先友雕落殆盡，而予亦從衰得白矣。此其欲舉筆而欷歔，不能不潸然於古今之變者也。

先生既擯不見用，所施不及於遠，其處中外族姻之間，無一事不依於長厚，有貸而無責，薄來而厚往。以窮歸者雖平生無半面，必受而芘之。以橐寓者雖造次不及識，必全而歸之。嘗以試事至郡城，暮夜卻自媒者，且遂别去。其友怪之，而秘不以告也，特嘗語其子若孫耳。晚歲家益落矣，爲二親卜宅穿窾，獨身任之，曰：「苟力所及，何必煩吾兄耶？」其接於人温然退然，其持於己凛然暗然，故雖與之習者，莫能詳也。即未必深知之者，亦能言其概焉。若其爲公正發憤所暴於衆人之耳目者，友人以盗死，倡其執友言於令，必盡得其賊乃已。先生雖不幸不遭時，所自樹立即此可概見矣。

始娶李，柔婉明慧，允有婦德，濮州之葬自爲志袝焉，詞甚酸楚。繼娶沈，雲南金齒衛經歷諱燿之女也，兄弟爲給事、御史，邑望族也，年十六來歸。莊太夫人之嚴也，鮮能當之者，而不少迕於辭色。先生之勤施也，人多負之者，而未嘗一問其出入。課其子數有夏楚之儆，撫其女實同鳲鳩之均，宣之宗與婚若姻之家稱其賢如出一口，不愧爲先生婦矣。

先生以正德己卯生，萬曆甲辰卒。孺人之生以嘉靖辛卯，其卒也以歲庚戌，得年八十，夫婦皆躋於大耋，儻亦爲德之報歟？子男四人，叔季皆爲諸生。女六人，壻皆士族。子孫男若干人，而毓慶最長，已爲諸生，生子某。孫女壻曰瞿、曰朱、曰姚，餘幼未字。當先生之喪，母夫人也已老且善病，謂其長子嘉謀曰：「汝代吾葬，其不愧吾世。」至是乃啓濮州之窆而合焉。其袝二親，嘉謀語二弟：「昔吾父仲也，而代兄伯，今吾爲人兄，顧不能耶？」人聞而賢之。歲辛亥十一月也，墓在新涇之原。銘曰：

昔侍先生，喟焉傷時。慈子嗜利，禽獸無幾。胡彼卿士，學賈人爲。廉讓爲拙，以巧抵巇。蓄儲殃菑，遺紈褲兒。誶語鬩牆，百行以虧。積而能散，彼何人斯。繼以三嘆，古道今衰。先生碩果，以身爲堤。愚者之潰，賢者不支。刻銘玄堂，告於來兹。

【校注】

〔一〕宣仲濟：萬曆嘉定縣志卷十二人物考中載：宣應檝，字仲濟，少事崑山歸太僕有光，以文名諸生間。然人尤重其行誼，稱爲長者。爲人外温内剛，遇所不可貴不能奪所善。龔可學爲家奴所賊殺，即倡同好訴之令。賊久未得，應檝蹤迹盡得其黨，令疑不可盡誅。因前白令奴殺主，安得罪有首從，遂悉正法。龔歿而乏祀，歲中以時哭奠如其家人，及期復爲文以告之乃已，真長者哉！

徵仕郎常德衛經歷殷君墓志銘

君諱貳卿，字仲弘，先世廬陵人，其占籍吴也。自宋之季年逮入我國朝，歷四世，往來居嘉定、上海間。曾大父曰輅生，承事郎維始定遷於今居，蓋邑之稱七都殷氏者，歷百八十年於此矣。是生君之考，登仕郎上林苑監録事諱清，娶於秦，生子四人，君其仲也。初名申，後以字行，而更爲之字。伯曰甫，官山東按察使司照磨。叔曰冲，季曰坤。初録事以博達贍智，好結交，名聞四方，雖積高貲雄，於鄉之人意常在儒生，用貲郎選，嘗從大司馬東平王公於幕府，詘於無資地，不得展其才用。乞致仕歸，益教諸子學爲儒。

君自少束修，耻其父困於小官，尤自力學問。踰冠而録事卒，里中人旋中以劇役，邑宰試之文，稱善，得罷。去北游成均，會祭酒王公考選六館之士，首其班而君與焉，再試再蹶於京兆，而同班生歙人羅龍文者夤緣獲幸於分宜，氣燄張甚，每語：「君獨不能爲我乎，何用楚楚儒冠爲？」君遜謝之，亟注選南歸。未幾，龍文竟坐嚴氏客，誅死。聞者莫不服君之先見焉。已謁選爲長沙縣丞，嘗三督餉，嘆曰：「吾官雖卑，吾自待不薄，何忍以民之脂膏潤吾私橐乎？」一歲所省，耗米凡六百石，其刻苦自勵如此。尤能佐其長加意稽古禮文之事，孔子廟春秋之祭器用缶，數毀於祀，不虔，輒鑄銅易之。嶽麓故有禹碑亭，歲久鞠爲茂草，君慨然捐貲庀徒，披榛立僕，樸斲丹雘，爲之一新。督學政者見而嗟嘆，因令發所儲穀並葺書院之廢不治，自堂及廡，凡庖湢之舍，靡不倍飭工。畢而穀之贏尚數百石，悉以贍諸生。君之綜理精勤，他人雖馳騖從之有不能及，非獨潔廉而已。君既居官廉，至同官有黜免貧不能歸者，有卒官不能斂者，嘗分俸入給之。

及滿考遷常德，不樂復之官，垂橐以歸，蕭然常有以自樂，時已年七十矣。如是者復二十年以卒，邑之人士凡獲從之游者，一聞其議論之慷慨，未嘗不心醉也。故於君之歿，咸謂壽考康寧，可無復憾。而相與嘆老成之凋謝，猶爲潸然出涕焉。當君困諸生時，雖富室子廩廩如窶儒，絶無鮮衣怒馬之好。乃其振人之乏，脱人於厄，惟力是視，曾不少靳惜。人或負之，謂君長者易與，更肆其侮，至貲産日益落，而君第曰：「此妄人不足較也。」閑居每自適於吟詠，酒鎗茗碗未嘗去側，而不喜一切駁雜無益之戲，獨於三代以來篆刻、圖繪、字畫之精工，一見即能鑒别，若有神解者。其課子姪亦然，一張一弛，未嘗不依於道術。惜乎君之不遇，不獲究其所學，雖微有表見於世，世之人亦多樂道之，而終有志業未遂之憾。

配陳孺人，南京工部屯田清吏司員外郎陳公諱榮之女，十七來歸，事姑嫜以孝謹，接娣姒以柔和，處豐約盛衰皆不愆於度，雖小星庶孽，靡不篤於恩。孺人殁而君自爲狀甚詳，其大略如是，可謂賢也已。君生之年爲正德乙亥，卒之年爲萬曆甲辰。孺人後一年生，以歲丙子，先二十六年卒，以歲己卯。子男五人，孺人出者曰邦彦、邦奇、邦憲，側室李出者曰邦教、邦奎。女六人，四爲孺人出，二亦李出。壻曰毛紹義、邱珂、唐時叙、邱繩祖、徐繼美、孫應鳳。孫男三人，正宇、正宗、光禎。孫女七人，六歸士族，一幼未字。曾孫男六人，三聘、三省、三麟、三遷、三臺、三鼎。曾孫女五人。公既殁，而仲叔季三子相繼即世，伯邦彦亦老且貧，語其最少弟邦憲曰：「及吾與爾存，營二親之藏爾。」其勉之。因卜以歲己酉十二月庚申，奉其考妣合窆於沈浦洪先塋之東第二穴。邦憲營葬事惟謹，以間叙次其行實，來請爲銘。昔君歸自長沙，予獲聆其謦欬，亦所謂嘗樂道其爲人者也，故不可以辭。銘曰：

聞之父老，在昔嘉靖。迄萬曆初，凡厥服官。罔不兢兢，以奉簡書。雖縻冗散，尚克好修。後其私圖，所用爲耻。靡有顧忌，競於險膚。吁嗟殷君，仕不休顯。允有令譽，我思老成。爰勒信詞，愧彼鄙夫。

徐震庵先生墓志銘

吾邑之讀書談道，爲經生師，自任以模範者，曰唐先生道虔、殷先生集卿〔一〕。蓋唐以踔厲感慨，究心世務爲宗。而殷則覃思於宋儒理學，故從之游者尤衆，迄今尚多有存者。至方嚴不苟一意，步趨其師，必稱震庵先生。若唐之門人，獨家君存而已。雖各有師承，而其交最深以久。

己亥秋八月，先生年七十有五，以疾終。又三月甲寅，其嫡孫懋仁將啓大父母之殯，合葬於何家浜新阡，謂知先生者莫如家君，予得問知其概也，而以銘見屬。

先生諱燎，字熙卿，姓徐氏，别自號曰震庵。其先自宋之季年始占名數於嘉定，居鹽倉里，及元末徙今居，與葬地相望。考貞魯，王考霆，曾王考經，家世農也。先生與其族父大觀，始自奮學爲儒族，父以貢謁選爲儒官。而先生廩於黌舍，獨屢試不得志以老。教其子端履有聲，諸生中與博士君之子嘉言先後以御史之選貢於京師，而吾友孟祥復不幸一日暴疾以卒，無以終慰先生之意。語曰：是穮是蔉，雖有饑饉，必有豐年。徐之興其在懋仁乎？

先生形臞而神清，望之翛然，雖盛暑必著冠，亦未嘗見其裸袒也，問之其子，知於閨門亦然。其待族屬以行輩不以年，苟父行也，雖兒童必以貌貧而不能贍者，視其力振之，又能合其族之人，咸有助焉。蓋有停九喪不能舉，待先生而葬者矣。其於交友，終如其初，數同家君就試金陵。家君嘗患痁，先生親視湯藥，意愀然，惟恐不即，已而不克以試也。居恒相與語，必稱士人讀書應舉非苟自營，以故雖屢擯於京兆，無慍色，曰：「吾命其有制乎？」孟祥之無禄，予嘗爲哀詞以慰解之，且曰：「仲尼之聖也，而伯魚不及送其終。」先生雖然吾言，而中不能無自傷。既又哭其白首伉儷，未踰年而先生病不能食，遂以卒。

配陸孺人，以富室子來歸。惟勤惟儉，以當於舅姑，先生與相敬如賓，其待子孫更嚴於先生，不以恩掩義。自以老年見壯子夭折，後一年亦驟病卒，歲戊戌也。其生以丁亥，得年七十有三。有子五人，二男三女，長即端履，次汝翊，前夭無子。女嫁毛建中、沈國光、陳尚絅。孫男女共八人，懋仁今爲邑諸生，次懋倫、懋化。曾孫男一，未名。初孟祥之以試事往來也，予多與之偕，兩家父子相厚善如兄弟。自孟祥踰冠，能持門户，先生幾絶迹城市，憶曾侍先生於崑山寓舍肅如也，怡怡如也。其後以鄉飲賓一來城中，與家君别，遂不復相見。每書疏往來，追叙平生，猶昨日也。予哭孟祥猶得見先生與語久之，而今已矣。先生所傳師説，以不數接不獲聞，而其修於身施於家庭者，皆可以爲法，庶幾於殷先生焉。其銘孟祥之藏者，唐先生之叔子時升也。系曰：

先生之爲一親治木也，召匠人而與之食必同器。其髹也，肅衣冠而拜之，蘄勿僞。嗚呼，非所謂能自致者乎！

【校注】

〔一〕殷先生集卿：光緒嘉定縣志卷十九人物志四文學載：殷子義，字集卿。篤於孝友，事繼母如所生。父析産，悉讓異母弟。學宗朱子，所著根極理要。晚更博綜群籍，所養益粹。蘇州知府蔡國熙延議政事，語不及私。隆慶中，以歲貢授淮安訓導，聚徒講藝，淮士化之。在任三年，卒官，年四十六。初，子義貧不能治裝，門人各奉金爲贐。及病革，計所受還之。其嚴於取予如此。平居接人以和，而後進見之，輒肅然斂容。世稱方齋先生。

故貴州按察司副使朱府君〔一〕墓志銘 代

嗚呼，士負其志，患不遭時爲世用，既進用矣，或以遲暮，不暇有所爲。以予所知，士大夫晚達而克自樹立以有聞於世者，故貴州按察司副使朱君其人也。君年十八選爲諸生第一，蓋先予六年所，自後數進數詘，連蹇不得志，凡三十年而貢於黌舍。當今上改元御極之秋，予忝較文文之役於輦轂下，而君名在薦書，連中進士第，釋褐爲縣令潛江，晉南昌府同知，改辰州，入爲刑部山東司員外郎，出爲福建按察司僉事，晉布政使司參議，已擢副外臺備兵西南數千里外。未幾免歸，歸又踰一紀，年八十有三而卒，歲丙午也。以明年正月九日葬。介子萊、嫡孫日炯將刻墓中之石以圖於永久，而奉給事劉君道隆狀來請銘。劉蓋君爲令時所得士，其言宜不誣，而予亦習知君矜尚名節，庶幾不苟且自負者，銘不可以辭。

君諱某，字鴻甫，世爲蘇州崑山人，未有顯者。高祖某以通經食廩餼諸生中，每曰：「吾不得志，必不能齷齪爲老儒官。」後竟不求仕，君之考得贈文林郎某，娶於宋，實生君。未弱冠已工爲文辭，督學御史洎守令之名能知人者皆目君爲苕發穎豎，然顧厄於壯强，君益自淬礪不少倦，終以成名，聞者莫不壯之。初至潛江，諏民所急，咸曰其田三壤，棼不可理，其賦積逋，亡不可誅，是宜先。蓋邑故有軍屯，又別爲漁户，歲中輸官視民閑田十財一二，貧民求售，豪右乘而邀之，往往以民田約而以屯若漁劑，故多田去而賦存，按籍而責之，償即逃亡以免。先是，令來皆鋭意欲剔抉爲治，而大姓持之，復逡巡中輟，君獨奮曰：「田不清即户益耗，賦益虧，是潛爲無民，而使朝廷爲無潛也。吾終不以此遺後。」令乃屬里宰設方略，畝履而溝封之。軍還其籍，漁正其牟，而民間之田始出。於是先後入貲，占田者項背相屬，積金至萬餘兩，而築城之役興，城潛自嘉靖庚戌始也。土善崩且易越，居人靡寧，君易以甓。有起徒無加賦，城成尚以其贏代償逋賦若干。向之不逞而嘩者於是帖然以定。在官六年，邑瀕於江而民不病墊，役浮於賦而民不苦徭，所施設多此類。其在南昌，以潛之政佐其守治。及調辰州，又以江西之政佐其守治，上下咸宜。君温仁以恕，故入贊刺宥、圜士、嘉石之議，務從其平，練達以審，故出備藩臬馭下撫戎之策，動中其窾。既及懸車，力以病請，而不悦君者搆之於巡按御史，遂中彈文。既歸，有爲白其誣，言朱某所坐非實，得奉旨調用，而君遂卧不復起。

配封孺人沈氏，齠齔遘閔，婉娩性生，學女事惟謹，後母之視之如其出也。既笄於歸，孝敬備至，修婦道無怠，舅姑之愛之如其子也。方君未第時，外内交侮，疾癘乘之，再至欲絶。孺人内侍湯藥，外戢僮奴，將護百端，君嘗稱：「吾之克有樹立以慰二親於地下者，吾妻之力也。吾勤於官，竿牘之問，不至京師，每當序遷，意不無怏怏。吾妻輒曰，人負官耳，官何嘗負人？」予竊愧嘆，自以爲不如。」嗟乎，可謂淑慎明達婦人也已。從君官於潛江、南昌，又一至都下。與君生同年，先十四年以歲壬辰卒，得年六十有九。其葬以乙未十二月君所卜邑東五里嘗字圩新阡也，又自爲之狀，故得詳焉。子男二人，長懋，次萊，皆太學生，懋已先君殁。女一人，壻爲臨清州守張文柱。孫男六人，懋之子爲曰炯、曰煜、曰焯、曰烰，萊之子爲曰燦、曰焌。孫女九人，王雲鵬、周爾丞、吴光玉、王景茂，懋壻也；王志堅、李長椿、張魯化、徐夢龍，萊壻也；一幼未字，亦懋出。及君之存，而曾孫男女已六人矣。

嗚呼，君之少壯也，文章之譽滿於人口，自謂功名可立致，非獨其父母之信之也，雖閭巷之人能知之。不幸久困諸生，荏苒以衰，當是時，雖君亦不自意復爲世用，非獨人疑之且蹈藉之也。而一旦連取科第，以終慰其意〔二〕。

近世士大夫或不自愛重，以官肥家，況君歲晚，顧獨能以廉潔慈惠稱，乃其才力亦誠有過人者，故所至皆治辦。位不滿德，惜乎世之終不能盡君也。予故爲之銘，辭曰：

士進以文翾艷葩，纍纍若若龍雜蛇。以官爲市吁可嗟，乘藉權勢紛攫拏。誰其矻矻晚起家，居官自許瑜絶瑕。垢吾能櫛痒吾爬，仕不驟顯名則遐。納銘幽宫詞匪誇，俾後有考其無涯。

【校注】

〔一〕朱府君：同治蘇州府志卷九十三人物二十載：朱熙洽，字鴻甫。萬曆甲戌進士，授潛江知縣。縣故土城，當漢水下流，善崩。潰時議改築磚城，而費無所出，熙洽設方略，覈民田之詭寄漁課者，令民入貲自占。四閱月而築城之役竣，田賦亦清。遷南昌府同知，調辰州，入爲刑部員外郎。歷福建僉事，晋參議，陞貴州副使，所至皆以清嚴著。熙洽才識練達，嘗語人曰：「吾三日不視事則神不凝，一日課數十事，則手足矜奮腰膂有力。」故艾年服官，至老不倦，皆晚成之效也。年八十三卒。

〔二〕「意」：崇禎本、康熙本作「意」，四庫本作「志」。

致朱憲副墓志小柬

秋初獲侍，雖不欲久慁，然别歸後意未嘗不懸懸幾杖側也。前月得賢嗣編修書以朱憲副墓銘見屬，自惟鄙陋，豈宜僭代宗工手筆？顧又不當辭輒，已具草。但來狀二首，多至數千言，今雖删繁就簡，然有筆無削，終是蕪穢，惟塵玷是懼，謹録奉呈，儻得以閑涉筆點定，即煩侍史别寫，待其拜領。中有數端求正款，開别紙以便賜覽去取。漸寒，伏惟倍萬珍攝。不宣。

一，唐宋大家有合葬志而無合葬題，以婦當從夫，似可略也。獨近代不然，然歸太僕亦只從古立題，故此題仍之未知亦宜俗否。

一，古人尊行面稱後輩爲賢，最爲雅當，今則稱公。至於臨文，古之志墓稱公、稱君似頗有辨，非可一概。朱憲副雖十年以長，然實門下士，又官止四品，只合稱君。今亦仿古於題，稱府君而文止稱君，未審妥否。

一，古人志墓，壻多書，而子婦絶不書，重女之所歸也。子婦於舅姑志中宜略，唐宋盡然，近代歸亦謹守此法，至於孫、曾未有書者。今謂此可從俗，孫列其名，曾具若而人。

一，朱二狀中多詳中年受侮之事，非其族姻即縣大夫也，竊常見老蘇答揚推官書謂斷不宜及，今恐失求文者之意，但於志其配處略爲點綴而已。又狀爲郎、爲藩臬時事，不若爲令時精神，故但檃括數語，且行文似亦當有詳略，未知合否。

右四條雖無關於文字工拙，聊陳所見，伏俟裁定。

學古緒言卷十

墓志銘凡七首

唐長君伯和墓志銘

嘉靖中，邑之賢而不試者，唐先生道虔〔一〕其尤也。其門内之化以仁讓相先，至今稱於人人。有子三人，而伯和爲嫡長，予不及識先生，而獲從其季道述〔二〕先生游，以父事焉。自年十六七時已數過其家，見先生每顧從子而與之言，未嘗不名之，而三子者亦未嘗不肅然唯諾惟謹。其後予年漸長，每過見之，無不然者。蓋是時伯和已逾壯而强矣，其年止四十有七而歿，距今不過一二十餘年之間耳。嗚呼，尚復有事其從父之恭而友愛其弟若斯人者乎？此予所爲嘆息累欷而爲之銘者也。

君諱時雍，母孺人沈氏，其娠君也晚，時二弟之母盧孺人已在側室矣。君先仲一年生，父母憐愛之特甚，然君之視其弟初若不知爲異母也。道虔先生跧伏東海之濱，而名聞四方，然卒老於諸生，以貢選爲撫州府學訓導，又道病以卒，人謂必將大發之於子。君資性敏鋭，雖孤童能自奮勵，既與仲同補邑學弟子員，顧屢進不遂，而家業日益落，乃去城居，力農田間以謀其生，而以閑績學綴文務弸中而彪外，識者咸共推讓，然終不爲有司所知，豈非命哉？其後仲以病殤死，哭之而傷，又不勝其感觸，乃復携家入居城中，自是終君之世不復屑意進取於生産，亦泊如也，日與故人爲棋酒之會，以自娱適而已。當仲之病也，兄弟各居，南北相望，念欲朝夕，視食飲醫藥即舁歸其家，百計求療之所需藥物，或與黄金同價必購得乃已。推其心以爲幸而吾弟得生，雖其身與妻子之衣食有不足顧者矣。君之疾以瘵，先是嘗咯血數升，遂積以成疾。自君再來城中，始僦友人園居，凡再徙乃定遷城之北偏，予得數追隨焉。察其意色，非復往時之精鋭，幾無所役其心者，而一旦遘疾不起，知君之深者固曰宜也。君至性過人，於孝友最篤，而平生所遭，意外卒然之變屢矣。十八而哭訓導公，踰冠而哭其妻，至於哭弟，痛與悴並殆於不能獨生，皆極生人之慘酷也。又其遇事剛果而必以精諦出之，非獨於學問也。吾鄉之土種宜吉貝，然皆隨手下種，俟其叢生然後芟繁培碩，君獨分畦而播之，夏秋之交離立平疇，若貫繩然，以故其收更倍於上農，然君亦坐是罷矣。或有言秋露釀酒最洌，每晨朝入稻畦中以布收之，不難得也，君獨曰：「不然，但人取一笄挂頸垂膺，貯大缶以盛而以小缶掣取，當尤多且潔。」試之果然。君於小物其用心如此，况其大者乎？平生百憂攢心而又不肯偷以自逸，蓋古之君子，其以此而夭者多矣。

元配陸氏，父曰鄉進士浚，年十一而失所恃，舅姑憐之即迎以歸，又三年而成婦，俄而羸疾天死，得年僅十七，所舉唯一女，而女又以瞽廢，何其薄祜也。然而婦德備有，姑老且病，夫婦同侍之寢，床第近在姑傍，晝日常冥而顧能安之，於户内之事無不怡色柔聲，非終日與居者不能識其語音也。叔時尚稚，撫之尤有恩。繼室以郭氏，同安縣令山之孫，與陸孺人爲中表姊妹。道述先生聞其婉嫕而聘焉，自幼習聞同安之孝養，其於烹飪滑甘尤精也。伯和好客，兼味時設，而孺人終歲獨飽藜藿，至客爲叔來者，不待入白嫂而已爲具膳矣。伯和卞急，或時加誚讓，夷然不屑也，徐令自悔而已。仲方卧病時，每食必思異味，非嫂之調亦不甘也。病久益善怒，亦不知味爲何等，或怒至泛其盤盂，狼籍滿地，而孺人不爲怪也，必更具以進。聞其食則私以爲喜，不食則私以爲憂。道述先生至比之於慈母孝婦焉。其視仲叔之子如己子也，仲叔之子之視之亦如其親母也。伯和既殁，二子未成立，家益貧，孺人歸田間，晝耕夜舂，與僮僕均其勞苦，衰病侵，尋以萬曆乙巳冬十一月卒，年六十有四。即以明月辛酉穿竁而合祔焉，墓在何家浜先塋，直訓導公墓南數步，而二子敏行、敏思來請銘。君生於嘉靖己亥，卒於萬曆乙酉。陸孺人以癸卯生，己未卒。而郭孺人之生嘉靖壬寅，其卒也爲萬曆乙巳。男子子二人，敏行、敏思也。女子子二人，長嫁周其位者，即贅女也，次嫁諸生陸永熠。嫡孫男曰懋醇。敏行之言曰：「先君先妣之二十有二年矣，惟是窀穸之事皆吾叔父任其勞費焉，所以賁諸幽者將有待而請也。日者吾母之病亟矣，猶呼敏行使就督學御史試，曰吾數病數起，兒勿憂也。敏行泣不忍行，謂當奉侍湯藥耳，而不幸遽至於大故，痛何如也！吾叔父之狀，吾父母可謂具其概矣，此不肖孤之所不能盡知也，幸憐而賜之銘。」予受其狀讀之，至言君方成童時，父携之登寺閣，告以閣下藏兒衣所，其後過之未嘗不思母泣下。父殁之年，以六歲小弱弟而所至必携與俱，一日不在側即悽然而不樂。平生負氣不肯屈於人，及聞從父之規，則忿然不平者旋廢然而反。嗚呼，此豈可望於世之君子哉？

君雖不遇於時，又不克於永年，然所以貽後之人者遠矣。予之先大母於君母爲姑，先人少從訓導公受易，比冠學成，君與其仲又皆師事焉，不獨講舅甥之禮，故兩家往來甚密。予雖既冠受室，猶入拜郭氏嫂於梱内如兒童時，然則非予其誰宜銘？銘曰：

氣之剛或謂其不長，中之厚夫何艱於下壽？嗟人生之不可期，胡拘拘譾譾以爲疑。城西之原從以二嬪，依爾先人，曰是惟孝友唐長君之墳。

【校注】

〔一〕唐先生道虔：唐欽堯，字道虔，號雲濤釣徒，明嘉定人，唐時升之父。凡朝廷典章及兵農大政，無不默識之。詳見學古緒言卷六唐實甫六十壽序注〔一〕。

〔二〕道述：唐欽訓，字道述，明嘉定人，唐時升叔父。至性孝友，好左氏、老、莊，精醫術。詳見學古緒言卷六唐實甫六十壽序注〔二〕。

處士宣孝先墓志銘

邑之聚族而居者，其在四郊往往以姓氏稱於所居之鄉，若城居而族繁緒遠者，數姓而已。宣氏自邑始建已定遷東城，國初編氓曰壽一生子道興，道興之嫡曰文能，有弟文忠，少依外舅殷從徙雲南。文能生孟宗，孟宗生西安府同知杲，始以儒顯。其嫡曰廷政，廷政之嫡興國州吏目希文，娶於金，生四子，而君爲季，蓋其世凡七傳矣。中間時或盛衰，而族常聚居，堂構無改。君於兄弟中獨爲孤，童能攻苦自力，雖不得志於諸生，閑居好稱述南宋以還儒者之言，意度凝然，若不屑意於治生者，與其子嘉士先後皆授經自給，然一門内外率能以勤佐儉，漸拓其業，晚而更營新居，顧其配徐相與樂其子之養志，里閭之人無不羡之者。君夫婦始於艱辛，終於宴樂，未老而傳，同年壽終，其亦可以無憾於人世矣。

君諱光祖，孝先其字，當興國時已耗其先貲，又不幸卒官，君年纔十一耳。既葬而析箸，所受屋三間，金五十兩而已，凡娶與養皆取給焉。會邑中於倭而築城之役興，君謂不可以吾少故獨使兄任之，則又耗其金十之三，至力不能娶，則往就徐翁受室焉。家日益貧，學日益勤，而小試數不利，然終無戚容。比壯始補諸生，常以身兼僮奴之勞，一日於風雪中拾遺金，竚立以待求者，有老傖號哭而來，曰：「兒以逋賦被繫，鬻婦以償，而又失之。天乎兒終庾死耳？」君驗其言實，竟還金焉。當是時，蓋廚常絶炊，而君不爲動也。性尤篤於孝友，念母氏春秋高，何有何無絶不使知之。伯兄以賦役輸布京師，至則法已變矣，司農較不中程，下有司更徵，計其直多至萬餘兩，而所輸布又以在官物，人莫敢貿易，同役者皆惶迫無所措，君上白事巡撫宋公，請減價半給屯兵以當餉，而責諸解户止半償，庶可辦。宋從其議，衆以少紓。歲嘗大疫，仲兄之室無不病者，嫂且病殁，君晨夕視兄湯藥，卒以獲痊。

邑有人師曰殷方齋〔二〕先生，君少及門，終身思步趨焉，數稱志士不忘溝壑，與其過而浮誇，無寧拙而樸野。其於賙人之急，容人之過，殆少成也。嘗試陽羨，見群賈人殊狼狽，問之則遭掠不能歸也，即損橐裝佐之。里中兒盜斫中田廬樹二十餘株，其材皆已拱，及廉得之，憫其貧甚，貸不問也。有夫婦苦繼父虐，使自鬻於君，父聞來訴即出券還之，不責其直。君以貧士積纖嗇致少贏，而凡事依於寬仁，長者多此類也。

徐孺人之父曰漢，母錢氏，徐翁蓋識君於兒童時，故許以女。及婚，未幾即語君曰：

「婦不事姑，禮歟？」君遂與孺人歸見於廟，姑與諸姒皆宜之。已而舉女及男矣，而朝夕所須往往仰其十指，男又善病，肉銷目昏，積憂勞成疾，又歸哭其母，疾有增焉。聞君還金，喜曰：「此於士人爲尋常事耳，顧脱人於困厄，非細故也。吾母子其得生乎！」夜夢純陽真人療以丸藥，遂得漸瘳，而君亦夢三神人携兒入門，謂曰：「吾自水府取兒還汝。」驚喜而寤，則兒已能張目視人矣。君雖晚而稍饒，然自此益務爲德，内自宗黨，外及所知，靡不逮焉，尤拳拳於掩骼埋胔，而孺人亦追念窘乏之時，更慫恿之不少阻。姑暮年喪明，孺人常不去側，行則扶，食則進箸，如撫嬰兒，年躋九十無疾而終。嘉士再娶，踰壯未有男，因爲置貳，連舉三子，孺人顧而樂之。比長孫娶婦，喜謂之曰：「吾年未三十，病幾殆，恃粥以生，盛夏猶帕首。今又四十餘年，幸獲庇於新居，冬無淒風，夏違烈日，常櫛髮加餐，躊躇畦圃，又得見新婦之婉娩也。吾始意不及此，因時時言昔之勞瘁以爲戒。」未幾而病遂以不起，君素康彊無恙，又善攝生，少與從兄仲濟先生以讀書談道爲樂，晚而彌篤。春秋佳日，每過其所善，未嘗不與俱，家居率終日相對。比兄殁，所與爲社會者皆蒼顔白髮之叟也。居常好獨游，往返必數里以爲常，一旦以哭徐孺人，外若能自遣而中不勝悼，時扃户有所簡較，家人不知所爲，殁乃得其手疏，處分甚悉。又嘗過其舊廬，拂拭祠宇，裴徊移日乃還，尋卧病三日而逝，殆其神清，豫知大故之將及乎？臨終所以訓敕其子孫，皆立身接物之大端，要歸於無忝所生而已。

凡生二男一女，長即嘉士，次吉士，年十二而殤。女嫁張煒，已前夭。孫男三人，曰兆熊、麟徵、兆龍。孫女一，嫁張文遇。殁之明年乙卯，嘉士卜吉於守信鄉南斜涇之原，以九月二十七日庚子窆，自爲狀來請銘，予辱交於君父子間，女又嫁爲塚孫婦，其不可以辭，乃叙而銘之。銘曰：

同年而生歲戊戌，嬪先六十又二日。維令之冬月初朏，雉入水兮征鳥疾。同年而終歲甲寅，夫子後之律蕤賓。紛五絲兮命莫續，鼓盆之歌闋三旬。美哉輪奐誰歟發，歌兮哭兮生且殁。昔頌禱兮今輓歌，何者爲枯何者菀？卜則食兮玄堂開，撞堅琢密聲喧豗。銘以昭之安且固，一善百禳靡眚灾。

【校注】

〔一〕殷方齋：殷子義，字集卿。篤於孝友，事繼母如所生。學宗朱子，所著根極理要。隆慶中，以歲貢授淮安訓導，聚徒講藝，淮士化之。在任三年，卒官，年四十六。世稱方齋先生。詳見學古緒言卷九徐震庵先生墓誌銘注〔一〕。

灊山縣學訓導沈君〔二〕墓志銘

昔者夫子之論士，蓋先之以有耻，然後及於其才。若夫孝弟立乎大矣，而未究行己之全也，乃至硜硜小夫而亦有取焉者，彼誠無恥之恥也哉。而孟子亦曰：「恥之於人大矣，爲機變之巧者，無所用恥焉。」夫才畀於天，各有定分，不可强也，而行己存乎人，顧所自立，無不可勉也。而今世之士，往往自多其才，謂機變所以濟事，寡廉鮮恥，而曰：「吾不欲爲硜硜耳。」嗚呼，此爲士類之蠹而已。

予自壯及衰，所交四方之士爲不少矣，有友二人焉，曰徐君錫〔三〕、沈君禮者，殆孔子之所謂狷也，然獨其所與厚善，能深知之耳。其他或漫不訾省，或更嗤笑之曰：「安用是拘拘愚不適時者爲哉？」二君及予皆久困諸生以老，君禮需次學官，貢於京師，以歲戊申選爲潛山縣學訓導，居二年，其子景曾往爲君六十壽，吾輩咸賦詩贈之。予又爲序之，以謂潛之天柱，漢武之所祀，爲南嶽也，即善病，春秋佳日宜强一陟其巔，而君先已病痁困甚矣。明年春，竟以其喪歸，可痛也已！景曾卜地於東郭趙涇之原，將以歲癸丑十一月七日辛酉遷君之殯而葬焉，乃具其行狀而來丐予銘，且曰：「凡吾先子之執，皆所畏也，而尤於先生數有知我之嘆，是宜有辭以掩諸幽。」嗚呼，予尚忍銘吾友也哉！

君諱賓，君禮其字，一字用卿，世爲嘉定人，其先有諱珏者，以宣德乙卯舉於鄉，未有繼者。君感慨自奮，踰冠學成，以經明行修見稱於時，里中父兄争願得君爲子弟師。君外和而内嚴，設爲科條以教學者，不肯少縱弛，始或厭苦之，已去而無不佩服焉，咸曰：「玉鄰先生實人師，非獨以經也。」君爲文章淹雅温潤，而初不見其自喜之色，嘗試於鄰郡邑，還書報其父，或有見之曰：「可幸無咎而已。」及主者第其文，每署爲第一。與人言，呴呴若恐傷之，談笑終日而無一猥褻之語，然往往令人解頤。性不耐酒，飲未嘗豪，而時亦至於醉，醉後輒歌太白長句，酣適之味乃過於酒人也。人謂君於科第直掇之耳，而連困京兆，不爲愠，顧曰：「吾豈敢望此哉？」其謙退出於天性如此，方成人之年，即游鄉校，其父長者所親或請受其貲百金，而歲致其贏，未幾即耗盡，君知父不能平，乃前慰曰：「向以中表，故不意其負我也，今其人已赤貧，即急之終不能償，無失吾厚，不猶愈乎？」既而家人不戒於火，君曰：「此亦豈人所爲？可以安於貧矣。吾其以筆耕養乎？」於時後先學徒多至百人，歲中饋遺甘旨多有，親知常滿前，父雖久病幾欲忘其困也。而君之婦張尤能以儉勤佐之，稍稍買田宅以居，俯仰寬然。父意有欲厚，每斥所餘以慰其意。而事繼母潘尤謹。君素雅飭，未嘗以私謁長吏。一日以從父役於官，爲令所窘，君父子具衣冠往見令於城東，冀得少寬之。語未及吐，值令醉甚，便捉其衿與徒步亟還，將據案爲文書白之上官，君惶恐，謝久之，令亦酒醒，悔而罷去。

君性過慎，雖事旋已，常竊嘆曰：「事固有非意若此者乎？」自是數多病，病若悸然，乃杜門養痾，不多與人通，惟相知數人過之歡然，坐語移時，然絶不就人飲也。君錫閑語予：

「吾家去用卿不百步，君明日可早來，吾必當致之。」既而終辭不至，君錫後往讓之，君笑曰：「吾寧不知座無雜賓耶？今吾辭，君等必不我怒也，如一過君，不虞他人怒耶？」蓋君非獨多畏，其孤立行一意類然矣。在潛山時，有塗生、鄭生以詿誤黜，君知其誣，力爲白之，曰：「士可以罪黜，不可以忤罪也。」或曰：「事始於黌舍，奈異同何？」君曰：「吾知求其是耳，庸何傷？不爲和羹乃雷同耶？」於是聞者皆嘆服，以爲非世俗之君子也。予謂如君既衰，爲邑文學，故所別白止此，向令得登朝爲顯官，其所自持必不爲苟同無疑也。恒情一內顧其私，外慴於勢，白黑可倒置，薰蕕可同器，機以應卒，佞以飾非，無所不至，且曰「彼何與我事」而强取別白爲？嗚呼，此其人之賢不肖何如哉！

君生於嘉靖辛亥八月二十日，卒於萬曆辛亥正月十六日，享年六十有一。曾祖諱清，祖諱錦，考諱溯源，妣周氏。君踰壯未嘗舉子女，顧其族無從子可撫，父曰：「吾父視汝叔溯澄如親生，吾兄弟同居，晚年始分異，今其仲子即弟行也，獨不可子撫之乎？」故景曾自孩提育於君夫婦，長而訓之，以至於成立，爲諸生亦有聲，生子曰欽一，君携之赴潛山，今且弱冠矣。又有壻一人曰徐，其女非沈也，而少長於君之室，同於所生焉。或有問曰：「弟而爲子，殆禮以義起乎？」應之曰：「可當其勢之窮與情之無窮而禮從出焉。」雖聖賢猶夫人也，群從之鮮介子也，吾無如之何也。而祖父之嗣之不可絶也，幸有小弱弟焉，則子之而已，叔嫂之無服也，而韓退之爲嫂服期年，當時莫或非之，以嫂之撫之猶母也。今之制果義起而期矣，此所謂情之無窮也。若君禮者，處乎勢之窮，則弟而子之可也。銘曰：

於乎，天人之際，蓋多參差。其臧其否，其成其虧。理固然矣，事或反之。達人知此，非我所爲。其得爲者，早計不疑。彼愚懵焉，失於重遲。其後形見，計不及施。卒以狺狺，爲傍所嗤。如君尚强，爲孫含飴。俄而授書，朝夕娛嬉。旅櫬之還，長江渺瀰。孰爲扶護，涉險若夷。出郭里許，異時所棲。龜以食報，宅兆是宜。有求於鄰，好我莫違。日月之良，歸骨於斯。俾後有考，鐫此銘詩。

【校注】

〔一〕沈君禮：沈賓，字君禮，一字用卿，號玉鄰。明嘉定人，萬曆三十二年歲貢，曾任潛山縣訓導。

〔二〕徐君錫：徐允懷，字君錫，明嘉定名宦徐瑄後裔，少攻苦勤學，屢試不售，不改其樂。

金伯醇墓志銘

君諱大雅，字伯醇，嘉定之羅溪里人。曾大父諱璧，大父諱昂，父諱翯，昂之季子也。母劉孺人是生君及其弟某。家世以力田自贍，孝謹睦族，願樸畏法，稱於鄉之人。自君之世父翊生伯謙先生資性警敏，從其舅氏潘學，里中所稱新庵先生者也。能自力於文辭，以魁岸駿發爲主，稱其儀觀，甫踰冠即舉於鄉，而君以小弱弟稟承伯兄之話言，學爲冲夷綿密之文，以干有司，未即售。又少而明農，知逢年之不數數也，輒感憤游於四方，將學爲治生，以素封著稱，而伯兄不善是也，則勖之曰：「吾幸起家爲儒，而獨不能接武耶？且吾子兆登已知讀父書，相與觀摩不可乎？夫貨殖之去學殖也懸矣，吾弟其勉之。」君於是益自奮勵，遂補諸生。踰壯廩於黌舍，五試南京兆，連不得志，蓋自從子舉於鄉，君雖未忘一遇，嘗曰：「吾其可以弛擔矣。」閑居好讀軒岐之書，下及近代諸名家，一一能通其説。歲嘗大祲，人多病疫，凡所治輒效，名播遠邇，争奉贄幣來迎，由郡邑而上至撫按重臣，聞君名無不願見者。既而習其爲人，廉静君子也，去後猶眷眷，歲中數致疏問。然君於方技，特以該通自喜，有求必應，意不在厚糈，故凡與之交，無戚疏久近咸禮重之，曾無間言。

君爲人心慈而氣和，口不談人之過，胸不留人之忤，即行輩不相及未嘗以稺齒易之，或臭味不相投未嘗不斂容接之。人有戲謂君「毋乃爲鄉愿乎」，則笑應曰：「吾願未嘗不狷，正恐學狂未能無蕩耳。」聞者咸嘆服其名通焉。君平生於孝友甚篤也，父母偶有疾必朝夕侍側，所投藥必遍檢方書，或虔禱於神，瞿然若有告焉，然後爲劑以進。父嘗病腹癰，母積苦血崩，皆一投而愈，得之孝誠類如此。

弟仲稍長受室矣，而一切田賦之役君獨身任之，終不令弟至公庭。嘗築室溪上，罄其私橐乃克成之，其後析箸，母孺人欲屬之仲，君終不以拮据之勞而有吝色。諸姑之嫠居者四人，而三無子姓，君皆迎歸，與兄嫂共晨夕以爲常。尤好急人之病，有告以困乏，未嘗不周之。時或爲人貸，後卒代之償。至其所親厚，尤惟力是視，雖勞費不恤也。予友王辰玉稱其「聞人急難，奔赴僕僕，痛心攢眉，如鑚膚肉」，良不虛耳。

君之治驗多不能更僕，予所知一人者，年少在官，置其婦於家，獨身上郡，久之病似瘵，殆不復能卧，其父以告予，丐爲之請，頗疑客舍或有私，其言病狀殆近女如蠱，君素不切脉，每問之詳即與藥，數驗。至是獨語其父「盍往診焉」，比察脉，則曰：「今病在右，言左何也？豈得之酒乎？」又問所痛苦，則皆右，與父所言異。君笑曰：「此不過兩劑即起耳，但病起後當脾肺兼補，以須元氣之漸復耳。」已而果然。

君娶於周，生二女，壻爲徐懋仁、張襲縉。側室顧生三男，曰兆芳、德滋、兆升。而二女嫁李樵之、丘時傑。孫男六人。君生於嘉靖丁未，卒於萬曆甲辰，享年五十有八，墓在城東之六都，從考妣之兆而窆於東若干步。予與君交最暱且久，將葬，其子來乞銘，不可以辭，銘曰：

家世農，去治生。耻没没，學通經。進數蹶，有時名。晚好醫，處方平。户外屨，紛將迎。年未耆，疾之嬰。藥莫效，命以傾。道屢遷，譽頻仍。嗟時命，非人能。後有考，在斯銘。

沈叔良墓志銘

予友沈君叔良以歲丙午病卒，距今十有二年，而其子纘祖等卜以月日之具，宜開君所營壽藏以奠其魄，而與周孺人合。謂予少習君，知之爲深，來請墓中之銘，乃爲考論其世系與平生之大略而謹書之，以永詔來裔。

維沈氏世居嘉定之清浦，蓋自宋季揚州守都遠公始由汴徙濠，勝國中又徙吴郡，三徙而定今遷，至於君凡十一傳矣。都遠之嫡曰文亮，生二子，珪其嫡也，珪叔子曰允禮，生瑛及鏞，鏞仲子曰輅，而其嫡曰宙，宙之嫡諱嶽，君之曾大父也，嫡爲開州公，諱鰲，次爲贈太守公諱龍，皆君之大父也。開州有子階及隨，相繼前夭，以贈太守公之仲子太學君諱陵爲後，又無子，而君繼之，廣信太守公諱陽之叔子也，諱紹傳，叔良其字。

君少而美秀，眉目如畫，師事先君子，舞象之年即與予同學相善。娶於崑山周氏，周既舊族，兄弟或城居，或居城東千墩里，有浮佛古刹焉地僻，中有喬木，聳拔糾蟠，多美蔭，又偕予往讀書其中。君頗食酒，酒酣慷慨歌呼，庶幾爲時聞人，寺僧亦聞而壯之，數相就慰勞焉。然亦善病，再試京兆不利，即歸葺中田廬，日以課子爲樂，即程試之文意有不可，輒加點定，人亦無以難也。

君於友愛最篤，事其兄及姊禮有加，而意極諄懇，非謬爲恭而已。撫其女甥如己女，視其姑子如親兄弟，往往自許以急病讓夷。蓋嘗爲自序一篇，以示其子曰：「吾非欲以此欺不知我者，顧父子情親，不欲飾讓耳。」每一捉筆書，所以訓誡之語輒纚纚數百言不肯休，而閒爲俚歌，可使耕農饁婦聞而即解以感動之。閑居雖不對客，必引滿酣，適人見其頽然，亦疑爲縱逸而莫知其心口，自語未嘗不兢兢也。自以家世貴盛，懼前之易湮而後之易涣也，特於收拾先世之遺文，與諮詢子姓之繁衍，不怠益勤，故予之志君書其世特詳者，蓋其志之所存也。

君有六男子，曰某某某。自君之疾而病，長子已爲邑諸生，既歿乃漸以冠婚，其二尚少皆有外舅可仗，庶幾免於子弟之過，以慰君於地下。女若干人，壻曰某某某。葬之歲丁巳月壬寅日庚寅，墓在馬陸塘某字圩之原。銘曰：

維君之考，仲子之仲，而世嫡是紹。維君所後，續而復續，而世裔是茂。城南迤東，於是焉農，於是焉終。其北幽宫，土厚水深，松檜陰森，像服以歛，往即爾任。驥子駸驔，以莫不堪，復啓潭潭，維百斯男。

王君墓志銘

君諱垣，字維楨，姓王氏，世爲嘉定練祁市人，考曰某，妣婁氏，予祖姑也，生兄墨及君二男子。君年十五而喪父，又五年而喪母，往依外舅黄翁於淞江東，未幾還，與伯兄同居，因從予先君受經，已棄去，謀爲生，錙銖積之，貲漸拓。黄氏相君於孤弱，同其艱苦，而前夭無子，繼室以茅生子重識、重度，未及見其成立，而君病以歿，伯甫成人，仲髫齔耳。萬曆歲丙申也，距其生嘉靖甲辰得年五十有四，卒之十有四年，君二子以歲己酉十二月庚申葬之城西夜字圩先塋西數步，與黄孺人合，先期來請銘，曰：「吾父困於市廛，非有巖處士之高行也，其幼而自樹，長而施於族姻者，二孤無從悉也，嘗聞其一二而私識之，族有少而孤者賙其嫠，須之長而捐金使學爲賈，其折閲也，輒復捐與之不爲沮。吾外家黄故富室也，舅氏孱不能守，券其田宅僮指而求售焉。卒所以酬嘗浮其直。」且曰：「耕爾田，役爾傭，毋改其舊。」故人或貸以給徭，未及償而死，往臨其喪，焚券於柩前以慰其子。蓋先人起自孤童，年不登於下壽，故不肖兄弟之所能言僅若此，然以吾母之嬛嬛而二孤終有所恃以立，庸非先人之遺乎？丐爲志而銘之。」予不能辭也。重識今爲邑諸生，重度亦端静嗜學，將益昌其緒。銘曰：

起稺孤兮勤拮据，歿留餘兮長二鶵，耽文書兮業爲儒，本厥初兮賁幽墟。

羅溪唐處士墓志銘

去邑城東二十里而近，前臨羅溪有墓曰處士唐君之藏。始君之父每言：「他日二子葬我毋以青烏言行求善地，但近在舍傍，俾子孫易守，毋爲人所芻牧，即長逝者魂魄永安矣。」君性至孝，又事其兄恭，欲及父存慰其意，既買地而經營之尤不惜勞費。已而父母相繼殁，君亦坐是悴且病，今望之松檜鬱然，水灣環若抱，君兄弟皆以是歲祔，東西相望，蓋生以自致，殁而從焉，且以孝友詔於後之人，君其可無憾矣。

君諱拱，字安國，別自號養和，君生平所與自骨肉至親洎所嘗還往，罕有忤者，且勤不過苦，約而能施，晚雖病困，亦蕭然自樂，養和所以志也。先世家邑之鹽鐵渡，自太倉州建，隸爲州人。其復還卜築於溪上者，君之曾大父也。父諱英，母朱氏，生兄相及君二丈夫子。君方成童，已自知勤學，於時邑之老宿曰方齋殷先生子義、新庵潘先生士英、畏齋劉先生鋒〔一〕號博學好古，而皆器重君。既踰冠，無所知名，慨然嘆曰：「始吾以爲賈而贏，不若儒而窶也。今吾以爲儒，而未效不若去而代其親勞也。」用是決意廢其學，然其爲生産作業，務依寬厚，不屑較計錙銖。

娶於顧，年十七來歸，克以儉勤佐之，夫婦嘗相儆：「吾與其求多於人，無寧力出於己，且用而靡何異棄於地乎？」故其貲日拓，而長者之譽亦日起，尤能急人之窮，其友或負官錢，幾斃棰楚，泣以子爲託，君多方爲之贖，卒令父子得相保。中表有貧不能婚者，貸以成禮，已弗克償，則詣君出一券，請酬以田，君謝不受也。女兄歸於沈，老病無子，亟迎以歸，或問於孺人曰：「先姑之槖半爲所私，而尚虞乏乎？」孺人正色曰：「母氏有遺，子女共之，何與他人事耶？」言者爲之慚沮。自與伯兄分異，暇日未嘗不追隨，風雨不爲間也。兄嘗遘奇疾，僮使皆有形穢之嫌，而君與同卧起，視醫藥，須其良已乃還，兄嘗使責逋於人，君謂兄食指繁，悉以讓之，終於一無所受。父晚年有所嬖，曰：「爾兄弟養我即豐，豈若使我豐約自適哉？其各致朝晡所需，毋饋我。」然顧孺人時從其嬖，伺所甘而進之，翁輒喜爲加餐。嫂孫早殁，朱孺人終身依中婦，兄伯强迎就養，母曰：「吾自安新婦耳，豈徒以奉養哉？」外舅顧翁以數遷徙喪其資，君謂孺人：「吾其葬爾父母，養爾後母乎？爾事吾二親孝，不可無報也。」君雖不竟其學，然其好爲儒益甚。

生二子，稍長即延明經師訓課之，已創别業，爲高館，益招里中少俊與相磨礲，而孺人亦從中饋供膳羞唯謹。每當子姪就試，輒以輕舠尾其後，市甘鮮相勞勉，常如其家居也。未幾，二子皆有名諸生中。癸卯，伯子舉於鄉，而季亦爲主司所賞，閭巷咸以爲君榮，而君顧益恬然，視其子無驕色而後私以爲喜。性食酒，談諧温温，閑以聲伎，每厭厭達曙，雖嚴寒，孺人每於中夜手調羹湯以佐其歡。君嘗語客：「吾儕幸接杯酒相娱，有口不以歌，有耳不以聽，歌而數取塵俗事絮聒爲者，請浮大白。」蓋其自適於酒者如此。

頗好游佳山水，嘗游太湖，中流遇風，坐客皆震恐，獨從容言曰：「人孰不死者，以游死，不猶愈乎？」君自營其父藏，而病癃垂十九年，人或諷止之：「君坐起須人，於登臨有何樂？」君笑應曰：「吾陸乘籃轝而水乘舟，病其奈我何？且不病者何必勝我樂也？」然卒以久病，故年僅六十有一而卒，萬曆歲丁未也。其生以嘉靖丁未，孺人後君四年生，先君三年卒，得年五十有四，其葬以君殁後二年己酉，月爲乙亥，日爲庚申。二子景亮、景南。壻爲吴泰徵、金兆芳。孫男塤。孫女字朱瑜、吴汝楨。君臨殁屬其子曰：「吾平日見人諛即代爲慚，汝葬我，乞言而核者志吾墓。」及是將葬，景亮兄弟匍匐奉狀來請銘。予昔曾與君同游杭州，知其樂易君子也。前年秋嘗爲文壽君六十，具論之。兹不可以辭。銘曰：

行之敦，躓於文。嚮之勤，開後昆。誰爲之，天耶人。譬麋蓘，豐年臻。勒貞珸，永有聞。

【校注】

〔一〕畏齋劉先生鋒：光緒寶山縣志卷十人物志載：劉鋒，字畏齋，居劉行。爲人嚴毅方正，而坦易不設城府。萬曆十三年歲貢，官丹陽訓導。有丁鴻陽者，少年才士，偶得罪於縣令。令使人伺其短無所得，誣以閨門隱事，將逮治之。鋒駭曰：「鴻陽我學中佳子弟，那得有此？」遂出橐中金贈之，使往京試。未幾聯捷，令慚悔。鋒爲解，鋒曰：「明府能悔便是改過不吝，鴻陽敢讎父母官耶？」明年以老病歸，諸生走送泣別。卒後，鴻陽哭臨，每歲清明必使人展墓云。初劉載妻楊、劉岑妻童皆苦節死，無以殮。鋒爲葬之，人高其義。龔布政錫爵爲立傳。

學古緒言卷十一

墓志銘凡九首

瞿君幼真墓志銘

予友瞿君幼真，年三十有五而夭。其後八年，祔於依仁鄉古江漊新塋，萬曆歲丁未十二月甲寅也。君諱汝誠，幼真其字，曾大父某，大父某，父爲心疇翁，諱某。母黄氏，生君兄弟二人，伯曰某，即葬其父母而以君祔，且來徵銘者也。瞿氏仕宋季世，子孫散居於吴，其在海虞者及華亭之上海市者皆同宗，而嘉定之瞿則洪武中自上海來徙，至於君十有一傳矣。世居淞江東，以本富。

君生而有異禀，見父兄用服田，益拓貲産，奮曰：「吾獨不得爲士人亢其宗乎？」成童之年即自知刻苦學問，弱冠補邑學弟子員，未有名乃游杭州，從專門經師學三年，然後歸。其篤志如此。已就提學御史試，御史果賞其文，署爲諸生第一。君於舉子業能揣摩他人所好，歆歆爲之，每當就試得旁郡縣所試高等文讀之，即曰：「吾知所以與之矣，已而果然。」屢不得志於京兆，意頗怫鬱，加以用工苦積成羸瘵，於是將少休焉。而平居非書籍無以爲娱，乃曰：「古今成敗得失之林具在諸史，讀之足以自廣。今經生之文殆欲充棟，而一毫無當於用，吾豈能終身作蠹魚其中耶？」聞邑有張茂仁〔三〕先生者，通古今，好言經世之學，即贄見而延致之，與朝夕論説。而君之讀史復如治舉子業勤，雖點畫音聲之訛，必訂而正之，不獨通其義而已。張深念之，嘆曰：「人性固不可化，吾欲勸君少弛尚不能，豈能令吾家年少勤耶？」冀以諷止君，而終不爲改也。客或以後嗣開君，言某所有好女子，父爲官所急，謀嫁爲人小妻以自贖。方促膝語，而張自外至，客去問知之，爲言曰：「君且念無貽父母憂，此事正當心迹兩絶耳。」君即時以其言謝客，然至於藝文之事進取之際往往獨行其意，故其既病，猶力疾再就有司試，而卒以瘵死。悲夫！

君事父母孝，既踰壯每侍側，色如嬰孺。兄年二十以長，獨持門户，使君得優游學問，故事之加恭。性儉素，見人有鮮衣怒馬者即代爲之慚，尤不喜相徵逐爲嬉游，至聞有好讀書學古道者，雖其人或與世闊疏，惟恐不一當焉，所以爲贄幣餽遺之費，略無靳惜也。君娶於沈，所居鄉之望族也，世多有顯者，未及成子姓而君病以夭，以兄之子允晋爲君後，撫而教之，庶幾終以慰君之意。

方君之讀書吴山也，予游西湖過訪焉，問君亦數至湖上否，君愀然曰：「吾去父母而羈於此，將欲有得以爲之榮也，何心復爲山水游乎？」因引予至絶壁，觀宋理宗所書「見滄」〔二〕二大字，且曰：「此先達茅公讀書處也。」予窺知其意，爲嘆息久之乃别。又嘗偕試合肥，還過京口，會雪霽未消，與同行數輩往游江上諸山。予所至必陟其顛，獨君能蹣跚以從，因相與極論山川雄秀，及六代之所經營皆弗克於大業，而留爲高皇帝興王之基。至一時虎臣若俞、廖〔三〕之巢湖，常開平〔四〕之采石，於兹行也皆得憑而吊之，而想慕其遺風餘烈。予以爲如君精悍沈深，使其遭時，必當以功名自表見，而卒困以夭，爲可悲也。因志其藏而銘之。銘曰：

材也如弓受檠，學也如賈欲贏，孰虧其成而力與争耶？天乎人乎？又孰閼其生耶？歸爾之骨，從爾考妣，實惟爾兄。我銘以昭之，俾後其有徵。

【校注】

〔一〕張茂仁：張應武，字茂仁，一字三江。明嘉定人。年未壯即棄諸生。師事歸有光，與婁堅、唐時升論古講學。邑志發凡起例皆出其手。詳見吴歙小草卷一贈張二丈注〔一〕。

〔二〕「見滄」：二字爲宋理宗紹定間手書後勒之崖石，在杭州吴山寶奎寺見滄閣。此地奇石峭拔，東望海門如咫尺。
〔三〕俞、廖：俞通海和廖永安、廖永忠兄弟。元末在巢湖起義，後歸朱元璋。
〔四〕常開平：常遇春，因武功追封開平王，曾在采石大敗元軍。

處士周君墓志銘

君諱侹，字直孚，姓周氏，裔出汝南而别爲安成，汝陽其來吴也。蓋又别族於義興云，或曰僕射顗之後也，世爲吴人久矣。宋之南遷也，金兵嘗航海而至，始避之太湖爲東洞庭山人，譜毁亦莫得而詳也。

按狀，曾大父諱宗海，大父諱本仁，父諱灌。母王生二子，俸、伋皆前夭。君生母馬氏，舉兄僑及君。太湖渺漫無際，波浪接天，吴人多終老未嘗至，而其俗以服賈視舟如平地，數游四方，足迹幾無所不徧。宗海偉幹飄須，喜遠游，凡燕、趙、齊、楚之爲俠者，往往一見語合，相與交歡，肝膽盡傾。嘗游西楚，止於下相，嘆曰：「此南北之中也，雖古稱地薄寡積聚，然吾意樂之。」因卜居焉，傳子及孫，又以豪舉，故貲漸耗將遂鬻之。君時纔八歲，即前諍曰：「大人筋力幸未衰，且兄已成人，安知更十年兒不能佐兄治生，而輕棄父祖之遺乎？」父爲慨然，憐而撫之曰：「吾從汝，吾從汝。」其後九年，父已殁，君且娶而作力不足以更費，於是兄弟始析箸，會下相室廬又不戒於火，計益窘。君與婦姜氏謀盡脱其簪珥賣之，得金以授伯兄，聽其出入，而佐以儉勤，因復漸饒。至其所施於族姻中表者，未嘗以菲廢禮也。鄉里之猾有以抵法求援輒，爲輸鍰贖之，而其人卒負君，且囓君，君夷然曾不爲芥蔕也。吳之賦重，長賦者每不勝憊，而君常畢力任之，必其非力所任也，乃以分之人，故里人無不稱君長者。母馬性嚴，居常少不當意，每有譙訶，輒至與杖，而君怡愉受之，俟其氣平，乃謝而退。終母之世如一日，蓋學問之君子愧之矣。

姜氏生四歲失母王，又六年而父亦殁，少育於外家，比長，祖父憐其慧甚，爲擇壻，頗屬意君，乃二母則相謂曰：「此無母兒也，意難之。」君父故稔知姜翁，卒委禽焉。其嫁也，舅已前殁矣。服勤兩姑之間，皆得其歡心。姑每嘆曰：「傷哉，汝舅之不及見汝也。」當君之解槖中裝佐其兄力作也，姜氏實勸之非獨無吝惜而已，其於内治甚飭，嘗語其子曰：「爾父過寬，吾所以濟之也。」君嘗屬其所善代之賈，舟覆，還而紿曰：「河水迅即，金亦飄流，不可求也。」既而廉得其情，欲責之償，姜氏曰：「儻其溺而死，可奈何？」君乃止。嗟乎，若姜翁之奇其女孫不虚矣。

子一人，曰惟正，太學生也。孫男二，曰謙，曰謌，謙長洲縣學生。孫女二婿爲姜紹京、王斯彥。君生嘉靖庚戌，卒萬曆辛亥，姜氏之生後一年，其卒也。後六年以歲己未九月五日甲申合葬於楊灣北原之新阡，先期惟正奉其友葛君一龍〔一〕之狀來請銘。銘曰：

嗟今之人兮沒於脂膏，何知仁義兮其輕鴻毛。雖妻與子兮不耻皋牢，欲也無饜兮人乎何饕。君起廢著兮陳義甚高，曰予嘗困兮少不憚勞。豈晚而汰兮以貲自豪，病吾弗急兮焉用錢刀。譬猶見溺兮拯以一舠，君今歸安兮湖山周遭。同穴異藏兮丹旐練綢，山中故人兮爲君永號。如君詒穀兮以身爲鼛，銘以徵之兮天命不謟。

【校注】

〔一〕葛君一龍：同治蘇州府志卷八二人物八載：葛一龍，字震甫，洞庭山人。山中多富室，習爲行賈，而一龍以讀書好古，破其産八貲爲郎，冀得一命，以慰其母。久次選人，困無資地。范景文典選事，識其名異而問之，曰：「得非吴下詩人葛震甫人呼爲葛髯者邪？」乃得就選。除雲南布政司理問，居無何謝病歸卒。初，洞庭蔡羽爲清綺之詞自異於文祝，諸人以爲獨絶。一龍悦之刊落翦刻，欲追配之於百年之上。已而年漸長，筆漸放。楚人譚元春之流相與尊奉之，浸淫徵逐時時降爲楚調云。

徐君孺卿墓志銘

君諱兆佐，字孺卿，世爲嘉定人，贈禮部尚書諱經之曾孫，大父諱顥，父諱琨，實生君。顥之弟俯以仲子資政大夫禮部尚書太子少保學謨〔二〕貴，贈如其官，伯子曰學禮〔三〕，以貲爲太醫院吏目，憐君幼孤，撫而訓誨之。自婚娶以迄於成立，多有恩勤，晚未有子，然卒歸爲琨後，而以尚書之介子太學生兆稷嗣禮也。

尚書之爲禮部郎，名冠其曹，最爲尚書高安吴公山所器重，而以守官故數忤當事者意，僅得出守荆州，再蹶再起，前後凡九遷，而持中丞節撫鄖，君皆隨行日侍左右，委之以節目細瑣，能無詿誤，爲公所喜，嘗以例得給事楚府，耻不由經生進，篋藏其衣冠不屑御也。尚書公以是愈憐愛之，數稱「是子也可謂恬於名利者矣」。自尚書既謝事歸，君以暇日課子，創别館令肄業其中，廣延少年能文辭者與切磋焉，絶無庸俗人吝惜意。當是時，吏目公益務爲豪舉，賓筵歌舞之費晝夜殆不可訾計，加以性喜土木，歲中幾無虚月，而君與兆稷輒殫力求稱，以娱其暮年，若唯恐其衰减者。既而囂訟之黨起，其氛甚惡，開釁於僮奴，而修隙於家督，君身當其衝，偕尚書二子奔走簿對至五閲歲，事雖得白，而貲産已半傾矣。君顧怡然不爲之拂鬱也，居常掩關禪誦，比客至與圍棋沈沉飲如故，以是終其天年。

配殷孺人，家世以貲雄其里，有貴爲京朝官者。父某。母某氏，年十七來歸。姑李，性嚴重，能以婉嫕儉恭得其歡心，奉侍十年餘，終姑之世未嘗有忤，以不懈益虔稱於族姻云。男子子六人，元敏、元和、元彜皆孺人出，元爵、元禄繼室韓出，元慶侍妾某出，而元和爲從父兆稷嗣。女子子四人，適王之霖者爲殷出，適張正傳、殷開之、汪啓明者爲韓出。孫男十一人，元敏之子曰名時、聞時、與時，元和之子曰名世，娶於唐矣而早夭，元慶子一，元禄子二，俱未名，元爵未舉子，撫兄子與時爲嗣。孫女之適張處厚者元敏出也，適張宏緒者元和出也。曾孫男一人曰楷，名時子也。君卒於天啓壬戌，距其生嘉靖乙巳享年七十有八。孺人之生後君四年以歲己酉，其歿以萬曆歲丁亥，蓋先君三十六年久矣。元敏兄弟於苫塊中每一饋奠，追念其母之久殯也，不覺哽咽拭泪相與語：「傷哉！吾母之短命而不逮於養也。葬其可以緩？」因歷數其所以訓誨之者以告諸弟：「母每衣我，必曰『惜此，然後可以常得衣』，每啗我必曰『惜此，然後可以常得食』，每課我讀必曰『力此，然後可以爲人子』。今徽音久隔吾耳，而吾母之魄始得與吾父合也。嗚呼痛哉！」已卜吉壤於北十都駒字圩之原，以父歿之十二月甲申，奉考妣合窆焉，而踵門丐予爲之銘。嗟乎，君始以孤童爲從父所撫而得還奉考妣祀，及太學君連舉子不育，君仲子實嗣之，棣華之鄂柎如此哉，其可思也已。

銘曰：

始之孚，有翼而鷇。已能哺，還定厥家。翼我者之瘏，予尾畢逋，一彼一此，以歸安於墟。爰銘斯藏，永爲後模。

【校注】

〔一〕學謨：徐學謨，字叔明，一字太室，明南直隸嘉定人。曾任禮部尚書，故被時人稱爲「大宗伯公」。詳見吴歙小草卷六中秋再陪宗伯公泛舟奉呈二首注〔一〕。

〔二〕學禮：徐學禮，字伯之，明嘉定人，徐學謨兄。徐學謨顯貴後，贈太醫院吏目。

張君綦仲墓志銘

邑之南翔里蓋有兩張氏族大以蕃，其長老享素封之奉，而少俊能自力於詩書，當肅皇帝時咸以進士起家，其一爲南京兵部車駕司員外郎張公楙〔一〕，其一爲都察院右副都御史贈兵部右侍郎公諱任〔二〕，先後登朝有名聲於時，而再以進士趾美，終於禮部儀制司主事者侍郎公之子諱其廉。兩家敘族屬爲同宗，皆鄘伯之後，自關中徙吴，又自吴洞庭徙婁江東，而譜闕無可考故，不得而詳也。侍郎嘗爲嚴州守，而父以子貴受封，歿又贈山西布政使司左布政，諱子愛，生二子，嫡曰省，次即侍郎。省之嫡曰其威，生四子，君其仲也，諱襲隆，字綦仲，來爲儀制後，僅六年所，而以葬儀部之明年辛亥病瘵而歿，歿後十年辛酉而遺孤景韶年且弱冠矣，始克奉其母命，啓君之殯祔於沙浦原侍郎公賜塋之右。謂予儀部之執友，而君所與習也，請爲之銘。

君長身玉立，撙節退讓，言若不出口而中懷坦然，略去世俗之城府，凡儀部之友皆愛其爲人，而樂與之交焉。儀部自少年時即鋭意於績學綴文，以財賄委之一二家幹而留管鑰於閤中，一無所問。中外皆稱徐安人之才而嚴憚之，君以垂壯之年侍安人，朝夕每出入，不敢輒有譙訶，其恭且慎如是，以故安人亦宜之。比母殁，君已前逝，貲産一空而堂搆亦漸不可支矣，猶賴所與儀部善者數公皆官京師，憐君之孤，爲力言於主者，仍得以胄子讀書國子監，庶幾慰儀部及君於地下，可悲也已。

君生萬曆戊寅五月，殁於辛亥六月，享年僅三十有四，其葬以天啓元年二月十七日。始君生五歲而父早夭，母甘辛苦憔悴猶得以撫其孤者，幸有儀部君也，而卒以紹其緒，殆天之所以報歟？君娶崑山金氏，安人之中表也，生一男二女，男即景韶，壻爲李賓之、侯兑暘，皆仕族子。蓋予嘗怪東吴之俗，苟貴盛矣，無論衆所不與，多朝榮夕萎，即其人賢者，頗爲鄉閭所稱，而身殁之後能芘及子若孫者幾何？曾不若田夫野老，乃得長子孫持門户，遠或數十傳，而近可百年無一旦盛衰之感者，彼惟無氣燗以灼人，其能久延，無足怪也。若侍郎公父子登朝，又其爲人皆恂恂如處子，而遽斬其祚，天可問乎？今其宗人雖賢愚菀枯之不同，不猶然數百年之張氏哉？儀部昔嘗與予言：「吾儕書生，獨患不能自奮耳。幸無大過，可無憂不祀也。」予頗爲論其不然。當其留京師嘗一舉子矣，比殁，同時諸賢所爲幼孤計何如也？而卒以綦仲傳，人道雖邇不幾於天道之茫茫與？然予又聞，車駕之族蕃衍如昨，而其後人亦不振，豈榮盛固造物所忌耶？抑吾吴土薄而其俗顧汰以浮，誠不可以久耶？

銘曰：

有翼而生之，乃續而承之，甫嚴事乎宗祊，俄相從於九京，今之奉盈兮，已齒胄而得名，何嗟乎無遺金之滿籝，慰子幽宮兮勒此銘。

【校注】

〔一〕张公㭿：光緒嘉定縣志卷十六宦蹟載：張㭿，字子培。嘉靖庚戌進士。知福清縣，廉明仁恕。外艱服闋，補孝豐縣，均田賦，散礦徒。擢南職方主事。南京歲造馬快船，畿輔、江西、湖廣積逋料價銀八十餘萬。㭿齎敕往按之，歷三十餘郡，無敢以私恩者。道遷車駕司員外郎，過家謁母，移告未及而卒。㭿孝事嫡母，貲産悉讓其弟。殁之日，篋中祗二十餘金。

〔二〕任：光緒嘉定縣志卷十六宦蹟載：張任，字希尹，一字瀛峯。嘉靖丁未進士，授都水主事。督造漕艘於淮南，句稽斂散，宿猾袖手，三年間贏羨八萬餘金。晋員外郎，出判大名，同知嘉興。會倭寇擾境，偕知府防禦，民得安堵。遷袁州知府。時分宜嚴嵩家衆素横，悉繩以法。調嚴州。有督鹺使者爲分宜戚，所過責供應汰甚，至嚴州，戒其下亟去，無犯張守及海令。海令者，海瑞，時爲淳安知縣也。擢貴州參政，遷陝西按察使。聞父病，棄官歸。萬曆改元，起浙江右布政，轉山西左布政，擢右副都御史，巡撫廣西。屬境内苦旱，奏請蠲賑。又請剿十寨諸蠻爲民害者，與總督分道進兵，相持三月。乘除夕遣驍勇五百人，人銜一墨，夜入其寨，以墨塗面，白皙者斬之。一夕，十寨平。捷聞，璽書褒勞。復條上善後七事：一、設三屯以重彈壓；二、屯三里以樹聲援；三、分汛地以重責成；四、遷軍衛以振兵威；五、議屯田以示優恤；六、開道路以通險阻；七、議糧餉以裕經費。悉見施行。萬曆庚辰卒官，年五十七。賜祭葬，贈兵部左侍郎，廕子其廉入監。

金母傅氏墓志銘

昔伯謙金先生〔一〕以開郎伉直知名於時，所交皆一時才俊，喜以文酒自豪，雖甑石僅儲而肴蔌常具，内娛二親，外洽朋好，則令妻之贊助居多。及不幸蚤世，爰啓令子兆登〔二〕以篤行工文章克嗣其業，屢不得志於春官，而聞譽益遠，堂搆翼然，族姻咸睦，則慈母之躬儉與勞又實先之，蓋德而能勤，愛而能肅，夫人於是賢遠於人矣。

父爲傅翁某，其母瞿也，世居吴淞江東，以本富。從兄遜，闊達博綜，好論説古今，去其鄉從崑山歸太僕游，始以儒自奮，數往來妹家，與先生情好日暱。而兆登亦自少好聞舅氏之言，故夫人之事其兄者，至衰晚不少衰焉。兆登之稱曰：「吾母之爲女也，母瞿之教不勤，而習女事無暇日。其爲婦也，大母潘之賢且能也，卞不少容，惜纖如巨而未嘗有忤焉。其爲母也，課吾以誦習，教吾女兄弟以紉縫烹飪，皆不以愛故弛。及先君見背，家無留貲，歲有責逋，母慨然曰：「予其身自督耕以佐汝之急，以無妨汝之學，且以寬予之憂思乎。」凡留田間數歲而後還城居，然其朝夕治生常如前時，逮老而猶如壯盛，蓋天性然也。」又曰：「吾母之勤敏而儉約，兆登不能具言也，言其一二以少概見焉。當先君時，今首揆太原王公與其弟督學公一日以薄暮猝至，中厨蕭然，先君患無以供客，母曰：「第出與對奕，少需之。」即封羊治具，咄嗟而豐膳辦，蓋其敏多此類也。」兆登雖無以爲養，然力能奉老母歡，而一布衣必百浣，一絮被必數綻，食不過肉一二臠而已。兆登時勸之重味，或對之泣，而更以衣被進母曰：「吾舌自不求甘旨，體自不安輕毳耳，於汝何尤？」然至親故交際，曾不以菲廢禮，而尤急於賑窮恤匱，苟力所及未，嘗不爲之盡也，此豈徒苟以儉嗇爲哉？蓋兆登之每言其母夫人者如此，及歿且葬，謂堅也習聞之而屬之志且銘也。又以前之言爲請，堅辱與夫人之子游如兄弟，又少而獲侍伯謙先生，不可以不文辭。猶憶先大父嘗言：「昔者吾客江東，與傅氏之老善，歲時囑其媪以賓禮延爾大母，見乳母抱女孫侍歸，而稱其端正有相福德人也。今其夫若子皆爲時名人，而大母之言信矣。」以今觀夫人之所享，一何菲薄也，雖然君子之所謂福在乎身心俱泰，外無所羨而中無不足，則夫人實當之矣。雖貴盛之家或不逮焉。且孔子不云乎，「啜菽飲水盡其歡」，如夫人母子之間，可謂盡歡矣。夫奉滫瀡美衣服以爲孝者，此在人子宜然耳，若其親能却而不御，不求豐於口體，以閨門之懿而庶幾於恭儉之君子，其福德又何如哉？

夫人之卒以己酉秋八月，距其生癸巳享年七十有八。葬之日以冬十月癸酉，與伯謙先生合。先是歲甲申銘先生之墓者，太原公也。先生既歿，而兆登舉二男四女，長男曰德開，次曰德衍，長女嫁太倉曹訥，次字崑山朱元禎，又次字龔孫玹，皆名族，一未字。銘曰：

治城迤東，江湖所宗。土衍而豐，其殖芃芃。維夫子之宫，日時之良，於是焉藏，卜無咎殃，福來穰穰，斯子孫其昌。嗟俗之敝，乃逸乃恣，衣粗食糲，既傳而勩，以訓於來裔。

【校注】

〔一〕伯謙金先生：金大有，字伯謙，嘉靖三十七年舉於鄉，讀書修行，爲名孝廉。詳見學古緒言卷六守齋金翁八十壽序注〔三〕。

〔二〕兆登：金兆登，字子魚，金大有子，萬曆壬午舉人。詳見吴歈小草卷一送辰玉會試兼柬子魚三十韻注〔一〕。

龔母朱氏墓志銘

萬曆歲癸丑冬十二月甲申，龔氏兄弟欽仕〔一〕、欽佐將啓先公之窆，而以母夫人朱氏祔，來屬以銘，且曰：「辱在婚姻雖微，不肖孤言之子固能知吾母者，其不可以辭。」謹按，朱故望族，世居邑東南三十里，勝國時有宣撫使存仁者捐墓田於釋氏之宫，以春秋作佛事而聚其族人焉，至於今不廢。夫人朱翁粱季女也，年十九而嫁龔先生，其諱世忠也。龔於邑尤顯著，嘉靖初以工部侍郎乞致仕，贈其父祖皆通議大夫都察院右副都御史者，伯祖考諱曰弘〔二〕也，其著於吴。自宋司封郎平江軍副節度使識、都官員外郎宗元、桐廬令程、祠部員外郎況，父子孫曾四世皆爲聞人焉。夫人雖歸於貴族，然自舅姑時已困賦役，家日落矣。至先生徒以筆耕養，又連不得志於京兆，困彌甚，夫人佐以儉勤，晨昏之奉，二親安之。既而工部之後以少年舉進士，閨門之内咸謂龔氏其復興乎，而先生僅踰艾以歿。夫人顧影煢煢，於時長君之學成矣，久而未售，夫人慰勉之曰：「兒勿憂也，良農能稼，豈能爲穡乎？」其後廪於學宫，且聚徒授經，資脡修以養母，然以屢進屢蹶，意不無感憤，而夫人終未嘗戚戚也。雖貧不以菲而廢禮，雖老不以衰而倦勤，自族姻下逮婢僕，無不宜焉。

歲戊申，長孫用廣以垂髫補諸生，夫人撫之而色喜，後三年予女既歸事夫人，嘗以歲首往朝焉，因前白自兒童相見，倏忽垂五十年，愧無以稱於門牆，幸又得入拜於堂上，女稺且愚，懼不足以娱侍食寢，可奈何？乃夫人所以應之者，語温而色愉，退而私喜福德殆未有艾也。

今年春，長君以從弟試禮部託之，以子方携用廣讀書其家，未幾而夫人疾作，席不暇暖，歸而奔走醫藥，卒以不效。臨終神識恬然，連稱佛號，右脇而逝，三月十八日也，距其生嘉靖丙申十月十日，享年七十有八。二子欽仕、欽佐也。一女，嫁朱日進，不幸早寡。孫男四人，欽仕之子曰用廣、用圓、用厚，欽佐之子曰用章。曾孫女一人，用廣出也。墓在城南鱗字圩先塋之左。銘曰：

不兼珍以爲羞，而羮藜兮有餘味。不雜珮以爲華，而衣縞兮有餘貴。此士人所難，而壽母兮乃克以自慰。維孝與慈兮曷其有，既銘以昭之兮匪雕匪繪。

【校注】

〔一〕欽仕：嘉慶直隸太倉州志卷三十三人物載：龔欽仕，字行之，天啓元年歲貢生。少奉母朱氏至孝，母善病，醫藥勿離，而欽仕能以色養致母康强。撫育幼弟，衣食婚娶皆不煩母慮。族之貧者賙恤之，有自鬻者力贖之，婁堅稱爲清明淳篤之君子。卒，門人私謚曰「貞孝」。子用圓，自有傳。

〔二〕弘：光緒嘉定縣志卷十六宦蹟載：龔弘，字元之，一字蒲川。四歲能書。成化戊戌進士，除嚴州推官。時金華有政一者，子殺人，其弟政二挐附顯者舟，陰縱之去，詭稱溺死。事七年不白，下弘問。弘訪得政一子生男纔四歲，其未死無疑。一訊輒服，闔郡稱神。入爲南刑部雲南司主事，遷廣東司員外郎，治獄大小九百五十二，皆平允。擢文選司郎中，出知兗州府。奏免借兑糧萬石、寄養馬八千匹。屬令陳某恃才不檢，弘庭飭之，淬勵改行，卒爲良吏。魯藩諸胄有爲狎邪游者，邏卒逮繫，自縊。宗室群譟，將捽令殺之。弘廉知令賢，陽怒，收令下獄，譟者散，乃白上官調令去。中官李興過兗，勢張甚，弘不爲屈。任滿入覲，以卓異賜宴賜服，擢浙江右參政。道經山東，民遮道留者萬計。尋告養歸，丁内外艱，家居十三年。起福建右布政，遷湖廣左布政。時巨璫爲暴，弘逮治六十餘人，璫爲斂戢。入尹應天，會歲饑，疏請賑濟。正德丁丑，黄河溢，擢右副都御史，總督河道兼理運河。是秋，武宗南巡，江彬銜弘不附己，導上觀決口。決口險惡，非御舟所宜，將以此傾之。弘一夕聯巨艦載土沉之，口險頓塞，武宗稱爲干事老臣，彬計卒不行。遷工部侍郎，五疏乞休，晉尚書致仕。嘉靖初，遣使賜金存問，晉階榮禄大夫。丙戌卒，年七十六。賜祭葬。

沈見吾先生繼室周氏墓志銘

鄉貢進士沈君紹僖[一]偕從子憲祖卜以萬曆癸丑二月八日奉其繼母周孺人之殯祔於青浦港見吾先生之新阡，而自爲狀來請銘，且曰：「不肖生十齡而先妣見背，今垂四十年，所自成童至於娶婦、長子孫，孺人之恩勤備矣。不肖有弟而早夭，伯兄之才也庶幾當有以報，而又不克於終養。不肖踰壯，舉於鄉，未及邀升斗之禄以養父母，而數年之間相繼以殁，痛可言耶！凡辱與吾三世交者，莫如子久且暱，相顧各已衰白矣，而追思少年時硯席間事，尚在目前。孺人始來相吾先人，撫三穉子，其後及見孫曾閨門之内肅肅雝雝，子固能知之不待吾之言而詳也。然則非子其誰宜銘？」予既不獲辭，因憶沈君鄉薦時已不勝遲暮之感，幸有得焉以爲二親榮何如也？

一日先生來訪先君，語次慨然曰：「頃與婦言，自爾歸我，向所同享者吾鄉界浜之水也。今日吾兒得雋，朔望之潮也。潮有盈縮不足恃，常使能通舟給溉田足矣。」吾時侍側，聞之私嘆其賢，以謂世之小丈夫，雖其可以語此者固已少矣。先生之友獨先君爲丱角交，然而歲中握手談笑亦不數數然也，門無雜賓，出則就家塾問諸孫課業，入則共孺人話豐歉，商有無以豫爲一歲之儲，偶然欲飲則以一壺相勸，意欣欣如也。予嘗授經其家，間數日，先生輒謂二子：「汝母方爲治殮，今已在中饋矣。」日暮，肴蔌雜陳，必潔以旨。予以是知先生之安孺人，而孺人之謹庀其門内者，迨歲時晚而未嘗怠也。方其尚强，二子未受家秉，則有勤敏整肅之稱，晚而優游享之，譙訶之聲不出於中堂，婢僕無不稱其仁者。

凡舉三女子，皆歸爲士人妻，邱大道、吴承贊、張文選其壻也。丘氏女嫁十餘年而不孕，則爲之置貳，且曰：「婦人何患乎無子，患不能容耳。苟爲而夫之子者，孰非而子耶？」及先生既殁，伯子繼之，所以慰勉其諸孫有深識遠慮之言，蓋其明達知大體得之天性也。先生之葬，二子爲營壽藏焉，兄弟之所以奉養者，視先生存日有加，素强且耐酒，然自再哭伯子而神已悴矣，卒然病癘，醫藥禱祠皆不及於效而殁，歲在辛亥六月二十六日也，享年六十有八。見吾先生諱某，老於鄉校，邑宰重其人，每以賓禮接之。伯子紹儼，季子紹僖，今之從季子後而葬孺人者。孫男女十有三人，曾孫男女十有一人，亦足以慰於地下矣。

銘曰：

邑之東偏，地曰廩浦。爰有周宗，聚而野處。翁名媪姓，婉嫕焉乳。生以閼逢，與執徐伍。歸以重光，協洽其所。嗣執筐筥，孤童是撫。其季早世，伯仲楚楚。睹孫及曾，彌衍其緒。夫子之藏，有先而祖。膴膴者原，於江之滸。其後五年，往祔若斧。仲也葬之，祭以孫主。勒銘玄堂，以告無窳。

【校注】

〔一〕沈君紹僖：光緒嘉定縣志卷十四宦蹟：沈紹僖，字廷和。萬曆丁酉舉人，任蒙城教諭。縣令以私怒陷一生於法，紹僖固持不可。遷國子學録、禮部司務，改吏部。尚書趙南星稱其清慎。擢武庫員外。庫事與内廷惜薪司相表裏。魏忠賢欲於柴薪常額外加派三萬金，紹僖抗言：「帑藏如洗，必不能加。」卒奪其議。奉命至杭，西湖方建忠賢祠，布政使邀游湖上，不往。織造太監李實來謁，不見。以疾歸。

瞿君幼真妻沈氏墓志銘

萬曆歲丁未冬，余嘗銘瞿君幼真之藏而悲之，時君歿已八年矣。其婦沈與同年生，以歲壬子某月從君地下，而葬以某月日，嗣子允晋復來徵予銘。嗚呼，生人之不幸，未有若孀居之婦也，而所處之豐約殊焉，幸無衣食之憂，而安子婦之養，完身與名，其亦可以瞑矣。乃本其家世而系之銘，其辭曰：

吴江迤東趨百里，海若吐吞勢渺瀰。居人聚族世趾美，勝國至今推沈氏。有牧揚州著厥始，於宋之南自汴徙。介子五世塤篪嗣，維篪大耋多孫子。列官臺省何嶷嶷，叔子之季兩孫峙。長君允學配秦姒，是爲碩人之考妣。少而宜家得良士，瞿瞿蹶蹶耽文史。早暮不休以瘵死，其年未及於三紀。從子允晋奉禋祀，已冠受室母爲喜。抑搔痾癢滑瀡瀡，疇養於下供箸匕。穉子長成盍往矣，同衾幾何昨日耳。豈如同穴無窮已，納銘幽宫永無圮，貽爾後人多受祉。

巖泉上人墓志銘

自釋迦授記，已有正像末法之分，其徒演之曰教理行果之全也，上也。次猶以行稱果，弗逮矣。又其次則教理存焉耳。或曰，此以無爲法也。就使差別，不應至是。然則世衰道微，有定於數，時之窮也，理將安寄？夏、商之末，寄在湯、武，春秋其衰，寄在仲尼。世微聖人，理未嘗亡，若賢不賢各有攸識。嗟乎，寧獨釋氏實鮮其人，傷今之儒爲叛彌甚，釋雖妙悟，仍受具戒，苟有律師聖人之徒，是猶不得中行，思狂及狷，志不能高，守猶足尚。有訾學佛，彼天窮民，衣食於是，稗販如來。予解之曰，胡不自量，彼之高者，儒也則無，其最下劣，於儒爲常，有能食不肉、飲不酒、貨不殖、色不邇，雖於教未析，於心未了，其殆庶乎？無輕議彼。若邑西隱[一]僧如可，其人解則未也，行有足多。於其窆也，銘以賁之幽辭曰：

西隱之興始勝國，治城西偏稍迤北。有僧悦公[二]嗣圓通，泰定之元肇厥域。廣袤百畝民間廬，彼樂於遷我卜食。經營七年績乃成，像設有嚴宫翼翼。中間小圮頃一新，其歲於今踰二百。誰爲葺者存仁師，如可承之更加飭。頎然而長願以勤，人稱薛師孫氏嫡。生於己未逝甲寅，十五祝髮臘卌一。虔修安養開前榮，按以精廬觀鼻白。東偏傑閣貯法寶，募者師乎施耆德。三年坐閲龍象徒，示疾將遷彌澹泊。乃敕其孫罄所儲，飯僧塑像爾其亟。問復有贏將何爲，盡供斤削塗泥役。凡有爲法靡不空，賴此提撕善知識。我作銘詩愧俗儒，臨分涕泪霑胸臆。

【校注】

〔一〕西隱：嘉慶直隸太倉州志卷五十一古蹟：西隱寺，在西城，元泰定元年僧悦可建。中有寂照堂、直節堂、壽樂亭、空翠亭、勁節軒、羅漢雙松。明徐學謨、張任皆讀書於此。學謨後與任子其廉增刱竺竹院、藏經閣。崑福講寺名勝志云：「原在江灣，明初移建縣治之西，舊霧順吉祥院也。」

〔二〕悦公：萬曆嘉定縣志卷十三人物考下載：悦可，字中庭。精修净業，元統間賜號「慈光高照佛日廣慧大師」。至正中，無疾坐逝。荼毘之日，齒舌不壞。其徒行己工於詩，所著有勁節。

學古緒言卷十二

墓表凡一首

奉訓大夫淮王左長史何公〔一〕墓表

嗚呼，天下固未嘗無材也，而常患於擯不得用，即用矣，而人未必知之深也，又患不獲盡其才。若其志節不立，婞阿苟且以自失其身且重負天下者，即有材何爲？以予所聞，若常熟何大夫，其才其志節皆宜爲世大用，而卒困於資格以老，豈非當事者之責而士君子所深爲之惜者與？

公諱某，字子宣，父曰湖廣布政使司都事贈文林郎浙江平陽縣知縣諱墨生，公兄弟五人，嫡長曰鉦，其母王也，再娶周，連舉四子，而公爲長，次曰礦、曰錞、曰鉉。平陽之父輝，大父采，曾大父海，海之季弟世學爲士，譜藏其家而毀焉。故自海而上距宋靖康南遷凡數傳皆不得而詳也。獨宗人之老，猶能言裔出東海，自别於廬江而已。公兄弟皆少而力學，意在當世，不專於浮華，甫壯貢於鄉，顧久困禮部，平生自負其才，謂功名可立致，即終不遇，寧跧伏田里，豈能碌碌隨流俗人汩没耶？及弟礦登進士第，慨然嘆曰：「吾今而後殆亦可小試乎！」遂謁選爲令温州之平陽。其地東瀕海，於温之屬最僻遠而瘠，其民多去之永嘉、瑞安佃而耕。比公爲之三年，流離漸復，二邑之民更視爲樂土，如異日平陽之人也。及公既去，後之爲永嘉者歸以告其里之人如此。蓋公自踰冠讀書任陽田舍，拾兄所棄汙萊而墾之，其穫滿車則仍以歸兄，而更受其瘠，瘠又復穰，故其爲巖邑而治辦能若。此平陽之輸或遠在鄰境，及他衛所涉江即沉艘，踰嶺即摧輈，公乃議折而益之羡，彼利其羸，此享其逸，人咸便之。金鄉衛者，介甌、閩之交，去邑南幾二百里，湯信國公[二]所設以備倭也，久而備弛，戍卒病於暴露，猝有警無足恃。於是條便宜築二石堡，屹然爲一重鎮，使後之爲邑者率能繕完，則猶信國之遠慮乎！其他魚鹽關市之征廢則修之，或不足於額則轉移補之，有勸之鑿空以佐縣官者，謝弗爲也。而牘之鍰税之羡，悉以供解省府費，未嘗私以自潤焉。蓋公既明而熟於計事，至孰利孰害靡不究極於豪厘，而又本之以廉法，出之以練達，幹之以精勤，以故規畫一定若操券而收責，役興而費易支，功成而民不勞，能使旋至而立有效每若此。及朝京師，以課最蒙白金之錫，當得美官，而當事者終不能盡其用，僅遷南京錦衣衛經歷，以閑散縻之。公至，樂其江山之勝，意泊如也。已又遷淮王左長史，遂乞致仕歸，而以圖史自娱，數與親故共爲酣暢而已，尤好爲弟若子揚扢古今以寄其感慨，如是者又二十餘年以殁。

予生也晚，恨不獲從公游，聽其議論以開發其中之所窺，老而無所用於世，幸爲太平之不遇人而撫時感事，常思得當世之偉人，以身任天下之重，舉動光明卓犖，剗去世俗之婞阿，一切出於奉公守法，而又有如何公者若而人以爲之佐，其於久安長治庶有賴乎？獨惜夫有材矣，能不失其身矣，既試之而效，而卒不使極其才之所至，然則必婞阿苟且，與俗同其波流者而顧與之共功也，豈不可惜也哉！

予既獲論次其概，竊以謂公之爲平陽，獨凰浦硔之役最大，而碑記頗能詳之，輒采而參之於表，其略曰：平陽之南有江横亘，江之南又多大谿，南北相貫穿，則亦名曰東江、西江，凡溪水之來滙者三十六源，溉田可四十萬畝，獨患閩之山犬牙錯，潮出其間若與之鬭，鬭即濤愈壯而谿水尚不能敵，湧而壞民田者，鹵也。在宋端拱始築硔三峰，嘉定中又移築凰浦，民賴其利。元末兵起，硔廢，本朝自永樂迄嘉靖里父老凡四叩閽，卒未果。復當歲丁丑，公以白備兵使者龔公，遂與定築硔之議，經營凡八閱月而工畢。是役也，公謂用土不如石，恃堤不如槤，止碌下流不如並碌上流，完皆與衆異。議夫籠土石而投之，石固易止而立也，槤者下石而上土，水之來者阻石而留，石以爲之閾也。水之去者汨土而利，土以爲之户也。並備上流則無虞於蟻穴。蓋既成而後人知其完焉。計用工三萬有奇，用金四千兩有奇，而取之四十萬畝者不過税民畝四厘而已。

公之子三人，伯世滋，撫其弟錞之子也，已而舉仲子允澄、叔子允泓，其能備述公之稱於鄉閭、見於政事而謁予請表其墓者，允泓也。

【校注】

〔一〕何公：萬曆温州府志卷九治行志載：何鈁，字子宣，常熟人。由舉人萬曆二年知平陽，愛民禮士，簡訟措刑。始至，風拔明倫堂，洪潮淹没禾田。鈁勸民出粟平糴以濟搆明倫堂，仍創二賢祠於堂之東，祀林景熙、史伯璿。先時，官田畝米有重至五六斗者，而豪猾寅緣爲。乃議田均四則，增改折以補府藏，民便之。江以南鳳浦一埭蓄三十六源之水，灌田四十萬畝，後決，有司莫任其事。設策興築，逾年而工畢。在治六載，當路薦其賢，陞錦衣衛經歷。士民立碑於南門，志思焉。

〔二〕湯信國公：明開國功臣湯和，字鼎臣，濠州人。洪武十一年晉封信國公，去世後追封東甌王。

行狀凡三首

鄉貢進士曹君〔一〕行狀

君姓曹氏，諱繩武，字昭服，其先河南人，自宋南渡移家常熟之福山，元末以避兵又徙沙谿里，分東西二族以居，逮國朝弘治中建太倉州，割其地隸焉，因遂爲州人。君裔出於東，累傳積困於貧弱，君之大父雲南按察使司副使公諱某，始起家嘉靖己丑進士，得贈其父諱某爲太常博士。未幾，以御史糾汪尚書鋐杖於廷，謫爲隨州判官，稍遷至憲副，有名世宗朝。生子幾人，而公之考諱某，某爲嫡長，弱冠舉於鄉，距憲副之登第才九年耳。後又六年而生君，君垂壯，以國子生中南京兆秋試，其明年憲副公病亟，日夜望君北還，比至屬以諸稺叔乃卒。

君少而孝友，當憲副時大母顧恭人樂居谿上而父又善病，晨昏之奉不能數數往來，君每攜婦王往侍其側，恭人甚安之。前母顧孺人早歿，未葬，夜爲盜所發，君聞，馳往撫其屍哭之慟，手爲易衣衾，不以屬侍婢也。歲癸酉計偕，中途忽心動，即戒傔，從南還，已而母唐孺人訃至，驚僕於地，起哭而馳，馬蹶傷右肱，創甚不爲止。及歸，居喪毀瘁，然每見太公泪交於睫而已。太公早衰羸，閑居多伏枕，又苦不成寐，君常在左右視食飲，惟謹時共談言以適其意，太公雖心樂之，數顧而言：「吾以疾故不能卒所業，念汝服勤孝之末也，養志孝之大也，吾將暫去汝，買山以居，遠不過一日程，音問數相通，如在吾目前耳。汝其勖之，毋以吾故廢學。」君是以得遍交知名之士，修其文章，然甘鮮之饋不絕於途，花朝月夕數艤舟追隨湖山間，以慈孝稱於人人云。初憲副公注意睦族，謂范文正公義田，士大夫家有田十頃便皆得爲，而世顧希有惜吾力之未逮也，屬君父子籍其族屬之貧者，歲時廩給之。當是時西族蓋有比部公某於憲副爲從子，年已垂暮矣，顧族之人有違言往往柬愬於君，君既爲之調停，乃使還受成於比部，族人以是咸歸心焉。

平生於師友誼最篤，少受經王先生某，生爲買田以贍之，歿爲之殮。比葬也，上自其父母，下逮於子，凡三世焉。友人周某者夫婦相繼歿，先後爲歸骨於土，憫其子，撫之尤有恩。伯子之師周君某少與君同硯席，以故延之家塾，病瘵久殆不能起，君流涕撫之曰：「即有不諱，老親弱子，後死者之責也，不待君言。」歿後所以賑恤其家而勖其遺孤，讀父之書如一日也。比試於有司，舍伯子而力爲推挽常先於伯子，曰：「吾兒少，非所急也。」丙戌冬，北上，顧君成忠遘癘，困卧寓舍相去十里而遥，君每晨必挾醫往診之，既而疾有加，遂留共相守。歿爲具棺衾以殯，幾罄其槖裝，而遍訃於同鄉及其同榜之厚善者，積所賻封識之，歸以遺其父元樸先生，辭不受，則請爲卜兆，且曰：「傷哉貧也，吾父吾母尚久暴露，今與兒而三矣。」即又爲營三穴，而仍納其金，先生嘆曰：「君行古人之事，我何敢固辭？願更留之他日以畀吾孫克紹。」蓋君所心許以女妻之者也，遂偕其一姊來，相依以居。後四年，擇壻嫁之，裝奩甚具。蓋君之好行其德，樂之不倦類如此矣。

君性剛不能容人之過，然初未嘗求多於人，或負之亦不與較也。至其成人之美，急人之厄，解人之紛，誣而爲白之，鬱而爲伸之，苟力所及能不爲流俗顧慮，而終不自爲功以市恩開釁也。鄰邑之政將欲甘心於大姓，以君通家年少，語次及之，君言耳目所及猶恐未真，況曖昧乎？令驚謝此長者之言，遂寢不發。里人每於春秋二試具舟及馬兼程報捷以邀厚糈，或有往而不返，其徒疑殺之者某也，訟之官，且誣服矣。州守偶過君，頗自矜擿發，從容對曰：「正欲白其冤，顧不敢耳。此鄰家子，孱甚，非能殺人者，且不與某同出，奈何以不同入坐乎？」其人竟以得釋，崑山之賢令聶侯以廉能著稱，深知君特敬禮之。有某豪者，妻妒以治縣鐵梗椎孕妾腦而殺之，夫懼，計誣其仇而厚賄鄰里爲之證，聶密以問君，君先已盡得其實，即爲白之，人無知者，獨曾以語伯子，慨然嘆治獄之難也。蓋嘗題壁云：「人有慾則無剛，吾以不貪爲寶，躬自厚則遠怨，吾其强恕而行。」即此可以想見君之爲人矣。

居常好讀書，嘗手自抄寫至盈篋笥，又頗喜法書及三代彝鼎、鞞琫、環玦之屬，時出而玩之，以爲燕居之娱。然人有舟車重載而游士大夫間者，亦不數與之接也。大公既以抱痾斷往還，君又性簡亢不能與世俯仰，杜門端居，父子若自爲師友，所與游處最習者曰潘省庵先生某，以直諒見重。予雖晚與之接，太公及君一見喜其坦易，而許爲入室之賓。一日延潘及予入其書室，笑語從容，出所愛花瓷觴焉，酒數行，手滌而貯之匣，因爲予言，昔嘗於酒次有所玩弄此，翁意不懌，抵之地而毁焉。吾色不爲動，知其欲以此諷也，復笑而語潘：「今日知不復然矣。」潘亦笑應曰：「前事吾幾欲忘之，若兩君子者，而豈流俗人之交也哉！顧慚何人亦辱獎以三益，今老矣，執筆而序次其概，所愧言之不文耳。」

君娶於琅邪王氏，温州推官諱一誠之女，而魏恭簡公之外孫也，於司馬、司寇二公爲再從姪孫，幼時嘗受詩及孔、孟之書於恭簡，夫人婉嫕淑慎稱，其家兒伯子之言曰：「吾父吾母真能以德相成矣，孰有子事父母，婦事舅姑，兩無間然者乎？吾父之嗃也，婦女之得至中堂獨有歲時饋奠及歸寧耳，居常聞有群而山游，及禱於佛老之宫，而尼媪巫媪之狎至者，未嘗不極口唾駡也。母笑而言，自分吾家必無此事，何用預他人事爲。」若孺人者古所稱清心玉映，蓋庶幾焉。男子子五人，申錫孺人之出也，肇錫之母王，居厚之母郭，思恭之母章，而最少訥亦郭出。女子子三人，長嫁張際陽者孺人出，次嫁顧公紹、陸日升者俱章出。君生於嘉靖癸卯，卒於萬曆丁酉。孺人先一年壬寅生，亦先一年丙申卒，享年皆五十有五。其葬也以泰昌庚申冬十一月某日，墓在鄧尉山臨深區某字圩，將葬君之諸子洎嫡孫謂君與予善，知之實深，故因伯子先所叙次來請爲行狀，將藉手以乞銘焉。

【校注】

〔一〕曹君：嘉慶直隸太倉州志卷三十二人物載：曹繩武，字昭復，隆慶四年舉人。入都會試下第，盡以行囊友朋之謁選及歸者。里人顯成忠卒於都，爲治殮護櫬歸，賻贈悉封付其家，又爲葬其祖父。同學周某，故教其子力學成名。毛某妻守節，爲建坊。其好義類如此。

禮部儀制清吏司署郎中事主事張君〔一〕行略

君諱某，字伯隅，世爲蘇州嘉定人，以譜亡不能詳所始，或曰宋之南遷，自關中徙吳洞庭，又自洞庭來徙，蓋鄖伯之後云。通議大夫都察院右副都御史贈兵部左侍郎諱某者，君之考也。杭州錢唐主簿封嚴州府知府贈山西布政使司左布政使諱某者，大父也。以孫貴，得贈官如其子諱某者，曾大父也。妣楊氏，按察使楊公諱某之孫女，再封安人、恭人，贈夫人，凡三世皆受二品誥，邑里榮之。

君少勤學能文詞，未冠補諸生，踰壯舉於鄉，未幾成進士，歷官武學教授、國子監助教、兵部車駕司主事，嘗受命爲湖廣考官，還晉禮部儀制司署郎中事，而不幸以夭。君之再試南宮也，今庶子馮公爲分考官，擢冠其經，釋褐當選爲州，乞假南還，予問語君曰：「士仕於時，惟盡力州縣，可以驟行其志，使利澤及於斯人，顧君臒甚，如簿書鞅掌何？」君嘆曰：「吾豈敢苟冒其責而負官負民耶？亦請就閑散耳。」始爲武學，進諸生，勖以韜鈐之學，且曰：「鮮衣怒馬，所以快意，適自輕也。苞苴竿牘所以媚人，實侮之也，皆宜耻不爲。」已遷國子士，以文求益者，一經點定無不意滿去。間語之曰：「人以貲郎待若，若必怒且慚，曾不知浮薄文士之不足效也則謂之何？」再遷尚書，曹在駕部，時一意搜訪幹略奇士，以佐主者，又爲規條減省歲所例供，絶不以脂膏自潤，胥史奸弊無所容，然皆服君之介無後言。其在儀曹，會楚藩有告王非真先王子，事曖昧且王立已三十年，不容輕發，而左侍郎郭公楚人也，少年時微有所聞於里巷，驟信受之，欲以身任其事，君力争不可，其後郭公竟坐免歸。蘇州守以考試失士心，士群譟隨之，執政聞而怒，將引繩批根，盡得其主名而寘之法，君從容言：「誠法當如是，但恐坐者既多，即無辜濫及當亦不少。」意遂稍解，而郭侍郎驟得太守，所自列諸生名尤恚甚，屬君具以上聞。君窺侍郎意堅，未可遽奪，乃趣吏亟具牘，而拖牘白言，奏已前具，倉卒不可增，今首從皆已服辜，苟罪而疑，不若盡縱弛之，以彰朝廷待士之寬。郭亦頷之，獄得無濫。君爲人温文清謹，中雖兢兢自克，初不爲崖異以謷人，人望之皆以爲退然者，然遇事有可否，必力持之，不肯爲苟同。與人交常依於厚，人有以緩急告，苟力所及，未嘗不爲之盡也。其還自楚闈也，自言於考文章極詳且慎，不敢忘爲舉子時。

比殁而京朝同官稱其守官每若此，雖不獲詳，亦可少見其概矣。

君譽聞孚於上下，而一旦移疾乞改南，當事者擬以吏部郎處之，方待命寓舍，以閑草故人何侍御行狀，至夜分乃寢，將曙，呼治書小史索飲，語漸不可了，未幾瞑矣。君之疾得之火焚其和。當未遇時，見君於衆中嘗有不自得之色，意其急，欲有所表見故然耳。及既登用，有自京師來者，言君近狀常若有不釋然，豈性固然歟？不然，平生故人强半不遇以老，尚能日尋笑言之歡，如君者豈有不足哉？且君於進退恬然，又方叙遷，知君非熱中無疑也。君生長貴介，然性謙讓，其言吶吶然如不出口，常折節下人，始爲童子，侍郎公〔三〕欲教之儉，則授以掾史筆，故牘紙，使書其背爲槁草習字畫。比長，凡所讀子史百氏之書皆撮其要手書之，積成帙，其不擇紙筆乃愈於寒士，與之游者皆稱其敏而能勤，富而能約，每嗟嘆以爲難。

君眉目娟秀，體孱然羸也，然意所獨往，不副其所期不止。侍郎公卒官西粤，君以省覲往而不及於含斂，哀毁匍匐，幾不能生。既免喪，益刻苦自奮，多招延友生與共硯席，矻矻不少休。一日謂予與君年踰壯盛，而名未成，又皆顧影孑然，此兩者孰急？予笑應曰：「古來賢士多寂寞，而眼前販夫傭豎其不幸以無子終者，殆十不一二也。吾意欲先其多者。」而君獨曰：「吾儕何辜乃虞斬其祀乎？不早努力即年不待人，此吾憂也。」相與往復久之，低回以別，乃君竟以三四年間連取科第以去，而年亦且强矣，於是又皇皇焉以後嗣爲憂，而無幾何又果得男子以慰其意。方謂君自兹以往惟優游以須其子之成立耳，而乃以未衰之年棄三歲孤童以死，豈君之始願則然哉！

君平日於嗜好泊然，或時牢騷不平即逃之酒人以自遣，故終其身閨房無婉孌之昵，邸舍惟僮僕相親易簀之夕，孤燈熒然，圖史在列，予是以傷君之意而爲之愴焉以悲也。君既殁，前所拔君於禮闈者馮公泊君之友數人議留其子而獨以喪歸，念修塗暑濕，非嬰兒所堪也。而後一歲所，子又夭折，豈所謂天者固不可以人事知耶？如君謙恭静默，人未有忤者，而獨迮於天耶？豈君之自詭必得者固造物之所甚忌耶？當侍郎公在山東臬時，楊夫人與女四人皆燔死，而君獨賴乳媪得排牆以出，意天將以是留其祚耶？而乃止於其躬耶？

君之配封安人徐氏爲大宗伯公〔三〕女，嘗一舉子，不育，今惟一女，嫁太倉州諸生曹居厚，其母蓋徐安人之媵也，爲之後者從兄之仲子襲隆，奉母安人命來請叙君行事之大略，俟葬有期而告於當代之名公以賁君於永永。襲隆已有子，夫非君之孫也歟哉？而安人亦嘗抱從孫景明，自乳褓至今十餘年，撫而教之，恩有加焉，即前往迎君之喪，從兄其羽之第二孫也。君生於嘉靖某年某月某日，卒於萬曆某年某月某日〔四〕，得年僅四十有一，其葬在城南沙浦原，爲侍郎公洎夫人某氏賜葬之塋，而祔君於其左。歲己酉三月，友人婁某述。

【校注】

〔一〕張君：張其廉，嘉定人，字伯隅，又字無隅。父張任。萬曆進士，官至南京吏部文選司主事。光緒嘉定縣志卷十六宦蹟載：其廉，字伯隅。萬曆乙未進士。武學教授，遷國子監助教，擢車駕司主事，職南北驛傳，攝環衛馬政，並有能稱。庚子，典試湖廣，查稅太監求列名序録，持不可。轉儀制主事，荆藩妃冒乞名封，力争不得，遂移疾。改南文選司，卒官。其廉謹慎，不爲厓異，而是非所在，亦不苟同。少負文望，詩亦卓然可傳。徐允禄撰思勉齋集載「伯隅儀止清雅，望而爲貴人」。爲嘉定名宦徐學謨之婿，與婁堅爲好友，婁與其有多篇交游詩文。得年僅四十有一，葬在嘉定城南沙浦原。有心遠軒詩稿。

〔二〕侍郎公：張任，字希尹，一字瀛峰。嘉靖丁未進士，授都水主事。晋員外郎，出判大名，同知嘉興。遷袁州知府。調嚴州。擢貴州參政，遷陝西按察使。聞父病，棄官歸。萬曆改元，起浙江右布政，轉山西左布政，擢右副都御史，巡撫廣西。萬曆庚辰卒官，年五十七。賜祭葬，贈兵部左侍郎，廕子其廉入監。詳見本集卷二十一注〔九〕。

〔三〕大宗伯公：徐學謨，字叔明，一字太室，明南直隸嘉定人。曾任禮部尚書，故被時人稱爲「大宗伯公」。詳見吴歈小草卷六中秋再陪宗伯公泛舟奉呈二首注〔一〕。

〔四〕「某年某月某日」：崇禎本、康熙本均作「年月日」，爲句意順通，從四庫本。

隱君子沈公路〔一〕行狀

吴郡之東南瀕海而邑者曰嘉定，邑之東南渡江聚族以居者曰清浦，而居人又謂之「江東多故家著姓，若沈氏其尤也」。自孝廟初迄於今，其兄弟族子先後登朝者皆有聲，當時而門内之懿行又多以節孝旌於朝，其垂裕於後之人久矣。若予所及交而悉其平生能以好古篤學無隕家聲者，則公路其人也，而不幸年僅始衰，羸疾困之，又不克成子姓以殁，此尤昔人之每致憾於天道者也。

君諱弘正，公路其字，遡其先世之可考者曰宋揚州守都遠公，君之十二世祖也，始東遷爲吴郡人，家於郡之烏鵲橋，已又徙嘉定之清浦，七傳而思善公以好爲德聞於朝廷，得詔以旌義表閭，生三子，其仲曰輔，與婦瞿以篤孝聞於朝廷，得詔表其閭曰「雙孝」，子四人，季曰修職郎概，生子熇，有丈夫子二，仲諱應元，是生君之考。太學君諱昌德，字叔懷，少丁家難，攻苦勤學，既讀且耕，以起其家，以娱其親。比哭母陸孺人，念翁未衰而鰥居曰：「夜卧誰爲搔背癢者？」以間請爲置簉，翁喜而諾，娶於潘，舉小弱弟昌國，蓋少後君而生也。稍長，叔與從子同學，歡如兄弟，相勖如友朋。今之經紀其喪，撫孤若嫠，調族姻而貽之安，凡所以慰君於九原者，目可瞑矣。

君少而穎異，讀書過目不忘。華亭唐太史，父之中表也，一見器之，撫而嘆曰：「是可踵予武也。」年十六補諸生，即以該博自期，尤喜聚書經義之隙次第翻閲，必竟其編然後更端遞及焉。踰冠之年以文戰少不利，鬱鬱成疾，然日夕一編，手不停披，父叔慰令少弛，則對曰：

「無憂也，兒非此將何以療吾疾乎？」既而遭喪，内外釁起，君曰：「吾將以三自反當之。」夷然不與較，而學亦不爲少輟。垂壯，遭母朱孺人喪，方侍湯藥時形疲於醫，禱神悴於憂思，幾與母俱殆。比殁而哭之哀，藥與粥糜間，漸以得蘇。時方卜居海上，聞有甚而欲甘心者，則又嘆曰：「盍還吾桑梓乎？」既畢窀穸，遂渡黄浦來邑城，卜築於東偏，數與其賢者接風物之佳，花朝月夕，肴酒與茗甌並陳，笑言與歌曲間發，性不食酒而好客甚，往往至於夜分。

君平生於交道尤善也，雖所甚暱，必以莊中有可否直吐之，否則默然終不爲浮游也。客聞其博雅，多自遠方來，未嘗以疾辭，從容晤言，或至浹旬，終無倦色。每嘆同心之言其臭如蘭，彼不能知，徒謂君此好爲名耳，豈不相去遠哉？君既自負其才，以爲幸得售可以少見於世，故始而用之該博，比抱痾則以暇寄之於林麓，一亭之搆，一池之鑿，樹而花者，樓而眺者，淵渟而以濯以舟者，不惜罄其儲以快意中之豁然，視夫持籌而會計，孳孳然以務益其帑者，不霄壤乎哉？或有誚君一何不顧其後，君直等之於焦鷯、鼹鼠而已。予嘗觀君之藏書矣，自經史百家而下，至於稗官野史之編，板而傳者，筆而秘者，有不見不聞耳，苟力所及，何異渴饑？若夫象犀珠玉之珍，雖亦篋藏以爲翫，此寄也，非其好也。間嘗以語：「我自踰强望衰以來，所未忘情者獨書耳，吾撫姊之子，名之曰縠似，始生而鞠育焉，少長而訓課焉，亦已爲諸生矣，可以讀此矣。吾日望之有同祖弟弘執、弘雅焉，如以世嫡生子即吾子也，日可俟焉，能讀即讀之，不能讀則謹藏之以俟，其勿令散逸焉。此吾志也，非數世之交而孰與言之？」予聞斯言，爲之酸楚三嘆。

君既抱沈痾，無復當世之志，讀書之暇頗多著述，若蟲天志、小字録、枕中草諸編已行於世久矣，别有救荒書、兔罝野談、印録、續枕中草，篋藏以俟後人惜也。君之敏而好學而甫壯即困於病，不獲竟其學，又未嘗少見之行事，而遽以羸瘵促其天年，此予所爲抆泪而叙次之，以乞銘於當代之名公者也。初沈之先自郡城東遷瀕海以居其家於北者，有給事公炤〔二〕、御史公灼〔三〕先後起家進士，仕於弘治、正德兩朝，從兄弟也，而君其裔孫。家於南者爲族子廣信守公諱陽，以嘉靖庚戌進士，宰邑治辦有聲，擢侍御史升朝矣，而隆慶初僅終於郡守，先君之師，而某也甫丱即獲侍焉。有從子紹億於君爲叔父，薦於鄉，仕於朝官至兵部郎，先君數月卒。君之少也，父黨咸謂蘭茁其芽，若發可期，而一疾纏綿，年止及衰。嗚呼天乎，何厚其稟而嗇其施乎？

君之自鄰境還而定遷也，先後來爲邑者皆以疾困不能旅謁，然莫不慕其賢，與通書問，且揭德振華以表閭焉。當是時，大臣有疏薦巖穴之材者，如茅斯拔，而君獨恬然高尚，不爲起也。人尤以是稱之。比葬，而君之從父昌國、嗣子穀似叙次其世系行實，屬爲撰次，以乞銘其墓。君之歿以天啓丁卯九月晦，距其生萬曆戊寅八月十二日，享年五十。其配李，鄉貢涵全君之女也，先君一年卒，别自有狀。瑴似娶於顧，生男駿發、駿惠、駿聲。女一人。卜以是歲冬十二月日〔四〕合祔於江灣新阡，去考妣之昭若干步，而通家婁堅爲之狀，以乞銘其墓。

【校注】

〔一〕沈公路：沈宏正，字公路。母喪，三年不御酒肉。久次諸生，絶意仕進。天啓初，詔求巖穴之材，大臣疏薦，謝不應。爲園十畝，有水石竹林之勝，詞客酒人常滿座。性喜聚書，所藏多善本。晚以病杜門謝客，殫思著述，有蟲天志、小字録、枕中草、救荒書、兔罝野談、印録、墨譜諸書。（江東志卷五隱逸）

〔二〕給事公炤：光緒嘉定縣志卷十六宦蹟載：沈炤，字文明，一字東溟。弘治壬戌進士，授行人。正德初，擢刑科給事中。奄人劉瑾誣潼關將姚諫，重辟。炤被命與御史杜宏及知府郭任會勘。二人畏瑾，未敢决。炤手攬獄詞，拍案起，曰：「吾不能殺人以媚人。」宏悟，呼酒酹地，曰：「願從公死。」獄上，瑾大怒，趣縛諫詣闕殺之，下炤於獄，杖幾死，謫福建照磨。未行，丁外艱，復逮至京，謫戍寧夏。瑾誅，起桐廬主簿，知新昌縣，遷郴州知府。會峒苗作亂，兩廣總督秦金統兵駐郴，炤調度軍食，加意節省。以直言忤都御史何元春，及遷廣東僉事，遂爲元春所中。歲餘，罷歸。嘉靖丁酉卒，年六十八。列郴州名宦。

〔三〕御史公灼：光緒嘉定縣志卷十六宦蹟載：灼，字文燦，一字東巖。正德戊辰進士。授行人，擢廣西道御史。清軍浙江，巡按福建、江西，首發宸濠奸狀，併劾刑部侍郎張子麟。嘉靖初，疏陳四漸：一經筵輟講；二詰責言官；三數逮有司；四偏信内侍。且曰：「朝廷刑獄，内付刑部都察院，外付巡按按察司，錦衣官校不宜輕遣。」忤旨，奪俸。議興獻大禮不合，與同臺句容曹鐘、崑山方鳳同日乞休。郡守胡纘宗鐫三高士姓名於虎丘石壁。

〔四〕「十二月日」：四庫本作「十二月吉日」。

學古緒言卷十三

祭文凡十三首

祭徐大宗伯[一]文

年月日，門下通家子婁某、沈某謹以炙鷄絮酒敬祭於故資政大夫禮部尚書太子少保徐公之靈。

嗚呼，單閼之歲，公壽七旬。距其懸車，八閲冬春。於時獻頌，自遠來臻。焜燿厥詞，紛紛綸綸。凡公勛名，巨細畢陳。今之哭公，略而不論。感公深眷，憤彼衆狺。存殁之懷，能不少伸。當罷觀察，健翮中鎩。賁於丘園，振宣文物。稚愚而頑，一見心折。悉索穢蕪，喜爲擿觖。身退名高，俄復脂轄。聖神嗣興，起公藩臬。十餘年間，晋司喉舌。抗疏乞身，不受汙巇。追歸里門，遂斷請謁。爲方外游，黃冠白髮。月明之宵，花發之朝。或乘籃轝，或棹輕舠。顧謂童子，促具酒肴。偕我同人，於焉逍遥。二三後少，每每見招。侑以清歌，有顔若苕。酒既深只，醉客群囂。公或愀然，叙説勤勞。曰此畏途，以笑爲刀。痛定思痛，漆乃賊膠。貴不如賤，此理甚昭。既脱於絓，弛我冠帶。人爲不怡，中實大快。將知耄及，豈不夙戒。恒舞酣歌，猶賢噤齘。公之達生，數聞斯話。何圖梓桑，盛茲蜂蠆。哀羸及之，有加無瘥。蚩蚩之氓，公又奚怪。始邑之瘉，困於征輸。自改爲折，瘁者復蘇。荒草野田，遍爲黍稌。瑣尾流離，乃聚室廬。起之膏肓，報曾弗圖。疥癬之疾，銜爲剥膚。孰導狂瀾，莫可支吾。憸人之幸，士類之吁。豈公一身，翻覆榮枯。堅也疏狂，學爲詩章。有唱俾和，動盈縑緗。湖山之麓，古寺禪房。經論之暇，風雨聯床。察其愚款，謂無他腸。可保終始，實唯子良。言猶在耳，如何可忘。儼之呰窳，有意進取。辱公甄收，言庇其宇。借我齒牙，與我規矩。藏焉修焉，公子我侶。扶摇九萬，數嘗見許。兩家衰翁，少而習公。眷念在昔，忘其顯融。自公歸田，杖屨相從。時於酒間，慰其畸窮。幸各健飯，孰否孰通。音聲琅然，曠若發蒙。公今奄忽，有識其恫。矧於受賜，他人莫同。天不可問，曷喻我衷。豈厭混濁，避其囂訟。騎箕上昇，帝庭寶宫。俯視下土，蠅蚋薨薨。我陳斯詞，酹以一巵。寧爲公哀，聊叙我私。匪私於公，世道之悲。報德以怨，豺狼狐狸。俟彼天定，後當可知。嗚呼哀哉，尚饗。

【校注】

〔一〕徐大宗伯：徐學謨，字叔明，一字太室，明南直隸嘉定人。曾任禮部尚書，故被時人稱爲「大宗伯公」。詳見吴歈小草卷六中秋再陪宗伯公泛舟奉呈二首注〔一〕。

又

嗚呼，人亦有言，蓋棺論定。何獨於公，疑謗未靖。嗟世之人，喜儇而輕。或矯爲狂，風節自命。畫餅啖饑，弓蛇宿病。舍彼昭昭，唯冥是偵。載鬼負塗，聞者易聽。考公生平，靡不足證。十年曹郎，守官則勁。不撓於權，一麾旋迸。孱焉眇躬，以捍百姓。黜歸田間，厥聲益敻。至今南荆，甘棠蔽映。豈伊梓桑，而不知敬。固宜同升，勛名日競。莫知公賢，覆謂公佞。柄臣既傾，目公捷徑。冤哉斯言，睚目群瞪。嗚呼哀哉，當公在朝，不問家秉。僮之蚩蚩，或竊爲横。遂哄於鄉，一呼百應。有喟而言，公施實盛。若罔聞知，彌訏彌絙。海壖瘠磽，慳於物生。稻則匪宜，而税是併。號呼籲天，永賴寬政。孰爲之先，維公錫慶。嗚呼哀哉，公壯自期，庶幾汲鄭。晚亦自怡，視日趙孟。不圖吠聲，遽掩其行。令子繼徂，白日再暝。受重者孫，煢煢伶俜。季子兩甥，實同枝棠。嗚呼哀哉，公神在天，俯視瞢瞢。

譬猶蚊䖟，未堪梟獍。菀既當枯，垢亦同浄。吴山之西，峰巒綿亘。賜域芊芊，土膏泉瑩。維暮之春，卜吉而堋。考妣則違，子婦相並。嗚呼哀哉，吾儕侍公，學焉就正。八珍一臠，偶沾殘賸。公顧解頣，留連觴詠。曰古文詞，燦然緯經。唐、宋諸賢，六經胎孕。今之詞人，妄生譏評。斥遠姬、姜，昵近婢媵。訛種相承，口舌難勝。猶望後生，無售昏鏡。旁及老、莊，是詮是訂。尤切憲章，綜述列聖。其言日新，有告必罄。飫所未聞，沃醉俾醒。嗚呼已矣，復誰詔令。祖道一觴，陳詞而醊。仿佛見公，幾筵來憑。嗚呼哀哉，尚饗。

又 代

嗚呼，天之生才，實俾輔世。既啓元良，爰錫之配。國之登賢，實由詢事。既積勛庸，爰晋之位。自古以然，道喪乃戾。履方則危，競於軟媚。於惟明靈，獨能不愧。未壯登朝，簪筆入侍。帝重絲綸，命掌其制。緊國大典，曰戎與祀。由司馬曹，爲郎祠祭。稽古禮文，大祝無秘。肅穆壽宫，天子虔毖。厥詞煌煌，以薦珪幣。時長春官，風棱獨厲。謂公曰能，屬之代對。將請於朝，酬其勞勩。公不詭隨，權奸内忌。出守於荆，快其睚眥。政平民和，不煩而治。江、漢之間，號稱茂異。帝子於藩，争民所利。少給市租，大忤其意。閹人搆患，逮公囚繫。萬衆塞塗，追挽其鞾。叔子去思，至今墮泪。既歸忘出，世不忍棄。有詔起家，遭讒復躓。論定乃升，回翔楚地。節鎮未幾，刑官入貳。超遷秩宗，章服三賜。始明於刑，棐彝率乂。既曰降典，寅清是寄。禮刑一物，唯公克遂。及耆而歸，脱身冕黻。先朝所垂，二氏所記。有造必窮，有餘必識。蓋公於學，特爲精詣。故所居官，有還無避。當其屹然，獨持大義。如遼庶人，爲汰匪悖。主父在齊，懷刃欲剸。公之抗辭，不撓者氣。壽陵既卜，奸或潛伺。滃滃訿訿，衆咸愕眙。公折其萌，以紓國計。雖履虎尾，了不爲惴。凡所執持，多如此類。不同流俗，脂韋矜智。迄終天年，必行其志。列上太常，將錫公謚。公未嘗亡，譬猶委蜕。我之識公，實從初試。慕公牧楚，願學爲吏。公亦不鄙，待以國器。今之仗節，遄聞公逝。俯仰今昔，能不酸鼻。公真大臣，後來孰嗣？我懷明靈，緘詞以酹。嗚呼哀哉，尚饗。

又 代

維萬曆年月日，宗伯宫保徐公以疾卒。先是，邑之黠而嚚者惎公，僮客群而嚚焉，不思公之嘗有大德於斯人也。其東偏瀕海而居者某某，懷憤懑不平之日久矣，於公歿後明年月日，祭以特牲，請於能言，爲文而告公之靈曰：

嗚呼，公之爲德於鄉兮，紛其賴以全活也。彼狂奔而群吠兮，何若斯之乖刺也。豈冤抑之莫伸兮，將貪夫之好爲訐也。咸攘袂而大詢兮，吾不堪此蠆與蠍也。謂左右其實訌兮，隔九閽而不得達也。呶呶者何可盡信兮，竊恐夫當路之不察也。公之再起凡十年兮，由牧伯而朝列也。兩公子其實從兮，無他子弟使毖刮也。操奇贏以牟利兮，固無厭者之没没也。豈强貸而倍收兮，亦維時政之騷屑也。嗟瘠土之寡入兮，恬不慮夫澤竭也。夫孰以告司農兮，俾得改而折也。維田賦之三等兮，固則壤於前哲也。彼惰窳之積蠹兮，乃猾胥之窟穴也。曰均下賦於上中兮，吏亦偷以補其拙也。懵莫之省憂兮，踵行此弊轍也。公手爲草以代訴兮，監司聞而蹙額也。遂欣欣以漸蘇兮，庶不浚夫膏血也。苟良心之不泯兮，如飽飢而止渴也。曾不若畏壘之尸祝兮，忍乃爲此桀黠也。吾儕輟耕以太息兮，中壹鬱其若結也。疾黨人之滅公兮，身處卑而不能闢説也。公有大賜於吾土兮，竊不忍其抹摋也。維海壖之斥鹵兮，凡鹺課其千鋝也。既灝溔而不可漉兮，猶責洪波以飛雪也。兹大海之吐吞兮，亦恃人之回斡也。彼税盈以償詘兮，實諮公而施設也。吾既獨私此惠兮，不覺夫哭公而嗚咽也。人情誠不可以一概兮，胡衆口之反爲齧也。公固施而不責報兮，吾哀夫俗之薄以劣也。喟陳辭而奠酒兮，仿佛乎公之來歠也。尚饗。

合祭王大司寇〔一〕文

嗚呼，公之文章，行於天下。擬漢及秦，鼓吹騷、雅。四部煌煌，世多習者。公之出處，凡幾回翔。亦既初服，不辭繡裳。爲介爲通，孰知公常？公之偉度，如海則涵。公之勤施，如雨則甘。不以文掩，十猶二三。始興以來，奕葉相望。蘭茁其芽，誕必遒上。凡民有知，靡不瞻仰。公今仙游，其又奚憾。將厭世氛，還於恬淡。綿竹之期，於兹當驗。某等辱在門墻，或故或新。不鄙而棄，於誼則均。武之先子，昔同馳驅。暨乎弱息，以吹以嘘。不幸短命，彌惜其殂。晚更知我，潦倒粗疏。今世實鮮，宜謂爲迂。時升〔二〕孤子，嗜古而拙。公謂莫知，子羽我刷。從我秣陵，我文子閲。含咀英華，匪日伊月。堅也拜公，在弱而蒙。迨試京兆，言憫其窮。於館於穀，他山爲攻。自公予告，靡日不從。醉以朗月，煦以和風。臨别之音，提耳則空。燧〔三〕誦公文，於冠之年。蚤失所恃，有痛莫宣。庶幾一言，賁之九泉。不謂獲請，數奉周旋。承公之訃，飲泣漣漣。公來自天，爲世造福。命之不延，寧爲公哭。哲人云亡，百身奚贖。言叙其私，以薦一巵。彷佛見公，笑而釂之。尚饗。

【校注】

〔一〕王大司寇：王世貞，字元美，號鳳洲、弇州山人，太倉人。明嘉靖二十六年進士，官至南京刑部尚書（明代多以刑部尚書稱大司寇）。父王忬，曾任兵部右侍郎，爲嚴嵩所構陷冤殺。王世貞曾爲父訟冤遭免官，後得昭雪復官。工詩善文，與李攀龍齊名，爲明「後七子」領袖。著述豐厚，有弇州山人四部稿、弇山堂别集等。

〔二〕時升：唐時升，字叔達，居嘉定西城。爲人倜儻，多大略，學贍氣豪。「嘉定四先生」之一。著有三易集。詳見吴歈小草卷一送李茂修孫履和北上兼寄叔達冏伯無隅三君注〔一〕。

〔三〕燧：程嘉燧，字孟陽，休寧人，僑居西城幾五十年。善畫山水，筆墨飛動。詩風流典雅，爲晚明一大家。書法清勁拔俗，時復散朗生姿。「嘉定四先生」之一。詳見吴歈小草卷一送别孟陽作止奕詩注〔一〕。

又

嗚呼，公之返真，歲閲五期。久殯未祖，以需日時。生爲正卿，殁得賜葬。維是邺典，有畀無讓。公昔遺言，從先大夫。戒其嗣人，我違汝辜。子乃上疏，具陳哀誠。隱君之賜，義不敢承。天子曰嘻，國有故常。汝其勿辭，往治爾喪。爰用復土，賜域之左。於是焉藏，魂魄以妥。方公壯歲，有意馳驅。既遭家難，十年茹荼。先皇之初，沉冤昭雪。恩重身輕，言脂其牽。晚稱遺民，賁於丘園。再蒙恩澤，復就籠樊。未幾乞歸，此身吾有。夜壑舟遷，柳忽生肘。唯是窀穸，公志則存。庶幾地下，永奉晨昏。考公生平，凡再彊起。義兼尊親，臣臣子子。吾儕後生，咸以文行。游公之門，叨陪觴詠。往者哭公，人寫其哀。許與之分，於今永懷。何以祖行，炙鷄絮酒。陳詞侑之，公乎知否？嗚呼，尚饗。

祭董大宗伯〔一〕文代王

嗚呼，維昔江、漢，篤生元良。既膺寶歷，有弛必張。公對大廷，廣川頡頏。含腴採華，厥詞煌煌。典司綸綍，在帝之旁。晚躋春卿，寅清是將。勛名既著，俄卷而藏。用啓後人，奮翼翱翔。匪榮其私，酬國未央。凡兹盛美，史乘則詳。我所感戢，情結於腸。自昔稚齒，學爲文章。氣盛才拙，莫知披猖。先子之故，側聞大方。棄瑕録瑜，目以珪璋。齒牙餘論，許紹青箱。黽勉十年，始舉於鄉。再獻再刖，乃忝周行。時公元孫，聞譽日彰。指心相期，不同尋常。累受國恩，勖哉勿忘。猶憶少時，辱公稱揚。知己之感，於是焉償。何圖大故，匍匐奔喪。疾疢繼之，窳不可强。公今已矣，我實倀倀。客歲之冬，公以一航。翩然東下，止我中堂。鶴髮朱顔，其容蹌蹌。終日匡坐，閑舉一觴。每至夜分，吐論洋洋。謂當百年，彌壽而康。胡忽厭世，白雲徜徉。公雖早退，其施不長。爲國薪槱，實棟實梁。唯是樗櫟，於用無當。疇劚而削，能不徬徨。元孫之歸，身晦道昌。今之繼起，彪炳詞場。或出或處，咸爲國光。公收其全，殁有餘慶。我之哭公，默而自傷。拜瞻遺像，衮衣繡裳。尚如平生，音徽孔明。陳詞寫衷，薦此椒漿。嗚呼，尚饗。

【校注】

〔二〕董大宗伯：董其昌，字玄宰，號思翁，又號香光居士，華亭（今上海松江）人。明萬曆十七年進士，授編修，累官編修、掌國子司業、太子太保等。天啓中，拜南京禮部尚書（大宗伯）。卒謚文敏。書畫天才俊逸，妙絶天下，亦精鑒賞。有容臺文集、畫禪室隨筆等。

祭潘司空〔一〕文代

嗚呼，大臣殉國，匪才之難。袖手在傍，噂沓來干。争獻所疑，蝟磔矢攢。慨然任之，力排衆歡。浩生説趙，實爲心寒。國是以定，民獲少安。豈伊識明，有慮必殫。河流湯湯，久湮禹迹。自北池南，蕩漾莫測。避之而遷，荒哉賈策。回河北流，徒費工役。其在於今，勢尤異昔。自引而漕，兼賴其力。合淮以輸，歲虞激射。巋然園陵，憂在肘腋。天子曰嘻，疇稱厥職。有言公能，俾往底績。公來行視，講求實詳。增卑倍薄，允賴堤防。不迮以蹙，少殺其狂。彌束彌遠，水性之常。下流既滌，孰壅爲殃。驟詘復信，奏功明堂。民免爲魚，室廬相望。一時之利，璽書煌煌。公今云殁，淮壖不忘。嗚呼哀哉！昔我先子，嘗參名藩。公以臺臣，歸賁丘園。許與之分，夙聞話言。暨歲壬午，鎩羽獲騫。簸揚而前，公胤吾昆。始識公顔，飄髯如戟。目以通方，勖以學殖。曰今之人，誰不外餙。子之易夷，前修所亟。

爰命女孫，許字弱息。終始之誼，維是姻戚。自余在疚，迨今數年。中遭舛互，有痛莫宣。區區之懷，日省予愆。猶望後來，無忝於先。稚愚失學，快意所便。况慚義方，祇犢多牽。我是愧公，每用憂懸。長君宦游，厄於豪右。公論在人，使出稍售。何圖倉皇，還哭公柩。嗚呼哀哉！老成既謝，時事亦更。病淮而號，泗上之氓。謂當改圖，役豈易興。易變則通，毋毀公成。令公而存，別有支掌。寧固而愎，毋躁而輕。維公諸子，家學是承。公則已矣，尚有典刑。嗚呼，尚饗。

【校注】

〔一〕潘司空：潘季馴，字時良，烏程人。嘉靖二十九年進士，授九江推官。擢御史，巡撫廣東。行均平里甲法，廣人大便。臨代去，疏請飭後至者守其法，帝從之。四十四年，由左少卿進右僉都御史，總理河道。與朱衡共開新河，加右副都御史。尋以憂去。隆慶四年，河決邳州、睢寧。起故官，再理河道，塞決口。明年，工竣，坐驅運船入新溜漂没多，爲勘河給事中雒遵劾罷。萬曆四年夏，再起官，巡撫江西。明年冬，召爲刑部右侍郎。季馴之再起也，以張居正援。居正歿，家屬盡幽系。季馴言：「居正母逾八，旦暮必歿，乞降特恩宥釋。」御史李植動季黨居正，落職爲民。十六年，給事中梅國樓復薦，遂起季馴右都御史，總督河道。季馴凡四奉治河命，前後二十七年，習知地形險易，增築設防，置官建閘，下及木石樁埽，綜理纖悉，積勞成病。三疏乞休，不允。二十年，泗州大水，城中水三尺，患及祖陵。季馴謂祖陵王氣，不宜輕泄，議不合。都給事中楊其休請允季去。歸三年卒。（明史卷二二三潘季馴傳）

祭王奉常〔一〕文

嗚呼，公之學問淵源，文章煒曄，驂哲昆而齊騁，譬蘭苕之集翠，猶汲古以修綆。蓋遠擷六代之菁華，而近以濟南爲庖郢。公之敏於治辦，長於師帥，紹前烈而彌永，譬鏌邪之發硎，猶張弓而先檄。蓋終焉八閩之模範，而始定魏國之家，秉凡公生平，在二三椽筆固已勒堅瑻，垂汗簡而琅琅炳炳，寧獨海内所共瞻仰，將傳信於後世，而莫不想見其山之高，行之景。維堅與表，穉愚無知，不獲侍公於生前，聽其議論之踔厲，睹其豐儀之峻，整而奉以爲師，猶幸與公之諸子游處，而庶幾於私淑者五六年於兹。公居家庭，内和而外莊，凡所以訓敕其子，必依於醇謹，鑒於盛衰，斤斤乎刻鶩畫虎之喻，而告以門地之不足恃者，其言尤諄復而可思。此雖長公之叙述亹亹，或有未悉，而洵美象賢，時爲吾黨而闡繹緒言，輒抆涕而歔欷。

嗚呼哀哉，公位不滿其才，年不滿其德，固將貽厥後人以未艾之福。乃四子競爽，又弱二焉。伯兮叔兮，皆以恭敬温文，欲並轡於康莊，而遽脱其輹。獨仲也，苕發穎豎，方有聲場屋，而季亦逡逡退讓，抱未雕之璞。一塤一篪，猶足備九奏於咸、英，以和鳴國家之盛，而無負於式穀。若公之明悟，既能了無罣礙於去來，而何戀乎浮生如轉轂，矧其卓然不可磨滅者，又已灼灼在人耳目乎！丹旐翩而靈輀既駕，生芻一束，其人如玉，奠酒漿以陳詞，徒悵恨於百身之莫贖。嗚呼哀哉，尚饗。

【校注】

〔一〕王奉常：王世懋，字敬美，號麟州，又號損齋、牆東居士。明太倉人。王世貞弟。嘉靖三十八年進士，官至太常寺少卿，故被稱爲王奉常。善詩文，多藏書。著有王奉常集。

祭欈李馮封公文代

嗚呼，世稱人子，所爲親榮，曰高其門。有進於此，匪直榮觀，令德之温。乃厥考心，所用自慰，亦在後昆。珪璋特達，爰有名位，出爲世珍。疇菀其條，疇導其流，水木本源。維子之爲，實父之貽，以克有聞。吁嗟我公，含和養醇，賁於丘園。賈既弗售，是啓賢嗣，甚秀而文。擢第禮闈，袖然舉首，矯矯高騫。公顧樂之，吾幸有子，可遠世紛。巖觀川游，佐以觴詠，聊樂我員。疾革之言，我老牖下，清時逸民。孰屈而信，孰殁而存，唯吾子賢。某少習公，與之游處，真若飲醇。兩附令子，科第之末，以自濯薰。唯余家嚴，視公兄弟，情好素敦。謂當百年，皓然兩翁，鶴氅綸巾。胡忽厭世，棄其親朋，曾不少延。我別而來，拜公堂上，維暮之春。迨承公訃，自秋涉冬，彌曠九旬。乃克緘辭，以抒悰愫，薦江之芹。我實愧公，公能鑒余，簿領爲煩。嗚呼，尚饗。

祭欈李朱太公[二]文

嗚呼，梗楠豫章，其高千尺，其大數十圍，而任爲棟梁，則必不生於尋丈之蹊而步仞之岡。其於人也亦然，非甚盛德，則孰爲厚其積而開厥後之人繩繩乎？德彌劭而名彌昌，於唯我公，含真葆素，蹈義履仁。凡所施之閭里而被之膠庠，即未展其生平，而在卑能施，在約能裕，蔚然盛德之光。公有象賢，世其家學，蚤播聲華，晚就閑散，其所抑而未試，試而不苟，一稟承乎公之義方爰啓孫枝，蘭茁其芽，並擅國香，而仲遂以明經起家。始出宰乎南漳，仍移牧於此邦，爲冰蘖，爲鸞凰，固已名被八閩而譽冠三吴，豈非公之所厚積不售於躬而盡以貽諸後人，使紹述而闡揚也哉？

某以沉淪廢棄，樗散瓠落之才，辱公哲孫時與從容於議論文章，蓋未嘗不述公之所以訓敕之者，庶幾乎陳大丘、荀令君之不亡。且言公年已八十餘，而神明不衰如少壯人，一旦遺形委蜕而游於無何有之鄉，公又何憾於人世？所爲公悼者，仁君之勛業向鞅掌於簿書，而季孟之學殖未獲騁於康莊，要於克自樹立以酬公之所未償，則譬猶深山大澤之產，干霄拂雲，靡不飽雨露而厭風霜，異日者之爲棟爲梁也審矣。明靈有知，其尚欣然而來舉余之觴也耶。

【校注】

〔一〕檇李朱太公：萬曆年間嘉定縣令朱廷益之父。朱廷益，字汝虞，嘉興人。萬曆丁丑進士。由漳浦知縣貶連州判，未赴，遷知嘉定。先是，邑中吏治操切，僉點糧長，大爲民累。延益令按甲透充，民得均役。猾胥舞弊，錢糧多影射，乃創板册以杜移詭，爲三連票以便契勘，納户始免倍出。邑不産米，民苦漕兑，與邑人議改折，申揭上官，題請得允。在任三年，整荒田，濬河渠，修學校，旌節孝。擢南禮部主事，終通政司參議。殁後貧不能葬，江南士大夫醵金助之。

祭侯大參〔一〕父子文

嗚呼，昔歲作噩，公以踰耊之年示疾而辭世，回顧諸子環列，孫曾岐嶷，夷然於啓手足之際，人皆謂之仙游，諸福亦云咸備。於時長君雖未忘於揚名，撫賢嗣而自慰，痛定之餘，以稔聞青烏家言，行將求乎福地。歷數年而得之，阻日時之未利，年六甲而甫周，抱沉痾而遽逝。後又五年，而子也登，朝奉策書而三使陟衡嶽之嵯峨，觀嶺海之巇嶮。歸而煌煌乎綸綍之來賁，已乃擢官給諫，言歸覲省，奉觴於王母及母氏之前，蓋一耊而一老，既壽且康，猶如甫衰之歲。於是諏日庀工，將以日躔星紀之次，啓公與長君之殯歸於玄堂，以永安於百千禩。邑之白衣冠而送者將踵接於城闉，非悴且老也，且牽舟而前，相率拜於墓道之隧。

某等咸辱交於數世託里閈之末契，輒以生芻絮酒往酹，而告以祖道之祭。蓋江自西來，泖自南下，渺瀰而來滙，以奠逝者之魄，以宜爾子孫於世世。若公父子之稱於鄉之人，與永有貽於來裔。有銘有碣，非可罄於造次之陳饋。嗚呼，尚饗。

【校注】

（一）侯大參：侯堯封，字士隆，一字欽之，明嘉定人，曾任福建參政，故被稱爲「大參」。光緒嘉定縣志卷十六宦蹟載：（侯堯封）年五十七成隆慶辛未進士，授刑部主事。癸酉充順天鄉試同考官，改四川道御史。清軍江西，禁胥吏騷擾，築九江湖堤。繼按福建，劾建寧守鬻獄。忤張居正，左遷湖廣僉事，備兵蘄、黄。蘄盜出没江中，堯封置樓船，嚴斥堠，扼要害，搗巢穴，盜悉平。蘄民阻大同山者，藏亡逋賦，法不得行，衆欲剿之以爲功，獨持不可，遣能吏往諭之，令子弟受學，遂爲良民。初，堯封登第，出張居正門。居正母道經蘄，供億無加等，又上書諷其奪情，且言吳中行、趙用賢不宜受杖。江陵去蘄一衣帶水，在蘄二年，不通一刺。遷湖南分守，正民傜疆界。改備兵襄陽，會大旱，步禱立應，人稱「侯公雨」。城臨漢水，西面庫且壞，增築老龍堤衛之。工畢而江暴漲，平地水高二丈，城得不圮。城外居民偏受水害，賑恤尤周。水既退，又增城實堤，築二石梁以通峴山。衆以爲迂。明年，水益大，至新版，不没者尺許，城外民由石梁得渡者無算。時堯封已丁母憂去，民立祠祀之。後補大名，值大祲，勸分發粟，修築陽平堤三百里。遷福建參政，署布政使。告歸。萬曆戊戌卒，年八十四。祀福建、襄陽名宦祠。堯封所至，以風教爲己任，嘗修鵝湖、鹿洞書院，建靖難諸臣大節祠。在閩時，却藩庫羡金。及歸，蕭然約素。待族屬有恩。

祭曹養吾先生文

戊子之歲，始獲升堂。以通家子，拜公於床。形臞神王，骨聳顏蒼。心與貌古，靜默而方。晚實聞道，寡營孰戕。公始望七，杜門滅迹。軒車來過，輒辭以疾。唯平生親，笑言促膝。何圖新知，亦許入室。觴詠餘閑，圍棊彌日。性不食酒，僅能濡口。座客滿前，分曹列偶。子承其顏，滑以瀡瀡。山肴谿蔌，辛酸畢取。叶。一飲一石，匪升與斗。公笑而云，有子無負。川游巖觀，吾意所安。於焉卜築，永以盤桓。言采於麓，言釣於干。春花秋月，歲暮雪寒。短歌長謡，興至必殫。生人多欲，紛紜馳逐。獨以素羸，早脱桎梏。少舉於鄉，公車奏牘。三獻莫知，遽懷其璞。乃託計然，用展心曲。既積高貲，好施奚黷。賢嗣繼之，有聲場屋。屢上春官，珠掩魚目。公憫其勤，慰諭諄復。子之榮親，豈必章服。維爾好修，緊我多福。况於後來，森其蘭玉。達哉斯言，老氏止足。如公之賢，弗試而竣。養痾林樊，以樂天年。是當百歲，胡不少延。實夢斯覺，周也蘧然。自弱而耄，一彈指間。以神爲馬，駕而上仙。游彼帝庭，俯視八埏。某託末契，見其四世。公子吾兄，公我父事。我朝我夕，我館我餼。不以沉淪，遂見鄙棄。今兹南游，公訃忽至。臨觴潸然，起而攬涕。典刑是傷，匪私其意。時日之良，期月而藏。跽而陳辭，薦以酒漿。仿佛見公，來舉我觴。尚饗。

學古緒言卷十四

祭文凡十四首

祭朱通政〔一〕文聞訃

嗚呼，守道通方，實難其全。孰有備美，體方用圓。感恩知己，各繫其逢。孰是契合，情深道隆。於維明靈，宅夷蹈峻。清而能容，廣而能慎。其取於人，寧鈍無銛。其責於人，以巨掩纖。嗚呼，豈無清節，於物多傷。廉也勿劌，其道大光。豈無厚施，或私其恩。形骸之内，古道斯敦。邑之凋敝，如人病羸。公曰食之，藥石何爲。賦從其緩，令蠲其煩。如冰之潔，如春之温。禮厥耆碩，拔厥俊髦。不罰而治，化饔與饕。去後之思，至今如新。庶幾節鎮，復來拊循。日月以須，未慰饑渴。一朝奪之，天乎降割。嗚呼哀哉！公始挍士，拔我衆中。以言信行，日就磨礱。猶憶行春，仙舟共載。德音泠泠，是培是溉。公既佪翔，予日偃蹇。書疏每勤，勖以歲晚。昔公北上，期會吴門。促膝笑談，自晨及昏。信宿而別，賦詩言懷。務道之合，匪俗之乖。洎乎再起，兹秋爲期。時暑方虐，後到而疑。既謁門庭，旋枉軒車。公來惠招，辭謝以書。請俟畢試，飫聞高論。以酒彌縫，解其勞困。老親傳言，促以遄歸。公方病脾，臨發依依。留書閽人，具告之故。曾未經旬，俄而承訃。嗚呼哀哉！公之屢擢，每官於南。我至都下，謁見者三。白門橋東，石頭城外。數聆話言，繼以嘆慨。何圖斯游，僅一覿面。痛結於腸，有泪如霰。嗚呼哀哉！公之名德，鬱爲世望。賢者所歸，雖愚無謗。才用未展，命不其延。所不可問，瞢瞢者天。既畀之厚，胡奪之速。匪天不仁，抑民無禄。將世之汙，卒以莫伸。寧喪國寶，毋混於珉。自古潔清，幾人富壽。彼鄙而頑，福澤多有。曾是力田，欲勝逢年。以德爲券，豈曰誠賢。養之不終，有伯與季。志之不酬，象賢維嗣。我哀斯人，爲公大慟。國撓棟梁，士失麟鳳。嗚呼哀哉！不訾之恩，匪利與名。在獎其進，以古爲程。相知之深，匪才與藝。在信其衷，雖窮不墜。恩不能報，知不能酬。我則内慚，公不我尤。立不易方，用不違時。古道邈矣，能不悲思？嗚呼哀哉！尚饗。

【校注】

〔一〕朱通政：朱廷益，字汝虞，嘉興人。曾官通政司參議，故稱「朱通政」。萬曆丁丑進士。由漳浦知縣貶連州判，未赴，遷知嘉定。在任三年，整荒田，濬河渠，修學校，旌節孝。擢南禮部主事，終通政司參議。殁後貧不能葬，江南士大夫醵金助之。

又代王

人之相知，貴相知心。或異圓方，而同酌斟。匪迹之諧，其中則忱。維公清峻，垢氛莫侵。挺然特立，如松出林。潦倒維予，與俗浮沉。有喙三尺，自比於瘖。中間相去，寧尺與尋。泉流高山，何有蹄涔。鳳輝五采，何有翠禽。云胡契合，證古信今。公念我甚，我愧公深。自今已矣，此意誰諶？嗚呼哀哉！清而能容，是謂道大。嗟彼鄙夫，譬猶牙儈。偷肥幾何，身名俱敗。其或好修，又不勝隘。唯名之尸，唯物之蠆。公嚴自律，待人不然。仕非爲貧，吾義毋愆。奈何衆人，望以聖賢。世儒齷齪，行以名羶。及試於用，拘攣不前。至於友朋，意氣莫宣。公雖逡逡，遇事慨焉。公赴留都，道經於吴。扁舟東下，一過吾廬。予時屏迹，田間掃除。公以籃筍，就我踟躕。促膝之談，衷曲是輸。既别而嘆，此真丈夫。公方嚮用，不棄慵疏。曾是蓬藋，足音來娱。自今以往，孰慰窮途。嗚呼哀哉！公始爲邑，於閩之漳。理成獲譴，厥譽彌彰。公來識面，鄰邑相望。維吾先子，謂公循良。已擢儀曹，改考功郎。視學江右，卿寺俄翔。病免家居，用韜其光。以納言起，將鎮一方。而年止服政，官止五品。未展欲爲，賚志以殞。士失依歸，國喪膚敏。凡厥庶民，罔不悲憤。况於深交，泪何可忍？嗚呼哀哉！我之哭公，國士之知。友道日喪，化爲魅魑。無與爲質，痛結肝脾。擷蔬薦酒，跽而陳詞。仿佛見公，如田間時。至公操履，泊其設施。後有作者，徵於口碑。未敢以誄，有涕漣洏。嗚呼哀哉！尚饗。

祭朱西宗文

昔歲之冬，郡邑朝正。道出於吴，舟車縱横。我嘆於座，思通政公。客曰傷哉，善人之窮。比聞公嗣，復已短命。疑信半之，知其善病。今果然矣，天可問耶。蕭艾敷榮，蘭蹴其芽。自公云殁，凡再晤君。食貧而瘁，有慼無欣。性又狷甚，不取一介。我爲之顰，如何可瘥。火之鑠金，醫窮莫救。人之好修，人胡不裕。叶又。嗚呼哀哉！維君履方，稟於儒行。其中泊然，又依禪定。將蜕汙濁，上生天歟。抑再爲人，遂師浮屠。我在門墻，爲世所擯。守其顓愚，匪俗之殉。倏而衰白，報德何時。唯是骯髒，無慚見知。公昔之官，實携元孫。我時方舟，時接話言。舞象之年，頭角已露。翹首天衢，非久横騖。彼蒼茫茫，人定則勝。如聲與響，有召必應。慰太夫人，洎君之嫠。日可俟矣，其又奚悲。所可痛者，公廉不劌。位不滿德，中道傾逝。意君接武，又憊於貧。俯仰不支，妨其躬身。將人所享，不係其行。

或世之哀，天亦醜。正吾不敢，信徵於來。玆眉睫之近，何足致疑。生茤絮酒，酹而寫哀。靈如鑒予，仿佛其來。嗚呼哀哉！尚饗。

祭沈中丞太素文

嗚呼，顯晦之分，以俗觀之，其途天壤。唯有道者，處顯而恭，在晦而廣。公之辱交，棄彼脂韋，憐我骯髒。昔在水部，歸於其鄉，東下海隅。邑有茂宰，臭味實同，語次及余。出其試卷，胥嘆於座，晨禮其廬。伯氏之嫡，屬以石攻，與共三餘。每一晤言，何以當公，有迂且疏。匪朝伊夕，有喝必和，俄奉簡書。自省而臬，督學關中，別我西征。我笑而言，今之在事，有權無衡。君以衡往，復恐才難，或不中程。還書詑我，彼有傑然，鷄群之鶴。匪鑑則明，士固易知，玉也犖犖。予既屢蹶，以此愧公，書問不數。猶蒙記憶，碑本是貽，慰其寂寞。先君之葬，公移齊藩，書來賻俱。我不敢承，感其誠念。賦贈干旟，入當獨坐。出即總戎，爰贊中樞。已果授鉞，作鎮大梁，旗纛徐徐。未幾移疾，累疏得代，歸卧東山。我欲扁舟，布袍往覲，信宿而還。何圖訃聞，驚愕問故，有涕潸潸。楞伽之麓，湖水所滙，形勢回環。往營壽藏，陸游平莽，水宿澄灣。神游其間，一去不返，邈不再攀。嗚呼哀哉！人之知公，早以文戰，名動帝京。晚而登用，將由内臺，陟爲孤卿。所莫能知，氣剛局方，屹然不傾。有度有識，有惠有威，爲時重輕。未究於用，未躋於壽，騎箕而升。嗚呼哀哉！公昔方壯，求友山澤，而得顧翁。昨歲乞身，聞而私喜，儻可比蹤。而今已矣，平生之好，於是焉窮。靈輀既駕，丹旐翩翩，往即爾宫。我有生芻，以侑哀誄，一寫予衷。嗚呼，尚饗。

祭王稽勛冏伯〔一〕文

嗚呼，昨歲仲冬，書來招余。曰病漸深，肉去存膚。日啖幾何，枵腹如壺。及今相見，有懷欲輸。仲醇南來，余自東徂。同日而晤，言笑晏如。爲信宿留，與同朝晡。臨分悵然，冀春而蘇。庶幾勿藥，息慮自扶。已得還報，筆墨糢糊。有增無損，勢難枝梧。母氏未葬，痛不及圖。外憂門户，内憐妻孥。以此瞑目，其將能乎？感念百端，攢刺病軀。疾高下治，求腴得枯。倉皇再來，卒以號呼。嗚呼哀哉！予始識君，歲爲丙子。相與周旋，後又一紀。君之將翔，省覲留邸。余時鎩翮，放於山水。迨官雎鳩，歸以哀毁。方慚攻玉，每爲倒屣。燕間所聞，洞見底裏。扁舟石湖，欲以兄事。余謂不然，向嘗竊鄙。所貴友朋，豈減昆弟。苟爲斯名，倫止四矣。君益慨然，曰子吾砥。乃延授經，北山有梓。模範謂何，實懷斯耻。余哀杜門，君出旋弭。時一過從，迹遠心邇。頃歲金閶，夜燈同艤。君見吾儕，其色有喜。宵分之譚，佐以甘旨。君談甚豪，或臧或否。既别咨嗟，誰歟可擬？氣雄神王，必多受祉。

而官止五品，年僅踰耆耳。於戲哀哉！如君伉爽，迹於疏脱。及乎精詳，靡有轇轕。或疑其深，城府過設。有信其衷，肝膽俱裂。鬱勃者氣，而文特夷豁。堅凝者志，而用殊活潑。早擅科名，晚見抹摋。常思得當，爲世肅括。奮不顧身，要與俗別。汶汶以完，寧察察以缺。所爲痛者，賷志而歿。嗚呼哀哉！君之令子，亟思表見。改絃更張，衆以規瑱。君謂丈夫，何塗不衒。父子之間，當有獨見。世猶忌之，莫借以便。嶷嶷諸孫，行看豹變。其嫡而長，王母所眷。君别其名，以著繾綣。孝慈之風，施及來彦。爰兆復始，譬猶集霰。既以慰君，且勸爲善。日余哭君，即以此唁。君其聆之，歆此薄薦。嗚呼，尚饗。

【校注】

〔一〕王稽勛冏伯：王士騏，字冏伯，王世貞三子。萬曆十年鄉試第一，十七年進士，授兵部主事，改禮部儀制司。歷稽勛司郎中。會得匿名書言傾儲事，事連士騏，取中旨削籍。後光宗録國本，功追贈太僕寺少卿。

祭博士何原錫〔一〕文

嗚呼，昨歲春暮，君過吾廬。痛念先公，曾不少須。語我暗投，邂逅其徒。要以西邁，自潞歸蒲。所不能從，東望菰蘆。庶幾青衫，還爲親娱。既而謁選，得官新都。歲晏來歸，冰雪長途。馬鞍之陽，引領歸帑。何圖入門，涕淚霑裾。今徒骨立，神已先徂。執手慰君，滅性可乎。劬勞之報，盍葬而虞。君既别去，予踵步趨。輕舟俄發，悵望踟躇。欣聞令子，苕發瓊敷。凡百俊髦，莫或枝梧。慨我遲暮，方此將雛。春雨之淫，逮於夏初。且曠疏問，況乃舟車。令弟訃來，驚起嗟吁。繼以泣下，兀然喪吾。嗚呼哀哉！予始晤君，於彼南徐。行則接袂，榜也同艫。高秋涼風，欲忘客居。後在暨陽，又數相於。君携愛子，日勤菑畬。笑言之歡，不棄散樗。别來耿耿，每懷闊疏。自君之北，予歸糞除。追念舊好，今也則無。嗚呼哀哉！君之行誼，稱於里閭。君之詞學，遠爲範模。百未一展，賫志黄壚。天不可問，尤在賢愚。彼侗而騃，終老膏腴。此賢而瘁，不及霜顱。俟其既定，夫豈終誣。維塤與篪，將起詩書。我陳哀些，託好生芻。仿佛見君，脩然清臞。嗚呼哀哉！尚饗。

【校注】

〔一〕何原錫：同治蘇州府志第九四人物二十一載：何夢得，字原錫。祖天衢，以貢官太平訓導，性坦易，而有特操。父存仁，與叔其智俱以孝友著。夢得以貢授徽州訓導，未任，遭父喪，哀毁至滅性，竟嘔血死。子謙，字非鳴，崇禎辛未進士。歷官有政聲，後以僉都御史，巡撫昌平，移鎮居庸。京師陷，徒跣歸，拜母堂下。以悲憤暴卒。

祭張儀部無隅〔一〕文

昔歲戊子，就試金陵。游處之暱，每同寢興。予適病瘧，欲歸未能。君頗矜奮，喜於得朋。追乎鎩羽，意憒不勝。顧我恬然，悔且自憎。予曰有命，非人所覬。君今踰壯，我又加四。况各終鮮，又艱後嗣。試觀生人，萬不一貴。顧影而單，百纔一二。姑置所難，而思其易。子曰不然，天匪瞢瞢。苟無大戾，寧剪吾宗。唯是遇合，如帆待風。無風而前，櫓楫之功。其後三歲，君舉於鄉。再試南宮，天路翺翔。未幾銜命，衹役大邦。楚之多材，考厥文章。還而見語，所獲過當。今之憂念，乃在蒸嘗。予笑而應，毋勞遑遑。子恃櫓楫，帆則高張。天道可信，必有餘慶。我迂且頑，世宜共棄。至今單孑，天若同忌。子之熱中，當無不遂。别又四年，君既抱子。書來欣然，易憂以喜。造物於君，亦云厚矣。改官而南，蓋計所便。有未釋然，卒難自遣。一心爲盾，百憂爲箭。如蜎之攢，而不克見。爲膏幾何，緼火實多。首尾惴惴，以焚其和。嗚呼哀哉！旅櫬南歸，穉子獨留。群公之慮，風土不侔。欲令成長，歸解母憂。母泣而望，霣涕難收。人或謂母，有美誰侜。室遐心邇，何虞阻修。時其饋問，通其綢繆。唯力之視，匪人之尤。孤嫠相倚，如水石投。年似爲異，終焉見休。以此慰君，含笑泉壤。我辱君知，憐其骯髒。宇下之庇，譬景罔兩。哭陳斯詞，追叙疇曩。奠藻與蘋，庶其來享。嗚呼哀哉！

【校注】

〔一〕張儀部無隅：張其廉，嘉定人，字伯隅，又字無隅。萬曆進士，官至南京吏部文選司主事。嘉定名宦徐學謨之婿。

得年僅四十有一。有心遠軒詩稿。詳見吳歈小草卷一寄伯隅注〔一〕。

又

昔承君訃，驚顧相悼，潸焉涕零。洎乎喪還，拊棺長號，痛不勝情。所用爲慰，唯是孺子，可望長成。何辜於天，本既槁矣，復折其萌。其悼君者，曰既踵武，再振家聲。厚畀之才，顧奪其年，天胡可憑。晚錫之嗣，殁斬其祚，抑又瞢瞢。或解之曰，世道缺陷，鮮受其嬴。如君世胄，能以文起，不保一嬰。予角去齒，從古以然，有平有傾。仁必壽乎，且有後乎，兼享令名。宇宙大矣，古今邈矣，萬不一并。天人之際，譬有物焉，欲知重輕。往來取衷，人者權也，天司其衡。有進於此，曰是宿業，如景隨形。唯聞道者，解彼釋粘，俱忘愛憎。過眼空花，何貴何賤，孰殤孰彭。如飲而醉，沃以清泠，既醒無醒。吉日辰良，言歸窀穸，適歲新正。唯予二人，夙昔之好，情均弟兄。悲極而思，曾此幻化，而足牽縈。嗟君生存，憂瘁半之，以畢一生。殁而復然，魂魄私恨，永結幽冥。敬陳薄奠，縱言大通，以祖其行。靈乎聽只，形閟九原，神游八紘。嗚呼哀哉！尚饗。

祭宣適吾〔一〕先生文

嗚呼，憶始髫齔，已識公顔。偉然長身，屹立如山。及稍有知，得公之心。如淵斯渟，衆所酌斟。就之而温，樂易君子。飲人以和，莫測涯涘。至激於義，譬渴與饑。仁者之勇，凛不可移。公富詞學，儕輩推讓。屢獻而刖，有舟無榜。行道爲惻，公乃恬然。曰世我棄，吾駕可旋。偕我同人，賁於丘園。且留其餘，遺子若孫。公饒酒德，飲可數斗。晚以病止，幾不入口。凡所自割，大率類此。所以皭然，不汙泥滓。居常語我，更事以來。政俗之變，頹波莫回。闕文借馬，酌泉鞭蒲。誰復嗣者，覆謂我迂。予其識之，長此安極。每語移時，相對太息。公既厭世，世益好誇。欲聞斯言，尚可得耶。昔我先子，臭味實同。歲赤奮若，先公而終。我有女弟，歸公叔子。翁媪共憐，二十年矣。爰有二甥，漸露頭角。何以慰公，勖使勤學。嗚呼，人之老成，鄉之典刑。一朝奪之，能不涕零。清酒一壺，往告予虔。仿佛見公，來憑幾筵。嗚呼，尚饗。

【校注】

〔一〕宣適吾：宣應楫，字仲濟，諱應楫，别號「適吾子」，明嘉定人。少事崑山歸太僕有光，以文名諸生間。然人尤重其行誼，稱爲長者。爲人外温内剛，遇所不可貴不能奪所善。詳見學古緒言卷九宣仲濟先生墓誌銘注〔一〕。

合祭殷職方無美〔一〕文

嗚呼，維昔識公，皆以稺齒。先人之交，逮於頑鄙。未有聞知，公顧之喜。此汗血駒，一日千里。雖則内慚，矜奮伊始。於時公名，在遠猶邇。明月暗投，按劍相視。乃會其徒，我鍔爾砥。爰及後生，令奏其技。曰予厚集，汝試摩壘。再鼓而麾，蹲甲注矢。何以佐之，有酒孔旨。公每爲文，或卧或起。口吐厥詞，然後伸紙。誦之琅琅，聽之靡靡。蹙而爲瀾，爛而爲綺。亦既老成，雜以譎詭。何有愚蒙，乃爲倒屣。知公用心，始駕如是。車在馬前，斯之謂矣。公雖食貧，而性豪侈。好爲酒會，必豐以美。謔浪歌呼，歸於有斐。自公未出，洎遭萋斐。三十年間，如一日耳。咸謂康彊，尚多受祉。卧痾浹旬，遽捐床笫。嗚呼哀哉！堅老逢衣，曾不愧耻。恃公之知，或不在此。兆登潦倒，困於鞭弭。黄金臺邊，壯心欲死。公於吴英，口授經史。凡在師門，受恩無比。自以少壯，佩服知己。推挽後先，增釋譽毁。今其漸衰，未獲出否。以是愧公，有泪如泚。嗚呼哀哉！公才過人，自謂跅弛。大德之閑，不踰咫尺。官至大夫，家猶寒士。口多微辭，或疑爲詆。善善之長，十倍所訾。耻爲鄉願，同於惡紫。至其坦懷，洞見底裏。亦曰虚中，録及款啓。有急而告，孱弱同倚。有耄而賢，貧病加禮。人之云亡，孰蹈斯軌。鄉邦之嗟，其何能已。如或吹毛，索公疻痏。我不敢知，後有君子。奠而告哀，匪以爲誄。嗚呼哀哉！尚饗。

【校注】

〔二〕殷職方無美：殷都，字無美，一字開美，嘉定人。明萬曆十一年進士，歷任夷陵知州，擢職方員外，遷郎中，左遷南刑部主事，引疾歸，有殷無美詩集、殷無美文集。

告張二丈文

維歲戊申冬十二月，張二丈茂仁先生歿期年矣。先是通家子某等於訃之夕往哭焉，葬之日往視窆焉，及清明又展禮其墓。而獨未克爲文以告之。猶憶先生閑居，每得吾輩詩輒粘壁間，坐卧諷之。其後相見，聞先生之論，莫不快然意滿。蓋先生之於文，終身好之，老而不倦如此。方其未病也，聞予作壽榮堂記，一日晨來叩門索觀，讀竟三嘆，以爲翛然得古作者之意，已呼孟陽來共談笑，竟日乃別。不意其遽病以歿也。雖先生平日之所以告語者不止於文字，今墓有宿草矣，安可無一言以寫予哀乎！其詞曰：

嗚呼，我少未冠，獲交令子。側聞話言，誨以讀史。歷代之編，如貨在市。以待求者，紛綸錯庤。通鑑紀年，本於左氏。如絲在機，事經人緯。縱横貫穿，究厥終始。謂可用世，世莫能以。帥臣悍驕，從古以然。宋懲五季，徐收其權。逮至於今，罔阻戈鋋。謂秦毒痛，有創而傳。匪郡匪縣，孰使安全。蘭陵大儒，曰法後王。知時達變，不主故常。近代儒者，畫餅爲粻。不顧饑死，好爲荒唐。先生之論，期於實效。豈若拘拘，方枘圓鑿。至其談經，實探窔奧。孔、孟昭然，胡不自劭。而以虚恢，妄相爲驁。日月中天，何有螢爝。所謂文章，以道爲程。古之作者，才與識並。西漢典重，其音鏗鍧。在唐維韓，源本六經。柳克媲之，如月長庚。廬陵嗚宋，實開大聲。爰有眉山，傑然高掌。王既峻潔，曾亦渟泓。其所自得，各極晶瑩。彼不能知，以代時評。自宋之南，庸淺儇輕。漸矯爲豪，匪雅而傖。以剽爲博，以蔓爲菁。吁可怪也，實盲後生。誰歟好古，允有師承。今其往矣，孰告孰聆。予賤且衰，有志未能。舉世嗜痂，如何可勝。先生之壯，好言老聃。摧剛爲柔，寧鈍毋銛。晚悟空寂，復歸瞿曇。南能之宗，庶其可參。已而見語，尼父吾師。靡所不有，佛、老何爲？論語一書，童而習之。豈唯莫由，且莫能窺。淡而不厭，老之希夷。克己而仁，佛之毘尼。吁嗟先生，允蹈斯言。每當噂噂，杳然默存。有臧無否，吾道自尊。及乎諤諤，不移衆歡。貌之芼芼，若混渭、涇。所莫能眩，其識之明。中之兢兢，若重愛憎。所不可奪，其執之恒。學志其大，文抉其精。而知之深者，獨二三友朋。予之告哀，實悼老成。後有命世，斯言其徵。嗚呼哀哉！

祭沈見吾先生文

嗚呼，先人之執，存者數公。自少迨老，唯公實同。一年以長，前歿七年。判隔幾何，行復周旋。我念疇昔，兼悼老成。匍匐往臨，有涕沾纓。昔我先君，師事廣信。獲交仲季，有譽無吝。既困章逢，幸各有子。復令頡頏，勖以經史。公子競爽，豈如我頑。或騁或蹶，猥同伏跧。諸孫駪駪，其氣如虹。曾是璞玉，而以石攻。昔之侍公，我髮垂肩。翰墨餘暇，每厠賓筵。今之侍公，我髮其華。杖幾從容，相顧興嗟。昨歲長至，屏居一室。時勤書疏，訊公微疾。聞其減差，眠食如常。謂當百齡，永享安康。公孫生男，於兹仲春。走賀充閭，迎笑諄諄。何圖奄忽，厭世仙游。訃聞鄰邑，徬徨客舟。四十餘年，記猶昨日。風俗之隤，漸漓其質。唯公子孫，允蹈孝友。尚有典刑，以詔於後。貢公泉壤，可券來兹。哀我父友，酹而陳詞。平生之分，非言可殫。庶其來聆，鑒予辛酸。嗚呼，尚饗。

祭徐攝山先生文

嗚呼，公少以詞學，有名諸生。中之無競，色又奚矜。人皆稱之，喜慍不形。晚升於學，終困一經。選爲縣令，廉惠著稱。資格爲拘，去之蠻荆。滯淹頗久，歸耦其朋。性非食酒，不厭深更。晝需肉味，佐飯則恒。糕餅及糜，宵坐焉憑。伎筵絲竹，有召必膺。暑雨之晨，花月之舲。翁爲祭酒，笑而不觥。夜不扶杖，黯然一燈。行泥淖中，丁丁屐聲。彼有蹣跚，羡翁體輕。翁曰否否，吾藥爲餳。自壯至老，餌術與苓。緬懷攝山，藥草叢生。欲往求焉，齒長未能。別未旬日，有言吾兄。脾氣不宣，頗倦將迎。往問而信，土不勝形。容則瘁矣，言清且明。竟以溘然，奪我範型。嗚呼哀哉！我嗟世道，撲散淳澆。其騖於機，平地嶕嶢。其矜於餙，售蹠以堯。或有詆之，彌迹於恌。以臆爲權，以舌爲刀。有面而詬，或背而呶。此又叵測，匪吾黨交。翁今仙去，游於泬寥。下視塵俗，蝶胥螗蜩。雖昔所安，亦同冰銷。維鳳維梟，維蘭維蒿。自視等耳，其分則遥。古云論定，終焉不淆。我懷其人，望風長號。倬彼嵬瑣，詎曰堂坳。翁去何之，聆此大招。嗚呼哀哉！

祭龔方伯汝修〔一〕文

嗚呼，公之卧痾，距其卷懷，垂二十年。時方踰强，形神俱王，早賦歸田。性喜賓客，分曹博奕，飲以觥船。少長咸集，醉而歌呼，迭奏管絃。或時閑居，卷秩紛披，手不停編。始乎孔氏，泛覽百家，亦玄亦禪。去之田野，於彼城南，爲山聯綿。水樹周遭，輕舟容與，山堂翼然。豈唯夏秋，追凉而已，雪凈花妍。四時游觀，於邑爲最，至則忘旋。晚病風痹，不良於行，籃轝岔岔。自頃痰壅，脾氣不宣，有坐無眠。屢往問訊，形憊神閑，了無戚顔。未幾承訃，感念疇昔，攬涕漣漣。嗚呼哀哉！昔我先子，獲交虞部，若兄弟焉。變起倉卒，有友數人，不愧重泉。公視猶父，先子之殁，三哭幾筵。當其生存，彼此過從，執禮甚虔。予少五齡，童而肩隨，今亦華顛。彼速其成，稍知佔畢，自以無前。目擊隤風，其業詩書，其人市廛。後此一紀，當復如何，將遂天淵。如公幼孤，能蚤自奮，無墜其先。此衆所悉，吾於懷舊，獨窺公賢。其所脱略，小小自弛，蓋氣之偏。獻歲二日，賦詩爲壽，公老而傳。維此一觴，易祝以奠，嗚呼蒼天。哀哉，尚饗。

【校注】

〔一〕龔方伯汝修：龔錫爵，字汝修，號石巖，龔弘後裔。萬曆二年進士。歷任永新知縣，廣東參政、按察使，廣西布政使。詳見吴歈小草卷五龔方伯石岡别業三首注〔一〕。

學古緒言卷十五

祭文凡十五首

合祭李參議茂實[一]文

嗚呼，自昔悲憤，究論天人。莫如柳子，雖激而真。禍福賢愚，分塗以出。其適相符，十不得一。是信然矣，古今豈殊。執表論影，非迂即誣。如君之賢，而以客死。所得於天，年又止此。跋涉之辛，簿書之勤。自夏及秋，勞形與神。人或謂君，過於峻潔。直木甘井，先伐而竭。爲此言者，殆於吹毛。彼不能知，何損秋毫。吾儕知君，不勝盡傷。未免以臆，責報茫茫。死生大矣，胡見之小。冥心以觀，孰壽孰夭。嗚呼哀哉！君之讜言，著於諫垣。積與時迕，旋出參藩。令君而壽，竟所施設。誰與等倫，爲世魁傑。君之令聞，浹於鄉閭。

瘠土窮民，爰賴以蘇。九里之潤，已各滿望。逆計後來，其又奚量。而天奪之速，志業未就。徒令有識，痛心疾首。嗚呼哀哉！君實善交，能愛而親。各隨其分，侃侃誾誾。色温以恭，與物多可。涇、渭之明，實輕嵬瑣。識明以敏，視人無前。貶損之意，每下仁賢。如吾六人，始以文狎。莫逆者心，情好日洽。昔歲丁亥，爲會而盟。期共切磋，不苟爲名。藝文之暇，酒酣氣振。薄雲干霄，靡有緇磷。君騁驥足，高步康莊。數年以來，或顯或藏。自君使還，休於里第。握手之歡，疇昔無異。猶憶江干，流連飲餞。别君一年，而以哭奠。嗚呼哀哉！君之嗣子，孝友天植。一步一趨，先民遺則。自承凶問，久絶水漿。迨乎啜粥，猶屏桂姜。篤行若斯，克昌君後。吾儕念君，欲竭鄙陋。行方智圓，則幾乎全。九原可作，必謂曰然。少者六齡，眉目娟好。哲兄是依，成立可保。天之報施，所不敢論。君雖蚤世，不没者存。蘋藻之薦，以洩其哀。臨觴一慟，肝腸爲摧。嗚呼哀哉！尚饗。

【校注】

〔一〕李參議茂實：徐允禄撰思勉齋集卷九文編載：李茂實，李先芳，字茂實。萬曆己丑科進士，官至四川參議。在諫垣，屢疏論列。少受春秋義於太原相公，太原時當國，屢有異同，爲名給諫。卒祀鄉賢。

祭王伯栩〔一〕文

嗚呼，君之文章，勁悍峭拔。魁然劃然，見者驚怛。胡以回翔，健翮屢鎩。匪衒於辭，而矜於法。君之幹局，不激不阿。敏以應猝，静以鎮訛。匣藏鏌邪，剸割如何。晚就冷官，日月耗磨。君於交接，飲人以醇。其中之夷，而色之温。孰久而疏，孰遽而親。宜福之遐，僅踰五旬。天可問邪，人可憑耶？恢奇見擯，嵬瑣乃升。驥服鹽車，駑馬是乘。栽不必培，覆何必傾。嗚呼哀哉！始君謁選，人爲憫焉。未第而試，俗所棄捐。吾儕聞之，獨謂不然。雖未獲展，猶執陶甄。唯斆學半，老更精研。况彼谿山，可眺可沿。維歲之春，蕙蘭斯馨。層岡複嶺，吐花冥冥。彼茁者荼，紫茸熒熒。何以瀹之，山泉泠泠。庶幾見分，植我户庭。瀉我瓢勺，我醉旋醒。而今已矣，腸斷涕零。嗚呼哀哉！每憶過君，枯棋在枰。香幽酒洌，竹暗花明。雜以嘯詠，肝膽俱傾。至則如歸，歡極平生。如何兹來，哭對銘旌。嗚呼哀哉！君之連蹇，生人之瘁。於君何有，修短不貳。目之未瞑，我知其意。母氏在殯，不克襄事。疇歸其喪，從母於墳。維太保公，洎編修君。終焉孤寡，尚賴殷勤。慰君九原，代感以欣。我陳斯詞，以侑藻芹。仿佛見君，憑几而聞。嗚呼，尚饗。

【校注】

〔一〕王伯栩：王夢周，字伯栩，號堅吾，王錫爵從父，太倉州庠生。能文，好山水。詳見吳歙小草卷四送子魚辰玉北上兼寄伯栩閑仲注〔一〕。

祭徐孺旭〔一〕文

嗚呼，君生之辰，歲在癸丑。先公宦達，既三年後。自童及强，咿唔窗牖。筆札丹青，兼出人右。長身傀俄，性頗食酒。時陳珍羞，求此良友。歌呼獻嘲，咸謂甚口。凡四十年，福履則厚。僮客之豪，爰召群詬。彼氓蚩蚩，狡獪來誘。一呼而囂，千百其耦。射影吠聲，夫何不有。君於斯時，不震不忸。出還其鋒，囚服泥首。入承公歡，共厥瀡滫。旋遭大故，茹哀蒙垢。衆方豺狼，已爲禾畝。或益之距，恣所踐蹂。自春徂秋，對簿糾糾。哀與憤并，有閽難叩。心焉鬱結，孰刺孰灸。厥眚伊何，門則亡牡。鬼瞰其室，主人出走。病不踰日，柩聲有呴。煢然遺孤，與季相守。晝哭逮夜，傷哉老母。謂天嗇之，卅年所受。亦既優游，疇爲之佑。謂天俾豐，乃奪其壽。晚遘閔凶，曾是焉取。造物杳冥，奚憑而剖。君雖有文，今將覆瓿。貴介遇君，君瞑目否。海壖瘠鹵，巨室難久。松柏之生，不於部婁。理或然耶，君則何負。凡我締交，亦孔之舊。忽焉承訃，失足與手。勢極而反，後當復茂。或溉而培，矢以無苟。有酒盈樽，佐以餌糗。仿佛來歆，酌此大斗。嗚呼哀哉！尚饗。

【校注】

〔一〕徐孺旭：徐兆曦，字孺旭，明嘉定人。禮部尚書學謨之子。著有嘯臺集、名飲述。

祭王亭伯二兄文

嗚呼，昔歲戊子，擔笈仁里。子來惠顧，託好伊始。時奉常公，抱痾床笫。晨昏之奉，與仲卧起。外應賓朋，公聞色喜。迨於大故，瘁不勝毀。予賈不售，都門留宿。冬孟來旋，緇塵滿袖。匪人我嗤，亦自知陋。子獨見憐，書來幣侑。期以明春，切磋相究。不謂頑鄙，乃同味臭。既獲周旋，弟畀後先。自春徂秋，咿唔窗間。舐筆伸紙，競吐其妍。當其會心，或丹或鉛。佐之酒肴，實旨且鮮。我醉歌呼，顧子塊然。謂我嗜古，發其藏弆。商敦周彝，鐏罍鬵鬴。晉、唐以來，圖書之譜。心開目明，得所未睹。子游金閶，邀與徜徉。我止於棲，子卧其傍。歡然笑語，此樂難量。何圖未幾，二豎膏肓。我始怪子，善病少康。暑月露坐，揮汗如漿。獨屏於廡，燈下相望。素秋方肅，會客中堂。子席當户，闔扉以藏。子之文弱，難恃醫藥。猶憶病時，驚其瘦削。惙惙謂予，兄毋見謔。豈不自珍，疾不可却。自子訃聞，心焉如焚。芳蘭既摧，其芽復芬。子之遺腹，今已締婚。後十餘年，績學綴文。大業之遂，以慰子魂。子今永歸，先司馬原。靈如有知，聽我斯言。朋友之誼，誓以永敦。嗚呼哀哉！尚饗。

祭侯官陳封公〔一〕文

嗚呼，公昔至吴，觀俗海濱。其氓揖揖，其士逡逡。誰歟湆之，漸變嚻嚻。公有令子，實牧斯人。公來之年，吴人病潦。九雨一晴，彌望浩浩。湖水西溢，禾也爲藻。海波逆湧，飄忽若掃。壟畝不分，塍則有表。民之籲哀，携幼扶老。或言厥壤，邑多罔阜。薄少可收，尚給升斗。公白上官，爲民疾首。高田無濡，歲不宿糗。當其襄陵，步仞何有。一視之仁，緊我父母。歡聲載塗，黄童白叟。公聞色喜，可幸無負。以此養志，豈伊瀡滫。既而遄歸，慨然三嘆。吾雖不售，當得閑散。苜蓿堆盤，亦足衎衎。及侯課最，擢爲御史。公笑拂衣，吾可已矣。彈劾之聲，播於人耳。方按江右，飛語驟起。姻連之故，指爲瘡痏。既歸里門，侍奉多祉。昨歲初夏，公病扶幾。琅琅德音，脱屣塵滓。嗚呼哀哉！某老書生，以拙見憐。先慈之喪，枉奠幾筵。感深欲報，有愚而專。某也齗齗，每荷諮詢。眉壽之祝，賁及於親。禮重鄉飲，首延爲賓。相與惜公，綆長短汲。其唯既醉，五福鱗襲。何圖承訃，當歲甫集。逮兹永夏，緘詞南楫。白雲英英，山幽水清。風馬雲車，翱翔蓬瀛。下視紛呶，譬羶與腥。

公其唾之，來舉一觥。嗚呼，尚饗！

【校注】

〔二〕侯官陳封公：陳一元，字太始，一字四游，侯官人。萬曆辛丑進士。歷知新會、南海。内艱服闋，補嘉定。未三載，擢御史。臨去時，會臺使者行部將至，出私裝佐供賬，曰：「邂逅逢怒，恐吏民不獲蒙福也。」官終應天府丞。詳見吴歈小草卷八贈陳明府入覲二首注〔一〕。

祭王使君達宇〔一〕先生文

維公淹雅之度，包蒙鄙而能容。凝定之衷，當造次而不擾。其所施於從政之大者遠莫能詳，而小試於育才之日者久而彌著。驟而接其色詞，如坐春風，如飲醇醪，不覺夫體融而心醉。徐而窺其蘊藉，如中流楫，如隤岸防，祇見其氣定而神閑。凡皆吾黨之得於親承，所不能僂指數而可以一一見其概者也。當公之未去下邑也，會多士之郡試，或召侮而衆囂，此於法爲犯上，曰某某其煽搖，謂曖昧之難明，告當事以寬調。與其濫而枉誣，無寧幸而獲徼。向微仁人之一言，豈無誤詿於科條。及公之登第春官也，有錢虜之通神，嘗誣殺以中士，獄久淹而未决，曾莫分於臧否。值督學之來涖，潛賄屬乎胥史，坐緣事以遞降，復數年而得理。儻師帥其如公，何鼠輩得而爲市？夫此二者，前有恃則幸無濫，後失庇則旋見傷。

兩生蓋得於傍觀，嘗私論其所以，而今日之所爲，痛悼於哲人也。自公入官爽鳩，出守閩、粵中間，雖書問闊疏，然而賢嗣之褎然於京兆。元孫之斐然於黌校，皆竊以驗積善之多慶，宜福未有艾也。何圖一疾而解官，涉期而承訃，用未盡其才，德未食其報，豈天人之際容未盡符，而修短之數或果前定耶？所愧壤地相隔僅百里而遥，而匍匐往救顧獨後於知交，生芻告誠，俄已迫於窀穸。蓋兩生之困頓衰遲，實抱大慚於中，而庶幾冥漠之我鑒者，恃有平日之知也。猶記癸卯之冬，合餞之夜，公醉傀俄，不辭杯斝，欲别誠難，酒盡須貰，猶昨日耳，忽此徂謝，陳詞侑觴，有泪如瀉。嗚呼哀哉！

【校注】

〔一〕王使君達宇：光緒重修華亭縣志卷十五人物四載：王善繼，字孝冲，號達宇。居後岡，萬曆三十二年進士，授刑部主事。大璫高淮以遼左事就逮，馬謙亦以盗庫鉛事覺，先後下部。善繼抗議，以爲二奸依憑城社，蠹邊耗國，宜亟下所司究如律，朝論韙之。擢守建甯，以勞疾乞休。子獻吉，萬曆三十四年解元，爲膠州守，有惠政。

祭王編修辰玉〔一〕文

嗚呼，士騖於華，靡有根荄。剪刻繒彩，綴之枯楷。我思古人，求友於今。洵美君子，實慰我心。含咀仁義，周、孔爲師。根之沃矣，播厥芳蕤。其遇之晚，柅於多口。疑者漸信，璞玉斯剖。其登於朝，有文恢奇。不脛而走，罔敢瑕疵。其歸就養，穆焉孝誠。將老其才，以爲國楨。其疾之痼，而卒以夭。天可問耶，行道有摽。君之無年，民之無禄。何予之豐，而奪之速？父哭愛子，子失慈父。抑又何言，私門之臨。仲尼大聖，不諧其伉。非我所爲，其又奚愴。孟軻之賢，臧氏興讒。彼噂還者，豈足爲嫌。又其甚者，争名若儈。射影吹毛，詑棘爲檜。世道交喪，末流日壯。孰耻不爲，欲以身鄣。嗚呼，自予獲交，於今卅年。惟是樸直，君則我憐。千里之思，促膝之談。旬月之别，信宿之淹。相見而笑，臨分而懊。中間興懷，筆豈能道？予窮於世，實駑且慵。君欲振之，若於其躬。每辭京尹，輒爲慨然。惜也斯人，逢掖華顛。況艱子嗣，及衰猶獨。盍廣其途，屢勤書牘。予謝不可，君譙且疑。已聞生男，喜而色飛。嗚呼，朋友道喪，貌而不衷。獨君於我，戚欣與同。君之抱痾，有加無瘳。凡我家人，咸爲之憂。日夕以冀，如秋旱苗。數日闕問，顧我忉忉。訃至之夕，我泗汍瀾。攬涕還坐，相對辛酸。雖吾痛君，婦女莫知。道義之戚，豈忘吾私。臨殁之音，似託以子。有如不盡，生者愧死。往奠一觴，侑惟蔬果。詞以告哀，庶其來妥。嗚呼哀哉！尚饗。

【校注】

〔一〕王編修辰玉：王衡，字辰玉，號緱山。江蘇太倉人，王錫爵子，王時敏父。萬曆進士，授翰林院編修。後奉使江南，請終養歸里，年四十九卒。工詩文，擅戲曲，明史有傳。

又

嗚呼，君之雄文博學，蒐六藝而總百家，始冠秋賦於京兆，或混玉石而群嘩。洎乎韋相告老，元成起家，擢南宫而脱穎，對大廷以揚葩。於是向之懷疑，久乃帖服，化猜忌而爲咨嗟。君之篤行坦中，友一鄉而論千古，不知者以爲矯矯華冑，矜才謂而峻城府。知之者以爲温温，恭人劑柔剛而泯茹吐。若其居常，心口相勞，嘿然深念，趯然圖報，一則曰父母老矣，門地之高其何可恃。蓋兢兢乎爰始於客位之醮。再則曰恩寵極矣，如天之施其何可忘。蓋勉勉焉自勖以移忠之孝。此雖朝夕伊邇，莫能識夫中之所存而庶幾於莫逆者。於君之亡，每不勝夫國寶之悼，然則世之惜君徒以才與時迕，名由晚成，年弗克永，道未獲亨，與哲人之不試而同慨，而孰知深衷之怦怦？即號爲能知之者，視夫群猜聚訕之徒，要未足爲徑庭也。某等始終之誼，衹以文行相關，周旋術藝之藪。高論皇王以還，有骯髒而契合，孰脂韋以躋攀。君既捐我，各已衰顔。泪未乾於宿草，魄未奠於西山。青烏之書誕謾而不可信，君未即葬，懼夫言之或中而以瞢瞢者貽後之患，然乎否耶？松檜蒼蒼，流水灣灣，其必從先公先夫人以徜徉於其間耶？跽陳詞而薦酒，神仿佛兮左右。嗚呼，尚饗。

又

嗚呼，自君之歿，於今十有八年矣，而骨肉始歸於土，非緩也，當文肅公〔二〕遷殯而西，凡知君者咸謂孝思之依依，何異生存之處華屋，如必別爲之兆域，非所以慰之於冥冥也。因遂從公之柩而西，於焉聆山寺之曉鐘，覺塵寰之宵夢，或從公而生天，或踵前之芳躅，儻可臆决於冥冥乎？而青烏之書不無異同，則遲回而未果，固人子之至情耳。曁乎歲月屢經，疑懷漸豁，蓋嘗始基於西山之崇峻，已復穆卜於東渚之渟泓，纍纍焉依先世之故域，鬱鬱乎啓今日之新阡，庶孝誠之積虔禱而有符，即明靈之託蜕骨而永安者矣。

予與君投分實深，有懷欲吐，昔嘗濡翰託之陳饋，文蓋四言，韻逾五十，亦既憑悽惻之音寫痛悼之懷矣。別又賦五言律十首，慨世道之交喪，寄懷思於無窮焉。迨乎遷座而西邁，復有輓歌以導行，凡七言二韻十首，則皆導之以逍遥而極之於無生，即欲別爲之詞，其亦何加於！此頃辱賢嗣請爲君傳，文不求工，意在徵實，與於執紼，亦復何言？猶憶辛丑北歸，枉奠先子。喜予得雄，盍出以視。撫而見語，當有難弟。未幾而殤，始悟君指。比舉復聞，君疾憑幾。聞之欣然，此乃賢嗣。豈有術耶，不爽如是。予今送君，歸安窀穸。輒吐所知，以酬夙昔。君家尚寶，朗朗英特。孫以出之，有容無窄。使於四方，所至前席。曰是寧馨，足徵世澤。里閭稱之，無間疏戚。前史之耽，既披且繹。門内雍雍，庭前翼翼。孫枝蘭玉，伸其佔畢。以是慰君，匪聞而覿。如君超超，已通仙籍。凡予所陳，爰告無斁。嗚呼，尚饗。

【校注】

〔一〕文肅公：王錫爵，字元馭，太倉人。嘉靖四十一年舉會試第一，廷試第二。萬曆初年掌翰林院，累官至禮部尚書兼文淵閣大學士，入閣居首輔。謚文肅。詳見吳歙小草卷二王文肅公祠堂成遜之尚寶乞詩注〔一〕。

祭參政張公文

嗚呼，人或謂公，吐濁吸清。形羸神王，胡不百齡。公嘗語我，順受其正。較短與長，乃俗之情。予昔善病，頗學養生。既而大寤，孰爲殤彭。所貴聞道，空無所縈。心之已了，又安問形。相視而笑，如日銷冰。今之哭公，有叩莫譍。嗚呼哀哉！士窮而老，絶意榮名。時復感慨，水火妄争。豈少庸駑，爲國股肱。如公清真，不至公卿。始爲州牧，迫參藩屏。歷試中外，慎獄與刑。所見於世，藹乎仁聲。不激不隨，以廉自程。人飲其和，莫識觚棱。意所鄙薄，狗苟蠅營。不露色辭，默焉内懲。萬石之慎，三閭之醒。永以詒穀，施及孫曾。尤敦儉素，代綺以繒。食不兼味，矧於珍烹。自乞終養，侍母猶嬰。後園之游，親從以餳。

蓋踰一紀，爰啓先塋。頃方禫除，欣接友朋。宴樂以酒，屢及深更。獨居高樓，游目郊坰。布衣徒步，或携野僧。彼不能識，問此孰傖。俄而鼓盆，悲不自勝。火炎痰壅，失其所馮。曾未兩月，溘然相仍。死生旦暮，非公所驚。將從羽流，翱翔玉京。抑生人天，歸依佛乘。公既厭世，詎有不能。雲鏊翠軿，恍其將迎。公乎歸來，一爵予觥。嗚呼，尚饗。

祭張烈愍〔一〕文

嗚呼，昨歲凶問至吴，吾黨相顧驚愕愴悼，相與痛其所遭，而壯其守死，以謂斯人之端静願愘宜可圖於遠大，而乃死於盗耶？豈天遠不可問而人事每紛出於適然，都不足憑而吊耶？嘗試以季修之才之行而論其平生所遭，天固厚之矣，其又孰爲之撓耶？

君少工文辭，爲儕輩所推讓，迨踰壯而僅獲升於學，徒見賞於國子先生而曾不得比於遭時之俊造，况乃履方蹈軌，穆乎其度，肅乎其容，有爲之推，莫爲之娟，而僅以牧凋瘵於遐方，又柬於選人之常調。涖官三年，其民戴之爲慈父，其士奉之爲人師，而同官皆稱爲不矜不伐之君子，又嘗兼領鄰邑，所至皆頌其惠慈，比死官而相率肖像祀之於廟，若斯人者，其文其行其吏治，亦既爲當世所稱矣。始而屢躓於棘闈，猶曰未遇其人也。及乎受官於荒裔，猶曰被拘於格也。至爲上官所知將移治大縣，使展其用而廣其施以爲寵爲光，而驟歿於戎僰之群剽，豈所謂天道無親，常與善人者非耶？抑生之不辰，或別有命焉者，將天亦弗之操而人固莫能拗耶？不然，無乃用之未盡其才，需之莫遘其會，非殺身成仁之是蹈，終無以昭激烈而警憒眊耶？今者群公疏請主上憫惜，贈官錫謚，名滿中朝，而遠播戎徼，雖生前之掩抑而無窮之炳耀何如也！視夫享榮名於朝著，身未殁而貽群誚者何如哉？曾得與相較焉不也？

某以世講辱交君，每東候仲父，或來外家，旨酒清言，每共歡笑。尤以同困諸生，數譚藝文繼之感慨，實相期於久要。當君之西，賦詩贈行，君還書覶縷，示我峨眉游記，屬爲叙之。緘報未幾，而君以殉節殁矣。慚吾生之無狀，徒優游以及耄，悲君之遭，重君之操，何異芝蘭見鋤而蕭艾是膏耶？及靈輀之東，還奠一觴以抒懷，仿佛乎明靈之來顧。嗚呼哀哉！

【校注】

〔一〕張烈愍：乾隆江南通志卷一百五十四人物志載：張振德，字季修，嘉定人。以選貢知四川興文縣，兼署長寧。時藺賊作亂，振德日夜巡城，自度形勢不能保，退檢篋中得銀兩許，付幼子緄曰：「吾不及見汝冠矣」，促之行。未幾賊衆薄城下，振德方出戰，忽大雨，城摧，賊擁入。振德左手持兩印，右執匕首，危坐廳事。妻錢氏與兩女坐後堂，積薪坐側。賊逼，俱投火死。明日賊至，火焰中見振德屍面如生，兩印在手，堅不可取，皆駭愕，稱忠臣，羅拜而去。事聞，贈光禄卿，謚烈愍。

祭侯給諫吳觀〔一〕文

嗚呼，天之生才，以嗣其先，而昌其後。譬之農劭，是穮是蔉，迺宣迺畝。如君苕穎，點筆成文，氣陵儕耦。陽羨之游，髮纔覆額，已薄株守。旋廪學宫，再試京兆，其璞斯剖。當大參公，脱於縶維，頗娱詩酒。通家年少，獲與賓筵，以升侑斗。每蒙顧君，捧觴而前，醉以玉友。自公仙去，君試南宫，屢困未偶。晚得一第，使於四方，風塵疾首。梯山航海，頻年道塗，蓋亦云久。已擢諫垣，感遇攄忠，九閽是叩。竟以罷歸，遽嬰沉痼，纔得下壽。慈母在堂，養不克終，豈勝遺疚。嗚呼哀哉！邑之在吳，瀕海而東，頗爲才藪。始宋嘉定，逮乎今日，賢達多有。季廸、常宗，鳴於興朝，詞人之右。弘、正以來，風氣彌開，不脛而走。君三鳳雛，亦既和鳴，仲不終喁。伯登南宫，受官而旋，獲侍澶滑。叔之詞源，厚積而流，崑崙之泑。以是慰君，殁而不亡，其又何負？予好爲詞，未獲受砭，第堪覆瓿。晚而得雄，以童受知，僅吹劍首。羨君蘭蓀，又茁其芽，洵也積厚。予愧非莊，今之哭惠，坎其擊缶。嗚呼，尚饗。

【校注】

〔一〕侯給諫吳觀：侯震暘，字得一，晚號吳觀，嘉定人。萬曆三十八年進士，授行人。天啓初，擢吏科給事中（明代別稱

「給諫」)。

合祭須贈公文

嗚呼,俗騖於利,爭炫其價。未厭溪壑,禍不踵旋。或厚爲藏,擬儉以慳。施不及親,爲盜積焉。孰如公恬,見利不前。退亦無恐,飽食安眠。孰如公仁,能殖能捐。於以行德,令聞昭宣。爰啓後人,麗藻翩翩。積思藝文,學日貫穿。公歿未幾,文戰登先。再進再捷,摩壘高褰。乃言於朝,卜葬是虔。凡受公施,請爲墓田。既得吉卜,衆口歡然。視其子孫,福澤綿延。崇酒於觴,實其豆籩。以奠以祖,匍匐華顛。距公之歿,今已十年。人情如此,實維公賢。公之懿美,礱石以鐫。鬱鬱葱葱,歸安新阡。其後之昌,福善者天。吾儕視公,年或垂肩。或友公子,同操槧鉛。自頃承役,各有所專。傷時偷薄,爲公涕漣。陳詞酹酒,告於幾筵。嗚呼公乎,庶幾得全。尚饗。

祭沈廷和員外文

嗚呼,萬曆之季,歲在作噩,予哭伯兄。迄今廿年,君官郎署,受命於廷。昨歲云暮,陳饋見呼,晤言深更。厭厭之飲,耐酒如昨,有醑無停。春暮爲期,歸自浙西,偕我友朋。彼此過從，歡然道故，爰濯塵纓。何圖南還，困於風露，至妨將迎。謂當勿藥，醫師束手，遂不能興。嗚呼哀哉！君素珍攝，室無内嬖，以矍鑠稱。甫艾服官，由文學遷，誨國子生。聞譽之著，擢隸塚宰，廉辨有聲。遂陟武庫，旋歌皇華，傳車是乘。諭浙東西，念此夙夜，遽還郊坰。抵家而病，乍聞延醫，謂當旋平。再往訊焉，驟而增劇，大命以傾。嗚呼哀哉！予昔垂髫，甫學弄筆，未受排擻。時廣信公，傳車轔轔，還自朝正。撫予而喜，顧語先子，氣朗神清。吾之二稺，一長一少，與同受經。迄今追思，每慚淪落，中心怦怦。暨乎金玉，硯席之好，迭唱與賡。皆託以子，玉也石攻，藍乎出青。君之南還，季留北雍，有文雲蒸。諸孫濟濟，已露頭角，佔畢囊螢。直需時耳，千里足下，行且計程。如君康彊，尚堪煩劇，宜觀厥成。厚與之福，而嗇其年，天固難憑。抑亦分定，與角去齒，造物忌盈。嗚呼哀哉！予之隤廢，志不帥氣，慵與拙并。晚而生男，課之藝文，黽勉筆耕。督學之試，幸而甄收，得試留京。蔬蔌之奠，與于執爵，世講之情。嗚呼哀哉！尚饗。

祭瞿翁文

嗚呼，憶甫成人，從我先君，讀書沈氏。維廣信公，以疾免歸，迄於不起。俗薄而囂，群聚狺狺，族姻坐累。翁沈外家，鄉人重之，莫之敢指。寧唯莫指，片言一出，衆口同是。予雖穉愚，見其屹然，私心爲喜。時翁正强，其逮於今，忽又三紀。習俗之壞，縱有老成，亦靡足恃。蓋俯仰間，日澆日漓，孰知底止。翁今厭世，翱翔寥廓，脱去塵滓。子孫滿前，撫曾及玄，復何憾只？自我不見，踰一年所，室遠心邇。公昔入城，曾未席暖，即來娓娓。謂我父祖，再世長厚，君又趾美。云何厄窮，況復單孑，吾猶及誒。予謝不敏，實忝前人，天道邈矣。每一相對，凄然而別，予顙爲泚。雖老而强，食啖兼人，百齡可擬。不圖兹秋，脾受肝刑，驟減甘旨。人或負翁，意不能平，欲出其否。曾是蚩蚩，而能使悛，病或由此。頃聞屬纊，神識恬然，談笑生死。殆聞道歟，豈今之人，能涉涯涘。翁起孤童，里有長年，曰避此子。是當素封，以好行德，稱於邑里。斯言果酬，富壽且康，高有福祉。迹其爲人，質直以方，不爲骫骳。我獻其誠，爾破其械，以是没齒。昔長邑賦，數役於官，前後見禮。每條便宜，詳厥可否，以芘桑梓。天之報翁，在翁後人，其無窳呰。予有女甥，歸於曾孫，夙夜瀡瀡。亦既抱子，慰之目前，庶幾葛藟。四世之交，衰年之感，寄此哀誄。嗚呼，尚饗。

學古緒言卷十六

祭文凡十六首〔一〕

【校注】

〔一〕崇禎本卷十六作「祭文凡十二首」，康熙本卷十六作「祭文凡十六首」。陸氏在重校時將原屬於崇禎本卷十七的祭馬伯清文、祭唐叔美文、祭鄭閑孟文、祭秦翁魯齋文移入卷十六，故兩版本所記數目不同。

祭瞿翁父子文

丁未十一月甲寅，瞿翁心疇〔二〕洎黄孺人歸於窀穸，其子幼真〔三〕祔焉。通家某不獲與於執紼，先數日爲文而告之，侑以瓣香束帛，以祖其行。詞曰：

嗚呼，躋耋而壽，踰壯而夭。雖年之懸，同歸宅兆。子姓滿前，有曾有玄。父母之福，子亦與焉。儒者每言，維福與禍。視人否臧，其應無左。理則然矣，事或多愆。當適相遭，化媸成妍。達人齊之，等於一吷。合不爲欣，乖不爲觖。如翁父子，所遭異矣。論其生平，寧有窳呰。我聞内典，同分别業。同則相於，别則異涉。乍似河漢，久乃夢覺。響固從聲，景亦可貌。人之生世，各隨其緣。所以一門，自爲天淵。爰陳斯辭，以達幽冥。歿而有知，庶其我聆。言念女甥，追惟舊好。窆不臨穴，心焉若擣。所以恝然，曰自陽復。屏居内觀，方禁予足。翁媪之藏，史氏則銘。幼真不泯，予言其徵。吉日辰良，往奠爾魄。庇爾後人，其永無極。嗚呼，尚饗。

【校注】

〔一〕瞿翁心疇：瞿仲仁，字德夫，别號心疇，明嘉定縣清浦鎮（今浦東新區高橋鎮）人。世代經商，爲江東巨族。光緒嘉定縣志卷十八孝義載：瞿仁，字心疇。萬曆癸未，與封坊、吴應麟首倡折漕議。癸巳，又與徐行、須瀹等請籲永折。浦東舊有鹽課銀千餘，兩場廢而課如故，仁與鄒寶籲鹺使以崇明漲塗補之。知縣謝三賓贈「潛德耆民」額。國朝康熙時，知縣聞在上作潛德耆民記，立石報功祠。江東志卷十有瞿心疇墓志銘。

〔二〕幼真：瞿幼真，名汝誠，字幼真，瞿仲仁次子。年二十五而夭。詳見學古緒言卷十一瞿君幼真墓志銘。

祭繆翁文

嗚呼，世之隱德，多以晦湮。其克有聞，在後之人。子之用譽，榮顯非真。以文以行，自其賤貧。如翁之賢，不列儒紳。少受家秉，代其二昆。曰親是娛，厥甘乃辛。兄以筆耕，我服衆勤。性尤静默，酒不濡唇。面目清泠，人望而踆。既用本富，親以樂欣。里閭之猾，其口實嚚。搆其家釁，公庭齗齗。翁辭雖直，爲親者顰。竟以末疾，積十五春。裹足一室，不知城闉。瀹茗設醴，洽其族姻。叙説平生，道故與新。逮乎易簀，德與年臻。於乎，世道交喪，散樸澆淳。如翁好修，能不沉淪。實由令子，績學播芬。騏驥未騁，桃李何言。後進是推，先達是援。贄幣之來，日盈其門。人曰是翁，有子長君。不以禄養，而以道尊。視彼誇毗，昭然屈伸。我之愚鹵，跧伏海濵。嚮往之誠，負笈扣閽。昔聞從父，數稱其文。既從受經，亟挹雅馴。會其茹荼，未獲傾囷。時日之良，翁歸穸窀。祖筵之設，曰藻與蘋。侑以蕪辭，仿佛蒿焄。嗚呼哀哉！尚饗。

祭曹昭服〔一〕文

嗚呼，朋友道喪，貌而不心。猶幸古道，及見於今。我從君游，未能一紀。十年之長，事以兄禮。我之鈍頑，屢陟而蹟。憫其不遭，且勖且慰。曰子親老，貧無以養。號慵以恬，胡忍自放。每聞斯言，面熱發赤。抑首槧鉛，庶幾學殖。世方好竽，我瑟是工。以方内圓，宜途之窮。有知我者，借以齒牙。令彼不知，録瑜棄瑕。君聞而喜，繼以太息。容華未衰，無恥塗澤。首夏揚舲，游彼舊都。書疏之勤，無間修途。謂我數摧，宜舒其氣。鳳凰臺隅，佳麗之地。飲酒賦詩，以狎彼姝。神融累釋，文孰子如。我之還劄，有愧其意。我雖競時，時或我棄。既試而還，急省吾親。舟過城下，以書自陳。已聞病疽，其勢頗劇。醫藥是求，未能對客。我遲其行，彼斥而恧。須疾之平，就展心曲。令子書來，報我彌留。倉皇而往，哭君床頭。嗚呼哀哉！自我於役，君過吾廬。問饋之厚，爰及妻孥。仍念游子，窘於資斧。實知子貧，有贐無拒。爾如奮飛，於彼天衢。雖老執殳，爲子前驅。續又得書，有寵而夭。婉孌其雛，且以娱老。居常謂予，平生所嗜。三代以來，圖書彝器。秘不示人，慮或予奪。唯子能知，當爲子設。飲以旨酒，有肴有蔌。出其觥罍，錯磁與玉。嗜古而癖，終庋不宣。有俟其隙，幾喪獲全。嗚呼哀哉！人琴俱亡，何嗟及矣。誰爲吾質，啜其泣矣。人或謂君，迹同誇毗。我知君心，寧激莫隨。倏成古今，幾乎腸絶。眷言諸孤，鶺鴒念切。嗚呼哀哉！尚饗。

【校注】

〔一〕曹昭服：曹繩武，字昭復（昭服），隆慶四年舉人。入都會試下第，盡以行囊友朋之謁選及歸者。里人顯成忠卒於都，爲治殮護櫬歸，賻贈悉封付其家，又爲葬其祖父。其好義類如此。詳見學古緒言卷十二鄉貢進士曹君行狀注〔一〕。

再祭昭服文

嗚呼，兄之旨酒飲我，嘉肴饋我，叙説生平而留連光景者，歲中不知凡幾，而今已矣。念所嗜之如昨，而音容邈若山河，魂怔怔其何理。吾邑之産，土實多宜。歲聿云暮，可以薦卮。黄鷄啄黍，歷冬而肥。既割未燖，白鹽塗之。是宿三日，堅凝其脂。其味孔嘉，接壤所希。亦有市肆，刳剔豚蹄。漉潘以柔，宿火以胹。糅骨與筋，食則用醯。草實之屬，有芋而香。其又一種，花落乃生。夜寒天清，浹旬屢霜。厥實始甘，乃剥乃嘗。膚唯玉雪，比於稻梁。每一餉兄，四物是將。兄乃召客，陳厥脯漿。或蓏或肴，厠於大房。客既醉飽，兄以樂康。猶憶語予，新居既成。歲晏來過，别館是寧。信宿之樂，豈減弟兄。日月幾何，遽隔幽明。兄歿杪秋，逮兹陽生。時物既具，愴焉傷情。已不獲對，嚼於一室。又不忍哭，奠於兩楹。是用緘詞，寫愫與物。俱往託僮客以告誠，且以視君之穉子，囑子之保母，使謹視其食飲，以慰兄於冥冥。嗚呼哀哉！尚饗。

祭何嵢吾先生文

嗚呼，唯翁鉛槧之業夙擅於一鄉，模範之譽遠聞於四境。日月其逝，悼壯齒之不恒。

蚤夜以思，謁良工而求撤。玉韞匵而莫沽，驥伏櫪兮焉騁。豈枘與鑿之卒齟齬歟？胡人與天之不合并也。驟而接之，頎然其貌莊者，頓令人意斂而自肅。徐而聽之，悠然其味長者，潛使人神怡而自領。學雖紹乎程、朱，悟欲幾於庖郢。何圖衰晚獲奉，周旋數共，笑言靡不雋永，既别而歸，往吊且省。雖眠食之暫乖，俄衿裾之復整。自後間隔，縱瞻對其日疏。時一過從，挹音容於食頃。及夫定遷城西，坐揖烟景。或寄懷於篇章，或晤言於甌茗。謂當百齡相期一艇。悵長君既垂翅於遠游，而元孫亦斷汲於修綆。翁遽上仙，棄我而瞑。當窮冬而訃聞，喟憑心而悽哽。嗟洪鐘之絶撞，又焉用此寸莛。唯在亡之同歸，徒西望而延頸。瀝一觴而告君，亦何異於五鼎。茫茫者之不可知兮，孰酩酊兮孰醒。嗚呼哀哉！尚饗。

祭楊伯衡文

嗚呼，昨歲冬暮，緘書往訊。還言病狀，羸困日進。言念二雛，年甫齠齔。君疾以痰，庶猶再閏。顧余衰慵，未遑數問。客有來東，悼其短命。驚問何時，三旬在殯。予豈恝然，平生之分。唯是頹齡，出不踰境。自冬涉春，殆於一瞚。幽明驟乖，有泪旋抆。嗚呼哀哉！予之獲交，蓋已逾强。逮今廿年，世味都忘。君病半之，數過相羊。始以目眚，視不能詳。既而若眩，其神彷徨。豈謂予哀，蓬鬢飄霜。君猶鬒髮，乃臨其喪。嗚呼，百年同盡，孰短孰長。孰榮孰瘁，孰晦孰明。叶芒。君之從父，人稱長者。有季温温，可謂端雅。是皆可憑，撫孤恤寡。須其成立，慰君地下。當君生存，或言多藏。洎乎蓋棺，若已經掠。叶亮。是不可知，亦不足仰。君嘗謂我，言輒有當。酹而以告，其可無愴。嗚呼，尚饗。

祭曹周翰文

嗚呼，歲行在子，君試京兆。再接再厲，抽思若攬。二豎侵之，咄嗟懷寶。文入於闈，傳觀異藻。惜乎中輟，衆所同懊。歸而屏居，謝其舊好。歌呼叫號，與疾俱老。奄然而蜕，殆猶振槁。嗚呼哀哉！君少有文，大父驕憐。負其才氣，自以無前。人或側目，曾不爲悛。意有獨愜，肝膽畢宣。予嘗謂君，貌匪俗妍。然且並鶩，求多於天。犯此二患，胡以童顛。君笑而答，病不易痊。快心而促，拂意而延。較量所得，容詎相懸。豈能恬俞，棲遲永年。卒以懭恍，與世長捐。於乎哀哉！雖予斯言，未爲知子。百齡俄頃，其猶寄耳。短何必非，長何必是。譬之病狂，笑啼孰使。欣或攢眉，慼有見齒。以道觀俗，亦猶此矣。凡俗所趨，於道多呰。呻吟以生，含笑而死。逆旅之悲，得歸爲喜。於乎哀哉！我初識君，年已踰壯。

從先公游，俾和而倡。三世之交，容或佚宕。才拙氣孱，有挫靡愴。吾道自窮，吾懷自曠。君不鄙遺，數問無恙。蓋已世年，念此悢悢。一慟之悲，如何可忘。君之二孝，鵬翼方張。胡不少需，遽此淪喪。君所知者，門内克讓。發爲文詞，蹈乎哲匠。若其逡巡，審於周防。不吐不茹，治亂以相。在遠稔聞，慰予無量。前之悵焉，於是焉償。嗚呼哀哉！尚饗。

合祭王逸季〔一〕文

嗚呼，子之警敏踔厲，宜紹其家業，而遽沉菀以逝耶？子之魁偉端重，宜優游永年，而顧以短折貽母兄之痛耶？子之緘書走幣，幾傾東南之彦方將肅括砥礪以克有聞，而徒令承訃之日涕淫淫之若霰耶？嗚呼哀哉！玉蘭堂前，曾敷摇雪。首夏清陰，廣除延月。曲房藏春，廛筵互綴。湘簾霏微，桃笙對設。間以瓊瑰，圖書羅列。賓朋之來，談言如屑。九華鐙明，羞珍斆洌。觥籌蝟飛，酒深耳熱。醉即頹然，微酣激烈。當今身名，不隨俱滅。爰有從游，清才稚齒。近集里閭，遠致百里。抗顏爲師，授以經史。每課其文，然膏繼晷。涉筆點定，或臧或否。務追陰絶，寧與時詭。哳吻裂鼻，每稱柳子。藝文餘暇，侑以芳旨。蛾眉曼睩，雜薌澤只。聞於吴中，一時之美。何圖年未壯而齒髮早衰，疾已病而魂招不來。昔之綱軒危砌，翳蠨蛸而封緑苔，耳目玩好以授兄之子而鐍不忍開。嗚呼，修短貴賤，自古而莫知其然，何獨於子而悽愴纏綿。所可惜者，厚之畀而奪之年，其矻矻於丹鉛者，特干禄之蹄荃。凡所自負，百不一展，而並無撰述之可傳。蓋方志於功名而未暇於立言。所以吾黨之知之者，不覺其涕漣，而不能使不知者知也。是子之所飲恨於重泉，撫幾筵而一慟，仿佛乎音容之在前。嗚呼哀哉！尚饗。

【校注】

〔一〕王逸季：自廣齋集卷十五載：王士駿，字逸季，弇山先生少子也。弇山先生三子，長太僕公，爲時名卿。仲才最高，坐事廢。君生十四五未爲諸生，已有盛名，年二十九卒，十五六年作時藝主盟。其掾撰刻諸集及成就，後學門生鼓吹天下，流風迄今五六十年不衰。

祭宣文〔一〕文

維靈神清氣夷，貌温行潔。起於孤童，克自振拔。二兄翼之，有撤有拙。學成未售，其志彌决。朝斯夕斯，匪饑伊渴。卒困諸生，抱璞以兀。曰幸有子，可嗣吾業。脱屣去之，又孰予闕。春朝之花，秋夕之月。所與彷徉，三數黄髮。層冰非寒，恃裘與褐。出則負暄，歸或見跋。赫曦非炎，不袒而葛。晨露未晞，夕日半没。醉不及酡，飽不由飧。笑言當歌，杖屨爲艓。是宜百齡，何有耄耋。孺人齊年，先翁云殁。翁後月餘，一何倉猝。嘗曰孺人，未强先茶。今此羸然，如酒吾蘖。吾於養生，殆得其訣。古稱難老，言豈虚設。翁所知人，天乎未達。有不可知，定於荒忽。釋氏曰緣，乃窮始末。顔樂如何，匪餒而札。跖厭人肝，匪殺而活。比聞翁亡，頗睹鬼物。素行則那，豈亦有罰。識神去來，見空則澈。空非墮無，如湯沃雪。凡予所陳，不以情怛。靈乎聽之，何生何滅。嗚呼，尚饗。

【校注】

〔一〕宣丈：宣仲濟，宣應輯，字仲濟，諱應楫，别號「適吾子」，明嘉定人。少事崑山歸太僕有光，以文名諸生間。然人尤重其行誼，稱爲長者。爲人外温内剛，遇所不可貴不能奪所善。詳見學古緒言卷九宣仲濟先生墓誌銘注〔一〕。

祭程翁〔一〕文

新安程翁蘭石既殁之八年，其子先歸營窀兆，明年歲甲午月丁丑日庚申，率其弟啓翁之殯而還葬焉。子之所善友人忘年而交者丘某、張某，相與如兄弟者唐某、婁某，奠以酒肴爲文而告之曰：

唯程之先，厥望安定。廣平江東，世爲著姓。既遷篁墩，後先輝映。堂搆墳塋，稍湮復晟。支分派衍，所在而競。其最後遷，長翰始祖。自晉以來，代四十五。後又六傳，爲君之父。君少而孤，煢煢髫齔。靡瞻靡依，或撫或擯。既長而東，依於其姑。沉毅以敏，殫慮厥圖。晚而漸饒，遍報有德。雖則無恩，懿親是卹。君勤一生，克紹其世。垂範後昆，詳傳與志。吾儕重君，知之特深。聞諸其子，識君用心。不謂古人，獲見於今。茂陵之季，有貴而文。創爲宗譜，網羅舊聞。計族而給，鏤板遽焚。無俾他族，假託棼棼。祖父所貽，迄今如新。手自綴葺，嗣世之珍。別有札記，忠壯公墳。木號龍角，前志則云。或冒族姓，妄有指陳。君從父老，聽其剖分。時未有知，不出一言。後始攬諳，燦然具存。感泣而書，傳子若孫。自以客游，不獲載主。琢木如重，爰識數語。言簡意長，備極酸楚。故山之植，長松百尺。或施斧斤，曾莫之惜。將出私錢，丐之勿析。竟不能奪，每用心惻。君疾既病，言及歸骨。唯祖之依，所不可必。蓋君之心，永懷故土。匪土則懷，恐墜令緒。君有賢嗣，謹識不忘。寧殯以待，不速其藏。既買墓田，有鄰倡狂。訟而獲伸，復來具裝。奉君之柩，道出於杭。間或登陸，車船具良。必誠必信，無敢怠遑。新阡相望，負山邐迤。欝何纍纍，高曾祖妣。於是焉埋，可無憾矣。酹以告之，靈乎至喜。尚饗。

【校注】

〔一〕程翁：程嘉燧父，明休寧人。王世貞曾作新安程君墓志銘。

祭沈叔良〔一〕文

嗚呼，去年之冬，數與君晤。携其二子，方舟西泝。虎丘林麓，風高日暮。同游其間，裵徊相顧。君疲不前，憑檻而踞。我逐少年，東西橫騖。還憩舟中，挑燈道故。君曰病脾，積久而痼。飲不及酣，啖不及飫。其何以支，侵尋爲懼。已留崑山，冰雪寒沍。相去二里，南東其寓。令子實來，曰遲予步。往即與談，俄又别去。自後闊疏，有懷莫吐。曾未期月，而以哭赴。嗚呼哀哉！予始舞象，就君家塾。先君爲師，實課誦讀。君少一年，翩翩相逐。兄弟塤篪，視我猶柷。中年淪落，俱脱其轂。我游四方，君田是服。間一過從，我慚君顣。倏焉以衰，君病我獨。方謂頹齡，舊歡可續。而君已矣，百身奚贖。嗚呼哀哉！君之悍强，十倍尋常。尤饒酒德，一飲百觴。晚生六男，分出姬、姜。女又加二，螽斯未央。何圖一朝，環哭帷堂。君之自叙，其言孔臧。雖有好友，誰復能詳？令子未冠，已游膠庠。所念諸穉，早違義方。婚姻之好，能撫而匡。庶幾不墜，以永其慶。予慵且鈍，於世無當。苟可以效，其何敢忘。痛結於腸，泪盈於眶。酹而以告，仿佛在傍。嗚呼哀哉！尚饗。

【校注】

〔一〕沈叔良：字叔良，諱紹傳，明嘉定人。詳見學古緒言卷十沈叔良墓志銘。

祭徐孺穀〔一〕文

吁嗟，孺穀君之俊爽敏給，宜有聞於當世，而竟困厄以夭耶！君之坦易謙降，宜終享於晚歲，而乃令垂白老親泪爲枯而心若擣，煢煢稚子未知舉家之驚號而孩笑於繦褓。嗚呼哀哉！不知者謂君才地既高，意復邁往，而克自力於文藻，掉臂詩酒之場，高視埃壒之表，遡已往之歲月，計所得之非少。其知者以爲少遭閔凶，中年多故，父殁兄繼，當邑犬之群吠，傷眇躬之難保。及夫衆囂已定，物論漸平，追思先秩宗之造福桑梓，雖蚩蚩無知若，或爲之家至而户曉。君方將與從子爾常尋緒業於縹囊，騁逸足於長道，而年甫及强，髮白過半，蓋貌若腴而中已槁。昔在庚子秋賦，玉幾剖而足仍刖，頗不勝其嗟卑而嘆老。去歲傷伯姊之嫠居，念遺孤之在遠，悽然嘆曰：「吾猶有望，其在兹秋。實思杜門畢力探討，而今已矣。」遂慷慨束裝扶護儀部君旅櫬，觸冒暑濕，歸已潦倒。復乃力疾南征，迄於失意悄悄。自秋徂冬，形瘦削而日黧，神惚恍而有掉。何圖上元燈火，猶邀歡於杯斝，曾未涉旬而遽已匍匐寢門，咸失聲於丹旐。所幸一雛，母慈足恃，爾常之賢門户有寄。雖薄俗其何可知意無復昔時之狂狡，君其瞑目否耶？儻可信之於蒼昊，臨棺一慟，陳詞寫哀，靈乎有知，其來爾予之清醥。嗚呼哀哉！尚饗。

【校注】

〔一〕徐孺穀：光緒嘉定縣志卷十六宦蹟載：（徐學謨）子兆曦字孺旭，兆稷字孺穀，俱國子生，以詩文名。同書卷二十七藝文志四載：繡虎軒遺稿四卷，徐兆稷著，程嘉燧序。唐時升曰：孺穀與其兄才名競爽，年僅四十二，子蚤殤。從子元嘏哀刻。王輔銘曰：詩文卓鍊，兼工八分。

祭馬伯清文

嗚呼，人之相知，十九貴同。不同而合，蓋信其衷。余以闊疏，落落無成。衆所姍笑，獨謂寡營。君慎且勤，曾無暇日。又孰知之，庶幾無逸。往歲之春，來哭先人。寫哀於文，備極酸辛。迨乎秋中，君病幾殆。見託以子，幸勖無怠。大兒邁往，未知所裁。不早挫折，慮與俗乖。少者始誦，實穉且驕。所憂母兄，有愛無勞。既而漸差，親朋相謂。病根未除，宜厚自愛。君雖頷之，意終不回。積瘁成臒，忽焉以摧。嗚呼哀哉！君病在肝，脾氣莫勝。加以腎消，水不上升。嘗語吾徒，難圖久長。日月其除，亦思樂康。舍後隙地，行闢爲軒。數集我友，相與話言。已乃鳩工，爰築爰削。壘石穿池，一時並作。形神俱疲，積不能支。小至之日，手書見貽。告我不樂，猶明且清。僅再踰夕，大命以傾。予爲謁醫，醫言脉絶。流涕視之，遂不能訣。嗚呼哀哉！如予衰晚，志業日頹。不復勵鈍，寧望將來。中所自矢，向受君託。藥石之言，敢忘如昨。嗚呼哀哉！桂蘭芬芬，誰歟共馥？水石粼粼，誰歟共漱？往奠一卮，君其來歆。幽明雖隔，不隔者心。嗚呼，尚饗。

祭唐叔美文

嗚呼，子之先公，隱於方技。行潔貌莊，遠利若膩。與先人交，終始不貳。先人温温，篤於慈惠。有求莫違，要歸於義。或峻或廣，實兩無愧。子少警敏，來游於門。十年以長，視我如晜。是諮是詢，匪朝伊昏。游居之樂，世講彌敦。弱冠而孤，貧不自給。乃耕於野，左鋤右笈。有憐其困，相濡以濕。賴其呴吹，卒以有立。世故靡常，盛者忽衰。昔之赫曦，變爲流澌。子實憫焉，庶其報之。一飯不忘，自古若斯。力有弗愛，何避於嫌。雪吾不寒，暑吾不炎。雖莫能助，吾意則慼。以是知子，薄俗可砭。俗之日偷，乘人於危。因以爲利，寧傍笑嗤。孰有如子，疇昔之思。惟余衰慵，誰數過從。旬日不見，足音其跫。疏食菜羹，不辭我饔。每撫穉子，喜見於容。今兹孟秋，我疾在髀。唯藥之珍，以佐其匕。維蔬之甘，以充其簋。洎乎良已，握手相慰。憐我少羸，不足於味。笑謂養心，何憂於胃。未幾君病，得之飽餐。予往語之，胃寬即安。可勿藥也，且遠杯盤。少焉思食，曰脾之蘇。從其所嗜，必勿拘拘。一飯魚羹，漸增以殂。豈子定命，乃由於茲。惜之悼之，理莫可推。則有是疑，曷既其悲。子有群從，以相二兄。日月之良，歸骨先塋。子之嫠孤，相依以生。凡此素交，應不忍忘。所未可必，各有肺腸。維子之誼，誰獨無良。予貧且老，豈能自保。昔欲有效，尚纏懷抱。顧子知我，或非草草。唯是一觴，與泪俱傾。仿佛見子，愴焉以聆。吾詞有盡，吾恨難平。嗚呼，尚饗。

祭鄭閑孟〔一〕文

嗚呼，維歲之初，予往叩門。君聞曳履，貌悴色温。君病水涸，不勝火焚。告以靜息，百慮逡巡。先屏宿好，遂謝所親。塊然獨居，以寧其神。君雖首肯，曰我未能。歸依釋氏，庶幾我振。爲寫大乘，灑塵沃根。疾高下治，徒此顰呻。奄然病革，遂脱垢氛。嗚呼哀哉！君匪食貧，而拙治生。麴蘖之好，醉可無醒。每携愛弟，如篪與塤。當其意適，顛倒主賓。清言爲侑，譬猶八珍。性既嗜古，尤矜時文。已擯於俗，自比芳蓀。彼幸而售，要爲液樠。前後作者，豈其遽泯。予笑而言，此道如羶。妄謂羊耳，芻狗之倫。又如噍囈，寤豈云云。終不我信，爲之益勤。以俟子雲，知其所存。不多爲詩，文贍以温。其於哀誄，娓娓千言。而今已矣，賫恨典墳。平生友愛，撫弟有恩。何圖嫡長，歿無負薪。

顧謂稺子，以嗣而昆。朝夕大父，則猶元孫。嗚呼哀哉！嗟予衰老，困於暑煩。踰月而平，硯枯穎髠。迨兹冬首，潤回焦唇。乃克伸紙，寫此悲辛。一告幾筵，賁涕霑巾。嗚呼哀哉！

【校注】

〔一〕鄭閑孟：鄭胤驥，字閑孟。博聞强記。爲諸生。性嗜酒，每飲輒酩酊。詩長五古，兀奡頓挫。文雄健，多經濟之言。與李流芳善，時稱「李鄭」。爲諸生，不得志，縱酒自放卒。詳見吴歙小草卷四夜集閑孟齋中同鄒孟陽歡飲口占更留一日注〔一〕。

祭秦翁魯齋文

嗚呼，君之未疾，來叩予門。揖之入座，從容話言。顧問粘壁，是何遺文。告以釋氏，誌公其人。嘗拈偈語，警發沉昏。歌十二時，往復諄諄。誦畢而嘆，覺路可臻。乞我一紙，比於陶甄。既諷且思，庶窺其藩。幸得闖入，豁然逢原。自後別去，曾未再旬。聞其卧痾，往問所嬰。非有痛苦，幸不顰呻。謂當勿藥，漸起趍趍。何圖承訃，愾我酸辛。君素簡静，不逐世氛。加以晚歲，釋典是親。當遂解縛，徜徉無垠。予所悼者，俗罕其倫。擇地而蹈，稱情而云。中所不可，吶吶逡逡。人之好我，若飲以醇。或見所畏，卻步逡巡。機事機心，君實恧焉。如此人者，而不久存。嗟嗟百齡，譬於朝暾。有不亡者，修短曷論。嗚呼哀哉！我有穉子，極荷殷勤。朝書夕詩，勖以有聞。迨兹成童，援筆繽紛。君愛其蕚，未及於蕡。率之饋奠，愴矣蒿焄。嗚呼，尚饗。

學古緒言卷十七

祭文凡十六首〔一〕

【校注】

〔一〕崇禎本卷十七作「祭文凡十四首」，康熙本學古緒言卷十七作「祭文凡十六首」。陸氏在重校時將原屬於崇禎本卷十七的祭馬伯清文、祭唐叔美文、祭鄭閑孟文、祭秦翁魯齋文移入卷十六，又將原屬於崇禎本卷十八的王太夫人文、又代、祭王母魏淑人文、祭王夫人文、祭徐太母金夫人文、合祭王太常夫人文六首祭文移入卷十七，故兩版本所記數目不同。

祭徐汝廉〔二〕文

嗚呼，汝廉君之自負不羈，與同時之咨嗟嘆羨者而止於斯耶！當其年甫成童，一出就試，與儕輩相角逐於詞場，即爲考文章者所知。自後與郡諸生群試，又輒凌厲出其上，而稱最於一時，顧小騁而大蹶者何居？自屢挫於京兆，而前日之群譽强半轉而爲群疑，縱有爲之推挽，未免長嘆而深惟，蓋二十餘年間境外之相從受業者先後脱羈紲而長嘶，而君且撼頓不前，顧影自傷，其棲遲已足令交游惘惘，况於卒然而永别，豈不悲哉？或謂君少喜沉飲，比其衰也，已漸不似異時之過當，今者一飯而卧，卧而痰氣上壅，忽忽若罔聞，知以迄於不可療治，非酒之流生禍而誰歟？是殆徒爲追悼而未之深思者。君母老子少，自頃失意，久不睹其沉飲，或者傷吾道窮，中有不自釋然，遂不覺其神守之離耶！一旦駭其驟折而曰飲酒之積疲，得無厚誣而未之能窺耶？是用陳詞酹酒以寫吾黨之悲，以釋不知者之瑕疵，髣髴君之愾焉寤嘆而一釂陳饋之巵也。嗚呼哀哉！

【校注】

〔一〕徐汝廉：光緒嘉定縣志卷十九人物志四文學載：徐允禄，字汝廉，中丞瑄五世孫。父應敏，諸生，以孝稱。允禄，府學生，文名籍甚。每一藝出，遠近傳誦。邃於經史，口期艾，談及古今節義、軍國大事，辯論蠭湧。嘗試順天，王錫爵推許甚至，卒無一言借其推挽。老困諸生，一介不苟。西安徐可求宰上海，陰屬一抵法者，具千金致允禄乞一言當貸死，力却之。所善友曰張表、朱稚美、劉維藩，號「練溪四飲」。

祭沈廷望文

嗚呼，憶甫成人，與君周旋藝文之場，君少予三歲，兩家尊人尚抑首硯席，冀少收於桑榆之末光。老驥悲鳴，不忘千里。兒駒齧蹶，驟風自喜。及君仲季，皆以穉齒。一當伯樂，目爲騄耳。予服鹽車，君困鞭棰。及幾立年，後先以起。豹隱深霧，雖漸成於文章；鮒號涸轍，徒求活於升斗。敝帚自珍，荆璞未剖，而侵尋以俱衰，惜所遭之不偶。嘗延予家塾，遣其子姪，北面受經。歲維乙巳，令迫季冬。君拏輕舟，先過鹿城。予思自弛，强而後行。既抵寓舍，頗困將迎。日入醉酒，擁被瞢騰。寤而問君，一燈熒熒。口誦手披，宵分未停。雖默自愧，意眈沈冥。予悟世諦之皆空，睎禪宗以自滌。君謂此生之不虚，鼓將竭而彌激。却後二年，同游僧寺，忽喟然以嘆，意有未忘，何能相從於枯寂。於時達者張翁言人世糾紛，豈足把翫，未若以清暇自娱，庶幾乎哀晚之適。予亦從傍贊嘆爲得，而君愀然艴然，不覺面熱而發赤。何圖去春，君方就試。親病遄歸，奄至不諱。愧恨哀號，傷其宿贅。噴血數升，肌肉糜潰。逮乎首秋，余哭慈母。聞數月間，墳超若塿。長至往省，搴帷疾首。音聲琅然，尚幸無咎。時我兩家，僶俯襄事。月日之吉，卜告無二。嗟予煢煢，殊不勝瘁。夜夢有言，君殆難支。其去葬日，旬五日期。他年之藏，子作銘詩。歲暮相見，仿佛如斯。果以志託，予愕且悲。今茲仲春，君以朔卒。距喪之行，纔及半月。予匍匐於東倉，歸聞訃而悽咽。豈神者之先告，若相就而訣別。曾以君之才優氣鋭，乃豈如予之懶廢而卒困不售，賫志以殁。意天實爲之，無所容其人力。嗚呼，予之知君，賢於他人，遇事警敏，曾不逡巡。過而知悔，尤難其倫。頃聞易簀，遺令諄諄。雖情所鍾，易憐爲嗔。豈愎而頑，能涉其津。束生芻以往奠，陳交情之終始。儻逝者之來聆，謂斯言其知已。嗚呼哀哉！

祭沈翁守愚文

嗚呼，世道交喪，日以呰窳。朝也而市，士也而賈。射利抵巇，爲鼠爲虎。謂儇實才，唯拙是侮。夫孰有名不聞於公卿，迹不出乎環堵，取少而不求其贏，食貧而不憂其窶，滿於人耳者多長者之稱，而勖其後人者蹈儒生之矩。如翁生平，蓋自託於黄公紀叟，殆不知有珪組，而矧於區區之財虜〔一〕乎？吾二人者庶幾因翁之子，幸一睹其眉宇，豈意翁雖種德，而曾未獲於升斗。子方養志，而遽茹荼以泣雨，吾儕懿德之好，尚阻於摳衣，能不爲之低回而酸楚？然而春秋望耋，多歷年所。子孫滿前，將高門户。翁之寬鄙敦薄，中所自許者，或有能撰次其概，使人知閭巷布衣猶有耻同流俗，而可與尚論於古。爰陳斯言，以薦清醑，蓋感深於貴富之不足饕，而未若賤貧之爲愈。嗚呼，尚饗。

【校注】

〔一〕「虜」：因避清諱，康熙本將該字塗抹，四庫本作「賄」，從崇禎本作「虜」。

祭浦雲從表弟文

嗚呼，昨歲長夏，我携穉兒。就試鄰邑，久淹未期。適君來訪，慰我渴饑。寓舍之隔，自東徂西。我未及往，君又遄歸。悵惘實深，阻於赫曦。當其晤語，頗爲君疑。聞曾渡海，出入渺瀰。危檣巨浪，不廢酒卮。君素豪健，何遽清羸。爲别已久，重聽幾時。君曰久如，甚矣吾衰。一别半歲，莫往莫來。我納子婦，君抱孫嬉。慰懷等耳，吾悴不支。客來自州，相謂曰噫。城南有喪，殆子所私。再問而信，有泪交頤。君精方脉，寧失調治。修短命耳，詎人所爲。憶君壯盛，自負不羈。文不吾售，奮於戎麾。射既命中，策又恢奇。遂冠其儔，咸謂爲宜。或有謂君，文弱如斯。坐籌可耳，騎射何爲。君聞翻然，曰吾業醫。而以武進，無乃乖違。輒又棄去，自娱以詩。游於酒人，感慨淋漓。有子工文，儕輩所推。方將慰君，遽迫崦嵫。嗚呼哀哉！君之先世，當憲宗時。有隱君子，博涉工詞。長吏亟稱，和靖吾師。嘉靖初年，助教繼之。仕雖不達，鴻羽爲儀。邑之有乘，先後實資。維予大母，洎君先慈。姑姪之親，兩姓塤篪。迹遠心邇，跂予懷思。云胡一疾，遂以長辭。予自春首，疽發於髀。

徐需其潰，而不謁醫。迨今踰月，乃臨繐帷。山河邈若，泣涕漣而。何以慰君，君有佳兒。嗚呼哀哉！

祭唐君朗文

嗚呼，子於閨門，孝友克修。子於閭里，醇謹無偷。少而爲學，覃思力搜。每一屬文，腎腸畢鎪。其所悟解，摽指於眸。卒以善病，志弗克酬。廿年家督，靡瘁不勼。父老而逸，弟弱而痳。職思其故，維子之由。自春徂夏，病卧若郵。婦子乍起，躬乎鬱攸。曾未及旬，去昭即幽。嗚呼哀哉！子之尊人，於昨麥秋。偕其所善，再爲北游。一歲爲期，必不久留。吾生江南，朔易非憂。宜高與涼，蒸濕爲仇。三子送之，泊於吴州。二三老友，亦其夷猶。謂君喜睡，蝶夢悠悠。桃笙夏爽，氊毳冬裯。豈獨無恙，宿疾應瘳。書來相慰，行覓南舟。春夏之間，還車再遒。已出都門，七旬阻修。朝夕以須，神鬼是謀。繇之不臧，心煩語嘎。子之無禄，命也何尤。所未瞑者，父母白頭。遺以二稚，如泥中鰌。所不能堪，兼痛與愁。聞之釋氏，安業分投。子受其毒，闔門康休。以是爲侑，兕觵其觩。嗚呼，尚饗。

祭張植之文

嗚呼，嗟人生之在世，譬草木之衰榮。或霜露兮來瘁，乍茂盛而遽零。或歲寒兮後凋，曾不改於青青。豈造物乎不均，乃一栽而一傾。彼百卉其何知，同感召於有情。蓋所受之分定，孰有定而能更。蘭固不可以爲蕭兮，豈朝菌而可以爲冥靈。吁嗟植之生而秀穎，如光風之泛蘭英。然而沉痾縈纏，中道以夭，如疾風之掃枯莖，徒使垂白老人哭其死而撫其嬰。天其可問耶？夫孰爲之致詰於冥冥？雖然，子之俯仰，喆昆是憑。子之志業，寧馨是承。柳生肘兮委蛻而游，其何足介介於死生？吾黨託里閭之末契，嗟已久阻於合并。當悼念之方新，旋祖道而奠楹。痛斯人而斯疾，雖聖賢猶委之於命，又孰悍而能與之争？嗚呼，子其聞斯言也耶？將含笑而舉予之觥。尚饗。

祭陸翁文

嗚呼，昔歲庚戌，翁方下壽。予爲祝詞，往侑朋酒。頗言頹俗，恣腹與口。笑譚之歡，僅需升斗。肴蔌無多，匪乏滷潃。通人所嗟，生生之厚。飣餖相誇，爲日已久。里閭之觀，於實何有。知翁父子，或不予咎。翁素壯强，未覺其衰。矧又坦懷，不藏瑕疵。伯仲之年，奚翅過之。何圖一疾，驟傷於脾。匕箸漸違，積以枯羸。予頃往問，客邪可治。退而私喜，得汗當夷。曾未再晨，溘焉長辭。嗚呼哀哉！將無形充，而神實槁。抑亦外愉，而中或慓。亦有牢騷，戚戚以老。終窶且貧，而獲壽考。如翁所享，已不爲少。歿而有知，游於物表。予窮於世，行方才拙。每以樸忠，供彼讒舌。知者之憐，憎者之蘖。豕塗鬼車，恥於自列。頑雲瘴霧，終焉冰雪。所傷弱息，未拜王舅。何圖倉皇，罹此僝僽。況我隤齡，浸以眩瞀。老馬爲駒，不顧其後。日月幾何，人唯求舊。念翁元孫，學當日就。毋令優游，鞶帨之繡。維瓊維璧，視好與肉。爲蕕爲薰，慎味與臭。以此慰翁，允也堂搆。釃酒於壺，瀹蔬於豆。酹而告焉，庶其不謬。嗚呼哀哉！尚饗。

祭孫賓甫文

嗚呼，人之禀受，或得其醇。視表知里，洞然天真。及試以事，氣或不振。若其警敏，邁乎等倫。自許無前，曾不逡巡。鋭極而纖，匪德之鄰。誰其兼之，才與質副。坦乎其夷，綽乎其裕。有如斯人，洵美無度。宜命之長，而享之饇。胡以不辰，罹此乖互。嗚呼哀哉！子之嚴君，宦游汝陰。往侍朝夕，以慰其心。有事帝京，於河之潯。亡其維楫，脱乎淋滲。一病幾殆，久乃治任。還見其父，困於衆囂。有黷我憎，雖枉莫伸。嗊彼眈眈，㗭此狺狺。赤日流漿，以走埃塵。心焉若焚，積以苦辛。奄捐旅舍，遂掩荒墳。嗚呼，子之安和，如日斯春。子之諧合，如樂就均。况復堂堂，偉貌長身。其形與神，皆不當夭。而二親在堂，恨深烏烏。孤嫠相傍，集於荼蓼。天道茫茫，豈復可曉。吾儕獲交，或壯或衰。情好之敦，三世於兹。乍驚遠訃，若夢而疑。仲叔之還，愴焉傷悲。逮今歲晏，始奠一卮。魂而有知，其無不之。仿佛見君，聽此哀詞。嗚呼，尚饗。

祭沈公路文

嗚呼，宇宙之大，古今之變，極乎無涯，泯乎莫可端倪。自生民以來，無智與愚，莫能必者其分，莫能窮者其數，夫孰相忘於耦奇？若其譚笑於死生之旦暮，泯去來，輕得喪，不以累乎靈臺而直與之爲逶迤，是謂生人之大寤而達者，蓋或庶幾於乎？此予所以悼公路之不永，而嘆其中之豁然以夷。昔者君嘗停居於鄰邑矣，已而思邑之俗樸以願也，還卜築於城東偏，意頗安之，客至與從容笑語，亦數及於商榷古今以爲樂，往往遂及於杯匜。其暇也，啓緘發書，矻矻於百家之編，而手不停披。偶一暴下，失血已甚而疾作，頗難調治，然清言與泛覽不爲少減，日以羸瘠而迄於不能支，顧其談笑於死生之際猶故也。未幾，遂委頓長逝若蟬蜕然，曾不眩瞀於去來之岐。君於未歿前數日筆授嗣子遺命，處分諦當，以情分而遞及，允矣咸宜，乃猶爲不相悉者所娒。吾知君之翱翔寥廓，視猶蠛蠓之過耳，而何足爲嗟咨？君遺命踰四旬又九而窆，既卜吉，將乞銘以賁幽宫而以行狀見屬。所愧予之不嫺於詞，靈輀將駕，寄悲悼於一觴，有涕泪之漣洏。嗚呼哀哉！

鄉賢祠祭歸司寇〔一〕文

嗚呼，古之所稱祀於鄉者，特鄉之人追思其檢身接物，有名聲於當時，而可以垂訓於後來，則祀之非必聞之朝廷，秩祀於學宫者重且遠也。故當事者輒任之，不過曰殁而可祭於社云耳。以嘉定僻在海隅，而今者一時之並祀，前有大宗伯徐公，後有少司寇歸公，豈徒以名位之崇重爲鄉閭之所群赴哉？蓋德在於人之心，前而倡之，其勢難，其澤厚，後又得人焉而維之俾勿壞，若慈父之護其赤子，且使傍郡邑皆信以爲然，而莫或忌且撓之。而朝廷之遠之重以爲是固然也，如徒曰司寇公之潔廉恭慎爲鄉閭所重而已，則當今聖明在御，政教聿新，改革之際，不有若二公者長在帝左右，將安賴哉？此尤一時崇祀之深衷也。嗚呼，尚饗。

【校注】

〔一〕歸司寇：歸子顧，字春陽，一字貞復，有光族子。文有師法。萬曆戊戌成進士。由中書舍人擢工科給事中。神宗雅知子顧，嘗題「歸佛子」三字於御屏。蓋子顧恬澹寡欲，京師呼爲佛子，語徹禁中也。在諫垣九年，隨事規諫。擢尚寶少卿，歷太僕少卿。天啓初，遷太常卿，轉南通政使。以老乞歸，詔加刑部左侍郎，致仕。崇禎戊辰卒，年七十。賜祭葬。詳見學古緒言卷五少司寇歸公七十壽序注〔一〕。

祭王太夫人文

嗚呼，在昔有言，國命勝人，壽命勝禄。於太夫人，天實命之，膺是多福。人之生世，榮不均悴，寒必踰燠。此既難論，差數之懸，不皆戩穀。閨門愉愉，俯仰無虞，何如育鞠。厥後之昌，以德爲光，何如跧伏。自少而衰，耄耋是躋，何如短促。朝廷清明，海内烝烝，何如蠡瘯。維此數端，命懸於天，家以爲祝。得一猶幸，況於彼蒼，全畀所欲。於太夫人，考其始終，復何不足。尤於晚年，一出一歸，爲天所篤。歲在單閼，逐子東回，卧不安褥。有詔累起，久虚首揆，以待來復。懇辭再三，使車旁午，言脂其轂。黄髮皤皤，曰母之將，而力是戮。宣國威靈，旋定根本，功垂帛竹。乃乞病身，奉母而還，急流有洑。歸未寧只，朝野鰓鰓，兒脱於腹。公則有母，赤子何依，翹首瞻矚。公既報國，母則反真，上昇仙籙。訃聞於朝，皇華三賁，天寵加渥。凡卌年餘，禄養爲榮，不鬻以顣。綸綍煌煌，被於難老，繄母所獨。匪天私人，國則有命，寄在鈞軸。一時之功，百年之遭，天意攸屬。某等樗櫟散材，匪桃與李，門墻之辱。或以衰拙，或以稚愚，皆蒙齒録。壽母之故，及其梓桑，尤深佩服。維月之陽，日時之良，窀穸既卜。乃助執紼，乃陳祖筵，酹而以告曰：太夫人百福來臻，實命之淑。嗚呼，尚饗。

又代

嗚呼，梱内之懿，多閟莫宣。爰論族姓，德門慶延。水則含珠，亦以媚川。自非聖善，疇啓大賢。福履綏之，宜享其全。既貴既壽，佑之者天。凡世所述，莫能舍旃。我頌壽母，功冒率土。保衡之出，簡在當寧。盍母是將，而來相予。濯濯皇靈，靡有不撫。蠢兹島夷，乃敢或侮。是用出師，以遏徂莒。彼懼來歸，毋黷予武。道旁紛紛，孰任可許。暨乎師旋，人安其宇。外既寧只，時事孰巨。唯是啓賢，未離保姆。帝眷維莘，猶冀再乳。有戁而直，每逢其怒。誰回主心，翻然無阻。濟濟講筵，凝承弼輔。既覯天日，言歸其室。母聞加餐，以是報國。公曰無涯，將殫吾力。目眚纏綿，竟以移疾。乃禦而還，帝用憫恤。都門衆囂，去不可尼。祝母萬年，行當再入。迨還梓桑，老稚填溢。板輿彩衣，里閭動色。匪母康寧，公不成行。維公回斡，彰天子明。岐嶷青宫，入出内廷。雖則鯨鯢，鰭鬣不驚。緊母之壽，以迄有成。歸未幾時，奄與世辭。帝聞咨嗟，三使追隨。匪以爲榮，用報厥施。某也奉使，便道還憩。拜瞻幾筵，公號毀悴。卜日之良，重泉永閉。執紼有期，匍匐往祭。我昔陳詞，門墻餘芘。今之祖行，更告而酹。嗟太夫人，功在一世。孰使壽康，時乃天意。嗚呼，尚饗。

祭王母魏淑人文

嗚呼，昔恭簡公，被仁服義。世號儒宗，著名卿寺。於時琅邪，父顯子繼。門地之崇，姻好是締。於唯淑人，及笄而字。曰公從孫，夙稱婉嫕。長公雄才，少而踔厲。蚤歌鹿鳴，纔冠出仕。閨門肅雍，煌煌冠帔。上順尊章，庀其家事。患難是同，辛苦攸萃。明珠去懷，小星垂惠。爰求窈窕，實勞寤寐。蘭玉森然，鬱爲國器。鳲鳩恩均，有喜無忮。先皇之初，隆恩下賁。司寇奉常，分鑣並駛。末疾纏綿，遂分床第。封號頻加，藥物爲餌。孰侍公行，實生伯季。孰無母憐，彌勤省視。當公云亡，伯已擢第。斐然之文，競快人意。頃年紛披，誤同兒戲。不謂風聞，乃挂吏議。外內洶洶，莫知所自。不怖不疑，撫其兄弟。唯淑人賢，以克免戾。丈夫實難，矧於中饋。謂當久延，觀厥昌熾。哀與疾并，倏焉厭世。啓手足時，與平日異。肌肉更生，神識無滯。是曰考終，其又奚喟。嗚呼哀哉！某也愚蒙，拜公蚤歲。晚交賢嗣，共傾肝肺。洎乎塚孫，攻玉謬寄。訃聞走唁，執手苫塊。子之哀號，幾絕於地。

雖則孝誠，匪慈曷致。酹酒陳詞，仿佛來蒞。嗚呼哀哉！尚饗。

祭王夫人文

維聖立極，聿宣内職，好逑是克。亦有元臣，佐其經綸，令德作嬪。於太原公，能孝能忠，一代所宗。夫人配之，處高用卑，福履永綏。幼而夙惠，德兼其藝，逮老弗替。族黨熙熙，僮客夔夔，内外具宜。公寬以栗，有相於室，所其無逸。始爲宫僚，翟茀以朝，雖貴曷驕。公忤於權，謝事歸田，亦無曹焉。維舅維姑，奉其朝晡，以劬爲娱。洎乎大拜，親耄而憊，其尤匪懈。公之一出，宇内寧謐，終焉愛日。公之既還，版輿東山，樂每在顔。孰分其勞，孰遂其高，夫人則劭。方將逸老，舒厥懷抱，以莫慅慅。爲歡幾何，疢疾是罹，若車下坡。夫人之生，女而國楨，以就公名。夫人之逝，留其和劑，以視後裔。仕而顯融，閫内是同，祇繫其逢。孰如夫人，其德甚真，不愧絲綸。某通家穉齒，近託仁里，夙聞懿美。長君高朗，不遺鹵莽，唯道之廣。我之大母，祝夫人壽，不啻出口。於訃之聞，攬涕而云，殆去爲神。夫人之德，與其福澤，固天所嗇。既收其全，還歸於天，名以永傳。人孰不死，死可瞑矣，聽此哀誄。嗚呼，尚饗。

祭徐太母金夫人文

嗚呼，維暮之春，雜還稱觴。壽母有懌，冠帔煌煌。頌禱之詞，爛乎篇章。予時在疚，阻於登堂。顧慚穢蕪，亦點縑緗。已聞眠食，少乖其常。屢進屢退，冀還康彊。何圖二豎，遂跧膏肓。逮茲初旬，婺掩其芒。嗚呼哀哉！予昔未冠，獲侍宗伯。亟賞其文，許以矯翮。簋飱其饛，已煩梱閾。洎公歸田，數參末席。風花之朝，雪月之夕。有倡俾和，無歡不極。酒肴旨豐，時親釜鬲。公嘗私語，稱其明識。張夫人苗，儻可匹敵。公既仙游，長君繼夭。撫茲元孫，譬猶集蓼。次君承顏，又奪之早。繦褓二孤，蘭摧蓮槁。二女之歸，門地峥嶸。或殲其良，子姓不成。成子姓矣，則霣其生。夫人之壽，徐宗實寧。若其中心，每懷怦怦。所自慰者，含飴弄曾。元孫既壯，日有令名。事賢友仁，嗣厥家聲。從公地下，目其可瞑。嗚呼哀哉！予駑且怠，實負公知。骯髒之性，亦匪諧時。猶幸不遇，長與世遺。如其遇合，豈能餟醨？公嘗謂我，人多面欺。始終可保，非子而誰？實謹識之，矢以無違。我哭夫人，能不涕洟。憶曾起居，闖門與言。始陳世誼，次及家門。視我猶子，吾兒猶孫。令人感嘆，維德之温。音聲琅琅，猶在耳根。而今已矣，母儀則存。嗚呼哀哉！稔聞居常，虔奉釋尊。今之遺令，饌以桑門。况我戒殺，敢用鷄豚。薦其清酤，侑唯芳蓀。有抱愚款，没存永敦。

嗚呼，尚饗。

合祭王太常夫人文

嗚呼，壽母於兹，年躋大耋。萬壽之觴，未及於闋。維仲北還，暗投明月。方俟歲寒，前帨之設。爰飾厥詞，比於一吷。何圖仙游，遽辭塵紲。嗚呼哀哉！家世貴盛，由侍御始。其後益昌，孫猶趾美。儲祥德門，篤生芳芷。洎乎於歸，作配杞梓。一門之中，輝映朱紫。白日晝昏，禍不移晷。豈意閨房，能静而理。未幾叩閽，盡滌疻痏。奉常甫衰，一病不起。其後三年，又哭伯氏。悲哉煢嫠，撫厥諸子。玉樹倏摧，痛心竭髓。二十年間，叔姪齊軌。既歌鹿鳴，猶未執雉。母雖喪明，而色常喜。視則矘然，心可無累。謂當百齡，永享多祉。微痾纏綿，以没其齒。嗚呼哀哉！當其盛年，有愉有悲。慶兮吊伏，以慎爲夷。迄歲之晏，榮悴間之。榮也能懼，悴也能支。此其大者，婦順母儀。至於細行，亦靡有虧。一飲一食，必躬必諮。幼事歸化，潔其樽匜。以燕嘉賓，不知爲疲。既相夫子，母兄具宜。惟孝惟恭，不問其私。晚以寡母，督課佳兒。我膾我炰，汝友汝師。今其稚孫，髮纔覆眉。早以文筆，見稱於時。可以瞑矣，其又奚咨。闔門痛悼，恩斯勤斯。嗚呼哀哉！某等或因投分，託於攻玉。永夏凉風，窮冬膏燭。沃以露芽，醉以芳醁。談藝之暇，飫聞肅穆。或忝世講，以子弟畜。獲接鶺鴒，實慚野鶩。少壯之交，俄已衰禿。緬懷昔游，近若昏旭。今茲承訃，有涕濡服。釃酒盈巵，侑以蔬蔌。跽而陳詞，寫我哀曲。嗚呼，尚饗。

學古緒言卷十八

祭文凡十七首〔一〕

【校注】

〔一〕崇禎本卷十八作「祭文凡十六首」，康熙本卷十八寫作「祭文凡十七首」。陸氏在重校時將原屬於崇禎本卷十八的王太夫人文、又代、祭王母魏淑人文、祭王夫人文、祭徐太母金夫人文、合祭王太常夫人文六首祭文移入卷十七，又將原屬於崇禎本學古緒言卷十九的祭歸太孺人文、祭曹配王孺人文、又代、祭唐嫂文、祭凌孺人文、祭沈母周孺人文、祭吴氏妹文七首祭文移入卷十八，故兩版本所記數目不同。

祭張太淑人文

嗚呼，子之於親，如影隨形。所以養志，立身揚名。有如坎壈，莫展平生。憔瘁相依，愴難爲情。資適逢世，養以鼎烹。岵屺緬懷，或妨合并。孰是宦達，爲親遺榮。孰是壽康，慰子寢興。耋也未衰，耇也如嬰。五福云備，百行彌烝。剖甘而分，列孫與曾。以勞爲訓，既明且清。長君之仕，廉敬有聲。晉參藩牧，母留不行。還以督漕，過家奉寧。臬使之擢，既下於廷。再疏終養，肝肺畢傾。天高聽卑，有叩必應。帝若曰俞，嘉爾孝誠。爾後起家，予憲其澄。孝以事君，舍此孰登。殆又十年，以珍從軿。然後厭世，若蜕而瞑。某等獲以鄉曲，飫聞德馨，憶自壯歲，迄今頽齡。人言門内，如弓受檠。僮客無嘩，紈綺不矜。有避奚攫，有讓奚争。室唯晝績，鏑絶宵羹。以此爲訓，繼繼承承。壽母之施，施於雲仍。酹而以告，仿佛來聆。嗚呼，尚饗。

祭殷宜人〔一〕李氏文

邑之達者，久詘晚伸，曰職方君。君之好客，以文醉酒，自其食貧。既旨且多，無使罍恥，實維宜人。昔在陋巷，下帷一室，中堂延賓。其又數楹，榱桷接連，梱内之垣。客至爲具，咄嗟而辦，聲不外聞。花月晶熒，風雨凄清，飲必夜分。粟儲於瓶，酒湛於罇，佐以炙燔。簪珥是脱，井臼是操，不顰以呻。夫子之貴，年已服政，始霑朝恩。夷陵政清，助成其廉，靡求家温。職方要地，外内斬然，賄不及閽。歸自京師，庋置冠帔，依然綦巾。有女而夭，窈窕之求，用啓後昆。食指稍增，貧猶寒士，不辭辛勤。少而拮据，逮老不渝，貴賤曷論。今妻壽母，在昔何戚，在今何欣。北溯黄河，南浮長江，還老閨門。逾六望七，白頭偕老，寵賁絲綸。漆園鼓盆，可無憾矣，言返其真。某等交於職方，或後或先，情好維均。每頫中饋，謔浪歌呼，幾歷冬春。昔之童稚，今皆壯强，况於等倫。宜人之殁，感念昔游，愴焉傷魂。職方道廣，有容無拒，論議日新。吾儕頑鄙，才不能逮，祇以道親。巨源之婦，竊視墉穿，復何所云。今其已矣，殁而有知，一聆斯言。

【校注】

〔一〕殷宜人：職方員外郎殷都之妻。殷都，字無美，一字開美，嘉定人。明萬曆十一年進士，歷任夷陵知州，擢職方員外，遷郎中，左遷南刑部主事，引疾歸，有殷無美詩集、殷無美文集。

祭王先生配某孺人文

凡生人之福澤，視所履而可考，然或收名於人間，或縱心於物表。故雖食貧而不爲癯，無年而不爲夭。若夫閨門之良，實惟窈窕，人制義矣，惟從一之足寶，我無儀矣。等厥聲於若鷇。自非集多福以優游，必且目彼蒼其幽眇。慨昔賢擬之於分途，謂夫合焉者之固少。惟其責報於目前，如調饑之求飽。所以一不合而紛呶，是惡知夫天道。盍徐俟於將來，信昭昭其可保。伊孺人之婉嫕，始綦巾而衣縞。紛拮据於育鞠，譬辛苦於集蓼。使夫子之畢力於斯文，不以謀生而繚繞。已令子之岐嶷，露頭角於幼小。勤枲麻於夜分，聽誦習之了了。倐明婞之摧殘，沉夜臺之無曉。曠窀穸於久遠，庶獲申夫烏鳥。既一命之自天，痛呼天而有摽。脱冠佩於南曹，歸而視其宅兆。得日時之具良，適司至兮伯趙。竭附棺之信誠，曾莫解於臨穴之慅慅。惟小子之辱在門牆，邈師承之難紹。懷梱内之士行，怨所遭其顛倒。乃今知榮瘁之何常，貴冥心於本標。陳生芻於祖筵，望飄飄之丹旐。愧陳詞兮穢蕪，不足以罄夫人之美好。

祭侯太夫人文

天之生人，其施各異。赫然榮觀，或不永世。亦或長年，貧病交累。其間幾何，數者畢遂。於唯夫人，母以子貴。既壽而康，靡所不備。匪天有私，乃德之致。維我孝宗，德澤如春。在漢爲文，在宋則仁。民之庇賴，歲將百旬。夫人之生，及茲昌辰。柔德婉嫕，嬪於德門。篤生觀察，慈訓實勤。雖則晚達，大播厥聲。揚歷内外，激濁揚清。朱輪纁軛，所至將迎。昔歲參藩，封章是膺。繼鎮荆襄，歲月再更。斑衣之樂，象服之榮。況復諸孫，玉樹階庭。吁嗟夫人，目可瞑矣。某也通家，稚愚無似。辱觀察公，猶子之視。蓋念亡者，以及其子。某託末契，亦不余鄙。先君之喪，緘辭以誄。殆數百言，言言雪涕。維太夫人，實大母行。神明不衰，眠食如壯。有來自南，忽傳雕喪。疇生熙朝，疇啓賢嗣。疇萃百順，疇壽期頤。崇酒於觴，侑之以詞。靈兮歸來，庶或聽之。

祭張淑人〔一〕文

吁嗟乎，淑人之婉嫕，佐學殖於鷄鳴。垂三十而之官，溯大江以揚舲。歷湘、郢之二州，賁章服以瓊瑩。庋巾箱而弗御，仍布衣之釵荊。已進秩於西曹，欣爲德兮祥刑。信獄貸兮非寶，樂夫子之明清。由守郡而再遷，屢濯乎彭蠡之孤撐。瞻慈顔之在遠，悵歲月之峥嶸。遂乞身而娱侍，慰戲彩於頽齡。荷朝命之俯俞，遲長憲於陳情。奉晨昏兮歲晚，更迭進兮珍烹。從後園之板輿，雙垂白兮却行。又數年而違養，乍禫除而驟零。雖所享之非饒，在物理兮已贏。撫諸孫兮十餘人，又芽茁乎寧馨。亮歿存兮定命，茲貞順之所憑。去夫子而彳亍，陟沉漻之珠庭。倘君蒿其猶接，何遽隔乎幽暝。蒸蕙肴兮奠桂酒，魂彷佛其來聆。嗚呼，尚饗。

【校注】

〔一〕張淑人：明嘉定籍名宦張恒之妻。光緒嘉定縣志卷十六宦蹟載：張恒，字伯常，一字明初。萬曆庚辰進士。知荼陵州，調興國。每折獄，縱民觀之，俾曲直共見。鄉宦吳國倫之兄與民搆訟，恒直其民。民饋十笏墨，實金也，亟揮斥之。擢刑部員外郎，恤刑浙江。吏部尚書陸光祖屬免重囚，卒按如律。晉郎中，出守建昌。片言折獄，人稱張半升。言候鞫者不煩宿舂也。有一生被仇羅織，恒雪其冤。生懷金以進，恒曰：「吾以汝爲良士而雪汝，汝以我爲墨吏而玷我耶？」其人悚息退。盱江故有橋稅，中官議加額。恒白巡撫夏良心，以府署例入羨金歸公帑，稅得不加。秩滿，遷副使，分巡南昌。閣臣家與民争湖利，兩臺檄議，恒曰：「相國何藉此？」決歸民。治行爲江西第一，遷參議，晉右參政。母老，乞歸。沉默著書，潛心理學。庚戌卒，年六十。祀江西名宦。

祭陳母文

嗚呼，子之榮親，實惟禄養。雖或素封，一命爲上。矧於儒生，孰甘自放。藿食藜羹，能不悽愴。人之有子，授以詩書。謂當奮飛，驟致亨衢。赫然榮觀，考翼攸圖。曾是房闥，視同土苴。我友陳仲，少而攻文。含英茹華，振厥芳芬。將展健翮，干霄薄雲。夢適帝所，神語諄諄。爾求多福，其洽隱淪。覺而占之，以白二親。設貴而促，孰與長貧。兒之没没，桂伐膏焚。父曰俞哉，盍行爾意。母曰亟哉，爾勿再計。脱其逢衣，衣彼芰製。菽水之歡，今十餘歲。既不求仕，其學彌邃。朋來自遠，奔走書幣。大公樂之，入詫閫内。母亦慨然，謂賢冠帔。撫子而言，丘園爾賁。我榮孔多，所飽仁義。使爾若苕，朝榮夕悴。豈如歲寒，松柏凌厲。維仲之賢，母以不匱。維母之慈，仲獲自遂。方圖百年，若曾養志。羸疾纏綿，忽焉厭世。嗚呼哀哉！母始來歸，嗣執巾罍。夫子壯年，再茁蘭芝。少而病脾，罕御肉糜。不勝胃寒，時釂一巵。春首寒凝，沴氣乘羸。一卧累旬，醫藥莫治。六甲之周，不及耆期。哀哀二子，鷄骨崩摧。白髮哀翁，飲泣齊眉。嗚呼哀哉！某等游於令子，或弟或兄。臭味則同，愧其才名。聞母之疾，心焉怦怦。逮於承訃，不覺沾纓。匍匐陳詞，薦以殺蒸。所知母心，能遺世榮。靈乎聽之，一舉我觥。嗚呼哀哉！尚饗。

祭宣母沈孺人文

嗚呼，不肖哭母，既禫且除。訃來自東，妹哭其姑。先妣之輩，有賀在閭。自春及秋，百日而徂。孺人今夏，享年與俱。其後四月，奄棄諸孤。兩家奉母，以壽爲娱。洎乎遘閔，亦略相如。所不同者，吾母未瘉。眠食差安，利於走趨。孺人久病，卧起須扶。若不肖者，獨身枝梧。况艱於嗣，晚乃抱鶵。孺人之子，凡四丈夫。諸孫森然，蘭茁瓊敷。幸而壽康，顧後多虞。不幸沈痼，形悴神愉。彼此較量，何能無殊。至於宜家，族姻咸孚。爲婦爲母，克有令譽。女也士行，殆儷其模。吾哀且駑，窀穸亟圖。慰我考妣，奠此幽墟。寧有多賢，匪亟而徐。時日之良，其不躊躕。迎告夫子，後人所諏。音苴。凡此在殯，各有寧居。爰陳斯言，以侑清酤。菲不廢禮，庶其鑒予。尚饗。

祭何配凌孺人文

惟靈毓慶德門，作配儒者。以授易名，如中山鮭。備順與慈，有莊無冶。娱侍尊章，茂膺純嘏。姑婦白頭，宵燈同炧。行則珍從，依依膝下。殁踰祥矣，悲猶昨也。曾未及禫，索焉以寡。嗚呼哀哉！人謂夫子，淹雅通方。懷瑾莫售，有識所傷。文子文孫，麗藻煌煌。譬猶能稼，而穡未償。日月以須，未幾竟亡。嗚呼，養何必禄，腥聞非薌。榮不在勢，惡稔爲殃。豈如逡逡，閭里所臧。燕及門内，樂壽且康。頃者西歸，潮迅帆張。馳書得報，乃以遭喪。云見夫子，喪冠縗裳。嗚呼哀哉！孺人之終，無疾而逝。既靧既櫛，骨肉環侍。合掌西方，冥若坐寐。悲戀則忘，殆於脱屣。吾儕之交，辱知三世。長公之廣，令子之粹。趾美惟孫，其器犀利。久已醉心，匪伊交臂。具聞音徽，庶幾錫類。既爲鴻妻，其又奚喟。崇酒於觴，告而以酹。仿佛雲軿，從空來莅。嗚呼，尚饗。

祭龔大母文

於戲，昔歲辛亥，月宿於斗，爰遣弱女，爲元孫婦。言登其堂，入而拜母。温然色詞，慰勞孔厚。何圖昏姻，維耦維舊。側聆德音，拱立以久。還語室人，宜康而壽。女之歸寧，夜侍座右。太母之憐，奚翅出口。憶始垂髫，獲在師門。歲時問訊，常值朝暾。母起撫我，捉衿與言。愛子相携，視猶弟昆。五十年來，感愴殁存。昔之苕華，化爲陳根。吾顔日削，有鬢若髡。矧於身外，又何足論。世貴碔砆，乃棄璵璠。長君學殖，篤於本源。其訓後生，以身爲藩。未遇知者，棲遲林樊。維菽與水，盡歡晨昏。何以佐之，亦有炙燔。子曰家貧，養母則那。母曰子才，吾榮已多。方期百年，樂此天和。漸見諸孫，自奮觀摩。吾甥英英，文筆懸河。高桅大艑，浪蹙盤渦。母不能待，倏隨逝波。嗚呼哀哉！豈無鼎食，鼓鐘於前。禄之豐矣，等於聚羶。豈無冠帔，雜珮珠蠙。躬之華矣，每以心痟。縞衣疏食，歸依金仙。含笑往生，彼有大年。某辱門牆，繼以姻連。相知之深，莫如我先。維孝友慈，一門備焉。如是足矣，莫問於天。嗚呼，尚饗。

祭宣大母文

嗚呼，生年之永，幾於大耋，詩稱難老。相其良人，齊德與齒，尤世所少。令子克家，堂搆聿新，先宗是紹。嶷嶷三孫，俱露頭角，將振其藻。吁可瞑矣，是爲厭世，游於物表。母始垂壯，一病傷脾，恃粥焉飽。四十餘年，有儉而勤，無擗而摽。豈非天乎，壽考且寧，長我乳抱。惟予季妹，爲從子婦，睹鬒及皓。每聞誦言，誰無室家，希此翁媪。潘、楊之睦，元孫委禽，復託姻好。今茲孟陬，以弱息嬪，羞厥栗棗。方圖晨昏，問燠與寒，辨鱻與薧。歡顏幾何，顰呻繼之，易彩以縞。嗚呼哀哉！女之穉愚，内則未閑，念此慅慅。鷄鳴交儆，實勤話言，比於荼蓼。長恐隨俗，浸潭華靡，予豈能保。禮始閨門，謹於燕私，弓撤箭矯。苟不能然，以安爲常，水濡火燎。母所眷懷，吉凶由人，辨之在蚤。敬陳斯詞，爰有藻蘋，以侑清醥。靈乎聽之，庶其居歆，蠁像瞟眇。嗚呼，尚饗。

祭歸太孺人文

嗚呼，人子所難，祿逮其親。幸而遭時，違昏與晨。陟屺之感，甚於食貧。去其里閈，遠道佚佚。母子眷戀，能不含辛。如太孺人，三子逡逡。長君登朝，寵賁絲綸。當其使還，星軺在門。母安其鄉，子不能殉。謂其友生，我之駿奔。庶幾獲請，出擁朱輪。母曰無然，蒙國厚恩。惟有補衮，爾力是陳。兄也養志，弟服其勤。壽母康彊，不顰以呻。維仲維季，不減元昆。就列幾何，復使宗藩。提抱呱呱，裹以佩巾。慈顏有喜，撫此麒麟。秩以名峻，卿寺嶙峋。子且下壽，母踰八旬。歡焉侍奉，疢疾俄臻。生榮其養，疾視其祥。天假之合，以慰歿存。是曰仙游，指窮於薪。異彼沈綿，壑舟永淪。況聞清齋，久斷腥葷。行歸安養，遠離垢氛。既備者福，不昧者因。嗚呼，尚饗。

祭曹配王孺人文

嗚呼，維州著姓，曹與王侔。北自海虞，西分古婁。是通婚姻，情好綢繆。孺人之歸，內則孔修。事其尊嫜，色愉以柔。琴瑟初調，如漆膠投。既長令子，俯仰優游。屏居一室，爰謝紛糾。嶷嶷稚孫，露角與頭。弱不好弄，學爲箕裘。母所驕憐，失顰與愁。俄抱沈痾，有加無瘳。荏苒踰歲，日月其遒。比聞眠食，尚可夷猶。不謂涉旬，遽至彌留。嗚呼哀哉！我始內交，夫子是求。遂接長君，更唱迭酬。自慚薄伎，實與命仇。同糅玉石，概不見收。每爲我言，曷解母憂。庶幾杜門，極力冥搜。自母之疾，醫藥是謀。娛侍朝夕，匪躬弗羞。閑一對客，神采烟浮。遽遘閔凶，籲天悠悠。嗚呼哀哉！承訃之日，匍匐往救。親朋在堂，追憶舊游。彼相人者，其言實讎。數既定矣，孰益孰裒。子孫滿前，裒衣經繆。有孺子慕，肝腸若抽。我陳斯辭，於彼繐幬。以慰令子，靈乎知否。嗚呼，尚饗。

又代 三句一韻

惟我宗兄，晚乃登第，以亢吾宗。吾纔一紀，稚騃無知，亦謂顯融。靈其仲女，年則倍予，夙修婦功。其歸於曹，婉娩以聽，允矣肅雍。自後五年，夫子獲解，奏書南宮。有兒嶷嶷，出就外傅，則爲丸熊。驥絆其足，駒亦屢蹶，嗟時未逢。俯仰辛勤，凡卅年餘，卒以忡忡。眩瞀乘之，一命未沾，望六以終。嗚呼哀哉！閨門之懿，如裘斯襲，美也實充。在室而女，既歸而婦，母道兼隆。友愛之性，篤於其兄，振乏與窮。庶幾士行，誰歟述者，有管曰彤。於乎哀哉！昔少司馬，元昆後先，起家於東。大宗綿綿，雖未九列，每紹家風。靈實自出，有子有孫，其後必崇。比聞兩稚，長方舞象，豁然心胸。既誦五經，左艷騷幽，旁及史公。少者十齡，其所誦習，必兄之從。靈雖奄逝，所遺於後，玉樹豐茸。況也夫子，志在千里，必試其庸。長郎學成，又三年殖，文場之雄。慰爾九泉，可以歿矣，天豈夢夢。嗚呼哀哉！尚饗。

祭唐嫂文

昔伯和〔一〕兄，視我先君，恩猶父子。師弟之誼，舅甥之親，蓋其名耳。我始八齡，入拜嫂氏，迎饋我漿。其貌温然，其儀肅然，匪傲而莊。追數至今，四十餘年，我已衰白。中間兩家，靡所不同，維休與戚。嫂之卧痾，於夏增加，有孫受室。喜爲開顔，眠食如常，庶其迪吉。維仲之冬，伯子來告，嫂病顛危。我西過昆，曾未信宿，訃音倏隨。嗚呼哀哉！伯和剛方，嫂以柔劑，外内無郵。至其爲母，愛而能勞，子女無婾。曾不偕老，又未食報，而奪之年。天厚畀之，又復嗇之，孰知其然。歿後一月，日時具良，成禮而祔。我將爲銘，納之玄堂，以永其譽。維是平生，中表之分，倍於常情。俯仰今昔，抆泪陳詞，以祖其行。嗚呼哀哉！

【校注】

〔一〕伯和：唐時雍，唐道虔長子，唐時升長兄。資性敏鋭，雖孤童能自奮勵，爲邑學弟子員，屢進不遂，而家業日益落，乃去城居，力農田間以謀其生，而以閑績學綴文務弸中而彪外，識者咸共推讓。詳見學古緒言卷十唐長君伯和墓志銘。

祭凌孺人文

嗚呼，昔歲丁酉，予時踰强。老驥垂耳，將辭服箱。有謂楊君，夫夫善藏。盍與朝夕，修其文章。君乃延予，館於山房。如豹隱霧，如笙含簧。何以佐之，維酒與漿。誰其尸之，有美孟姜。王父司馬，仗鉞南方。宿衛之旅，父冠其行。允文允武，世業是昌。婉娩令儀，言歸於楊。琴瑟静好，娣也袂良。熊夢未葉，小星煌煌。雙珠在掌，炯然夜光。撫而樂之，實篤其慶。夫子有眚，其視茫茫。賴此内助，杜門相羊。一病奪之，灑泪承眶。予頃艤舟，於彼金閶。或以喪告，曰臘未央。日且六旬，一水非長。曠隔如何，倏焉載陽。有愧匍匐，彌深感傷。維殯之遷，仲月既望。淺土是依，舅姑之傍。乃克陳詞，薦厥嘉芳。魄乎歸安，神游八荒。嗚呼，尚饗。

祭沈母周孺人文

昔修婞之來歸，當歲行之癸未。相中饋於沈痾，承和顔以抑畏。自遂專於篚筐，踰二紀而勤勩。遭家難之披猖，集衆囂之如蝟。從遠宦於楚南，攢百憂以成瘁。歸田園之久蕪，曾醫藥之能濟。熙春陽以幾何，旋雪霜而霾曀。嗚呼哀哉！維夫子之好客，每過從之狎至。傾百壺以爲歡，必卜夜而同醉。匪尸饔兮有人，將鼈長而爲詈。矧機杼之常盈，課僮奴以群肄。夫孰怠而嬉嬉，咸相戒以惴惴。年向衰而彌勤，報未食而奄逝。嗚呼哀哉！惟鳲鳩之平均，撫幼穉於一視。逮呻吟之有加，曾莫懷夫忮忌。有就養而無方，脱簪珥於既匱。尤誠信於附身，固瞑目而足慰。嗚呼哀哉！某等辱夫子之素交，數醉酒以把臂。感今昔以興懷，爲潸焉而出涕。肅肴俎而陳辭，庶彷彿其來蒞。嗚呼，尚饗。

祭吴氏妹文

嗚呼，予生終鮮，女弟三人。長者早夭，已十八春。維仲及季，二皆食貧。嗟我不遇，老於諸生。食指爲累，欲贍不能。每以疚心，不安寢興。妹雖逾衰，尚耐艱辛。早作夜休，夏汗冬龜。衣粗食惡，終歲長勤。其始歸吴，纔十四齡。有室有堂，有萊有嗇。婿弱宗强，詎容久寧？棄之來遷，一廢百湮。歲無豐儉，日須斗升。男子之逸，婦女之羣。積貧焉給，積瘁焉勝。壯子離居，莫侍其親。少者稚頑，未遂婚姻。昨歲維夏，兄嫂是因。曰予朝晡，安然饔飧。力之所出，薄少可贏。俄遘非意，鬱與勞并。疾痛來乘，日以凌兢。血之耗矣，遂傷其筋。廢於床第，日吟且呻。藥物靡效，妨其躬身。嗚呼哀哉！疾之漸亟，從容與言。貧病之軀，何愛生存。惟是窀穸，無忘其源。往從舅姑，葬不十旬。此有兄在，庶幾可瞑。迨殁而視，有稚煢煢。時夜過半，殯卜以申。頗虞晝昏，濕雲屯屯。或有雷電，震驚其魂。既含且殮，長子來奔。已而蓋棺，目光如星。豈有憾乎，未可以泯。嗚呼哀哉！自秋涉冬，日月沄沄。忽已卒哭，有殯未墳。每一念及，此吾所任。所不敢專，時日宜詢。夫子之計，一何逡巡。四壁蕭然，有嫗晨昏。誰歟陳饋，鼠迹絶塵。吾雖慫恿，殆於罔聞。惻焉傷心，五内若焚。具以告汝，有泪俱傾。匪我不信，實應且憎。嗚呼痛哉！尚饗。

學古緒言卷十九

祭文凡十一首〔一〕

【校注】

〔一〕崇禎本卷十九作「祭文凡十二首」，康熙本卷十九作「祭文凡十一首」。陸氏在重校時將原屬於崇禎本卷十九的祭歸太孺人文、祭曹配王孺人文、又代、祭唐嫂文、祭凌孺人文、祭沈母周孺人文、祭吴氏妹文七首祭文移入卷十八，又將補遺部分的祭執丈傅先生文、祭殷職方公文代、祭瞿幼真文、祭沈祖均文、祭吴起龍文、祭吴氏姑三娘文六首祭文移入卷十九，故兩版本所記數目不同。

祭龔母徐孺人文

惟靈婉嫕之資，順聽自將。箴也而賢，佐厥筥筐。夫子于藩，去國而航。南踰嶺嶠，殿彼海邦。誰歟侍之，有美季姜。逮乎解組，曰歸吳昌。有鷄二鶵，洎兄翺翔。室喪其嫡，陪祀於祊。亦既弄孫，挾册方洋。夫子之疾，卧起一厢。飲啖猶昨，步屧微妨。晝娱墳籍，夜飫壺觴。所不落莫，孺人在傍。樂此燕譽，年甫異粻。短檠共燼，不逮晨光。嗚呼哀哉！匍匐往唁，知其素彊。女之及笄，爲具齎裝。宿昔所峙，僅留空囊。屢恚而嘆，二竪膏肓。痛不可忍，猝以披猖。嗚呼哀哉！人之生世，如何可量。雖有修短，不繫否臧。少侍君子，宦於其鄉。子又生孫，世業青箱。赫赫高門，潭潭中唐。兼珍而食，刺繡爲裳。所享多矣，豈必壽康。其未能瞑，夫子皇皇。然自乖分，移居東堂。惟酒與棋，忘日之長。魂兮有知，其勿永傷。世講之誼，薦其苾芳。奠而以告，庶其來饗。嗚呼哀哉！

祭宣配丘孺人文

嗚呼，閨門之譽，婉嫕夙稱。生自望族，歸於茟英。嗣執筐篚，以奉嘗蒸。言媚堂上，有如嬌嬰。翁也而慈，無譙訶聲。媪之嚴兮，謂順而聽。子未有男，進以琇瑩。十年之内，舉三寧馨。撫之如一，罔不受擻。伯也齒胄，是爲吾甥。亦既抱子，頭角峥嶸。日侍大母，啜所調羹。可幸成長，以慰頹齡。何圖一疾，童穉涕零。嗚呼哀哉！予之老悖，三世將迎。有女而孱，未辨執罍。王姑憐之，有誨必聆。無非無儀，實愈才能。母亦謂然，不誚不勝。

而今已矣，有泪霑膺。城之西南，墓出於汀。水勢環繞，樹色靖冥。將告夫子，以古之經。必母久淹，青燈長熒。薄陳果蔬，以侑醁醽。彷佛來歆，靈車翠屏。嗚呼哀哉！尚饗。

祭徐配吴孺人文

嗚呼，孺人之歸，嗣執筐篚。逮事王姑，曲承音旨。顧而樂之，婉娩可喜。稱其家兒，夙知大體。夫人晚年，女之伊邇。饋問之勤，如同卧起。既壽而終，銜哀備禮。窀穸有待，愴焉塵幾。雖撫二女，長甫及笄。嘗舉一男，送以悲啼。久病而瘵，醫何能爲？相爲嘆息，肝實傷脾。血枯中消，殆不可支。經旬絶粒，抆泪長辭。嗚呼哀哉！内則孔閑，夫子亟稱。逮下之恩，中外同聲。閨房穆如，迭進小星。爰有驥子，舞勺含英。如金在鎔，如弓受檠。母之卧痾，躬禱必誠。殁而有知，庶幾目瞑。嗚呼哀哉！孺人之家，貴極簪纓。三世而上，實秉國成。有孝有德，嗣起峥嶸。洎乎世父，亦邦之楨。先公數奇，僅升於黌。其文與行，允也令名。嗚呼哀哉！古稱士女，必本家世。生於貴門，歸也服媚。雖奪之男，無忝錫類。命之不長，有報其瘁。所不能忘，惟此兩穉。有父之慈，豈無快壻。風馬雲軿，去此疣贅。聊陳一觴，以告而酹。嗚呼哀哉！尚饗。

祭時母馬孺人文

嗚呼，閨房之内，嬿婉之私。其幸不幸，銖兩毫厘。生而分定，邈其遠而。微或耦貴，得侍房帷。如江之泛，濺沫流澌。借以風雨，滙爲沼池。鬱彼嘉木，下茁新荑。始華韡韡，既實離離。吁嗟孺人，生實似之。少侍光禄〔一〕，潔其盤匜。恭慎且惠，朝夕允宜。是生鵷鶵，幼不好嬉。稍長積學，漸騁厥詞。方圖養志，以慰母慈。云何一疾，遽不能支。醫藥罔效，痛結肝脾。光禄之殯，卜葬未期。偕其元配，後先繐帷。從之地下，如平生時。嗚呼哀哉！吾儕之交，再世追隨。年多已老，次亦踰耆。若其少者，姻婭差池。爰薦簋飧，以侑一巵。仿佛雲車，來聽陳辭。嗚呼哀哉！

【校注】

〔一〕光禄：時偕行，字汝健，一字乾所。萬曆癸未進士。歷知確山、長興、諸暨縣。調定海，擧卓異，擢御史。巡按山西，奉嚴譴，謫合浦縣典史，歸。家居二十年，卒六十九。天啓改元，贈光禄少卿。詳見學古緒言卷五侍御時君六十壽序注〔一〕。

祭宣氏妹文

嗚呼，予之同生，兄姊早殤。兩弟不育，三妹相將。憶我甫齔，長者扶床。仲後一甲，歲臨子方。季同予寅，丙火其煌。各歸舊族，獨有文章。先君疾革，管妹驟亡。秘不敢洩，忍泪盈眶。仲僅踰衰，貧病交戕。幼子侍側，我躬其喪。今又哭季，痛何可當？妹生二子，章逢蹐蹐。足慰目前，而命不長。豈其悴耶，貧則何妨？我父逾老，母更壽康。妹未及耆，一病莫禳。如予潦倒，能不摧傷？豈彼瞀昏，舉止倀倀。人之所鄙，而天謂良耶？豈其淑慎，蚤暮皇皇。人之所喜，而天實靡常耶？抑或修短，禀受異量。而瘠未必，尫沃未必穰耶？嗚呼！蓋暫聚者形骸，斯欣慼分於在亡。不昧者神明，故賢達冥於短長。夫安知存者之不爲有限，而逝者之不爲無疆耶？夫安知衆所羡者之無幾何，而獨契者之未渠央耶？苟長逝者而聞吾斯言，悟其本光，則風馬雲車，翱翔乎寥廓，而稅駕於無何有之鄉也必矣。嗚呼，尚饗。

祭執文傅先生文

嗚呼，憶甫穉愚，以通家子。出拜於坐，公揖之起。退問先君，頎然者誰。曰士凱〔一〕

兄，伯父事之。博學多聞，此世偉人。聆其謦欬，庶幾斯文。已漸知學，識張二丈。叩其淵源，與同鄉往。張嘗語我，昔與士凱。同在師門，各厚自待。維歸先生，精於文律。抉微棄陳，闖入其室。獨吾士凱，不專於詞。意在經世，才傑爲師。我時豁然，若撤其覆。若發之蹤，而示之獸。自後公來，信宿予舍。每至宵深，豪飲悲吒。戲謂先人，且可還卧。留爾阿戎，我唱俾和。俯仰幾何，倏忽卅年。今其已矣，有泪潸然。於乎哀哉！先生於學，善論前史。擺脱拘攣，視猶稊稗。不學無術，乃俗之陋。以是涖官，不賈奚售。謂事之幾，繫於忽微。有黠而合，或戇以違。匪識之長，孰知其趣。世有斯人，胡令不遇。嗚呼哀哉！公之感憤，每思一試。自負其才，而不得志。嘗論蒙莊，以悁爲達。謂與世忘，一何乖刺。音辣。公之元孫，頗世其學。或時訶之，汝非卓犖。榮名可淡，進取難忘。胡今之人，有弛無張。我聞斯言，殊爲心惻。世終莫知，况乃日昃。公以闊迂，廢其先貲。晚歲食貧，中益自悲。然而聰明，不減於舊。飲啖兼人，庶幾上壽。顧其體肥，氣不能充。行立久妨，以殁元躬。嗚呼哀哉！雖然，子且下壽，而哭其父。有曾有玄，身爲高祖。世所未聞，公獨享有。雖人之窮，天則何負。所可悲者，才出於人。學邃於古，憂不於貧。而官止師儒，不登朝廷。不司民社，老於窮經。世之膚學，剽竊無根。膴仕厚禄，以高其門。人以相方，爲公興嗟。何石之瑜，而玉之瑕。彼不知也，曷足怪焉。凡世所收，詎種相傳。譬如蘭艾，臭味迥殊。艾之盈腰，蘭固宜鋤。百圍之木，不任棟梁。千金之璧，不琢珪璋。此世之羞，公乎奚憾。我陳斯詞，申於明暗。嗚呼，尚饗。

【校注】

〔一〕士凱：同治蘇州府志卷第九十三人物二十載：傅遜，字士凱，嘉定人，徙崑山。萬曆間以歲薦爲縣訓導，授建昌教諭。選傳河南王以歸。遜長八尺，偉儀觀。喜談當世之務，少師事歸有光。嘗以左傳體本編年，而紀載繁博，讀者急不得其要領，乃仿袁氏紀事本末爲一書，以事爲主。首王室，次霸國，以類相從，顛委頭緒，開卷瞭然，讀者便之。又以杜注時有未當，爲之辨其訛謬，名曰左傳屬事，行於世。同邑陳可言字以忠，撰春秋經傳類事一書，與遜書相似，而遜獨傳。

祭殷職方公文代

公方舞象，點筆成文。長者試之，占對紛紜。其後三年，補弟子員。督學馮公，目以絶群。實兄事予，情好兩敦。於時宿儒，有唐〔二〕有殷。洎潘先生，篤行多聞。引爲小友，擢英播芬。數擯有司，氣爲益振。逮歌鹿鳴，九抵白門。南宫之役，三詘始信。乃溯大江，牧彼州人。乃佐戎樞，論厥武臣。請託既絶，謗議實繁。蒼蠅點璧，千古同冤。歸而橐空，如諸生貧。老又加二，以歿元身。公既晚達，又被毁言。始不及旭，後不逮曛。何才之高，而命之屯。顧所自樹，已足不泯。況留其餘，以庇後人。我所悼者，欲吐復吞。貴不忘賤，此道久湮。公正發憤，亦已沈淪。誰於貧交，白頭彌親。誰復侃直，分別蕕薰。於乎已矣，能不悲辛。嗟我望九，亦既旄惛。五十餘年，時事日新。公又前逝，將孰與論。吾儕老矣，勖吾子孫。與公之子，尚其還淳。老泪欲枯，奠此一尊。存殁之感，寸心若焚。嗚呼，尚饗。

【校注】

〔一〕唐：唐欽堯，字道虔，號雲濤釣徒，明嘉定人，唐時升之父。凡朝廷典章及兵農大政，無不默識之。至於制義，不喜剽竊，猥隨流俗，當時亦雅推之。詳見學古緒言卷六唐實甫六十壽序注〔一〕。

祭瞿幼真〔一〕文

子之端静而敏，宜克有就，以聞於世，而竟中道以殞耶？子之提鉛握槧，避喧就閑，蚤夜孜孜，以求合於有司之程準，而其討論墳典，每掇拾今人之棄餘，以剖擊俗學之駁踳。蓋細極於蟲魚草木，而博通於點畫偏旁，庶幾泛覽而密積。吾觀其氣和色温，若醉人以醇醪，而不少露夫畦畛。然而其志甚厲，其神甚緊，苟可以極才力之所至，又若秋天之鷹隼。顧能勤一生於修塗，而不能脱鹽車之羈紖。豈其决性命以饕貴富，而未免爲達者之所哂。蓋以立身揚名，乃孝之大，雖亦知自全於恬俞，而中有所獨愍。彼不知者，謂子欲朱丹其轂以爲親榮，而更使垂白老人哭愛子之夭折而痛結於腸腎。曾不聞學殖人也，修短命也，假令子棄人世之榮名，學方外之導引，未必能回已定之命。縱復優游以終老，而志業未遂，名聲不彰，亦何取於壽考而泯泯耶？吾三人或忘年與交，或少而相習，或締交伊始而皆自謂能知子之心，能悉子之隱。今之哭子蓋不能忘情於三號，而實知夫火傳之無盡，然則子之再來人間以究竟其所欲爲也允矣。敬陳辭而奠觴，泪汍瀾其不能忍。嗚呼，尚饗。

【校注】

〔一〕瞿幼真：瞿汝誠，字幼真，瞿仲仁次子。年二十五而夭。詳見學古緒言卷十一瞿君幼真墓志銘。

祭沈祖均文

嗚呼，去歲之冬，就試於郡。君卧寓舍，屢走問訊。起而對餐，言語諄諄。曰疾所由，得之鬱忿。木旺火燔，肺受其病。予實憂疑，且告之慎。君雖傫然，意猶矜奮。談及藝文，抉摘瑕釁。予笑而言，此何足論。死生大矣，菀枯一瞬。愛其皮毛，腎腸爲殉。子必不然，盍以静鎮。首肯予言，是有定分。吾力與争，彼不吾近。其若之何，狂走以僨。於時詞場，争礪鋒刃。慨焉曰歸，寧匵之韞。幸而得痊，吾學益進。不幸病廢，吾子是訓。後身身存，斯言可信。既别而歸，窮冬伏枕。遣問增損，口授以應。子書不來，憂心日甚。陽羨之游，予懷懜懜。詢君親朋，彌亂方寸。有加無瘳，漸妨食飲。還過於崑，驚聞在殯。中腸若抽，有泪如迸。君而蚤夭，信矣其命。性剛而明，才敏而備。一言之過，其更無吝。一得之長，亦取自潤。比來精勤，既溢愈浚。吁嗟已矣，能不悲憖。君之群從，握瑜懷瑾。爰及從游，咸受齮齕。還以所聞，授君之後。君所未酬，後當克振。吾衰而迂，有皤其鬢。同心幾何，俗之所擯。與君久要，庶不緇磷。匍匐哭君，拊心憑櫬。嗚呼哀哉！

祭吳起龍〔一〕文

嗚呼，予昔垂髫，謁外舅徐。侍坐中堂，時方聚徒。授經其中，少長紛如。君之昆季，濟濟曳裾。入叙姊弟，則予外姑。自是識面，數共籧篨。已結爲社，同獵與漁。情分日深，君尤勤渠。洎游膠庠，得陪步趨。予麋鄰境，歸即相於。笑言之接，棋酒之娛。逮乎歲晚，有暱無疏。予別諸生，倦於修塗。君起家貲，贍於菑畬。隙晷之暇，彼此相呼。我姻君鄰，三人與俱。棋之虐矣，酒亦酣且。俄別三日，方擬相拏。鄰之訃來，君去斯須。嗚呼哀哉！君已三子，或勤以劬，或憺以愉。少亦馴謹，無敢昏逾。以侍寡母，慰君黃壚。嗚呼，尚饗。

【校注】

〔一〕吳起龍：乾隆鎮江府志卷三十六名臣下載：吳起龍，字雲卿，丹徒人。崇禎戊辰進士，授户部主事，降理問。調應天府推官，尋轉南户部員外郎。陞知福州府，閩俗有挾仇者，輒服斷腸草，既死，其黨移屍至仇家，家立破。起龍至，按死命，反覆推驗至數十次，檄有司設厲禁，俗遂革。閩士程坤、陳聖泰之屬爲仇陷，起龍力争之學使者，事得白後，皆顯名。陞福建兵備副使。年七十五卒。

祭吴氏姑三娘文

於乎，維昔歲首，先人見背。煢煢靡依，痛沈五内。姑之哭兄，幾同兒輩。已拭泪痕，慰我苦塊。逮踰百日，形亦癯悴。念厥老姑，僶勉還憩。秋暑向闌，來看吾妹。信宿即别，强要不遂。期以杪秋，重來相對。何圖一疾，纏綿增憊。病得之肝，而傷於胃。我就問時，勸以無懟。姑亦頷之，非不自愛。吾疾已深，寧當復瘥。而母而妻，吾向所賴。今當長辭，能不介介。及乎彌留，終以不憒。嗚呼哀哉！父之同生，兄伯女弟。伯既早夭，白首惟二。姑少吾父，實惟一紀。春萎冬謝，乃同兹歲。於乎哀哉！姑不知書，而性明慧。每與之言，輒了大義。問我往來，死生之際。爲言幻緣，悉如目翳。或冤或親，或喜或恚。捏目所成，何足挂礙。姑曰實然，我所嘆喟。自始來歸，舅已前逝。辛勤事姑，衣食每匱。未衰而寡，鞠此諸稚。三男兩女，各已婚配。長孫成人，且見孫壻。吾勤一生，無慚吴氏。奈此老姑，翻令掩泪。此如可忍，含笑入地。有家而貧，乃命之值。將逸而殞，其又誰觖？嗚呼哀哉！姑念兄嫂，歲必再至。其留旬月，拮据不廢。予時勸姑，宜少自恣。晏起早眠，胡復勞勩。姑曰吾來，食飲爾饋。幸有餘閑，肯怠吾事。吾之家居，吾炊吾洎。吾日不給，而暇於寐。今其已矣，徒霣涕泗。諸子哀哀，能不百倍？於乎哀哉！又念衰姪，未有穎嗣。曰父八旬，終不求忮。兄亦踰耄，敦行不貳。寧有單傳，而斬其裔。爾之居喪，慎勿過毀。言猶在耳，每爲心悸。憶姑臨終，屠宰爲戒。市脯擷蔬，以薦而酹。靈其我歆，知必不昧。於乎哀哉！尚饗。

哀辭凡四首

友人徐孟祥〔二〕哀詞有引

予友徐孟祥別三日而或以訃至，余愕且疑，亟往問所知，遇其僕於塗，問之信，蓋歿之時前食頃猶爲其子説書，課家僮有所葺理，俄入内而憑欄咯咯似呼痛者，再舁至床而絶。痛哉！孟祥之父母老矣，以彼其才氣，不早奮於時以爲親榮，當必晚達無疑也，而竟以夭死，尚可知耶！雖年之不永與志之不獲展，平日與孟祥言頗似聞道者，顧安能無戀戀於其親耶？然而孟祥之長子已踰冠，成立足以娛侍大父母，不異孟祥生時。後二三年，績學綴文以畢其父之志，而爲二老人慰者知必不遠矣。故予爲之辭，如韓之哀歐陽生者，以解其父母之哀悲，且以慰孟祥於地下云。

秉諒直兮氣方剛，忳壹鬱兮年踰强。脱鹽車兮馳康莊，逝將駕兮蹶且僵。豈良樂兮終莫當，使騏驥兮隕路傍。策駑駘兮追翺翔，委銜勒兮私自傷。善之慶兮惡之殃，吾欲問兮天茫茫。彼菀枯兮與彭殤，譬遵途兮各有方。或脂牽兮登羊腸，犯陽侯兮戒舟航。塗所出兮難周防，柑莫施兮僨其廂。賤且夭兮命之常，魂魄依兮父母傍。目可瞑兮後則良，代子養兮壽者康。刷羽翮兮修文章，所未展兮於焉償。昔與子兮泝大江，予嘯歌兮子傍皇。日臨深兮永以懲，叶。曾倏忽兮臨其喪。子事親兮能勿戕，孰短命兮可使長。窮泉閉兮隔幽明，知莫逆兮如平生。

【校注】

〔一〕徐孟祥：徐端履，字孟祥。明嘉定西城人。萬曆二十五年歲貢生。

方孟成婦張氏哀辭

方孟成甫踰冠，將娶於張，張之大父別駕公一日與予語及之，以生嘗從游，知之必深也。予因爲言孟成外温内朗，學日益而功加勤，公聞而色喜。張吾鄰也，通家往來昵甚，先是予妻見吾數稱孟成，輒曰：「鄰家有女殊秀慧，盍爲聯二姓之好乎？」予雖頷之而未暇，及其後竟成婚姻焉。孟成以其弟故困於雀鼠，至無以爲家來依婦翁，翁媪皆愛其爲人。然爲諸生十年，不獲一試京兆，徒以獄訟縻之也。去歲辛亥，別其婦讀書虎丘山中，及冬而還，試復不利。開歲即又别去，夏秋以爲期。未幾婦病，間一歸視，即復惘惘出門。孟成所買新居去予舍傍纔數十步，未定遷而以盛夏走句曲，顧雖數謁醫藥，終不效，則數謂父母「其以兒遷乎」。移居之後，意乃恬然，而孟成不勝内顧，復觸暑暫歸，留十日而行。已畢京兆三試，會督學戒諸生毋得遽歸，既而疾馳四日以昏夜宿闕外，明晨遂不及於訣，僅得視含斂而已。嗚呼痛哉！

孟成嘗爲予言「婦之疾得之火鬱而上炎」，予曰：「豈爲未成子姓乎？」曰：「不然，以弘文之蹇耳。」窺其意，儻幸而有一日之遇，何必身自舉子哉？其始疾作，有妖夢焉，問之不肯言。孟成亦曰泣而爲瓊瑰盈其懷，吾懼夫不幸而踐也，亦置不復問。其後凡所以告孟成者皆微引其端，或傍及於他人，迨歿而後知其皆訣也。歿之前一日，泣而戒其穉女曰「善事若父」而已。至其言嘗爲羹以療孟成疾，尤酸楚可念。既没而孟成之諸弟無不稱其孝睦，可謂賢也已。予故爲哀辭，以慰之於地下，且以解孟成之悲思。

沈痾中人兮醫難爲良，湯藥少閑兮左右去傍。指其臂痕兮問此何創，宜不能知兮今告子詳。昔子之癘兮食絶於吭，實迫且悲兮默焉以禳。封臂爲羹兮試與子嘗，幸而下咽兮繼粥與漿。出肉於瀋兮納臘於囊，終不以告兮後莫我明。叶芒。發篋睹此兮覆謂不臧，嗚呼倉皇迫切兮爲此固當。匿迹杜口兮意尤難量，孰有女婦兮丈夫深藏。天奪婉嫕兮如何可忘，嗟人之生兮福禍茫茫。夭也而淑兮壽也而狂，有惡其生兮有悼其亡。豈以臧否兮而分彭殤，其間相反兮乃足相方。昔之剜臂兮今爲斷腸，不聞鼓盆兮古有蒙莊。彼豈寡恩兮誠悟其常，苟爲若淑兮促乃爲長。如其嚚凶兮壽彌不祥，亮逝者之無憾兮奈何乎哭死而過傷。

王尚寶〔一〕元配李安人哀辭

太原王遜之娶於崑山李氏，今中丞公之女孫而太史君之女也，嘗從官京師，然未受封而稱曰安人者，從尚寶爲京朝六品而稱之也。來歸八年，屢遘閔凶，連舉三男子，今年夏還，哭子而悴，醫藥未效，既又免身彌不能支，迨其疾而病也。嘉定之通家某某數辞其進退以爲憂喜，間一二三日則往問遜之。李氏姊及聞生男喜且慰曰：「可無虞矣。」孰意其增劇以至斯耶？悲夫，安人之始爲婦，年及笄耳，進止有常度，不妄言笑，家人無不宜之。居王舅之喪，戚而無違禮。明年，文肅公薨，山崩梁壞，而遜之不震不撓，聞譽日起。顧其內事久茀不治，既而外內肅然，人皆曰安人實賢且能以佐之也。或以語太史君，則謝曰：「孺子何足以當之。吾爲父知其於婉娩聽從，或庶幾焉。」比歿，遜之書來，辭極酸楚，至云身賴以康，家賴以庇，聲不出於梱而臧獲各循其職，疾已瀕於殆而話言咸中其窾，神識恬然，無戀與怖，有類聞道者，而竟夭其年。造物冥茫，其又何可知耶？殁未幾而仲子痘愈，尚寶當以使事之江右，吾儕相謂吊與賀不可兼，再踰月而始克往奠，爲之辭以哀之，且以解遜之之悲。詞曰：

禀清淑兮閑姆訓，外則温兮中彌浚。生華胄兮歸高門，惟夙慧兮遠驕吝。逮事舅兮驟見背，茹辛酸兮佐厥胤。矧泰山其復隤兮，傍之人兮爲彼震。嗟梱内兮糾紛，試亂絲於芒刃。既大事之克襄，蓋盈耳兮休聞。雖夫子之競爽兮，賴夫人兮坐鎮。樂欣欣兮所知，彼蠢蠢兮奚釁。泣呱呱兮蚌珍，秋之中兮再孕。望國門而北溯兮，尚纍纍之符信。已使車其南還兮，飭藩封之虞殯。攫明珠兮掌中，等朝華於彼蕣。汩涔涔其盈眶兮，魂怔怔而欲殉。又一舉而得雄兮，謂可療乎疾疢。竟形神兮兩憊，埋塵土兮玉潤。淼西江兮旅次，攬繐帷於方寸。靈之歸兮安養，陟蓮臺兮崇峻。神逍遥兮無方，睇金容而不瞚。何修短兮足云，去塵勞之若焮。留結想於人間，乃宿緣之定分。誠靈心兮永湛，已相忘於喜慍。無嗷嗷而怛化兮，斯達人之委順。

【校注】

〔一〕王尚寶：王時敏，字遜之，號烟客，太倉人。父翰林院編修王衡，祖大學士王錫爵。以蔭官至太常寺少卿，曾任尚寶司丞，故時人稱「王尚寶」。詳見吴歈小草卷二王文肅公祠堂成遜之尚寶乞詩注〔一〕。

王伯深配陸氏哀辭

表弟王伯深之陸氏妻年十六來歸，歸十有八年以歲癸丑四月病殁，予往唁焉，姑哭之慟。以予所聞，平日之孝於其姑也，信自伯深之弟及婦皆痛不自勝。蓋其和柔惠淑爲嫂，而嫂爲姒，而姒宜於家之人也。又信始歸之歲，姑嘗命出見予色温而貌莊，舉止合度，意其爲福德人也。已而漸聞其賢，久之，伯深不以予之衰鈍，數相過，從容問所以勤學之道，於是聞其賢益熟。嘗生男不育，意惘惘不自得，顧連舉女，性又篤於慈愛，推乾就濕，體日益悴，歲中卧痾者常十三，伯深憂焉。予慰之曰：「此無夭法也，婦德如是，體貌又如是，而乃虞短折耶？」比者每見伯深，必曰：「吾婦殆不能起以爲憂。」數遣問訊，云少間矣。當疾有加，幾絶粒，漸喜日啜粥三四盂矣。一日忽以訃至，吾妻女皆錯愕失聲，雖予亦自怪向之所謂福德人者而驟至於是，然則人之資性容止其皆不足信乎？可痛也已！乃叙其疇昔所聞而爲之辭以哀之，詞曰：

士貧而娶兮賴其儉勤，所以爲養兮瘁骨與筋。其不能然兮奈此食貧，或給於養兮每患齗齗。盛飾而居兮曠於晨昏，夫子之過兮閭里日聞。吁嗟淑媛兮匪鷙而仁，父母憐之兮室無間言。歸不逮舅兮恪共明禋，瀡滫之滑兮靡間夕昕。既以奉母兮燕及嘉賓，母之戒齋兮間停壺飧。莫奉母歡兮有獻於緡，弱而善病兮不耐苦辛。敏於女紅兮手不去紉，猶以儉補兮無侈衣巾。誰訶不聞兮其怒以嚬，姑爲一言兮改顏爲温。蓋孝誠之天植兮豈勉强而由人，凡今日之深痛兮固在昔而已云。嗟予言之不中兮殆禍福之不可以理論，惟孤女之嫇嫇兮恃大母之加恩，不數年而及笄兮庶以慰眷眷之幽魂。

學古緒言卷二十

呈凡八首〔一〕

【校注】

〔一〕崇禎本卷二十作「呈凡六首」，康熙本卷二十作「呈凡八首」。陸氏在重校時將原屬於崇禎本補遺部分的請入殷方齋先生鄉賢呈詞、卞先生助喪呈詞兩呈移入卷二十，故兩版本所記數目不同。

修復南水關〔二〕呈詞

呈爲懇恩酌採群言修復水關以裨學政事。竊惟人文關乎風土，氣運係于作興。照得南城水門舊在黌舍巳向，因衆稱巽水之秀，改闢迤東而迎。然於卦氣有符，實則巒頭未合，雖其説各有所主，若至是則必無非。大抵濱海之鄉，凡潮汐吐吞總謂之去，故其流注之勢必江湖滙合，斯謂之來。試就治城論其地脉，則必以東北爲去、西南爲來明矣。舊關直受之於南，何必爲巽？新門縱據得其吉，却轉而東，譬近舍稻粱之養，遠求珍異以適口，求而不得，餒且相隨。况巳在巽西，氣本相接，辰居巽右，禍亦須防。雖陰陽最爲渺茫，非耳目昭然較著，顧當其改圖於始，亦謬謂張網可幸得魚，及其覺悟於終，豈容以懲噎而遂廢食不及？今明臺之兼聽將終，虞已事之難更，此諸生之所蚤暮以講求，飢渴以延企者也。又去歲秋試之先，曾具呈言新鑿西水達於練祁者，若橋梁爲礙，舟楫不通，將坐視清流漸成填淤。已奉處分，未獲訖工，並乞查會前呈，一時並舉，實爲便益，須至呈者。

【校注】

〔一〕南水關：南水關跨横瀝河，始建於元至正年間。萬曆嘉定縣志卷三營建考上載：萬曆十八年，知縣熊密以形家言，移南水門於稍東，更名匯龍關。三十年，知縣韓浚從諸生請，塞匯龍關，復南水關之舊。

乞祀朱熊王三公〔一〕於名宦呈詞

呈爲遺愛在人，宜隆秩祀以著不忘，以垂有永事。竊念吏治必稱循良，親民莫如州縣，况東南繫財賦所出，於催科兼撫字尤難，幸遇其人，能無追思於没世，雖紀其績，未若崇祀於將來。

照得前知嘉定縣事、歷官南京禮部吏部郎、江西按察司提學僉事、南京大理寺丞、通政司參議嘉興朱公諱廷益，其自閩移吴之日，當政猛民殘之餘，吏以急斂干和，民以屢侵多疫。公仁且潔，又簡而寬，絶不自潤以脂膏，惟有人沐以滲漉。邑之歲困漕糧，以土瘠不宜稻也，則爲請於主者，仍得改輸以銀。邑之額設官布以賦緩，可紓民也，則爲言於監司，因得漸弛其課。至於徵斂有法，則創爲板册連票，雖愚民不至於倍輸。又慮風俗漸奢，則倡以節食貶衣，雖富室亦遵於雅化。與韋布通賓主之禮際，而人知老老賢賢。與章逢申名教之防閑，而士用逡逡凛凛。總之以遠賂而瘠己，以瘠己而肥民，萬姓頌之同一辭，三年紀之如一日也。

繼其後者廣安熊公諱密擢官户部郎，早卒，承寬仁之緒，撫蘇息之民，以爲政似不難，以見德實非易。初至不求殊異，無取名要譽之爲。稍久孚以悃誠，有淪肌浹髓之惠，所以人蒙其賜，尤在天厄其逢。在任久歷七年，連歲曾無一稔，方流離之乍復，咸寄命於緩征，乃殿最之攸關，似考成於通賦。公恤民之瘼，惟己之辜，雖奪其俸者屢加，然不爲動者自若。既申折漕之請，特嚴投櫃之防，務令納者絶無絲毫加增，而收者不至萬一賠償。又以惡草不除則嘉禾不殖，始剪打降之兇横，繼絶訪行之中傷，大約虚懷待人，時或寄之以耳目。然實心求可，人亦效之以肺肝，廉不爲名，寬不廢猛，人士頌其質行，黎庶戴其深仁。

顧惟二公或已陟爲卿貳，或久遷爲省郎，未究厥施遽促其筭，獨此荒瘠，最被恩施。昔賢有云，後世子孫思我不如桐鄉之人思我。緬思二公在官之年，所以爲一方之謀者，不異父祖之計安子孫，以故二公没齒之後，所以繫一方之思者，亦猶子孫之追念父祖考之祀典，允矣具宜。惜其後人未聞趾美，接壤西吴而近者僅嫡孫名繫於膠庠，曠隔東川而遥者，斷遺孤音問於修阻。若不及今而申請，或恐稍久而莫詳。顧欲由下以遞申，或恐文移之寢閣。豈如自上而批發，不虞胥吏之稽留。

又故本學教諭、累遷國子監助教博士監丞、南京户部員外郎致仕婺源王公諱廷舉，端方其行，篤實其衷，謂行本而文華，當分急緩，若華繁而本撥，倍切甄陶。貧乏者數賑其寒飢，孱弱者尤力爲擁護。因良牧之加禮，燕間輒有獻規，每輿論之密伸，緘秘何曾出口。再當偕計而北上，直云衰拙而南還。世人之邊幅不修，賢者之坦懷彌著。以故改官胄監，祭酒亟稱其賢，已而進秩户曹，同官咸重其守。至於移病，懇求致仕，蓋由考滿不能治裝，行李蕭然，遺貲窘極，實乃昔賢之清操，豈止叔世之人師。參二令而齊名，信一時之絶盛。况蓋棺久已論定，而闔邑靡不心儀，盍使此邦士人寄懷思於俎豆，後來賢達興慨慕於宫牆。有此連名具呈，伏乞准勘，申詳並祀名宦，須至呈者。

【校注】

〔一〕朱、熊、王三公：三人分别爲明萬曆年間嘉定縣令嘉興朱廷益、廣安熊密和教諭婺源王廷舉。朱廷益，字汝虞，嘉興人。萬曆丁丑進士。由漳浦知縣貶連州判，未赴，遷知嘉定。在任三年，整荒田，濬河渠，修學校，旌節孝。熊密，字子縝，四川廣安州人。萬曆丙戌進士。萬曆十四年任嘉定令。承賢令之後，守而勿失。光緒嘉定縣志卷十三名宦載：王廷舉，字心軒，婺源人。萬曆癸酉舉人。性狷潔，與人視賢否爲親疏。以實行砥礪諸生，尤嚴於辭受。邑令熊密重其賢，數諮以政。人謂與令暱，將丐請託，見其辭色，輒慚沮退。陞國子助教，歷博士、監丞、南户部主事、郎中。考滿，貧不能具裝，遂致仕。

覆勘回呈

云云竊思官守至重也，材品固以時升降，而其論必先於儒生。鄉校至公也，評議亦以時重輕，而其究必定於輿論。照得前知嘉定縣事朱、熊二公及掌教諭事王公先後僅十年之内，望重皆一時之尤，有身處於脂膏而冰蘗不移其操，有食貧於苜蓿而苞苴無動其心。朱以寬簡著稱，嘗微行村落之間，野人初不知爲長吏也，而熊自遠方後來規隨，咸戴其寧壹。熊以悃愊終譽尤特嚴錙銖之禁，私家幾不知有官耗也。而王與同時相善，獻替每畢其見聞，士民追思，今昔如一。或曰，此三公皆宜大用，而竟以不永其年，世之喪道歟？民之無禄歟？不然，而何天奪之遽？又曰，此三公皆宜有後，而未聞能世其業，天不可問歟？善不必福歟？不然而何後嗣之衰？夫詩詠民不能忘，君子之有斐，兹其人矣。傳稱没而可祭，神明之及交，以教德也。今上自大夫下逮士庶無不皆稱其賢，則及春而礿，至秋而嘗，允宜並祀於學。近歲儒生之論，間有涉於阿私，以故師帥之尊或多夷於寢閣，前所瀆聽頗及其子姓之殄瘁，可以無疑於過譽，而今所覆詳，尤恐夫歲月之曠隔不能無憂於廢禮。人如此其表表也而不獲祀，將來復誰可當？言如此其諄諄也而不足行，自後復誰可信？伏乞俯垂照察，亟賜申詳。

通學諸生上撫按保留胡明府〔二〕公呈

呈爲疲民羸瘵，懇留廉能有司以終惠愛事。竊惟旌别者上之大柄，所以察吏而振起惰窳之風。怙恃者下之至情，所以籲天而願借慈仁之牧。本縣東瀕大海，西咽澄江，沙瘠故不宜禾，未免仰鄰封而足食。木綿尤不耐雨，偶一經霪潦而就荒。加以俗媮而訟日譎，紛紛求勝於譸張。況復區分而賦日逋，往往交通爲蝨螣。向因松江壅爲平陸，故每歲之河工譬猶通咽開膈，近以官布入於考成，則昔賢之闓澤轉爲擢髓抽筋。以物力土産而論於全吴之邑，則嘉定爲最僻最敝，以調停設處而責於宦吴之人，則嘉定爲最劇最煩。胡知縣自三十九年二月到任，迄今二年，先除豪悍不逞之群兇，繼懲刁黠無情之宿蠹。值歲收之屢儉，撫字多方。處賦額之加徵，催科不擾。勵操則四知是畏，中懷獨潔之冰心。訊獄則兩造無冤，庭有久虛之肺石。十萬家倚爲慈母，六百里欽若神君。驟聞調繁，不勝却顧。在長吏則絶其有緒之成勞，如絲方繅而斷繭。在小民則奪其調饑之待哺，如炊欲熟而絶薪。雖地方重臣意在磨礪，不暇顧於一隅，而梓桑私計，念切祈哀，能無迫於上訴。亦知已奉俞旨，誠難自異於盾矛，猶望更煩部咨，未必遽乖於竽瑟。矧在長洲以瓜期得代，繼組者自當别有循良，而在嘉定以棠蔭方隆，怙恩者，詎忍失其覆芘。若長洲以得賢爲幸，則嘉定以失怙爲悲。幸屬軿幪，誼鈞憫惻，且下邑頃年之故事，有調繁瀕發而復留，如祁門唐知縣改調嘉定，往返舟車既宿留於彼土，蒞官月日且刻期於此邦，而竟憫攀轅，再馳奏剡。是知一時回天之力全在台臺，而三年河潤之施更自今日。有此激切，連名具呈。

乞改正派剩呈詞

呈爲懇恩分豁額徵名色以厘積誤，以釋群疑事。竊照邑賦之得請永折也，實由地磽苦旱，乏米而每虞缺兑故也。歲輸之獨多派剩也，又因已減復徵所餘以抵充别項故也。自巡撫周文襄公創立平米加耗，每石編銀五錢，以蘇東南之重困。至萬曆初，下邑猶困於兑軍，累題折兑，幸得永折，奉旨蠲免輕賫蓆木板過江修河等銀，每石約計減編四分。據徑賦册，凡係奉文蠲除無得仍五錢計筭，向已頒行遵守，止因廿三年院題闔郡全荒，部覆概徵折銀，本縣遂亦一例混編五錢，賦册所云府胥之罔上，則曰片段易於徵解，縣胥之誑人，則曰高下全在府胥，可謂昭如日星矣。而迄今未蒙仍前改正，故派剩視鄰境積久相懸，雖用抵練兵均徭里甲等項，原非擅增，然何必獨浮贏餘之數，使閱册者駭其過多，又且曲爲抵充之名，使輸銀者疑若可緩？況此一方病糴之衆，雖幸免兑軍，其如萬姓糴價之高，已不翅數倍，所蒙不費之大惠，未紓終歲之私憂，萬一事有朦朧，中飽者易售其詐，儻或時當倉猝，在事者莫展其籌，將曰均五錢也，何彼皆少賸，此特多餘？均一剩也，何此獨踰千且至及萬？雖有喙三尺，列狀百通，亦無由得白矣。其在今日，合無遵照經賦册開奉旨蠲免輕齎蓆木板銀仍不派徵。而應徵練兵均徭，里甲仍照原編驗派不名抵補，則群疑頓釋而税額允厘矣。至於修河過江二項，亦爲漕艘而設，既俞永折，自當並蠲，而猶然編派不常，亦於經賦未合，乞照三十六年事例並賜查豁，尤爲諦當。有此連名具呈。

公舉節孝張母王氏呈詞

呈爲公舉節孝懇恩勘詳，以章婦順，以光旌典，以勵壼範事。本學增廣生員張婁孫有母王氏守節四十齡，行年六十歲，家本世禄，歸於宦門，其夫生員某，其舅隱君子某，而福建按察使司副使某之孫婦也。夫因力學成羸，强以無男再娶，每客游於鄰境，逮疾甚而家居。僅閱歲除，俄遽身歿。婦之撫其先後兩女，飲泣而血繼之，奉其内外二親，食貧而身瘁矣。既凛乎嚴冰蘖之操，又允矣持門户之才。黽勉有無，共襄事於城南新壟。辛勤朝夕，終就養於毀後敝廬。舅好讀史書，每以古人自許，及共商家事，數稱新婦甚優。妻孫以伯兄次男來爲之嗣，而母以孀妻訓子，早見其成，女各有歸，孫亦漸長，雖目前似足慰意，而身外未獲榮名。昔歲甲申，有賢父母檇李朱公，其人擊節亟稱其美，謂夫有文且賢，而妻自矢立節，以賢節齊名爲獎勵，蓋閭里相傳爲美談。迄今歲月已深，允於褒揚爲當。矧江南四郡久闕驄馬之巡行，而下邑衡門竚望龍章之來賁。伏乞照例發勘轉詳具題，寵光幸及於生前，風勵奚止於境内，有此云云。

請入殷方齋先生鄉賢呈詞

呈爲崇祀鄉賢以勵風教事。竊照本縣已故淮安府學訓導殷公諱子義，天資醇篤，行誼端方，其學無所不窺，而特先其大，於人無所不誨，而躬率以嚴，折衷朱、陸之異同，直探孔、孟之窔竇。平生尤篤於孝友，逮老不私於貨財。曲承後母之歡顔，盡讓穉弟以遺産。自少即能戒色，絶無孌童季女之私。終身未嘗失言，惟以質疑解惑爲樂。一經大冶，多爲名世之人。老作廣文，徒抱專門之學。眷此下邑，篤生醇儒，惟有崇祀於宫牆，庶幾增輝於俎豆。自萬曆八年、十二年再經通學具呈，蒙督學批勘，而子孫儒素既無貴盛之攀援，人士咨嗟，長慮輝光之泯没。近者明臺纂修邑志，已於人物志中撰次小傳。伏乞粘連申詳。有此連名具呈。

卞先生助喪呈詞

中懷樂易，素行清醇。雅志功名，曾不登於下第。晚官閑散，竟莫展於歿身。自來此邦，樂育多士，入其陶鑄，將無躍冶之金。受其磨礱，即是暉山之玉。不修俗儒之邊幅，自標良士之豐儀。對函丈於席間，均霑時雨。庇廣輪於宇下，如坐春風。方幸奉以周旋，何圖嬰兹沉痼。到官未及周歲，卧病乃積數旬。有加無瘳，積治不效，彌留之際欲斂未能。一官獨冷於廣文，十口僅糊於微禄。既老成之凋謝，兼孤寡之伶俜。衆所盡傷，相爲霣涕。盤並空於苜蓿，櫬難返於梓桑。痛此附身，尚倉皇而稱貸。况乎復土，將暴露以何期。獨有相率而籲哀，庶幾驟聞而垂憫。施恩乍寒之骨，一慰長往之魂。儻蒙破格之隆施，乃是及門之厚望。有此連名具呈。

雜著凡四首〔一〕

【校注】

〔一〕康熙本卷二十寫作「雜著凡四首」，崇禎本卷二十無雜著。陸氏在重校時將原屬於崇禎本卷二十的「述一首」即尊經閣夜話述歸入雜著，又將崇禎本補遺部分的答問性一首、辨米畫、論筆二則三雜著移入卷二十，故兩版本所記數目不同。

答問性一首

予既倡爲之説曰：告子之言生之謂性，孟子蓋未嘗置辨也。特謂生不同則性亦不同，非若白同而均謂之白耳。物生有心動而必之乎欲，人生有心動而必止乎理。此人物之性之辨也。人之未純乎理者，有以蔽之，非其初也。故曰性善也。或曰，子言則既辨矣，孔子之言性相近也，其謂之何？予乃復以告子之説應焉。夫饑而求食，寒而求衣，性也。人固有食必列鼎者矣，乃或以一簞告飽。人固有衣必重裘者矣，乃或以挾纊爲温。不無小殊，故言相近。或曰：然則烏在性之善乎？曰：夫物類攫拏而食，牝牡之合，每不知有父子矣，人然乎哉？人之入於禽獸者，世多有之，然不足以累性也。此非予私言也，雖孟子固以耳目口鼻之欲歸之性矣。以命自制則入自賢門，不知命而浸淫焉以牿其性，則入自禽門。宋儒之宗孟子，好爲深眇之談，而未究其實，徒令孟子自相矛盾耳。予故合而論之，使性善與相近之説略無異同。彼以食色爲非性者，無論未足屈告子也，獨不思反與孟子戾乎？譬猶葉公之好龍，其於論性舛矣。

尊經閣夜話述

明府齊安胡公〔一〕以今仲春政事之暇來過黌舍，與邑文學三先生同登尊經閣〔二〕，謂堅雖闊迂，頗好藝文，而宣君嘉士通曉世務，皆可與言，從容使畢其愚。至漏盡二鼓，公既豈弟飲人以和，兩生亦不自疏外，寧言不中倫，不敢負公之下問也。與之言文，則謹對曰：「六經而下，百家之文，意非全粹，詞多造微，孟之醇，荀、楊之大醇小疵，聖人之徒歟？西漢渾雄樸茂，東京漸靡而弱，六朝之排偶，唐初猶存，韓乃力振，柳與並驅，長慶以降，其細已甚。宋沿末流，歐始反正，王、曾維佐，三蘇並擅，長公其尤。南渡迄今，未見其比。勝國推虞，昭代稱宋，皆號博綜，尤謹程度，惜理學礙之，於超乘未能也。後有作者自謂遠紹，然多採華忘實，求新得陳，外若恢奇，中乏雋永，向之典刑，不無異軌，即有識真狃於時代，矯以爾雅，力不能回矣。肅皇之季，頗標同異，和者既非其儕，苟希獎借，排者或非其敵，祗益揶揄。其或識高才健，衆非獨是，雖快爽絶倫，而率易爲異，加以好譚名理，誤落臼窠，瑜不匿瑕，亦其宜也。若夫允蹈成規，務遠俗尚，得意象表，標旨目前，語全鑄今，法乃自古，則吾吴歸氏視唐宋皇甫、張、秦其不多讓矣。」與言詩、騷，則又對曰：「騷人之致，風雅之遺也。彼既自極瑰異，今乃妄訾合離。漁父、卜居云何作俑？詩三百篇稱四始於前，漢十九首擅五言於後，旨趣自符，音調自别，然則李、杜何必非漢，梅、歐豈盡非唐？同源異派，自古已然。異曲同工，於今豈病哉？且今之外合中離，譬已陳之芻狗，昔之音移調改，乃嗣響之宫商。遺文具在，精鑒何疑。」與之言字畫，則又對曰：「此小技耳，然而不精研則心與法不相入，何由通微？不積習則手與心不相應，何由造妙？師法須高，骨力須重，已識其源，雖師心而暗合，强摹其迹，縱肖貌而實乖。王會稽善學篆籀者也，顔平原善學羲獻者也，晉帖傳者要爲不可思議，唐帖有贋有臨，其真者固難仿佛也。宋元名迹幸獲睹真，蘇則沉著之中乃見妍姿，米則逸宕之外自覺淹通，蔡整而媚人巧已極，黄秀而勁自得爲多。吴興小楷深穩多姿，行草自是入能，氣韻不無近俗。然後之繼作，未見其倫，目以邁宋相也，舉肥矣。」語未畢而公爲解頤撫掌，引滿連釂，若吹竹彈絲以爲侑也。已又詢及時事，見其逡巡，俾勿辭讓。

嗟乎，桑梓之邦，實同欣戚，父母孔邇，孰不瞻依？顧良窳習也，緩急勢也，凡爲下邑，有二難焉。民貧故逋賦，此催科之難也。俗偷故多訟，此聽斷之難也。二者請以醫喻，訟之多，客邪之有餘也，攻之爲差易。賦之逋，元氣之不足也，補之爲尤難。雖然，差易矣，慮或爲之媒焉，絶其媒則客邪無從入，雖勿攻可也。既難矣，慮更爲之蠹焉，去其蠹則真氣不重傷，雖勿補可也。今者案牘無壅，請託不行，聽其講解則弱猶可支，懲其罔誣則奸不得肆，媒已絶矣，邪且散矣，信乎有餘之症，療之無難矣。獨此不足者，匪由凶荒而患爲蠹者不勝奸敝，譬之負戴，見其能勝，忍更加重乎？良民之日悴可憫也，譬之飲食，見其可欲，寧知饜足乎？頑民之日饕，可恨也，况於中飽之徒，利在行賄，自非束濕之政，勢必受賕，不忍於猾胥之數輩而忍於人爲刀已爲肉之小民，非情矣。不忍於宿逋之數區而忍於不累官與不病國之良民，非計矣。即使壞地不無肥瘠，徵收合有急緩，斗則之輕重不已分乎？復熟之抵補今安歸乎？且彼之積欠者不皆區内之圩田，豈無本上田也而收入下區者乎？又民之僥倖者不必曩日之敝民，豈無本上區也，而效尤下户者乎？若論賦額合，冬與春夏秋而畫一徵之，自是其分，此則勢必難齊，即欲權宜，先冬之孟仲季而一切急之，徐酌其餘，豈容力有不及，况田之肥瘠所在而殊，無下區之名者豈皆上田歟？歲之收穫接壤而異，無下區之逋者豈皆倍入歟？試觀邇年會計之差，未有不費，營求而得，其費彌益。足知其所入必不貲，其利彌增，足知其爲弊必更甚，此爲取諸常税之外乎，抑即取諸常税之内乎？舞文而得賂者十三，行賄而得緩者十七，此十分之緩既入於奸，則十分之急必屬於良矣。有愛民之實心，圖平政之實效者，忍不去此蠹乎？去蠹如何？未役之毋使以求得也，既役之無使以佞售也。所慮狡猾之徒每集黨以群訴，則易爲所動。胥吏之口必巧發而多端，則易爲所欺。往年刊行經賦一册，若能先究根源，次尋脉絡，修復清由之廢，杜絶呈報之訛，雖有神奸，亦當照膽，此非明公而孰望乎？

公於是憮然嘆息，洞然照知，欲採芻蕘，見之行事。兩生亦相顧私語，始談藝文，終於政術，正猶曲終奏雅，神融意暢，區區説耳，誠不足爲比矣。臨分授簡，令識其詳，雖次第一時之言，或少文率爾之陋，要歸於暴公之虚受，贊公之廉平而已。歲在壬子述。

【校注】

〔一〕齊安胡公：胡士容，字仁常，黄岡人。萬曆進士，嘉定縣令。性聰敏。甫下車，盡悉時務緩急與桀黠根株所在。在任三年，酌輸賦緩急，搜徭役欺蔽，裁出納羡餘。詳見吴歈小草卷一敦韓薦士上胡明府五百字注〔一〕。

〔二〕尊經閣：在嘉定孔廟内，明成化十年知縣吴哲即春風堂址創建，「遠而望之，岸然偉麗，入之青碧炫爛」。

辨米畫

曹周翰出示大父公所藏米卷，予雖不知畫，觀其雲山烟樹，走筆而成縈紆蓊鬱之致，超然脱去蹊徑，知爲真迹無疑也。展卷至後題，輒語周翰：「此元暉〔一〕筆耳。」曾之一跋蓋題元章〔二〕他畫，好事者裝池時誤綴其後，匏庵先生未暇深考，因定以爲元章。予既憑筆迹臆斷其非，又按元章本傳，終於徽宗朝，其年僅四十有九，而此題距紹興乙卯蓋三十年矣。又他本供御爲元暉所鑒定者皆在紹興中，其壽至八十餘，與所云老境者適相合。夫筆墨之辨，世已不能知，獨恃歲月可據，而乃失之於匏翁，題識可弗慎歟！又考蔡肇所撰元暉墓銘，卒之歲爲崇寧，則其必非父迹，又不待辨而瞭然矣。

【校注】

〔一〕元暉：米友仁，字元暉，祖籍山西太原，後徙居襄陽，再定居潤州。米芾長子，工書，精鑒藏，書畫承家學，與父稱「大小米」。南渡後，官至兵部侍郎、敷文閣直學士。著有陽春集。

〔二〕元章：米芾，字元章，號鹿門居士、海嶽外史等，人稱米南宫，宋著名書畫家。世居太原，後定居潤州。以太常博士出知無爲軍，召爲書畫學博士，擢禮部員外郎。精鑒賞，善書畫，書畫自成一家，枯木竹石，山水畫獨具風格，書法也頗有造詣。多有狂言異行，時人稱作「米顛」。著有書史、海嶽名言等。

論筆二則

聞鄰境有好事者極喜佳筆，毫必紫，鋒必長，直必每一酬白金三四錢，少亦一二錢。友人或過而譽其好事，即捐一二三爲贈，筆工之與相習者嘗携過予而求試，即以爲贈。予辭不受而聊一試焉，笑語之曰：「用此筆材分而爲四，豈不趁手且耐久哉！」則對曰：「即果佳，渠不屑用，亦不肯多蓄矣。」蓋人之輕財而重筆有如此，亦大遠於情矣。自後予偶屬他工用紫毫製一筆，大如棗核，長可一寸五分，小即蠅頭細字，大即方四五寸，既極隨手，又久而不乏，可喜也。然俗工例不肯用紫毫作心，往往白裏紫衫，外紫則悦目，中白即省料故耳。又非獨此也，趁手而耐久，於用筆者有兩便，而求售者或一妨。書此以發一笑。

製筆之妙，在使人作字時手忘其筆而已。宋時筆工稱宣城諸葛，然蘇、黄之論似微不同。東坡於諸葛之外頗稱程奕及吴説父子，且謂散卓筆非諸葛不能製，自餘筆鋒譬如著鹽曲蟮，作字有觔無骨。而山谷極稱吴無至無心散卓，且云，試使人提筆去紙數寸，欲左右皆能如意。則諸葛敗矣。似又以懸腕枕几而分，非筆之通論也。今之筆師如王道彰、茅瑞彰先後擅名於時，王已殁矣，有子能繼之，其一茅壻也。予欲以蘇、黄所論詰之，輒試其筆爲作懸腕書，茅之子曰道生亦知名。

説凡二首〔一〕

【校注】

〔一〕崇禎本卷二十作「説一首」，康熙本卷二十作「説凡二首」。陸氏在重校時將原屬於崇禎本補遺部分的朱季方字説移入卷二十，故兩版本所記數目不同。

沈彦深〔二〕字説

從予游者沈生宏祖來請更其字，且曰：「幸有以誨而勖焉。」予因字以彦深而告之曰：「子知所以爲深者乎？山深而虎豹變，淵深而蛟龍蟠，玉剖而珍，珠絙而升，德產精微而光華絢爛，物固有之。若夫刑仁講讓，綱舉目張，澤被群生而威振殊俗，此則朝廷之深仁厚德也，不有海内之彦士而孰與共其功？顧士何以能自效於世若此哉？其器誠深以閎也，不深不足以爲宏矣。易曰：『唯深也，故能通天下之志。』夫士穆乎其容，坦乎其度，天下沐其施，如和風甘雨，仰其德，如景星慶雲。豈若僉壬小夫爲機變，設城府，而深阻不可測乎哉？彼其學則聚之深，問則辨之深，寬居而仁行，資深而逢源，爵禄不入其心而功名不出於意，若唐虞之群後德讓寧，可以淺近窺耶？自三代以降，世莫不有忠貞之臣，既厥心，慎厥事，其視險膚殆若仇仇，此其人皆可謂深識遠慮者矣。若乃抵巇鬭捷，陽施陰設，雖亦能僞定一時，而終無以大慰天下，此則奸雄之譎詭，曾足比於聖賢之淵深乎？今吾子妙齡，勤學深造以道，在子勉之而已，性之所近，能矯之使勿偏乎？習之所染，能絶之使勿涉乎？見謂是也而能求其不可，毋膏以沃薪乎？見謂非也而能求其可，毋洗以索瘢乎？同乎己者能勿暱乎？異乎己者能勿訾乎？群而欲得也，獨能求之於其所不取，群而欲趨也，獨能求之於其所不由，德之能勿見其爲德之形，遠之能勿開其驟遠之釁，苟力此數者，斯於深也幾乎！將見山暉川媚以應雲龍風虎之會，他日所自效於世，必非淺尠也已。」

【校注】

〔一〕沈彥深：沈宏祖，字彥深，嘉定諸生。高才博學，邑有大事，有司咸往問之，崇禎十五年侯汸等以漕米永折事叩閽，稿出其手得。著有宋元通鑑注、懷閣浪言。

朱季方字説

易之六十四卦，其初八物而已。八者，其初兩畫而已。震之初則猶乾也，純之斯爲乾，五變而一不變，復也，其悔之變而巽，則爲益焉。巽之初則猶坤也，純之斯爲坤，五變而一不變，姤也，其悔之變而震則爲恒焉。益之與恒，聖人嘗爲之辭曰遷善改過而立不易方矣。

此何取於雷風哉？夫天地之化，雷動風散，雨潤日晅，各專其功焉。然而日也，雨也，其用以形形故時有所偏，油然沛然則朝暉匿影，杲杲出日則霢霂謝潤。獨雷與風也不然，雷擊而風勢益張，風行而雷聲益遠，不相悖而相與爲助，夫非以神用故耶？蓋吾觀聖人之憂，既濟與所以圖未濟者而後知益恒之用大矣。善而遷焉，過而改焉，如是而立焉，其何易方之有？要所以取諸震、巽者，不震則不能以動，不巽則不能以入，舍是而求可久之道，庸有益乎？昔夫子稱南人之言曰：「人而無恒，不可以作巫醫。」然則世之志於求益者不恒其德，道無由矣。聖人猶恐夫恒之者之誤也，而曰利貞，曰不易方。於乎，盡之矣！聖人化於恒者也，賢人君子守之者也，中人則望而趨焉。其反是者所謂愚不肖而羞之招也。

長洲朱君以其名某來求字，予既字之曰季方而申告之以恒。君之姿温慎以敏，非逸於方者也，勿易之而已，求所以勿易者，必伏而思曰，無或溺而不振歟？無或剽而不留歟？如是焉而益弘矣。今世之小夫市人皆有別號以謬爲尊，吾又願君之勿循其俗也。又別爲之字曰益之可也。

疏凡三首〔一〕

【校注】

〔一〕崇禎本卷二十作「疏二首」，康熙本卷二十作「疏凡三首」。陸氏在重校時將原屬於崇禎本補遺部分的東林教寺觀音殿募緣疏代移入卷二十，故兩版本所記數目不同。

資善禪寺〔二〕改建山門並蓋一堂二廡募緣疏

蓋聞六度以檀施爲首，衆生以福田爲因，但捐積累之贏即破慳貪之障。治城東南有資善禪寺者，僧道林之所修復也。覓遺趾於汙萊邈矣，異時之締搆易嘉名於棟宇，倐然今日之熏修，然而像設雖嚴，中唐尚虧於瓴甋，軒楹粗具，四周未備於垣墉。凡屨杖之來，過咸咨嗟而興嘆。頃者石巖方伯因疾减痊，每共徘徊，謂當告於净信，庶多植於勝因，手劄一行，施金伊始。予忝支許之分，爰疏給孤之緣。在昔釋尊乞食，曾訶羅漢心不均平。逮茲末法，有緣凡施比丘等無差别。若論多生果報，募有爲募，施有爲施俱依八識田中，究歸三輪體空。與本無與，受亦無受，同超十方界外，或曰均福田也。所願憐貧賑匱，修道補橋，何必莊嚴佛土，不知均檀施也。縱復片瓦一椽，束薪斗粟，即爲趨向佛乘。在未信者以爲此愚夫愚婦之所眩也，昭昭而背之，冥冥而徼之，難以冀矣。其知之者以爲此善人信人之所依也，愛而能割之，求而能應之，不亦美乎！勿輕一念之隨喜，可醒歷劫之愚癡。勸幻生而多聚幻財，溺幻貨而規貽幻裔，何苦以身爲牛馬，直須彈指悟空華，由有爲而入無爲，惟此第一方便。因始覺而還本覺，遂窮無量法門。

【校注】

〔一〕資善禪寺：萬曆嘉定縣志卷十八雜記考下載：資善寺在城一圖，元至大四年建，初名資福，後廢。國朝萬曆三十年僧道休重建，殷職方都爲之疏。三十一年，知縣韓浚更名資善，署其額，邑人進士須之彥爲之記。

東林圓照寺〔一〕募緣疏

邑之東十有八里，有東林圓照寺焉，創自宋紹定三年庚寅，其請於朝得賜額者，僧有謙也。元季毀於兵燹，僧時習偕其徒思修結茅以居，募於檀那，稍稍修復，而以舊額請洪武元年戊申也，距其始建蓋百四十年矣。思修之徒又數傳而如權者卒其業，然後殿閣像設及禪誦之廬咸以一新。迄今百餘年來，未有能繼，日就頹圮，有盲道人金士成奉母庵居，虔修浄土，而禪僧明本來共昕夕，相與發心重建二殿，前供四天王像，後供觀世音菩薩像，獨虛其中，緩而有待。比工畢，而道人旋化去，明本自矢必新正殿以報佛恩，將復從善信募焉，有爲貽書見屬，盍爲之疏以助勝緣，其可乎？

予惟天下承平日久，江南呰窳波流，物力耗於輕浮，嚣訟争於桀黠，即有禁止，猶然怙終，惟有回向佛乘，庶幾掃除宿垢。夫布袍豈如文繡，被體還同。疏食定讓甘肥，充腸何異。莫若移爲喜捨之用，正堪結此清浄之緣。乃至怨毒相仍，猶然積聚無厭，子孫之福分定，身家之需幾何。已苦没齒勞心，况供傍人笑口。胸中機總爲矛戟，眼底事盡是鍼砭。普勸捐貲，一爲拈偈，見聞易解，遠近争趨。

佛説人生總宿緣，乞兒争得富兒憐。苦遭冰雪俄晴暖，已忘披蓑忍凍眠。
日日傭奴昔昔君，可能宵旦正平分。浮生信得還同夢，富貴青天一抹雲。
老人垂白戀殘年，一種兒孫幾種憐。及到臨分齊放却，從他鏹藏落誰邊。
饑寒也解多生業，富厚都忘此去緣。今日大慈香火院，幾人先注破慳錢。

【校注】

〔一〕東林圓照寺：萬曆嘉定縣志卷十八雜記考下載：東林圓照寺在縣東十八里六都，舊在晏海門外。宋紹定三年僧有謙建。國朝洪武中，僧時習改建，永樂七年僧思修重修。

東林教寺觀音殿募緣疏代

竊惟性無生滅，資六度以出迷塗，法有廢興，報四恩而新梵刹。是以寶光同放，灌國土於微塵，宗教流通，演法音於浄域。業無勝而不積，緣有導而彌昇者矣。東林教寺者，國初僧時習之所建也。楊涇縈紆而出其東，練祁渺瀰而亘其北，去治城一十八里。遡創始二百餘年，正殿嵬峨則能仁迦陁之相好斯嚴，阿閣邐迤則大悲薩埵之手眼具備。毘尼開士固宿昔振其犍椎，慧業文人多棲遲挂其巾屨焉。歲月迭遷，榱桷崩壞，住山爲之惻愴，飛錫過而咨嗟。於是寺僧某等悼像法之陵夷，謁檀那而廣募。風幡天矯，睹表而生捨施之心。法鼓鏗訇，聞聲而破慳貪之障。猶以工非易庀，將經始於一隅，庶令緒以漸尋，用告成於七衆。謂觀世音菩薩，西方補處，東土導師，悲仰下同於衆生，慈力上同於諸佛。自在成就，現爲種種之身。無畏圓通，普遍聞聞之德。昔文殊揀選方便，特摽妙解於耳根，示末劫求捨，塵勞必獲。想澄於覺海，團財何愛。佛乘同歸，但悟三空，便超五濁。某蚤緣科第，曾奮迹於辛官。晚憩林樊，已息緣爲居士。緇衣作伴，頻翻貝葉之文。紺宇棲玄，恍睹曇華之瑞。欣逢盛事，共託勝因。鹿苑鷄林，等是調根之會。竹園金地，增修正信之緣。苟在家而出家，誰與火宅。由財施而法施，茲爲漸門。謹疏。

學古緒言卷二十一

書牘凡八首

上督學王御史書

堅聞之，士之貴於天下爲能修其身以効之當世也，其身之修矣。而人不我知，功利不及於人，此爲世負士。若夫進而苟以榮其身，退而無以逭其責，此爲士負天下。故士與其負在我，寧負在人。昔周之衰，王迹熄而霸圖興，然而列國之臣若齊管、晏，晋趙武、叔向，魯季孫、行父，衛蘧、鄭僑之倫所以告於其君，應對於四鄰，諸侯而行之於其國者，猶依仿先王之禮法，雖至於戰陣之際，猶能不以逞志而黷武，蓋傳不絶書焉。及秦霸西戎，楚霸荆蠻，遂以蕩然無復顧忌。戰國之季，士之言仁義，尊孔氏不苟以求用，退而著書，傳之其徒以有聞於後世，孟、荀氏而已耳。所不爲揣摩捭闔，没没於榮利者，幾何人哉！顧二子之書亦自不同。孟子稱堯、舜而舉世以爲闊遠，荀卿言法後王，而秦以郡縣天下，至於今不可改也。蓋孟子見其本原，而荀卿審於事勢，所從言之異耳，實非有不同也。由漢迄今所施設迭變，而要有不得變者，人品之光明卓犖也。故賢者之用於世，雖學術有醇疵，才器有大小，皆不失爲君子。據其議論以考其行事，而鮮有不合其上，幾於中行而次亦得與於狂狷也。

自士習浸淫於鄉愿，而孔光、張禹以柔佞移漢祚，鄙夫之無所不至，其禍豈減於亂臣賊子哉？蓋至於宋，而儒學日益盛，其徒固曰相與講明聖人之道也。而元祐、紹聖間洛、蜀、朔黨相詆訾若仇仇者，皆一時之名賢，卒於小人伺其釁以肆其螫毒，而宋遂以不振，可勝嘆哉！今者天下理安，士氣矜奮，固宜無孔張之鄙，而矜奮之極，容或以鄉願之似而伏抵巇之機，腹中之鱗甲，紙上之戈矛，亦足慮也。所以折其萌而息其争，在正學者之趨而已。所以正其趨，在辨其孰狂孰狷、孰爲鄉愿而已。所以能知其人，在知言而已。今天下之言詖淫邪遁爲不少矣。士之已登用者，其言見於條奏之疏，而甫求進者，其言見於應舉之文，此一人也，今日之詞場人士方不勝其效尤，而他日之奏疏，天下又不勝其指摘，則其故可知也。是在考文章者而已矣。夫今之經義，蓋仿古明經之遺也。然已一稟於制，非復昔之各有師承矣，則但求無戾於經可也，繡其鞶帨何爲哉？況更與之戾哉？夫襞積故實爲有學，雕繢語句爲精新，昔人謂是文章之病也，而今且務以此相高，其文率三年而一變，又每變而人自爲言，俄而翕然宗之，未幾而又群去之，曾不若詞賦之傳遠也，而況可擬於經世之學哉！且言而當，固無數變之理也，理不可易而强爲枝蔓以求售，勢不至於盡拂其經不止也。祖宗朝初場題止五道，蓋不欲士之專於經義而徒以耗磨其日力也，其意遠矣。

近世之號爲能文章者，以空虛無實之學而爲詭舛勦説之詞，古今之變，得失之林，遠近之所習見習聞，未有考也，不過以僥倖主司之見收耳。而主司者亦未免誤以爲才而收之，此徒悦乎言之有異而不責其悖於聖人之經也。文既如是，則其心術行誼可知矣。讀其文而輕儇纖靡者也，則知其人必薄以浮。讀其文而恢詭譎怪者也，則知其人必僻以悍。如此人者而一日得志於天下，其施於政事何如哉？一倡群和，囂囂然咸自以爲豪傑之徒，迂孟子之闊遠而不循其經，稱荀卿之達變而未知其術，不爲狂，不爲狷，敢於爲機變而無所用恥，尊其名而卑其實，弱其中而張其外，不知天下其何賴於若人哉？獎而進之在主司，爲眩於其文，無負士也。擢而用之在朝廷，爲循乎其資，無負士也。士雖有薄富貴志功名者，而平生所學固未必可用也，用之而靡效，曷足怪哉？則無乃士之負天下，亦所以造就之甄别之者或有未盡歟？是故求治必先於得人，知人必先於知言，言之邪正，顧所樹之標、所拔其尤何如耳。養之以學校，考之於文章，試之以政事，所以分別士類之才不才而進退之責顧不並重歟？執事者亦嘗以黌舍之學術、朝野之政俗合於今日之文章而觀之乎？負在上乎？抑在士乎？得無有兩失其當而徒使世道受其敝者歟？孟子所云「聖人復起不易吾言」者，有可以亟爲之計否歟？

堅也雖衰且昏塞，自分終無所効於當世，而猶思所以教育其子弟，竊願有聞焉。舊所爲較刻四書集注序一篇，謹繕寫塵覽，亦足以概見寧身受其負而不欲負天下者蓋如此。冒昧干瀆尊嚴，不勝惶悚之至。

與陳明府論水灾書

前月初旬，邑中大雨異常，兩日夜積水高二尺餘，此以盆盎貯中庭而測知之者也。比之去歲，凡五旬之雨而反高數寸，亦可怪矣。晴後大費車戽，乃得漸退。雨時望晴，既晴而水未退，又畏日溝塍間，若貯沸湯焉，禾猶可無恙，而吉貝已十耗六七矣。幸半月晴，農家尚有生色，而頃者連四五日微雨，幾遂爛盡，豈去歲之荒未足方鄰境，而今使偏受其殃耶？大抵種禾必極旱潦方爲灾，而其灾易見。種吉貝即入秋滿望多穫，而每憂朔望前後颶風乘潮，雜以風雨，掃地盡矣。幸而免此，但數陰數雨，亦漸至糜爛，縱有薄收，非蛀即黄，不過旬日便成十分荒歉。此則瘠土不宜禾，貧民不肯種禾之通害也。其又有不可解者，吉貝偏宜高鄉，然邑四境本東高於西，而此番水灾反西殺於東，此豈天實爲之歟？今雖欲使上官聞之猶不可得，况九閽乎！所賴有臺下爲福星，儻得於新故緩急，加意調停，緩一分即民間受再倍之賜。伏想仁人之用心，必有以處此矣。蓋萬户嗷嗷，實翹首而望旌旆之還，故輒爲代訴，其可憫如此。毋曰書生不識時務，而嗤笑以爲迂，則幸甚幸甚。

論上下區書代

不佞弟某某獲從籲俊之後，齒於昆弟之列，又桑梓多幸，屈大賢於百里。伏承下車未幾，政聲翔洽，潔清之操，虛湛之衷，通敏之才，精勤之力，將盡抉遝年之積蠹，一蘇久困之疲氓，甚盛德也。嘗蒙下問所以爲政之大端，不佞弟皆愚不更事，未嘗深思其當，何敢率爾冒陳。至其聞之素熟，病之已久，而不容不言，言之而自信其匪私者，則今日上下區之説也。凡言治吴之難者，曰賦額之煩重，而催科難也。民俗之刁訐，而聽訟難也。胥吏之巧猾，而去姦難也。夫俗誠健訟，其尤者挾虛以倖勝十二三焉，不則飾小以爲大十五六焉，其含冤而求伸者十亦一二焉。賴明公以公平聽之，而又不骫法以狥之，無不各服其心而去，則訟且自此衰息矣。至吏胥之舞文，不過託於賦獄兩端，今獄期於如律，吏將無緣爲奸，獨其在賦役者，銖積寸累，枝分派别，聰明不可以臆決也，必求之案牘，而案牘填委，雖生長於鄉而素習其事者猶無從窮其窟穴。然竊以爲明公之窮之無難，曰清，曰勤，曰嚴，此三者足以勝之矣。故輒言其大略而明公試垂察焉。

夫賦額之有高下也，爲官民田也，非爲上下區也。何謂官田？田屬於公而民爲之耕，如佃户之輸租，故其則重，自周文襄公〔一〕以加耗均之，又以金花銀、官布寛之，而民少蘇矣。然猶有重額極貧之名也，故豪猾得從而上下焉。嘉靖中崑山顧文康公〔二〕在政府，因從中下其事，而是時郡守王公始裒益官民田盡攤之，輕則爲斗不過三而止，無復向之重至八斗者矣。此蓋行之闔郡者也，而敝邑之賢宰爲昆陽李公，力遏浮議以三斗均焉。此非一時諸公强所不可均而爲是一切之法也。蓋爲每區皆有官民田從八斗而減之至於三，無不受其惠也，則無不可以均也。其意以謂均爲一而示之衆庶，雖中才猶可以治多爲則，而寄之吏胥，雖賢者未必能平，此其慮之深遠而利民之大者也。行之既久，官無所變更，民無所覬倖，衆所同是而安焉。自倭夷之創殘，而田多抛荒也，於是概縣各區凡田自三斗而下至於一斗五升，蕩自一斗而下至於三升，又各有荒熟米之分焉，此載在經賦册可考也。不云輕者、荒者皆在六區，而重者、熟者皆在餘三十六區也。上下區之名始於吴淞江之小咽，而巡撫翁公之少爲通融也，時則六區固蒙其利，而各區亦以爲宜。迨巡撫海公〔三〕專意三吴水利，吴淞復通而起科亦還其故矣。若巡江林之爲奏請也，非其專職而講之不詳也，動於膚愬而察之不明也，導之入於榛莽而曰凡田皆然，則豈獨六區云爾哉。然亦知定額不可減，他賦不可加，而姑以人丁抵補，終爲舛錯，户部駁之宜也。於時縣丞包某至以此獲罪去，則是非較然矣。然彼六區竟因之獲利矣，向之三斗者又減而爲一斗八升五合矣，是彼之𤓰薄者、積荒者與各區同，而三斗者獨得減也，谿壑之欲長此安窮？至於今五六年之間，則賦之不均，民之公憤，有不可勝言者矣。

蓋敝邑爲吴下邑，濱海瘠鹵，雖富户之貲其最上者亦僅當他邑之中，然在今日之爲政，有官可不煩而民可無擾者，其便二焉。一則漕折之得請而永也，歲免於貴糴之倍費也。一則糧長之以排年充也，歲免於編審之百蠹也。譬之若織然其經已善矣，長民者從而善緯焉可得美錦，而惜乎敝民之欲毁之也。其敝多端，可略而舉。彼誠計曰，賄賂之費一，可得拖欠之利十，即有欲振刷而例征之者，先爲頑梗以嘗焉，無已則雇貧無賴者而代受笞棰焉，又不然則以逃亡而恐動其上之人焉。吏之猾者，又爲之言曰，此曹逋負終不得盡償，又糧之定額十可緩二，急上區之人使輸十則嘗餘其二，爲彼六區代輸焉，於計便，不然課而殿，咎歸於官。於是雖賢者亦或忍心而爲之矣，况又有動於欲者乎？頃年六區之糧官既爲減三而輸七，七之中而徵八，是爲七八五十六，蓋常有四分餘之逋也，緩急之間，彼六區之蠹害各區者何如哉？古人有言，用其二而民有殍，用其三而父子離，此不過以緩急言，非能盡蠲而除之，亦非有横增而賦之也。彼又計以爲弊久必窮，則又告於官而請以復熟之田補。夫所謂復熟云者，久荒而召墾之者也，使向以其糧攤之各區，則今之熟宜從其加攤者而輕之，不然而爲久緩不征徵也，則田之荒者各有區，今各就其區而征之，申於上官而別儲之以備緩急，他日可以無借庫矣。彼六區自食其田，而乃使概縣之復熟從而代爲輸糧，政之不平莫甚於此。此端一開，儻一旦有卒然不可知之費，撫若按必曰取之復熟田而足耳，又使復熟异科而至於三斗，則彼六區將復譸張而求助於各區矣，是豈可不爲之慮哉？且其斂之民而爲賄賂之費者，銀或畝三厘，或畝五厘，此何爲者也？又其訟於官而幸得售其奸也，必於新故交代之際，道塗倉卒之間，未嘗有一言及於概縣之公議，而吏書輒爲之申詳，此又何爲者也？

伏惟明公以父母之心，子視概縣之民，至平也，以不忍人之政而付之鄉校，以採評議，至虚也，故不佞弟亦得究極其弊蠹而以聞於左右，以贊助於萬一。若曰我上區户也，而自爲私，則不佞弟之自處亦未肯同於流俗，而况爲偏私之説以欺其父母哉！然猶有慮者，今日之别白此無難也，而將來之奸頑逋負不可知，則請修鐵板册長單而行之，使一覽了然，又徵科之法必多逋者先及而次及於其少，則那移遷延皆不可得，彼六區之糧亦可以無虞矣。

嗟乎，李公之爲循良，百年來首推，而奸民猶竊議之，安知不復詆長單爲不可行也哉。是又在明公以至明燭之而已矣。

【校注】

〔一〕周文襄公：周忱，字恂如，號雙崖，謚文襄。江西吉水人。明永樂二年進士，選庶吉士，參與永樂大典編修。授刑部主事，雖有經世才，但浮沉郎署二十年，未得升遷。洪熙初，改越府長史。宣德初，擢工部侍郎，巡撫江南，整頓稅糧。在任二十餘年，多行惠政。升户部尚書，改工部。景泰初，以工部尚書致仕。四年，卒於家，年七十三。有雙崖集。

〔二〕顧文康：顧鼎臣，字九和，號未齋，謚文康，南直隸蘇州府崑山縣人。弘治十八年進士第一，授修撰。正德初，再遷左諭德。嘉靖初，直經筵，累官詹事，禮部右侍郎，改吏部左侍郎，掌詹事府。進禮部尚書，以本官兼文淵閣大學士，入參機務。尋加少保兼太子太保，進武英殿。嘉靖十九年卒，年六十八，贈太保。鼎臣官侍從時憫東南賦役失均，屢陳其弊，帝爲飭巡撫歐陽鐸釐定之。乾隆婁縣志卷六載：「顧鼎臣爲大學士，言『蘇、松等府供輸甲天下，而里胥豪右蠹弊特甚，宜將欺隱及坍荒田土檢覈改正』。」

〔三〕海公：海瑞。明隆慶三年，海瑞升任右僉都御史、欽差總督糧道巡撫應天十府，曾對吴淞江水道進行了大規模治理。

與姚比部〔一〕書

一自門下楚還，奉書獲報，已聞移疾，樂志里門。竊欲獻疑，會先慈病困，侍間未暇。

逮秋而遘閔，今小祥矣。門下清節直氣，世人知之有如此中相知之特深否？楚之役人所憚往而門下請之，京師之竿牘人所同受，門下謝絶之，而又不欲暴之，然則非固與人異，而自有不得同者，正古君子之道也。私以爲門下居曹資深，若有知者則漸移他曹而上，宜也，如其孤立無授，必且出爲監司。方今吏道漸汙，門下以直躬彈壓之，不爲峭刻而使人人默知愧畏以造福於地方，今正其時。如是而猶不合，丘園未晚也。儻或逆揣而豫去之，曰：「吾既恬於榮進，奈何投足末流。」此於身名泰矣，而有違孔氏行義之旨。方今致主之術或未可必行，而澤民之功猶得隨分少展，故願門下之早出以爲斯世砥柱、斯人膏雨。其毋曰「凡生所言皆吾所悉，吾自有獨見」以處於此，則幸甚幸甚。

【校注】

〔一〕姚比部：姚履素，字允初，應天府上元人。萬曆二十六年任嘉定縣學教諭，却贄恤貧，正祀典及鄉飲之訛。中辛丑進士，官至廣東副使。

與繆當時〔一〕太史書

昨歲仲夏滯淹貴理，學博楊君自少通家友善，一見即問諸公子，盛稱績學工文，皆當踵武，殊思覿面，因賦奉懷一篇題扇求寄，已蒙垂訪，適游君山，失此良晤。明日將往答，則已還郊居矣。拙詩落句遂成虚語，悵惘如何。柴明府過推眷愛，接待有加禮，然衰劣自安其分，不過於歲時一再謁而已。年往子少，未能捹半歲所一赴儀曹，實由舐犢，非少鷄肋也。兒纔十齡，孔、孟外已盡讀易、詩、書，若禮記、春秋則未免鈎玄提要矣。知與不知，咸笑其迂，既以自誤，仍誤兒耶？回思少壯時虚耗歲月於硯席，所愧學古未能，失在未曾迂不少悔也。今世詞學於枝葉似有餘，然醇雅或鮮其人，力挽末流，非大力如仁兄者而誰望耶？

竊意模古者既未識本源，師心者又輕偭規矩，當今之時有能倡爲歐陽氏之學，庶幾導而之淳乎？歐答李詡第二書殆千古定論，而世或反訕之，况易童子問又忤俗之尤者乎？文人好奇，自古而然，顧如歐公薄襞積雕繪而矯之以醇，學韓而全不學其造語用字，同時若王若曾若蘇皆其卓絶者，而未有不然也，乃知古今人之别，古以其神，今以其貌，比炫飾於雋永，懸矣。雖妄談及此，極不自量，然以質所疑於仁兄，或未爲過乎？前在暨陽曾上書督學公極論此事，平平無奇耳，然頗似識真，輒一纍之，非量而後入也。文多不暇，録呈大要，本之孟氏，知言而已，每嘆少讀其書，晚始有悟，蓋七篇中之最關繫世道者，尤在此數言也。南宋儒者雖極尊孔孟，然乃有尊之過而反入於腐迂，蓋未與之契者爲不少矣。譬如畫家傳神，自古及今莫不稱顧愷之必有能妙悟頬上三毛者，斯不同俗工耳，决非雷同一辭者之爲知之也。衰劣比讀孔、孟，往往於不求妙解中覺程、朱之未合，非求與之異也，不異乃異耳。

未知何時得促膝劇談，一豁胸中之疑，惟有翹企而已。

友人顧謙服字民服者，文康公季子之子也，與之交三十年矣，行醇謹而文綿麗，明月暗投屢遭按劍，以貢赴禮部闈，兩試卷皆翰林諸公定其甲乙，以私揣之，天下雖大，宿學中或未之能先也。今將具其文求正於門下，而屬以一言，先容驥老而志千里，得當伯樂必自此始矣。試一諦觀其文，毋曰此腐迂某生之友也，而一概相量，則幸甚幸甚。書所惓惓，再賦一詩奉寄，又寫暨陽雜興之二，並發一粲，皆顧之所屬也。率爾狂僭，惟察之恕之。

【校注】

〔一〕繆當時：乾隆江南通志卷一四二人物志載：繆昌期，字當時，江陰人。萬曆癸丑進士，選庶吉士。挺擊事起，力言主風癲之非，授檢討，即移疾歸。天啓初，起遷左贊善，進諭德。楊漣劾魏忠賢，有言昌期代草疏者。忠賢大恚恨，遂落職。繼入織監李實疏中，逮繫追贓拷掠，斃於獄。後贈詹事，謚文貞。

寄黃貞甫〔一〕膳部書

春仲辱惠答，知酬接爲煩，已占道體之康勝矣，所浼極荷慨諾，信矣君子之樂於成人之美也。巽甫以訃傳東還，遂留待秋涼，晤間每言人士共宗爲世津梁，無乃過疲。高觀察公才敏識超，又以清操出之，吴人相謂二十餘年未見此監司矣。初到數欲移疾，或由上下異趨，未必相安。竊以孔子獵較望之，今似小定，足慰瞻仰揚清激濁，行復見之，其在斯乎。

昨歲公舉名宦三賢，近在三十年間，而遠有昔賢之風。敝邑之人咸切追思。顧督學公意似有可否，初已批行連呈而兹者復嫌類申，欲各由報，將疑舉者之非公乎，則其殁已久，其後甚微，私何從生？即疑之，自可密諭所由體訪，不必始從其合而後乃責之分也。將謂三公先後相望，未容一時乃爾多賢，則西吴、東川不同地，吏治儒學不同官，偶然接踵本無可疑，且人之賢不肖雖各性生，亦由熏染，蓋有小人而密邇賢者，則惡不敢肆。君子而牽制匪人，則譽有不終，以今揆昔，豈不瞭然？不然則熊、王兩君子之相信相成，此古人之事而今之君子之所深訝也。如或明知非私而僅允其一，姑緩其二，銓曹以此用人，尚貽崔亮資格之譏，况於没世論定之君子，而乃欲姑待，獨不虞敝邑之逝者既與俱往，而哀者難俟河清。失今不並行，有幸而章徹，有不幸而湮淪。夫人生同德而不同遇，誠多有之，其殁而繫人之思，乃復有幸不幸焉若此者乎？此宜亦高明之所深慨也。故復覼縷上陳，並録原呈及覆勘，回呈塵覽，不審觀察公猶可委曲從容而得之督學乎？幸甚幸甚。不則一體姑遲而有待何如？伏望酌其可而更爲留神。不宣。

【校注】

〔一〕黄貞甫：康熙仁和縣志卷十八人物載：黄汝亨，字貞甫，生而腦後稜稜有奇骨，目如曙星。年十八，歸安茅坤家居，聞其名聘之與仲子國縉同學。初汝亨以文學受知督學滕公，及汝亨讀書湖州，而滕公已爲浙巡撫。會坤忤縣令中奇禍，汝亨爲詣滕公白其冤。事解，坤持三百金爲謝，汝亨笑曰：「吾以義往，而利公金耶？」不受。坤益重之。萬曆二十六年成進士，授進賢知縣。邑多浮賦，汝亨上書臺司力争之，寬徵催。又爲建倉水次，民不病輸輓。暇則與諸生論文坐語移日，喜搜剔名勝，復竹林舊址，尋戴叔倫棲隱處築棲賢院，爲壇官署壇石山長。奏最當得吏部，同進者忌之，乃左遷，無何起南京工部主事。三年，陞南京禮部郎中。尋遷江西提學僉事，諸王孫之變，無敢譁者。進本省布政參議，備兵湖西。踰年以祝釐便道還浙，遂謝病不復出，結廬南屏小蓬萊。以著作自娱。汝亨知名最早，才氣通一世，詩文耻爲艷麗而古色照人，尤工五言古詩，在陶、謝間。晚修武林實録，未成卒，年六十有九。

答陳四游〔一〕侍御

曩歲奉奠先贈公之文得於匆遽殊，以未極鄙思爲愧，不腆之儀，豈勝内慚。重蒙哀貰，加以還答，彌益汗顔。衰劣之別，甖舍七年於兹矣，以北上之資，搆一小樓於舍後隙地，偃仰其中，亦自有少味。既自分衰遲樸野，無可自炫，雖一學博尚不欲忝，豈敢有意外之望乎？獨少聞長者之論，讀古人文字頗與時尚異趣，亦何敢造次爲人言之耶？先公已即安窀穸，堪輿家言雖誠有之，顧誰爲識真者，獨有彼蒼福善，或能偶中，萬勿輕信異同之論也。閣下造福下邑，知與不知咸所佩服，而重爲黨人所排，公論久而自定，今其時矣。又念朝廷方召還福清公，却恐又因而次且耳，然聞此老以弛擔自娱，則地方類薦一疏，其不忘情於閣下决矣。先皇短祚，中外憂疑，中人不無可虞，外廷未知所仗，此豈志士高臥之日乎？承示及賢後或有似蘇明允少時歟？度必有自露其頭角者，以深愛爲厚望，所以暫時埋没，未可知也。豚兒已粗知弄筆，然未欲令試於有司，更俟一二年當不爲晚。叔達暫北游還已久矣，辰玉兄集序不過述平生晤言，一寄殁後酸楚，何足爲文。其葬遺命祔而遜之必欲再卜，曾一經營，旋又奪於衆口，想只在早晚决計。符丞有雋才令譽，到官後數奉使遠行，此歸久稽報命，頃且獨身北上矣。仲醇兄集乍刊行，性懶目昏，未暇寓目。至如蕪穢紙費猶慚，矧於灾木？扇頭清音諷詠再三，恍如獲侍，輒亦呈五言題扇一首以供嗢噱。尊伻求速發裁報，殊未能悉，既闕款待，又不成犒，惶悚惶悚。

【校注】

〔一〕陳四游：陳一元，字太始，一字四游，侯官人。萬曆辛丑進士。歷知新會、南海。内艱服闋，補嘉定。未三載，擢御史。臨去時，會臺使者行部將至，出私裝佐供賬，曰：「邂逅逢怒，恐吏民不獲蒙福也。官終應天府丞。」詳見吴歙小草卷八贈陳明府入覲二首注〔一〕。

與文文起〔一〕太史書

昨歲承珠玉之貺，旋奉一緘陳謝，未有以報也。所屬寫圓覺經文殊問一章雖已完納，衰年眼昏，兼以素不便分窠書，再寫終未愜意，慚悚慚悚。自聞臚傳之報，知與不知咸爲欣欣，明德之後一也，令聞久播二也，淹遲大發三也。尤在人皆以王孝若相期。伏想令姊夫人正在京邸歡忭，又當何如耶？聞十年前濟川師風雨舟中之夢相繼兩驗，一何奇耶？此適足以彰數之前定，而達人處世正不煩一毫計較，尤其章章者也。兒子得程文三首，讀之，僕久與此別，疾讀再過，語語駭心動魄，真是奇觀。廷對一篇至今未得寓目，雖然此猶吐奇舒憤之文也，自今以往，一言必正論，一行必成法，當自此始耳。吾吴先達之文如王文恪嘉靖初勸學一篇，雖古人何以遠過？而操觚者妄目爲無奇，吾當爲秦爲漢耳。

嗟乎，此蘇文忠少而欲爲賈、陸，晚而且較正陸奏議以進者也。二公之文，豈有一毫相似，而其意自相懸合如此，此可以概古文之脉，正不在詞采炫飾之間而已。東漢、六朝之文至韓、柳而一振，唐末、五代之文至歐、蘇、曾、王而一振，今讀其文，雖此數公者，亦各自爲詞，未嘗相襲，世乃有謂古文之法亡於韓者，彼不知也，曷足怪乎？獨怪夫耳而目之者，輒因而肆其猖狂耳。凡爲文章，但意高識遠而味長，古今一而已矣。其有不同者，遣辭布格之間耳。仁兄績學綴文之日久，何待鄙言。正慮初在詞垣，或恐爲時尚所奪耳，輒不自量而覼縷及之，勿駭其唐突也。近聞之淑士云，仁兄爲吴苑先賢傳已有刻本，而未蒙頒示，並附以爲請。不宣。

【校注】

〔一〕文文起：乾隆江南通志卷一四一人物志載：文震孟，字文起，吴縣人。待詔徵明曾孫。弱冠舉於鄉，以學行負盛名。十赴會試，至天啓壬戌始舉進士第一，授修撰。時魏忠賢漸竊柄，累逐大臣，震孟上疏規切時政，鐫秩調外，旋斥爲民。崇禎初，召爲侍讀，歷少詹事，頻有建白，讜直益著，特拜禮部左侍郎兼東閣大學士。甫兩月，爲温體仁所搆而罷。震孟剛方貞介，有古大臣風節，卒謚文肅。

學古緒言卷二十二

書牘凡十三首〔一〕

【校注】

〔一〕崇禎本卷二十二作「書牘凡十首」，康熙本卷二十二作「書牘凡十首」，陸氏在重校時將原屬於崇禎本補遺部分的密絜勸殷文保齋、貽邑學二師書、與唐四兄叔達書三書牘移入卷二十二，故兩版本所記數目不同。

答錢受之太史〔二〕

某老矣，少時獲聞長者之教，略知古文詞不當以時代論高下，顧才駑氣弱，又久困諸生，侵尋頹廢，非獨無成，徒深空虛妄誕之愧。自於交游中得仁兄，其才力、其趣向實可與古之作者並驅進而不止，寧獨摧虛憍謬迷之鋒而已。故敢輒效其所聞，竊比於杯土勺水，寧有不自量而輒薄宋文憲者乎？若論該博詳瞻，自南宋至今，實無其儷，顧追尋淵源所自，似猶爲正叔、元晦〔二〕所縛，未能無滯礙於理學而直追西漢。洎唐貞元、元和，宋慶曆、嘉祐之超卓也，黄、柳之集嘗一寓目焉。僕向之所聞於經學，推金仁山、吴臨川〔三〕兩先生，特爲諦當者，歸太僕之緒論也。然歸之交詞豈便是仁兄凖的哉？特其學問必尊經，其述撰必推西漢及韓、歐、蘇、曾之自得，雖以俟百世之君子，要爲不可易也。

僕才不能爲時，又不暇以爲得一人焉可以追蹤古人，正如時方多事而幸有一傑出世人之才，則人之所仰望而責成者宜何如也？立功立言等耳，一以濟時，一以維世，雖非其人，並無其責，區區之企慕，賢於流俗人遠矣，其亦可以語此否乎？輒又覼縷再及其必爲仁兄之所許，又可知也。當仁兄之受誣，或有言宜亟歸以俟其自定，此事外不解事人之淺見也，彼分較者取卷以呈，猶不之覺，况主司之忽遽受成者乎？以彼分較，猶得從容進退，况爲他人所牽累者乎？至於今始歸侍太夫人，即先後兩無可訾議矣。顧僕之及此言實贅也，而猶爲一言及者，無他，聞之道路皆云，出於中傷，雖衆口一詞尤望高明泊然勿以攖其寧，則釋氏所云「願檀越安隱，在彼亦復無他」者也。頃者孟陽長郎以昏暮告行，而曰已具舟，清晨即發。忽遽奉牋，固非昏眊之所及矣。顧使仁兄先之，又辱法施鄭重，慚感實無已無已。漸近炎蒸，瞻對或在秋中，雖忽遽函封，似亦可當一夕晤言也。

【校注】

〔一〕答錢受之太史：四庫本此篇未録。錢受之即錢謙益，因乾隆帝對錢謙益降清失節頗有意見，故四庫館臣將此篇刪略。

〔二〕正叔、元晦：宋理學大家程頤字正叔，朱熹字元晦。

〔三〕金仁山、吴臨川：宋末元初理學大儒金履祥和吴澄。金履祥，字吉父，號次農，婺州人。幼聰睿好學，及長更自策勵。一生治學嚴謹，爲「金華朱學」重要代表人物。入元後，履祥曾講學於嚴州仁山書院，故學者稱爲「仁山先生」。吴澄，字幼清，號草廬，撫州崇仁人，故被稱爲「吴臨川」。入元後，任國子監丞，集賢直學士，奉議大夫等，官至翰林學士。以理學名，亦工詩詞，人稱草廬先生。有吴文正集。

寄申美中〔一〕司理

自昨歲旌旆南征，此中米價湧貴，民間嗷嗷洶洶，幾有嘯聚之虞。幸及秋轉販者舳艫相接，既而歲登，非獨賴以全活而已。國家三大喪相繼，中外憂惶，有同杞人。俄而旋定，無疆歷服，此足徵矣。但恐臺省之間囂陵詬誶，習以成風，而州縣之政，積偷成窳，監司而上彈劾幾何未足深懲，有識者咸以民窮爲憂。緬想江右民風吏治爲南方第一，而門下學紹青箱，節比素絲，官爲郡僚，責專審克，實門下關通之脉也。始於一郡播於四方，爲德甚遠，視彼優游省署而感時撫事，或未免仰屋竊嘆者何如也？友人周君以服除補官貴屬，掌教南安，不過旬月，俸便可得遷，所望借之羽翰，俾得優叙，其爲感激，豈有涯哉！此君文筆敏給，器度坦夷，年甫及艾，用無不宜。少與從容，便見底里，故敢一爲先容耳。伏想德星所臨，數及鄰境，此地蘇文忠少嘗游焉，晚而南遷北歸，復再經過，南安有學記刻石，虔州有贈士人孫志舉詩及題鬱孤臺等篇，過吉州有「清都臺」三大字，又嘗寫海外天慶觀乳泉賦，過廬陵爲曾安止作秧馬歌刻石，聞其石今尚留曾氏處。此數種似皆可榻得，以語所在縣令必能致之。他日東還，可當百朋之錫也。此中寒雨自季冬十八日至今屢雪，入臘且三白矣。聞周將治行，率爾緘上記室。不宣。

寄姚孟長〔一〕太史

僕於世味久已泊然，而每聞故知之捷，非獨色喜，且爲之躍然慨然，豈誠以一日之榮進哉？亦爲其人有可自見於世，與碌碌者不同，且世亦必有賴焉耳。若乃孟長之捷，既可內慰慈顏，行且世酬旌典，矧名已早著，年已及強，過此則爲蹉跎矣。憶昨相過，覽所貽書，還爲相識數稱之，以爲丈夫處世，若畏首畏尾，苟以自完，猥云明哲保身者，亦足羞矣。已聞膺庶常之選，則又喜曰：「斯人也，他日當以經術經世務，且以文章回雅道，決不苟爲諧俗而已。」久欲奉書，一罄鄙懷，未遑也。竊以爲兄之志於斯道亦已久矣，猶恐向靡應舉，未免博涉爲優，今拘館程，仍以華瘦相尚，則力追前代之深醇，一掃今人之儇薄，不在此時乎？第當出其緒餘，以趨時適變而已。

僕童子時讀蘇長公上梅直講書，未之識也，及壯，因歐公須讓此人之語，始尋繹得之，其後讀韓、歐、曾、王之文，一一窺其高處，進而求之賈、董、鼂、劉，又知遺詞布格雖各隨其時，而其爲卓然偉然一也。如歐少時步趨唐末五代，今見於外集者何其麗以靡也，既登第，乃一意爲古文詞，而當時之文遂爲一變。本朝諸公其始爲南宋理學所縛，雖有博贍，終不能高，其後厭理學者趨六朝，頗工於詞，喜恢奇者稱秦、漢，更流爲詭。吾吴之文王文恪、陸貞山蓋爾雅之宗也，至歸太僕始棄時人之詭舛，絶不以時代爲高下，謂唐宋高文不減西漢，非真知古文者，其持論必不能若是之邁俗也。譬之相馬，略其玄黄，取其駿逸，苟爲不然，誠未見其能古也。此非吾孟長而誰望哉？今在館中，知未免爲應俗文字，俟三年之後，力追大雅未晚耳。

語多未可以書悉，他日南還省覲，或可從容爲半日談。適須儀部家有北上人，率爾附一緘，意在傾倒，不覺絮聒。亮之亮之。

【校注】

〔一〕姚孟長：乾隆江南通志卷一百四十人物志載：姚希孟，字孟長，吴縣人。舉萬曆己未進士，選入翰林，希孟力持清議，以剛直稱。天啓中，希孟以母喪歸，旋被論削籍。崇禎初起左贊善，時輔臣定逆案多所咨决。歷遷詹事，在講筵四年，頻有獻納，爲温體仁所忌，出掌南院。尋移疾歸。卒謚文毅。

與黄貞甫學憲

久不至西湖，自仁丈暫還里門，便擬扁舟一叩，宿留雲岫堂中，眺湖山之明秀，聆談言之斐亹，净洗菰蘆塵垢，而因循未能果者，非獨懶性固然，實由家無壯子弟，頹齡稺齒，依依不能爲再旬别耳。閑居每念天下泰寧，物力全盛，而東夷〔二〕小蠢，遂不勝其蹂躪，譬如人生豢養太過，小有疾疢便不能支，又如舊族强盛來久，一朝勢去，漸以衰落。此由養生適以戕生，倚勢以兆失勢故也。今日之事，但上有體國之大臣不植黨，不營私，無以諂訛而妨才俊，無以賄賂而養豺狼，國是定則黑白不相淆，吏治清則民生不離瘁，顧論此必無爽而力此絶無望，寧復有救乎？是宜仁丈之脱屣而賦歸田也。雖然，有能深知而重任之，豈可終以高蹈爲明哲哉？昨歲東西創殘，實可深慮，幸而蕩平，譬猶壯夫驟病，非有藥物能療之，恃元氣尚可支耳，今尚可不一懲而易轍乎？民心即天心也，人怨即天怒也，若背公營私者日偷以自肥，不知身之當爲魚肉而人且刀幾我也。念此實久，一爲仁丈悉之，以當晤言。巽甫去留已不辱命。餘續布。

【校注】

〔一〕「東夷」：因避清諱，康熙本作「東彝」，四庫本作「島倭」，從崇禎本。

寄胡仁常〔一〕明府

溽暑得書，俄復臘盡，翹企之深與感佩之至真與日俱積，雖已附一緘爲報，竊有欲效於左右而未暇悉也。自昔仁人君子，志存乎當世，必不榮通醜窮，審矣。然則何以言得志不得志也？蓋在乎用之則天下蒙其利，不用則斯人受其病云耳。若一身之否泰何論焉？亦曾有以齊安羈客爲明公言之者乎？雪堂居士其才其識其所論列與見之爲郡者，至今令人慨慕，而當時人主又深知之，一爲異已者所嫉，至於下獄流貶，豈非人情所難堪乎？然獨能夷然處之，誠胸中度世與孔子所稱得之不以其道而不去者合也。今明公之進用雖少淹乎，將未幾而郎署，内之卿寺，外之藩臬，郡牧其得吾志不遠矣。所恨獨不得在言路發舒感憤，爲世鍼砭。然今之朝士頗聞有植黨之嫌，識時務者亦不願爲此，何者？同則日甚一日，異則必不相安，於進退兩無當也。不審高明以爲然乎否耶？衰劣不勝舐犢，於舍後隙地搆二丈許藏書之室，未免稱貸而佐費。兹幸歲豐，然方碌碌償逋，即欲賦詩奉寄亦未遑，及至於札示一卷聞之沈生云曾囑友人製卷，然迄今未見擲來，俟其一到當於來歲清和圖之也。李長蘅行，呵凍附布區區，並以爲候嚴寒。伏唯倍萬珍攝。不宣。

【校注】

〔一〕胡仁常：胡士容，字仁常，黄岡人。萬曆進士，嘉定縣令。性聰敏。甫下車，盡悉時務緩急與桀黠根株所在。在任三年，酌輸賦緩急，搜傜役欺蔽，裁出納羨餘。詳見吴歙小草卷一敷韓薦士上胡明府五百字注〔一〕。

答方孟旋

日承再枉，雖從容話言，未敢造次扳留，亦知仁兄之不以我爲簡也。及長蘅來别，與相知數人共集僧舍，出示手書，因言仁兄亦已長齋，乃始大悔知之晚也。夫以千里故人，不爲市脯沽酒，猶可以不能酬酢自解，乃至失不爲具伊蒲之饌，非仁兄其孰能寬之？昨及一緘，捧誦愧悚何已，謂有試而譽，則不肖已衰，謂過情相借，則又兄所不爲。或者愛而忘其醜乎？不肖少爲舉業所縻，終於孤陋兩無所效，幸而所父事兄事者二三君子，於古人學問文章頗有承傳，不似近代諸名公鹵莽，幸亦竊聞其略，而熱心一片，喜爲友朋言之，轉相告語，庶幾不墜。長慮非徒無益，而先達老氏睢睢盱盱之戒，乃有謬見許可如仁兄者乎？不敢當，不敢當。

仁兄兹役上則玉堂，次亦蘭省，瞻對未期，然僕以爲士人有意當世，惟長吏之澤最速最渥，儻亦不以簿書爲勞乎？得在吾吴鄰郡，或容幅巾野服，握手葉舟，而非所敢望也。幸因仁兄獲以一言爲屏岡翁壽限於格律，語焉不詳。顧其父子之行之文，差可概見矣。書生習氣，語輒傷時，贈别一章，尤爲胡亂。凡兄所與，必無荆棘，或可令見，然亦望慎之秘之。有贈長蘅五言題扇，他日一相見京邸，即索觀之，亦見不肖之待長蘅非淺鮮矣。長蘅所付絹闊而少矮，須囑裝潢工人綴黄絹於上下玉池内，既宜懸挂，且於稱賀尤妥也。使到後方取絹歸，若非雨中具草，未免使者空還，今幸留一日以待晚船，早食後即得應命，未能巧遲，何如拙速，想見掀髯一笑耳。

答吴興王君書

僕鈍且衰，已絶意當世之名，兼酷信釋氏，每恨知聞之晚，漸益泊然。乃蒙不鄙惠書鄭重，且拜珠玉大貺，若翹首雲霞而傾耳韶濩也。慚感何已何已，憶自少壯至今，凡讀書爲文皆不能與時俯仰，以遂成其名，雖小夫豎子之能捷得者猶愧不若，况於名公才士之未必果合者乎？顧竊有聞於宿學，其言雖迕俗，而頗與古人合，聊一爲陳之。

僕嘗舉東漢文勝六朝，六朝勝唐人以問，又問：「古文之法何以曰亡於韓，唐人之詩何以曰無五言古語？」未卒，而其人啞然笑曰：「子爲疑我而問乎？抑果有不釋然者乎？此殆囈語耳。試多取古人之文與近代文雜而讀之，其若飲醇若食蜜者，必古之卓然者也。其若餔糟若嚼蠟者，必古之靡靡者也，不然則今也。且非獨文也，夫宋人以議論爲詩，誠不盡合於古，至其高者意趣超妙，筆力雄秀，要自迥絶，未可輕議。今乃欲以贋漢唐而訾真唐宋，容足憑乎？」僕自聞此快論，中頗了了，然才既不逮人，又不蚤自力於學，迄於無所成立。比者百念灰冷，不恨無成，且願學之思亦都廢矣。衰年遘閔，病復乘之，何心及此？姑述所聞以爲報耳。苦雨十首，田野樸拙之音，聊用發笑而已。至於字畫，非曰能之，但以嗜好既久，庶幾識真。蘇長公論書寄子由五言殆盡其理，此在高明可以頓悟漸入也。目眚不辨作小字，又方伏枕聞有風，便彊起口占，想蒙垂亮。

答張季修〔一〕書

兄昔别去爲萬里之行，每一念及，輒念唐、宋以夷獠雜居之地困苦遷人，賢者不幸，時或遭之耳。其於初試猶知憫惜，尚不令遠去其鄉也。而今者名爲聽之掣籤，已陋甚矣，況實寄之胥史，誰不知者？雖公無取，矧又蔑公，及其遷轉，一以資格爲叙，往往賢且能而見屈，庸且濁而獲升，蓋明知之而不復顧者多矣。

聞兄在彼，知而欲援者多有，忤而欲擠者不無，誠寡不勝衆，顧好之者之氣力淺而怒之者之機械深，亦那可以常理論。總之自有命在。兄雖在遠，亦頗聞吾吴近歲吏治民俗乎？猝有小警，孰可仗者？幸楚、蜀來者或遥聞風采，或已睹設施，下邑新政庶幾惠人，解而更張，意在兹乎？譬病暍之人沃以清冷，又似痿痹已久蹶然忽起，喜可知已。兄所謂能不同憂者，失在父兄不能訓子弟，自有以取之，豈意披裂至此。彼悍然而圖報復者，猶可知也。狺然而争骨者，其謂之何？乃外敵方囂而内釁復深，撫而用之者既昧於長算，伺而乘之者又迹於大悖，里閭傳爲談笑，親知莫能解紛，惟有涕泣之道自西遠來，詩之言閲牆禦侮，彼豈不聞？顧出於骨肉至親，倍足感動耳。

來劄言彼中秫多而泉洌，又以善釀之法試之，而酒不能佳，何歟？豈麴有不宜乎？不然則暄寒之地氣或相懸耳。向嘗欲按東坡酒經雜麴與糵以粥爲投，一一按其法而試之，儻可爲發興乎？又未知在彼所釀用麴用丸子。若麴也，則酵於何取？此中賣酒家如祝如張，問之酵，皆茫然不能言也，咸取給於釀手耳。兄豈亦嘗識之乎？向者「朱提」之句，慮兄過於清苦，或不便於同官，詎意興文之相成如是？若兄之攝鄰邑篆，亦已聞之，彼豈盡如興文耶？美人蕉曾於吴江識之，然非其花時也。荔支蜀種或異閩，讀蔡譜即閩亦敻懸，計得書後兄已嘗甘久矣。承惠蜀葛賢者之貽，誠當服之無斁，况遠地土物，尤所足珍，多謝多謝。

令子尚未及晤，聞其留伴孟夙養痾，俟愈與俱還，真季修兒也。殘歲若不東下，來春必西往見之，若其資敏而筆超，已窺見一斑，日益又可知已。孟陽尚留潞州友人官廨，一緘乃郎已領訖，俟有風便當寄示見，及書叔達、子魚、汝廉各爲道相念矣。適作書連爲客所嬲，多不相屬，盡四紙，至筆倦而止。

【校注】

〔一〕張季修：張振德，字季修，嘉定人。以選貢知四川興文縣，兼署長寧。時藺賊作亂，振德日夜巡城未幾賊衆薄城下，振德方出戰，忽大雨，城摧，賊擁入。振德左手持兩印，右執匕首，危坐廳事。妻錢氏與兩女坐後堂，積薪坐側。賊逼，俱投火死。事聞，贈光禄卿，謚烈愍。

與王慶長

自聞令子游庠，便宜遣賀，並候聖善起居。惟一僮差知書，亦差解事，不可去左右，遂逡巡且俟謁廟。後雖曾見全案，又不識令子之名，今乞並示其字。小試爲發軔之始，於世家不足重，勖之努力接武，正在今日矣。聖善撫孫如子，屬望殊殷，未即有以慰之。雖得失早晚有數，實恐平日工夫未即能精進，又未知師範何人，近來此道轉衰，然嚴重之與寬縱如白黑迥懸，想不至誤耳。尤望叱名於聖善前委曲道及也。新書細葛，聊以申賀，惟幸笑存。

聞已爲司寇公建祠，不審擇吉何日奉安像設？此誠輿人公舉，一鄉盛事，然鄙意終不喜過爾雕飾，第如郡城范莊祠宇，非獨易辦，抑亦可久，且所重本不在此，不審與何人商量，務出雅道，勝人多多許也。臨期當同二三友人瞻仰拜謁。不宣。

與殷辟非書

比有所聞於道路，言足下所與狎者或非其人，頗有燕僻廢學之憂。叔達、子魚輩欲同詣諍之，庶幾翻然。僕謂少年偶一失脚，吾輩愛之既深，宜相爲護其短，密以一書規切，如辟非聰明，豈有不聽受者？諸君便以見委，將發而會聞卜吉行納徵禮，當俟過此而後及之，今則不容緩矣。先公踰衰而舉長君，踰下壽而舉足下，每見其憐念之極，自言老翁譽兒，將來應不隤家聲，恨不獲見其成立耳。已聞其命名且遂爲之字，足下顧名思義，儻有先見其倪而爲之防者乎？夫既往何足咎，丈夫貴自新耳，吞刀刮腸，飲灰洗胃，是在今日矣。若以習氣難除，請獻對症一方，不過痛念先公而已。雖有鍼砭，何以加此。僕嘗論人生少而寡過，多得之稟受，若過而能改彌難，其人辟如本無酒德，雖終身不濡唇，有何足異？如其居常五斗一石，偶有過差，便斷杯勺，如此等人豈非豪傑人之稱之，並其前日之瑕皆爲瑜矣。僕又嘗言，習氣之病寧失於狂，如好游狹邪是。毋失於貪，如注物決賭是。夫此兩者，豈有優劣，顧病狂尚可療，病貪不可治。經見已多，不容不具陳，非謂開一端以成足下之過也。今日所望正在無非無辟，庶足慰先公於地下耳。二扇寫納，向曾以小楷題極精小扇，今尚存否？此先公命寫，勿入他人之手。囑囑。

密扎勸殷丈保嗇

孟陽昨見過，云丈丈垂聽鄙言，便思斷慾保嗇，安享晚年淡泊優閑之福。今之丈人行年踰七十，老而不衰，如丈丈者有幾？自非好古近道之君子亦烏能無所牽制，挫有餘之形氣，悟無爲之閑適者哉？然以茂仁、仲與〔二〕兩丈皆年未滿七而或已鰥居十年，惟寄情篇籍，或遂謝絶閫内，止用米汁自娛，此皆所與少同志、長同學者也，今遂與二老而三，又同恬曠之味，則丈丈之遂能决然，吾逆知其必無難也。某雖向衰，少於丈丈尚二十四齡，而鬚鬢半蒼，早卧晏起，兀然一室如苦行僧，此真不能非直守禮實愛身也，而非不欲也。顧輒以此言進者，無乃與性不能飲憎人銜杯者類歟？

竊嘗思之，以爲某未衰而衰之徵十見其七，丈丈猶强，而强之實亦減，其一則耳之於聽少不逮前故也。又竊以謂雖一不如前而不失爲强，此可以調攝復也。蓋五臟之虚實各有驗於形，耳屬腎，若丈丈者獨腎一藏微傷，而餘四者固未嘗虧也。何者？以飲食起居無異平時，故足徵耳。非若他人衰老，同時俱病而潰不可收者。則又嘗私驗之矣，比者丈丈自江陰還晤，僅一月别耳，而耳病似全已，私謂仲與丈，若自後復不逮今，則致病了然已。數日不晤而仲與丈見語：「君言殆不誣，以數日之汰，遂幾喪其一月之嗇，可懼也。」以一月之嗇能使七十老人頓還其一藏之虧，然則宜何如自愛耶？又嘗謂丈丈之可以娛老者三：喜讀書，長於吟詠，一也；能飲醇，賴以陶寫，二也；有二子皆慧，可以授所業，三也。此三者可以奪彼一矣，而又有一宜過計，家貧子少尚當以百年看其成立，老氏有言，慈固能勇，若如此則閨房之内尚當有脱簪進規者，況於學古近道，與彼二老同其少壯，而獨以既老之年顧不能自割於愛我者之規乎？誠不勝惓惓，又慮面談不悉，故敢復以書贊决。

【校注】

〔一〕仲與：乾隆江南通志卷一百五十九人物志載：錢春沂，字仲與，嘉定人。爲諸生時，父被冤繫，沂慷慨陳情，出父於死獄中。後以舉人任德化令，櫝吏以羡餘進，沂曰：「此百姓膏血也。」却不受。尋乞歸，優游詩酒者二十年乃卒。

貽邑學二師書

昨承傳示邦君之命，欲俾以藝文之事與昆季周旋，此非獨不敢辭而已。某於諸生中蒙眷待有加，實倍倫等。去冬先人病亟，既拜珍藥，不幸大故，又賻奠猥及，蓋於一體培植之中，又竊抱知己之感，長慮駑鈍，終無以報，更荷不遺，仍有此命。然竊有中所不自安者，侍間或值他友不獲面質，輒以書問。今科場文字與經術漸不相關，某雖頗好古書，而絕非時文當行，舍竽挾瑟，既以自誤，美芹獻曝，或復誤人，此所不安一也。又方居憂，苴絰菅屨，公庭豈敢趨蹌。儒冠逢掖，私心實懷慚恧，此所不安二也。兼以容止樸野，語言戇狂，以侍君子，或多愆尤。又自省生平迂疏，有愛有憎，雖萬無召謗之事，豈必無見疑之人？此又所疑阻不安三也。伏惟師長知我愛我，求爲具陳，感激之私，且斟酌疏數之間，使上不負歸依至心，下不爲進退無據。幸甚幸甚。

與唐四兄叔達書

不肖自成童時聞之先大父，言：「汝父少即勤苦，自力於學，問師以不煩。吾既多長者之交，家僮不足於役，薪水之勞皆汝祖母親之，而父憐其母，往往分誦習之功助之汲，每讀至夜分，一燈熒熒，母對之績，相與勞苦，或時至泣下。其後學漸成，以明經爲學者師，俯仰資焉。」又十餘年，不肖漸壯，而先君亦已衰矣。大父又言：「而父之養我可謂已勤，然而觀其意，時有不足於中者，冀有所得以爲父母榮也。此誠人子之心耳。吾自分所享已過豐，豈更有望哉？所以爲爾父惜者，其平生志行宜有聞於時，而名不出於鄉閭，不能不爲介介也。」及不肖屢進而見擯，家君又數稱時命以慰之，又見所與游者，或父行，或其同儕，非名公卿即懷寶遁世之士，皆服仁義而稱詩書，若與時之人異者，則又私以爲喜，或時愀然曰：「而能養我如我養而祖，獨而未有子嗣續謂何？且爾後衰，欲如我今日，豈可得哉？」不肖乃爲解之曰：「大人勿憂，此亦命也。」已而先君終不獲抱孫以歿。歿三年，圖改卜宅兆葬未有期而不肖舉一男，於是祔葬之意乃決。

竊念先君於事父母盡其孝，於事伯兄盡其恭，於視其妹若姪盡其友愛，無一椽數畝之承藉而辛勤至老，以卒有宅一區，有田百畝以詒不肖堅，又啓之以詩書之業。疾未病時，友人之子若孫求贖其先所賣田數十畝，慨然還之，所得金盡以分娣姪及諸女，可謂盡其慈。因謂堅曰：「惟我爲父兄可作如此處分，知吾兒必與我意合也。」未幾而病，以至於大故。哀哉！痛哉！伏惟知先君之深，能名先君之爲人者，莫如吾兄，且居常數稱唐先生有子，非兄銘而誰也？既狀其大略，又具述先祖先父平日相與告語之意，以見先君之的然不愧於古人者，果不必其施於用也。

學古緒言卷二十三

雜銘凡二首

友人朱叔子[一]手製筆筩寄上韓大理[二]請爲之銘

猗管城子，或含或濡，卷舒隨時。默不求試，試即霞舉，乃見其奇。用之書獄，其所平反，審克無疵。用之彈壓，朝廷以肅，靡有詭隨。晋而宅揆，濁可使清，傾可使夷。我之察廉，如彼秋毫，心正焉攲。朝考夜庀，退而即安，必慎其儀。整冠危坐，床無博山[三]，屏遠伎帷。乃有野老，爲子考室，巧若工倕[四]。截彼竹根，刻爲觚棱，瑩若琉璃。又爲之圖，貌一丈夫，坦腹委蛇。殆有道者，若營四海，邈焉深思。所思伊何，賞不酬勞，少恩見譏。用而不效，世所抹摋，愧無能爲。我銘斯筩，寄慨槖筆，孰簪且持。彼美人兮，碩大且儼，子是之貽。

【校注】

〔一〕朱叔子：朱纓，叔子爲其號。

〔二〕韓大理：即韓浚。韓浚，字邃之，山東淄川人。明萬曆二十六年進士。萬曆二十七年任嘉定知縣。爲政務求民便，浚河渠，繕城垣，修學校，纂縣志。轉任大理寺丞、右僉都御史。列縣志名宦。

〔三〕博山：博山爐。宋呂大臨考古圖：「香爐像海中博山，下盤貯湯使潤氣蒸香，以像海之四環。」

〔四〕工倕：倕，古巧匠，相傳堯時被召，主理百工，故稱工倕。

丁叔保夢覺軒銘

傭奴也而夢爲君，富人也而夢爲僕。晝夜豈有分，而孰爲此反覆。夢果妄耶？覺果真耶？形之拘拘，乃遺其神。神何爲者，無晝無夜，無寤無寐，而命物之化，别夢於覺。夢也冥冥，悟覺亦夢。覺乃惺惺，衆所共營。吾能勿争，衆所同去。吾能勿怖，以我夢空。破我寤執，寤亦非真，執亦不立。是爲大寤，庶其保護。

贊凡九首〔一〕

【校注】

〔一〕崇禎本卷二十三作「贊凡八首」，康熙本卷二十三作「贊凡九首」。陸氏在重校時將原屬於崇禎本補遺部分的殷先生畫像贊移入卷二十三，故兩版本所記數目不同。

歙江君洎配羅畫像贊

士也而徙爲賈，夫已争尋常，辨良苦矣。而不失爲士者，匪利之没，而義以爲祖也。女也而行爲士，夫已稱詩書，訓窳呰矣。而不失爲婦者，匪剛之乘，而柔以爲砥也。去夫黄山、白嶽，鴻鵠之所控摶，而游於五茸、三泖，蛟龍之所屈蟠。族黨稱之，里閭信之，謂範在陶，謂光配鸞。不知者以爲譽，而其知者以爲平世之考槃。

題畫魁星贊

予昔於琅邪王氏，見所藏星宿畫像，蓋摹唐人迹也。世俗所畫魁星，於帝車之斗，魁杓七星及文星戴匡六星、玄武天廟六星一無所肖，不知始於何時，疑俗工爲之耳。顧於綴文之士有勖焉，因爲之贊。

列星之降，咸陟於皇。有吉有凶，垂象之常。凶維險賊，吉則易良。或屈枳棘，或登巖廊。率以文售，庶幾德將。有播其惡，在貴愈狂。有流其膏，雖卑日章。天耶人耶，一否一臧。匪已之求，而星是禳。徒文之炫，而實靡當。其所爲慶，鮮不爲殃。

題大士贊

寂然宴坐而坐撫大千，熾然説法而一念不遷。豈不獨無而彼獨然，泉出於山放爲漪漣。壅爲汙瀆，本一清泉。凡夫本覺，諸佛匪懸。從寐而覺，既覺而圓。尚無始卒，豈有偏全。我聞斯語，於大覺仙。惟熏惟修，則幾乎賢。

楊裕州像贊

吁嗟乎，楊公是能以經術起家，俾後有承而前有光。燦然而暐暐者，其早達之文章。肅然而治辦者，其歷試之弛張。今之儼然在圖，目光炯炯而神采揚揚者，孰爲渝而孰不亡。至於用之未盡其才，年之未滿其志，自昔賢而每嘆，吾何從而問之於彼蒼。

葛實甫〔一〕像贊有引

洞庭葛實甫往歲浮舟東下，於友人席上一見語合，知其爲讀書自喜人也。居常見伯兄震甫〔二〕以能詩稱於人人，即亦學爲詩，當其得意，似不肯多讓。然予頗疑其貌鬚髯奮張，眉睫間常有精悍之色，必不徒以漁父老也。君嘗客徐州，從蕭、碭間豪儁游，遂慨然有志當世，思自奮於功名，爲國家干城禦侮之臣，而未有當也。會其所親有客居余邑者，間歲必一來，來即數相過從，因乞爲像贊。蓋予嘗自謂生長瀉鹵之鄉，每思放浪於湖山，而君更去其浩渺之觀，汩汩焉若不能少自逸者，此若不可曉，然其實一也。譬夫抱幽憂之疾，則企羨游仙，甘麯糵之味，則不堪枯寂，其於內不足而不能無羨乎外等耳，曷足怪焉？贊曰：

子之家山水奇絶，殆與人世隔。子之平生以詩人自命，豈與庸庸者而爲役。顧乃舍舟楫於江南而走風塵於淮北，蓋吾睹子之貌而得子之心，寧有多髭而赤頰，謷然若有所自喜，而肯以自暇逸爲適者乎？

【校注】

〔一〕葛實甫：葛彌光，字實甫，明吴縣洞庭山人，葛一龍從弟，著有和寒山雜詠一卷。

〔二〕震甫：葛一龍，字震甫，洞庭山人。山中多富室，習爲行賈，而一龍以讀書好古，破其産八貲爲郎，冀得一命，以慰其母。久次選人，困無資地。除雲南布政司理問，居無何謝病歸卒。初，洞庭蔡羽爲清綺之詞自異於文祝，諸人以爲獨絶。一龍悦之刊落翦刻，欲追配之於百年之上。已而年漸長，筆漸放。楚人譚元春之流相與尊奉之，浸淫徵逐時時降爲楚調云。詳見學古緒言卷十一處士周君墓誌銘注〔一〕。

洞庭張君像贊

貌莊而色腴，蒼然兮飄鬚。吾以窺其廉隅，殆當世之通儒耶。而玉也終韞，褐也晏如，自託於山澤之臞。假令其早歲獲售，豈肯局促效轅下駒爲？顧安得快風活水、一艒一詠，駕峨舸而揚十幅之蒲，於春秋佳日，長嘯傲於五湖。

吴宜仲小像贊

澹然而蕭疏，其山澤之臞乎？而目若有所營，蓋託於藝事以自娱乎？嘗試與之言，筆墨之適，手挐俱忘。至其與物肖也，曾不遺錙銖，殆其觀物也審，而與之遇者在意匠之初乎？若夫與世異趣而屢空晏如，儻亦可得而摹乎？

羅谿[一]王翁畫像贊有引

王翁家治城東南數里外，族之人皆聚居焉，遂稱於邑曰楊涇王氏。以農起家，比於素封，群從子姓又以詩書之業潤色之。翁爲人坦然長者，邑有賦役，嘗先衆人任其劇。前後爲邑者凡賦之事必諮焉。有相與競者每屬與其議，雖未嘗一一別白是非，然以不苟爲利，終不至召嘩取怨也，蓋非獨篤於族姻而已。是歲秋杪，翁届七十，多往獻壽焉，而其婿家朱君獨先期致翁畫像，請爲之贊。予以謂富壽康寧，福已備矣。身好爲德而後之人咸思奮於經術，殆未有艾也。秋爽正新，釀秫以爲酒，魚蟹以爲饈，嗅萸菊之幽芬，接親朋之情話，生人之樂，復何以加此。贊曰：

龎眉飄髯，有類山澤之臞者，其貌之諤諤耶？斂容守口，每羞里閭之俠者，其中之罷罷耶？有詩與書，不忘鋤耰，既富且壽。所寶儉慈，其知者曰，此其爲腹不爲目者耶？而不知者猶以爲容容之福。

【校注】

〔一〕羅谿：今寶山羅店别稱，明時屬嘉定。

殷先生畫像贊

吾始識先生於既强，雖坎壈是纏，而神采孔揚，往往以文而吐其芒，得酒而託於狂。波濤翻於唇吻，而雲霞爛乎縑緗。彼舐筆而貌之者，烏能彷彿其中之所藏？洎乎始衰，乃仕於時，有來自京師，言其貌不加老，獨色若降而卑，氣若降而夷，殆將圖迴天下於掌上而退守其雌。然名日高矣，而衆莫與親；官屢進矣，而歸猶食貧。向之挾文酒而自雄者，出之以感慨而益振，若此人者必能使後世想見其風神。目炯炯而顔蒼蒼，置其峨冠繡裳而布袍幅巾，不知者其以爲山澤之遺民耶？

題跋凡十六首〔一〕

【校注】

〔一〕崇禎本卷二十三作「題跋凡十三首」，康熙本卷二十三作「題跋凡十六首」，陸氏在重校時將原屬於崇禎本補遺部分的跋張氏聖教序、記蘇長公二别號、手書東方客難篇後題三題跋移入卷二十三，故兩版本所記數目不同。

跋蘇文忠墨迹

坡公書肉豐而骨勁，態濃而意淡，藏巧於拙，特爲秀偉。公詩有云：「守駿莫如跛。」蓋言其所自得於書者如此。此卷爲北歸時答謝書，予所見公遺迹獨楚頌帖用筆與此相類，彼似少縱而此則穩重，皆可想見純綿裹鐵也。今爲辰玉太史收藏，惜卷首脱數行，屬予補之。公書自不容輕補，特以此書極文章之妙致，得展卷即一誦公全文亦大快也。今世之重公文又十倍於翰墨，至其悟解處或似好事家多不辨公書真贋，抑又何耶？末段然則「則」字，蓋公名之誤，今裝潢迹分明，非筆誤也。

跋張氏聖教序

吴江張異度〔一〕重裝其大父某公所藏聖教序帖寄示王辰玉及予，屬跋其後。予性耽書，於古人筆意微有窺，然不能以紙墨辨高下如好事家也。此帖傳世，頗有院本之目，獨黄長睿〔二〕以爲皆逸少極迹，韻故自高，後人學之不能至耳。竊意右軍書必變化多奇，渾涵不露，不應勁峭一律乃爾，正如百衲由乞假而成，安知其中不無唐初名筆耶？捶搨既久，欲得完好如新者，要爲未易。予少時曾見唐三丈道述所藏是未斷碑佳本，後歸王奉常，今亦不能憶矣。頃又見丘五丈子成藏本，其挫衄牽掣處幾同真迹，惜殘闕不全。周覽此本，亦不多讓，異度其寶藏之。至於字畫之妙，的爲唐以前書，須辰玉一抉其秘，非予所能知也。

【校注】

〔一〕張異度：乾隆吴江縣志卷之三十二人物九載：張世偉，字異度，曾祖銓，祖基，父尚友。文行見推於時，以諸生終。世偉有才思，兼工古今文詞，少從父游婁江王世貞及王錫爵，許爲國器，受知督學使者陳子貞。厚賻其父之喪，聲名籍甚一時。海内才士皆與締交，頗恃才簡傲。萬曆四十年，年幾五十，始舉順天鄉試。而忌者搆飛語劾以關節，至對臺獄，罰三科。天啓元年覆試，乃得白。屢會試不第，遂築室名「泌園」，讀書其中。崇禎七年，巡撫張國維、巡按祁彪佳薦舉賢良方正，力辭不就。年七十四卒。貧無以斂，理刑倪長玗往賻乃得發喪。學者私謚之曰「孝節先生」。福王時，禮部題贈翰林院待詔。著有泌園集若干卷行世。

〔二〕黄長睿：黄伯思，字長睿，號雲林子，邵武人，北宋著名書法家、文字學家。學問淹通，好古文奇字，凡字書討論備盡。各書體皆精妙，亦能詩畫。著有法帖刊誤、東觀餘論、博古圖説等。

記蘇長公二别號

東坡此書古淡遒勁，雖知好公書者未必能識也。予嘗見别本及士大夫家摸入石者，要當以此本爲真正。又紙尾有東坡居士、老泉山人印，蓋公自黄還朝，既衰而思其邱墓，去作此書不遠。兩别號殆相繼於元豐、元祐之間也，當時如宗室令時嘗從公爲潁州倅，亦劄記及此，而南渡後雖馬端臨之博，猶以老泉爲明允别號，至本朝楊升庵〔二〕，其該洽爲一代所推，亦仍其誤，故並識之，使覽者有考焉。

【校注】

〔二〕楊升庵：楊慎，字用修，號升庵，博南山人，四川新都人，父楊廷和。正德六年舉殿試第一，授翰林修撰。嘉靖三年因議大禮被謫戍雲南永昌衛。楊慎博學多識，明史稱「記誦之博，著作之富，推慎爲第一」，其「詩文外，雜著至一百餘種」。

書四十二章經後

此經之來東土也，或曰此小乘教也，迦葉摩騰、竺法蘭〔一〕恐人之未必信受，而姑以易知者先之也。予讀之再三，以正思惟求之，竊以謂斯言似之而非也。釋迦之教固有權有實，有漸有頓，謂此四十二章者靡所不該可也。讀之者見其數數於持戒離欲，而以意小之也。佛不言無修無證乎？又不言方便門如化寶聚云云乎？儒者之言仁義同於布帛菽粟，老氏之言人人能知人人莫能行，皆此類也。夫道豈真有大小哉？友人楊汝戢作放生亭於其州城之西，數聚善信而爲會焉。予以爲即放生即大乘菩薩之因也，故書此以貽之，而並識予之所以讀是經者，未知其果能不謬焉否也。

【校注】

〔一〕迦葉摩騰、竺法蘭：東漢時中印度的兩名高僧，漢明帝永平十年同來中國，居洛陽白馬寺，譯有四十二章經等佛典，爲中國佛教傳播之始。

題手書遺教經後

右遺教經共二千三百七十八字，佛滅度時垂訓弟子之所説也。觀其首持戒，次節所受，次除睡眠，次制嗔恚，次滅憍慢，次絶諂曲，次少欲知足，次離鬧精進，次不忘念，次修習諸定，次增益智慧，而終之丁寧於戲論放逸，雖略説法要而五大部之旨不過是矣，無頓漸，無大小乘，住是法者則聲聞緣覺之所證也。無所住而生其心者，摩訶薩之知幻即離，離幻即覺，而如來之因地法行也。如吾孔子删述六經，渾浩淵深矣，而論語足以蔽其旨。學佛者舍是而譚禪悟，譬儒之蔑四端五常也，終戲論耳。圓通寺僧以素卷乞書此經，將以是爲莊嚴佛土乎？則弄沙成塔等是宿因。如將直求之身心乎？則始乎珍重木叉終乎無放逸已矣。僧名文福，類不徒爲道人之名者，故書畢又以是告之，且願凡我展誦者雖白衣亦皆作是觀可也。萬曆乙巳九月望敬題。

書平淮夷雅及碑文後題

予昔未更名前，不記何年爲叔美寫柳州平淮夷雅，筆稚不足存，叔美乃裝爲卷，綴繭紙其前，再以乞書，因爲作小草録韓碑文。此文典重簡質，得大體，雖旋僕於元和，然李義山詩云：「公之斯文若元氣，先時已入人肝脾。」顧書萬本誦萬過，口角流沫右手胝。」而蘇長公亦有「千載斷碑人膾炙，不知世有段文昌」之句。則公碑之毀不毀固不足爲公文重輕也。先友張二丈茂仁每言入蔡擒元濟皆李愬之功，而碑不詳，非紀功之體，俾後於何考？且失師武臣心非公文之至者，予以謂文之繁簡自有體裁，公叙愬功一則曰釋賊將，用其策，戰有功。又曰用所得賊將，自文城因天大雪，夜半到蔡，破其門。何嘗不歸重於愬？若加詳則公之序不曰「一二臣同」同乎？又不曰「既還奏，群臣請紀聖功，被之金石」乎？詩又不云惟天子明，惟斷乃成乎？且愬之勛名，國史有傳，家廟有碑，何虞不詳？詳之此碑，非體也。昔太史公作史記，以屈、賈合傳，至班漢書始具載治安諸疏，蓋子長以爲不書不虞其言之無傳也。況此碑本爲天子平蔡作，寧不重專斷而顧戰功之詳乎？若曰帥臣之功由天子之斷也，是宜詳，不詳則當時之所以平蔡者不著，以是論公斯文，吾又奚暇與之辨哉？

爲友人寫韓送王含序因題其後

世之稱韓文以怪怪奇奇，吾尤重其大雅卓然，獨不牽於流俗。蘇長公云「文起八代之衰」以此耳，而憒憒者乃曰「古文之法亡於韓」，不知其所謂亡者何等也？此誠兒童之見，所謂蚍蜉撼大樹者，惜也貽禍聾瞽。自弘治至今能知誦法公文，不隨時代爲高下者，賴吾吳二三名公，乃至邇年，凡操筆爲舉業者，人人以古文自命，彌不勝鄙倍矣。予爲平仲録此文，爲其能言所以學孔氏之意，真孟、荀之儔也，視區區焉以闢佛老重公文者不有間乎？平仲之鄉先達有歸太僕熙甫，其門人弟子之稱述或不盡泯泯，平仲其必不以斯言爲狂妄耳。

書敬姜論勞逸後

子魚致藺册屬書國語季敬姜論勞逸一篇，意在詒遜順之謀以燕敬事之子耳。予嘗慨道喪世衰，父兄之教不過於文詞，子弟之率不過於科名，未有以禮法爲重者，非獨稍長而然也。自出就外傅，亦知有不帛襦褲乎？有檟楚以收其威乎？孔子所謂欲速成而非求益者，比比是也。雖有嚴父授簡，幾能出諸袖中而誦其言不遺者乎？予嘗欲與同人擇古禮之易行者，及本朝會典之所明禁者，躬先之以訓於家，顧以衰晚舉子，舐犢爲慚，猶幸食貧，布衣疏食，冀得免於慆心溢志，而於禮終未有聞也。所以訓敕之寧見謿於樸野，毋取憎於儇薄，如是而已，顧安可必耶？若夫恣柔愛之道而不失雍睦之軌，彼蓋能以身爲教者，此尤未易以庶幾也。書畢識之，以見余兩人之志之同耳。

題草書杜詩後

自唐殷、姚選唐詩，宋嚴氏以禪爲喻，至高氏之品彙出，而世漸不識詩之有真，皆皮相耳，以故於子美之詩且有優劣之論。蓋律體之自創，絶句之怪奇，其入選者希矣。如此非獨不知杜，且不知漢魏，況三百篇哉？此猶均屈氏騷也，而不無置論於卜居、漁父者耳。予以爲苟出於傑然超然，則雖宋與漢唐作者何異？若苟以形似而已，吾未見其果有合也。元微之[一]詩云：「杜甫天材頗絶倫，每尋詩卷似情親。憐渠直道當時語，不著心源傍古人。」可謂真知之矣。而韓昌黎猶有蚍蜉之誚，則尤高出於其上矣。雨窗爲李爲輿[二]司農作草書，因僭以此質之，不知亦有合焉否也。

【校注】

[一] 元微之：元稹，字微之。

[二] 李爲輿：乾隆泉州府志卷四十九循績載：李佺臺，字仲方，號爲輿，南安人，州守廕先子。萬曆丙午經魁。丁未進

士，任鎮江教授，遷國子監助教。陞户部主事，歷員外，即中陞廣東右參議。署南韶道，削平九連山寇，民賴以安。陞雲南按察使，有土官普名聲謀逆，案多羅織，悉平反之。遷湖廣，分巡荆西，埽定江賊，有捍禦功，陞右布政。月餘復攝荆西，遷浙江，加左布政，分巡金衢。修江山橋以利往來，尋實晋左轄。歲荒，倡義捐賑，全活甚衆。報最得贈祖父如其官。陞光禄寺正卿，力辭不赴，歸。淡泊茹約，恬如也，年六十六卒。

題手書蘇長公前後赤壁賦後

友人有致二卷乞書前、後赤壁賦者，展卷見畫，固已不樂，既而思之，此二賦誠謫仙人語，豈容俗工便知？若後賦不畫「山高月小，水落石出」，乃悟今世畫手蓋未嘗讀賦者爲不少矣。至舟中畫一人若僧者，似謂同游果是元公，此又不足怪也。又嘗見他書有謂坡公誤以赤鼻爲赤壁者，非也。公别有書賦後約二百言，是元豐六年秋題，首言黄州少西，山麓斗入江中，石色如丹，傳云曹公敗處所謂赤壁者。或曰非也，曹公敗歸，由華容路，今赤壁少西對岸即華容鎮，庶幾是也。然岳州復有華容縣，竟不知孰是。蓋公既借曹公以發妙論，猶後賦鶴與道士云爾，豈必求核？而不知者遽謂公未暇考，所見殆與此畫手同。信知癡人前决不可説夢也。

寫蘇長公秋陽松醪二賦後跋

信筆作草書，素盡又及於楮，覺筆墨氣韻便爾有分，非楮不逮素也。聞之郡中善裝潢一老人，自嘉靖中倭夷入犯後絶無佳紙，其言殆不妄。今吴俗雖趨於靡，工巧或有加於前，而絶無注意於紙者，可見俗之所騖於文字筆札，獨草草不能精諦矣。東坡諸賦世人知有前、後赤壁，皮相者猶或訾之，能言秋陽者有〔一〕幾？矧於松醪耶！記公小簡有手書此賦寄人子弟，云以發少年妙思。又有書賦後云：「予與吴傳正爲世外之游，將赴中山，贈予張遇易水供堂墨一丸而别。始予嘗作洞庭春色賦，傳正獨愛重之，求予親書一本。近又作中山松醪賦不減前作，而傳正尚未見，乃取李氏澄心堂紙，杭州程奕鼠鬚筆，及其所贈易水供堂墨，録本以授其甥歐陽思仲，使面授傳正，且祝深藏之。」云云。公之遺迹或尚留人間，或已化爲塵土，所不可知，而斯文之傳固無窮期也。予好公詩文，前後所書甚多，雖字畫不足珍，或託於公文而俱永。然意尤在世人能得之於語言蹊徑之外，何必區區求之字畫哉！

【校注】

〔一〕「有」：崇禎本同，四庫本作「凡」。

手書蘇長公問養生後題

竊嘗妄論六經之外，文之譚理而達者無如莊子，論事而達者無如國策，後之作者能兼撮二書之勝，無如蘇長公。自韓昌黎振累代之衰，力去浮蔓以爲怪奇，然其句琢字鍊，猶在虛實之間。至歐學韓而益暢之，並去雕刻而務出於平易，又一變焉。長公後出，與歐同出於用虛而筆力豪橫，倏忽變化，後有作者，無以復變，亦無復能逮矣。予既節録諸家之書，又録公此文，以見公之所謂辭達蓋如此也。

書雜録唐宋諸家論文簡牘後

予自中年後頗知好古，讀古人之文知其所自得，皆高雅不同於流俗。又證以所聞於長者，乃知近世所號爲古文詞，直以應俗而已，未可言文也。凡爲此者，失不能識真故耳。比因静之兄致繭紙索書，爲節略唐宋諸君子所以論及於文字者，分真行草，大小錯出，雜録數條以應之。知静之必愛其所論，不復計予書之工拙耳。

題手書東坡文後

東坡公之文人知其不鈎棘而奇，不繩削而合，華然浩然，爲古今文人雄豪逸宕之宗。至其悠然以長，淵然以邃，可想見公之胸次坦洞夷曠，必非世俗之君子所可幾者，他人未必能知之也。故予爲子魚録此數篇，各有深意。初欲録東皋子傳後，題較酒經似更有味，然愛其韻語，又簡而曲折盡意，故不能捨也。若東皋篇自當寫置坐右，仿佛日侍公於酒間耳。

草書東坡五七言各一首因題其後

世之論古文者，謂法亡於韓，而予以爲賈馬之後，獨韓最高雅，如進學解、答客難、解嘲而爲之，然皆不擬其詞格，而命意尤醇雅，真儒者之文也。至其詩尤不宜於俗，讀調張籍一篇，雖盲聾可幾於聰明矣。宋人之詩高者固多，有如蘇長公發妙趣於横逸謔浪，蓋不拘拘爲漢、魏、晋、唐而卒與之合，乃曰此直宋詩耳，詩何以議論爲？此與兒童之見何異？予喜字畫，多寫唐宋人詩文以應來索者，蓋數以此語告之。

手書東方客難篇後題

歲辛丑季夏，雨凉如秋，方枯坐憂歲，聊以筆硯可親，無風燥日炎之乖，漫寫東方答客難篇。蓋自曼倩〔一〕創爲此文，而解嘲、答賓戲、達旨、應閑之篇紛紛繼作，然獨子雲可以追配，崔、班而下不無靡矣。至唐韓退之始變其音節而爲之，體氣高妙，非東漢以後可得而同也，而世俗瞶瞶，猶以時代論古人之文，亦陋甚矣。予書此文蓋重其始，然味其詞旨，如所謂修學敏行，及自得云庶幾能知道者。至客之設難，止援蘇、張而曰澤及後世，蓋輕世肆志之旨，有在言之外矣。此雖揚子之廣肆，或未必與之齊也。

【校注】

〔一〕曼倩：東方朔，字曼倩。

學古緒言卷二十四

題跋凡十九首

爲人寫赤壁賦後題

東坡此賦予嘗見雙鈎郭填本，淳古無沓拖筆，蓋得意書也，恨不獲睹真迹耳。未幾，或以勒石亦自可喜，不逮摹本遠矣。頃有以素卷索書，念真者在前，欲肖彌遠，不若自爲書應之，間有似摹仿者，記憶在心，手適與俱也。此文與世俗異者二字，自注者一，滄海作「浮」，信是句中有眼。共適作「食」，蓋用釋氏書「聲是耳之食，色是眼之食，味長不可與適等」也。又「更」字下注平，不注則讀者必且謂意同「復」字矣。以長公雄文，意到筆隨，何嘗作如此推敲？識此即於讀古文詞庶不草草。然非獨此也，有好爲高論者其失與此異，而其妄尤不可不拈出，爲狂率之戒。公之謫居，豈遂能無動於中傷之徒？此賦篇終借水月發端以暢所欲言，固騷人之「重曰」也。其誤以「赤鼻」爲「赤壁」，或亦故爲錯謬以避讒歟？不然以公博洽，未應於平生數過及久羇之地，猶未識曹公喪師逃竄處也。又賦乃騷類，往往寓近於遠，借淺爲深，此賦卒章正其本指，首援曹困於周，終於一毫莫取，人生有盡，長江無窮，首尾相應。而近有好爲高論者訾末段爲虵足，立論爲腐迂，若然，則此賦雖不作可也。未知結撰，安論文章？後生誤信，將墮渺茫。誠不可以不辨。

書揭鉢圖後

頃過崑山，憶昔所與俱來者强半已非其故，况客中之舊好乎？獨於王以寧兄得共從容，間又携示仇實父〔一〕揭鉢圖，蓋臨李伯時〔二〕本也。然譬猶未識其人，偶睹畫像，而妄言肖否，其孰信之？所據吴、沈二跋耳，而文定首言五代人所繪，即非摹李。沈又及於著色即非白描，豈裝潢之或誤歟？余昔於京口識新安丁南羽，見其畫佛像老筆紛披，於簡澹中出奇古，嘆曰：「此其爲學吴道子者歟？」比歸，又於友人沈公路處得見羅漢渡海圖一卷，變幻百出，莫可端倪，而纖細妍妙，極於毫髮，則又嘆曰：「不知李龍眠更當何如？」凡余所未獲見而仿佛焉者，其持論每如此。以寧兄試別以示識者，不知於鄙言亦有取焉不也。即據所稱此繪賓伽羅故事，當必有考，而釋典或載賓伽羅，此云青目，蓋論主之一，人亦不詳其爲波旬也，當更於翻繹名義一編求之，率爾獻疑誠，所未暇耳。

【校注】

〔一〕仇實父：仇英，字實父，號十洲，太倉人，明代著名畫家。幼年移居蘇州吴縣，原爲工匠，善臨摹，爲文徵明稱譽。繪畫工仕女，無論設色、水墨皆工細雅秀，與沈周、文徵明、唐寅合稱「明四家」。

〔二〕李伯時：李公麟，字伯時，號龍眠居士，舒州人，北宋著名畫家。博學好古，善畫佛像山水，晚年歸佛。

書東坡孔北海〔一〕贊後跋

東坡之爲此贊，蓋其未衰之年，而頴濱歸自嶺南，則爲管幼安贊，皆有慕乎其人而託之文詞以自見也。二公少以侃直不阿見擯，然長公不慎數以言語忤人，而次公不然，崇寧僉人直以黨籍錮之耳。世之鄙夫粗知議論古今者，妄謂北海之死固所自取，雖其才略，亦豈足辦操，先主於斯時自救且不暇，而謂能誅之，可乎？篇末言方操害公，惜無復魯國男子，皆非實語，悼公之深而傷時之無復斯人耳。讀此文者，勿如癡人之聽説夢可也。

【校注】

〔一〕孔北海：孔融，因其曾爲北海相，故稱。

又

余喜讀東坡文，以爲世俗之步趨古人者，皆優孟之學孫叔敖耳。公爲韓廟碑，言其文起八代之衰，自宋至今有識者莫不服膺，近始爲掇拾雕繢者所汨亂，靡然從之，殆若效夷人〔一〕之鴃舌而笑諸夏之爲陳人也。予喜韓、蘇之文，誦讀之暇，手書卷帙者數數矣，至其詩多有獨創而高奇，不無信筆而率易，然性所偏嗜，亦時諷於口焉。訾我而當者嘗改容謝之，不復與諍論，然中心之好，終不爲衰減也。獨時之輕詆，妄目以今而不古，所不能爲洗滌胃腸，徒付之竊嘆而已。此本爲老友陳士遠寫，既題其後矣。世或有與我同好者，又當以一言告之，如其萬斛泉源不擇地可出者，聽其評論可也。

【校注】

〔一〕「夷人」：崇禎本同。四庫本作「南蠻」。

題懶園主人秦心卿畫卷後

懶固非世間法所宜，至於藝事，蓋有精思積習而終不能造其微者。其可能，人之力也；所不可能，天之分也。昔聞書畫家特於神品之外，别標逸品，吾雖未能知，然亦未敢遽論也。意其超然脱去繩墨而默與之合，則逸者耶？若曰更有加於聖不可知之域，則過矣。此余平日之持論也。顧年欲倍心卿而懶復似之，未能相求於懶園，然聞其懶而妙得畫趣，意其爲品之逸者歟？不知直以懶故工耶，抑百凡皆懶而獨此擅場者亦復以習慣遇之耶？輒因鄒、李兩君子而質之，彼不有秘焉，則吾必有合矣。

弇州公手札後題

淑士僉憲將之浙江臬，致此卷屬爲之跋，蓋其先公子晋先生與冏伯司勛同年登第，而司寇公以未到部前寓書京邸，歲己丑夏六月也。書詞自首至尾皆信筆直掃，而覼縷盡意可想見公之孝友慈愛於言外矣。揣以今日物情，必且迂迴婉曲以爲獎爲勸，豈能於匆遽中吐露諄懇乃爾耶？若子晋甫之守官，嘗見其爲刑部郎時平反手筆凡數十紙，如衡之平，如燭之明，真能使老吏慴服而愚民不冤，惜乎蚤世未究其用，然即此可以無負公之拳拳矣。某方弱冠即獲侍公，既壯，辱與公子姪同研席，雖不遭時，不我棄也，尤忝司勛忘形之交，恨無生者不愧之報，執筆豈勝汗顔。

書金氏世德後

昔吾嘗聞之長者，以爲人之所重正在才耳，苟爲無才，將無木强之人乃以德稱乎？予竊疑其不然。夫所謂才者，德之見乎其用也，非儇巧捷給之謂也。匪才幾無以見德，而德不足則才之爲累，求爲尋常人而不可得矣。予友金子魚叙次曾大父而下三世之懿德，不備載銘墓之文，而特述其友愛大節，卓然異於流俗者，至豫石先生穆然魁然，既以有聞於時矣，而不幸齎志以夭，子魚以爲其才無可表見，而其德皆足以昭示來裔，書以示後之人，俾知紹聞焉，固不必侈爲之辭也。當秋田翁憫其伯兄以長賦抵罪，不顧閨房之私而潛罄其槖金以償也，知有吾兄而已，豈復爲食指計哉？及逸齋翁繼之，謂吾爲家督而不能庇兩弱弟，苟吾有餘力，即吾有餘愧矣。於是獨身役於官，幾盡亡其産，此其於友愛皆若饑食渴飲然，根於天性，動乎至情而不自知其然，所以爲異於流俗者也。迹不離乎田畝，名不動乎公卿，而隱然以篤行爲有識者之所重，斯所謂不爵而貴者耶？雖其子若孫能以詩書發迹，然豫石先生之後幸有子魚而亦不遇以老，竊以爲富貴榮名乃天之間有厚於斯人，非其所操以爲福禍也。如使人人而按其行事以究論其所享，不合者常十九矣。賢者恒自愛而不求其多，不肖者務足欲而不顧其後，以俗觀之，豈非不肖者之計工而賢者爲獨拙哉？是有命焉，非人之所能爲也。蓋自德下衰，德若近於無才，而才不必皆出於德。吾見夫世之所稱德者，僅小德而自矜才者，乃不才之尤也。故夫天人之際，知其爲命而俟之聖賢之徒也，意其由我而强之才俊之失足，斯狂悖而已，故曰「不知命，無以爲君子」也。知窮通之有命，則夫等骨肉於吴越，較得喪於毫厘者，豈其無才尋常人猶且耻之矣。嗚呼，人孰無兄弟乎？孰能愛其兄若弟而至不顧其身與其妻子者乎？苟金氏之後人世世常知有斯德乎？雖才不逮人可也。

書封節婦金氏傳後

昔者嘗怪劉向爲列女傳自有虞至漢文之世，上下三千年間，而僅止百人，然且及於孽嬖，法戒兼焉，何其書之略也？又其所列爲節義，若魯陶嬰、梁高行、陳少寡者，不過二三人，蓋簡編之缺軼而湮滅無聞者爲不少矣。即不然，意者非其人實難，或亦采風表宅者之弗及圖歟？以予所聞於境内，若嘉靖中宣、孫兩節婦相要約以立節，從容就死，有烈丈夫之風，尤所謂卓然者。未幾，同時疏上，詔旌其門，至今灼灼在人耳目也。今又得封瑗妻金氏於前之烈不少讓焉，邑人以爲榮，且曰幸生平時士大夫未聞有仗節死義者，而僅得見之於蓽門少婦，咸庶幾其不泯泯，民之秉彝，好是懿德，豈不信哉？

傳稱婦之嫁瑗，瑗已病瘵，既而歸寧，即私語其母：「封郎如有不諱，兒再見無期矣。」比殁，將遂絶水漿，以身殉舅姑，强之食，乃食，久之聞葬有期，意常在同穴也。因問姑當爲幾室，見姑若不領者，至暮邀至其卧内，與語良久。及别去，遂自經死。世嘗謂婦死貞臣死忠義等耳，而不知婦爲尤難。夫士大夫委身殉主，以名義自許，不同尋常，一也。名遂身榮，圖報萬一，易爲感激，二也。事迫勢危，匪異人任，計無復之，三也。若爲婦者，刑耳劓鼻猶可以誓，仰事俯育猶可以報，闔門而言，方績而嘆，猶可以訓，死何爲者？其不得已而死，必若陰瑜妻荀，斯不免耳。吾以爲若前後三節婦，皆計其所處之難而早自引决者也，其於殉義，若寒而衣，若饑而食，出於自然，非獨輕生，亦豈有意爲名節者哉？以今聖明久道，方隅晏然，士生其時，雖以諫諍死職下者，幸亦無其人焉，而感慨節烈之氣時一見於嫠婦，此誠世道所繫而在事者所宜亟圖也。有如節婦而朝廷不及旌，是謂蔑彝倫而墜教典，其何以示於閭里而傳於久遠？使後之視今，不知高行之永淪，而徒慨郵典之或漏，豈不可惜也哉？

書除夜元日唱酬詩後

公路之欲有見於當世，人知之。其外莊而中伉，頗不宜於流俗，人亦知之。少壯時績學綴文，必求合乎先民之程度，人未必能知也。近歲病痹閑居，意不自得，或寄情於音樂以少解其牢騷，然非其好也。至其論古人之文，以快然滿志爲高，讀古人之書，以雜然並陳爲樂，稀有能知之者矣。顧性既豪舉，又不屑意治生，加以醫藥百須，貲産漸落，處之夷然，杜門以一編自娱，遂將進而與古之賢達爲友，有能知之者誰乎？予既與通家託契，雖以伉直簡率，往往拂忤於俗，而君獨若有意乎其人也，數相與倡酬，凡余手書，君積而成卷，又綴烏絲於卷尾。予昨呈除夜、元旦二詩，君亦有還示，喜其胸懷日益灑落，有以自樂也。而語既警拔，押韻尤奇險，輒復次其韻焉，而君即送卷屬寫此四篇，且識其歲月，故並及予之似能知君者如此。

書吴光啓摹刻太原遺迹後

王文肅公書小楷清整秀勁，大可徑寸者，尤骨重脉和，特爲合作尺牘，多信筆爲行草，初不注意求工。閑居喜爲後學指摘經義，匆遽出之，自然遒勁有峻拔之氣，蓋於光啓尤數數也。然不肯對人捉筆，相去尋丈間，但見迅疾如飛而多造於遒美。學憲公書未獲多見，而所睹皆華潤充悦，殊有憗態，即此可以得其概矣。編修君天授既優，工力日深，小自指頂而上至徑可二寸，皆極娟好，更饒風骨。又大而四五寸，拈古人佳句，或爲人題齋閣牌額，大至尺餘，皆不煩繩削而趣溢出，更假之年，直可追躡北宋名迹，方之元人欲分雅俗以俟後來，其何敢譽？光啓以懿親夙好能謹藏之，又能摹刻以廣其傳，不私爲一家之秘，尤爲足尚，豈止好學喜事而已。

書贈戴元瑞

予頃以衰懶，足迹不數過城闉，惟花時乃一踏郊原，晝出而暮還以爲常。如南翔里多平生素交，兼有古刹閒寮之游觀，而歲不再往，即往亦未嘗久淹，況其人之幽居而逃名若戴元瑞者，又何從而識之？友人徐克勤〔二〕過余而亟稱焉，曰是常感異夢，不竟學以干時，頗以古詩文自娱，又好游佳山水，所至輒淹留忘反，蓋與予之齪齪者異趣，而乃有意於予之一言，豈其博涉好奇耳目所及，有神往而即心醉者乎？顧余則何以得此？

君家本新安，東來憩南翔，荒江寂寞，猶且爲之滯淹，今去而游金陵，江山之雄秀，古今興亡之遺迹，騷人墨客之憑弔，皆足縻君而助其悲歌感慨也，是且忘其故鄉而何舊游之足戀。予雖欲識面，其又可冀乎？姑書此爲贈，以當晤言而已。楚之黄有許君伯隆嗜學而工文，予之所獲交也，昨歲亦有所屬，碌碌未暇以應，君盍往從之游，且爲謝不敏焉。非久當有以復也。

【校注】

〔一〕徐克勤：徐時勉。嘉慶南翔鎮志卷六文學：徐時勉，恂五世孫。淹貫經史，名在復社。崇禎庚辰歲貢，授陝西澄城知縣。刻勵情操，見軍需日煩，嘆曰：「吾安能朘百姓以全一官乎？」除縣猾，爲所中，罷歸。行囊無長物，邑紳孫弼明贈麥六斗，曰：「此非交際禮，聊爲使君數日糗糧耳。」精毛詩，四方學者宗之。墓志銘載清歸莊歸莊集卷八。

同辰玉編修和東坡殺戒詩後題

予自和此詩不三歲，已從蓮池老比丘受不殺戒。是歲夏末舉一男，辰玉病漸增，聞之而喜。先是嘗勸予再納婢，笑而不應，兹又謂曰：「亟宜求乳母。」予唯唯而已。至冬首遂設齋供告於佛菩薩像，誓不復近内。逮明年歲暮，兒痘脱痂，君雖病困，聞之喜甚，嘗對予以指畫几曰：「吾昔謂君迂而近腐，今不腐亦不迂矣。蓋君之病得之連喪子，既悲且鬱火上攻，痰日壅而不知者，厚誣以漁色，可嘆也。」適爲公振先生録此三詩，因識其末，或有展覽，信斯言之不誣，其必不同流俗人之毁譽矣。

書贈張二丈詩後

右詩爲先友張二丈茂仁賦，先生年甫及耆耳，後又十六年而逝，今犬馬齒且六十有八矣，追念疇昔相從，豈勝慨嘆。先生之學尤長於讀史，其論古文辭以西漢及唐宋作首爲宗師，少嘗受業於歸太僕，故持論特爲真正，不規規求肖其口吻形模，而自然超妙者爲合作，其所一切抹摋皆世之高名人也。予與其子仲慧及表兄唐叔達蓋數聞而深信之，此卷爲麻城梅公振先生書。天啓元年四月廿八日也。

題手書壽榮堂記卷後

予游杭時尚未有男而室人方娠〔一〕，同行者各有祈於天竺。予雖入舟即已蔬食止酒，然但瞻仰再拜，默以證空爲禱而已。是歲又六月，子復聞〔二〕生，今已踰十齡，可示以斯文矣。文成後嘗手書一通，揭之於堂，今且紙敝墨渝，因斸銀杏塗以鉛粉，再寫易之。而龔甥儉化欲乞舊本以去，余知不足存也，乃復爲書此卷。憶自爲此記，錢二丈仲與最先見，往爲張二丈茂仁稱之。未幾，張特來索觀，讀再過，欣然嘆賞，留話至暮乃別。此兩先生皆年逾七十而歿，歿復皆數年而予亦垂老矣，所稱學佛者一爲雲棲蓮池和尚，一爲徑山慈音禪伯。慈音吴江人也，始以藝文交好，旋以禪悦久要，聞其尚健而自度，尚能入山，或可得一慰斯懷耳。

【校注】

〔一〕「震」：四庫本作「娠」。「震」通「娠」。

〔三〕復聞：婁復聞，婁堅子。

題弘宇先生影答魑魅詩遺迹卷

自予舞勺而學塗鴉，君與先子同硯席，而仲叔皆在門牆，視予蓋九年以長，乃折行輩而許接武於摛華，惜也屢困場屋，歲晚而僅得爲諸生師，比其歸也，乃見窘於雀角鼠牙，向之曄曄其英者，不圖蹭蹬而鈍於爬沙。嗟嗟，人固有幸不幸時，安在剛方之必不如柔和？夫推舟於陸，涉川以車，世固無是理。太行之折軸，而衝風之壞檣，其又何耶？景答魑魅篇以恢奇寫其逼仄，凜凜有英氣，而豈與草木同毁折者哉？必且鏟厥塊壘，陟彼巔崖，無魑魅，無景亦無答，揮斥八極而游之乎無何有，斯大夢覺矣！

爲筆工姚玄之〔二〕題筆譜

少時見友人作字，每用新筆輒於書燈上微燎其穎，然後濡墨。予誚之曰：「君殆爲趙文敏〔二〕所誤。」趙之云右軍書蘭亭是用已退筆，蓋見其藏鋒斂鍔而意其或然，非定論也，不然夫豈不知鋒藏畫中是用筆秘密藏，顧於守郡勝會賦詩題叙而反欲以退筆見長耶？鋒藏畫中正逸少之自喜詞翰兩擅者也，如趙云云，幾於埋没右軍用筆矣，且使後人求全筆工，將令如玄之輩當於何處生活？

【校注】

〔一〕「姚玄之」：原作「姚元之」，係避康熙諱。從崇禎本。

〔二〕趙文敏：趙孟頫，謚文敏。

中太夫人壽詩卷後題

大雅之既醉，説者以爲備五福焉。夫愛其人，頌其德而祝之萬年，宜也，然惟孝子能廣其善於天下，使人有士君子之行，而莫不享太平之福。蓋其始君子以錫厥庶民而究也，天下所同願於君子，亦若或錫之詩人之指與箕子所稱「汝則錫之福」者，何異有若少師申公之侍太夫人，可謂備福矣。即欲雕飾燕詞以侑萬年之觴，譬如稱海嶽之崇深，有能盡其形容者乎？顧獨自有感也。夫公之焦思極慮，回斡元氣，在上之初年迨踰一紀，而始乞其盡瘁之身奉太夫人以歸，君臣之際始終之恩禮以視今日何如哉？進欲效於匡弼而宫府未能盡同，退欲完其身名而去留或難自必，雖綸紵爲榮，鼎食爲養，中必有不樂者矣。將德之與福亦異乎所遭，而公固適際其盛歟？竊以爲如公處此，必能轉移明主於時日之間，而非他人之所及知者，惜乎不使天下之見之也。

胡明府長安詩草題辭

昔嘗論詩，以爲得其在語言之外者而追琢加焉可也，若規規焉以求合於古，其形彌近，去之彌遠矣。斯言也誠與時異趣，未必其有合也。頃侍明府胡公聞其議論，不自意海濱款啓而所見頗與通人合，其幸不見笑於大方矣。及讀長安諸篇，尤灑然異之。夫古之君子，有晚獲一第而齷齪曠蕩之感，若不能自持，至今爲有識者所竊笑，豈所謂歡娱之詞信難爲工歟？抑垂老氣衰，卒然而吐其中之所欲言，固不覺其陋歟？如公年甫壯盛，所自期甚遠其於一時之得失蓋已輕矣，感時撫事而自託於登高能賦，非明發之懷則急難之情也，非寓言於静好則起興於嚶鳴也。至其他流連光景之詞，皆可想見胸次之超然，非苟而已也。且吾聞士大夫白首都門，每苦困於塵鞅，况於偕計之日，釋褐之初，曾幾何時乃能以翰墨之清麗，寫性情之悠邈有若斯乎？宋玉有言，口多微詞，學於師也，今世詞賦之學絶無師承，獨敏者能之，意者亦受之天歟？蓋始吾得公於政事，信其爲豈弟君子，庶幾政成人和，桀驁者無求逞於囂訟，詐援者無中飽於脂膏，鳴琴而治之，於是焉興學校，育人材，使之忘衿佩之悠悠，頌楊舟之泛泛，豈不盛哉？乃今也又得之於詩，夫誦詩可以達於政，得意可以忘於言，故不適當世之用者佔畢徒勤，無當於誦也。不窺作者之指者，屬詞徒工，無當於詩也。某雖不敏，以是二者而信於公，儻亦所謂頌而無諂者歟？

高三谷兄六十壽詩引

三谷高君者，少承弓冶之遺，樂志田畝，頃避萑蒲之警，託迹市廛，賃環堵以安居，收甑石而麤給。所與厚善，半是袁慵，每良晤之從容，佐清言以醇釀，相得歡甚，殆無間然。維歲仲冬，適周六甲，與之偕老，欣有令妻，早同拮据之勤，晚共優閑之適。爰申頌禱，往侑壺觴。夫樂貴得之乎心，不繫身之所享。心貴足乎其分，不由境之所緣。今君無饑寒以累心，有旨甘以供客，委順而已，惟目前之爲娱。達生者乎，何身外之足慮。朋簪合，康爵陳，瓶花無謝於春英，窗月猶同於秋影。予雖止酒，性喜啜茶，既厭厭於永漏，咸衎衎於長筵。還聞閑居，亦饒樂事。肅矣齊眉之案，敬接孟光。凄然擁髻之音，頗憐樊嫕。弄機杼於纖手，有布如紈。羞脯醢於柔顏，其匙流滑。逸我以老，誠有味乎言之。求多於天，非所望於君也。濫賡珠玉，重冠穢蕪。賦者六人，吟成七字。

學古緒言卷二十五

題跋凡十七首

【校注】

〔一〕崇禎本卷二十五作「題跋凡十五首」，康熙本卷二十五作「題跋凡十七首」，陸氏在重校時將原屬於崇禎本補遺部分的有字爲非予者戲題其卷後、題手書陶詩册子後兩題跋移入卷二十五，故兩版本所記數目不同。

題歸母壽詩後

右詩凡同賦者皆平日所與厚善，不以告餘人，故詩止於此。子魚謂予齒長，屬識其後。蓋大母之食貧而能甘，其勞以勖子之學，既貴而無改其度，以成子之名，雖士人猶難之，非獨閨門之範而已。其見於頌且祝者，固已焜燿厥詞，竊以謂侈言之未若稱其概者之尤簡而核也。若長君給諫以孝友恭儉刑於家之人，外内無閑言，至其依依於大母，固不以名位之通顯而易其朝夕之養也，徒以有仲叔在，於法不當，請告於私可以自慰，蓋曰：「吾一寒士，今之爲吾親榮者非朝廷之恩寵，施於無窮也哉？」其必將以守官竭節養太母之志也。憶昨北上過余爲别，言：「吾若幸而得請備官藩臬，奉母而行，則秦之西、楚之南猶吾庭左也。」語畢，因低回黯然。蓋其篤於孝若此。顧頃者同官寥寥，勢未可以請耳。然太母春秋雖高，尚康强如始衰之年，君即去，左右無憂也。方今朝廷清明，士大夫咸知矜名尚氣，然或本伉直也，而反類於同，本寬平也，而時出於訐，本一事也，而兩人共之。是其同乎己者，非其異乎己者，議論不務求其當，而多出於私意，此於天下之勢已若趨於可憂。他日有竭忠盡言，不求異亦不尚同，是惟無言，言則必天下所未睹其倪，衆人所未得其平者也。此非君而誰望哉？夫如是，則立乎朝廷不猶愈於日侍太母之側乎哉？是之謂忠君。傳曰，孝者所以事君也，子之竭力，臣之致身，道一而已。爲人臣而内顧其私，與爲子而好貨財、私妻子等耳，故竊以知君之深，期君之遠者，因是而一畢其愚。若夫不識時宜，不原物情，妄言之而冀賢者之或然之，此野夫之常，曷足怪乎？

書張季修游峨眉山記後

君子之得其志也，功施於當時而名聞於後世，蓋莫不勞精神、疲筋力以圖之，固甚瘁也，而中有慕焉。恒若翹首跂足以俟者，雖巖觀川游，追勝概，滌煩襟，有不足動其心矣。及夫事過而追思之，孰害其成，孰攻其瑕？若醉中得醒，然後知爲憂患之途，不如優游田里之爲適也。於是有逃名匿影，謂百年爲瞬息，希服餌以長生，於是有攝心安禪，謂形骸之虚幻，耽禪悦以證悟，此又流俗人之所姍笑，而儒者之所不道也。若然則婆娑小官，有舟車以代步涉，登眺絶域，指冰雪而洗炎蒸，極幽遐之大觀，無尸素之内熱，孰有如吾季修之斯游者乎？雖然，山川之勝，人共領略，而趣或迥殊。耳目所窮，境即平分，而中有獨賞如季修者，雖一丘一壑可也，而文詞又足以發之，其簡潔也足以發深思，其詳核也足以告後來，迴環諷誦，恍若置身百里之巔，而極目萬里之境矣。君固形神俱遠，而予亦神游其間，不在斯文乎。余與君少同志，長同不遇，晚而君宦游巴蜀，余跧伏菰蘆，似不同矣，然而君有紀游之篇，必屬其子以見示，意其胸懷之果有合歟？輒爲序而歸之。

題草書叔達雁字詩後

唐叔達表兄聞時人多賦雁字詩，有會於心，率然命筆，三四日間得詩二十四首，大抵或起興於二社，即轉入於六書，或取材於字畫，即回眄於雁群，此亦作者所同也。然而用事過多則機神未必能流，屬思過苦則采色何由克稱？巧既易纖而難雅，質又多悴而少腴，非意冥句先，何以極於變化？非力饒格外，何以妙於合離？若此詩可謂備之矣。而高處尤在千四百言之多，意到筆無不隨，五十六字之中篇，終法無不合，怪奇超忽，響亮昂藏，不同體物之拘牽，直似寓言之縱恣，必非他人之所能及也。從子敏恭字伯安，紹世業於軒岐，託雅尚於點畫，予既屢以診視爲煩，渠亦邀以揮灑爲報。爰以小草録一通貽之，若非永爲家藏，即當公之好事云爾。

書程孟陽詩後

孟陽少喜爲詩，於古人之遺編無所不窺，而尤愛少陵之作。其在於今嘗稱李獻吉〔一〕，雖規規摹擬，而才氣實非餘人所及也。甫冠即棄去經生之學，而一意讀古詩文，久之豁然，上自漢魏，下逮北宋，諸作者靡不窮其所詣，至蘇長公往往或斆其體，或次其韻，若將與之並騖者。比壯且衰，其爲七言近體以清切深穩爲主，蓋得之劉隨州爲多，若曰杜之雄渾逸宕，當令獨立千古，善學者正不當求肖於皮毛，至其神情所注反或去之遠也。

家本新安，少而游吴，所交江以南知名之士，邂逅語合，不以别久近爲親疏。性又嗜古書畫，即非力所及，一經於目，能爲人具言其所以妙。顧以不善治生，數輕去其家，有能知其詩文兼重其爲人者要與之俱，未嘗不從也。然足迹所至僅北踰汴渡河至潞，西浮江至武昌而已。君平生不欲輕刻其詩以示於人，至人有欲得其詩，或爲手録百千言，或取諸腹笥，頃刻誦數十篇，無倦色。當其在潞也，乃肯彙次其近作刻以應人之求，兼還寄其所知。予得而讀之，所師法不必同，同歸於自得而已。近世之論，非拘拘步趨，求面目之相肖，即苟爲新異，抉摘句字爲悟解，如是而已。

昔予嘗聞長者之論，凡爲詩若文貴在能識真耳，苟真也，則無古無今，有正有奇，道一而已矣。唐之詩人固多卓然名家，而尤以李、杜並稱，一或較其優劣，輒貽譏於不自量，以此知昌黎非獨高文，雖其詩間或過於豪放，亦不當輕議之也，彼有所自得焉耳。若北宋諸作者，通經學古，皆可謂言語妙天下，至所自得於詩，亦豈尋常之雕繢所可幾及，而世乃目之爲靡爲卑，不知其所謂卑且靡者何等也。屈原變詩爲騷，自我作古，而或者猶執九歌、九章以訾卜居、漁父，彼不知也，曷足怪乎？譬之味焉，如其衆口同嗜，即伯牙之調也。譬之藥焉，如其百疾俱療，即盧扁之劑也。假令庸醫處方，族庖挾匕，而曰我伯牙我盧扁也，將嘔噦僵仆日相尋焉，尚何望於適口却疾哉？如孟陽之詩，叔達論之詳矣，而書來亦屬以一言，予以爲可無贅也。則書其自少至今相與共商此道者以塞其請，且以示兩家子弟，苟有志焉求之於是編，有餘師矣。

【校注】

〔一〕李獻吉：李夢陽，字獻吉，號空同子，慶陽人。明弘治七年進士，官至江西提學副使。明「前七子」領袖，提倡「文必秦、漢，詩必盛唐」，有空同集。

書徐汝廉一題六義後題爲死生有命富貴在天

昔人論魏晋時書，至謂結體之變，亦非後世所及。蓋其心手相應，巧運法外，誠有然者。嘗以是求之文辭，惟詩歌多有之，就一象一事而窮工極微，篇各臻妙，然實迭出於衆能者之手，非一人所能辦也。雖李太白、杜子美之豪蕩揮霍，多至千言，若其一題數十篇，或古或今，要必各有所指，與倡和之作異矣。惟今之制舉義不然，昔日之神奇固今日之臭腐也，轉相追逐，月異而歲不同，以故誇者務多，連篇異搆以自見其有餘，然不過竄易首尾，別施面目，非真能變也。友人徐汝廉爲此題七篇，每讀一篇，若不復有諸篇者，出奇無窮，幾無一意相襲。當汝廉注思爲文，時或以離之雙美，合之兩傷，而又不忍捐其愛也，故爲是變幻以盡其中之所欲言，此與書法之變何異？然以汝廉之才，如此世未有能知之者，所以自託於斯題也歟？顧其文辭縱逸蕭散，向既戾於拘攣，而今復遠於鈎棘，或謂盍少貶焉？豈猶以世之知汝廉與否固在汝廉也耶？撿之篋中，偶逸其一刻而傳之人人，庶幾有同好焉。

汪杲叔〔二〕篆刻題辭

予不能作篆及八分書，而意乃篤好，每覽史籀石鼓、皇象國山二刻，以謂晉、唐名書皆得此意。所以爲工，惜紙素之傳日以湮滅，無由得睹鐵畫銀鈎，獨幸此二刻時代加遠而猶可想見古人之遺也。間有示予漢人印章，或金或玉，往往見其字法，俯仰顧盼，與二刻絶相類。蓋其出於荒冢野田，爲好事者之所篋藏而傳玩，亦已多矣。顧其屢變屢下，寖遠於古。自頃百餘年之内，世之留意於篆刻者不少，獨新安何震長卿上窺漢氏，下逮勝國，靡所不考，遡其師法，得於吾吴文壽承先生，而精詣過之矣。所未及於漢者，於古澹簡遠猶有間耳。

今年春，始識汪君杲叔，家本富人，愛奇成癖，盡耗其資，獨以此道自喜，高處殆不減漢而間亦雜出於時之所尚。予戲問之曰：「君既能摹漢矣，而終不能不爲今，何耶？」則啞然笑應曰：「始吾之學之以寄吾意也，故一意惟漢人是師，意所獨愜，有嗤爲拙，弗顧也。今者吾貧且衣食其中，吾知求合於衆目而已，不必於愜吾意也。衆且說之，即未必合也，吾惡得而不然？衆且嘩之，即果有合也，吾惡得而復然？此吾之所以不能純乎漢也。」予則又語之，凡衆之所爲喜而譽，憎而誹，生於其人之心目耶？抑或在其口耳之間耶？如其心與目也，子患不能爲漢，安問其他？如爲其出口入耳也，人當論衆寡耶？抑論其知不知耶？其始也，知者之口不能勝不知者，卒也不知者之和終不能勝知者，子姑守子之自信焉，舍此而欲爲子之衣食謀，吾恐夫衆之誹譽不以子之技，而以子之所默有制，自今以往，將有謝子之不純乎漢者，則如之何？若予者，蓋所謂不能篆與八分，而獨好石鼓、國山之刻畫者也，又以爲漢氏之摹印與此二刻合者也，子且以爲知之耶？其不知之也耶？

【校注】

〔一〕汪杲叔：汪關，原名東陽，字杲叔，後因得漢「汪關印」而更名關，並改字尹子，歙縣人，僑寓婁東。其手制印章静逸沖和，古穆持重，爲時所重。明末士大夫如董其昌、王時敏、文震孟、惲本初、歸昌世、婁堅、李流芳、錢謙益、趙文佩等人所用印，大都出自其手。傳見葉銘廣印人傳。

自題草書卷後

草書不難於放縱而難於簡澹，逸少書見於閣帖者，宜其爲百代所宗也。獨張懷瓘之論小異，此與文皇過貶子敬，或皆未足全憑耳。伯高、藏真相繼以狂草名世，張書不多見，所見或多贋本，米元章以伯英虎丘帖謂本伯高，差可仿佛。素之自叙雖姿態縱逸而法度森然，比之晋人獨少韻耳。米論真書微不滿於顔、柳挑踢，即此可以論草書矣。自魯直極推揚少師，往往以奴書爲誚，而晋、唐典刑未免掃地。宋人之草惟薛道祖謹守前規，元章臨本時露本色，蓋草書之法自是幾不傳於世矣。今人薄解怒張，便自號爲顛素，人亦以是稱之，如祝京兆筆力非不矯矯，求之伯高、藏真尚多乖少合，况於晋人之遠韻乎？

予少而好書，尤耽於草，頗從淳化、太清窺見古人之概，然恨刻本止存形模，絶無神采，平生見蘇、米真迹，雖率意之筆，亦自爛然，世人遂欲以趙吴興壓之，此似是而非。吴興勝場當在小楷，其最合作亦非若今世所傳石本也，然此三君子者特多真行，未睹其草，草書獨藏真題曹娥絹本後小字，運筆如游絲，最爲奇迹。又見逸少十月廿七數行，乃知古今人不相及，若經塵劫，此或謂唐人雙鈎則不可知，要必非後之君子所辦耳。予自獲睹此，尤喜作草書，時於題扇得數行合，而不知者往往索真不得乃及於行，又次及於草，殊可笑也。今日偶書此卷，雖筆不逮意，亦差賢於世俗之豪放矣。因卷有餘紙，信筆漫題。

胡禹聲篆刻題辭

新安胡禹聲工於篆刻而爲賈人游，數東至海濱，嘗爲予言何翁長卿〔一〕，其所從受學也。自頃年好事多收漢人印，意至摹刻而傳之，視勝國吾子衍諸人所見不啻數倍矣。長卿晚年益精其法，殆無遺憾。其始蓋得之吾吳文助教壽承，文之篆刻學漢淳古而自出新意，盡掃國初以來師承模範，長卿學之，凡刻白文一稟於漢，而朱文則間用近代所尚，務爲奇詭。然予嘗聞何非獨刀法精詣，於繆篆尤不苟也，每遇其難，至累日參考，加以覃思，必無一畫不愜於中所獨知，然後刻之。蓋雖一藝之工，其用心勤力必非人所及知類如此矣。世之苟售欺於一時，而不顧識者之笑者豈少哉？禹聲既領悟師傳，予將從容叩其所得於何者必有異焉，而未暇也。

【校注】

〔一〕何翁長卿：何震，字主臣、長卿，號雪漁，婺源人，明篆刻大家。久居金陵，篆刻圓厚端重，名盛一時，開「雪漁派」，與文彭並稱「文何」。

題手書金山詩後

昨歲庚戌仲秋之初，侍御韓公〔一〕以視醝還朝，某與二三子追送京口，期晤金山，因得先渡爲信宿留，上高臺，臨絶壁，緬想舊游，有如昨日。於時秋暑未退，相與露頂跣足，徘徊浮圖之側，招遠風而散煩歊，驚濤暮颸，凉雨晨飛，晦霧明霞之變，危檣短艓之過，目之所接，心爲愯然。散步回廊，讀嵌壁詩，或謂新安方君四篇差爲贍麗，然未極性情之致也。歸舟笑言，小間各賦七字，句數亦如之，將刻石送寺僧而未暇也。倏忽便已歲餘，念日月之遄邁，知頽暮其幾何，因楷書繭紙一本，奉寄侍御公，留爲他年故事云爾。辛亥重陽日題。

【校注】

〔一〕侍御韓公：韓浚，字邃之，山東淄川縣人，萬曆二十六年進士，二十七年任嘉定縣令。爲政務求民便。押班總甲悉除去之。又嘗濬河渠，繕城垣，修學校，纂修邑志。後擢御史。

書募緣造經册

今年春，浮屠悟凡來自天台國清謁予，而言將造經數十函，載之還山，終老持誦。以莊嚴佛事非得善信檀施則弗克以爲有兆焉，告以吾緣在兹，所以來也。今者日捧一函，行於道塗，顧未有遇焉。聞子儒也，而託於禪，請爲我一言以先之。」予應之曰：「子之師爲一大事因緣出現於世，且得無言乎？苟爲之徒，且得無誦而講乎？其言教理行果與儒之言文行忠信一也，然吾嘗怪儒生誦法孔氏，而夷考其行，蓋求與之合者鮮矣，豈非以身世爲之累而名利爲之誘哉？惟爾浮屠，去其父母妻子，凡生人之所重若蔑如也，是宜守其師說獨愈於儒生，而吾求其人乃亦未可多得者，何歟？或其始之所由入信未具，而輕闖其藩乎？今子之稱也非少而髡，中歲始有慕焉，信其空幻之說以爲實然，故决然捨去生人之所重，則可謂已信矣。信既具而不由十二部經入，恐其途之無從也。子從深山來，無所望於世，而惟經是求，人之聞之，有不捐所愛以爲施乎？然令得之於文句而不能契之於身心，將與俗之儒無異已。捨其所甚重而或逐逐焉於其所不足戀，則無乃捐髓腦而獲爪髮歟？吾知其必不出於此矣。夫國清，智者之所創也，彼蓋以判教爲宗，般舟三昧〔一〕爲證，傳之其徒，自灌頂而後深於義，學者代有人焉，吾不知今之與子爲侶者，有能紹明焉否耶？歸而求之，以持誦爲入門可也。」既與之言，遂書以授之。

【校注】

〔一〕般舟三昧：佛家經典般舟三昧經，東漢支婁迦讖譯。「般舟三昧」爲梵文音譯，「般舟」意爲出現，指修此禪定，十方諸佛就會出現在眼前。天台宗據此立修行之法。

爲募緣僧題疏簿

人生百年，朝晡所需，纔米一升，歲不過三石許而足也。設有富人，能捨百石爲施，足以贍三十人矣。若有父子再世至於百年，凡所贍給蓋三千餘人之多，天下大矣，富家厚積不爲少矣。輕財厚施，以此一人推之，何可縷數所活困乏，下至操瓢乞丐之流，不可訾省，則其爲福德豈可量哉？況以供赤髭白足，使梵唄之聲日滿人耳，喜捨之德日熏人心，凡佛氏所稱浄土及妙莊嚴世界曾有一言句之非真諦實相歟？然而世之居高享厚，謗佛毁祖，而滅無因果者爲不少矣，則以溺於有相，忘其宿植業日深而根日削故也，盍試於鐘梵聲中思積於無用，遺所不知，等歸於空，因於光明藏内捐我所贏，濟人所乏，不足樂乎？則法報化三身同於一實，去來今三際總是真空，即以證檀波羅蜜可也。

題無隱師卷

若直以晦堂長老與山谷居士問答一段謂是無隱，則法師今日開堂演説修多羅了義經，從教麈尾盡落不識有隱與不，若猶未也，自向世尊拈花微笑處領取，正恐茫然墮在此老雲霧中，後來棒喝法門與維摩默然同一罏錘，點化不少，如何三玄五要還從口授？竊聽盗法，元屬耳聞，恰又似觀世音圓通，今實不欲更以語言相質，却有一句商量，直心是道場，可是無隱大意不？

題月印師刺血寫報恩經後

學佛者多以苦行作佛事，若刺血寫經其尤也，非大願力，非深心慈，豈能積成卷帙，使人於一展誦間知皮肉髓腦盡屬可捐，陽燄空華總無足戀，於區區百齡俄頃見歷歷三身顯現，豈不死生僅同蟬蜕，而譽誹等是蛙鳴乎？一字即五大乘，一念即萬億劫，雖欲以言語贊嘆，亦了不可得矣。

題西域僧左吉古魯卷

釋氏末法有教理而無行果，然行亦多有之，其不成果者，以心未了故也。予嘗疑捐篤沙門不知視此中何如，又不知達磨東來以後五家禪宗，彼亦或聞其説否。自漢至今，度流沙而東者代不乏人，其自震旦而往，玄奘一人而已。世尊拈花，迦葉心領，彼土自有正傳千七百，則葛藤或不須耳。吾東土以講誦作佛事，而西域純以呪力加持，皆未知於明心見性何如。頃者左吉師瓶錫至吴，獲與之接，惜其爲漢音不甚了了，無從而得其詳也，但聞其國人皆慈心，不喜鬬争，而四國服從，無敢抗者，豈釋種宿緣已畢於流離之屠戮乎？唐史言中天竺兵精最强，四國皆臣之，而右衛長史王玄策借兵吐蕃、泥婆，與連戰三日，俘其王阿羅那順以歸，史氏之言或亦非誣，豈今昔之習固有殊歟？並識之以俟卓識。

題汪杲叔印式後

予嘗竊嘆生乎百世之下而得與古人接者，經史之外獨有鐘鼎所鑄、碑碣所刻之遺文，然而秦、漢以來之僅存者，欲一睹其遺固已鮮矣，况其精神之寓於紙墨者乎？獨公私印章尚有存者，而唐宋迄今多不能高古，自刊行印藪一編，而好事者蓋多收藏古印，或玉或金，水湮土蝕之遺，往往出於人間。其篤好而極力追仿之者，歙之汪君杲叔其尤也。然亦間爲時俗所嫐〔一〕，别出纖妍工巧以投其好蓋時有之，譬如士人好古博學而未免爲應俗之文，誠有不得已焉耳。友人李長蘅論此極當，然而杲叔貧甚，藉以糊其口焉，决不應違時乃爾。予是以嘉其好古，念其困甚，而又爲之解也。

【校注】

〔一〕「嫐」：四庫本作「尚」，崇禎本和康熙本寫作「嫐」，爲「嫐」字之訛。

有字爲非予者戲題其卷後

諸君子之言非予美矣，而閑馭更請題其後。夫事之入於非者，舉不欲其在我也，事之出於我者，又鮮能知其爲非也。汪君之以非予自命，貴其能知之也。苟能知非，則雖無予可也，予且無也，而非安從生？雖然，吾試言其近者。是非之相形，理之所是，衆之所同與也，而自謂是者，則其非必多矣。理之所非，衆之所同去也，而自謂非者，則其是亦必多矣。蓋君子之所貴於自知者如此。

題手書陶詩册子後

陶詩所以妙絶古今，正在胸中超然，非聞道者決不能爲此語也，區區以文字求之，抑末矣。如唐世詩人最多，獨推李、杜，豈止才力豪健，凌跨一代而已？蓋二公之所自負，讀其詩可以想見焉。唐以詩取士，其較量工拙直在句字之間，不復見其人之性情，失詩之本來矣。世人以詞格論詩，正如以形模論書，若然則王著當在蘇、米之上耶？龔石巖〔一〕方伯致素册索書爲録陶詩，因題數語以質之。

【校注】

〔一〕龔石巖：龔錫爵，字汝修，號石巖，龔弘後裔。萬曆二年進士。歷任永新知縣、工部營繕司、都水司主事，廣東參政、按察使，廣西布政使。詳見吴歙小草卷五龔方伯石岡别業三首注〔一〕。

補遺

補遺

诗

明日候雪

昨朝晴暖試題詩，憶對庭梧雪滿枝。一夜凝寒連曙色，千花銜臈弄春姿。撩人蹔覺輕盈好，潤物猶慳晷刻移。麥短泉枯何以慰，及今三白最相宜。

叔達表兄六十有贈〔一〕

四十年來弟與兄，相看意氣漸能平。晚憐抱汲漢陰叟，早困躬耕栗里生。無我有緣棋作伴，助君高興酒爲兵。花濃月净頻携手，過眼都無愛疏情。

【校注】

〔一〕以上二詩節録自香港中文大學文物館藏婁堅草書自書詩卷，該卷由婁堅手書，共録婁堅自作詩八首，其中六首吳歈小草已有著録，此二首未見著録。

暨陽絶句〔一〕

松聲作濤枝攫龍，與爾同開塵土胸。却怪前山遮海色，還須別上最高峰。

江流日夜帶潮渾，極目烟波城市昏。不是時清無宂竊，登山牛兕入江豚。

吾鄉有浦舊名黄，申浦黄田復此方。磨得虎牙封邑遠，子完歸後楚將亡。

吳亡越霸只須臾，三楚俄然混一區。雖闢東封無救郢，向來拓地爲秦驅。

函關兵散逼强秦，家就吳封國去陳。空復三千躡珠履，江潭遷客久沉淪。

自歸淮北乞江東，二十餘年擅楚功。所善舍人元不弱，楚黄秦吕略相同。

【校注】

〔一〕暨陽絶句節録自清人陸心源纂輯穰梨館過眼録卷二十六婁子柔畫暨陽絶句卷，「畫」字疑爲「書」字之誤。

題跋

題楷書蘇軾石鼓詩後〔一〕

右蘇文忠石鼓詩爲鳳翔推官時作，蓋八觀之一也。公年尚三未壯，八詩皆俊偉，嘗欲盡書之爲一通而未暇及。偶長文以素卷索書，因書此篇應之，且以爲勗。壬子首夏。婁堅識。

【校注】

〔一〕該跋爲婁堅楷書蘇軾石鼓詩卷自寫題識，詩卷現藏於嘉定博物館。

書爾常餉天池虎丘茶賦謝後跋〔一〕

去年初夏爲爾常賦詩後，又致高麗紙索草書，久留未暇也。昨磨佳墨，因餘瀋，欲了此。老眼眵昏，已不辨燈下書。而今日又以事當之南翔里，不忍棄之無用，乃炷燈試黄生筆。但覺隨手，初不辨點畫如何。晨起視之亦不甚乖，復題小字以識。庚戌三月丁丑朔也。婁堅。

【校注】

〔一〕該跋節録自上海博物館藏婁堅行書答爾常送茶詩卷。爾常餉天池虎丘茶賦謝詩於吴歈小草卷一已收録，即謝餉天池虎丘茶廿二韻，詩後即爲該跋。另，清方濬頤撰夢園書畫録卷十四對該跋亦有著録。婁堅跋後繼有數跋，兹擇其二，録如下：「覃溪老人論明人書格，每服膺婁子柔、孫雪居。其實，子柔有蕭羊餘韻，雪居不能及也。此卷謝爾常惠茶詩全用李懷琳筆法，大有勝文董處。亦如懷琳在唐與顔柳並視，畢竟帶有六朝氣韻耳，琴山以爲何如？道光丁酉三月，吴榮光記。」「子柔人品既高，書法亦妙，每於几窗明净、筆墨精良，方欣然染翰，不受促迫。此書謝爾常餉茶詩機神流暢，灑脱自如，無一點塵俗氣，猶想見其唫餘啜茗興酣落筆時也。儷荃甫題。」

行書同谷七歌後跋〔一〕

余少即喜字畫，常恨不獲多見古人真迹，以助發其意。及踰壯，游太倉，得盡攬琅邪王氏所藏，始知古人用筆之妙，决非近代所能仿佛也。已又漸悟草書以平淡簡遠爲宗，自唐而後雖顛素之怪奇，去晋人遠矣。米元章、黄伯思持論鑿鑿，至其自作，容或未然，况勝國至今乎？余誠筆不逮意，然中之所窺，頗亦自信。表兄唐叔達、故友王辰玉皆謬相奬借，非所敢當，以爲尤賢乎？流俗而已，庶可無讓焉耳。久雨新霽，閑窗種蘭爲伴，得此卷於案頭。漫寫老杜七首，固知不無乖合，傳之好事，不知評論當如何也。庚戌三月二日，歇庵道人堅題。

【校注】

〔一〕該跋爲婁堅行書同谷七歌卷自寫題識。行書同谷七歌卷，絹本，爲婁堅手書杜甫同谷七歌，卷有「婁堅之印」、「陳氏鑒賞之章」、「少石審定」三印，曾著録於中國古代書畫鑒定筆記、宋元明清書畫家傳世作品年表、中國古代書畫圖目等書。

行草書列女傳跋〔一〕

宣君季嘉之門人姚氏兄弟正先、士先，奉其太母蘇太孺人以居，能極孝養。今年壽八十矣，尚康强無恙。與之善者若季嘉輩諸君子乞予書古之列女，可以爲捆内之範，而孺人之所樂道者。再拜獻之，以侑一觴，以頌而祝焉。乃爲節取其尤且切者，以行草相間録之，凡六則。而以小楷識其歲月。萬曆丁巳之長至也。婁堅題。

【校注】

〔一〕該跋爲婁堅行草書列女傳手卷自寫題識。行草書列女傳手卷，絹本，爲婁堅手書列女傳，卷中婁堅以行書、草書兩種書體依次書寫魯季敬姜、齊相田稷子母六則列女傳記。跋尾有「婁堅之印」。另有清嘉定名士張鵬翀題跋：「子柔先生法書真迹，同里後學張鵬翀拜觀，時雍正癸丑中秋日。」鈐印「鶴天清秘」、「抑齋居士」。該卷著録於憨齋珍藏書法集，曾展覽於二〇〇六年廣東美術館主辦憨齋珍藏書法展和二〇〇七年汕頭市博物館主辦憨齋珍藏書法展。

題行書鳳林紀事詩後〔一〕

壬寅孟秋日，偶遇雙鳳里珍所先生以紙索書，遂録薇菴先生〔二〕鳳林紀事一首。薇菴，字孟昭，諱昶，景泰辛未進士，仕至福建參政，與梅齋、竹齋二先生同里。時天順癸未，薇菴手書于金台公署。後學婁堅。

【校注】

〔一〕該跋爲婁堅行書鳳林紀事詩軸自寫題識，行書鳳林紀事詩軸現藏於北京故宫博物院。

〔二〕薇菴先生：陸昶，字孟昭，號薇菴。明太倉雙鳳人。少耽學，好爲詩。景泰辛未進士。歷官刑部郎中，決獄明恕，能以文學飭法。出爲河南、山西僉事，升福建布政右參政，巡視海道，設防備倭寇，築堤免海患。終陝西參政，以讒罷歸。所至以廉能稱，及歸隱於鄉，不入城府。有熒窗稿。

題手書自詩後〔一〕

癸亥長至日，書於娛暉閣中，時年七十矣。丙辰冬閑居，觸緒興懷，嘗賦五言近體，得三十首示兒。復聞一二好友見之，謂頗有當日承□□□。姚金玉枉書，致金牋索拙翰。擇其或可暴諸衆目者，録二十焉，而匿其十，行草各半。惜金之不可以久也，徒耗目力耳。婁堅識。

【校注】

〔一〕該跋爲婁堅自書詩册自寫題識，詩册現藏臺北故宫博物院，爲婁堅自書。詩册録三十首五言近體詩，皆婁堅爲其子婁復聞所作。因寫于金牋，故有脱字。

題王羲之寒切帖後〔一〕

此右軍廿七帖爲長洲韓宗伯收藏，去年春始獲見之。今又從辰玉内翰索觀，尋繹再三，往往得其異趣，真所謂從容中道者。米元章云：「世人以努張爲筋骨，不知不努張自有筋骨焉。」予幸得再睹神物，益信此語之妙解。甲辰春三月。婁堅題。

【校注】

〔一〕該跋爲婁堅在唐人摹王羲之寒切帖後所寫題識，該帖現藏天津博物館。

草書自書詩卷跋〔一〕

己未冬，爲嚴寒所困，筆墨幾廢。適臘雪，因爲草書，録舊作數首以撥煩悶。婁堅子柔識。

【校注】

〔一〕草書自書詩卷，現藏香港中文大學文物館，由婁堅手書，共録婁堅自作詩八首。

題丘先生墓志銘册後〔一〕

予以丘五丈臨殁見屬，雖極知不文，不敢辭銘墓也。文成而接武兄致此卷索手書，留頗中三歲，所尚未暇。及去冬至今，接武兄亦久卧痾。頃往候之，留連榻前，語及寫卷，告以當候雨凉可近筆硯。至曰：「吾待此以瞑目。」予爲悽然許之。今日雖風燥，而日不甚炎。自辰展卷，雜以酬接，盡未而畢，聊以慰吾病友，豈復計工拙耶。丁未五月十八日。堅題。

【校注】

〔一〕該跋節録自婁子柔書丘先生墓志銘册，丘先生墓志銘於學古緒言卷九已載，故不贅録。婁子柔書丘先生墓志銘册著録於清人陸心源纂輯穰梨館過眼録卷二十六。

題暨陽絶句卷後〔一〕

君山示同游六首，子光兄喜予書，至或以贋售。歲莫雨窗，寫今夏客游詩一卷寄之。姑取其真，勿論工拙也。乙卯冬立春後三日。堅題。

【校注】

〔一〕該跋節録自清人陸心源纂輯穰梨館過眼録卷二十六婁子柔畫暨陽絶句卷，「畫」字疑爲「書」字之誤。

題行書卷後〔一〕

泗洲胡先生來教邑之人士六年矣，兹秋當以擢去，謂堅好字畫，以此册見授曰：「子其爲我書之，留爲他年故事。」今日雨窗多暇，因信筆雜録三文，不覺絹素之盡也。爰識歲月於後紙。壬寅四月廿九日。吴郡門人婁堅題。

【校注】

〔一〕該跋節録自清代著名書畫鑒藏家周二學著一角編甲編所載婁子柔行書真迹。册中婁堅先録子産不毁鄉校頌、鶡説、文與可畫篔簹穀作竹偃記三文，後書該跋。周二學附評曰：「先生評坡公書肉豐而骨勁，態濃而意淡，藏巧于拙，特爲奇偉。余於此册亦云。同時李擅園、宋比玉與先生，書法皆規摹眉山，而擅勝處正各不相似。學書所以不貴裳其貌也。」

自書詩跋〔一〕

子彬從弟持此紙索書，梅雨中爲録舊作十一首。子柔。

【校注】

〔一〕該跋節録自葉恭綽遐庵清秘録卷一明婁子柔詩卷，葉恭綽附書曰：「婁子柔此卷詩中多見道之言，而胸懷之瀟灑，溢于楮墨。知詞翰之超邁，蓋有由也。余新得李檀園字幅，縱横酣恣，與此可稱雙璧。遐翁，民國二十四年春病起書。」「越十二年，扶病還鄉，重展此卷，時余藏珍星散，有類易安居士，念之慨然。綽志。遐翁。」

題自書五言古詩後〔一〕

辛亥六月雨窗，婁堅呈。

【校注】

〔一〕該跋節録自臺北故宫博物院藏明婁堅書五言古詩卷，卷中婁堅書自作詩純中道兄方有子婦之戚戲以奕解之。書後附程嘉燧跋：「子柔兄嘗自言，少從墨刻法帖中學書，徒費歲月。後於琅邪兩王家見蘇、米真迹，始悟古人用筆，書法乃大進。此卷精能之極，筋骨振動，時有俊氣，已入襄陽堂奥間。至於形模老顛，似稍踏還拖矣。性喜奕，晚依净戒，嘗緣物觀妙，文字往往以奕爲喻。是詩辛亥夏作時，余在武昌，蓋爲余賦止奕之次年也。純中得兄真草書甚多，瞿起田時珍閟之，屬余並志其後。崇禎五年二月，偈庵程嘉燧。」

題周叔宗書金剛經册〔一〕

如來不可以色見音聲求也。自正法没而有像不言，言而有經，故莊嚴佛土者，往往託之於寫經畫像。况以人子之孝，誠欲資其親以人天之福者乎！世尊之昇忉利爲摩耶說法不過如是而已。夫六度門，雖禪定，亦脩福也。究竟於般若智蓋六如之假皆空，而如如之真不動矣。若彦威之生其心者雖未住，而不住可也。廿二日。未古樓婁堅題。

【校注】

〔一〕該跋節録自清方濬頤撰夢園書畫録卷十四明周叔宗書金剛經册。

題手書四十二章經墨蹟册〔一〕

萬曆三十九年辛亥二月清明日，戒弟子婁堅爲善男子唐際遇敬寫。

【校注】

〔一〕該跋節録自清孔廣陶撰嶽雪樓書畫録卷五明婁子柔書四十二章經墨蹟册。孔廣陶評曰：「子柔先生以學行著，書法妙天下，五十貢於春官，不仕而歸。二册寫四十二章經，此經爲摩騰法蘭自中天竺携來，當時但以梵書紀梵音耳。至元趙文敏始能以漢語作漢字，要亦受如來心印者。先生繼文敏書此，落筆遒媚，結搆謹嚴，得唐人風韵，每一開卷，想見晴窗染翰、不受促迫時雅度。咸豐歲次戊午冬至。後學孔廣陶敬識」。

題草書千字文後〔一〕

萬曆歲辛亥清明，書於敬菴。非印，印字草帖多作芒，而芒字草又類荒，今仍之。

堅識。

【校注】

〔一〕該跋節録自婁堅草書千字文册頁，該册著録於守研齋珍藏（江蘇省泰州市博物館，二〇〇二年版）、明婁堅草書千字文（上海書店出版社，二〇〇二年版）。

題仿蘇文忠書册後〔一〕

右東坡書道子畫後，辛亥清和爲淑士兄作草書。婁堅識。

余性好文忠公詩文，有妄評公詩者，必唾之曰：「不笑譏不足以爲妙。」有同聲贊嘆公文者，又唾之曰：「是文何至爲若所稱，得無有遺憾乎？」以是頗不爲人所喜。然而不知余書之拙者，往往以紙素見徵，則又寫公詩文應之。親朋或謂之曰：「安用是召鬧取怒爲？」予既恬不悛，久之而人亦不以爲怪，知其實出於謔也。今日連爲淑士書公三篇，因并書平日嘲謔之語，往發一粲。如其還以相譏，則所謂「相視而笑，莫逆於心者」耶。四月十三日漫識。

【校注】

〔一〕該跋節録自清陸時化撰吴越所見書畫録卷五明婁子柔仿蘇文忠書册。該册中婁堅仿寫蘇軾書道子畫後、書魯直李氏傳後、淨因院畫記三篇，後接題跋。又有狄億跋：「子柔先生爲太僕公高弟，虞山宗伯序其詩，謂在元和、慶曆之間，書法亦直造晉、宋人妙處。惜名位不顯，不爲時所艷稱。然賞音光價，又豈以名位爲增損耶？盛唐四家，不廢襄陽，有明七子，亦首茂秦。若準此例以評書，故應爲先生高置一座。戊寅十二月十九日。狄億呵凍書。」

題手書二蘇擇勝銘後〔一〕

長公銘詩，極體物之妙致，兼押韻之天成，如飛天仙人，骨節皆活，難乎其繼矣。次公和作，和而莊婉而多諷，又似法家拂士高議巖廊，正不當以優劣論也。或曰「長公筆力變化，故非次公可倫」，亦猶皮相之談乎。甲寅仲冬廿八日。後學婁堅識。

【校注】

〔一〕該跋節録自清陸時化撰吴越所見書畫録卷五婁子柔書二蘇擇勝銘附千字文卷。

題自臨十七帖後〔一〕

去冬有持素來索書者，緣遇寒暑，輒不近筆硯。遲至開歲，始爲臨此貼。特效顰西子，觀者其諒之。庚申二月六日，婁堅識。

【校注】

〔一〕該跋節録自書與畫二〇一九年第五期歷代名家臨王羲之十七帖（中）婁堅臨十七帖。婁堅臨十七帖，草書寫就，頗具風神。

題手書千字文卷後〔一〕

余嘗爲友人作真行二卷，今日久雨初霽，爲作草書。第欲彷髴古人，所以不無束縛之患，遺賞鑒家誚也。萬曆庚子秋八月廿三日。堅書。

【校注】

〔一〕該跋節録自清陸時化撰吴越所見書畫録卷五又婁子柔書二蘇擇勝銘附千字文卷。

題與長蘅書畫合卷後〔一〕

庚申仲春九日，燈下乘酒寫子美題畫一詩，應華甫之索。堅。

【校注】

〔一〕該跋節録自上海博物館藏婁堅李流芳書畫合卷，該卷由李流芳作畫，婁堅書詩。前段李流芳畫江南勝景，後段婁堅行楷書杜甫戲題畫山水圖歌一首，頗富韻致。

信札尺牘

致緇之函及尺牘〔一〕

細讀新篇，輕揚中有沈實，可以横行場屋矣。更望於追尋刻畫留意，則雅俗共賞矣。珍墨見分，甚荷甚荷。仲和處索得草稿，當覓便致之。并復堅生口。緇之學士文几。頃以遣人約豫江南來。乞過同話話。堅頓首。

【校注】

〔一〕該函及尺牘現藏於臺北故宫博物院。

致緇仲手札〔一〕

令叔前在舍下，子魚兄適來，語次及遣賀淄川韓大公七十，約勿多人，人各分金三兩，以備製軸、具幣、求文之用。令叔答以當致二分，不審曾爲足下言之否？太夫人處已豫留分金否？期已迫矣，乞共令伯作計，或取之囊中，或貸之親朋如閑孟、仲和輩，於一二日内付來，庶便寫軸時次第題名也。餘圖晤既。堅頓首白。緇仲解元文几。令叔云，叔姪皆不可闕。今適之武林，故奉書相聞。廿三日啓。

【校注】

〔一〕該札現藏上海圖書館，著録於上海圖書館藏明代尺牘。

致孟成手札〔一〕

晨有一札投尊處，蓋爲人借易擬題也。便間幸撥及。堅稽顙。孟成解元。

【校注】

〔一〕該札現藏上海圖書館，著録於上海圖書館藏明代尺牘。

致克勤手札其一〔一〕

前之求晤，偶乘早凉，初不憶目前諸兄同有□城之行也。頃奉札示，不及奉答。欲索致緇仲一編耳，已乃知□，爲友人傳觀。且係之仁兄已遠於時，亦何乞呈覽耶？但覺緇仲文覓南室諸篇尤爲暢快耳。克勤學兄解元。堅頓首□。

【校注】

〔一〕該札現藏香港中文大學文物館。

致克勤手札其二〔一〕

僕雖嬾，以語言章句廡人之須，顧目兄以得戴爲戴，而頌楮先生所不辭也。第恕落筆便似今人舉業，乍似燁然，徐更往復，即同嚼蠟耳。然前既受委小暇，當有以報，正慮草草强所不能，未免供人嗢噱，如何？老劣堅頓首。克勤契兄解元文几。

【校注】

〔一〕該札現藏香港中文大學文物館。

致克勤手札其三〔一〕

日來怯濘，未獲走晤。稍乾即奉詣，並欲一叢晦父文興也。率爾裁報，不悉。老劣堅生頓首。克勤世兄解元文几。長孫兄少頃即送來札復之。堅再拜。

【校注】

〔一〕該札現藏香港中文大學文物館。

致兩如手札〔一〕

雖從汝廉問知兄已東下，然初不言有悼亡之戚也。啓緘知之，相爲惋愕，追念祖均，不覺悽然。兄中年遘此，縱欲自遣，將奈郎君輩何？强飯爲望。即擬走唁，因牘尾所示，未敢遽前，且仍託汝廉代致。區區拙書，草差勝行，故以草題兼明兄扇，非率爾也。犬子生纔十五月，重蒙眷存損貺，此必先世之遺，謹已拜納，什襲藏之，永以爲好。周翰兄處念當面道尊指，未即以書達也。後九月十日，友弟婁堅頓首啓。兩如契兄先生函丈。

【校注】

〔一〕該札録自中國古代美術叢書三集（第二輯）我川寓賞編。

致巽甫手札其一〔一〕

諸君子豈仍不至耶？早間遣訊，時已日加辰矣。孝冲文已得十首，賢弟近作亦可乘間録付，不久當送去也。昨煩寫拙詩付來，頃了一宿逋送看。堅拜白。巽甫賢弟。

【校注】

〔一〕該札録自清端方撰壬寅銷夏録明賢遺墨真迹册。

致巽甫手札其二〔二〕

一緘一書，乞付主人。致黄先生所欲言者，已爲及之。足下書中亦望爲道謝。堅頓首。巽甫賢友文几。

作啓後，忽思使者之便，可投户部一詞，充作家僮，萬無他虞也。如見許，當續寫上。堅又言。

【校注】

〔二〕該札録自清端方撰壬寅銷夏録明賢遺墨真迹册。

致孟先手札〔二〕

云云必宜速完，庶於處己處人爲兩得也。巽甫方從郡城書肆歸，敦甫僕曾有所償，合并了此，似不甚難。若尚有微虧，僕亦能代覓。前日往返之言，雖非面商，然理合如此，輒以臆決。至今日則古人所謂吾亦愛吾鼎也，望不惜從臾決之。堅頓首。孟先解元函丈。

長慶集撿送，他日見還，度二序皆大書且少譌字也，但仍得佳紙爲荷。堅稽顙。

【校注】

〔一〕該札録自清端方撰壬寅銷夏録明賢遺墨真迹册。

致辰玉手札〔一〕

徽號禮成，將復薦問元老，想兄家又未免一番勞費也。兄夜眠漸熟否？面腫便除根否？闕中有熹音否？翁東泉偶經過，弟密問之，云兄尚有二三真郎，亦許弟必不孤，且云近在明年。至時當自分明，目前且以自慰耳。孟陽得故鄉新茶，色味佳絶，念不可不使吾兄嘗，特遣僮賫上，附此相聞。叔達方有山西遠客，其人姓劉，蓋北游時舊識也。諸不多及。友弟堅頓首。辰玉内翰老兄前。

【校注】

〔一〕該帖現藏北京故宫博物院，著録於徐邦達古書畫過眼要録元明清書法。

致張異度札〔一〕

僕雖已過小寓，橋斷未能求晤也。前藺布若送而不受，便可付來，不則以直付來手。陸兄前對使索價若昂者，緣此間市肆交易，每每如此故也。逸季雖得生，而病勢不減，尚可憂懸。孟堅頓首。

異度兄足下，仲容處有書目一紙，乞遣使索付。并問，賣此諸書者定在尊寓旁耶？抑廊下多有之耶？

【校注】

〔一〕該跋節録自清孔廣陶撰嶽雪樓書畫録卷五明名人尺牘精品二册婁堅一札。

致智淵手札其一

昨覘日華兄，知有華亭之行，未曾與談，已留一緘閽人處矣。子魚兄見呼，爲調停高家事，至則沈三丈、龔三哥久在坐矣。弟以初不與事，但從傍彼此勸解而已。諸君子處法，已似得中，且還人墓田，良是厚道。弟堅頓首。兄宜諭令侄孫勉從也。子魚囑語。智淵作兄弟怡怡。附聞。

致智淵手札其二〔一〕

昨承賜札。適東行，失答。宋史一本送攬，攬畢仍乞暫撥也。尊卷未及録，容續上。衰劣堅頓首，智淵尊大解元。爾凝處三傳抄首本，望索還。

【校注】

〔一〕以上二札録自江兆申編纂明清名人法書（明清書法叢刊第一卷），曾經徐恕、袁守謙遞藏。

致子魚手札其一〔一〕

夜聞公路奄逝，殊爲悼惜。遺命即歸骨泉壤，而租入未期，經紀須豫。欲丐兄爲轉覓百金，不必盡取之槖中也。特此代懇，尚容晤悉。堅頓首白。子魚老兄前。

【校注】

〔一〕該札録自江兆申編纂明清名人法書（明清書法叢刊第一卷），曾經徐恕、袁守謙遞藏。

致子魚手札其二〔一〕

友人來約謝明府公，不審宜在出案後，抑在今晨？幸裁示。他日之集，苟簡情話，知不拒也。弟堅頓首。子魚老兄前。

【校注】

〔一〕該札録自江兆申編纂明清名人法書（明清書法叢刊第一卷），曾經徐恕、袁守謙遞藏。

致行之手札其一〔一〕

智淵文佳甚，燈下覽再過，健羨。度同人當無先之者矣。頃已，令犬子手録留副，專力送還。僭評非有譽也。弟堅頓首，行之老兄親家。

【校注】

〔一〕該札録自江兆申編纂明清名人法書（明清書法叢刊第一卷），曾經徐恕、袁守謙遞藏。

致行之手札其二〔一〕

夜集，仍煩具疏。且飫及家僮，兄嫂意特厚矣。竊謂小女當力止之，衆中或有知者，恐不無礙耳。多謝多謝。弟堅頓首，行之老兄親家。兄處如有降真香，求借一炷。

【校注】

〔一〕該札録自江兆申編纂明清名人法書（明清書法叢刊第一卷），曾經徐恕、袁守謙遞藏。

致心山手札〔一〕

患處得痒，且瘡口漸小，皆是將平之兆。但痒時最不可禁，但以指微搔其旁，勿令少觸爲要。敦甫未即入城，若至，當道來囑。外科醫例可憎者，是不欲人即愈。想所悉也，别云云。可恨可恨。余圖面盡。堅頓首復，心山老弟几前。

【校注】

〔一〕該札録自江兆申編纂明清名人法書（明清書法叢刊第一卷），曾經徐恕、袁守謙遞藏。

致彦深手札〔一〕

僕爲人所詆，昨乃得見其詞。三四日前，有與家弟一札，録汙清目。凡巷西之友，有談及者，不論長幼爲出此求亮。堅頓首白。彦深賢弟文几。

【校注】

〔一〕該札録自江兆申編纂明清名人法書（明清書法叢刊第一卷），曾經徐恕、袁守謙遞藏。

致雲棲大師〔一〕

八月八日，戒弟子婁堅廣绂頓首和南本師和尚導師法座下：廣绂久切嚮往，幸於春暮獲遂頂謁。初心只欲受伊蒲戒而已，過蒙提獎，爲説大戒，臨别又承法施種種。此生或不淪墜，敢忘師慈？嘗悼世緣障重，既苦終鮮，復艱胤嗣，慈母懸懸，未容擺脱。兩月前得舉一男，今當不計後來成長，遂絶房室，一意净嚴，庶幾不負接引。但恨稟性素慈，而偏深嫉惡，亦知顛倒分别，挂礙匪輕，雖痛自刻責，而遇有不平，輒復背覺。慚悚如何！會友人入山，附訊起居，不覺此心已馳於五雲之麓矣。秋氣漸高，伏惟爲法爲衆生，倍萬珍重。

【校注】

〔一〕該札録自雲棲大師遺稿答嘉定婁子柔居士廣紱。雲棲大師，明代四大高僧之一，名袾宏，字佛慧，别號蓮池，久居杭州雲棲寺，故被稱爲雲棲大師。雲棲大師答嘉定婁子柔居士廣紱原文如下：「好善疾惡，人情也。惡而不疾，是同惡也。今謂疾惡一事，而分二心，恐已亦有是惡而疾之。疾之者，以爲戒也，可也。但見彼之惡而疾之，又疾之已甚，不可也。若立朝臨民則小異，司黜陟之柄，操賞罰之權，甯有任其惡而不黜不罰者乎？則一以直心行之，因物付物，終日疾惡而已不與也。更詳之。」

南還帖〔一〕

自聞旌旆南還，即擬從長蘅附候。會渠體中不適，逡巡未果，闕然至今。乃更蒙枉及鍼題，媿悚何如。閣下之加禮衰劣，自甫下車，迄於人覲，真如一日。人非木石，懷德酬知，應無不同。冀以此蒙察，或不屑屑於形迹間也。愚甥宣蘊感佩提獎，何日忘之？顧未敢輕以書瀆耳。京師備邊倥偬，留都江山清美，正堪養望，以需進用。此中士庶，亦便於攀附，同所欣悦。受伯語及二扇，約先送長蘅畫，次及塗鴉，承命當從索之。存老立朝大節，不激不隨。雖在草莽，亦知聞翹企。聞長蘅行期未遠，先此奉復，容續附納也，怱遽不宣。姓名正柬。

【校注】

〔一〕該帖現藏北京故宫博物院，紙本，右上方鈐「婁堅」印，著録於徐邦達古書畫過眼要録元明清書法。

畏暑帖〔一〕

僕與令母舅殊思相見，所以遲遲者，非獨畏暑，實不欲此時怱遽同於世俗禮數也。尊大父相公、尊公内翰俱曾來柬，獲少追陪，極知痛悼令弟。然止於遺書相慰，自以懶性必蒙見亮耳。無隅駕部尚未有生子消息，并復。即日堅稽顙。稺皐世契門下。來書過謙，令人愧悚。此後往還，不煩别賜長柬也。

【校注】

〔一〕該帖現藏故宫博物院，著録於徐邦達古書畫過眼要録元明清書法。

後記

辛丑仲春，寄廬兄謂余：「茲有吾嘐婁先生遺集，曩者與胡真先生共謀校讎，冀再梓行世。孰料胡君遽歸道山，僕復冗務羈身，力有不逮。汝願一試否？」余聞之，甚覺惶恐。蓋子柔先生乃吾邑碩儒，詩文淵雅，令德清芬，至今仰止。余初涉練川故籍，學識鄙陋，自忖重任難堪，故連言推却。然寄廬君復言：「姑且一試爾，嘐城文獻尚多藏篋笥，亟待校勘流布，以彰前烈。」余雖不敏，然素懷闡揚鄉邦典籍之志，遂不揣譾劣，悚然受命。星霜幾易，覃思竭慮，甘苦自知。今稿已待鏤，心猶惴惴，惟懼魯魚亥豕，訛舛層出，上負良朋殷托，下愧婁、胡二公在天之靈。余與胡先生雖緣慳一面，然文集之句讀，悉出先生手澤。先生腹笥星淵，讎校若直對先賢。祇恨天不假年，無緣親承指授。此書及諸鄉邦文獻之付梓，賴嘉定方志辦諸公擘畫編纂，諸賢達弘宣教化之功，至深且鉅。吴慶先生居中綢繆，彌綸多方，尤當銘感。勘點之際，幸蒙陶繼明、姚偉、顧建清、王其興、江漢洪、徐征偉、王光乾、金曉紅、林介宇、杜以志諸君子慨然教正，兼荷館内諸執事、同寅鼎力相協，謹此并申謝忱。剞劂之程，復承上海古籍出版社胡文波、陳麗娟二君悉心經畫，責任編輯張靖偉先生總攬樞務，不吝匡謬，用力尤甚，亦同致深謝。校讎經年，家事多疏，中饋楊菲獨任操持，内助之功，豈可不言。小女啾啾，嬌憨可掬，惟願慧心漸啓，星歲長吉。自嘐邑肇創，夙號東南鄒魯，典籍之富，浩若烟海。冀諸遺編得次第梓行，既以昭續練川文脉，更于學林多有嘉惠。

乙巳仲夏書于徐行陋舍